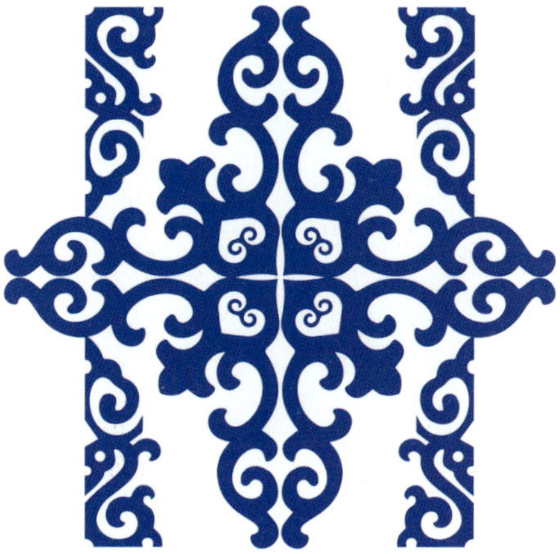

国家出版基金项目
NATIONAL PUBLICATION FOUNDATION

4

**图书在版编目（CIP）数据**

汗腾格里：卫拉特蒙古文献集成.（4）：蒙古文 / 那木苏荣，敖其尔巴图编.
-- 乌鲁木齐：新疆人民出版社，2020.12

ISBN 978-7-228-20457-1

Ⅰ.①汗… Ⅱ.①那… ②敖… Ⅲ.①蒙古族—少数民族文学—作品综合集—中国—蒙古语（中国少数民族语言）Ⅳ.①I291.2

中国版本图书馆 CIP 数据核字（2020）第 213393 号

**选题策划：**山巴依尔　吴樱格
**责任编辑：**山巴依尔
**责任校对：**格丽玛
**整体设计：**舒　娜
**技术编辑：**王　娟

HANTENGGELI—WEILATE MENGGU WENXIAN JICHENG

**汗腾格里——卫拉特蒙古文献集成**

**（第四卷）**

那木苏荣　敖其尔巴图　编

| | |
|---|---|
| 出　版 | 新疆人民出版总社<br>新疆人民出版社 |
| 地　址 | 乌鲁木齐市解放南路 348 号 |
| 邮　编 | 830001 |
| 发　行 | 新疆人民出版社 |
| 制　版 | 乌鲁木齐形加意图文设计有限公司 |
| 印　刷 | 北京富诚彩色印刷有限公司 |
| 开　本 | 787 × 1092　1/16 |
| 印　张 | 31.75 |
| 字　数 | 400 千字 |
| 版　次 | 2020 年 12 月第 1 版 |
| 印　次 | 2020 年 12 月第 1 次印刷 |
| 印　数 | 1 — 1000 册 |
| 定　价 | 68.00 元 |

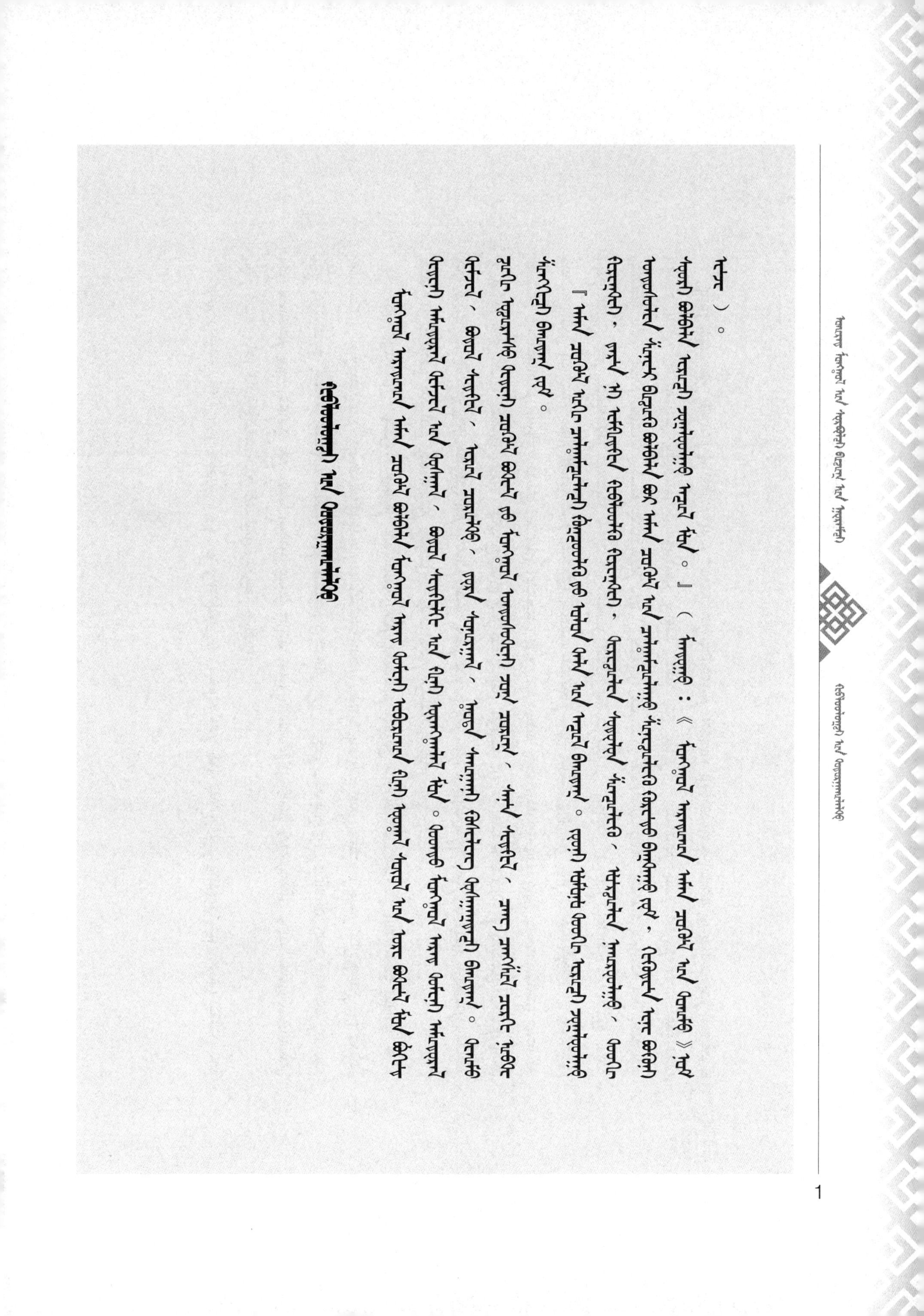

## [illegible]

[illegible]

[illegible]

[illegible]

[illegible] 。

『 [illegible] 。 [illegible]

[illegible] 。 [illegible]

[illegible] 。 』 （ [illegible] ： 《 [illegible] 》 [illegible]

[illegible] ）。

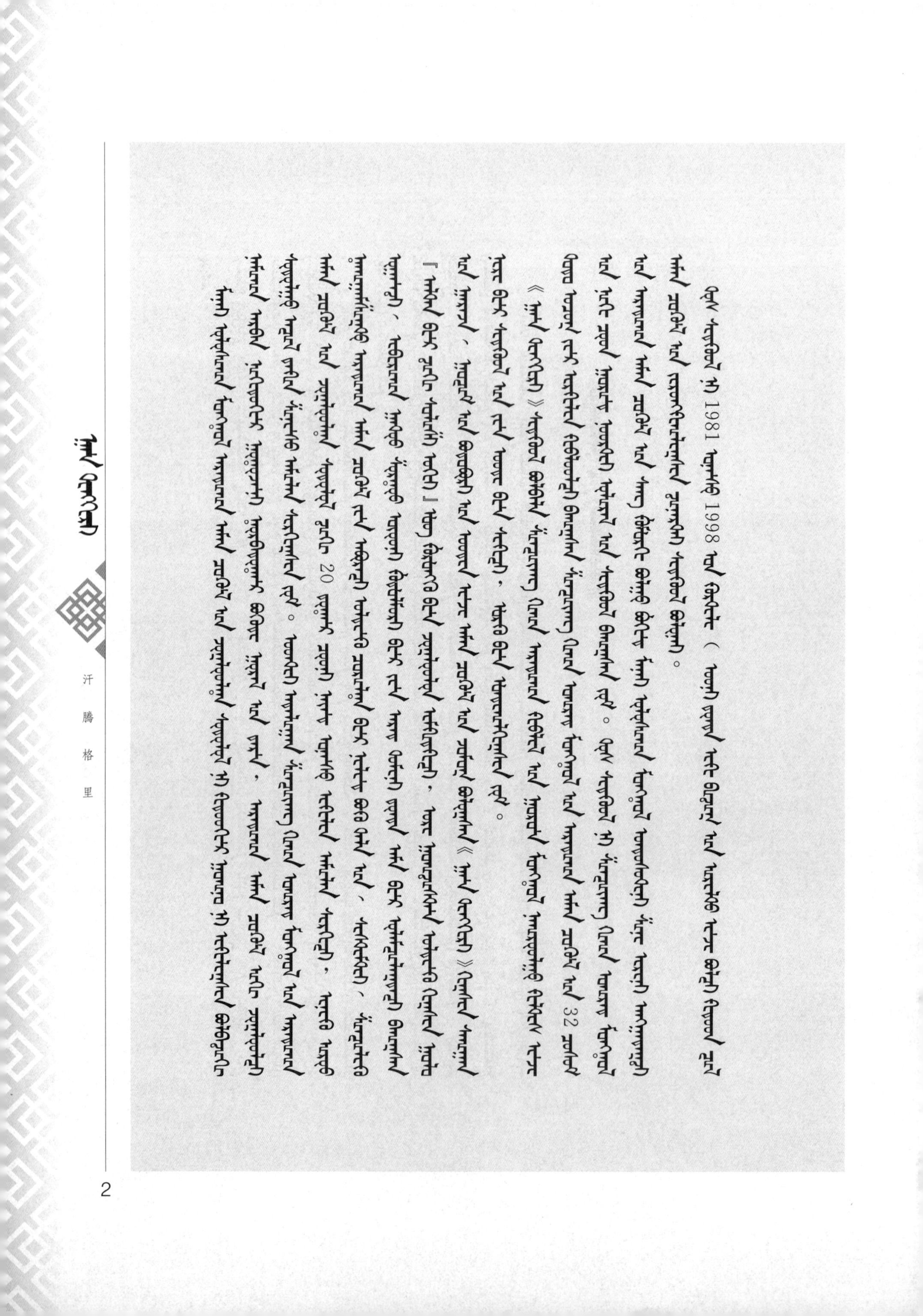

[illegible] 1981 [illegible] 1998 ᠣᠨ [illegible] ( [illegible] ) [illegible] 。

[illegible] 。 [illegible] 32 [illegible]

《ᠬᠠᠨ ᠲᠩᠷᠢ》 [illegible] 。

[illegible] 《ᠬᠠᠨ ᠲᠩᠷᠢ》 [illegible] 『[illegible]』 [illegible] 20 [illegible] 。 [illegible]

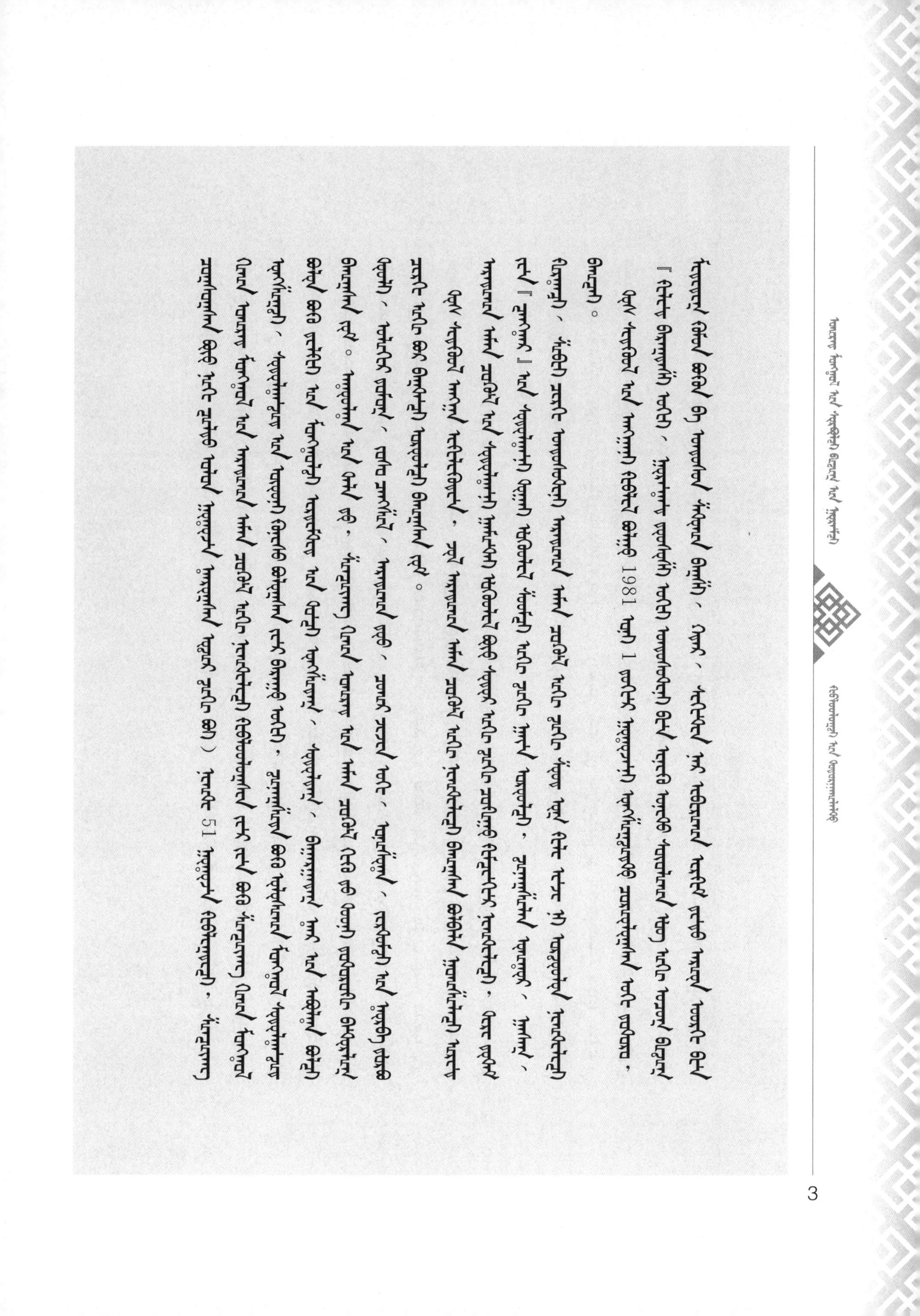

[illegible] 1981 [illegible] 1 [illegible] ◦

[illegible] ◦

[illegible] 51 [illegible]

ᠮᠢ · ᠵᠢᠩᠭᠦᠸᠧ ᠬᠡᠯᠡᠬᠡ ᠪᠣᠯᠤᠨ ᠰᠣᠶᠣᠯ ᠤᠨ ᠬᠦᠮᠦᠨ ᠪᠡᠷ ᠲᠡᠭᠦᠨ ᠦ ᠵᠦᠢᠯ ᠢ ᠰᠤᠳᠤᠯᠤᠭᠴᠢ ᠶᠡᠬᠡ ᠮᠡᠷᠭᠡᠳ ᠦᠨ ᠨᠢᠭᠡ ᠪᠣᠯᠤᠭᠰᠠᠨ ᠤ ᠬᠤᠪᠢᠳᠠᠯ ᠳᠤ 《 ᠬᠠᠨ ᠲᠡᠩᠭᠡᠷᠢ 》 ᠬᠡᠮᠡᠬᠦ ᠨᠣᠮ ᠢ ᠤᠩᠰᠢᠭᠰᠠᠨ ᠪᠠᠶᠢᠨ᠎ᠠ ᠃ 《 ᠬᠠᠨ ᠲᠡᠩᠭᠡᠷᠢ 》 ᠬᠡᠮᠡᠬᠦ ᠨᠣᠮ ᠤᠨ 51 ᠳᠦᠭᠡᠷ ᠪᠦᠯᠦᠭ ᠲᠦ ᠃

ᠠᠰᠠᠭᠤᠯᠲᠠ ᠳᠤ ᠬᠠᠷᠢᠭᠤᠯᠲᠠ ᠥᠭᠭᠦᠭᠰᠡᠨ ᠃

「 …… ᠪᠣᠯᠤᠨ᠎ᠠ ᠦᠦ ?! 」

[illegible]

《ᠵᠠᠩᠭᠠᠷ》 [illegible] 16 [illegible] 10 [illegible] 32 [illegible] 51 [illegible] 《ᠵᠠᠩᠭᠠᠷ》 [illegible] 《ᠵᠠᠩᠭᠠᠷ》 [illegible] 《ᠵᠠᠩᠭᠠᠷ》 [illegible] ᠃

[illegible] 1998 [illegible] 《ᠵᠠᠩᠭᠠᠷ》 [illegible] 51 [illegible] ᠃

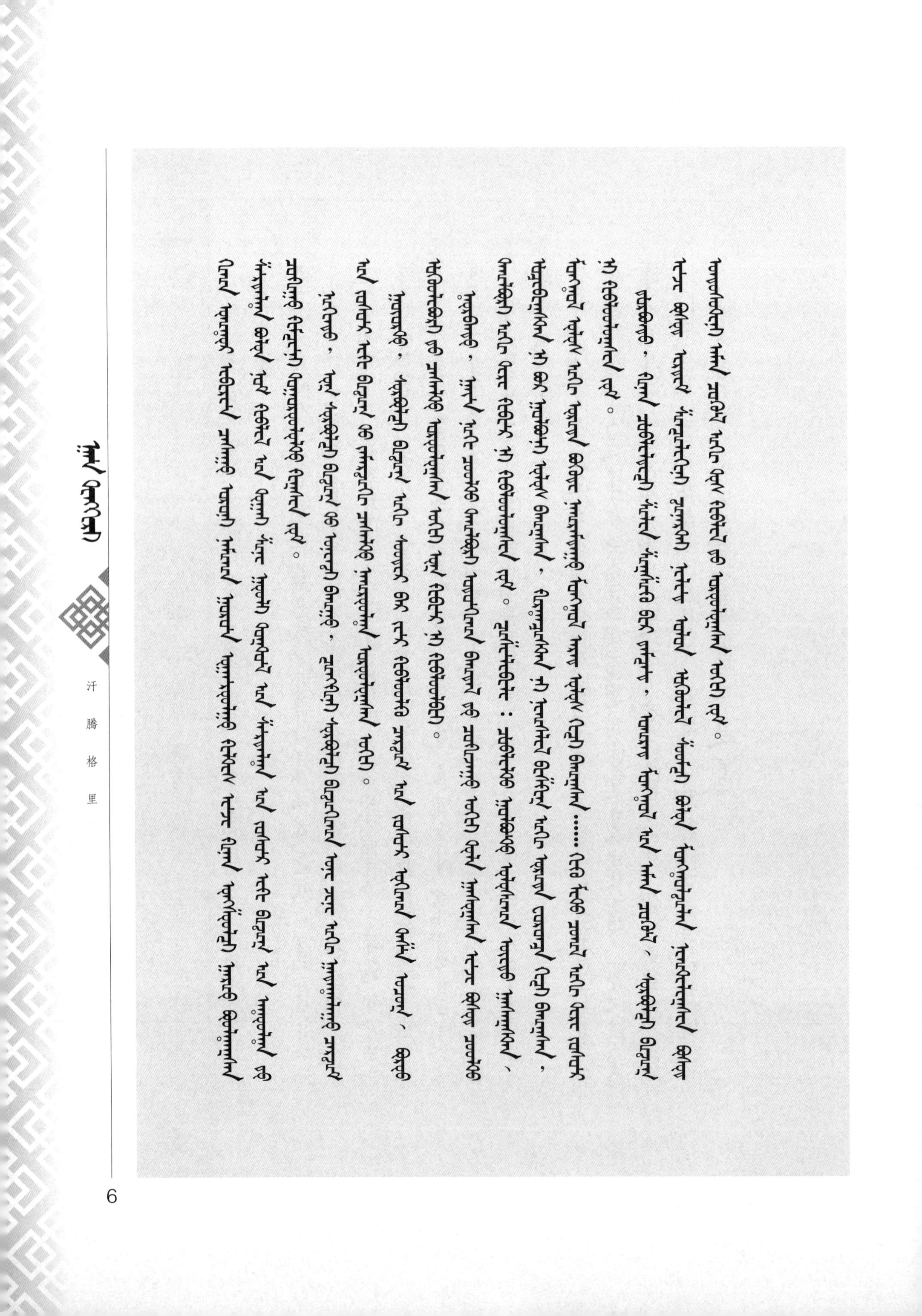

[illegible]

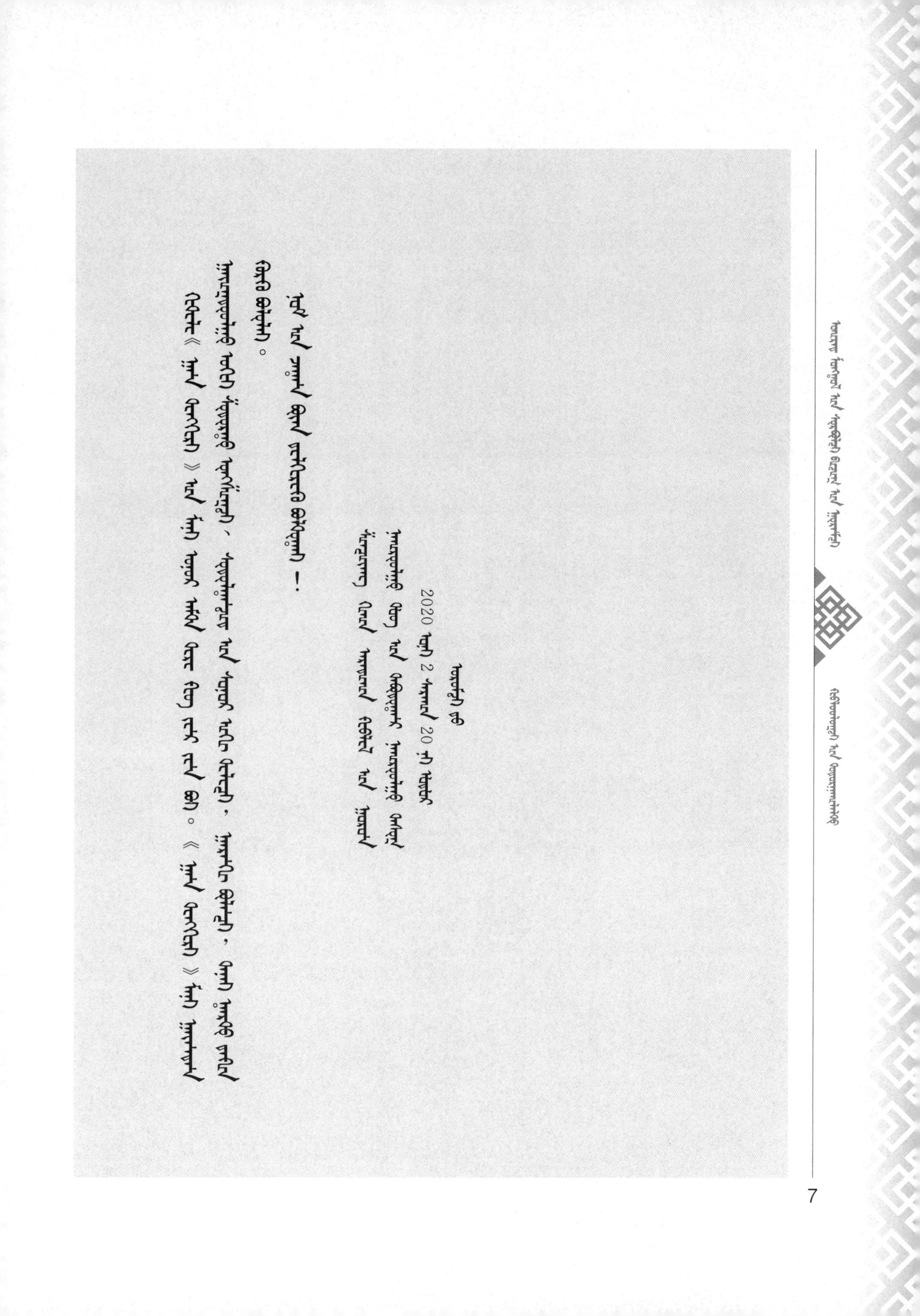

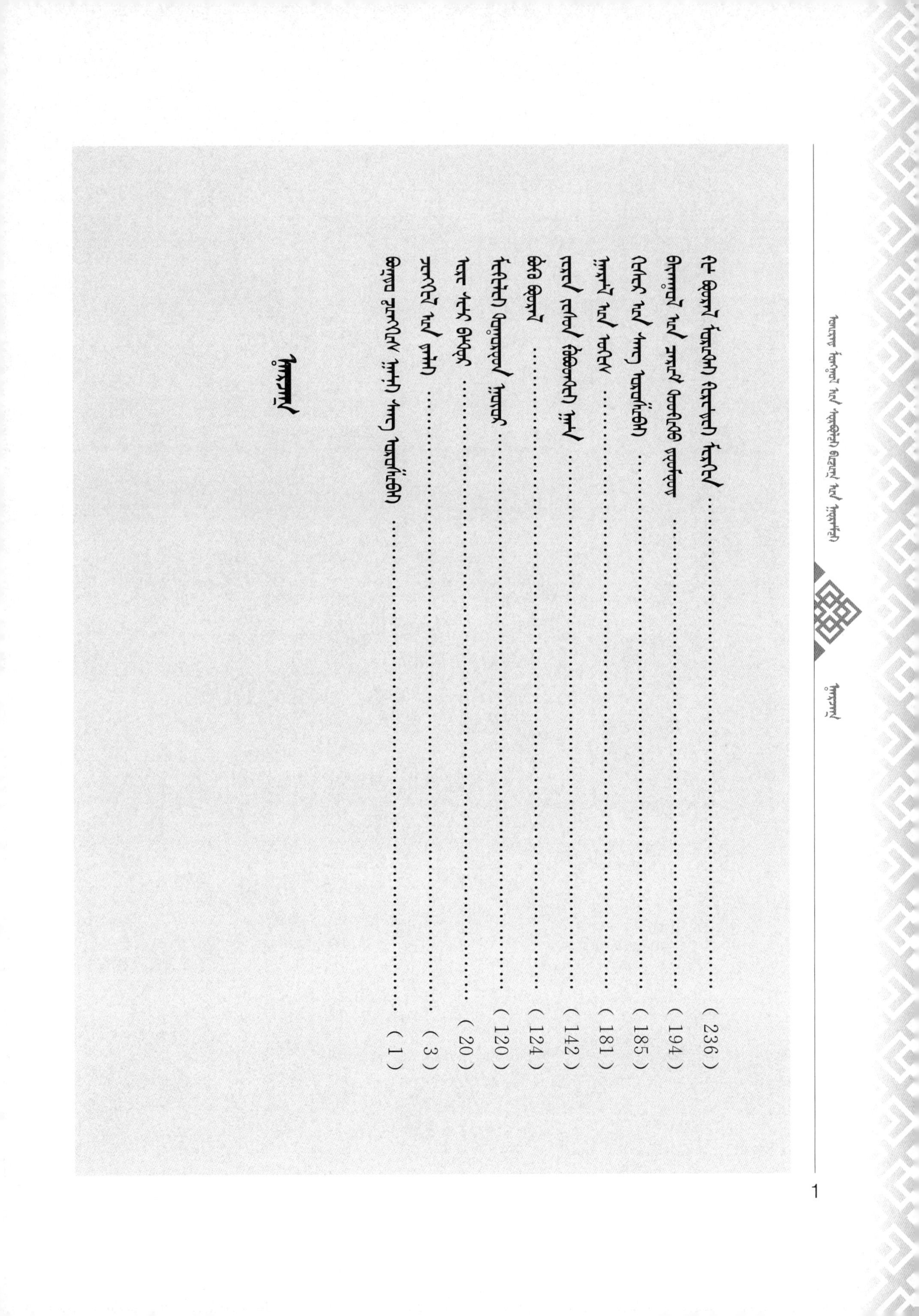

# ᡎᠠᠷᠴᠠᡎ

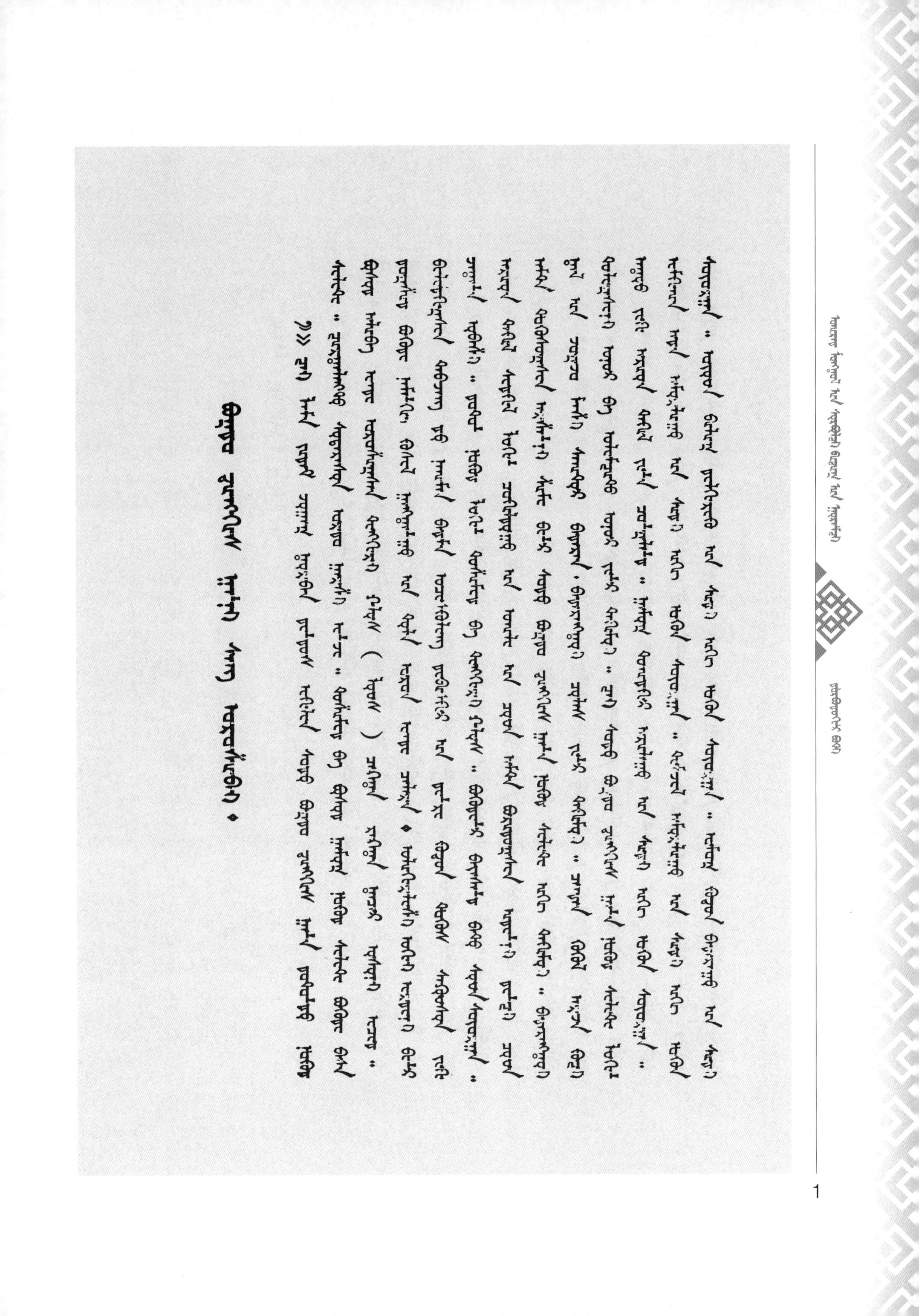

[illegible]

[illegible]

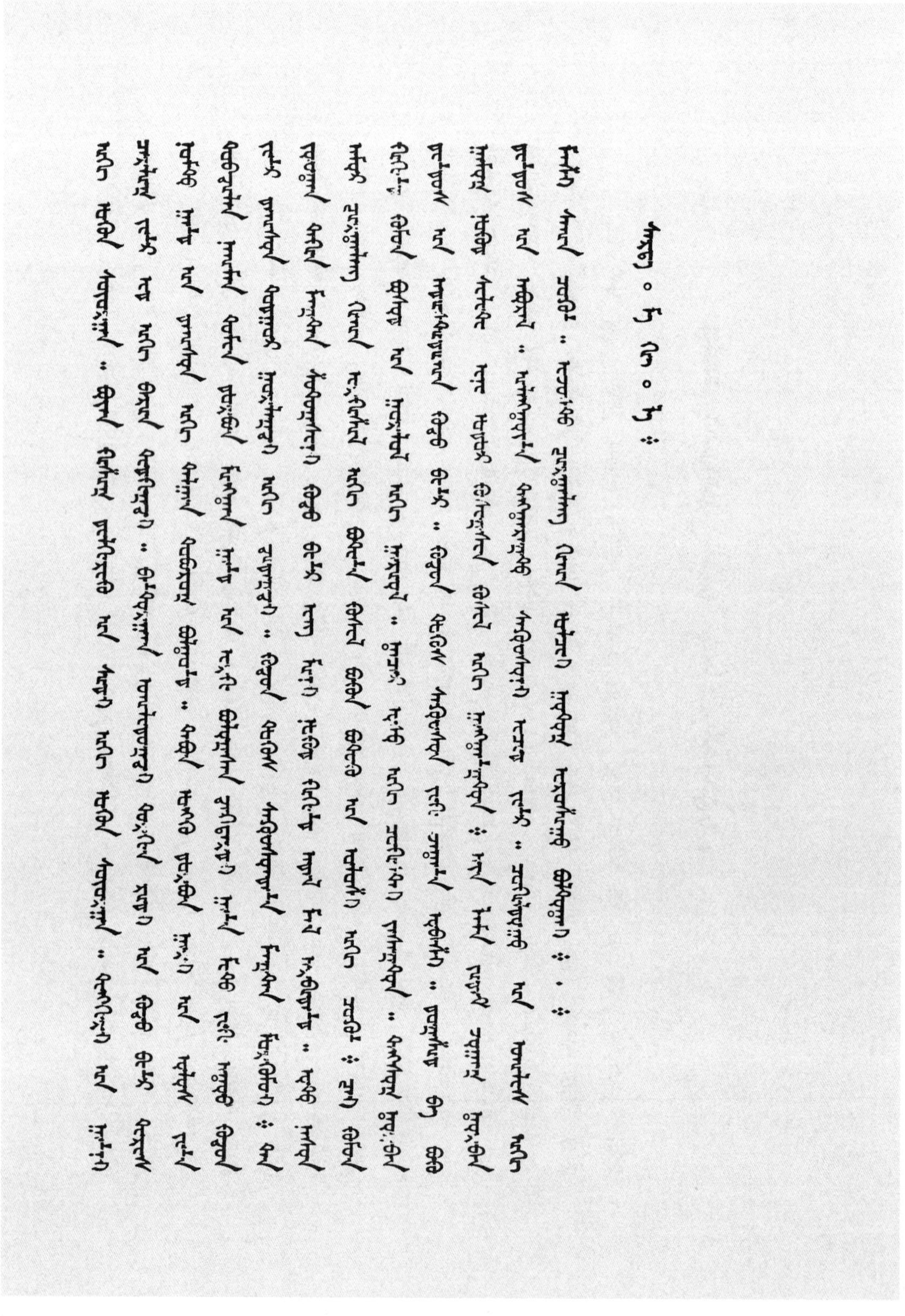

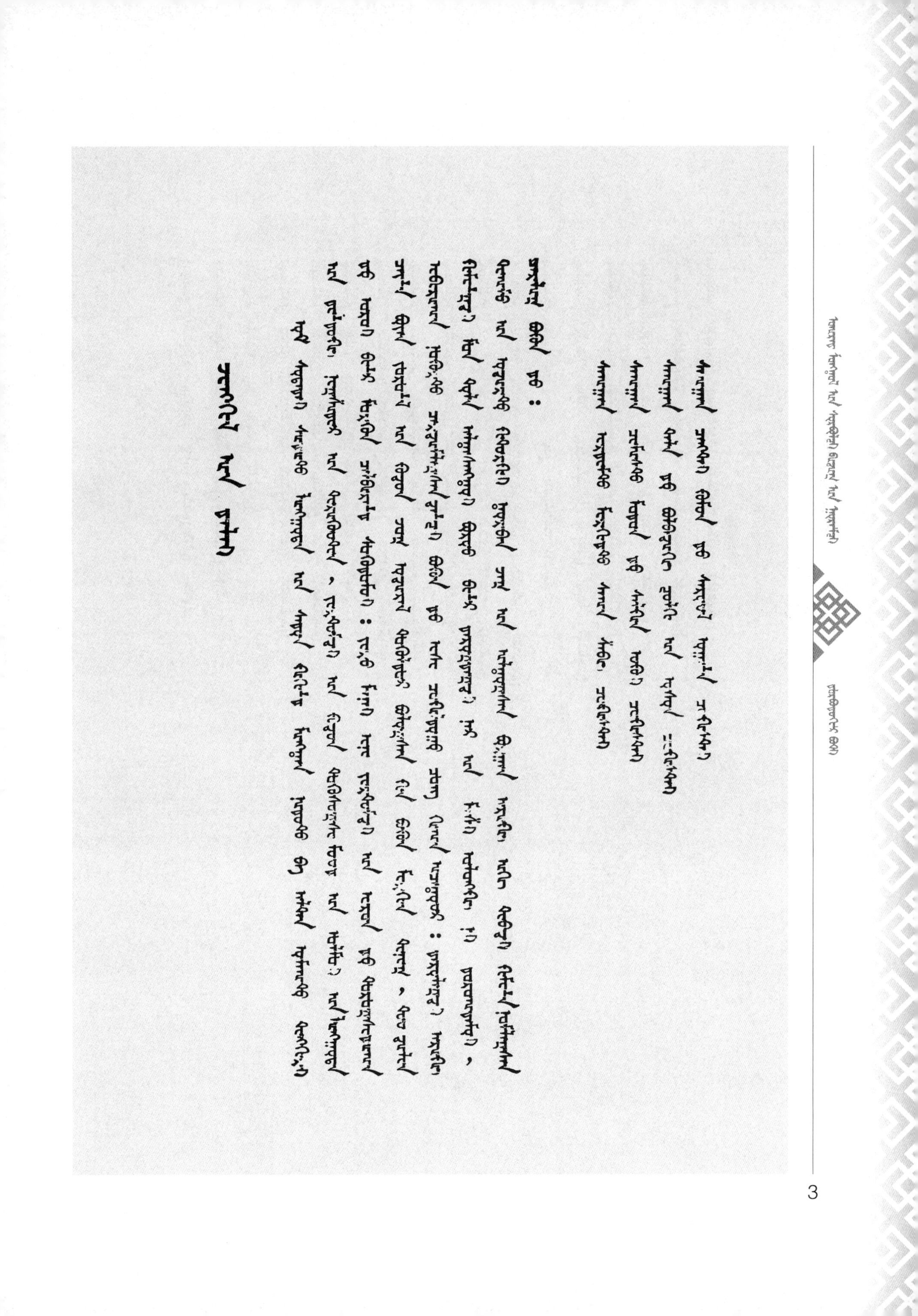

# [illegible]

[illegible] :

[illegible]

[illegible]
[illegible]
[illegible]
[illegible]

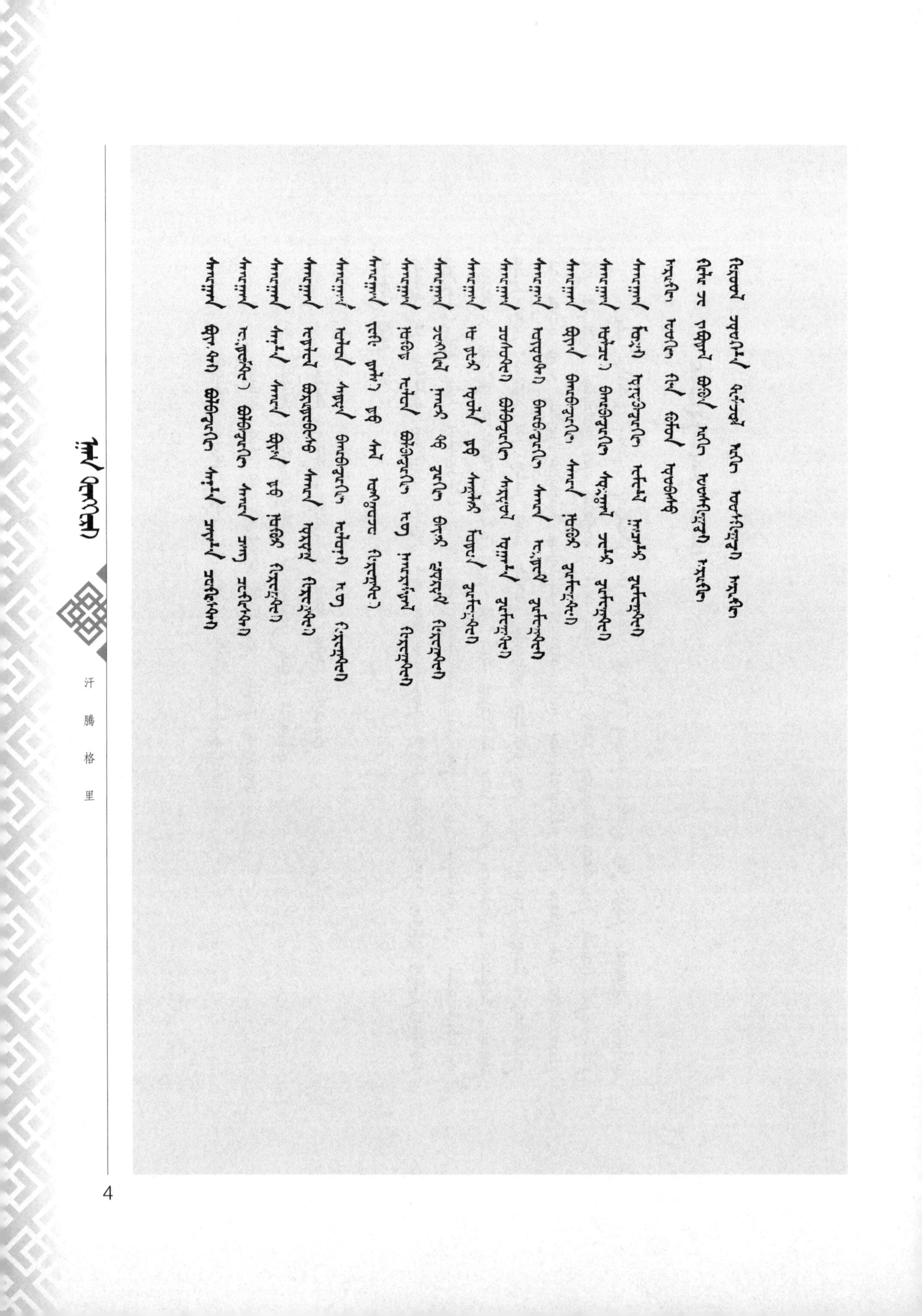

[illegible]
[illegible]
[illegible]
[illegible]
[illegible]
[illegible]
[illegible]
[illegible]
[illegible]
[illegible]
[illegible]
[illegible]
[illegible]
[illegible]
[illegible]
[illegible]
[illegible]

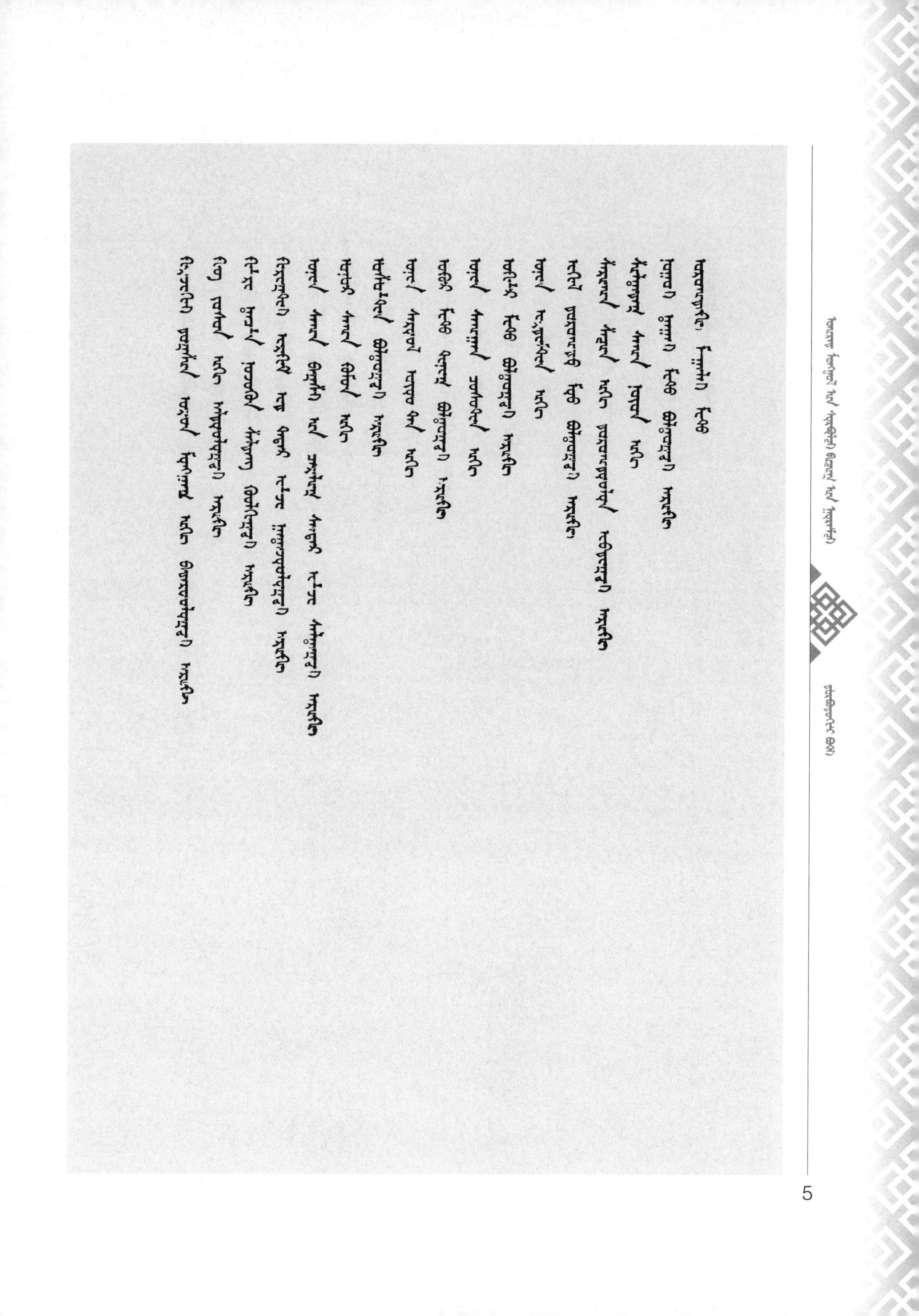

[illegible]
[illegible]
[illegible]
[illegible]
[illegible]
[illegible]
[illegible]
[illegible]
[illegible]
[illegible]
[illegible]
[illegible]
[illegible]
[illegible]
[illegible]
[illegible]
[illegible]

[illegible] [illegible]
[illegible] [illegible] [illegible] ( [illegible] ) [illegible]
[illegible] [illegible] [illegible] [illegible]
[illegible] [illegible] [illegible] [illegible]
[illegible] [illegible] [illegible] [illegible]
[illegible] [illegible] [illegible]
[illegible] [illegible] [illegible] [illegible] [illegible]
[illegible] [illegible] [illegible] [illegible]
[illegible] [illegible] [illegible] [illegible]
[illegible] [illegible] [illegible]
[illegible] [illegible] [illegible]
[illegible] [illegible] [illegible]
[illegible] [illegible]
[illegible] [illegible] [illegible]
[illegible] [illegible] [illegible]
[illegible] [illegible] [illegible]
[illegible] [illegible]

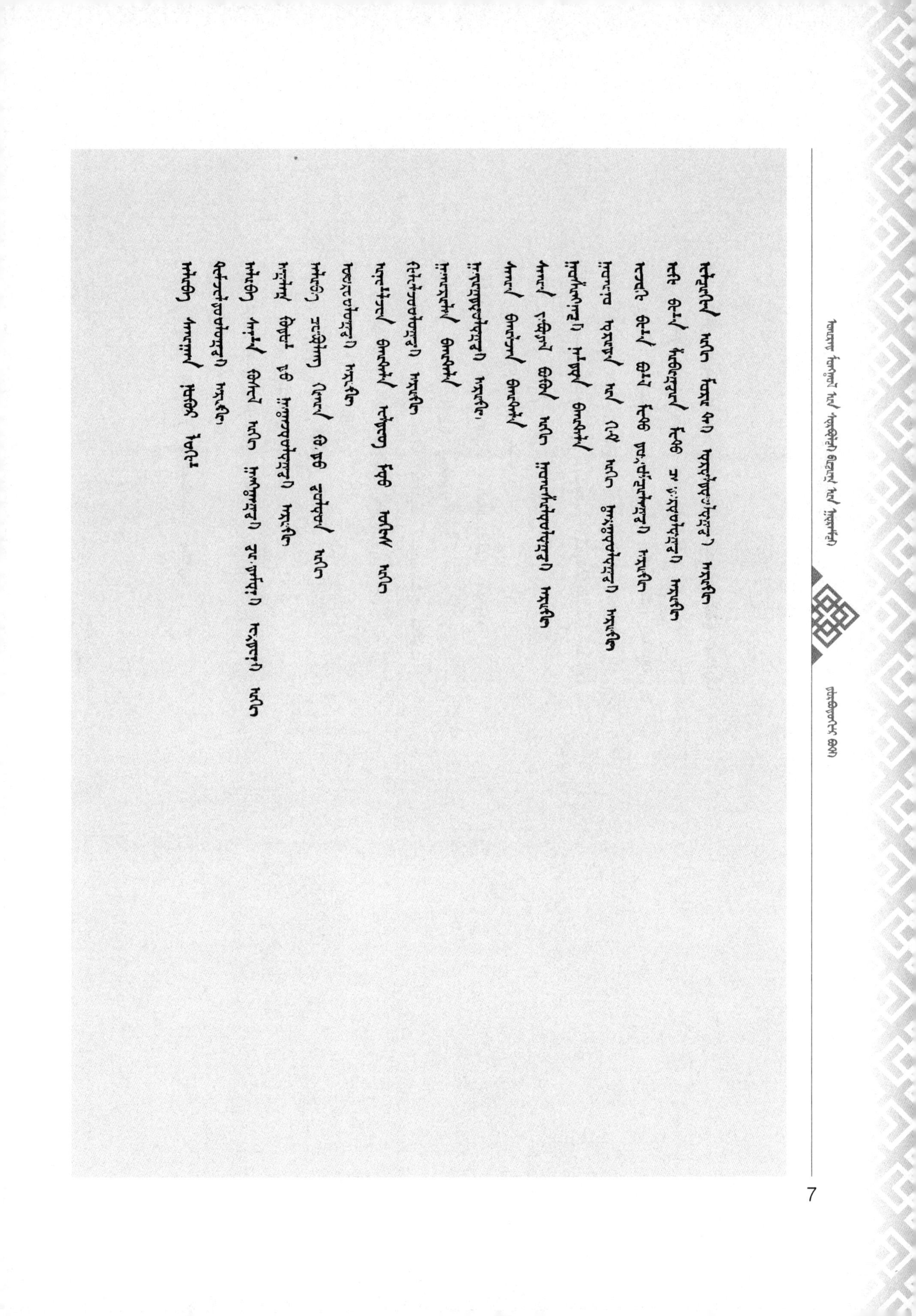

[illegible]
[illegible]
[illegible]
[illegible]
[illegible]
[illegible]
[illegible]
[illegible]
[illegible]
[illegible]
[illegible]
[illegible]
[illegible]
[illegible]
[illegible]
[illegible]
[illegible]

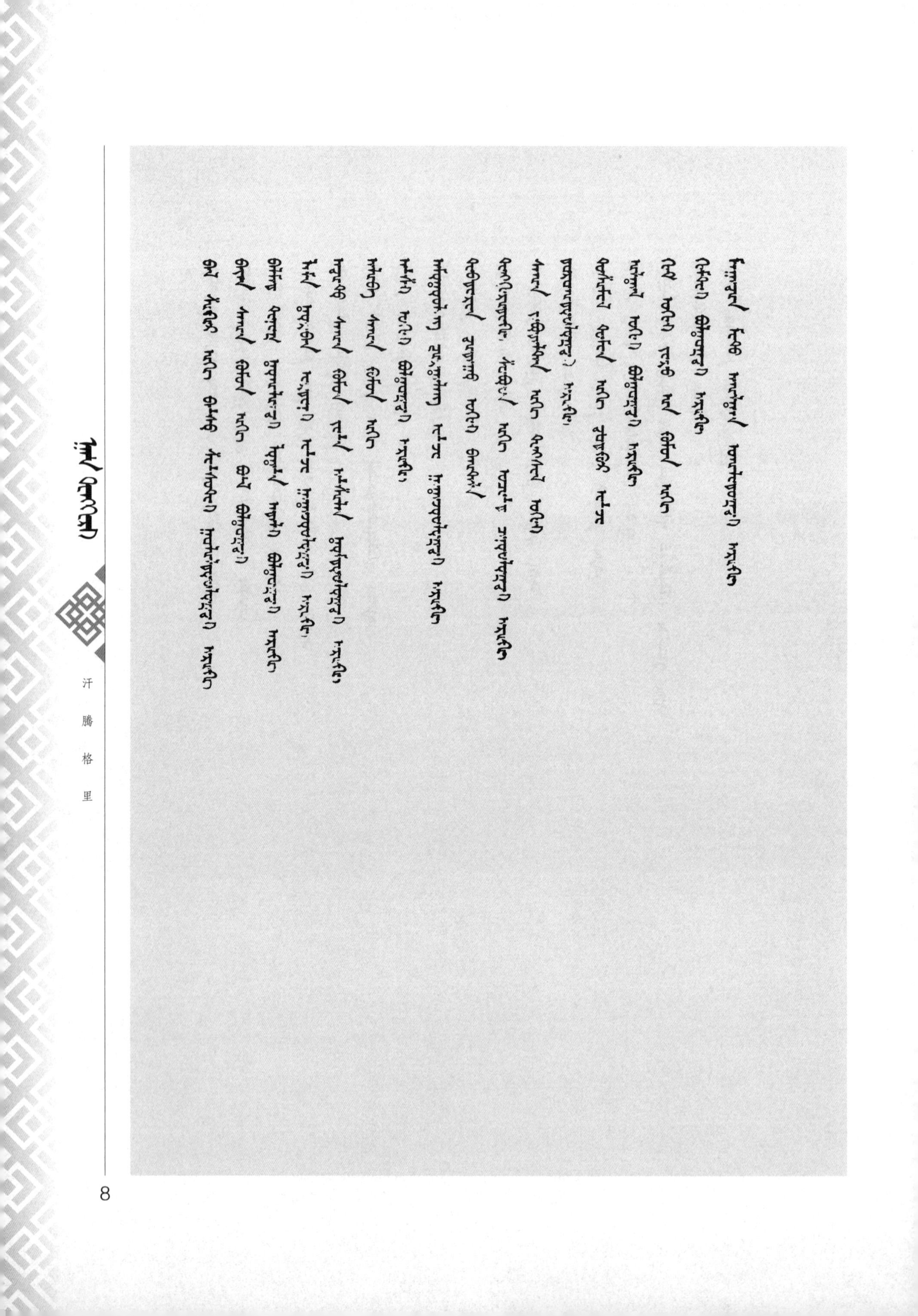

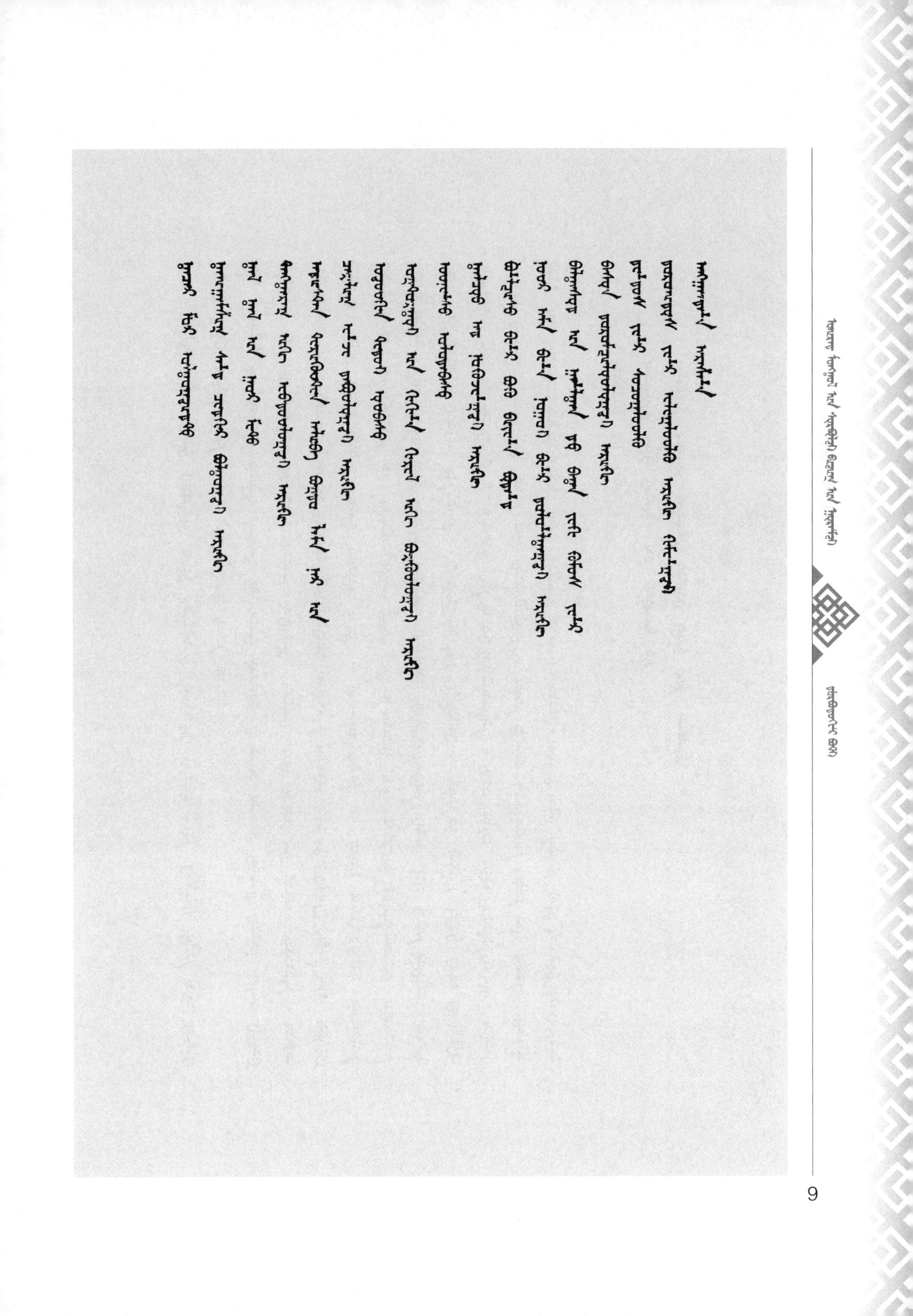

[illegible]

9

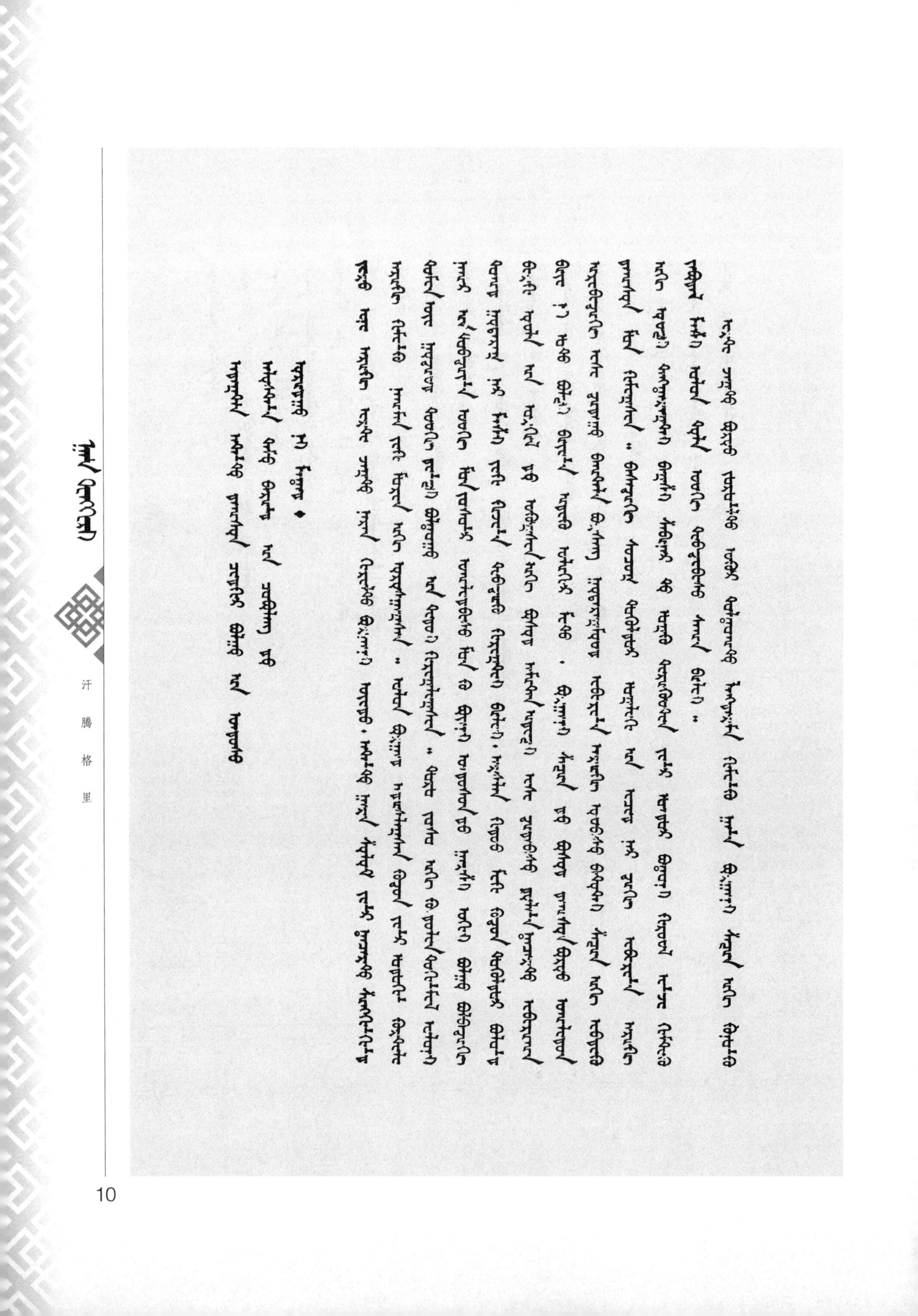

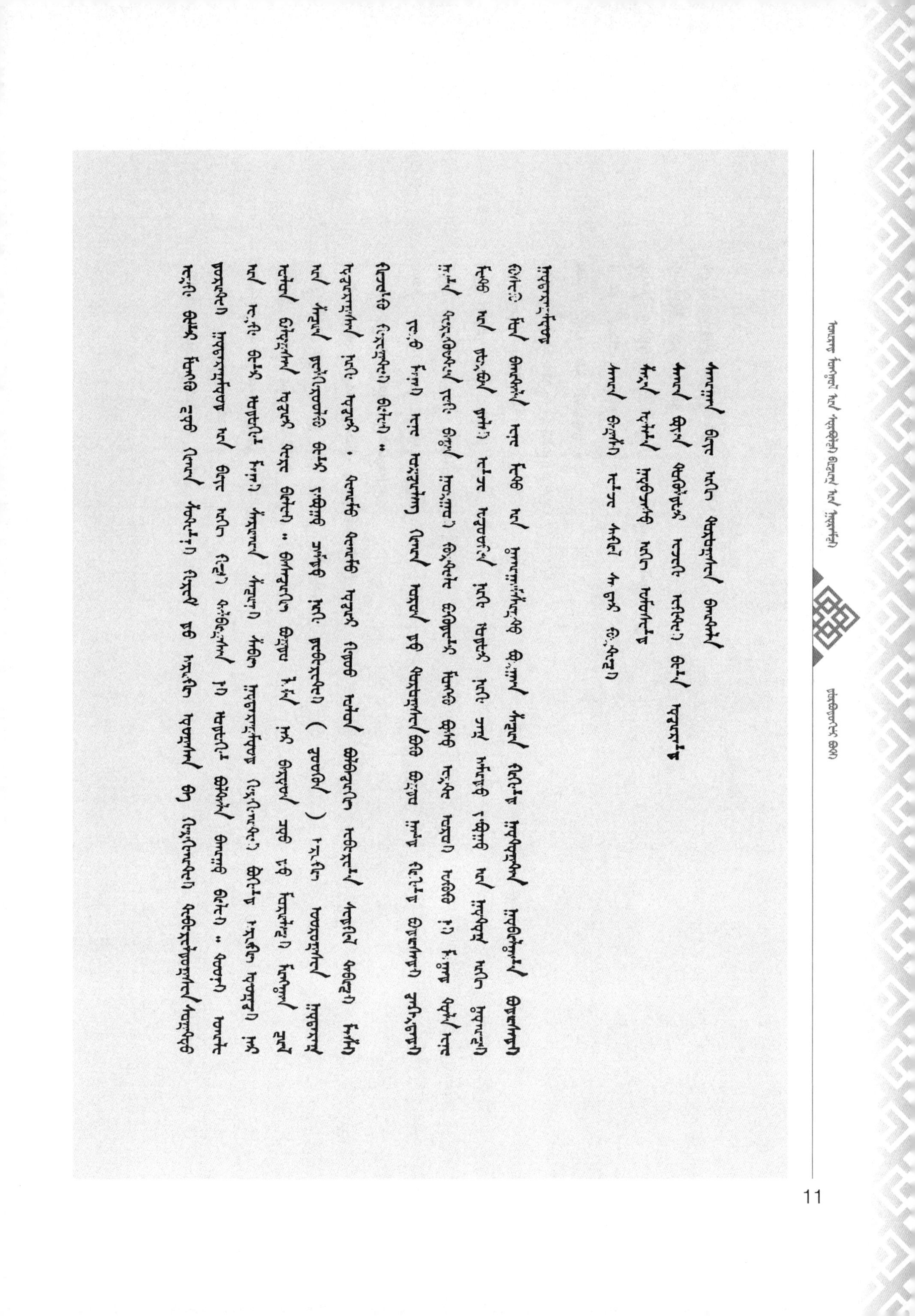

[illegible]
[illegible]
[illegible]
[illegible]

[illegible]

[illegible]

[illegible]

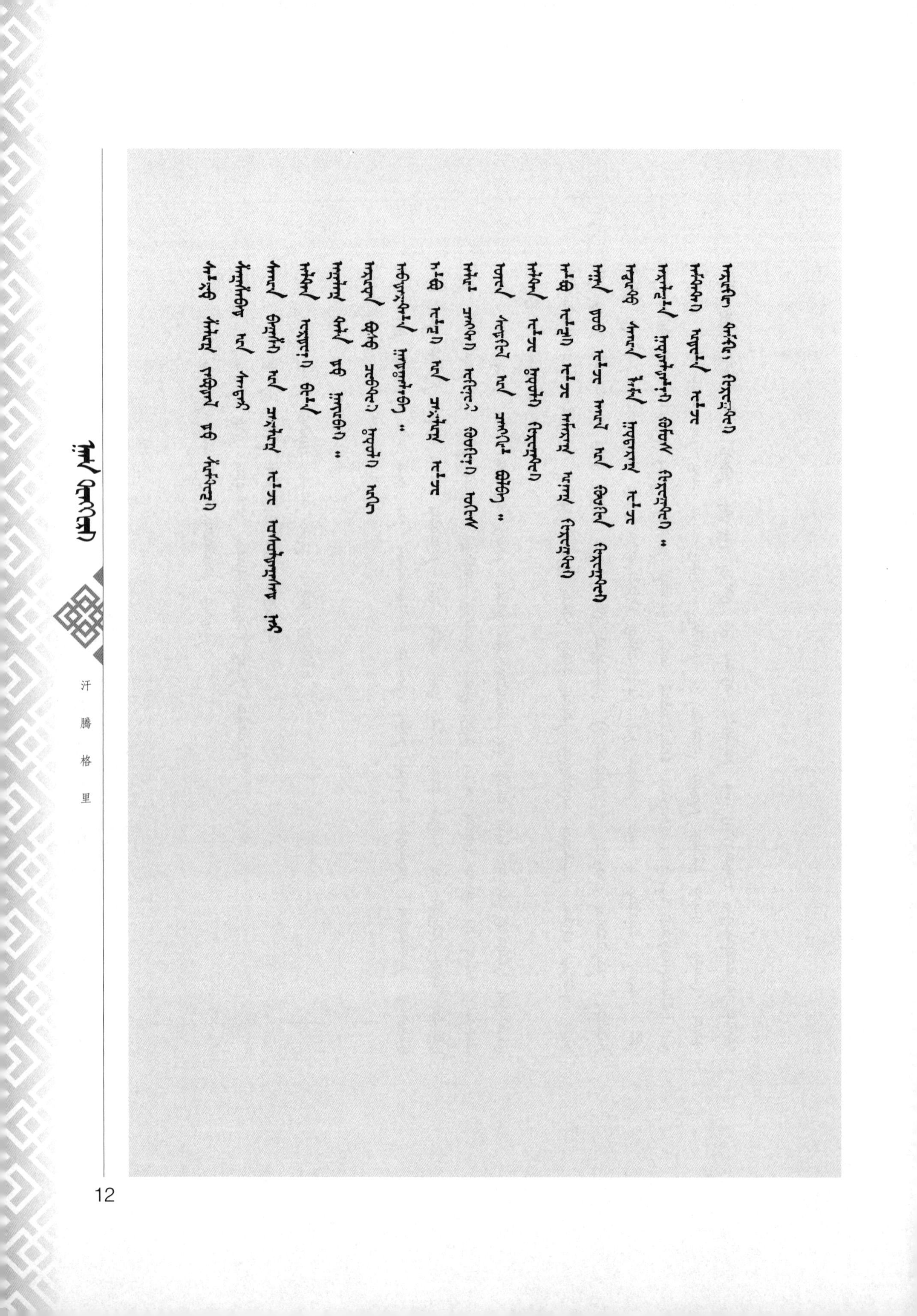

[illegible]

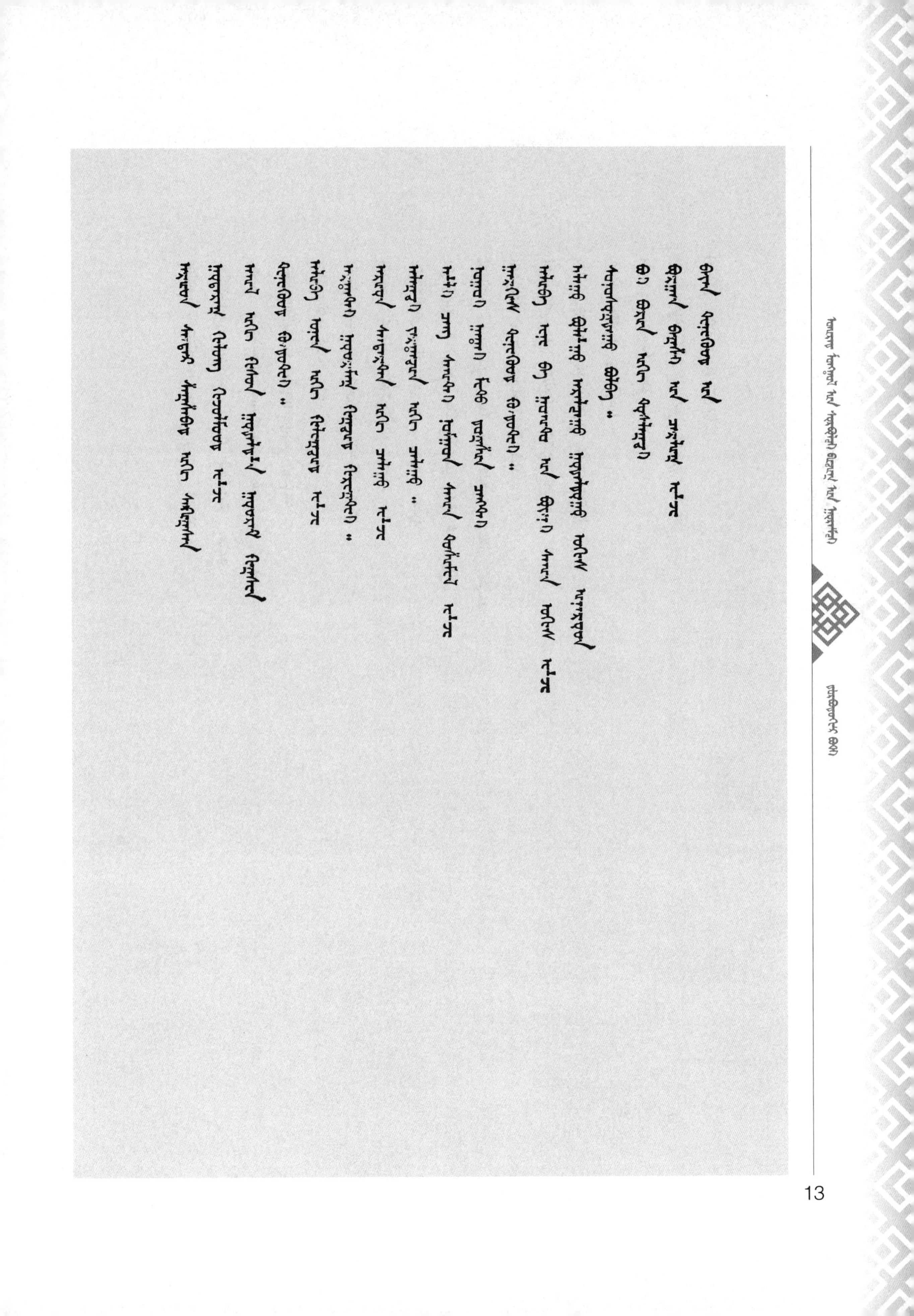

[illegible]
[illegible]
[illegible]
[illegible]
[illegible]
[illegible]
[illegible]
[illegible]
[illegible]
[illegible]
[illegible]
[illegible]
[illegible]
[illegible]
[illegible]
[illegible]
[illegible]

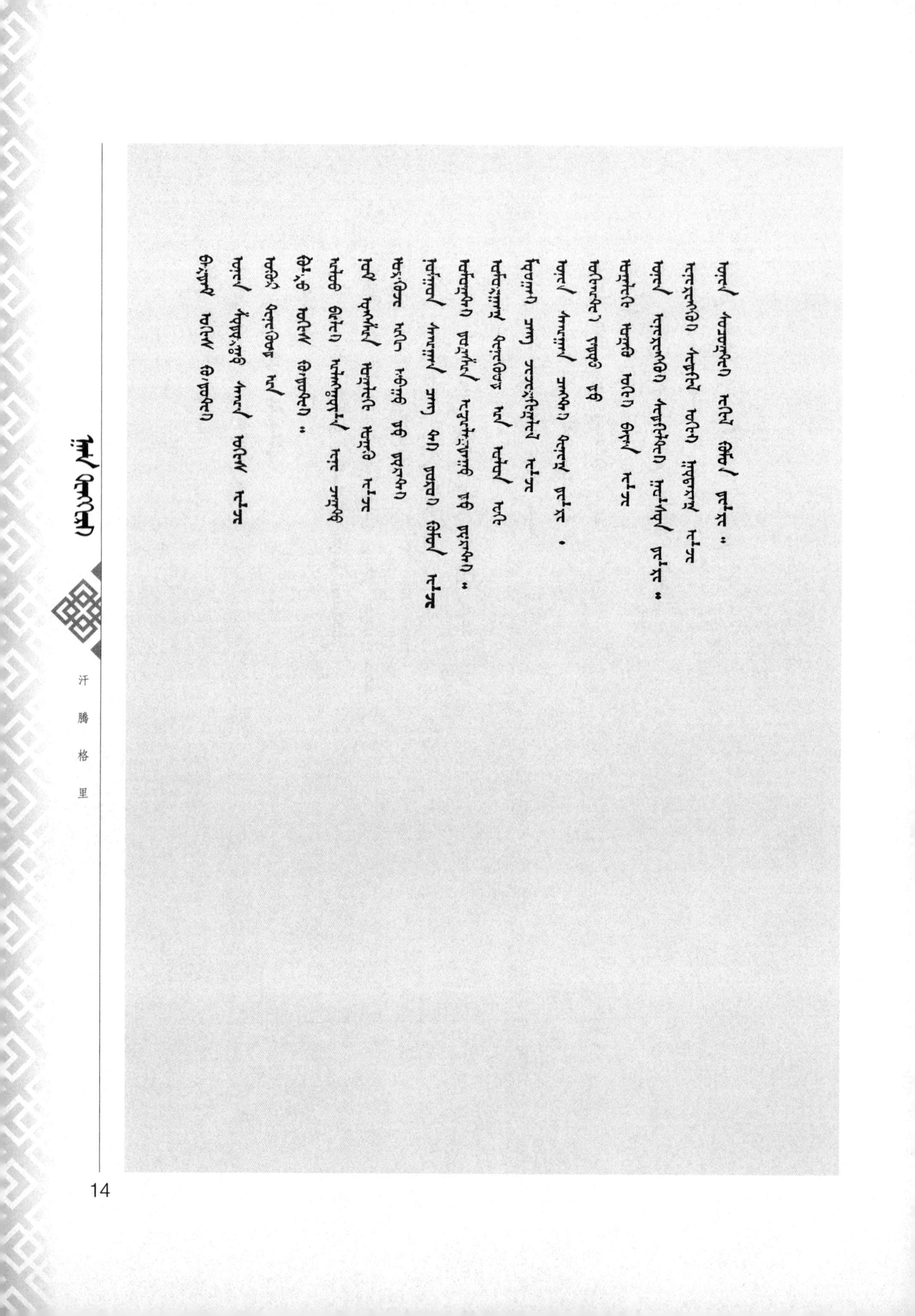

[illegible]
[illegible]
[illegible]
[illegible]
[illegible]
[illegible]
[illegible]
[illegible]
[illegible]
[illegible]
[illegible]
[illegible]
[illegible]
[illegible]
[illegible]
[illegible]

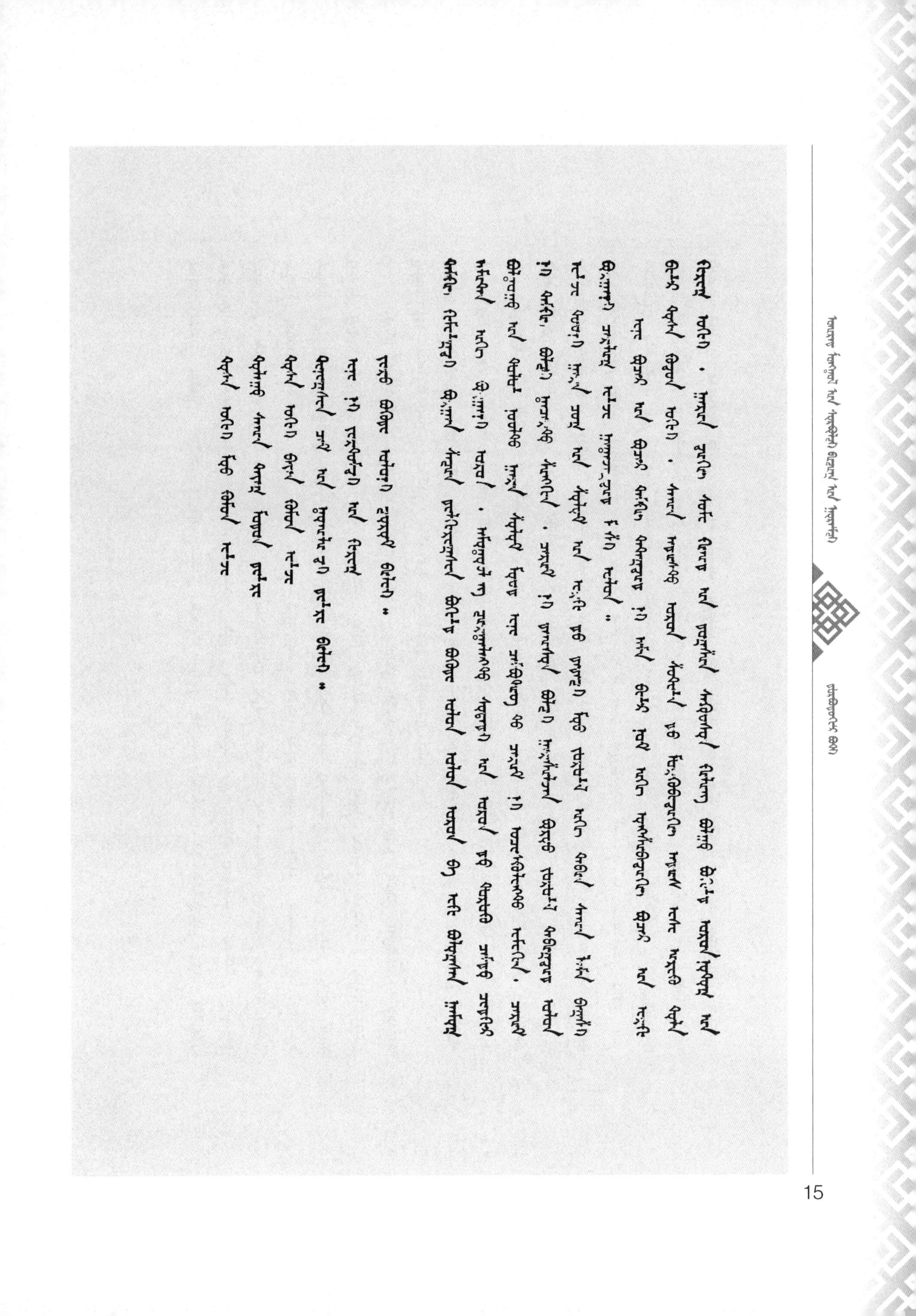

[illegible] [illegible] [illegible] [illegible]

[illegible] [illegible] [illegible] [illegible] [illegible]

[illegible]
[illegible]
[illegible]
[illegible]
[illegible]
[illegible]

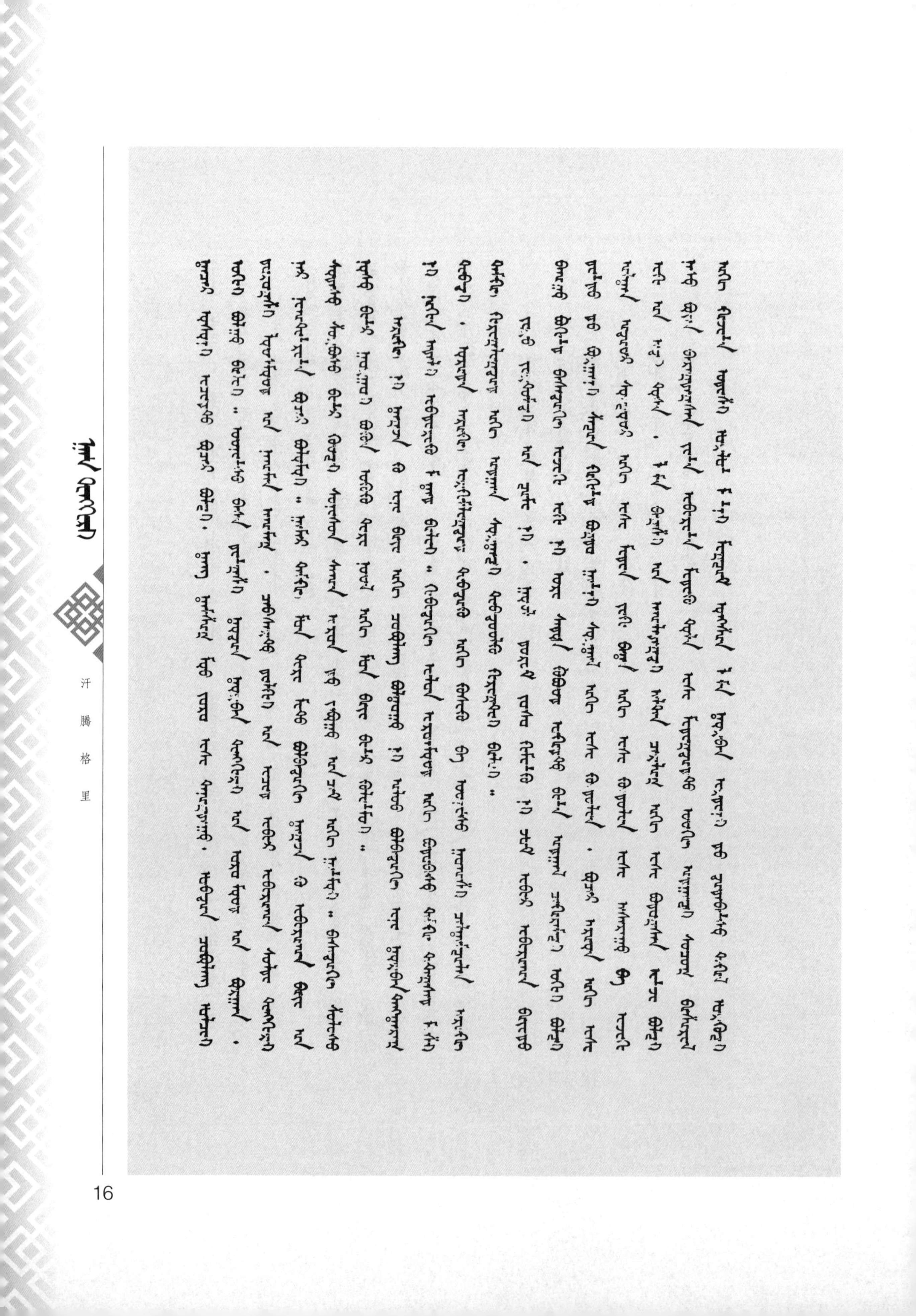

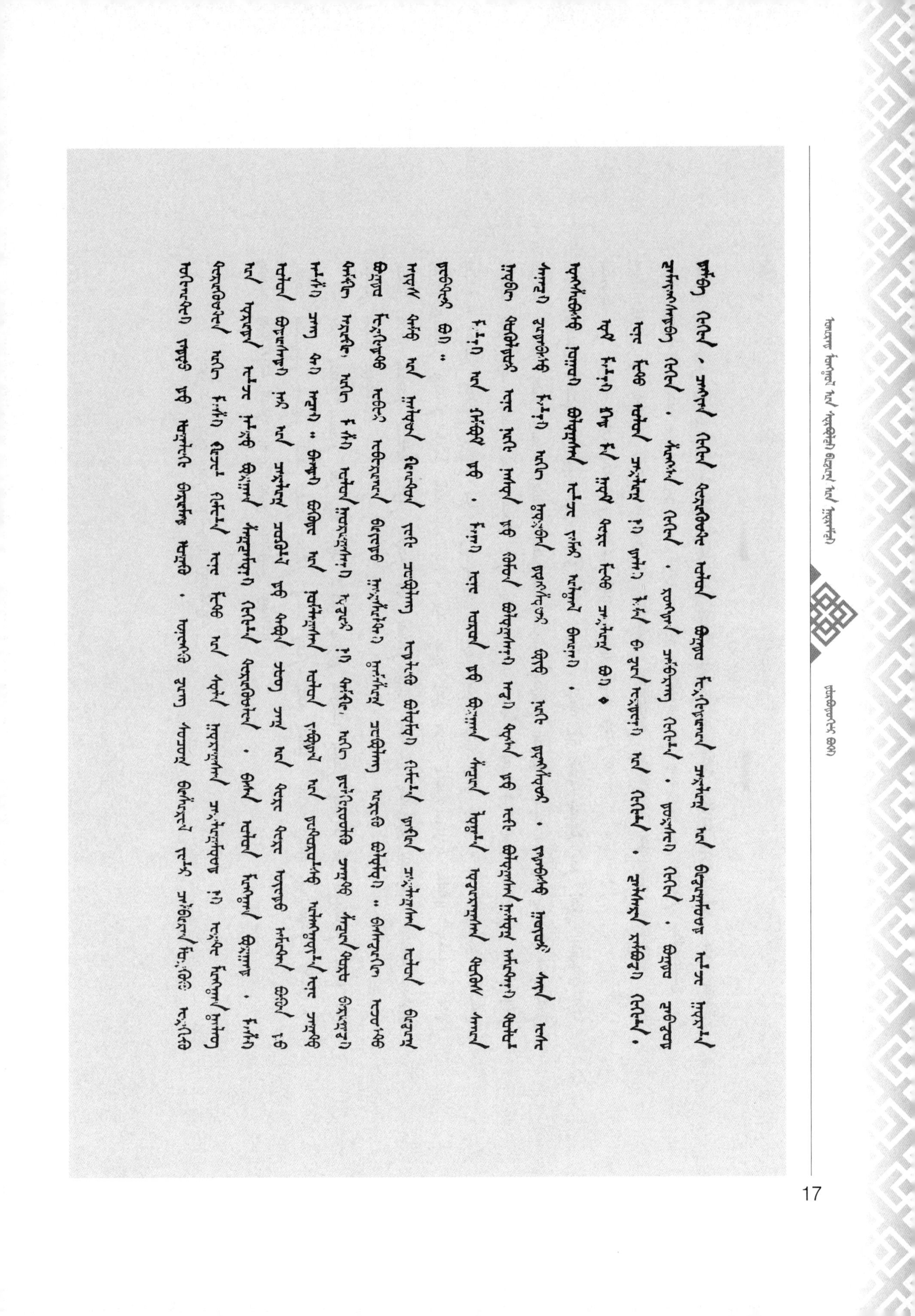

[illegible]

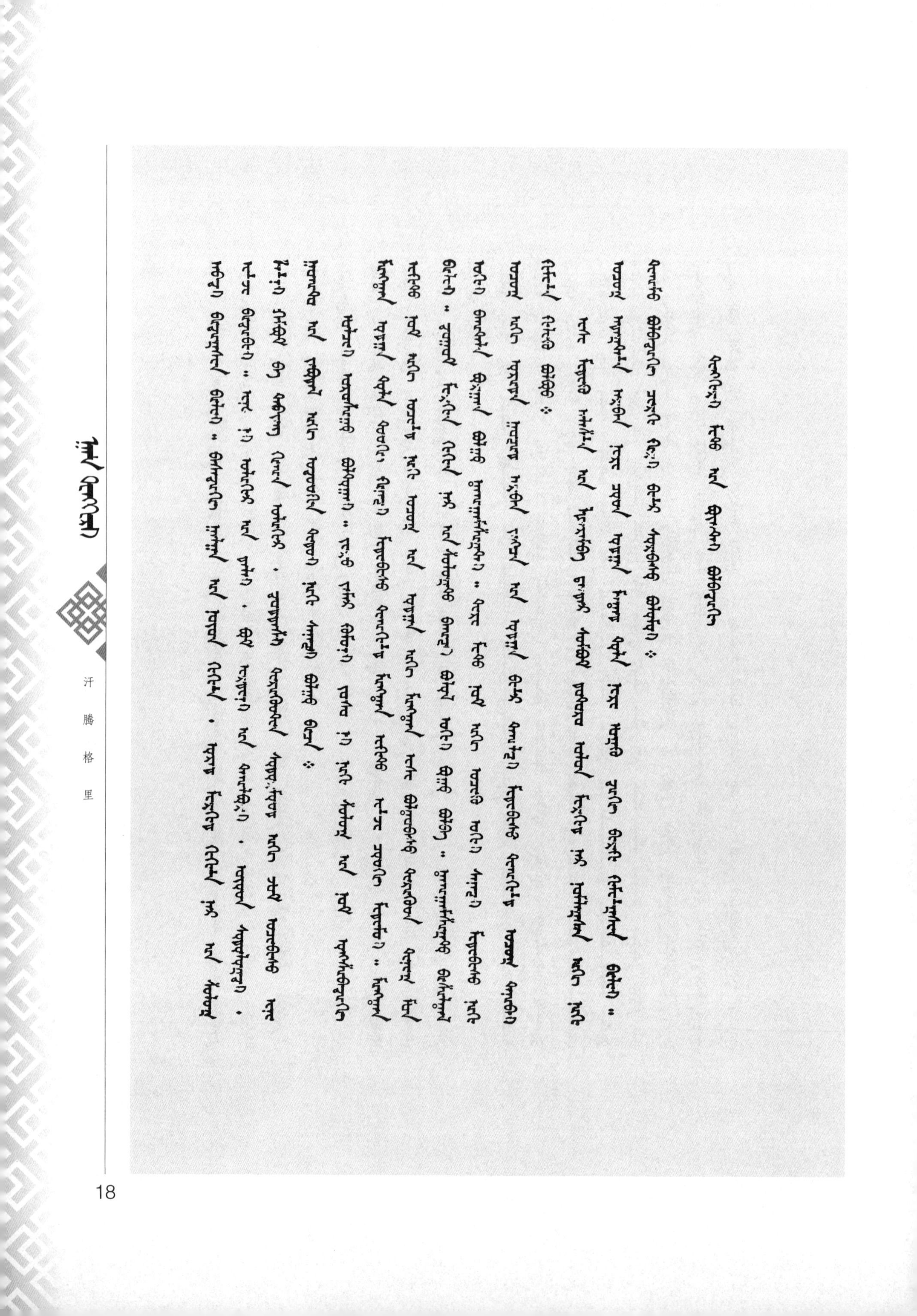

[illegible]

[illegible]

[illegible]

[illegible]

[illegible]

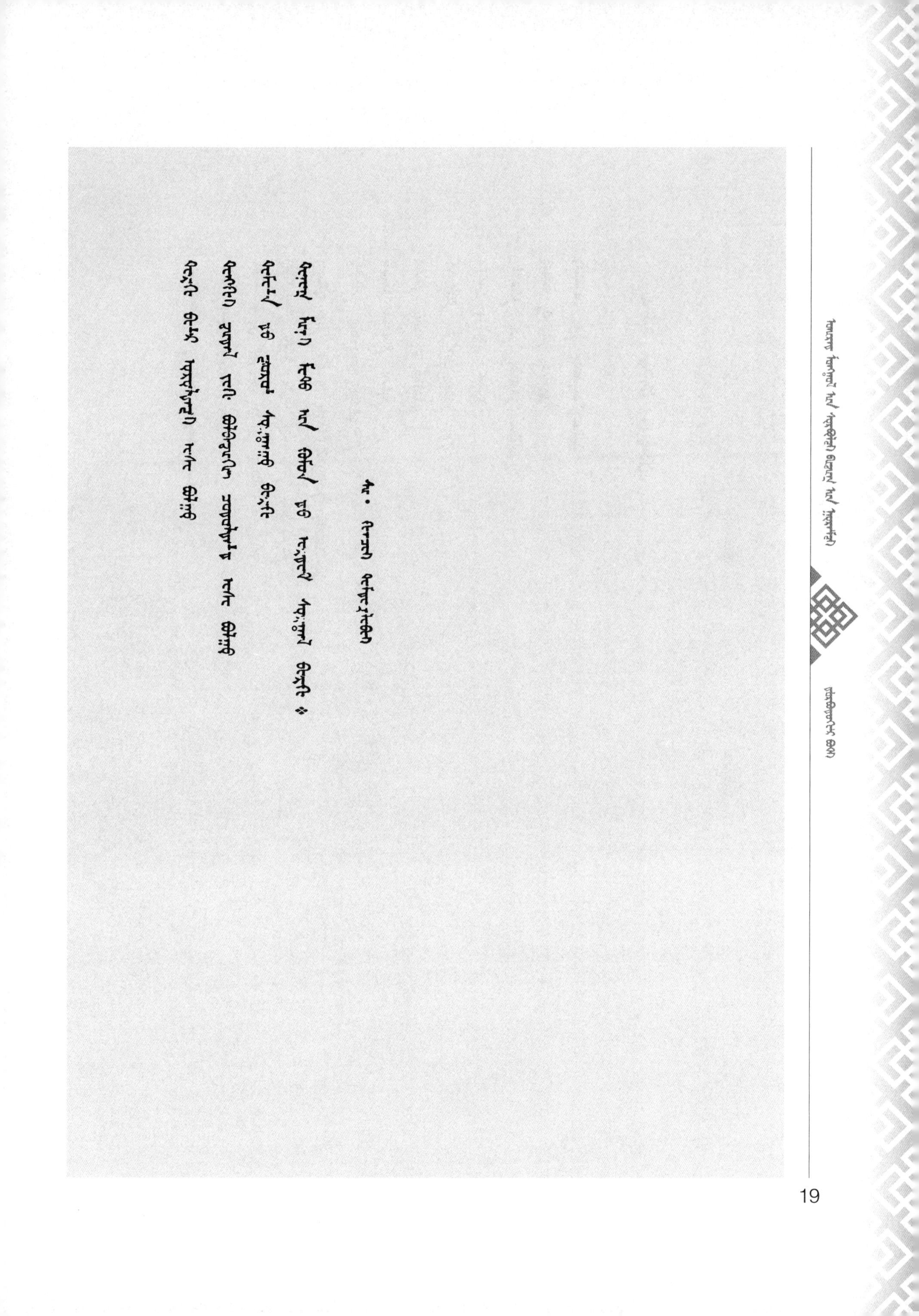

[illegible]

[illegible]

[illegible]

[illegible]

[illegible]

[illegible]

[illegible]

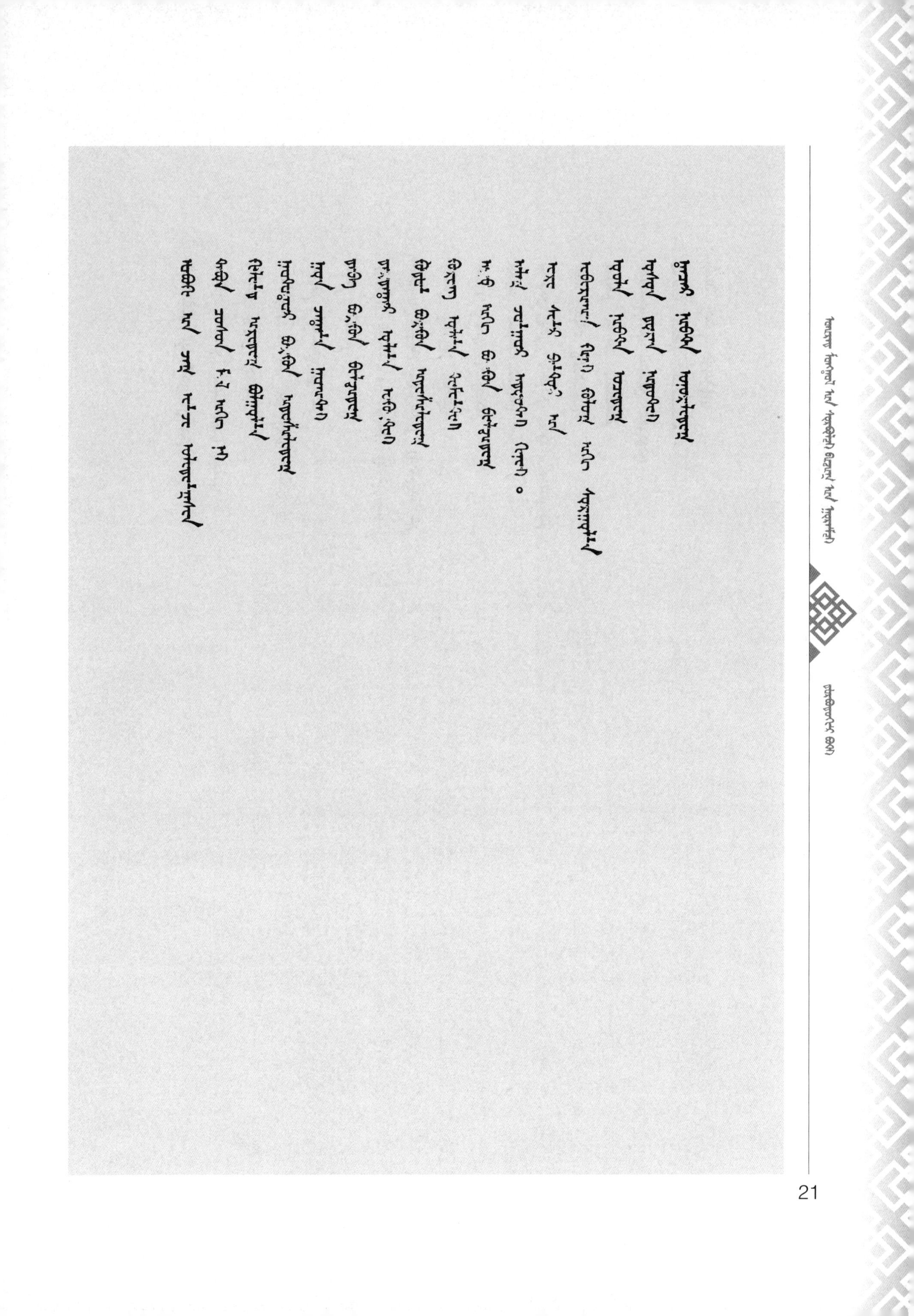

[illegible]
[illegible]
[illegible]
[illegible]
[illegible]
[illegible] ᠃
[illegible]
[illegible]
[illegible]
[illegible]
[illegible]
[illegible]
[illegible]
[illegible]
[illegible]
[illegible]

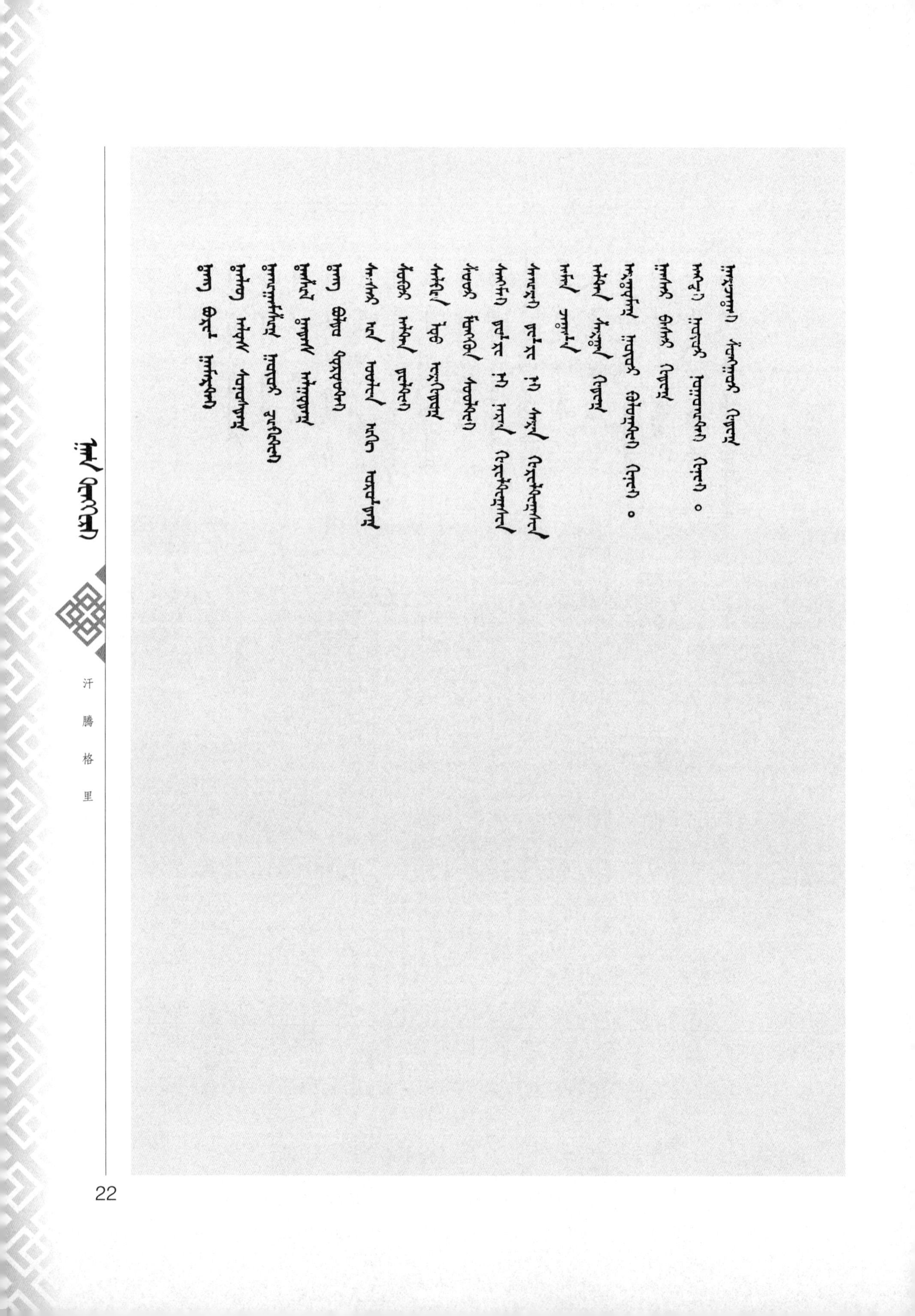

[illegible]

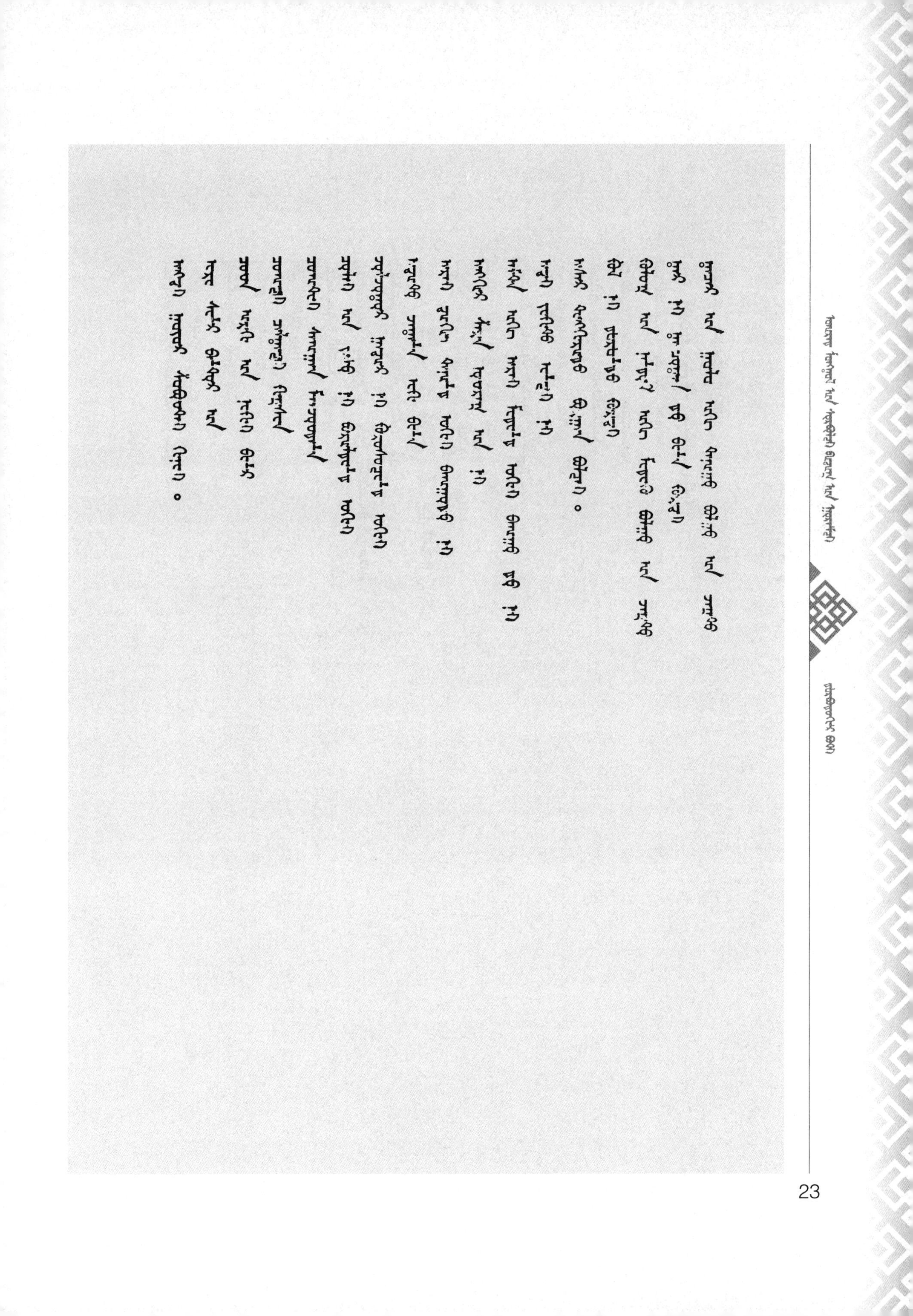

[illegible]
[illegible]
[illegible]
[illegible]
[illegible]
[illegible]
[illegible]
[illegible]
[illegible]
[illegible]
[illegible]
[illegible]
[illegible]
[illegible]
[illegible]
[illegible]
[illegible]

[illegible]
[illegible]
[illegible]
[illegible]
[illegible]

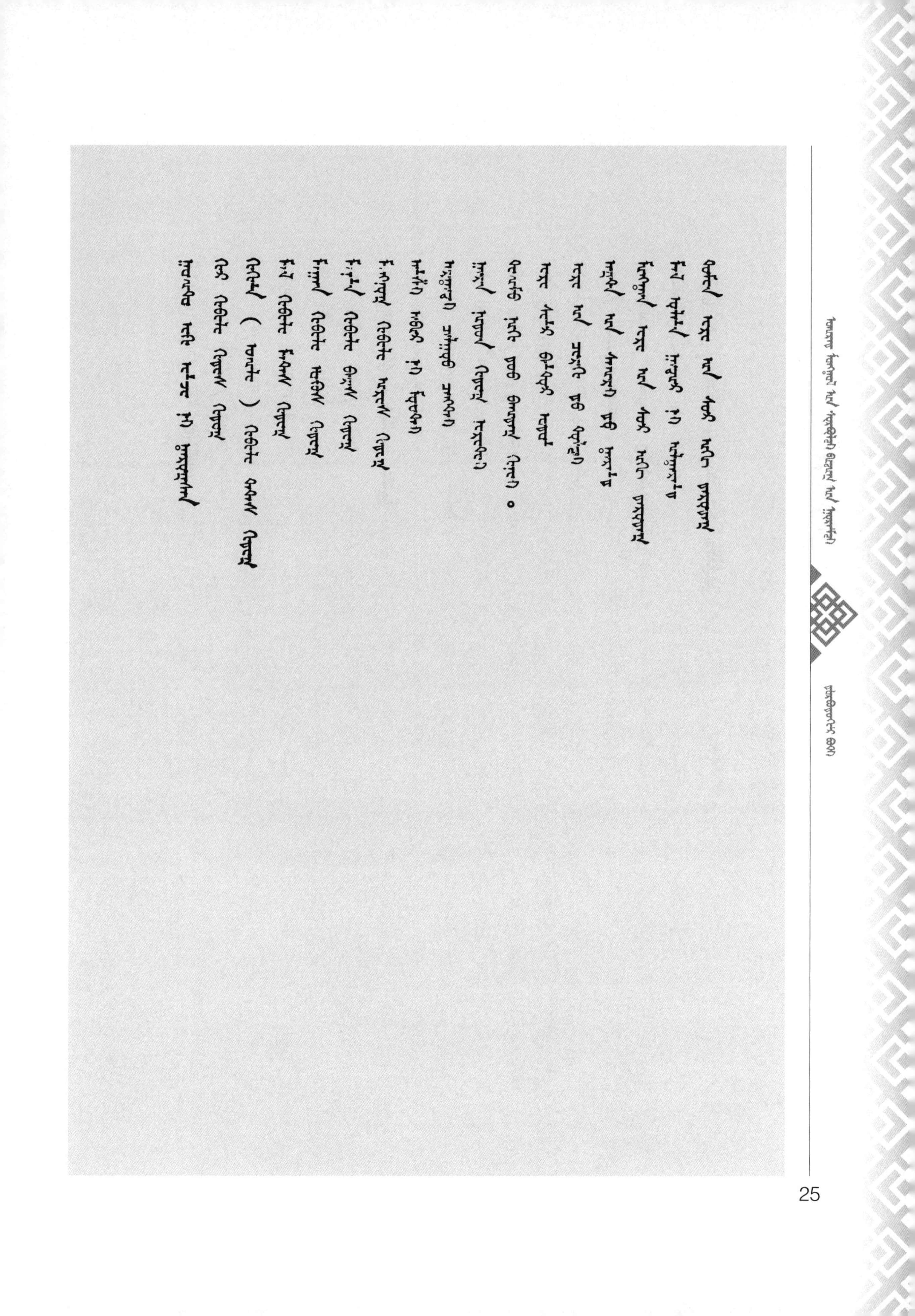

[illegible]
[illegible]
[illegible]
[illegible]
[illegible]
[illegible]
[illegible] ᠃
[illegible]
[illegible]
[illegible]
[illegible]
[illegible]
[illegible]
[illegible]
[illegible] ( [illegible] ) [illegible]
[illegible]
[illegible]

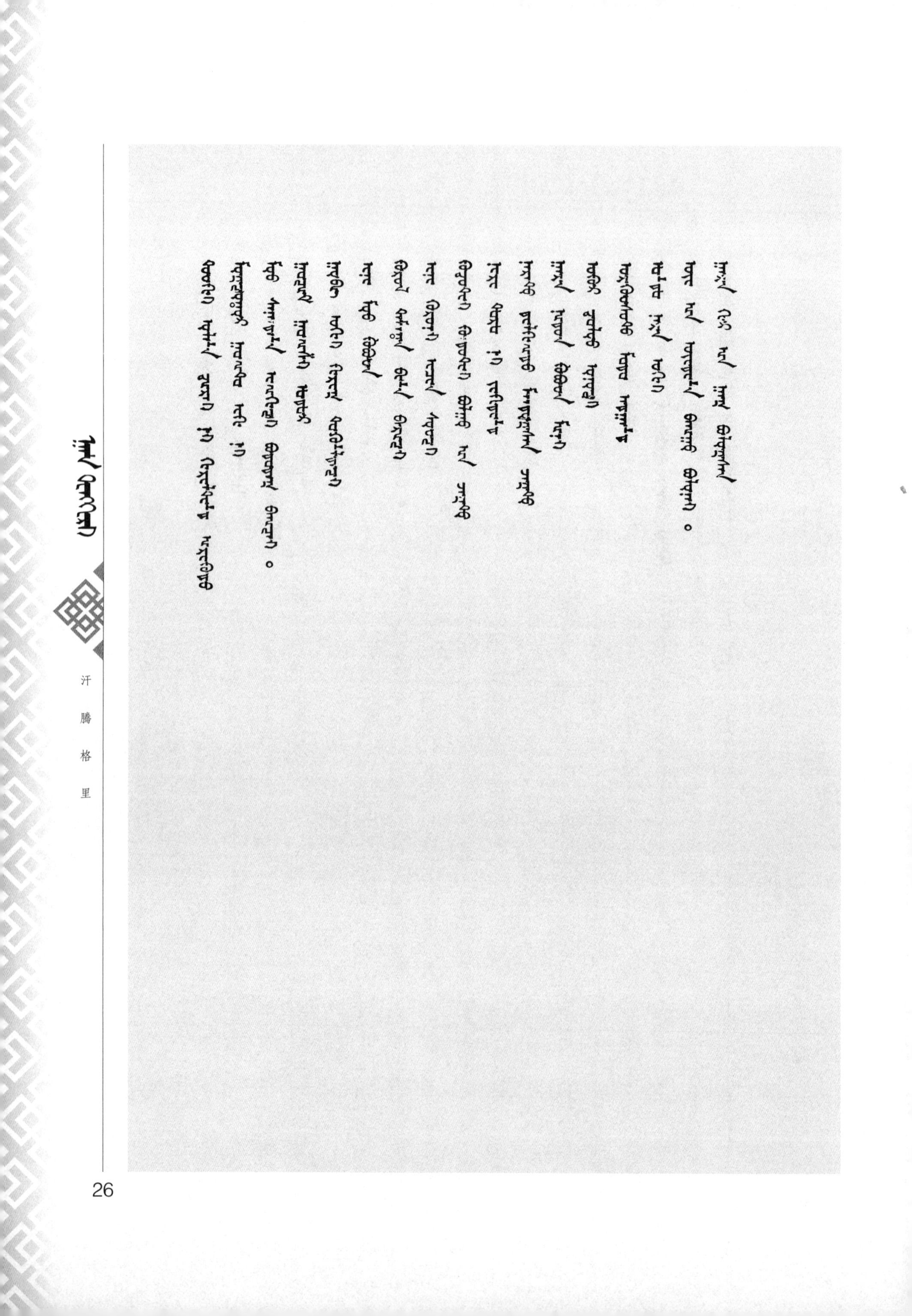

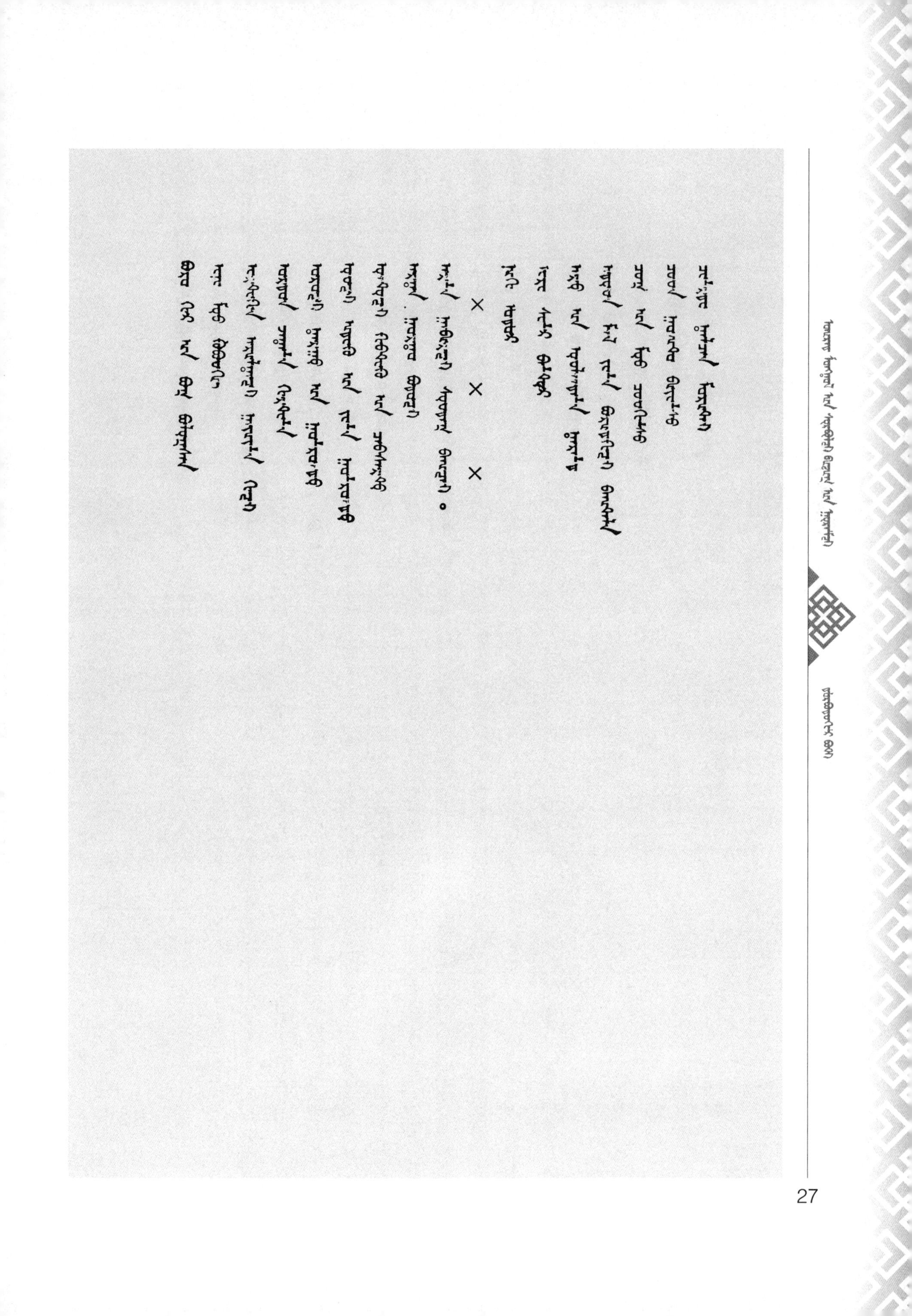

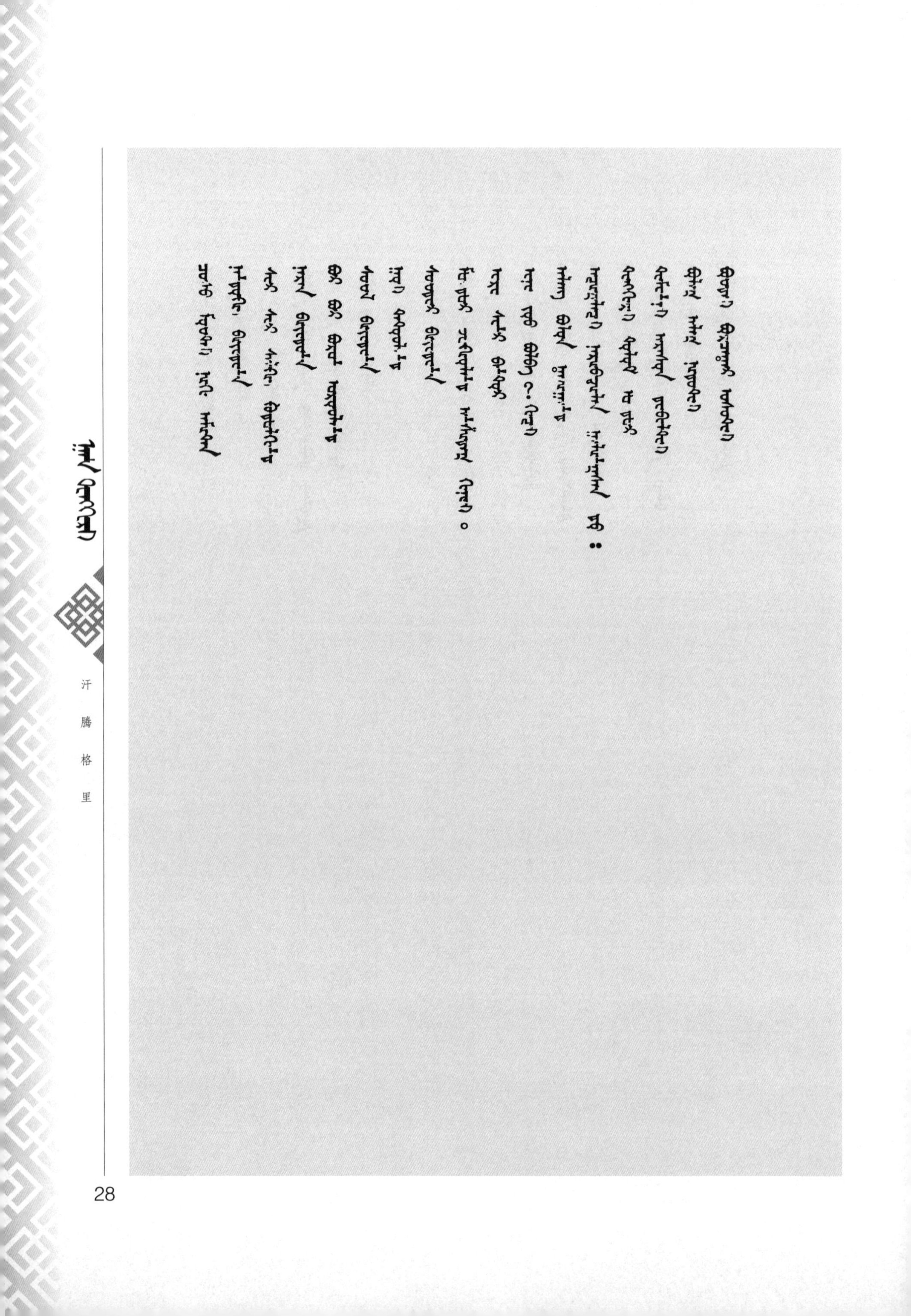

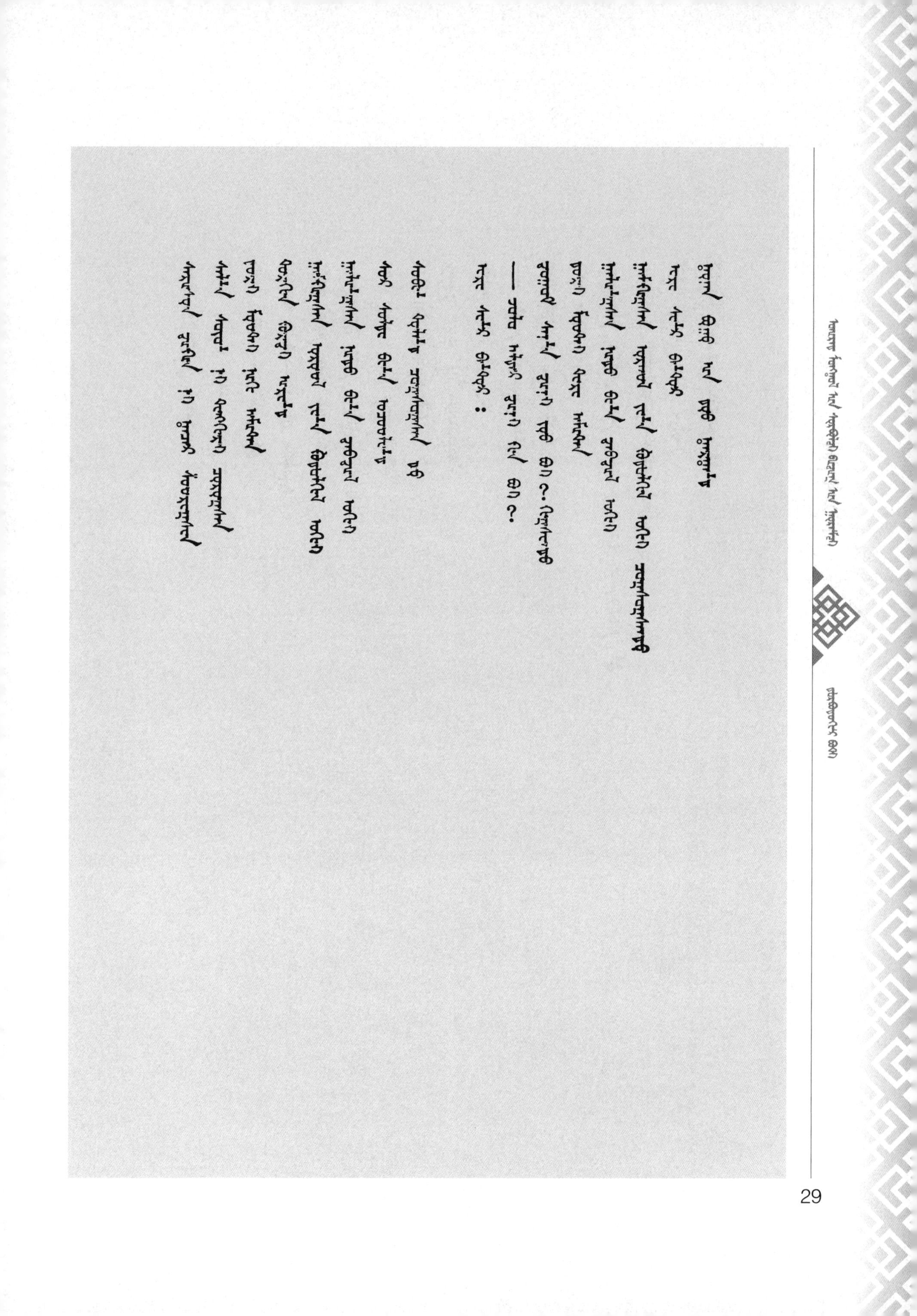

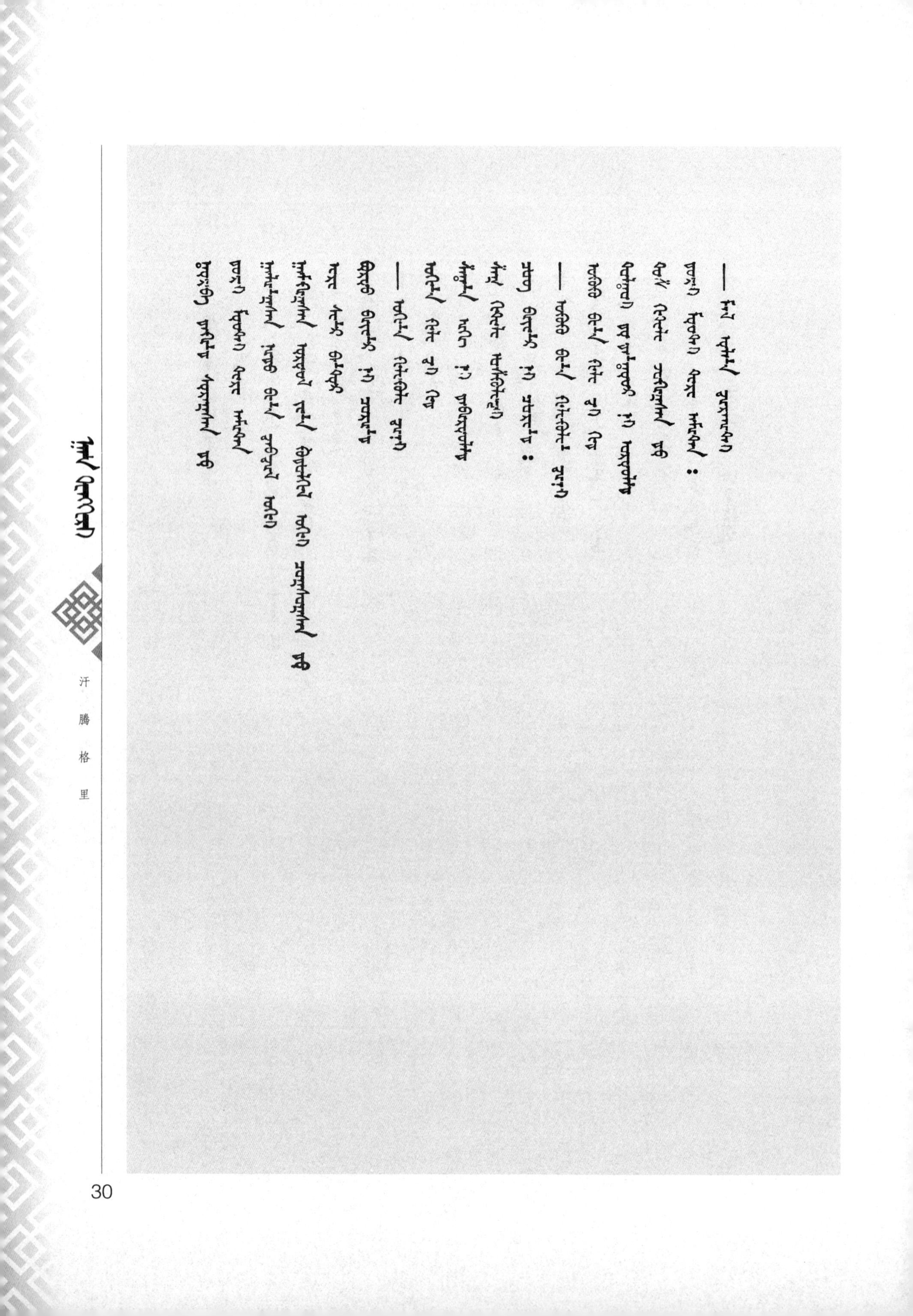

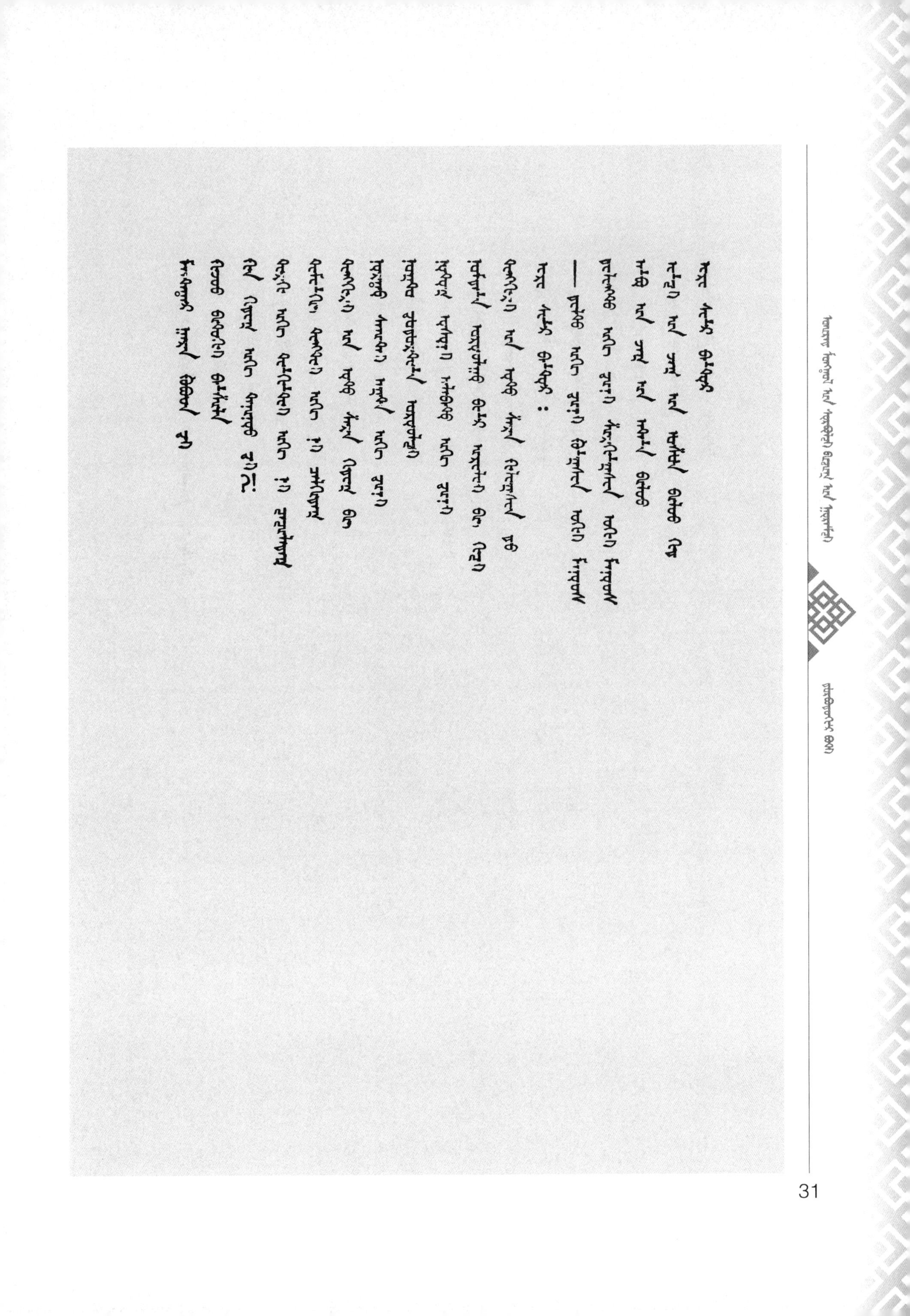

[illegible]
[illegible]
[illegible]
[illegible]
[illegible]
[illegible]
[illegible]
[illegible]
[illegible]
[illegible]
[illegible]
[illegible]
[illegible]
[illegible]
[illegible]
[illegible]
[illegible]

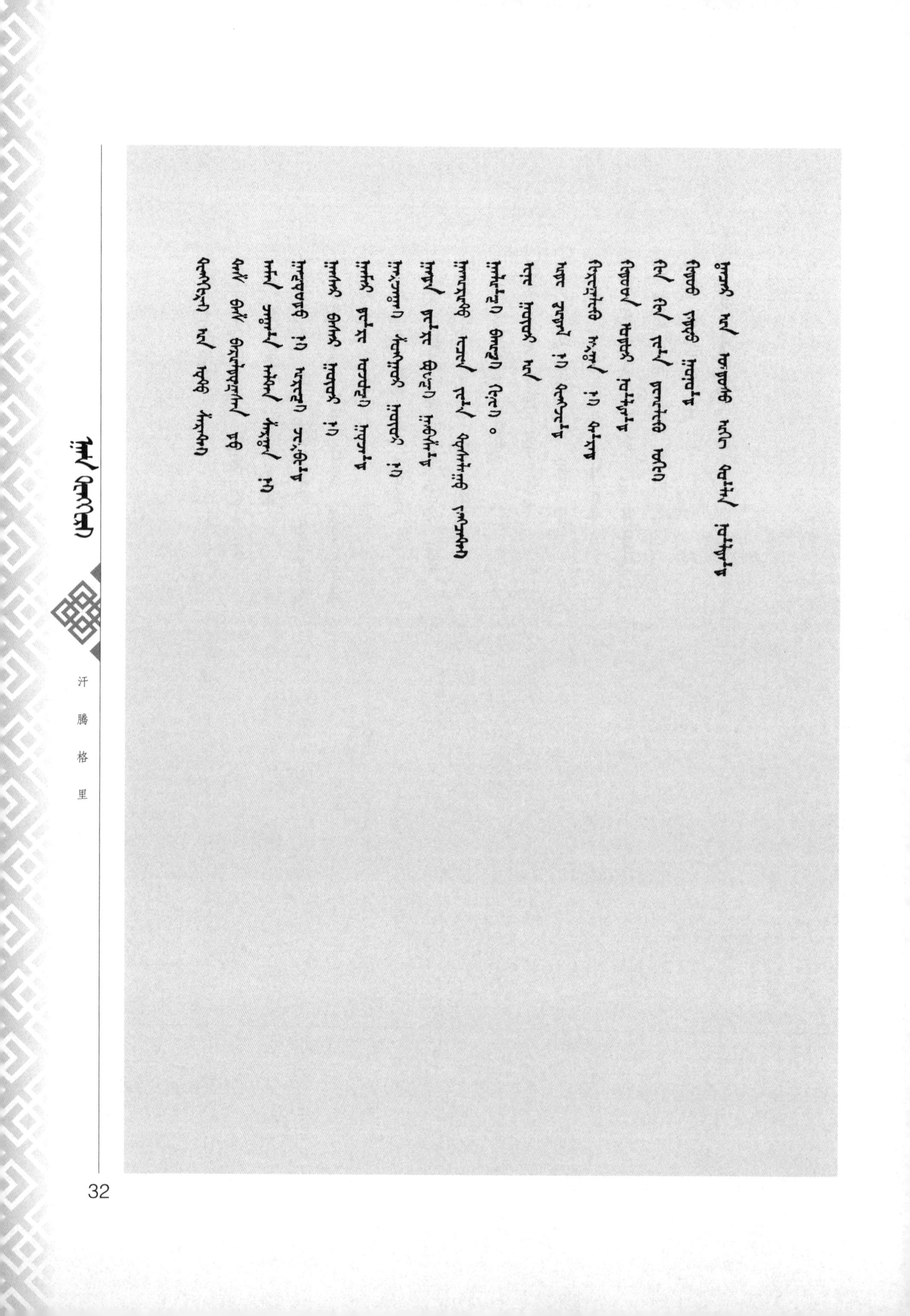

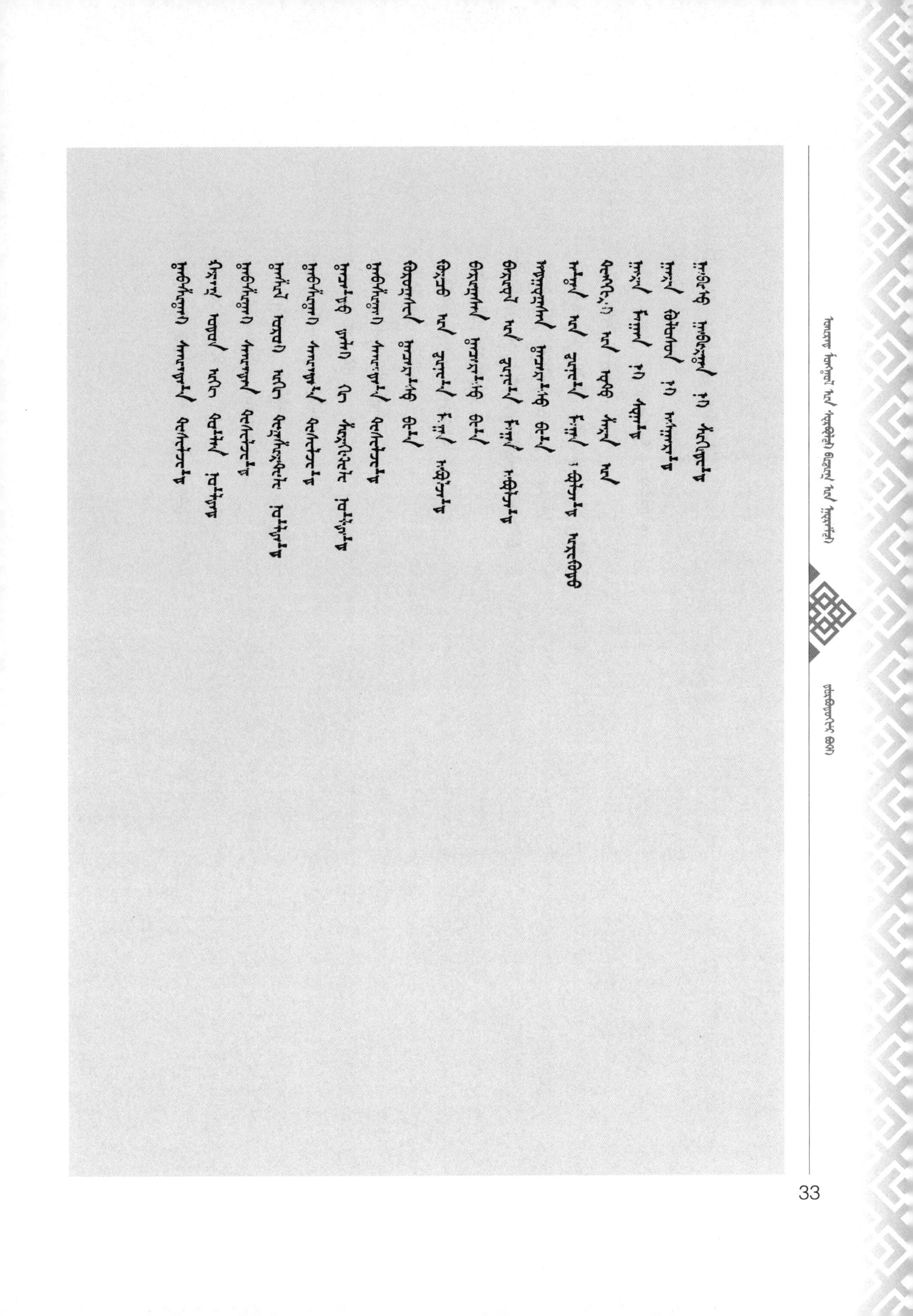

[illegible]
[illegible]
[illegible]
[illegible]
[illegible]
[illegible]
[illegible]
[illegible]
[illegible]
[illegible]
[illegible]
[illegible]
[illegible]
[illegible]
[illegible]
[illegible]
[illegible]

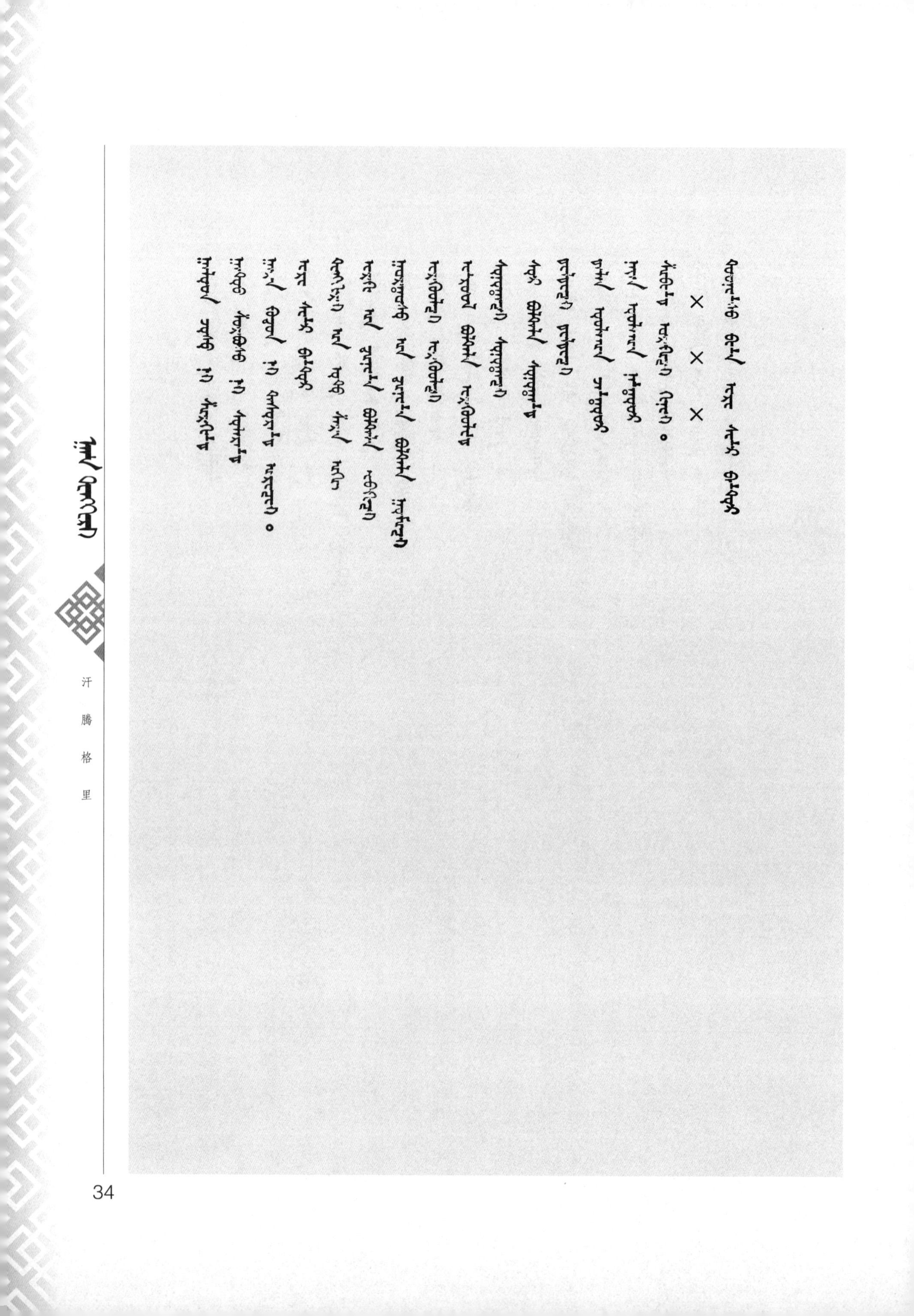

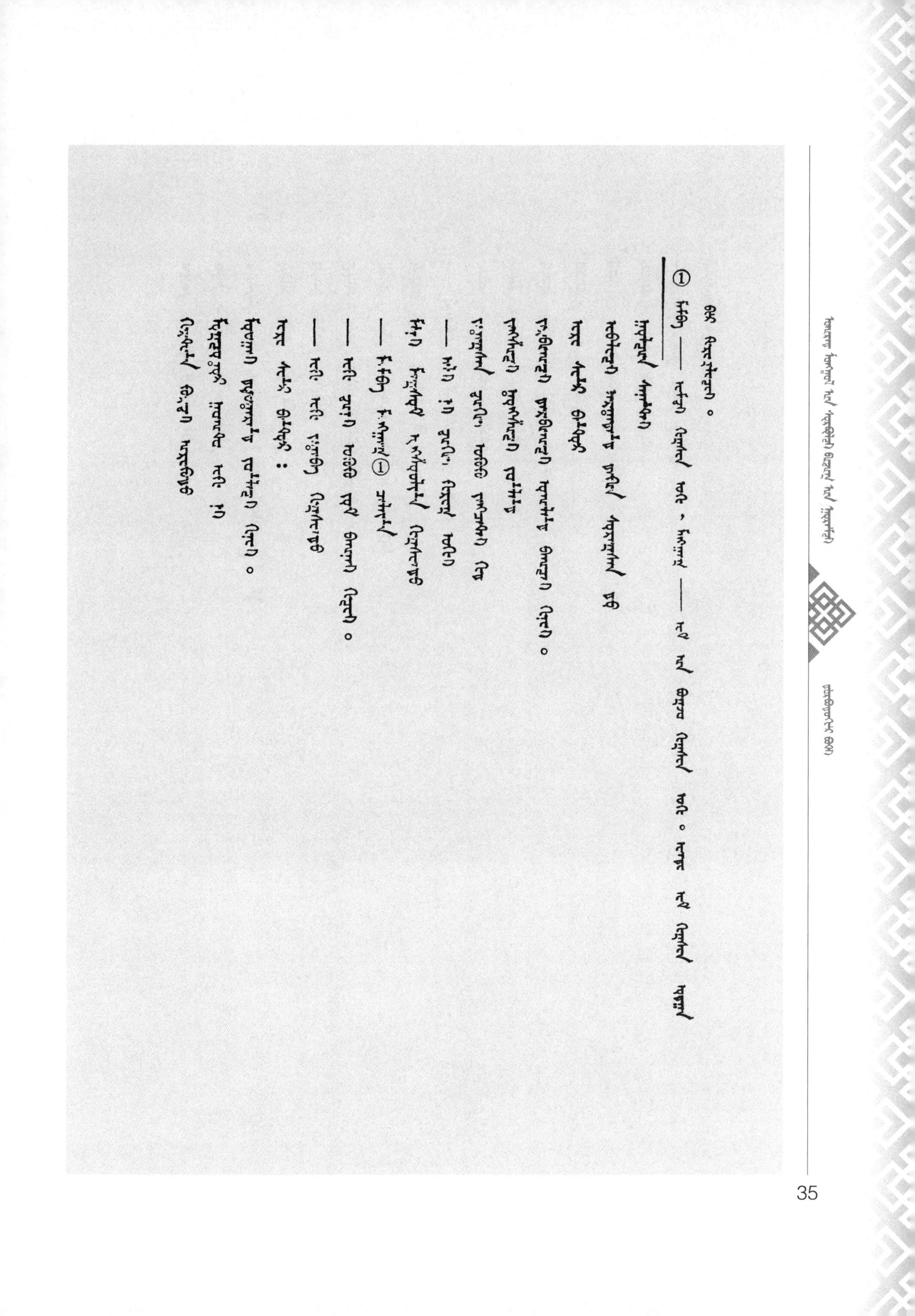

[illegible] ◦

[illegible] ◦

[illegible]

— [illegible]

[illegible]

— [illegible] ①[illegible]

— [illegible] ◦

— [illegible]

[illegible] :

[illegible] ◦

[illegible]

---

① [illegible] — [illegible] , [illegible] — [illegible] ◦ [illegible]

[illegible] ◦

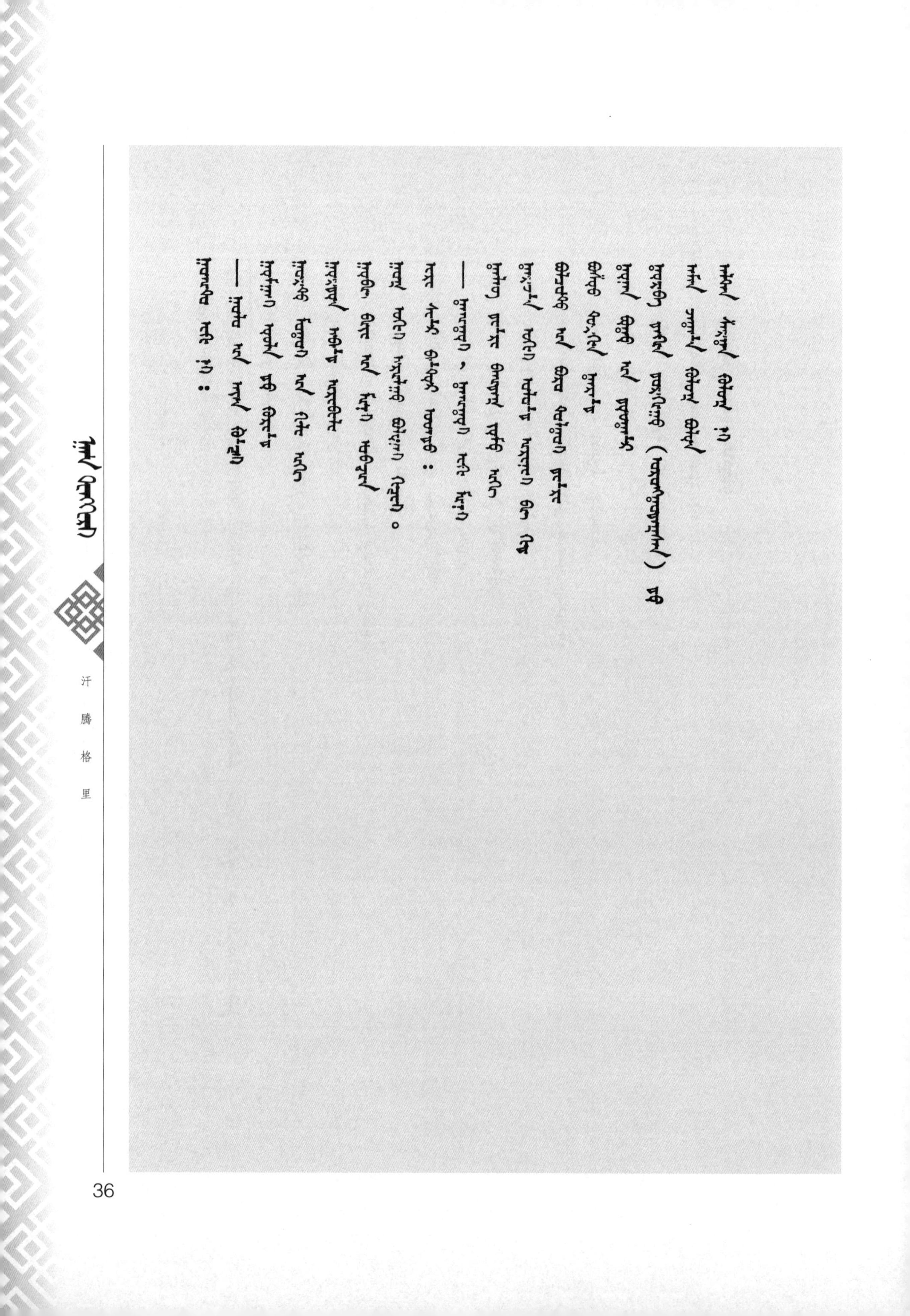

[illegible]
[illegible]
[illegible]
[illegible]
[illegible]
[illegible]
[illegible]
[illegible]
[illegible]
[illegible]
[illegible]
[illegible]
[illegible]
[illegible]
[illegible]
[illegible]
[illegible]
[illegible]

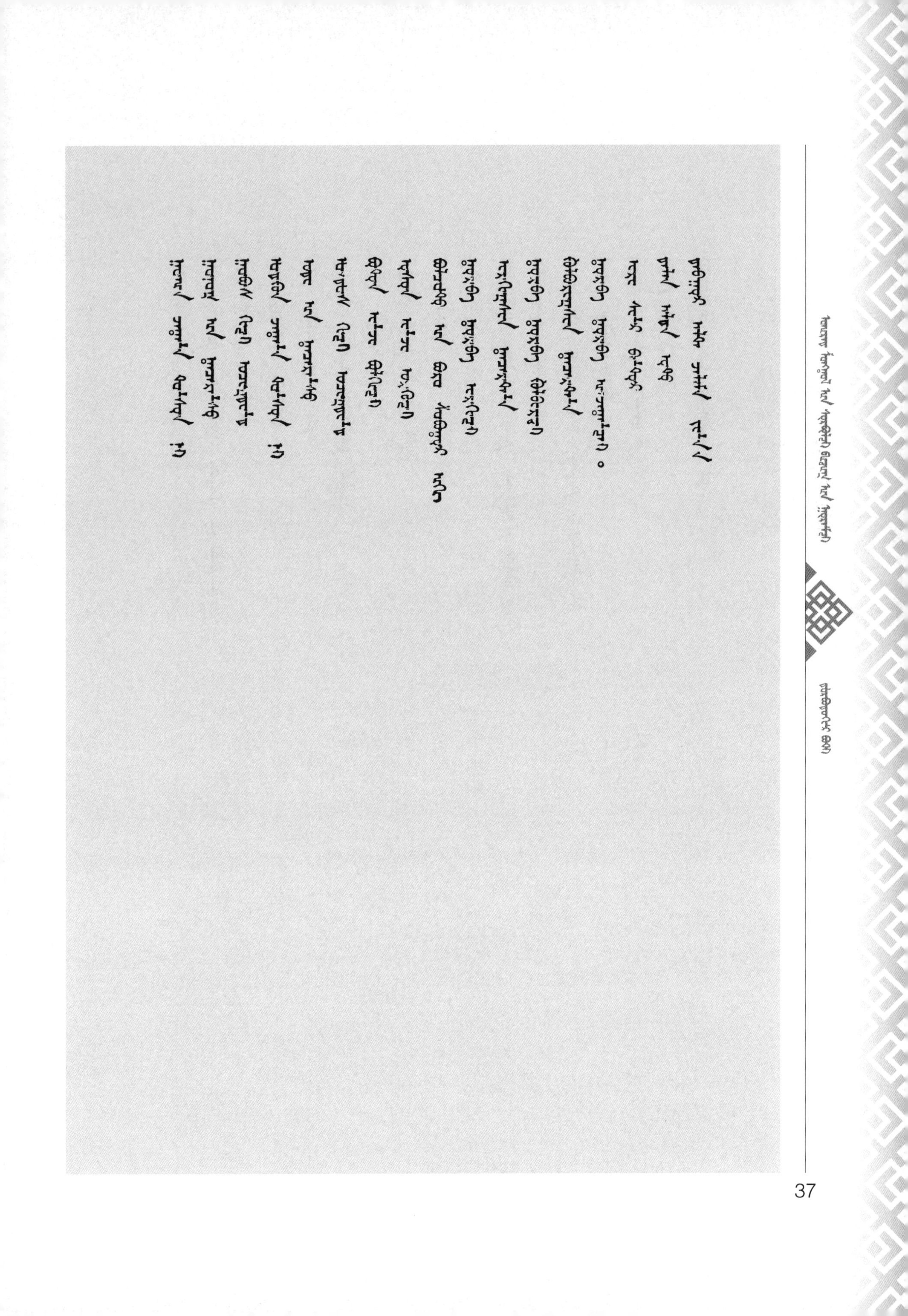

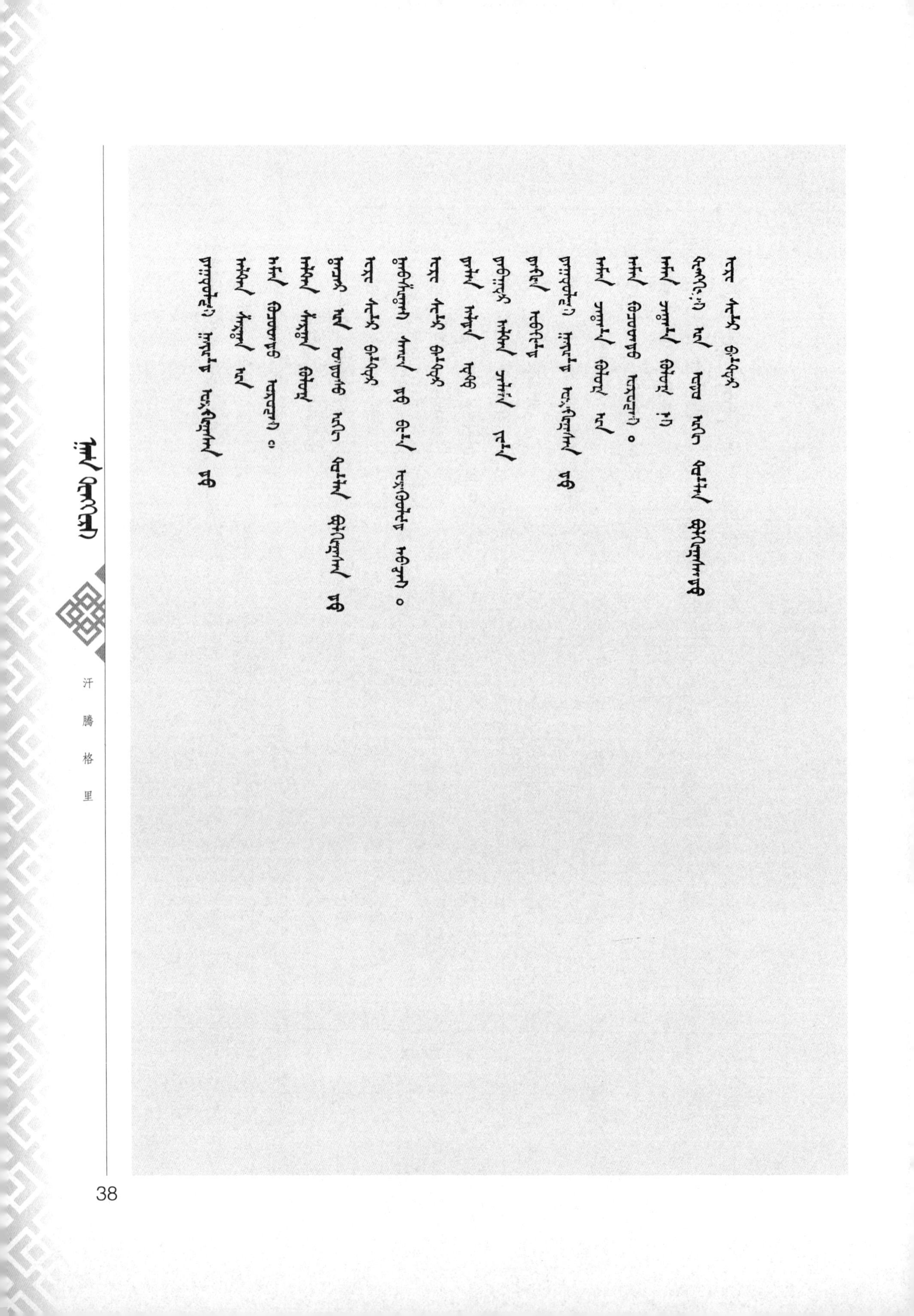

[illegible]
[illegible]
[illegible]
[illegible]
[illegible]
[illegible]
[illegible]
[illegible]
[illegible]
[illegible]
[illegible]
[illegible]
[illegible]
[illegible]
[illegible]
[illegible]
[illegible]

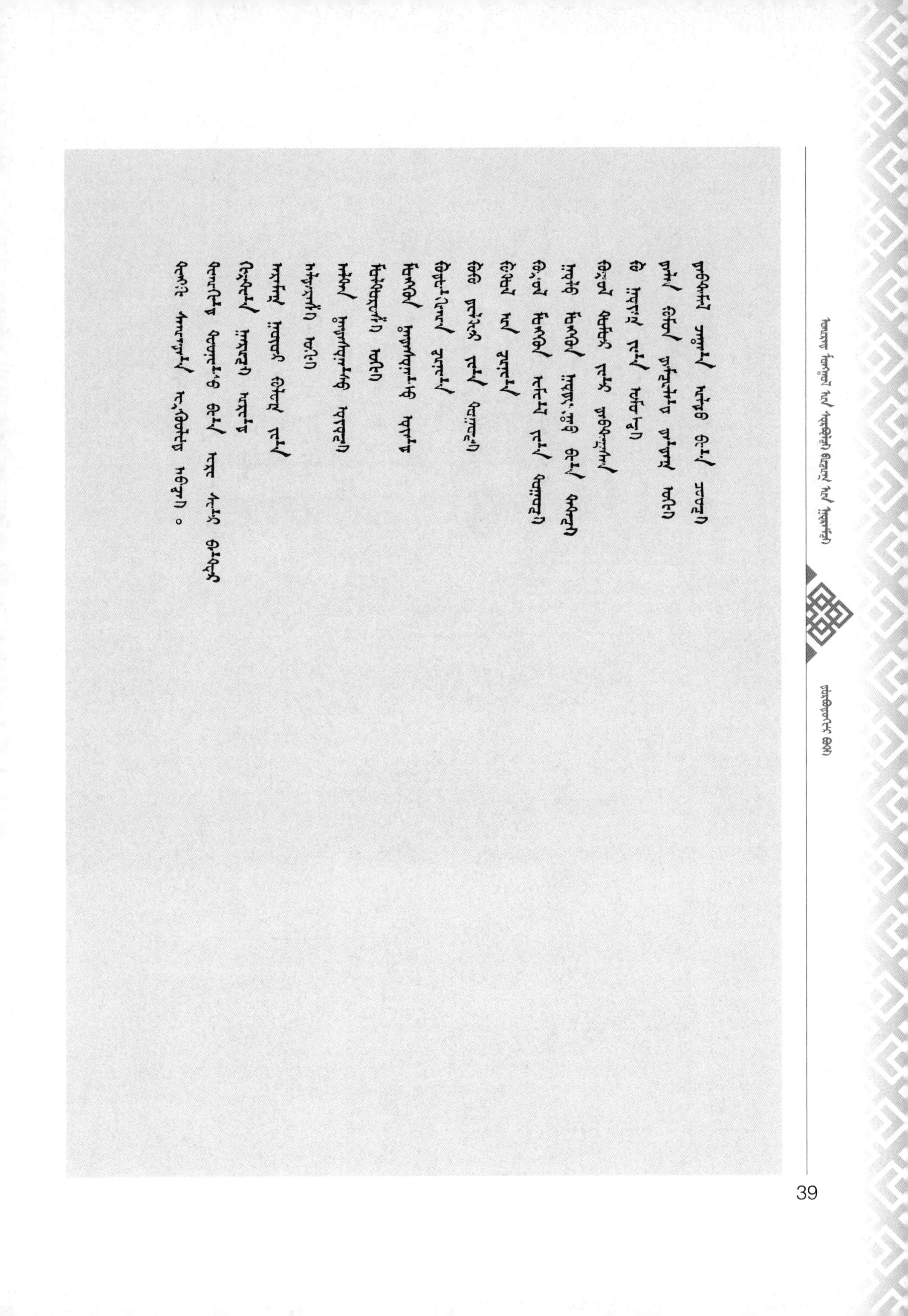

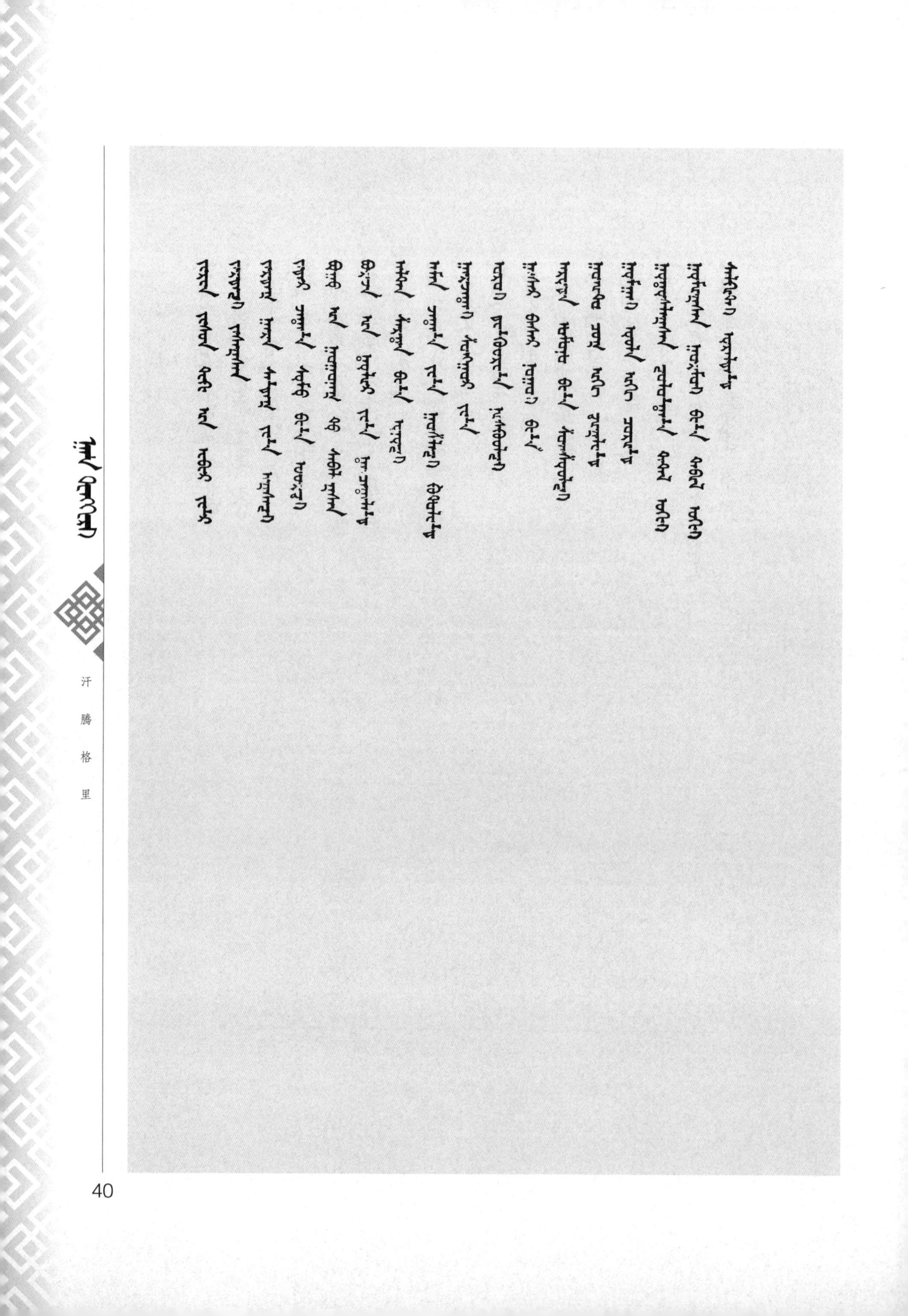

[illegible]

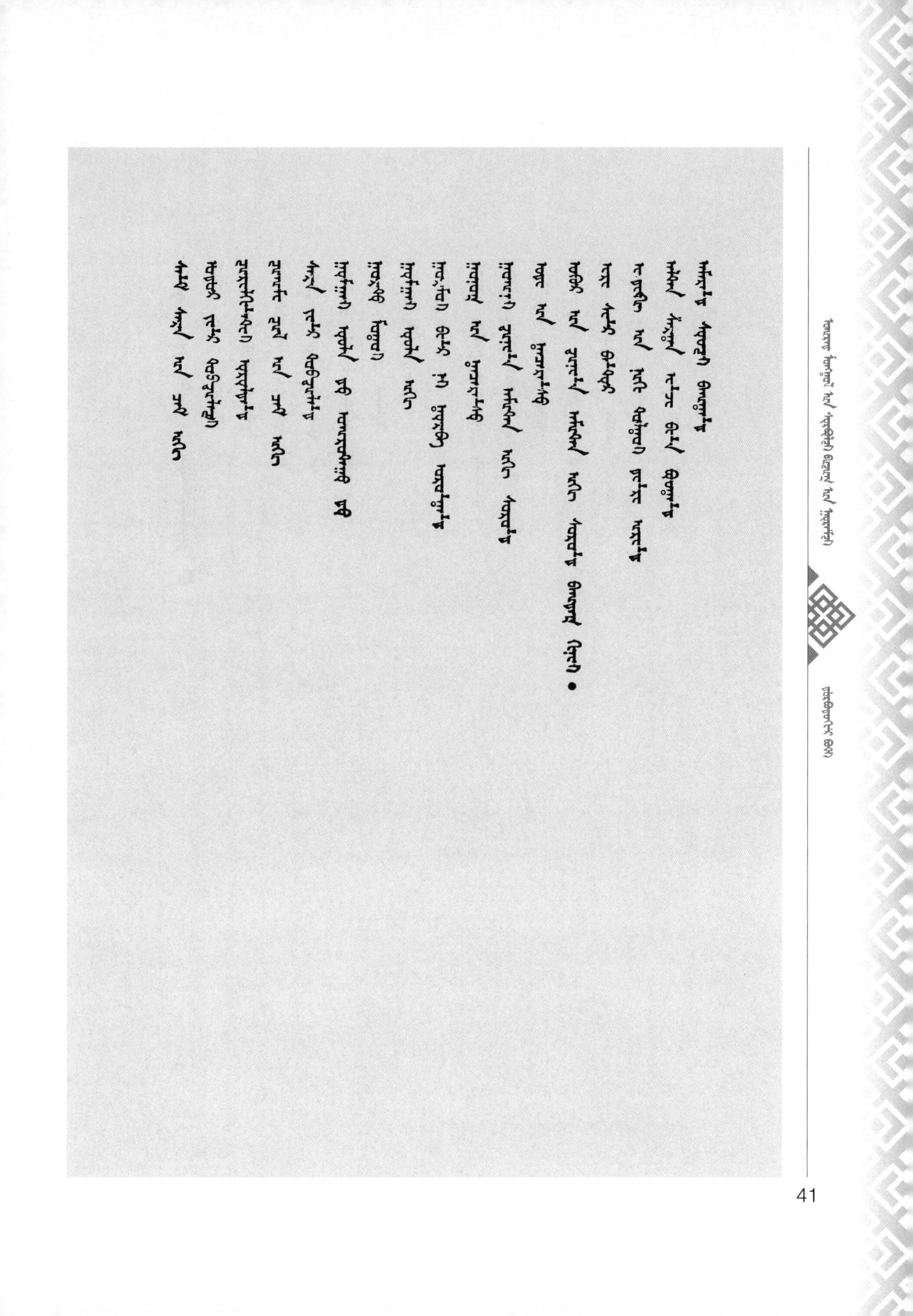

[illegible]

[illegible]

[illegible]

[illegible]

[illegible] •

[illegible]

[illegible]

[illegible]

[illegible]

[illegible]

[illegible]

[illegible]

[illegible]

[illegible]

[illegible]

[illegible]

[illegible]

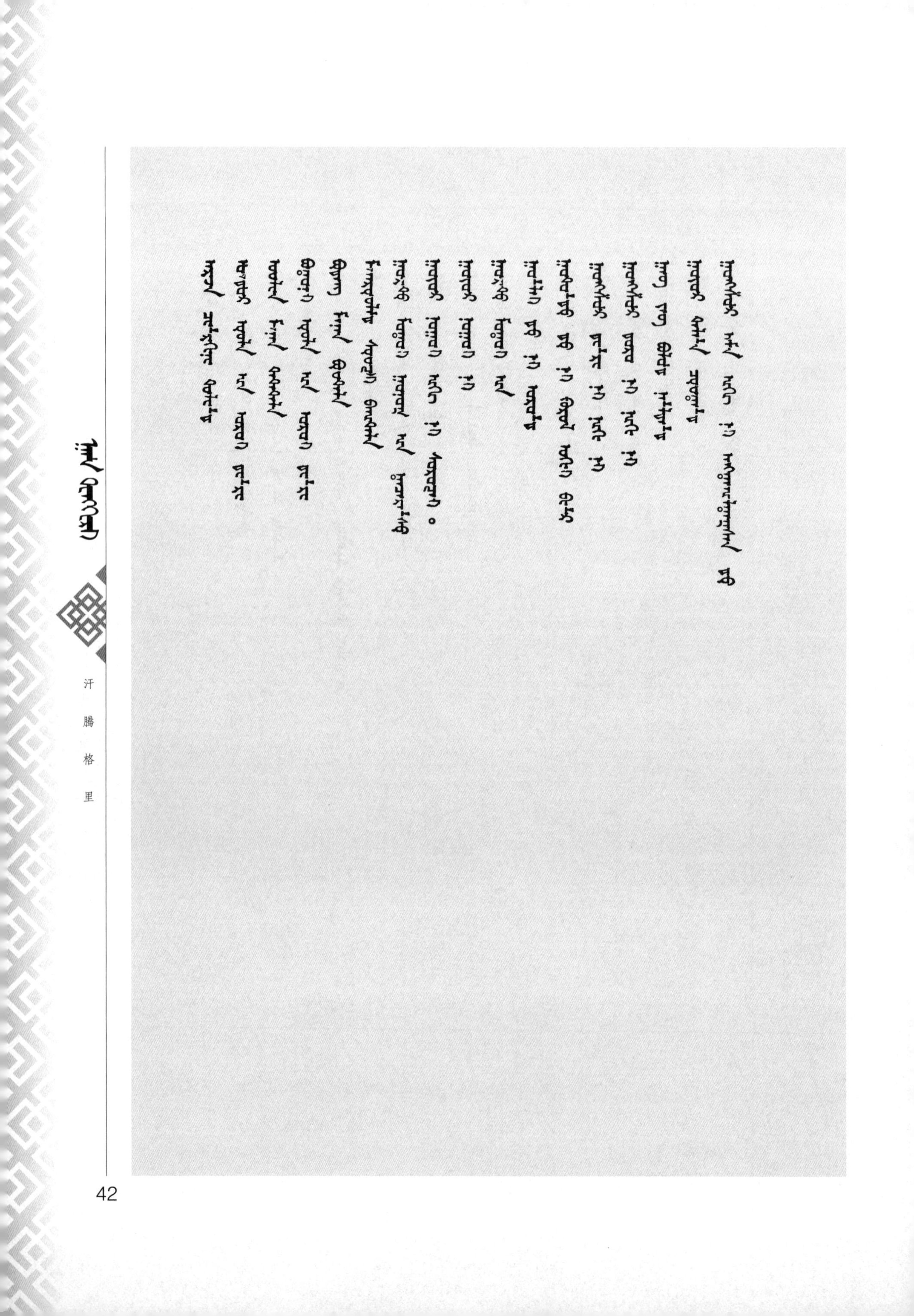

[illegible]
[illegible]
[illegible]
[illegible]
[illegible]
[illegible]
[illegible]
[illegible]
[illegible]
[illegible]
[illegible]
[illegible]
[illegible]
[illegible]
[illegible]
[illegible]
[illegible]

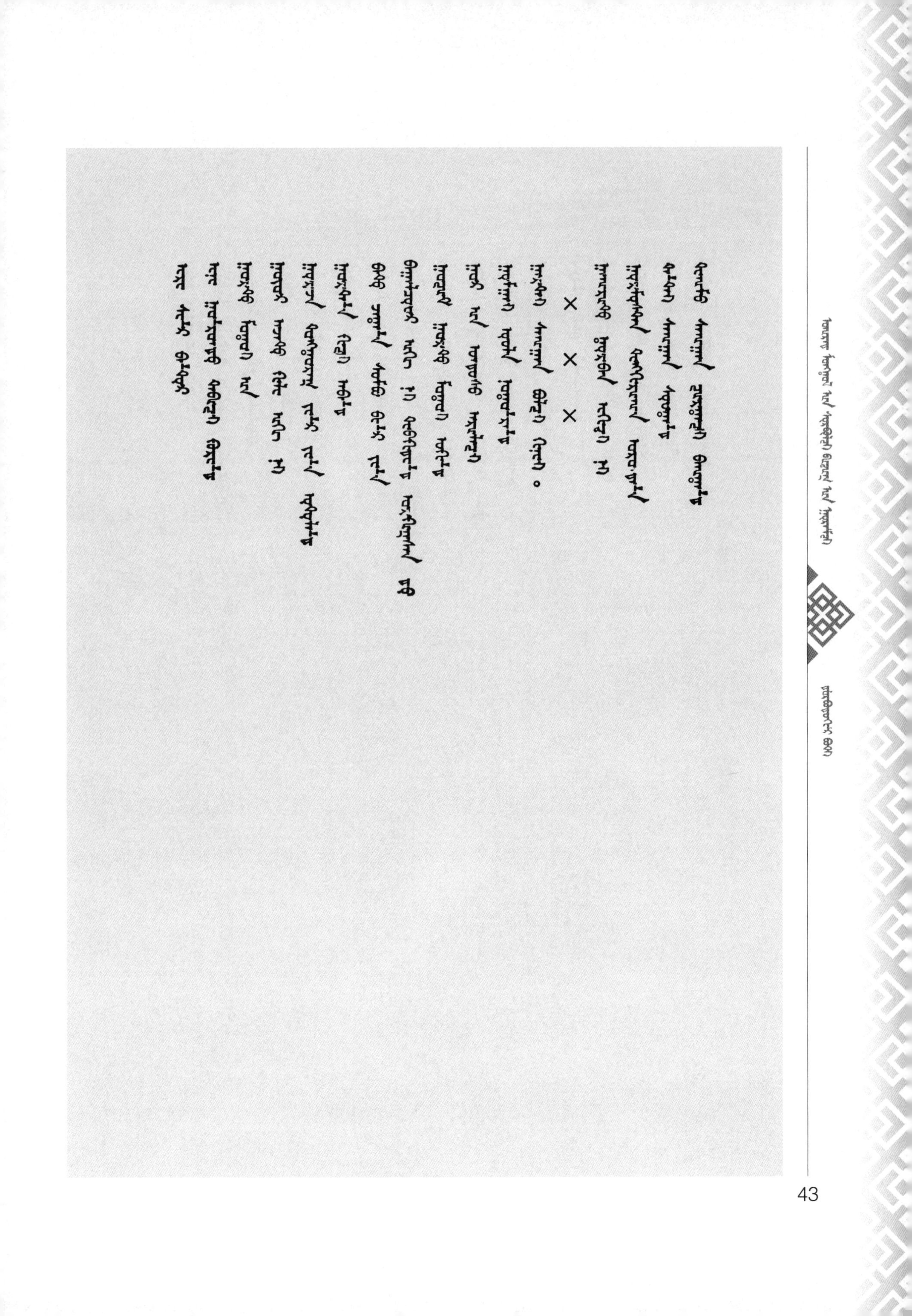

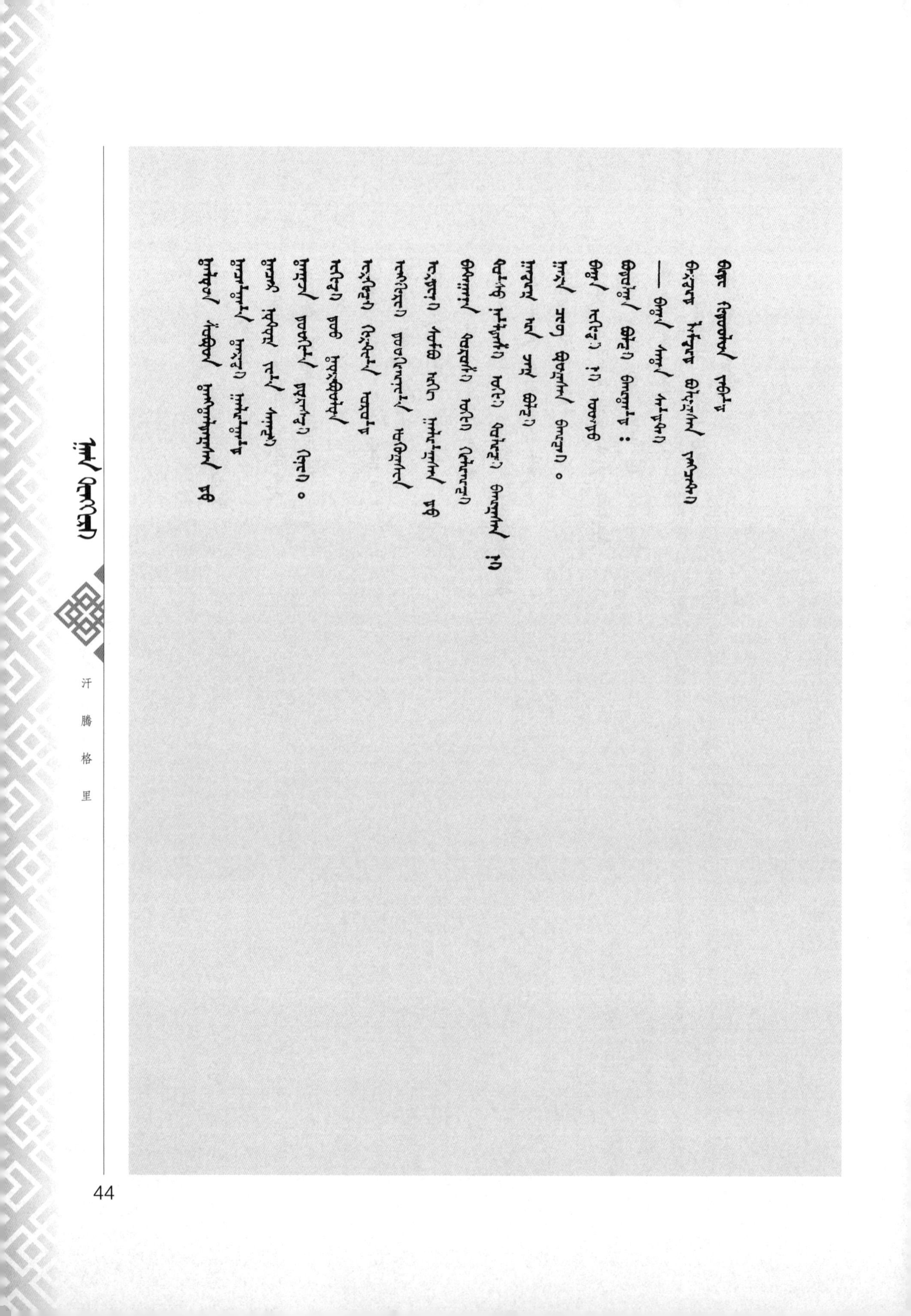

[illegible]
[illegible]
—— [illegible]
[illegible] :
[illegible]
[illegible] 。
[illegible]
[illegible]
[illegible]
[illegible]
[illegible]
[illegible]
[illegible]
[illegible] 。
[illegible]
[illegible]
[illegible]

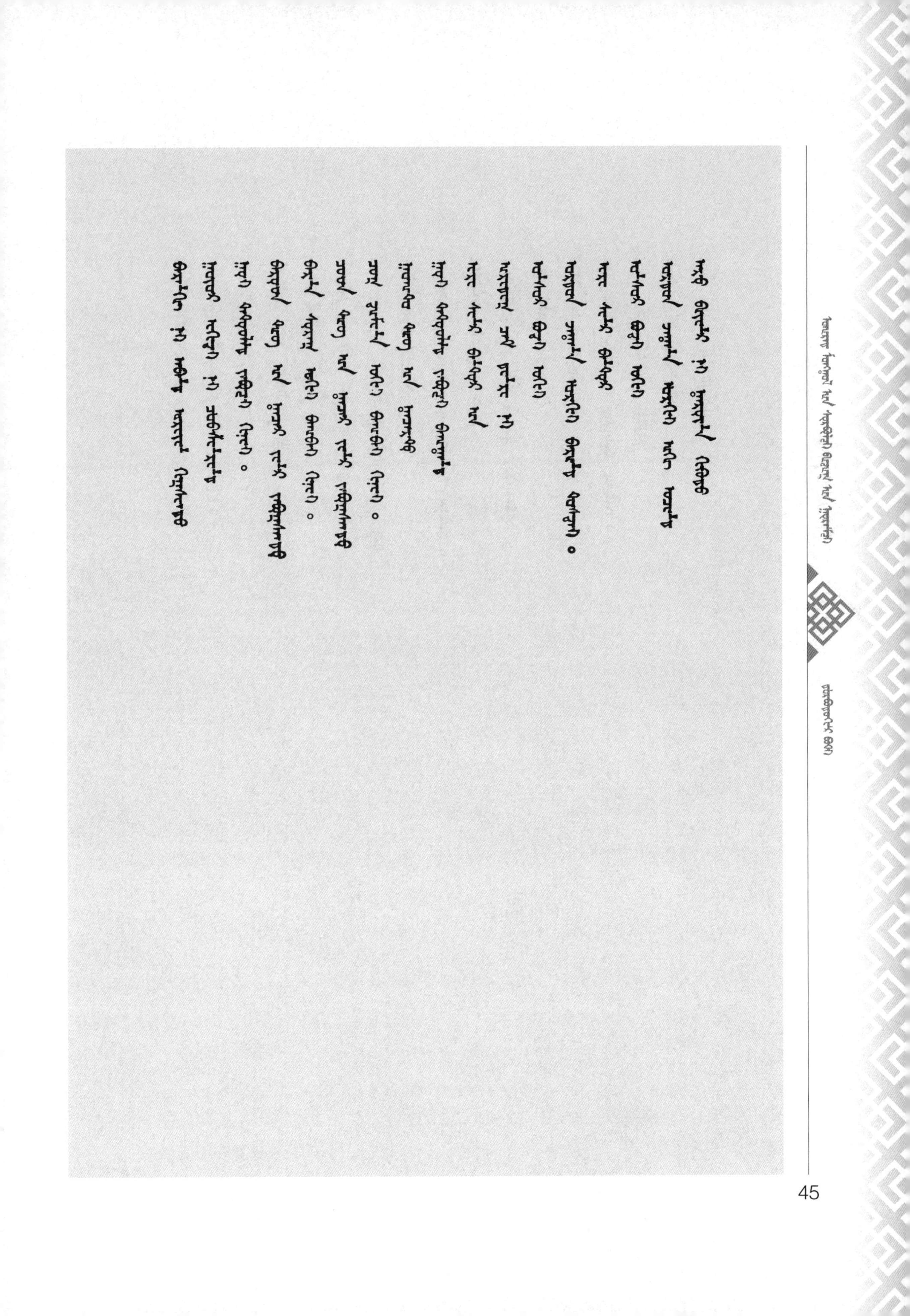

[illegible]
[illegible]
[illegible] ᠃
[illegible]
[illegible] ᠃
[illegible]
[illegible] ᠃
[illegible]
[illegible] ᠃
[illegible]
[illegible]
[illegible]
[illegible]
[illegible]
[illegible] ᠃
[illegible]
[illegible]

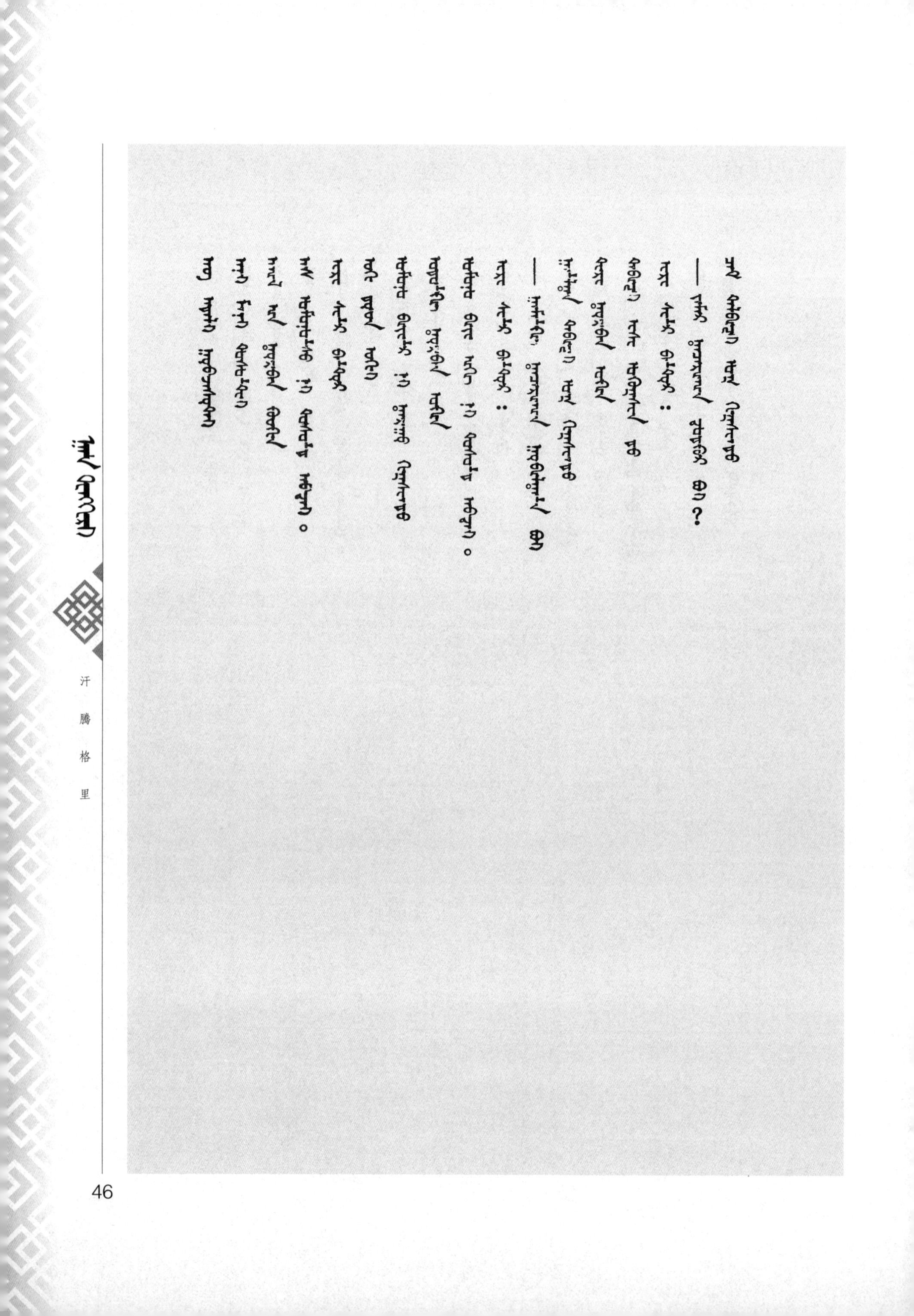

ᠬᠠᠷᠠ ᠨᠣᠭᠣᠭᠠᠨ ᠬᠤᠷᠠᠭ᠎ᠠ
ᠰᠠᠢᠬᠠᠨ ᠮᠣᠷᠢᠨ ᠠᠷᠠᠳ ᠠᠷᠠᠭᠰᠠᠨ ᠪᠤᠢ
ᠠᠷᠠᠳ ᠠᠷᠠᠭ ᠪᠤᠳᠤᠭᠠ
ᠨᠠᠰᠤᠨ ᠪᠠᠭᠠ ᠳᠤ ᠮᠢᠨᠢ ᠨᠠᠢᠷᠠᠯᠳᠤ
ᠨᠣᠭᠣᠭᠠᠨ ᠠᠮᠠᠷᠠᠯᠳᠤ ᠰᠠᠨᠠᠭᠳᠠᠭᠰᠠᠨ ᠪᠤᠢ
— ᠠᠮᠠᠭᠠᠯᠠᠨ ᠰᠠᠨᠠᠭᠠᠳ ᠠᠷᠠᠭᠰᠠᠨ ᠲᠠᠷᠢᠭ
ᠠᠷᠠᠳ ᠠᠷᠠᠭ ᠮᠣᠳᠣ ᠶᠠᠭᠤᠨ ᠶ᠋ᠢ ᠪᠣᠯᠭᠠᠵᠤ ᠡᠨᠡ ᠬᠤᠪᠢ
ᠠᠯᠢᠮᠠᠨ ᠪᠠᠷ ᠮᠢᠨᠢ ᠨᠠᠢᠷᠠᠯᠳᠤ ᠠᠮᠠᠷᠠᠯᠳᠤ
ᠠᠮᠤᠷ ᠮᠠᠯᠴᠢᠨ ᠠᠮᠠᠷᠠᠯᠢᠩᠬᠤᠢ
ᠠᠯᠢᠮᠠᠷᠠᠭ ᠠᠮᠤᠯᠳᠤ
ᠶᠢᠨ᠋ ᠰᠠᠨᠠᠭᠠᠷ ᠴᠡᠴᠡᠭᠯᠡᠳᠦ
ᠨᠣᠭᠣᠭᠠᠷ ᠠᠮᠤᠯᠳᠤ
ᠮᠠᠨᠤ ᠪᠠᠭᠠ ᠴᠡᠴᠡᠭᠯᠡᠳᠦ ᠠᠮᠠᠭᠠᠯᠠᠭᠰᠠᠨ ᠪᠤᠢ
ᠠᠷᠠᠳ ᠠᠷᠠᠭ ᠪᠤᠳᠤᠭᠠ
ᠬᠡᠷᠬᠢᠭᠡᠳ ᠲᠠ ᠨᠠᠳᠠᠳ ᠠᠯᠢᠮᠠ ᠶᠠᠭᠤᠮᠠᠴᠠᠭᠠ:
— ᠠᠮᠤᠬᠤ ᠪᠣᠯᠬᠤ ᠶᠠᠭᠤᠨ ᠪᠠᠢᠨ
ᠬᠡᠷᠬᠢᠭᠡᠳ ᠶᠠᠭᠤᠨ ᠠᠮᠠᠭᠠᠯᠠᠬᠤ ᠪᠣᠯᠪᠠ?!

ᡍᠠᠩᡎᠠᡅ ᡐᡝᡊᡎᡄᡄᠷ ᡋᡈᠯ

ᠠᠯᡐᠠᠨ ᠠᠨ ᠠᠯᡐᠠᡅ

ᡐᡝᡊᡎᡄᡄᠷ ᡍᠠᠷᡅ ᡋᡈᡍᡇ ᡋᡈᠯ ᡍᡇᠷᡇᠯᡇᠯᡇᡅ

ᡐᡝᡊᡎᡄᡄ ᡍᠠᠷᡅ ᡋᡇᡍᡇᡅ ᡍᡇᠷᡇᠯᡇᠯᡇᡅ

ᡐᡝᡊ ᡍᠠᠷᡅ ᠰᠠᠷᠠ ᡋᡈᠯ ᡍᡇᠷᡇᠯᡇᠯᡇᡅ

ᡐᡝᡊᡎᡄᠷ ᡍᠠᠷᡅ᠂ ᠨᠠᠷᠠ ᡋᡈᠯ ᡍᡇᠷᡇᠯᡇᠯᡇᡅ

ᡍᠠᡅᠯᠠᠨ ᡐᡝᡊᡎᡄᡄᠷᡅ ᡐᡈᡍᡈᡅ ᡍᠠᡅᡃᡅ ᡅ

ᡍᠠᠨ ᡐᡝᡊ ᡋᡈᡋ ᡋᡈᠯ ᠠᡋᡅ ᡍᡈᡋᡈ

ᡍᡈᡋᡅ ᠨᠠᠯᡐᠠᠨ ᡋᡈᡋ ᡍᠠᡅ ᡅᡋ

ᡍᡈᠨᡈᡋ ᠨᠠᡐᡇᡃ ᠰᠠᡊᡅᡅ ᡋᡇᠷᡅ

ᠰᠠᡃᡋᠠᠨ ᡐᡝᡊᡎᡄᡄᠷᡅᠯ ᠰᠠᡊᡋᡅᡅ

—— ᠰᠠᡋᠠᡃᡊᠠᡃᠨ ᡐᡝᡊᡎᡄᡄᠷᡅᠯ ᡍᡈᡋᡈᡅ

ᡐᡃᡊᡋ ᡐᡝᡊᡎᡄᡄᠷᡃᡋ ᡍᠠᡃᡅ :

ᠨᠠᡃᡊᡋ ᡐᡝᡊᡎᡄᡄᠷᡃᡋ ᡐᡅᡋᡅᡋ ᡋᡈᠯ ᠠᡊᡅᡃᡋ

ᡐᡈᡍᡈᡋ ᡋᠠᡍᡅᡅ ᡍᠠᡅᡃᡅ ᡅ

ᠠᡊᡈᡅᡅ ᡋᡅᡅᡋᡇᠯᡅᠯ ᡋᡋ

ᠠᠨᡅ ᡋᡝᠷᡅᡋᡝᠷ ᡍᡅᡅ ᡋᡇᠷᡅ ᡅᡋ

ᠠᠯᡍᡋᡋ ᡍᡅᡋ ᠨᠠᠯᡈᡋᡃᡋ ᠨᡅᡋ

ᠨᠢᠰᠬᠡᠯ ᠬᠡᠰᠡᠭ ᠪᠡᠷ ᠲᠡᠭᠦᠨ ᠮᠥᠷᠭᠥᠪᠡ ᠃
—— ᠲᠡᠷᠡ ᠪᠣᠯ ᠬᠡᠰᠡᠭ ᠪᠡᠷ ᠲᠡᠭᠦᠨ ᠪᠠᠢ᠌ᠨ᠎ᠠ ᠪᠠᠢ᠌
ᠬᠡᠷᠡᠭᠯᠡᠭᠰᠡᠨ ᠲᠣᠭᠠᠴᠠᠭ᠎ᠠ ᠪᠠᠢ᠌ ᠪᠣ ᠪᠡᠶ᠎ᠡ
ᠬᠡᠷᠡᠭᠰᠡᠨ ᠪᠡᠶ᠎ᠡ ᠪᠡᠶ᠎ᠡ
ᠪᠠᠢ᠌ᠭ᠎ᠠ ᠬᠠᠷᠢᠶ᠎ᠠ ᠪᠣᠭᠣᠳᠠ ᠬᠡᠮᠡᠨ ᠬᠡᠯᠡᠨ ᠬᠡᠮᠡᠨ
ᠨᠢᠰᠬᠡᠯ ᠬᠡᠰᠡᠭ ᠪᠡᠷ ᠲᠡᠭᠦᠨ ᠬᠠᠷᠢᠶᠠᠯᠠᠨ ᠬᠡᠮᠡᠨ ᠃
ᠲᠣᠭᠣᠷᠢᠭ ᠬᠡᠰᠡᠭ ᠪᠡᠷ ᠲᠡᠭᠦᠨ ᠬᠡᠮᠡᠨ ᠶᠢ
ᠬᠣᠷᠢᠭᠯᠠᠭᠰᠠᠨ ᠬᠡᠷᠡᠭᠰᠡᠨ ᠲᠣᠭᠣᠷᠢᠭᠯᠠᠭᠰᠠᠨ
ᠬᠡᠷᠡᠭᠯᠡᠭᠰᠡᠨ ᠲᠡᠭᠦᠨ ᠬᠡᠮᠡᠨ
ᠬᠠᠷᠢᠶᠠᠨ ᠬᠠᠷᠢᠶᠠᠨ ᠬᠠᠷᠢᠶᠠᠯᠠᠭᠰᠠᠨ ᠬᠡᠮᠡᠭᠰᠡᠨ ᠃
ᠬᠠᠷᠢ ᠬᠠᠷᠢᠶᠠᠨ ᠬᠠᠷᠢᠶ᠎ᠠ ᠬᠡᠮᠡᠨ ᠃
ᠬᠠᠷᠢᠶᠠᠯᠠᠭᠰᠠᠨ ᠬᠠᠷᠢᠶᠠᠯᠠᠭᠰᠠᠨ
ᠪᠣᠭᠣᠳᠠ ᠲᠡᠭᠦᠨ ᠲᠡᠭᠦᠨ ᠶᠢ ᠬᠠᠷᠢᠶᠠᠯᠠᠭᠰᠠᠨ
ᠪᠡᠶᠡᠳᠡ ᠪᠠᠢ᠌ ᠪᠡᠷ ᠬᠡᠰᠡᠭ ᠬᠡᠮᠡᠨ ᠲᠣᠭᠣᠷᠢᠭᠯᠠᠨ
ᠪᠡᠶ᠎ᠡ ᠬᠠᠷᠢᠶᠠᠯ ᠲᠣᠭᠣᠷᠢᠭ ᠶᠢ ᠲᠣᠭᠠᠴᠠᠭᠠᠯᠠᠨ
ᠬᠡᠮᠡᠭᠰᠡᠨ ᠪᠠᠢ᠌ ᠪᠡᠷ ᠬᠡᠰᠡᠭ ᠬᠡᠮᠡᠨ ᠲᠣᠭᠣᠷᠢᠭᠯᠠᠨ
ᠪᠠᠢ᠌ ᠬᠠᠷᠢᠶ᠎ᠠ ᠪᠣᠭᠣᠳᠠ ᠪᠡᠷ
ᠬᠠᠷᠢᠶᠠᠨ ᠬᠠᠷᠢᠶᠠᠨ ᠪᠣᠭᠣᠳᠠ ᠲᠣᠭᠣᠷᠢᠭᠯᠠᠭᠰᠠᠨ ᠪᠣ

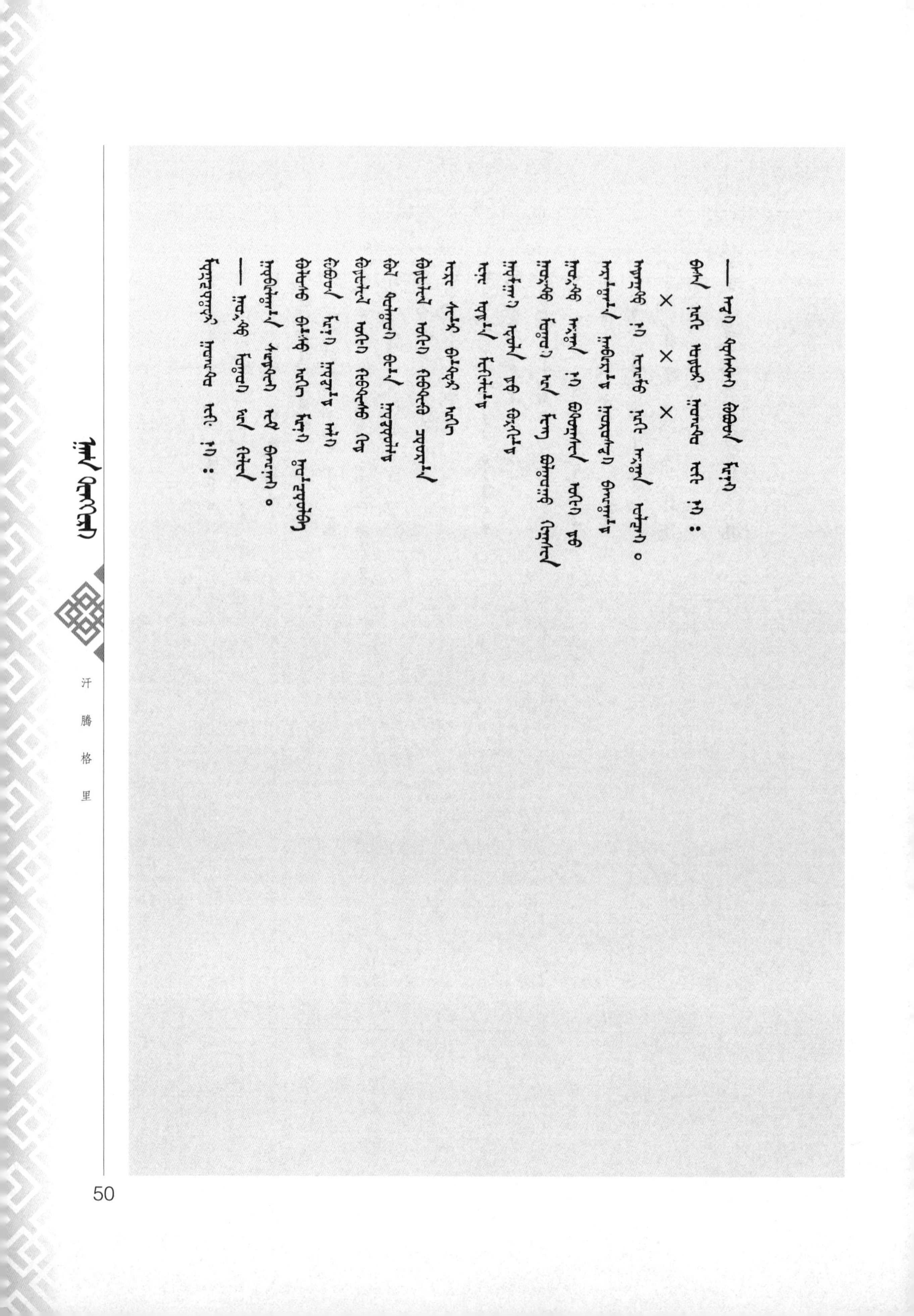

— [illegible]

[illegible] :

× × ×

[illegible] ᠃

[illegible]

[illegible]

[illegible]

[illegible]

[illegible]

[illegible]

[illegible]

[illegible]

[illegible]

[illegible]

[illegible]

[illegible] ᠃

— [illegible]

[illegible] :

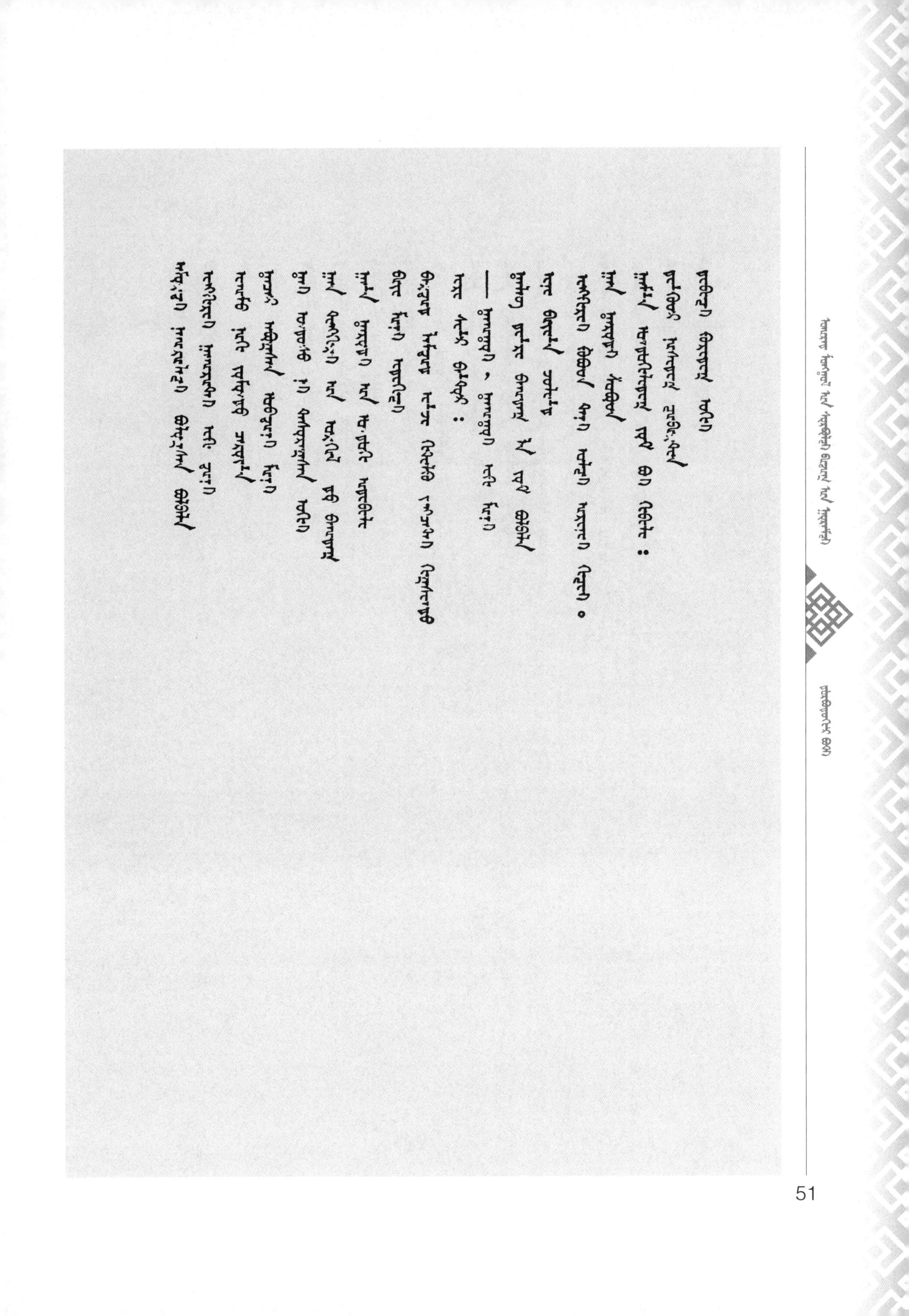

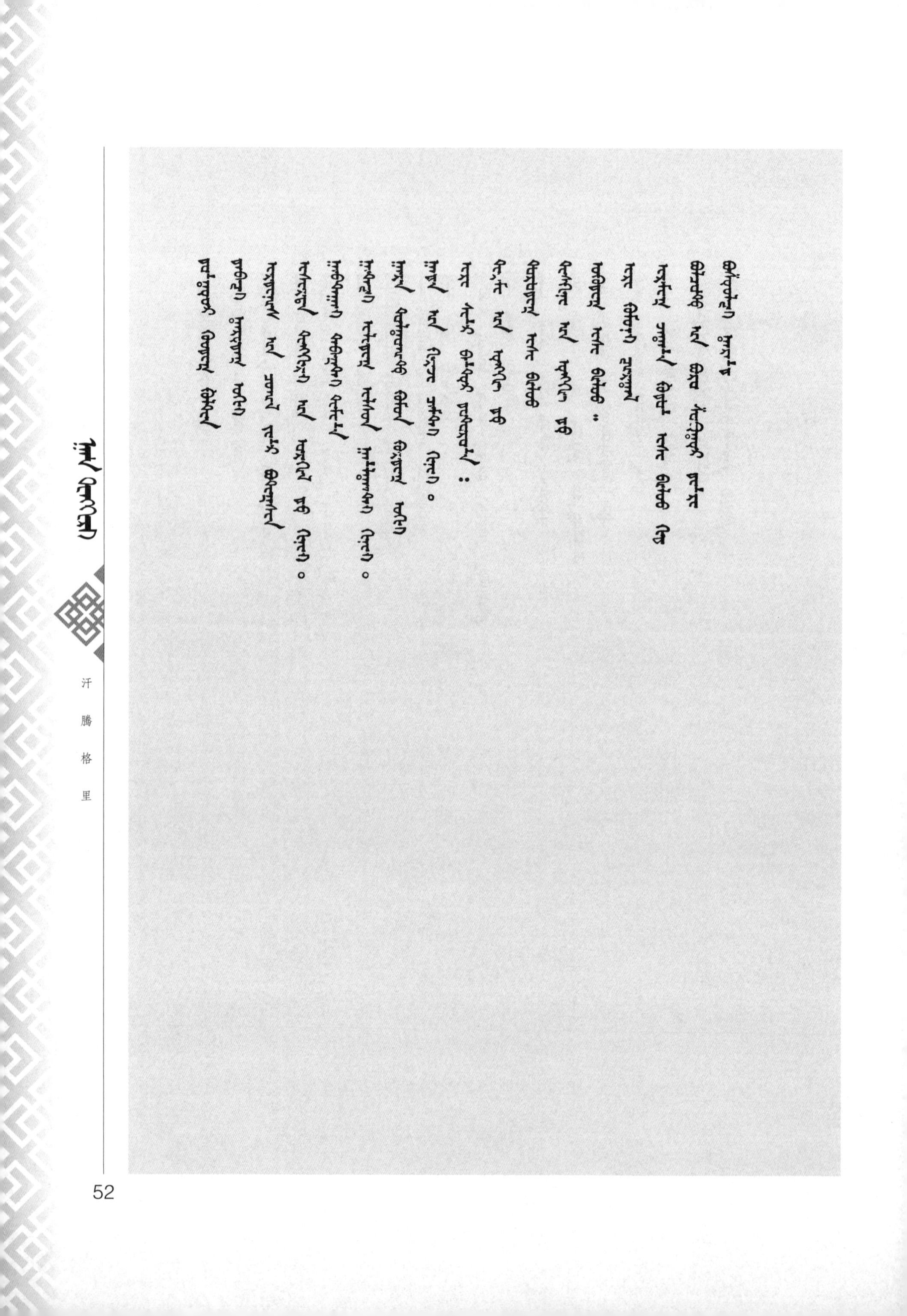

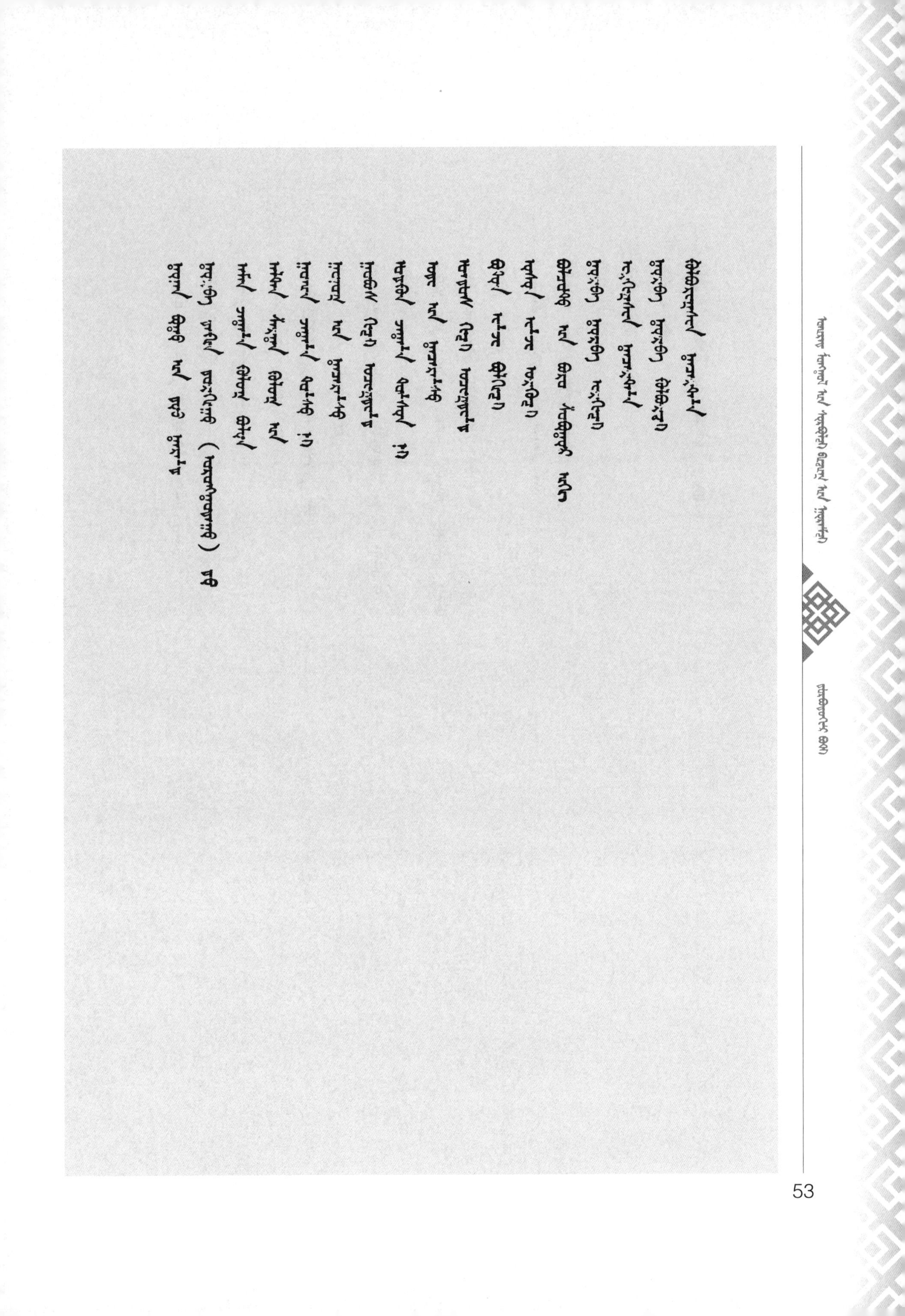

[illegible]
[illegible]
[illegible]
[illegible]
[illegible]
[illegible]
[illegible]
[illegible]
[illegible]
[illegible]
[illegible]
[illegible]
[illegible]
[illegible]
[illegible]
[illegible]

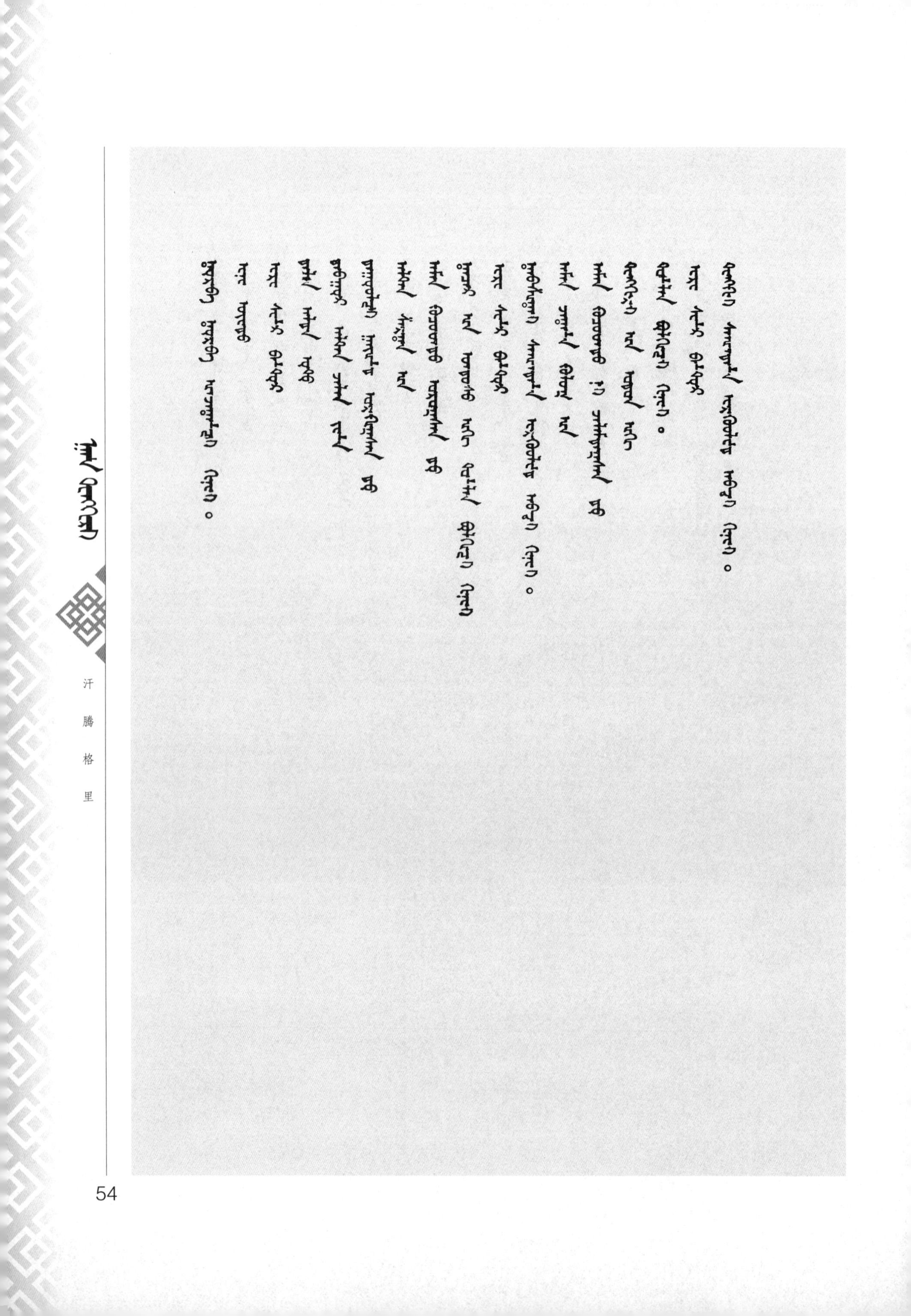

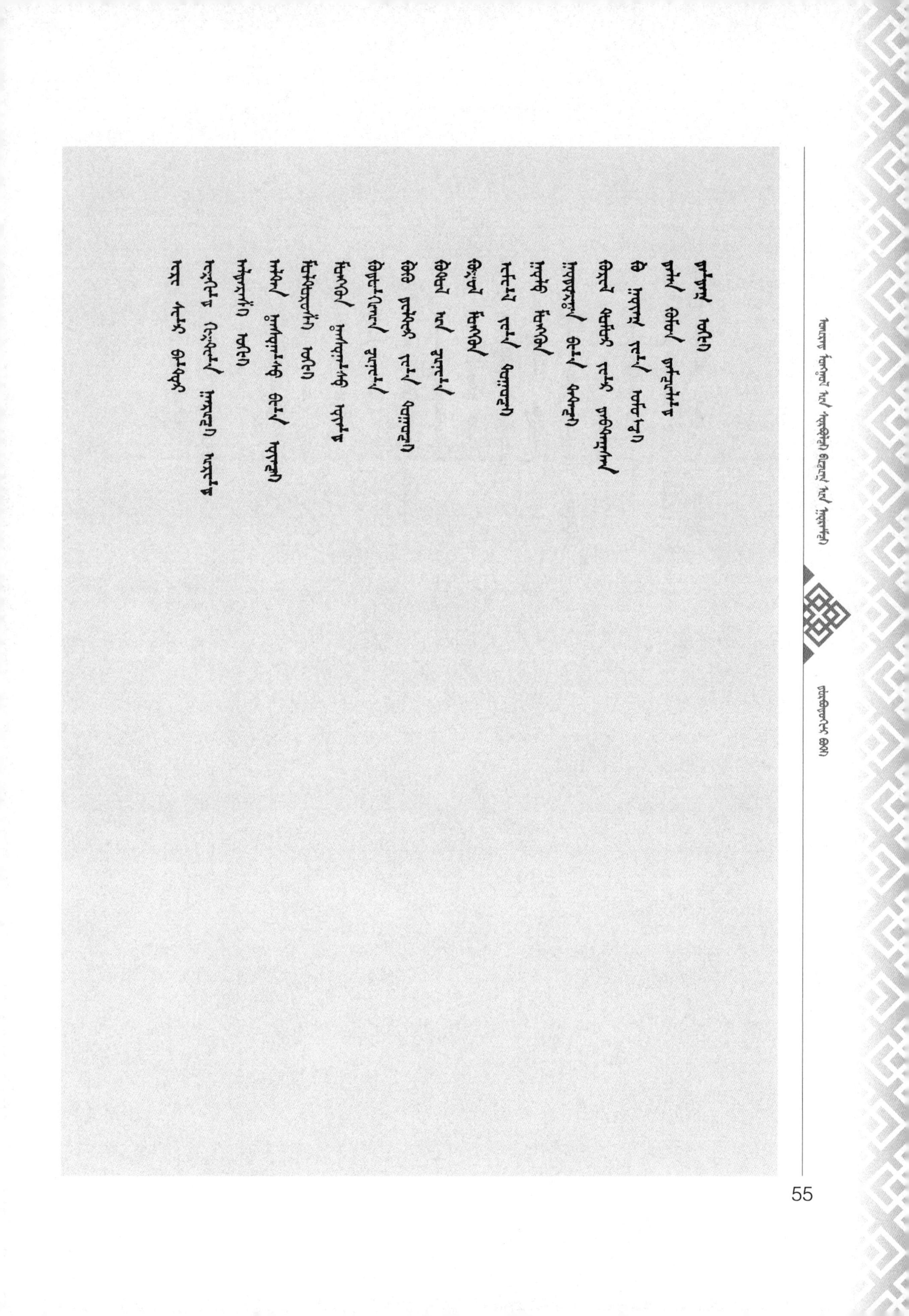

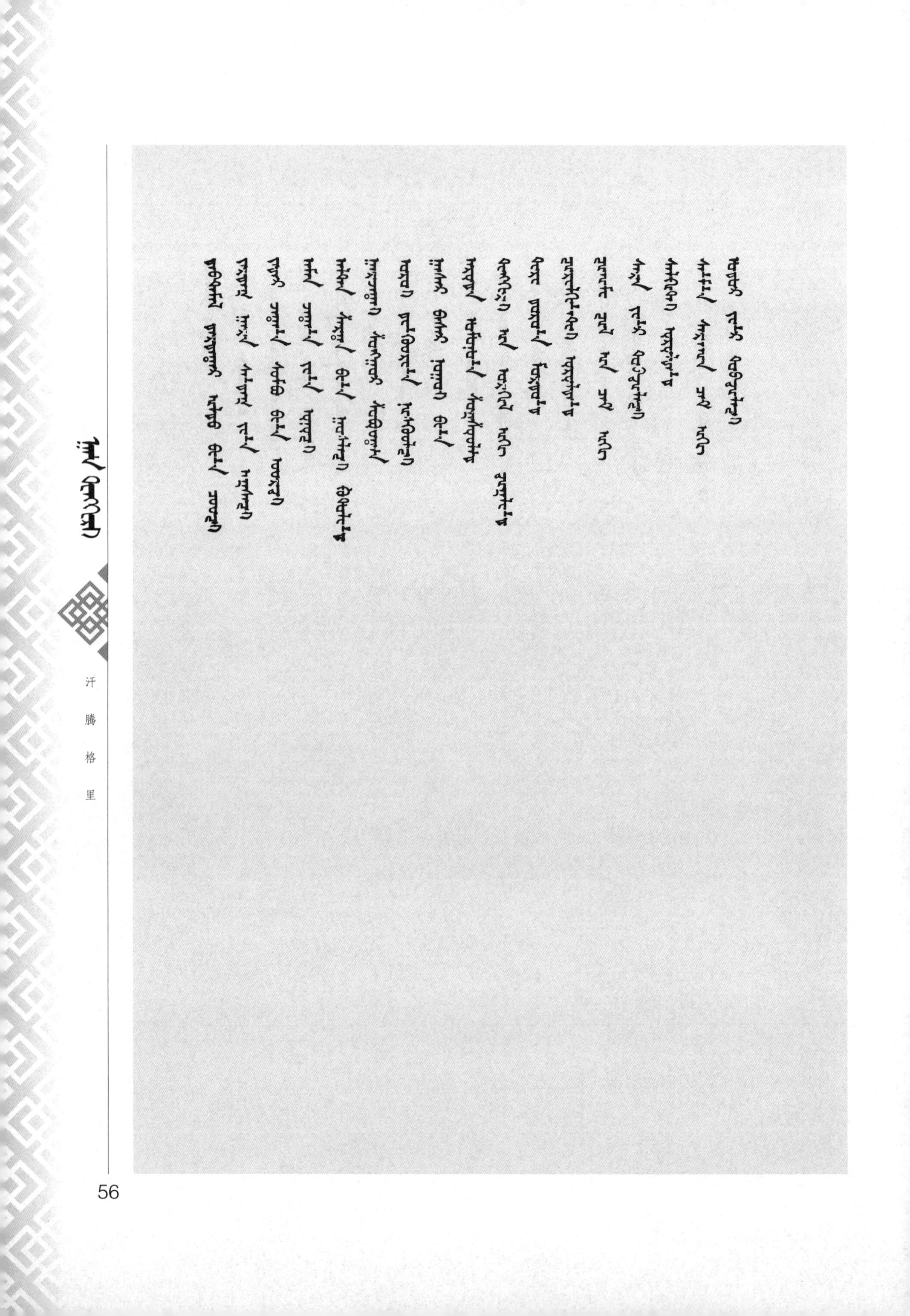

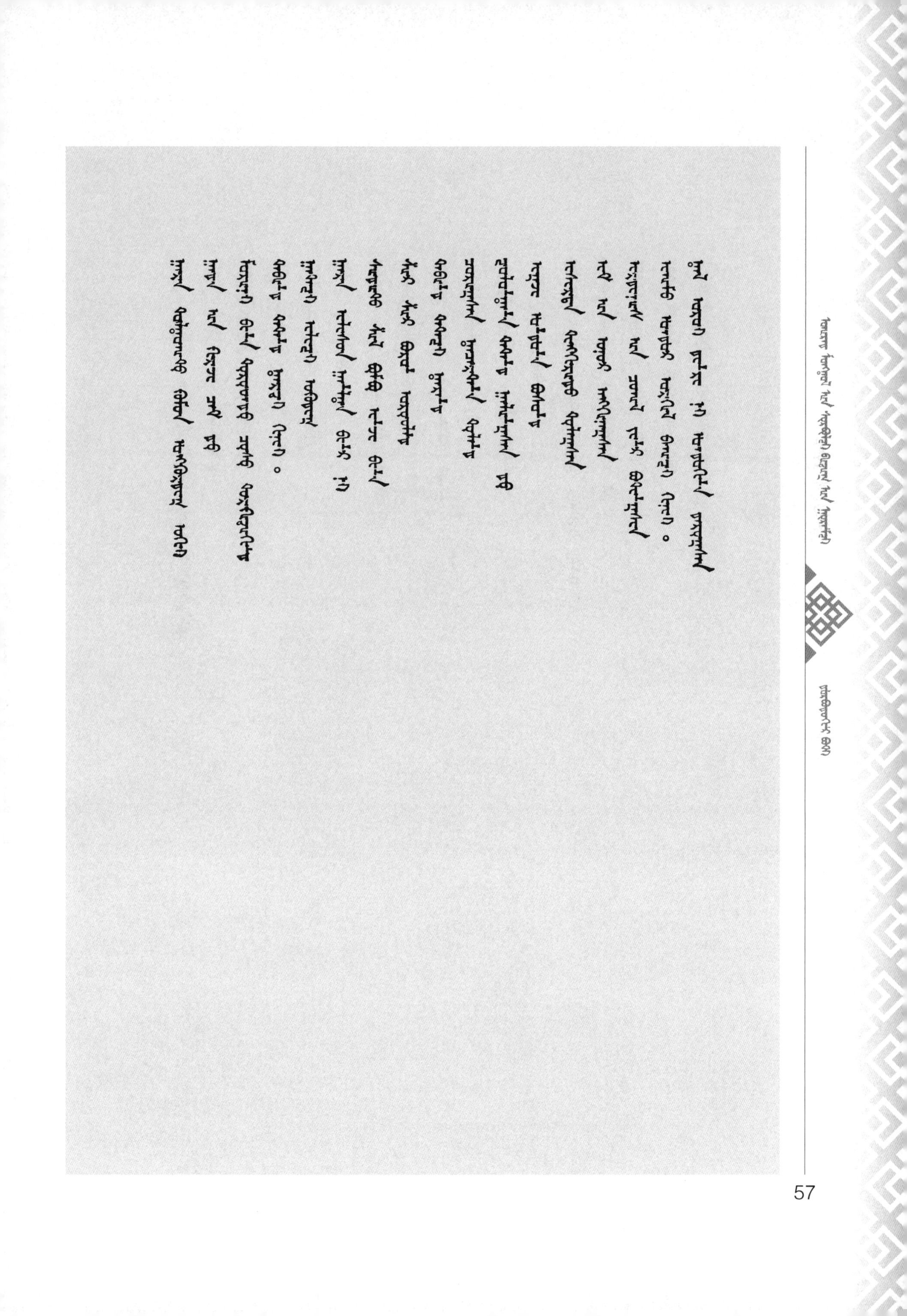

[illegible]
[illegible]
[illegible]
[illegible]
[illegible]
[illegible]
[illegible]
[illegible]
[illegible]
[illegible]
[illegible]
[illegible]
[illegible]
[illegible]
[illegible]
[illegible]
[illegible]

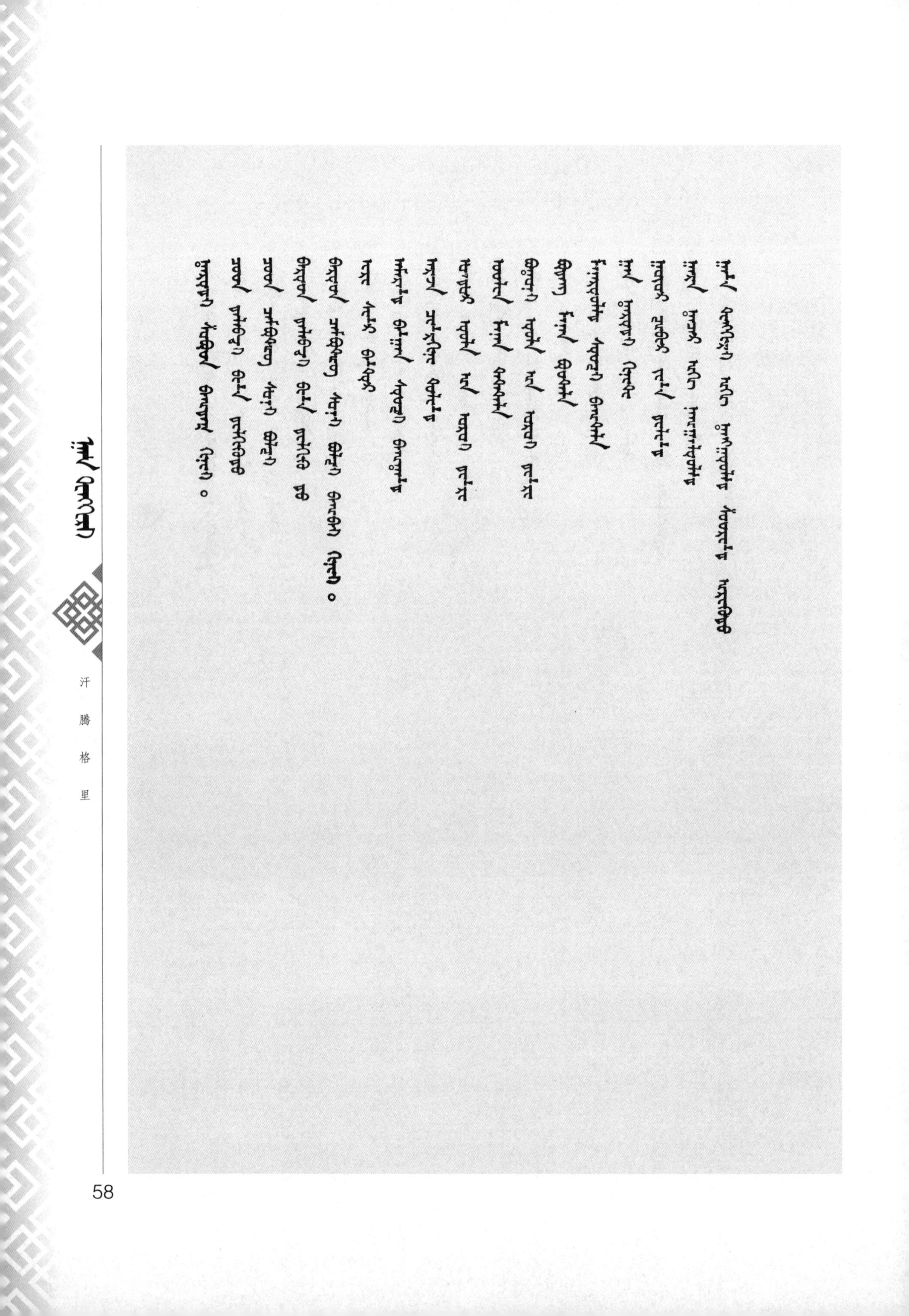

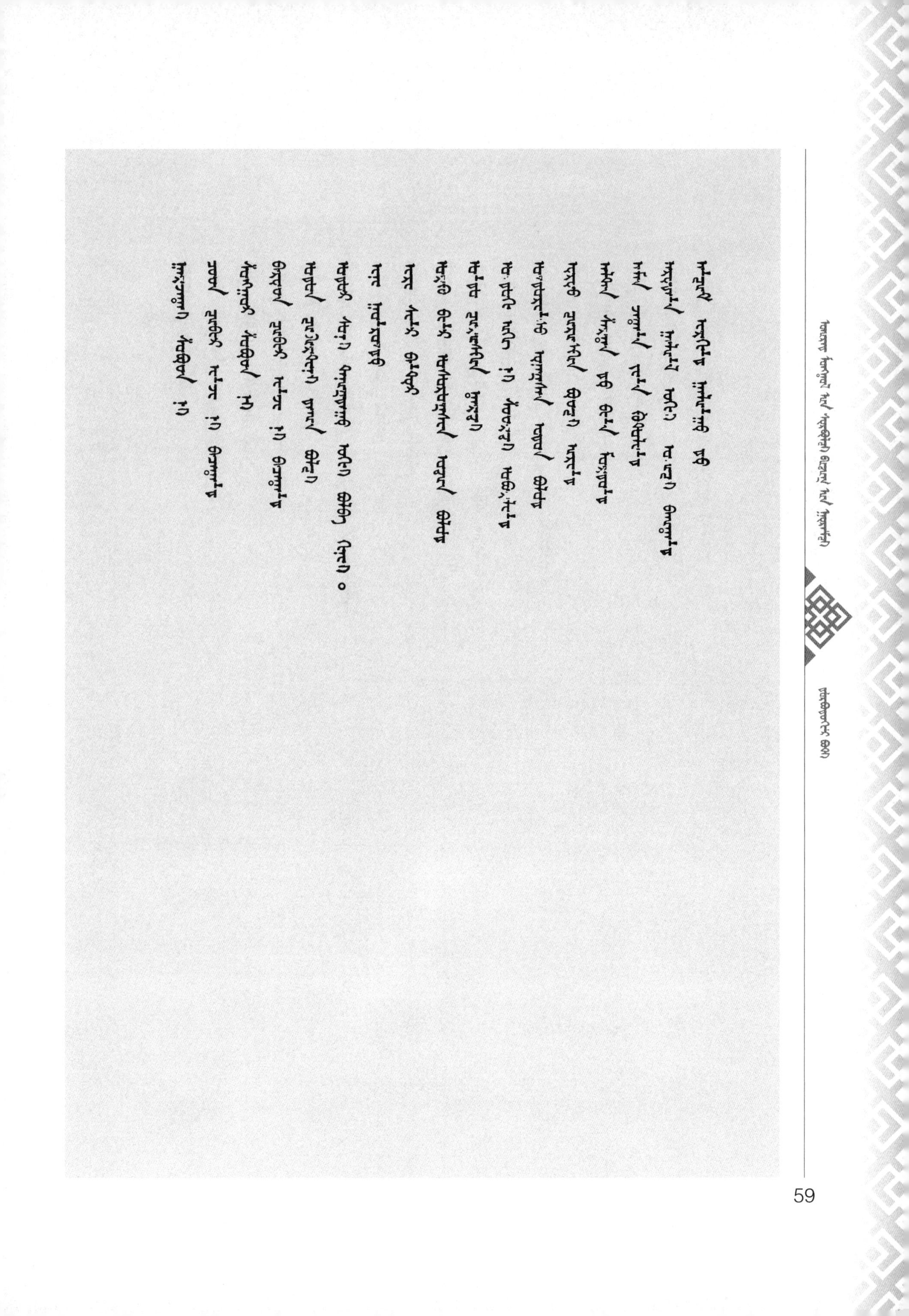

[illegible]
[illegible]
[illegible]
[illegible]
[illegible]
[illegible]
[illegible]
[illegible]
[illegible]
[illegible]
[illegible]
[illegible] 。
[illegible]
[illegible]
[illegible]
[illegible]
[illegible]

[illegible]

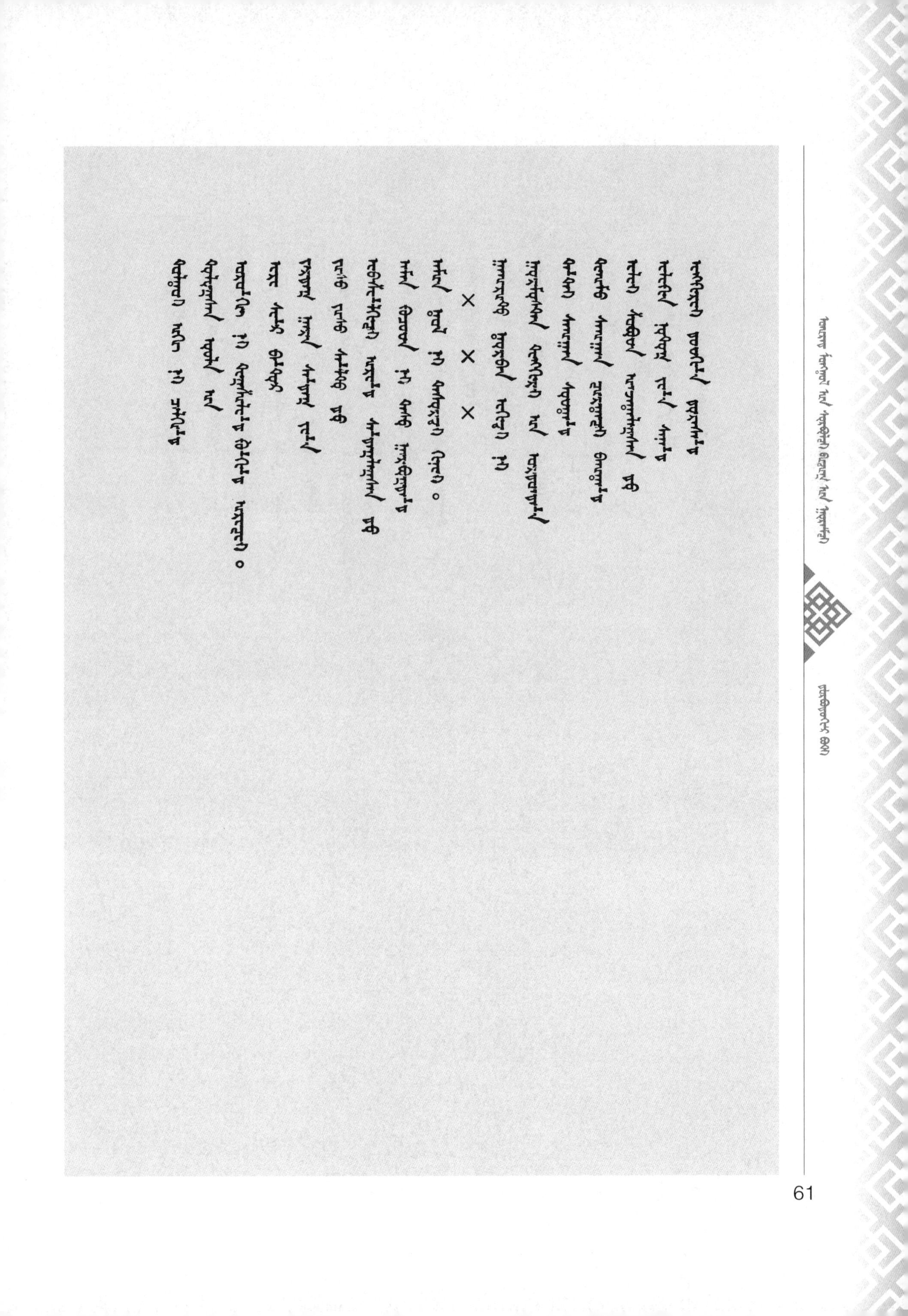

[illegible]
[illegible]
[illegible]
[illegible]
[illegible]
[illegible]
[illegible]

× × ×

[illegible] ○
[illegible]
[illegible]
[illegible]
[illegible]
[illegible]
[illegible] ○
[illegible]
[illegible]

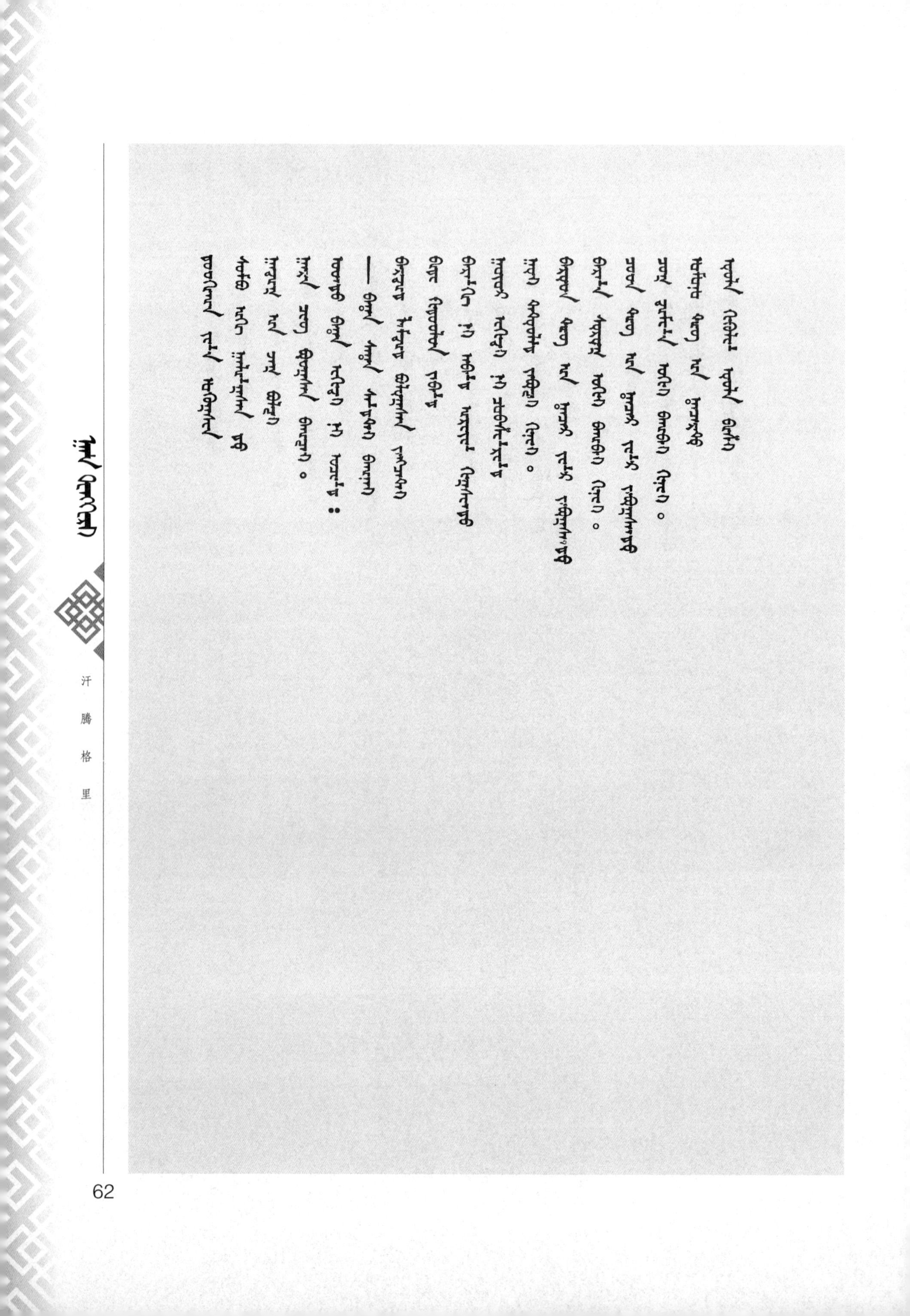

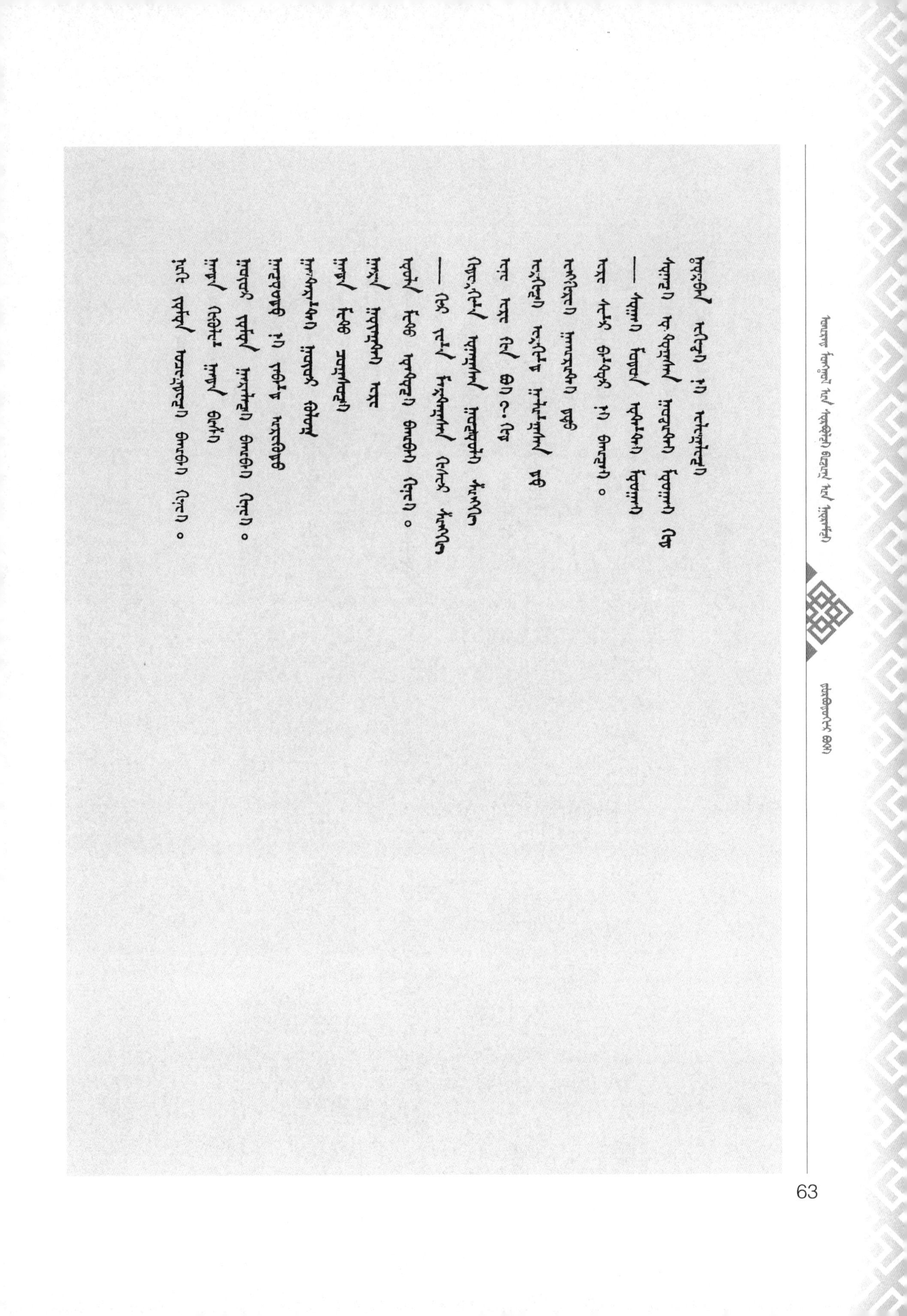

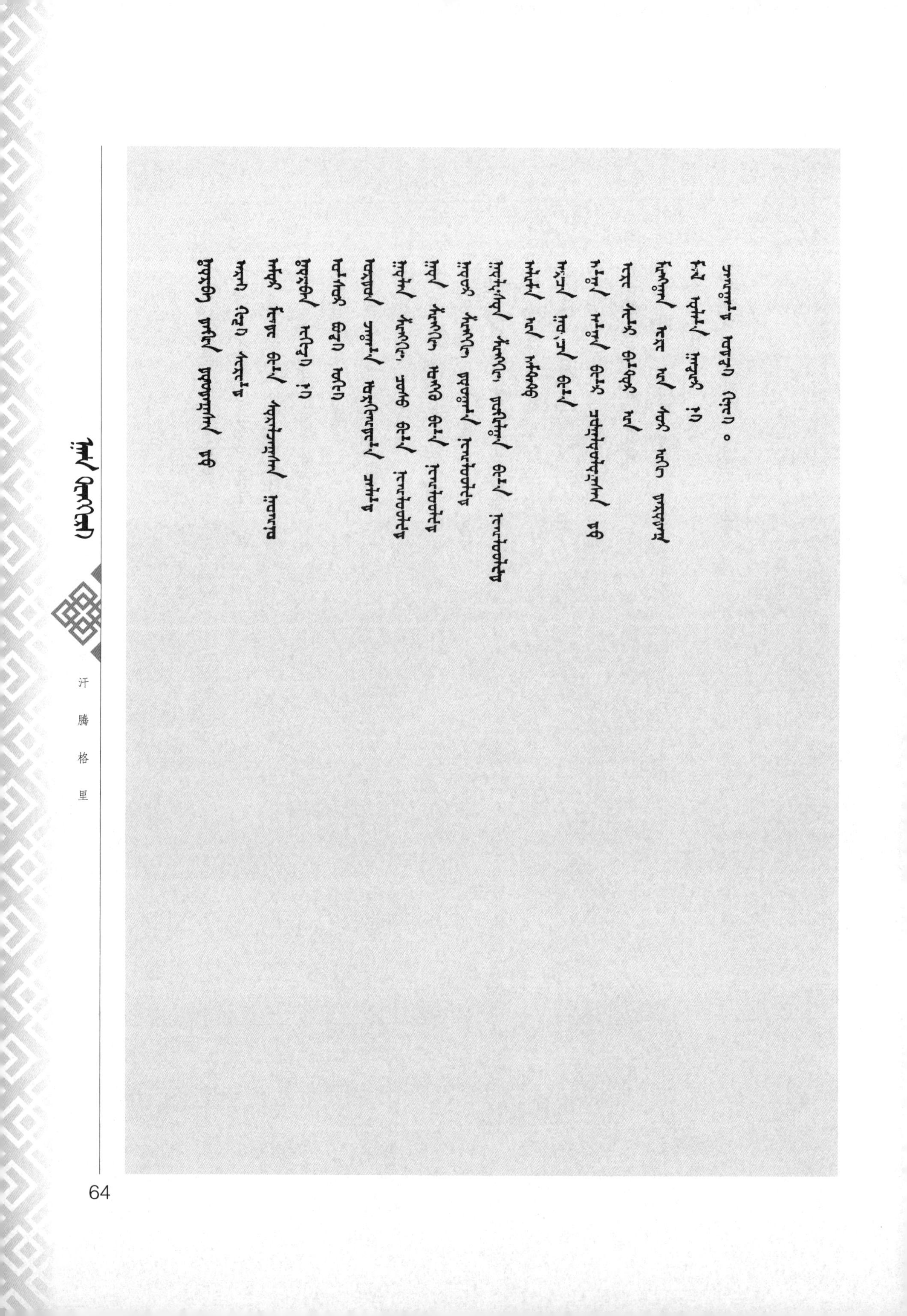

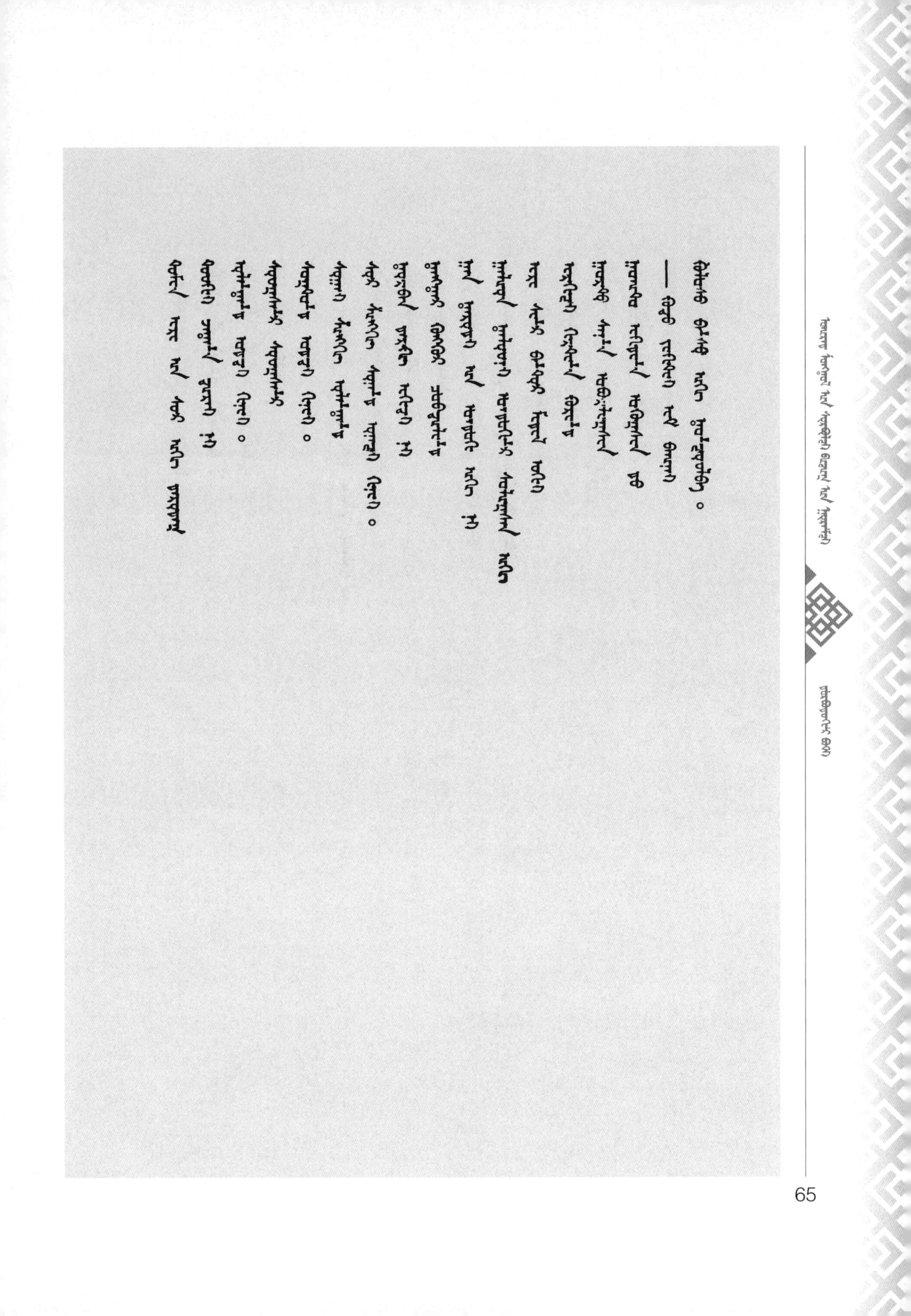

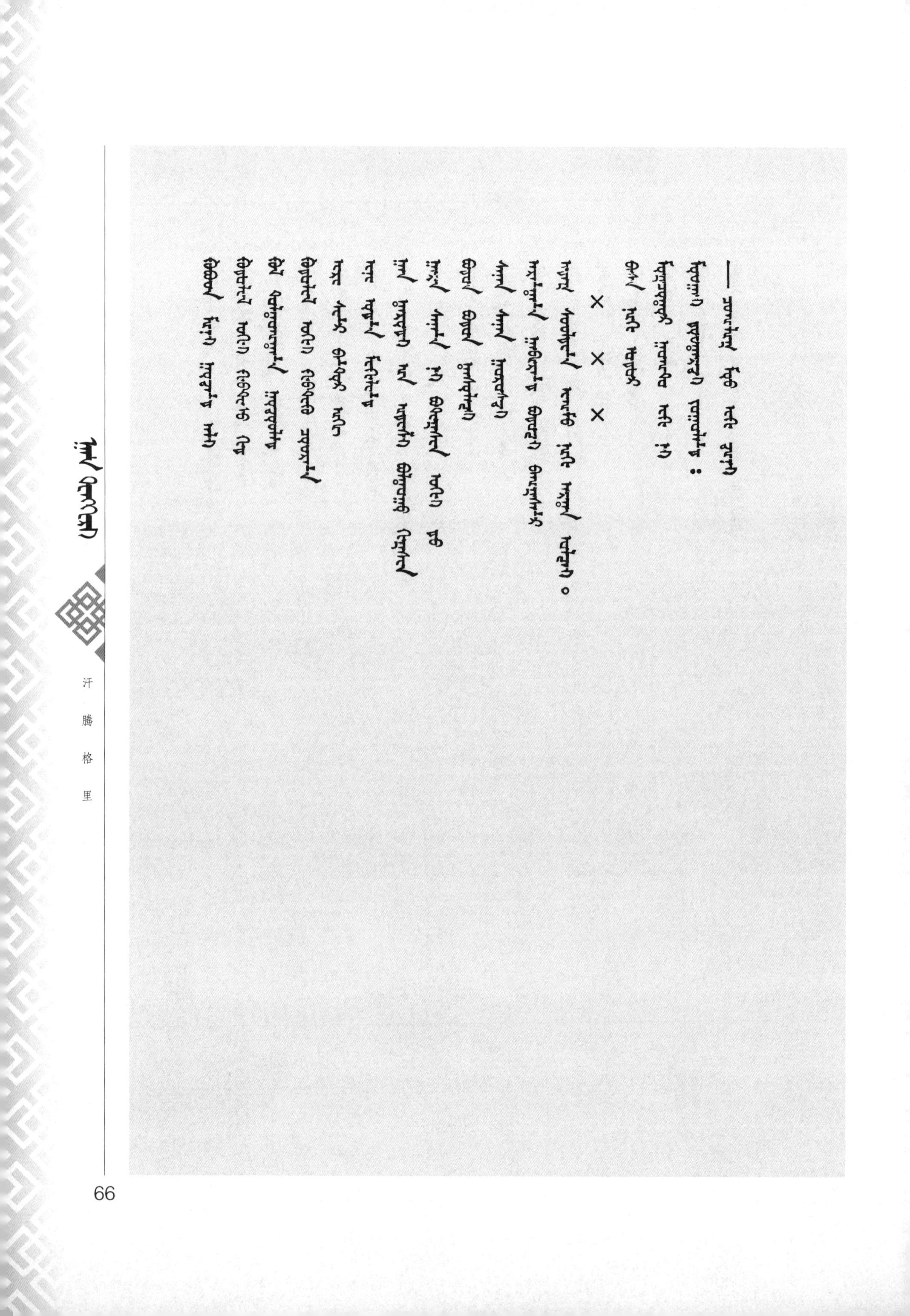

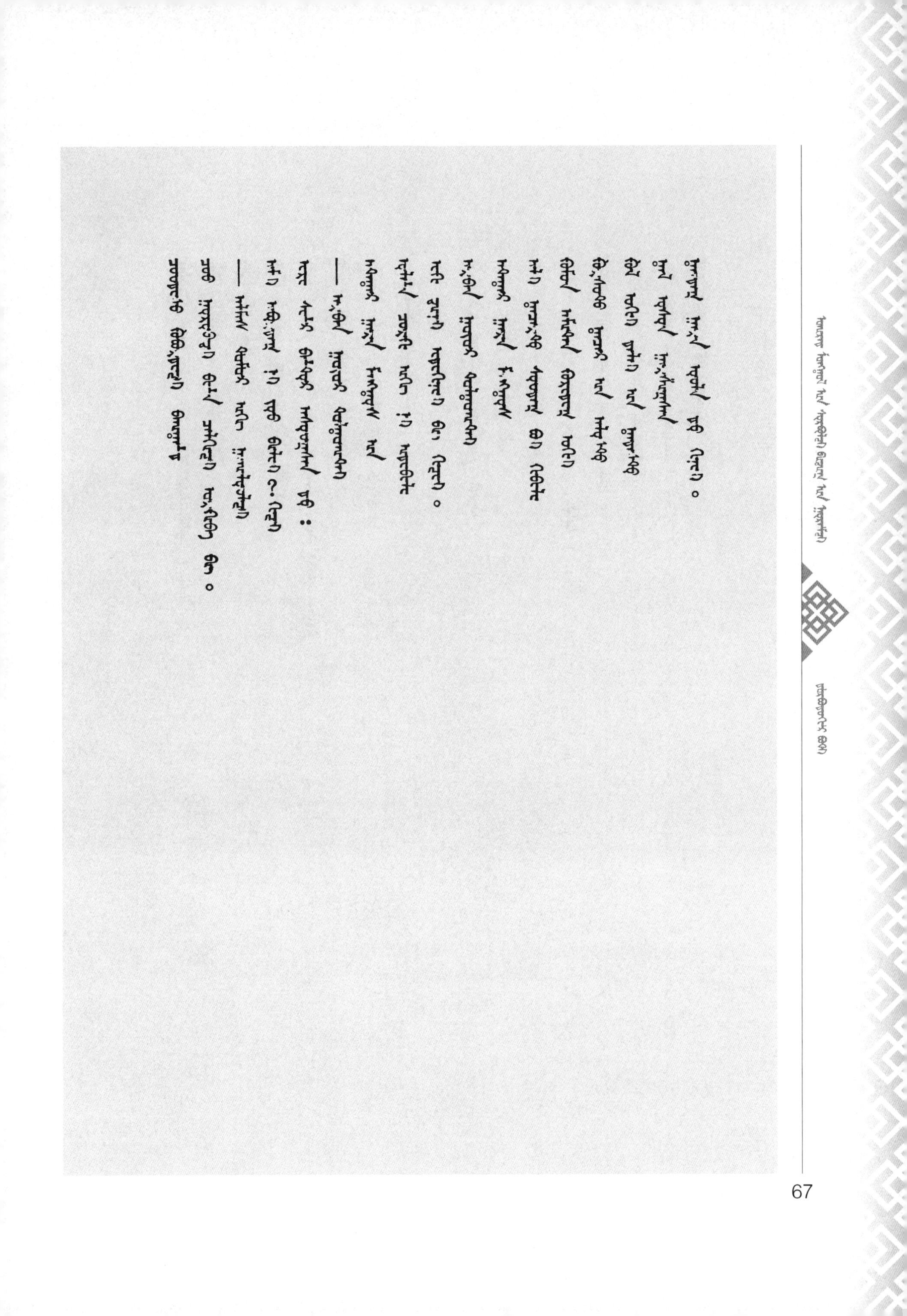

[illegible] ○
[illegible]
[illegible]
[illegible]
[illegible]
[illegible]
[illegible]
[illegible]
[illegible] ○
[illegible]
[illegible]
— [illegible]
[illegible] :
[illegible] ? [illegible]
— [illegible]
[illegible] ○
[illegible]

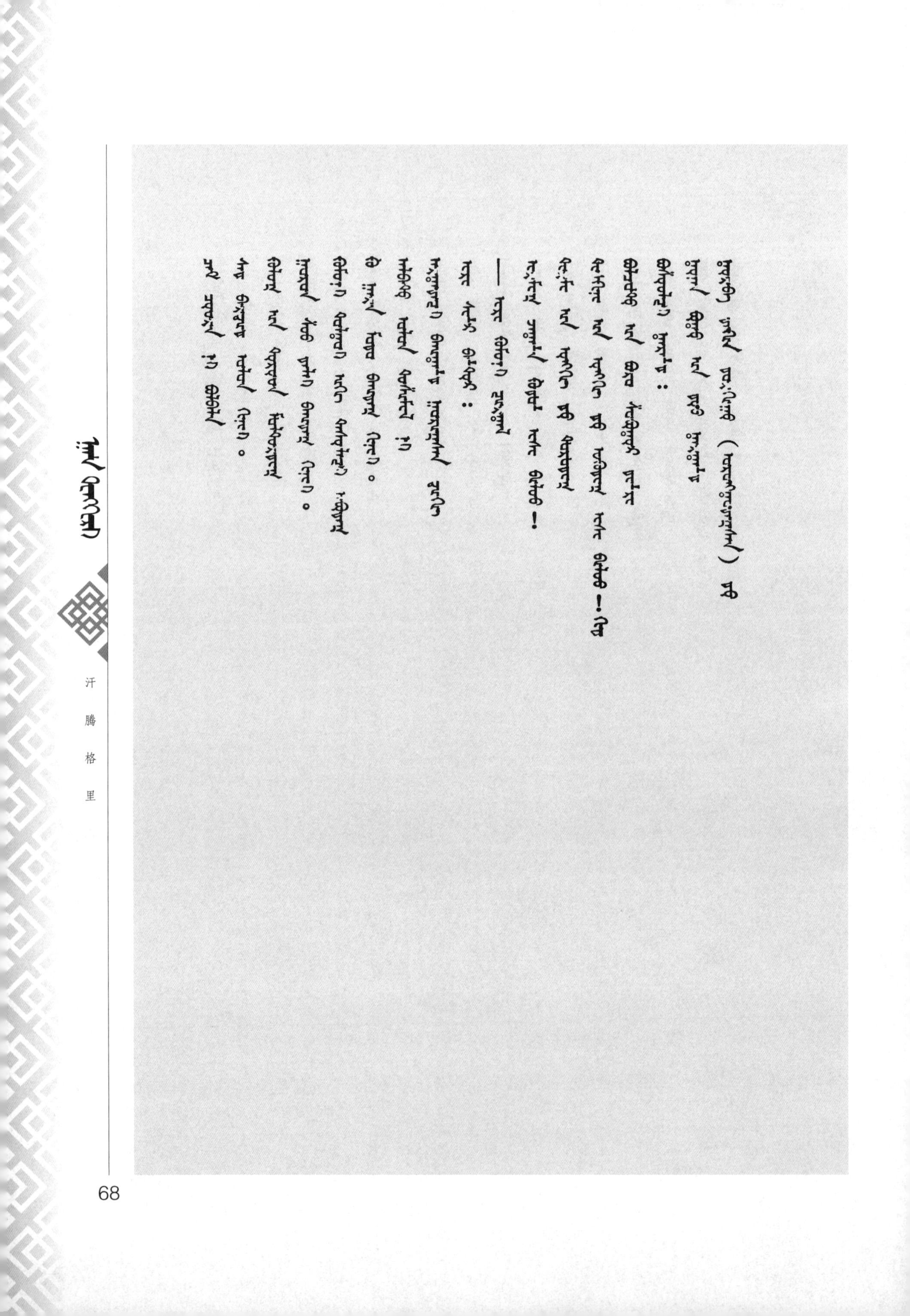

[illegible]
[illegible]
[illegible]
[illegible]
[illegible]
[illegible]
[illegible]
[illegible]
[illegible]
[illegible]
[illegible]
[illegible]
[illegible]
[illegible]
[illegible]
[illegible]
[illegible]

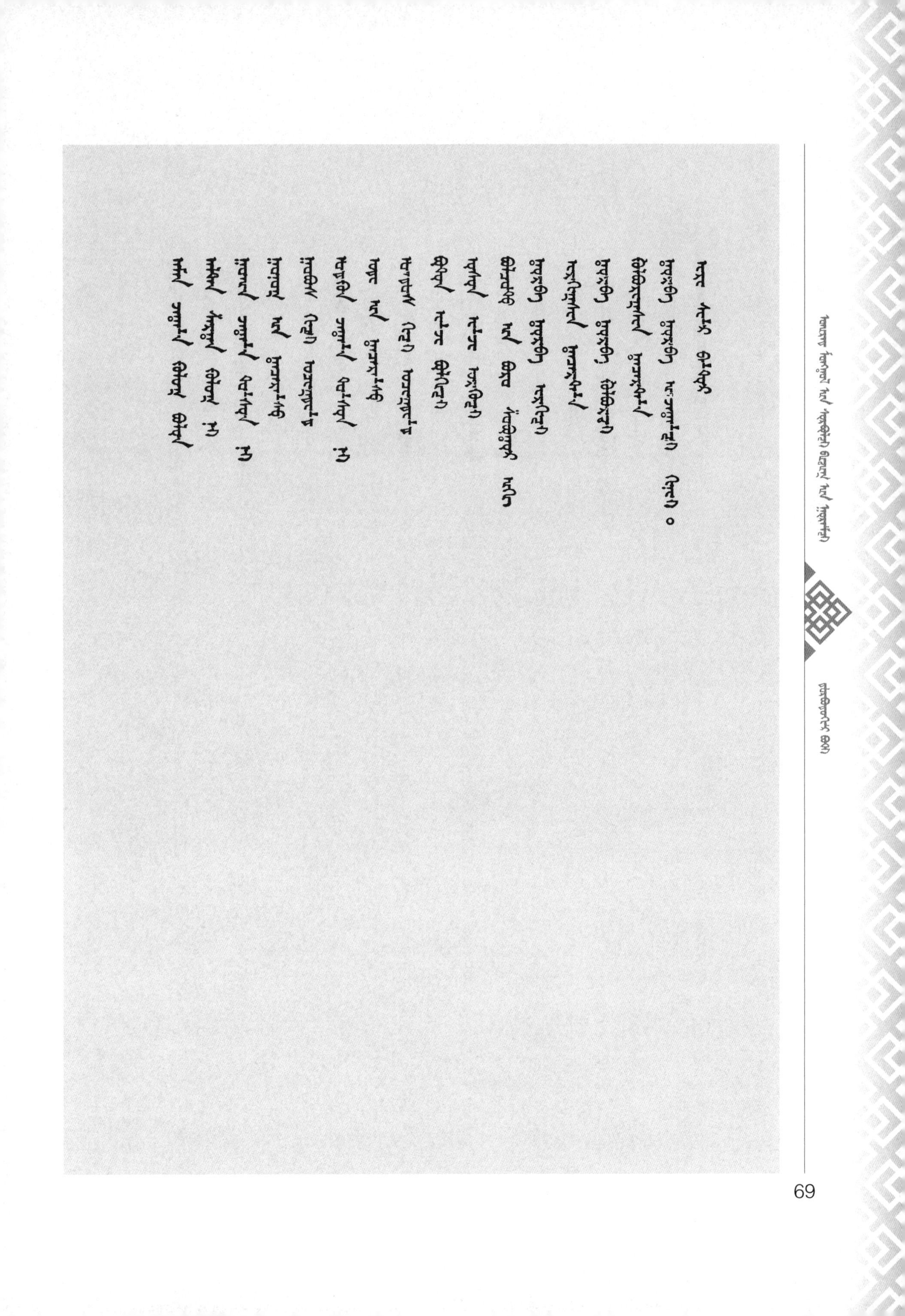

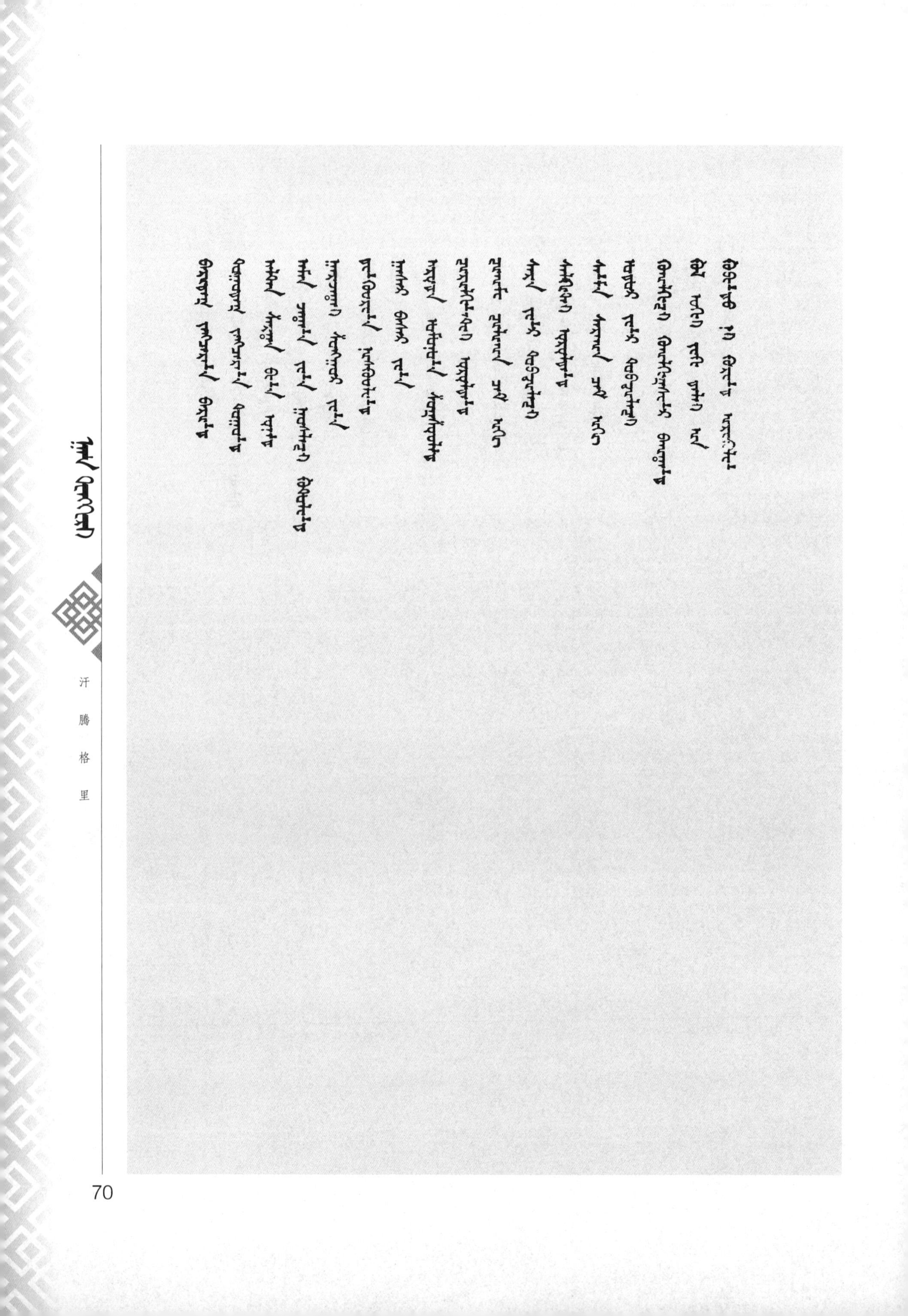

[illegible]
[illegible]
[illegible]
[illegible]
[illegible]
[illegible]
[illegible]
[illegible]
[illegible]
[illegible]
[illegible]
[illegible]
[illegible]
[illegible]
[illegible]
[illegible]
[illegible]

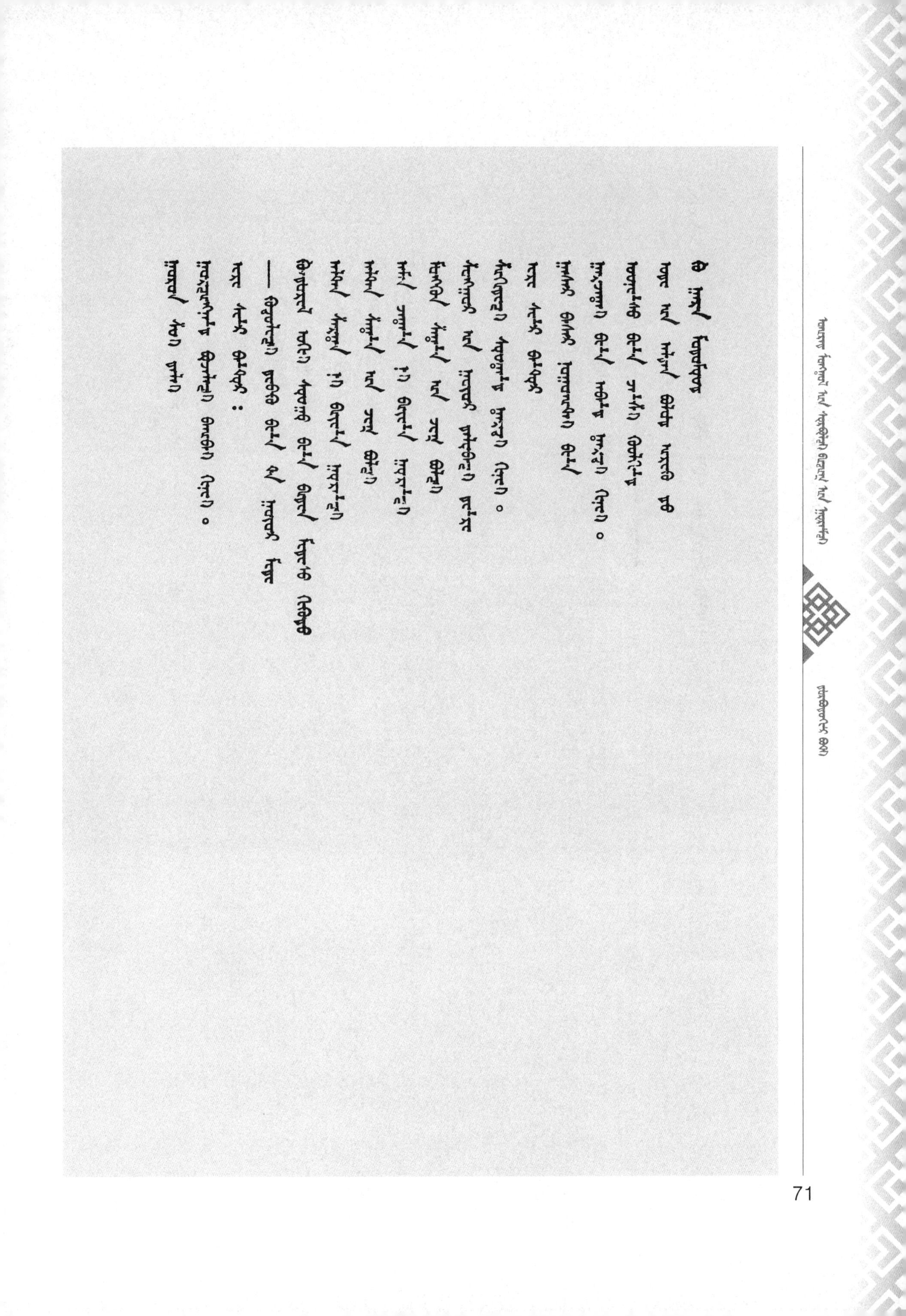

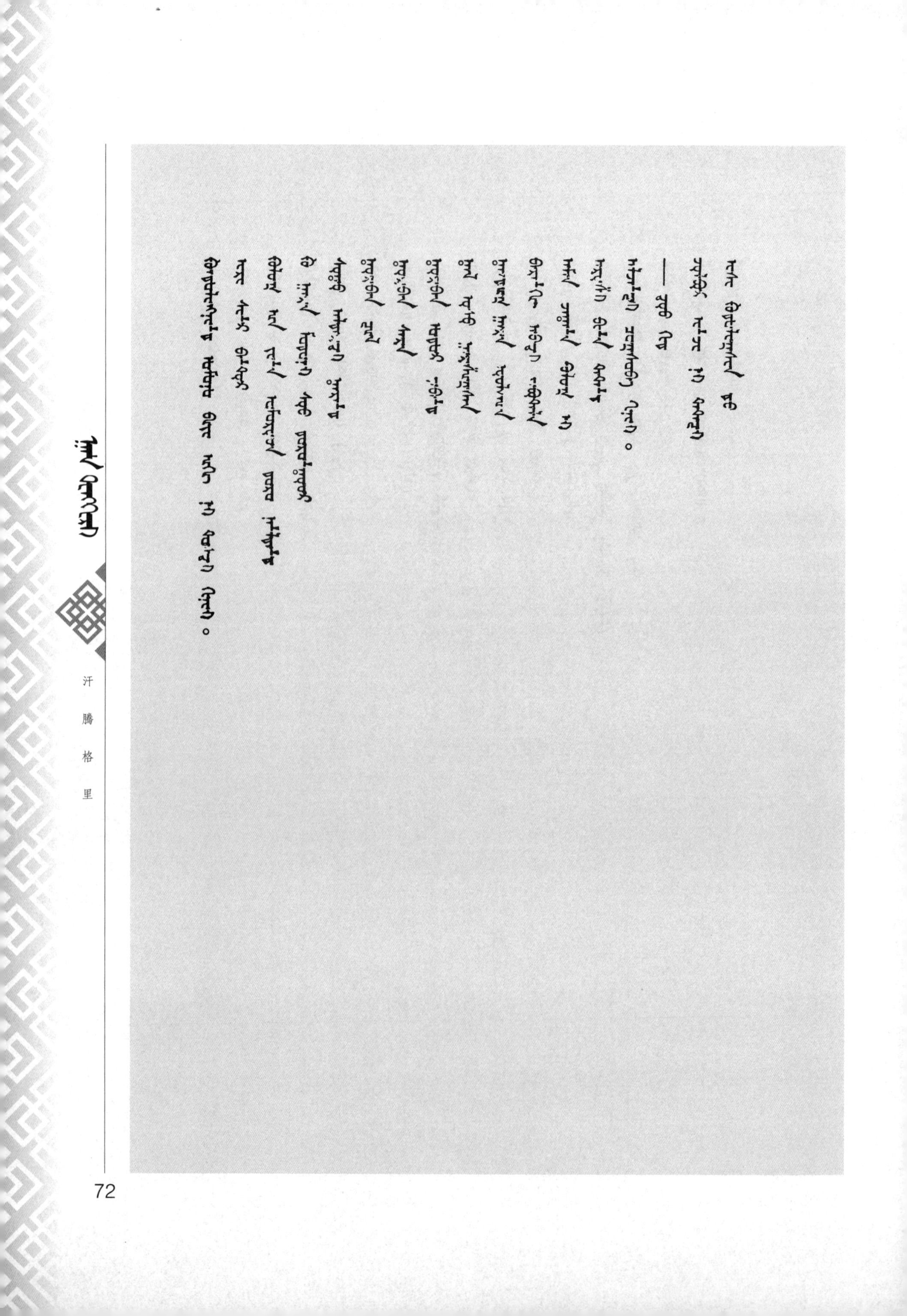

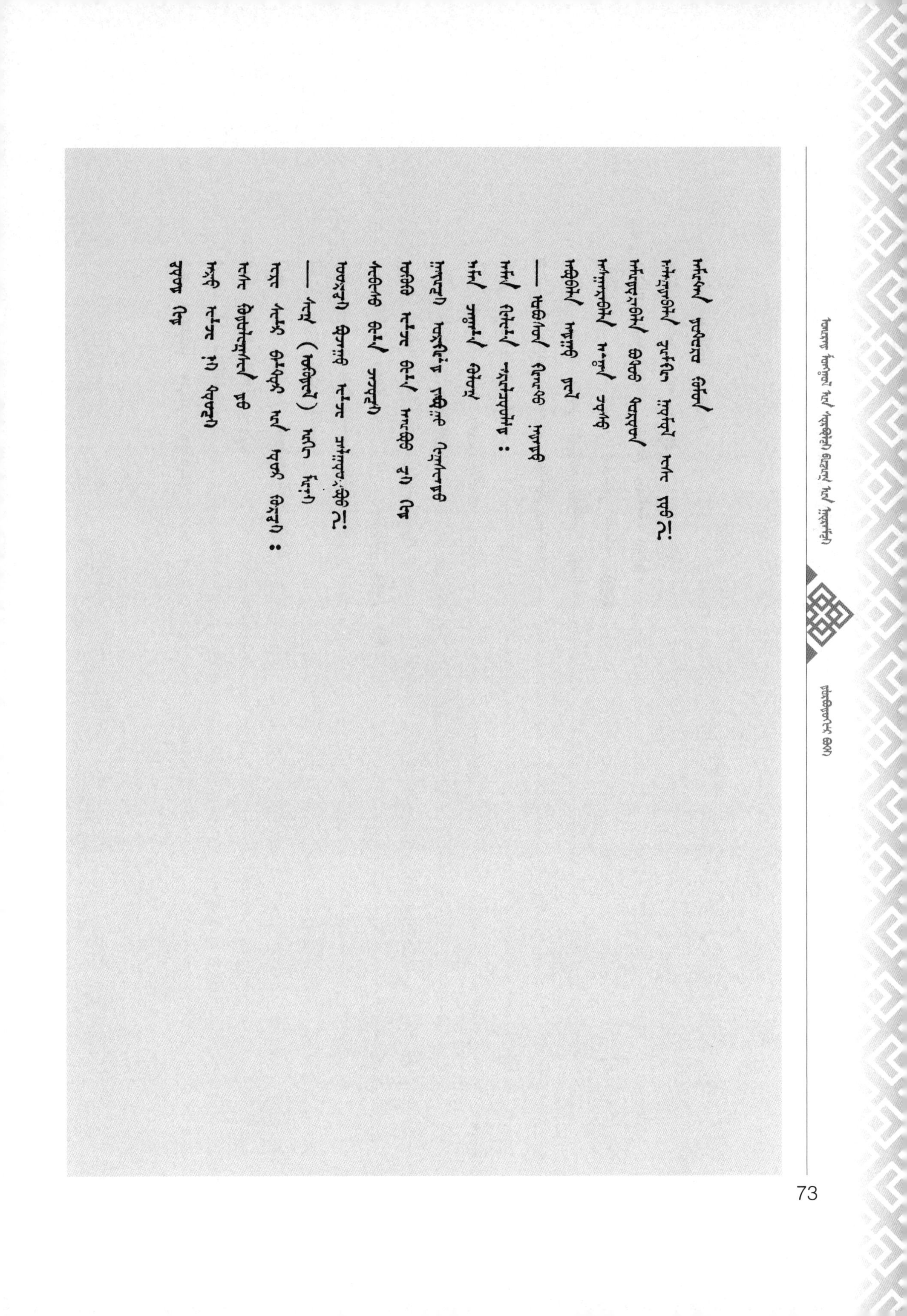

[illegible]

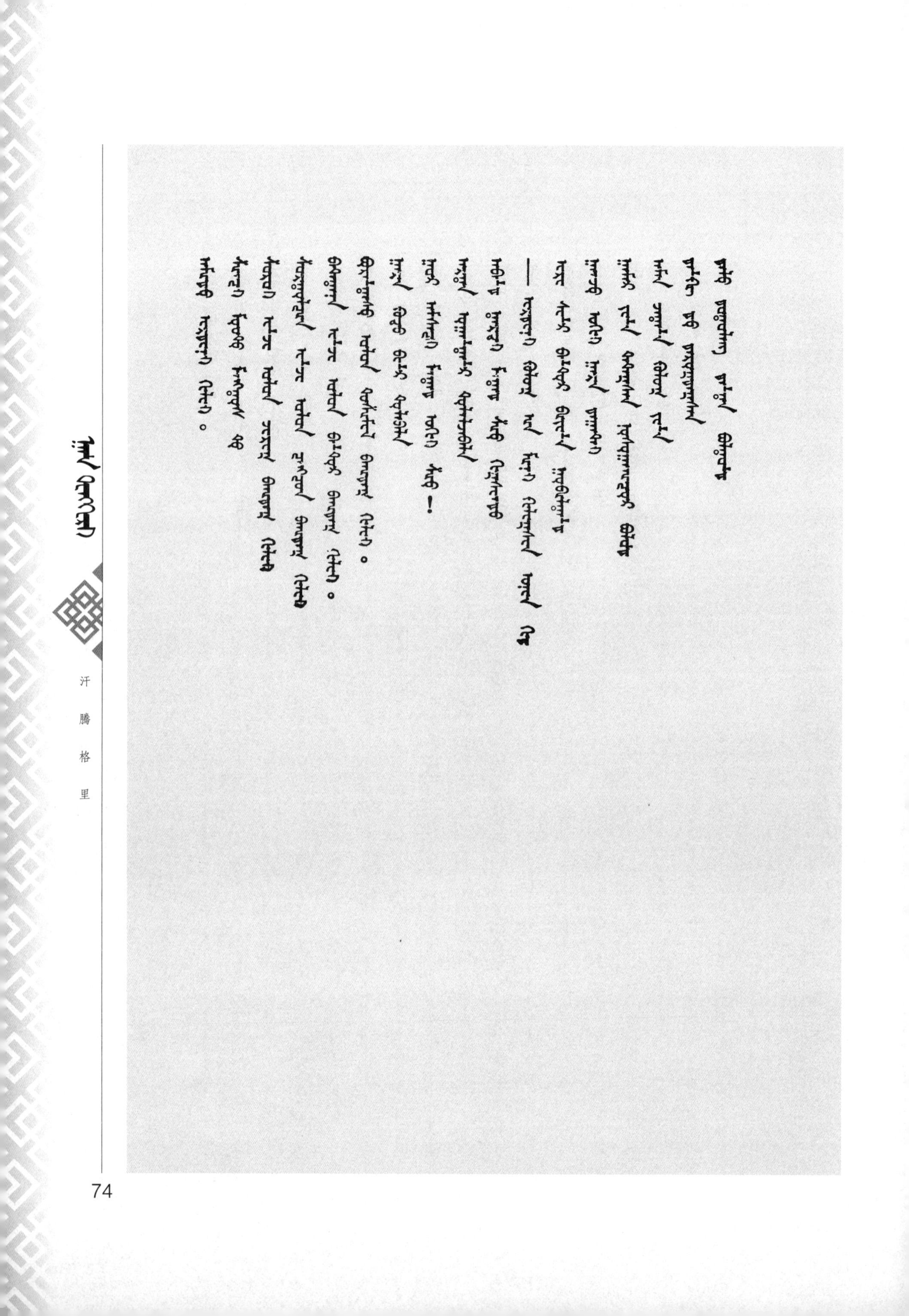

[illegible]

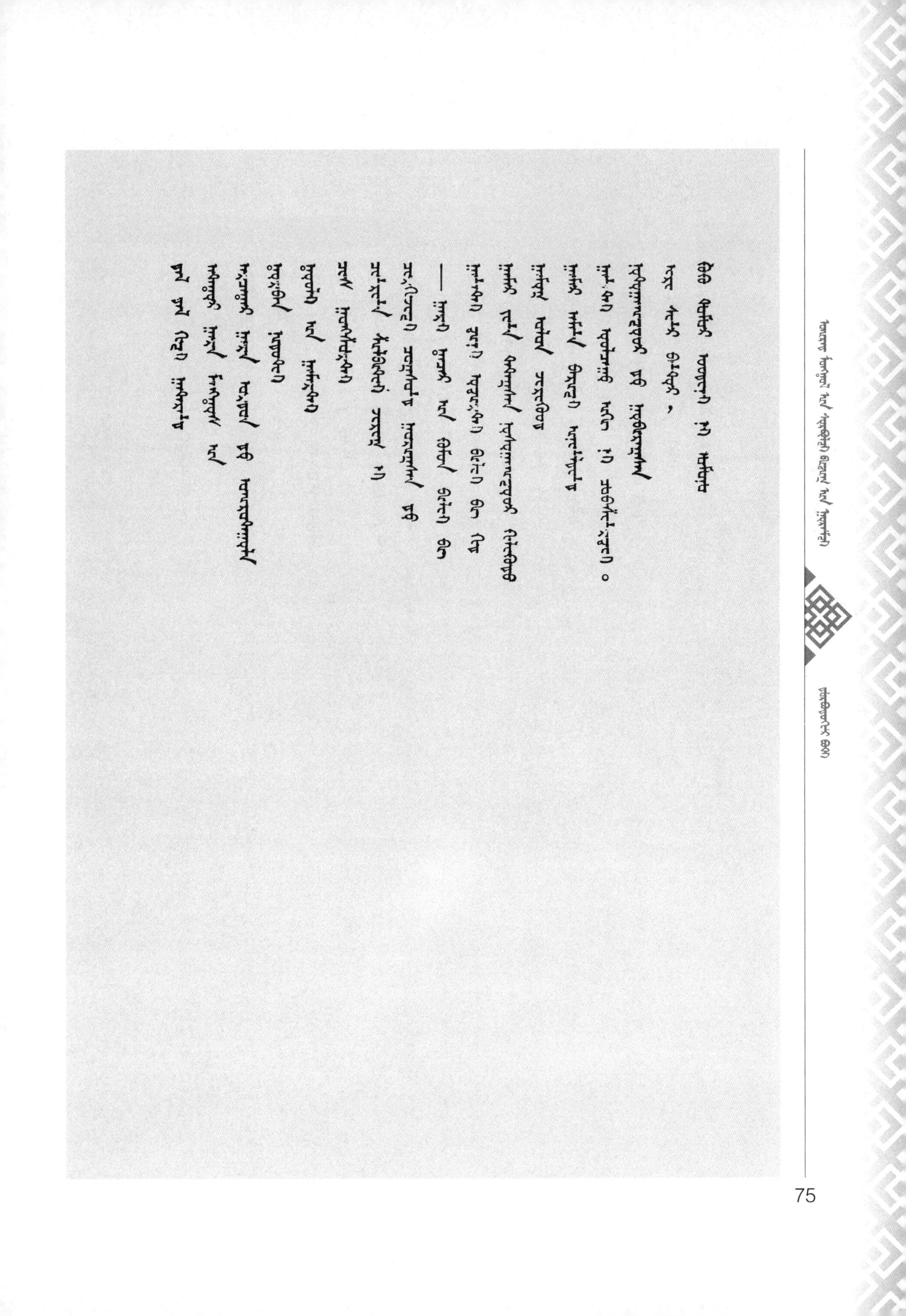

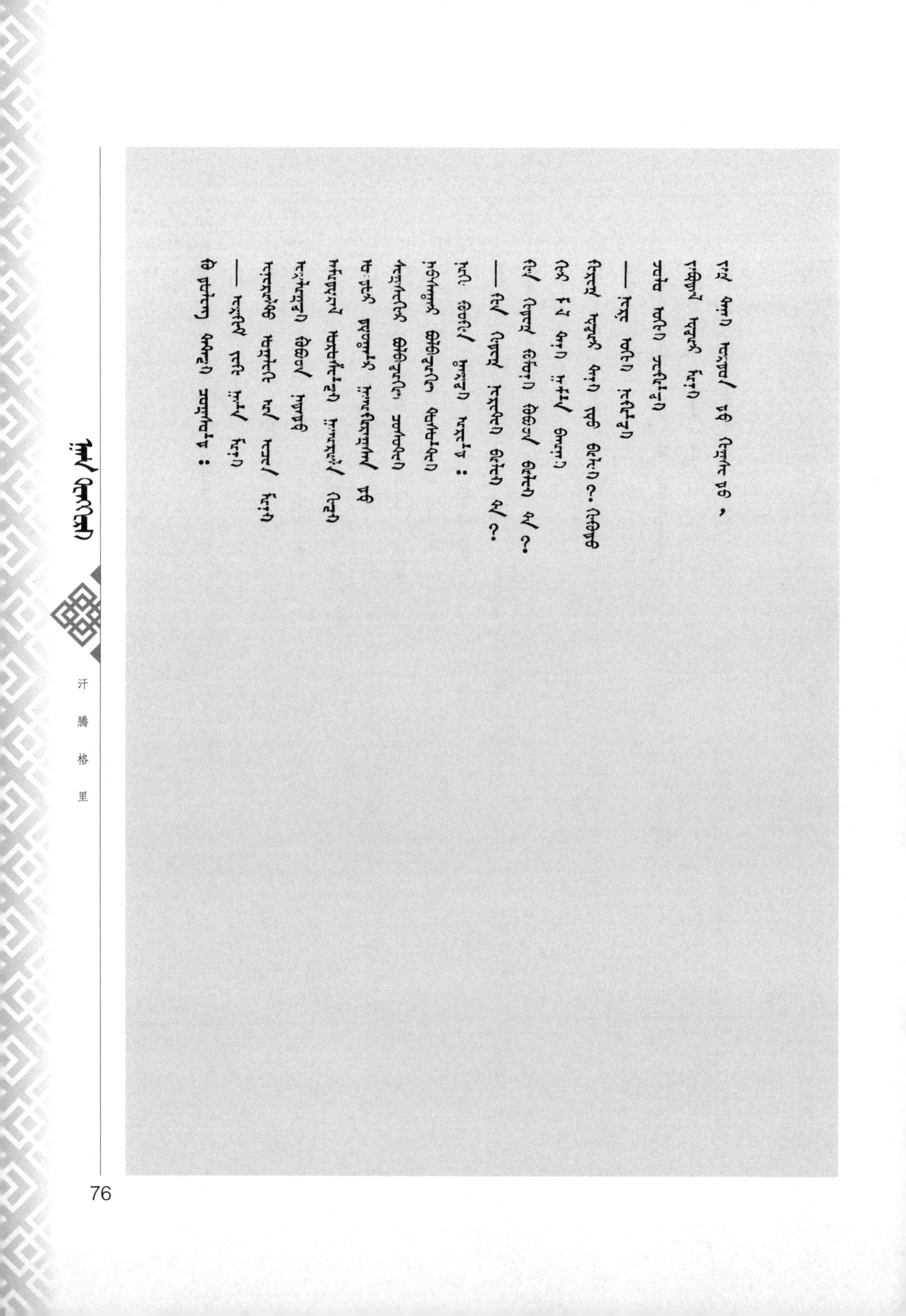

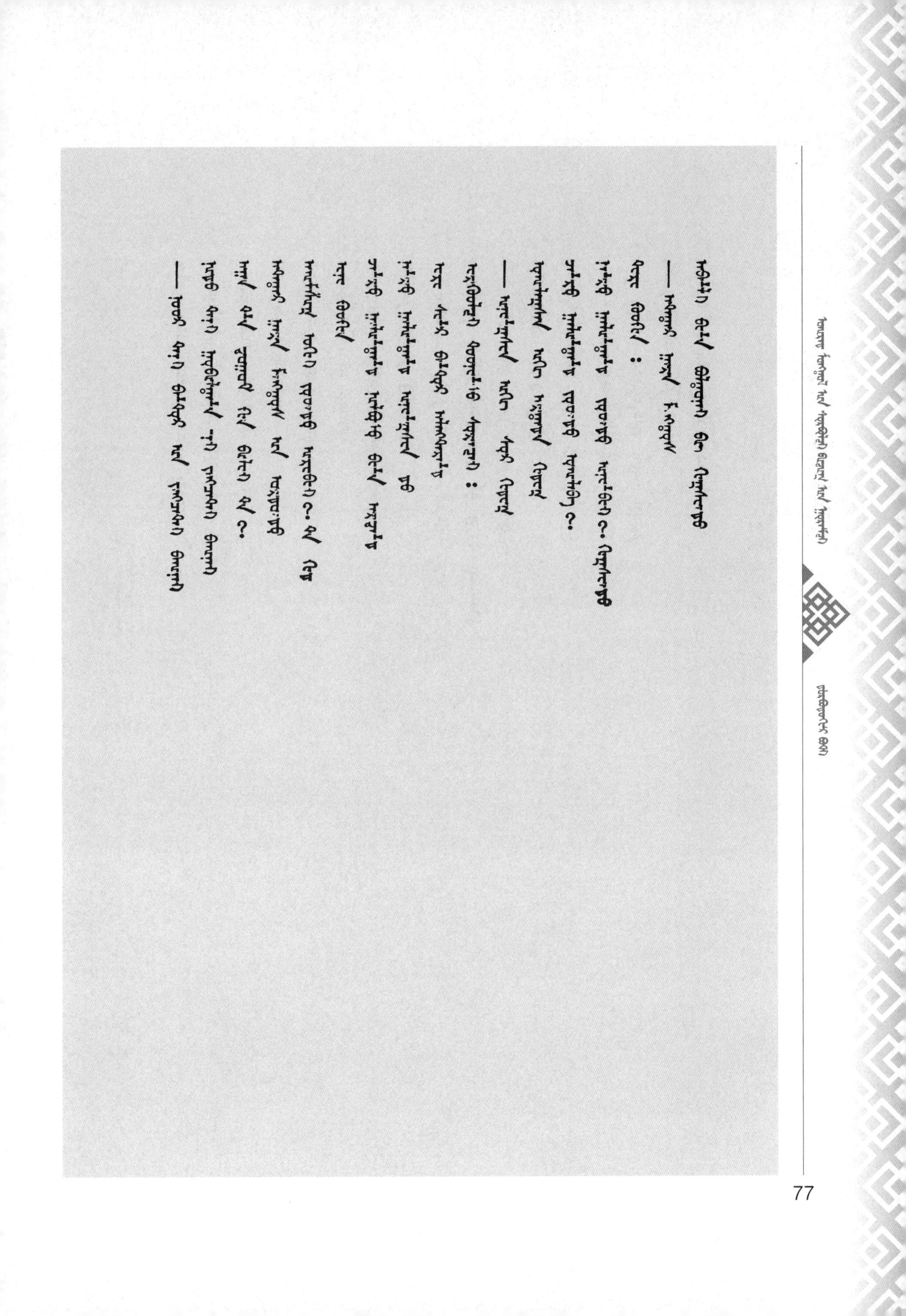

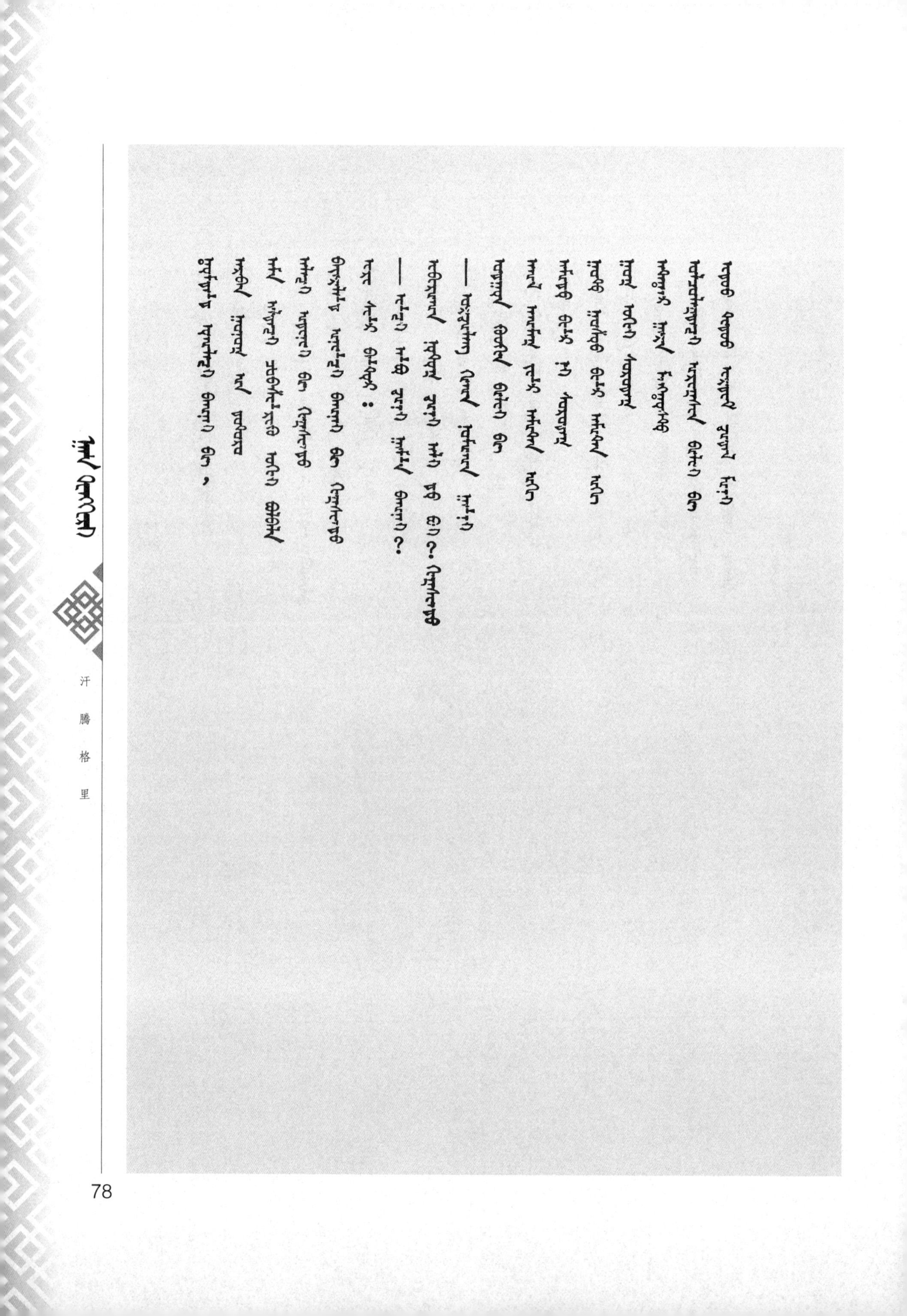

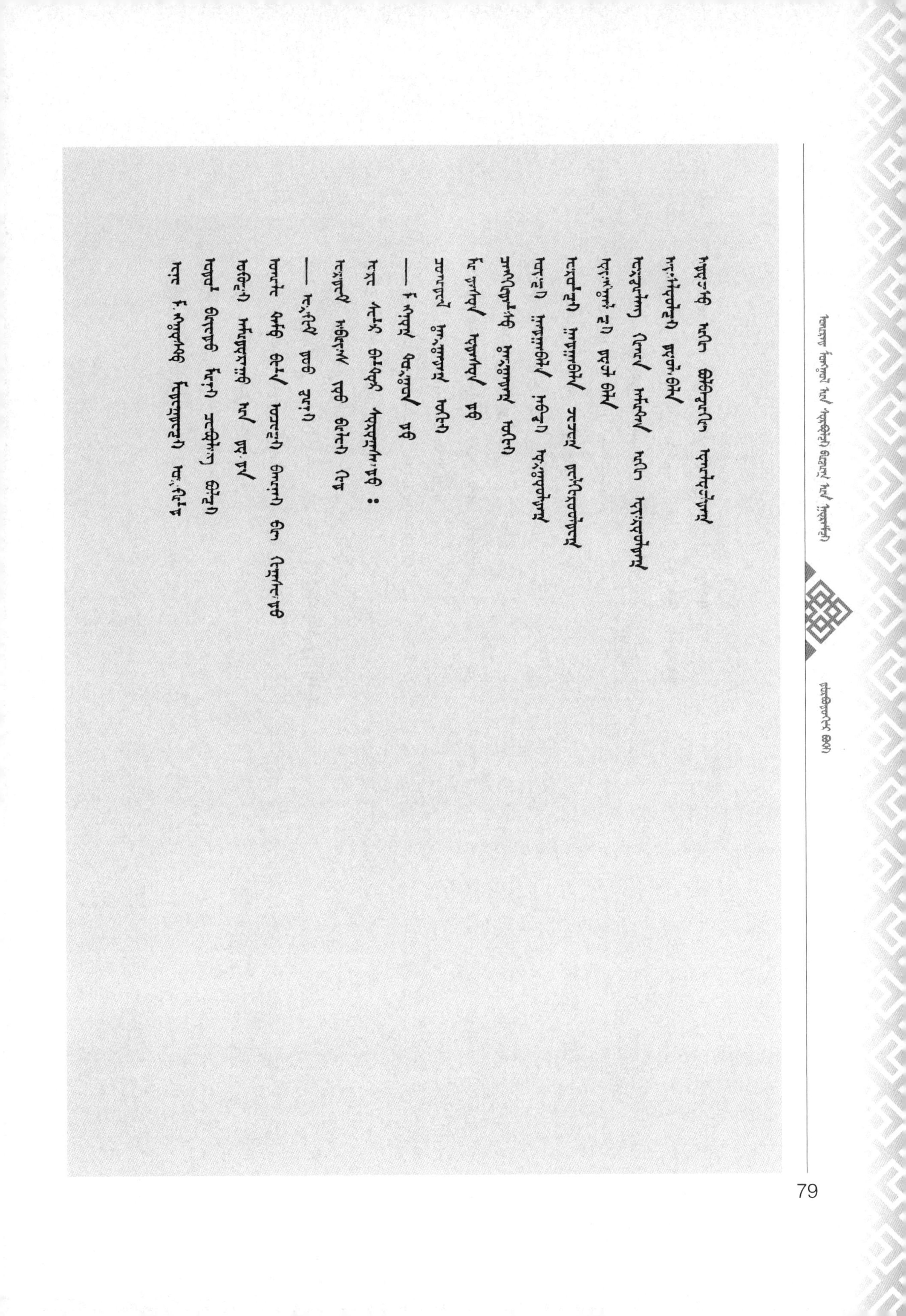

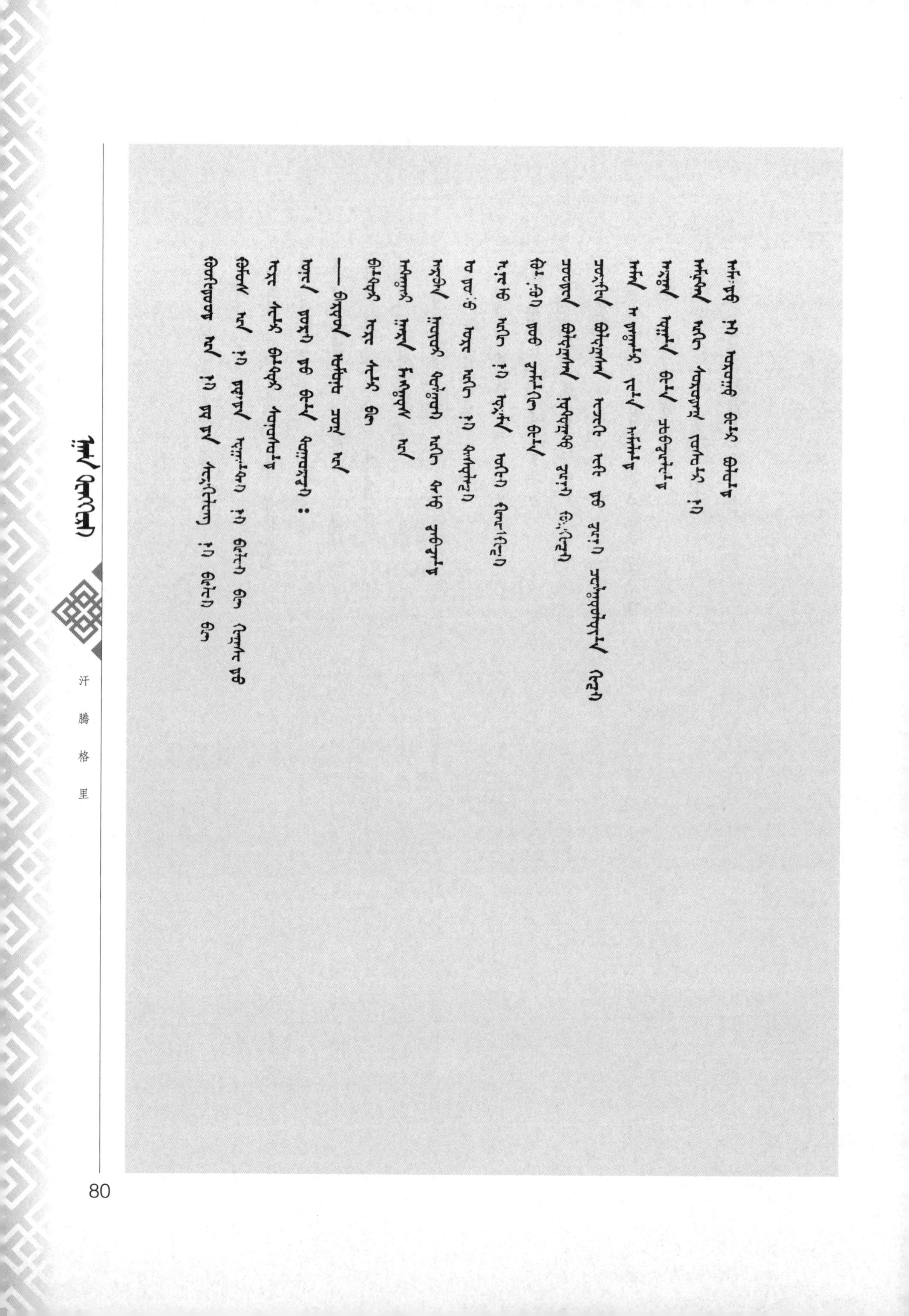

[illegible]

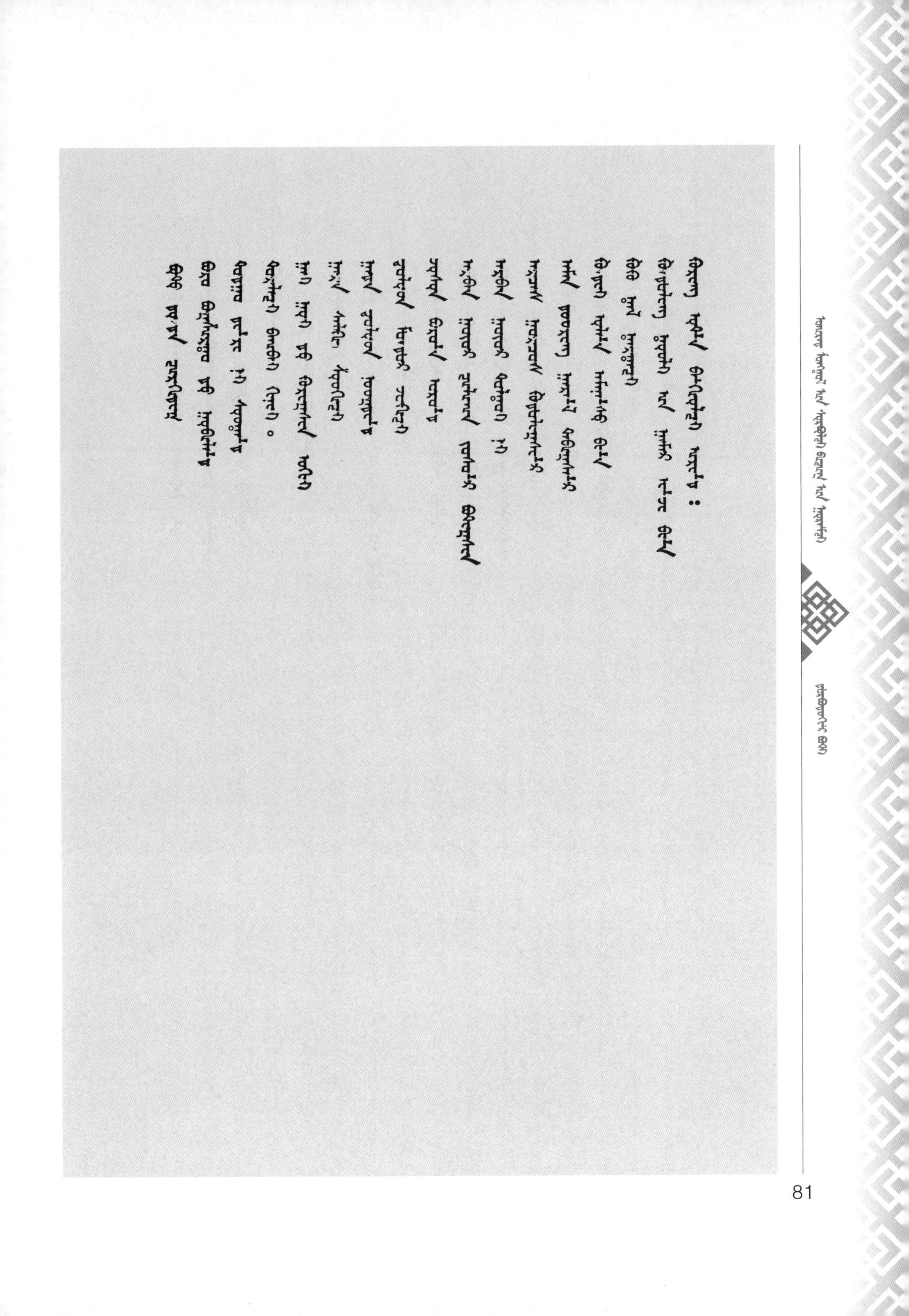

[illegible] :
[illegible]
[illegible]
[illegible]
[illegible]
[illegible]
[illegible]
[illegible]
[illegible]
[illegible]
[illegible]
[illegible]
[illegible]
[illegible] 。
[illegible]
[illegible]
[illegible]

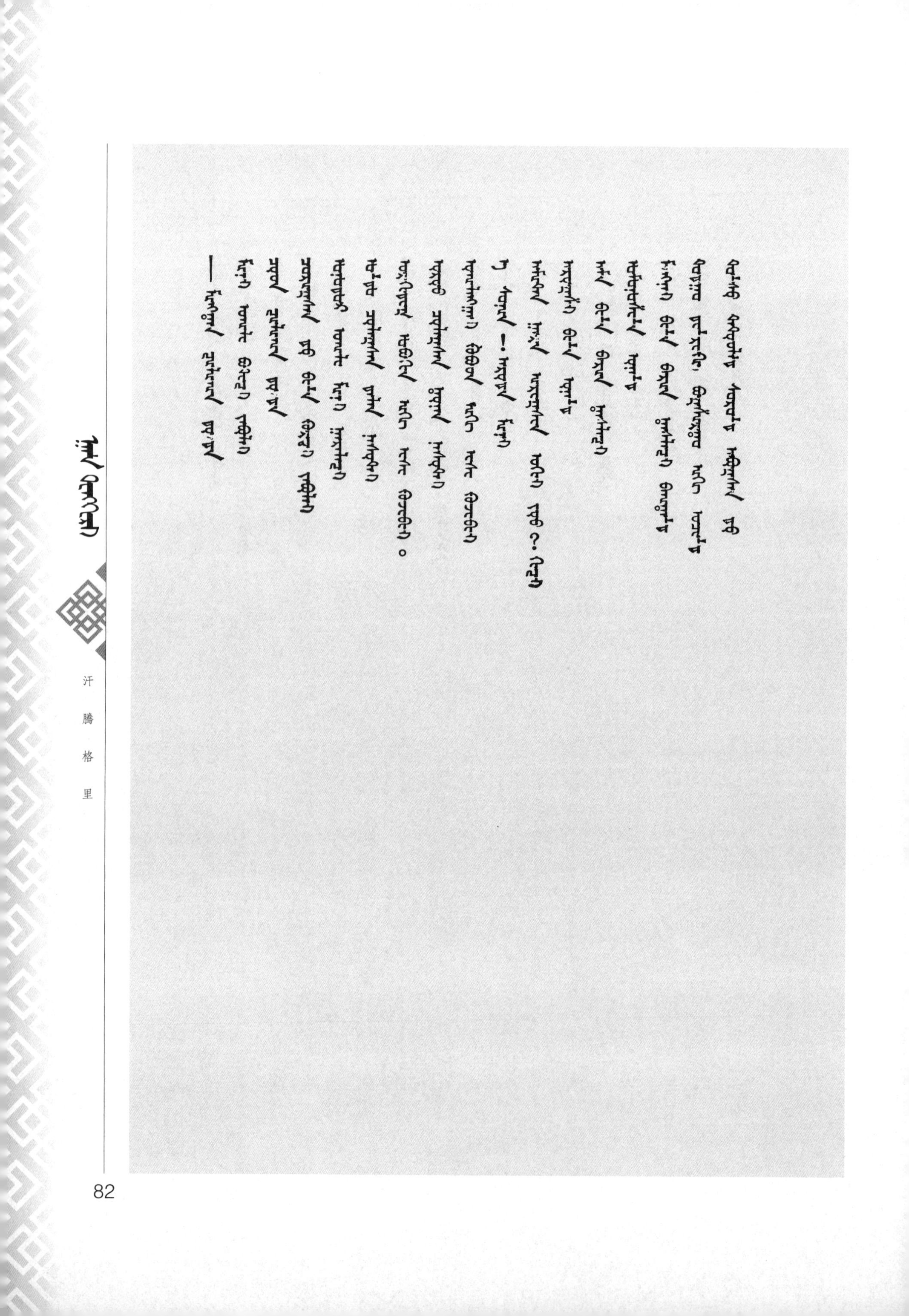

[illegible]
[illegible]
[illegible]
[illegible]
[illegible]
[illegible]
[illegible]
[illegible]
[illegible]
[illegible]
[illegible]
[illegible]
[illegible]
[illegible]
[illegible]
[illegible]
[illegible]
[illegible]
— [illegible]

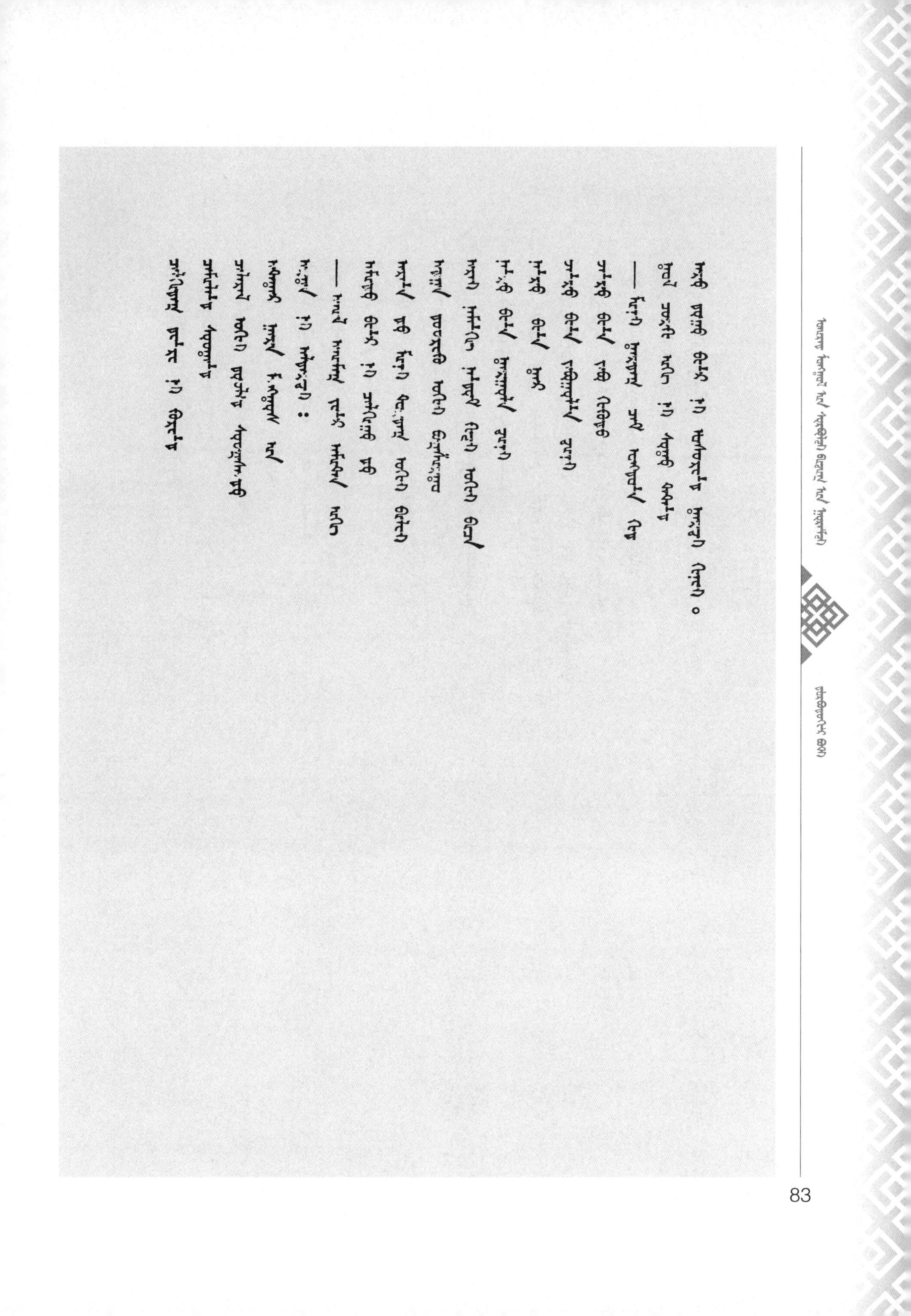

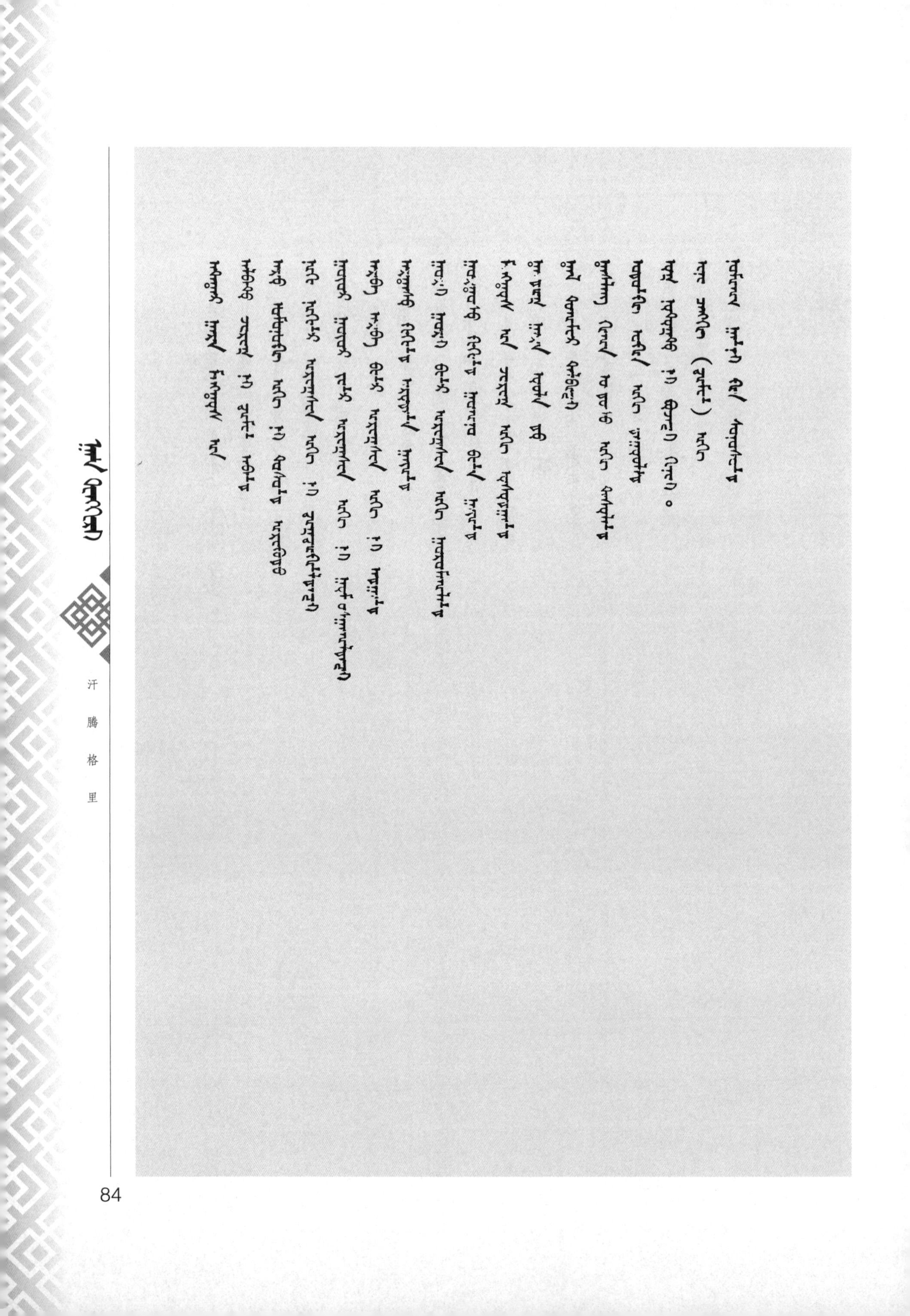

[illegible]

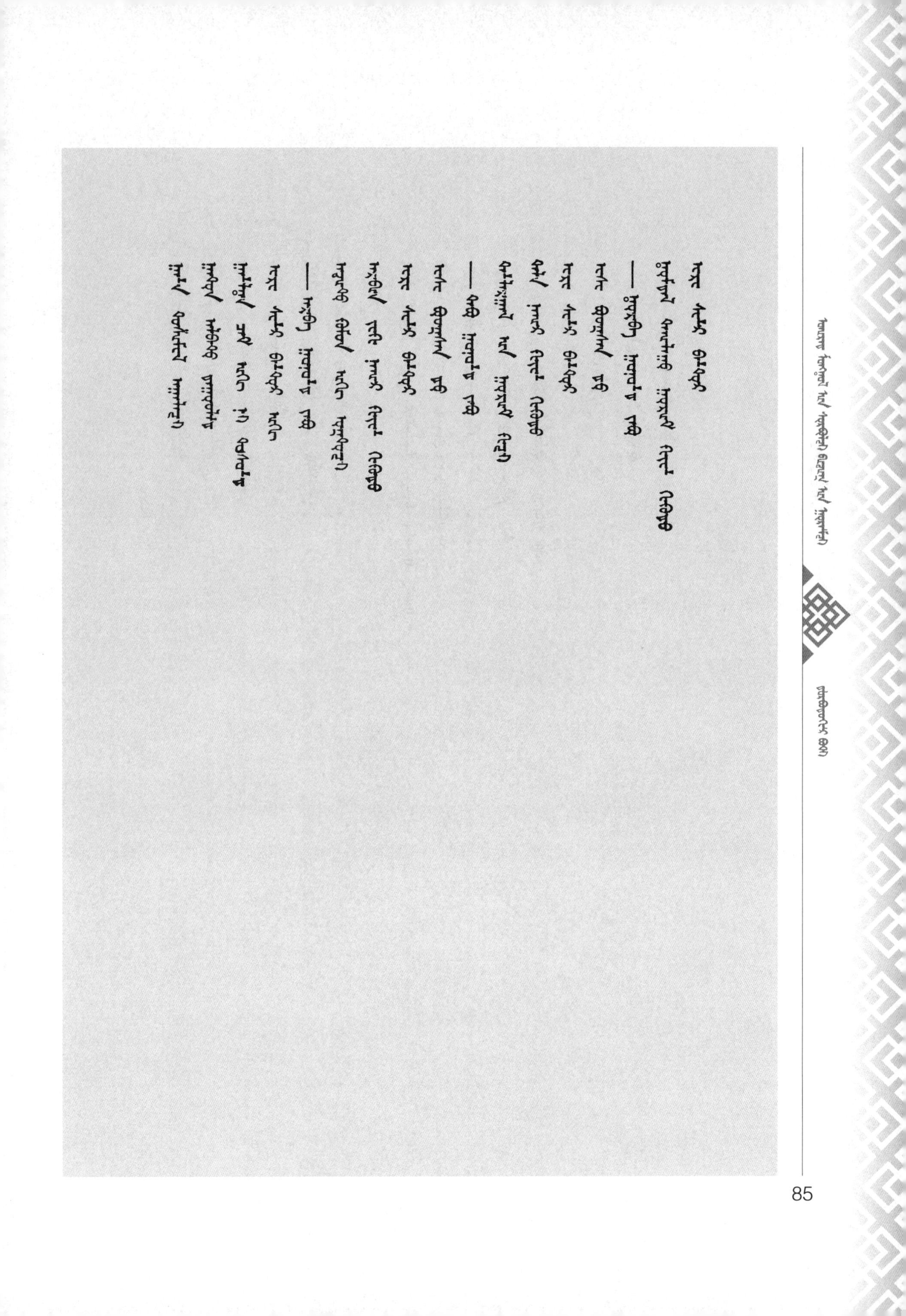

[illegible]
[illegible]
— [illegible]
[illegible]
[illegible]
[illegible]
[illegible]
— [illegible]
[illegible]
[illegible]
[illegible]
[illegible]
— [illegible]
[illegible]
[illegible]
[illegible]
[illegible]

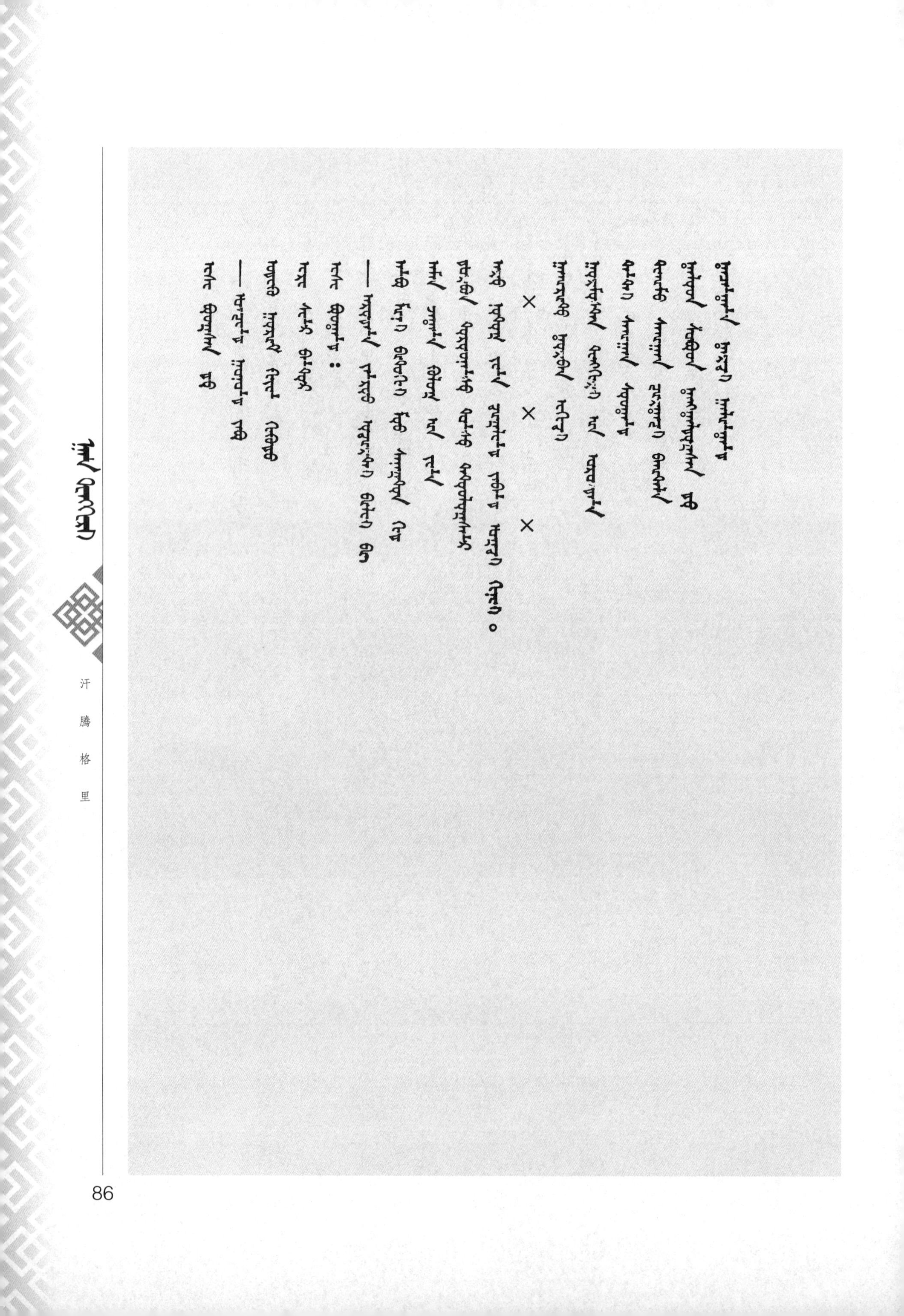

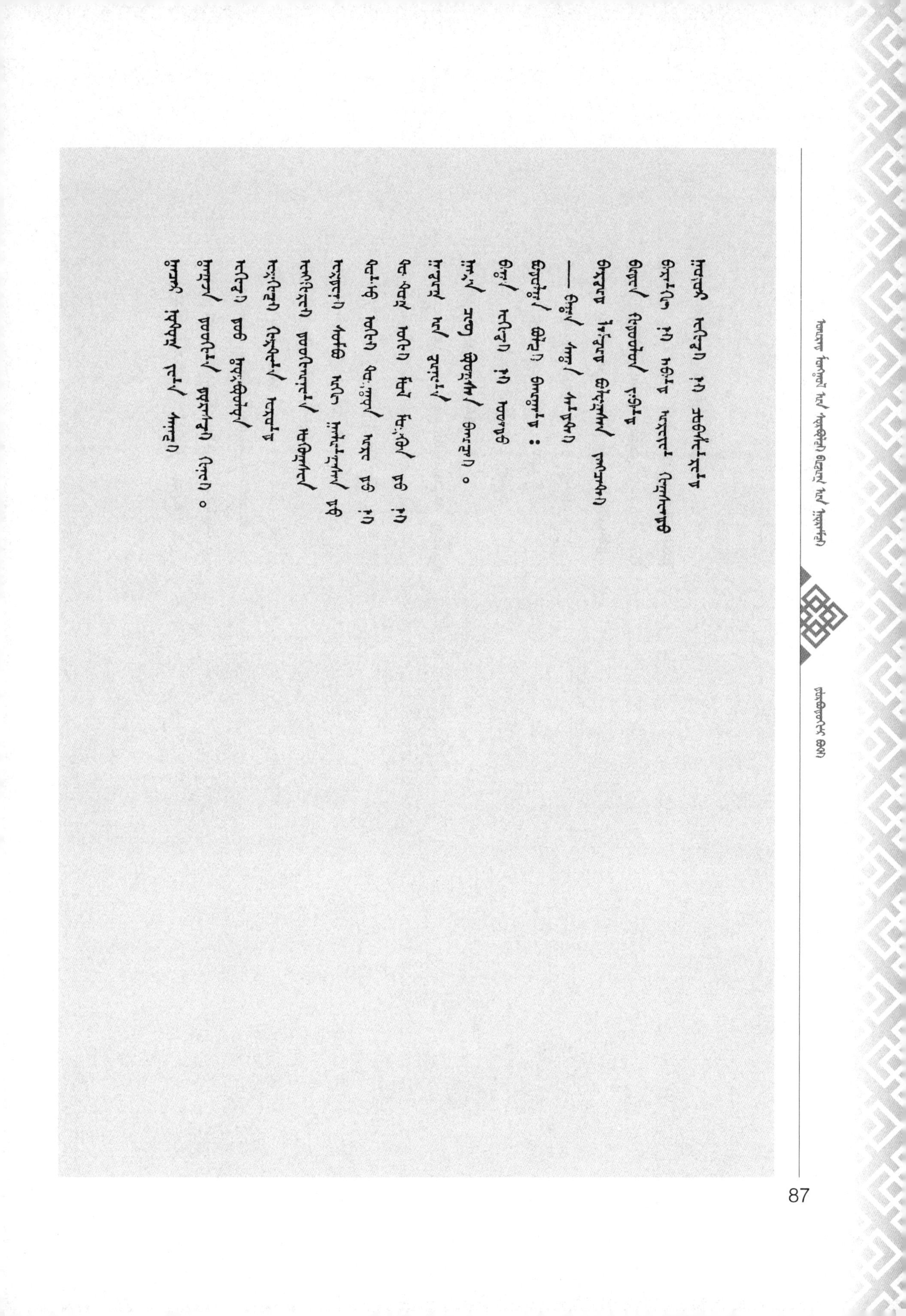

[illegible]
[illegible]
[illegible]
[illegible]
[illegible]
[illegible]
[illegible]
[illegible]
[illegible]
[illegible]
[illegible]
[illegible]
[illegible]
[illegible]
[illegible]
[illegible]
[illegible]

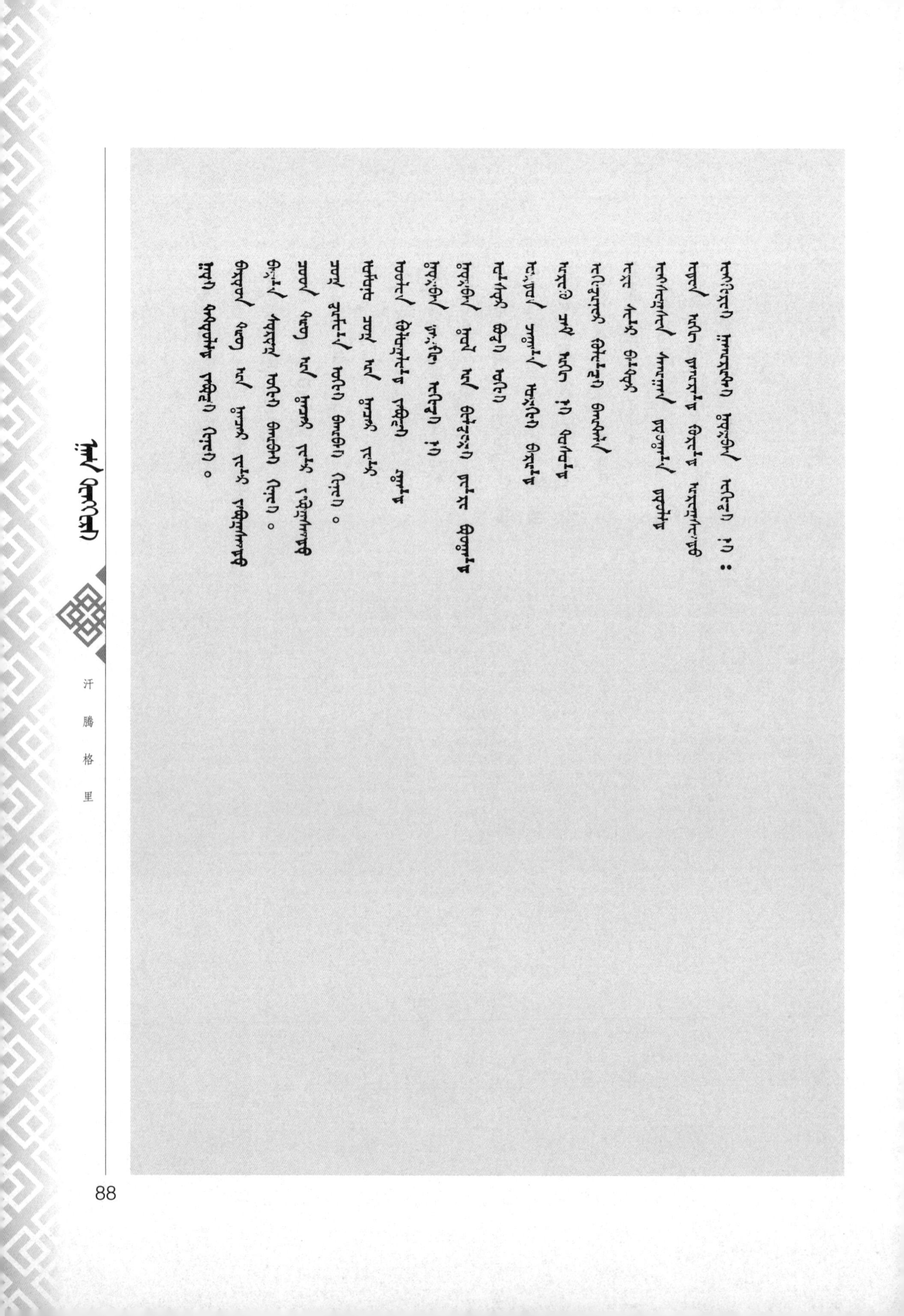

[illegible]
[illegible]
[illegible]
[illegible]
[illegible]
[illegible]
[illegible]
[illegible]
[illegible]
[illegible]
[illegible]
[illegible]
[illegible]
[illegible]
[illegible]
[illegible]
[illegible]

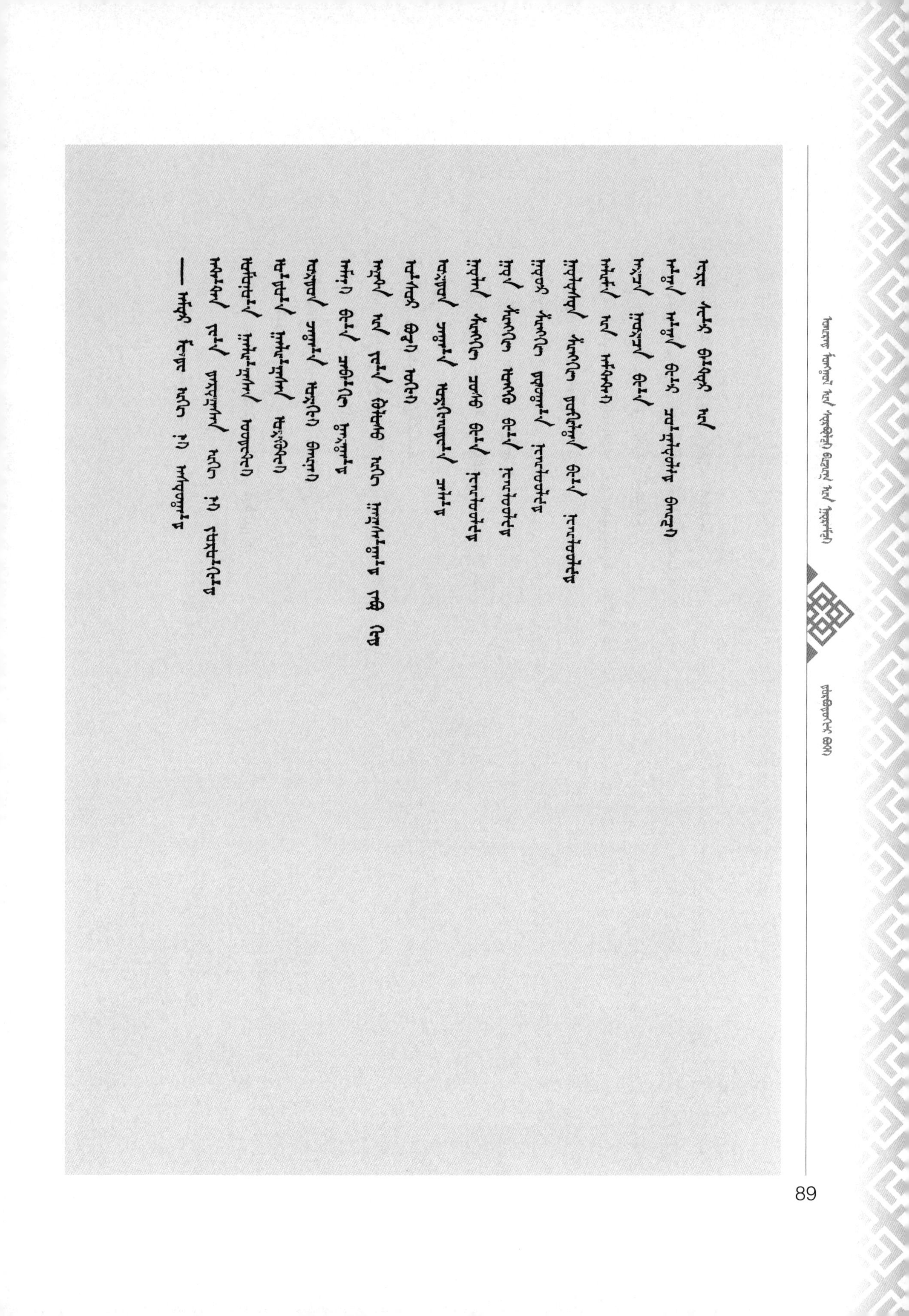

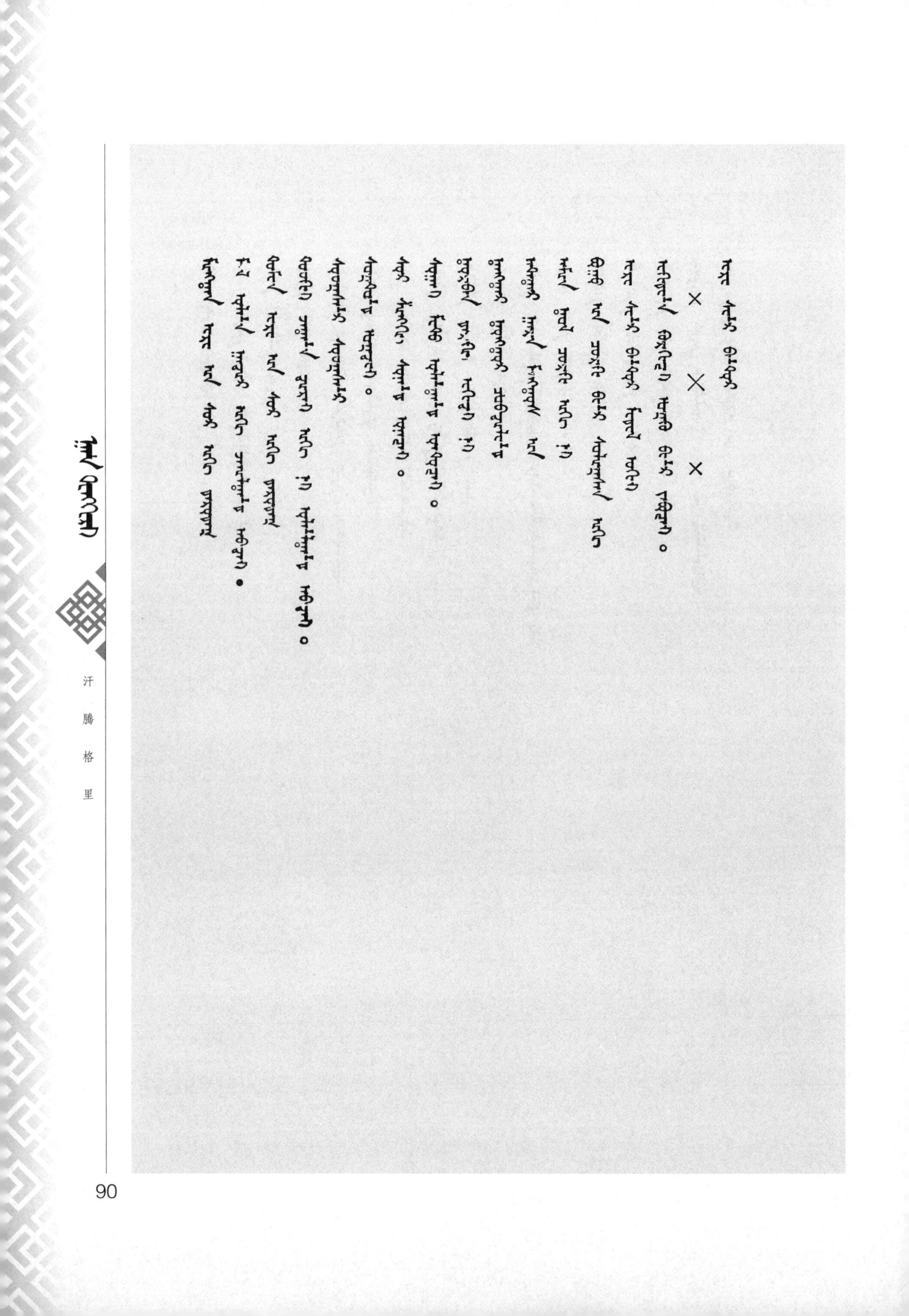

× × ×

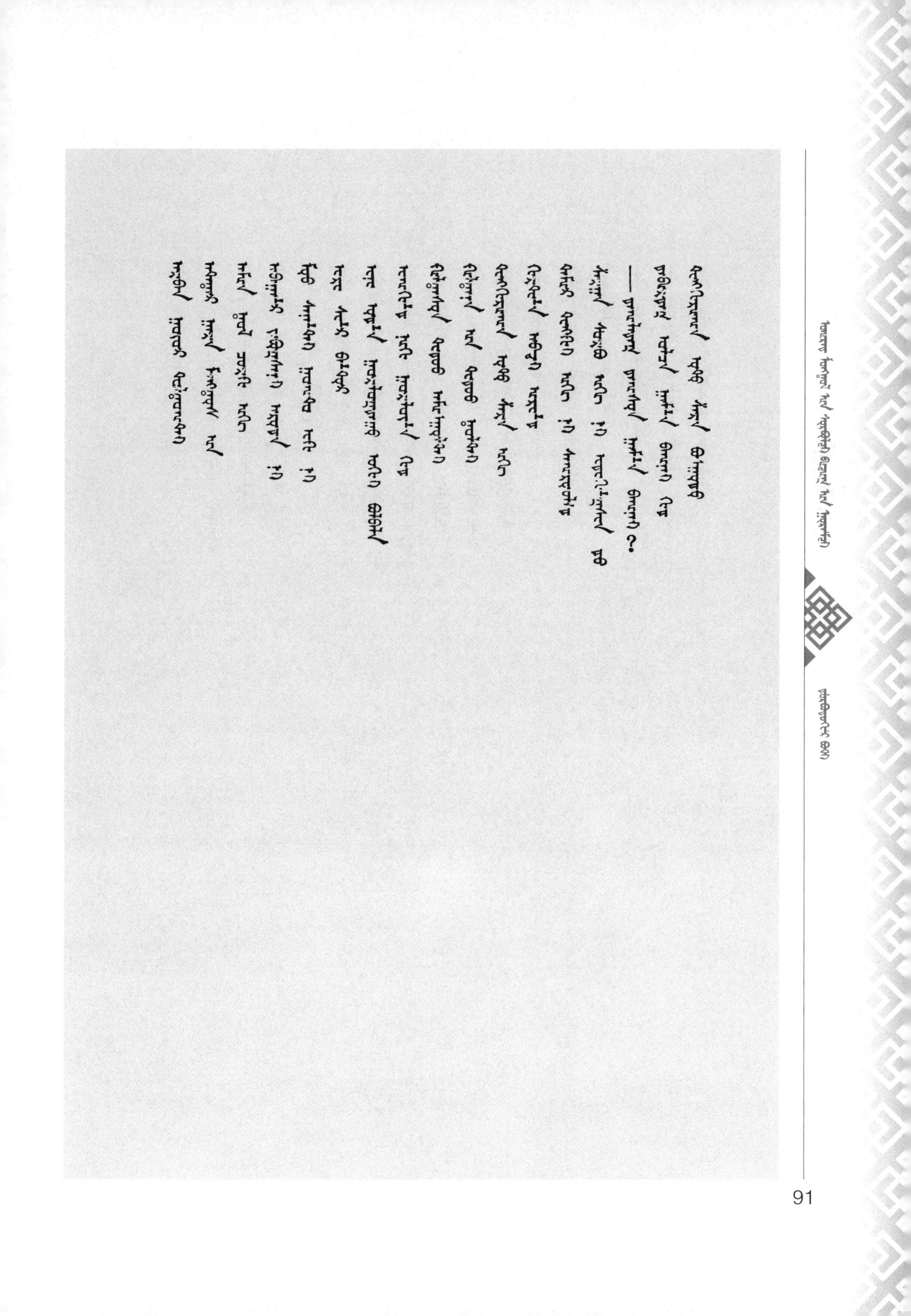

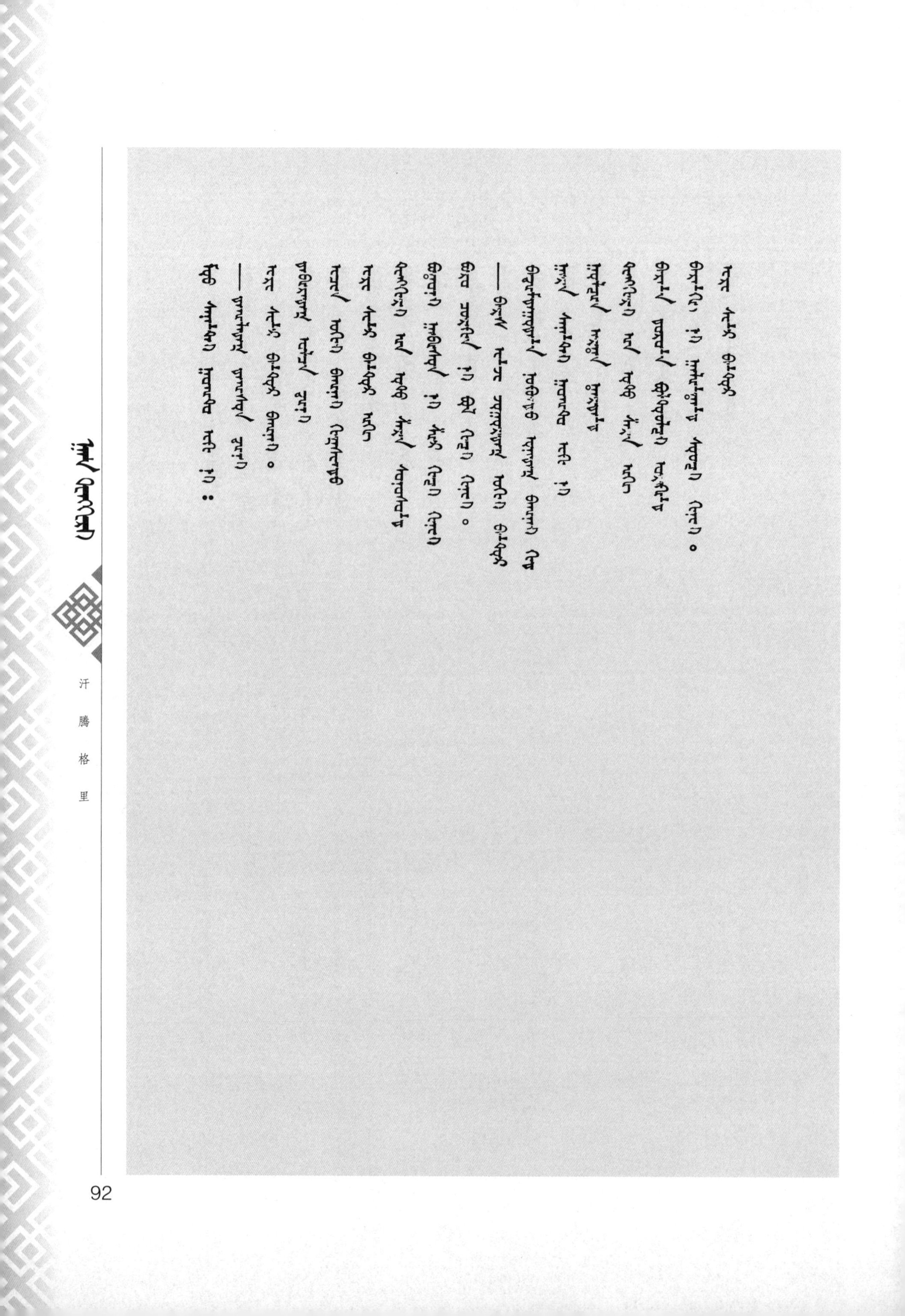

ᠠᠪᠤᠭ ᠰᠢᠯᠦᠭᠦᠯᠡ ᠠᠪᠤᠭᠠᠳ
ᠰᠡᠳᠬᠢᠯ ᠦᠨ ᠳᠡᠭᠡᠷ᠎ᠡ ᠬᠡᠯᠡᠭᠰᠡᠨ ᠳᠤᠤᠯᠠᠭ
ᠰᠠᠢᠨ ᠠᠯᠠᠭ ᠪᠣᠯᠤᠭ
ᠣᠯᠠᠨ ᠬᠦᠮᠦᠨ ᠢᠷᠡᠭᠰᠡᠨ ᠪᠠᠢᠨ᠎ᠠ ◦
ᠰᠣᠶᠣᠯ ᠤᠨ ᠬᠦᠮᠦᠨ ᠮᠡᠳᠡ ᠪᠣᠯ
ᠠᠷᠠᠳ ᠲᠣᠭᠣᠯᠠᠭ᠎ᠠ ᠪᠢᠯᠡ ᠪᠢᠰᠢ ᠪᠠ
ᠠᠷᠠᠨ ᠪᠢᠳᠡᠨ ᠬᠦᠮᠦᠰ ᠲᠣ
ᠪᠣᠯᠣᠨ ᠰᠠᠷᠠ ᠪᠡᠨ ᠬᠣᠪᠢᠳᠠᠭ
ᠪᠢᠴᠢᠭ ᠲᠡᠭᠦᠨ ᠠᠮᠢᠳᠤ ᠪᠡᠨ
ᠦᠭᠡᠰ ᠪᠡᠨ ᠠᠷᠠᠳ ᠰᠤᠷᠤᠭ ᠰᠡᠳᠬᠢᠭ
ᠬᠡᠷᠡᠭ ᠪᠡᠨ ᠰᠣᠯᠢ ᠰᠢᠯᠢ ᠲᠡᠭᠦᠨ
ᠲᠡᠭᠦᠨ ᠪᠡᠷ ᠵᠢᠷᠭᠠ ᠬᠤᠪᠢᠰᠬᠠᠭᠰᠠᠨ ᠤᠤ?!
—— ᠲᠡᠮᠦᠴᠡᠭᠦ ᠲᠣᠭᠣᠭᠠᠨ ᠪᠦᠬᠦᠨ ᠬᠡᠵᠢ
ᠲᠡᠭᠡᠨ ᠠᠮᠢᠳᠠᠷᠠᠯ ᠲᠣᠭᠣᠭᠠ ᠰᠠᠢ ᠬᠢ ᠄
ᠪᠦᠬᠦ ᠶᠢᠨ ᠵᠣᠬᠢᠶᠠ ᠰᠣᠯᠪᠣᠭᠣ
『 ᠬᠠᠮᠲᠤ ᠶᠢᠨ ᠵᠣᠬᠢᠶᠠᠨ 』 ᠭᠡᠵᠦ ᠪᠠ
ᠰᠤᠷᠠᠭᠤᠯ ᠪᠢᠴᠢᠭ ᠰᠠᠢᠬᠠᠨ

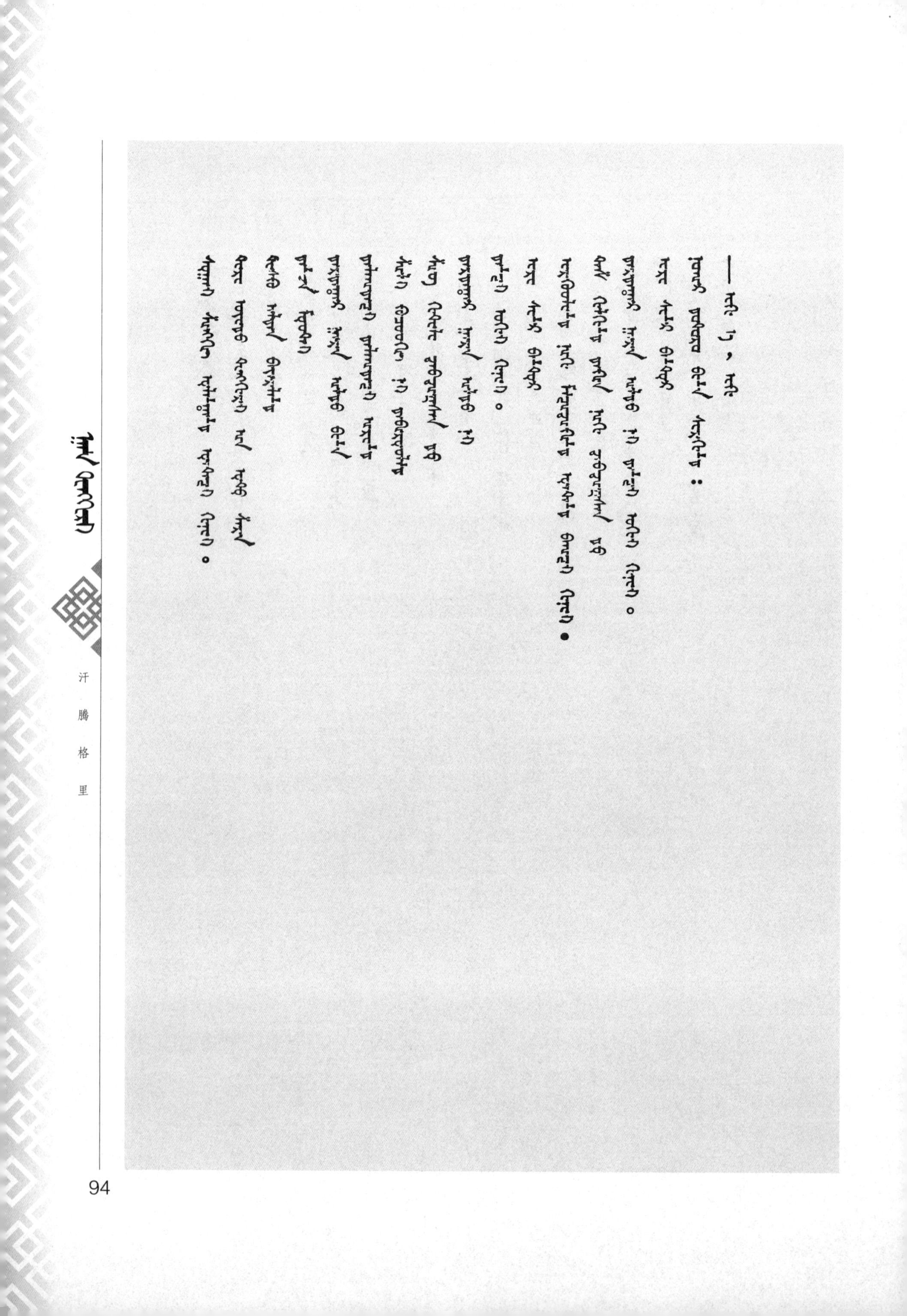

[illegible]
[illegible]
[illegible]
[illegible]
[illegible]
[illegible]
[illegible]
[illegible]
[illegible]
[illegible]
[illegible]
[illegible]
[illegible]
[illegible]
[illegible]
[illegible]
[illegible]
[illegible]

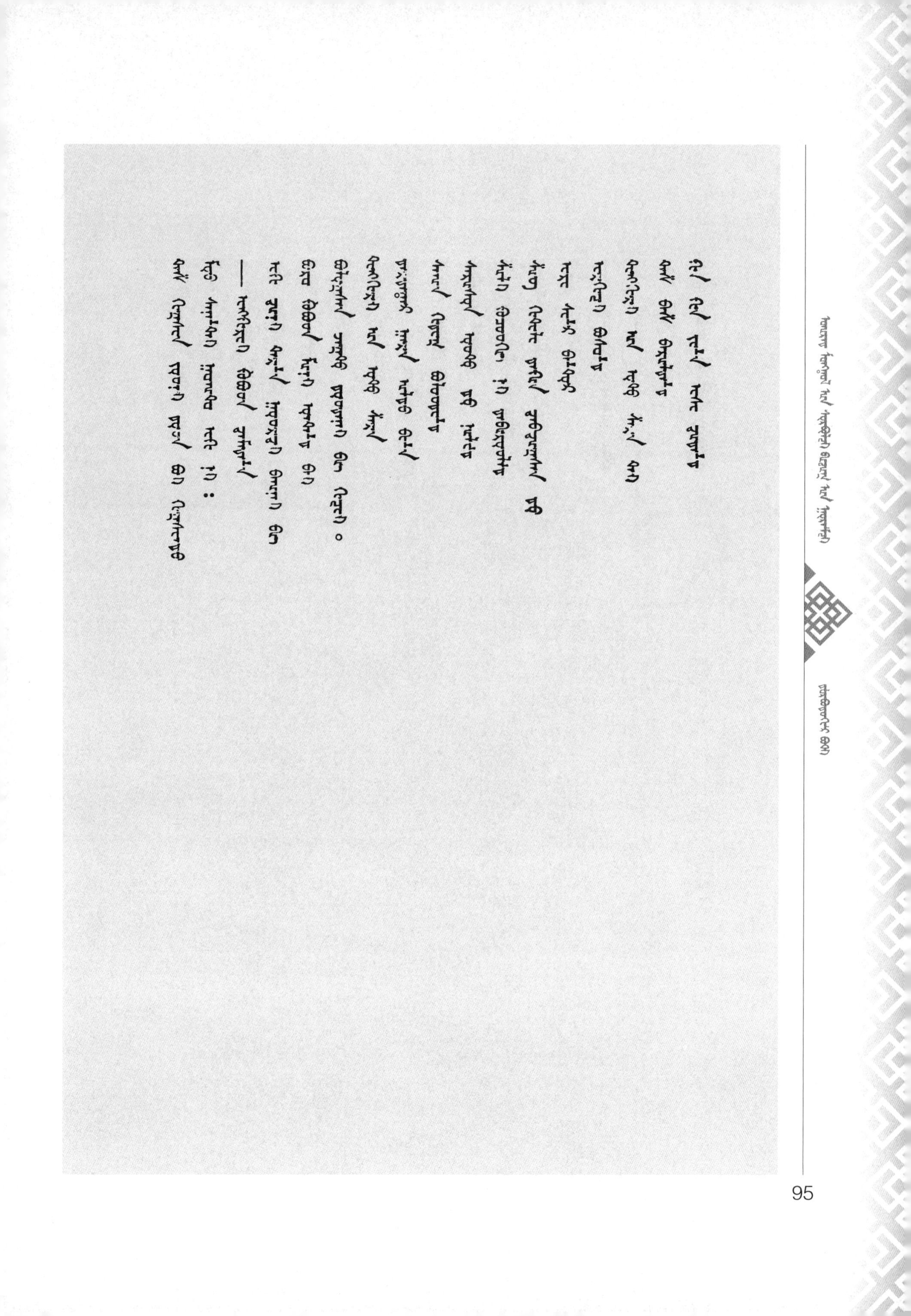

[illegible]
[illegible]
[illegible]
[illegible]
[illegible]
[illegible]
[illegible]
[illegible]
[illegible]
[illegible]
[illegible]
[illegible] ᠃
[illegible]
[illegible]
—— [illegible]
[illegible] ᠄
[illegible]

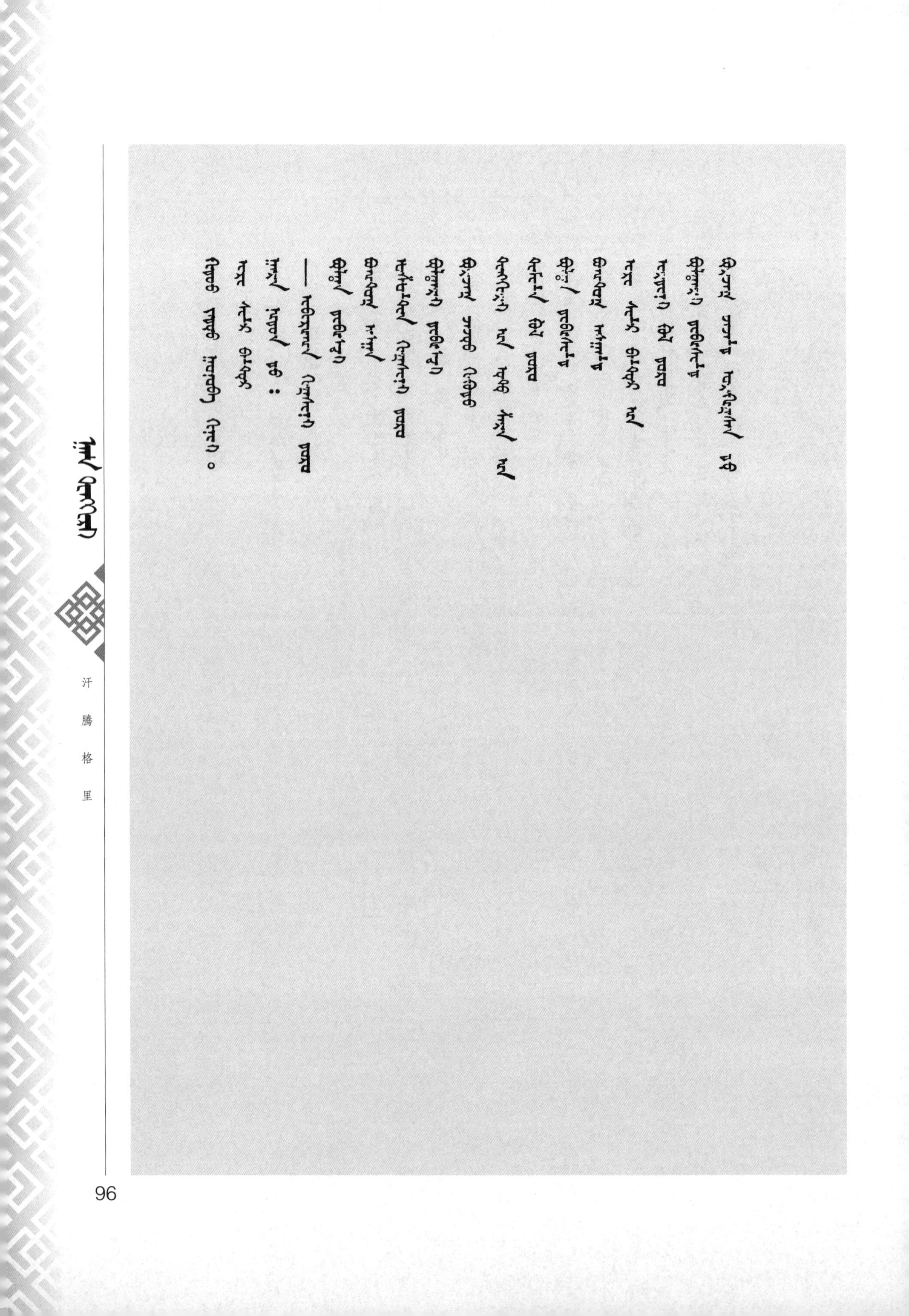

[illegible]

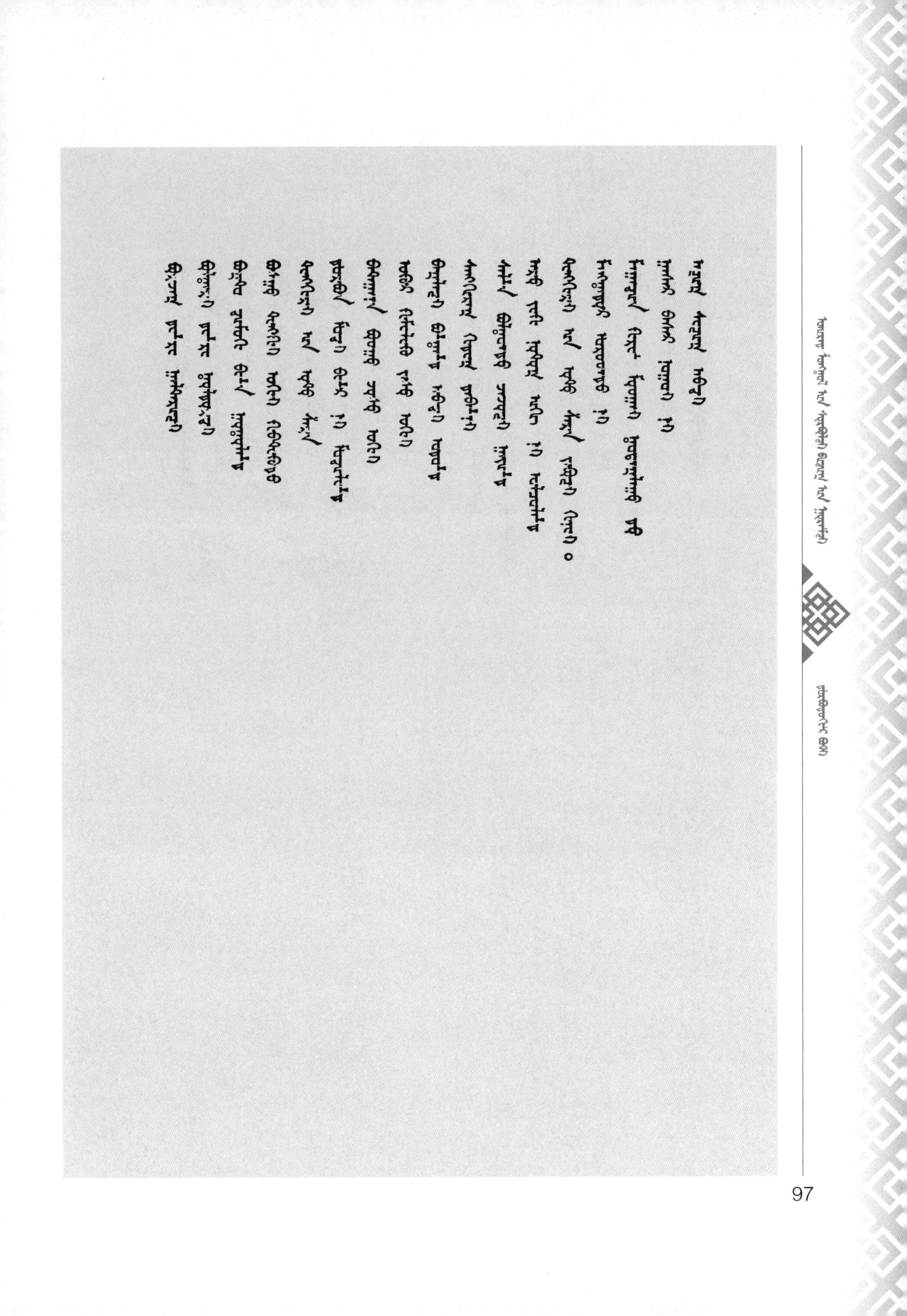

[illegible]
[illegible]
[illegible]
[illegible]
[illegible] ○
[illegible]
[illegible]
[illegible]
[illegible]
[illegible]
[illegible]
[illegible]
[illegible]
[illegible]
[illegible]
[illegible]
[illegible]

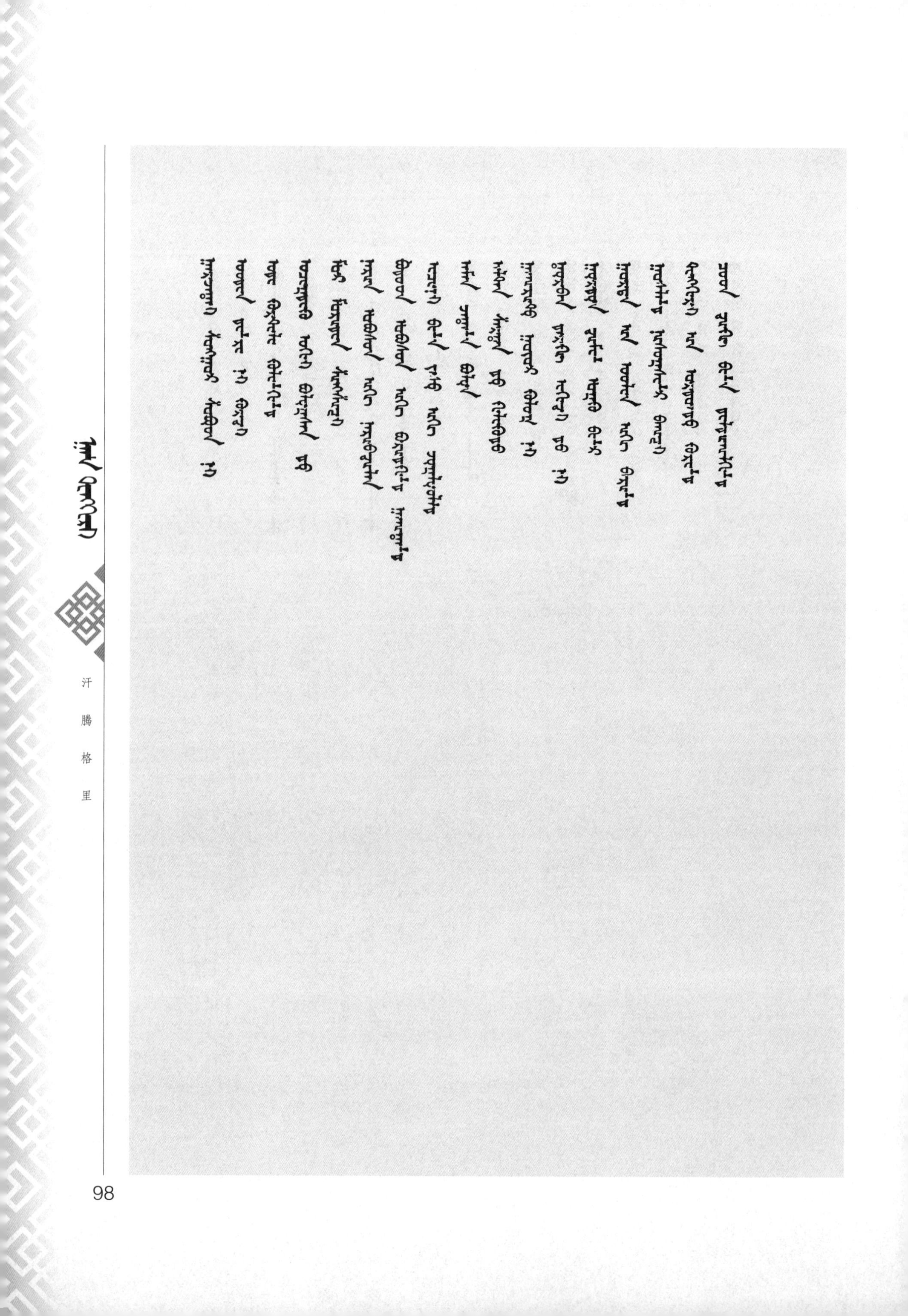

[illegible]
[illegible]
[illegible]
[illegible]
[illegible]
[illegible]
[illegible]
[illegible]
[illegible]
[illegible]
[illegible]
[illegible]
[illegible]
[illegible]
[illegible]
[illegible]
[illegible]

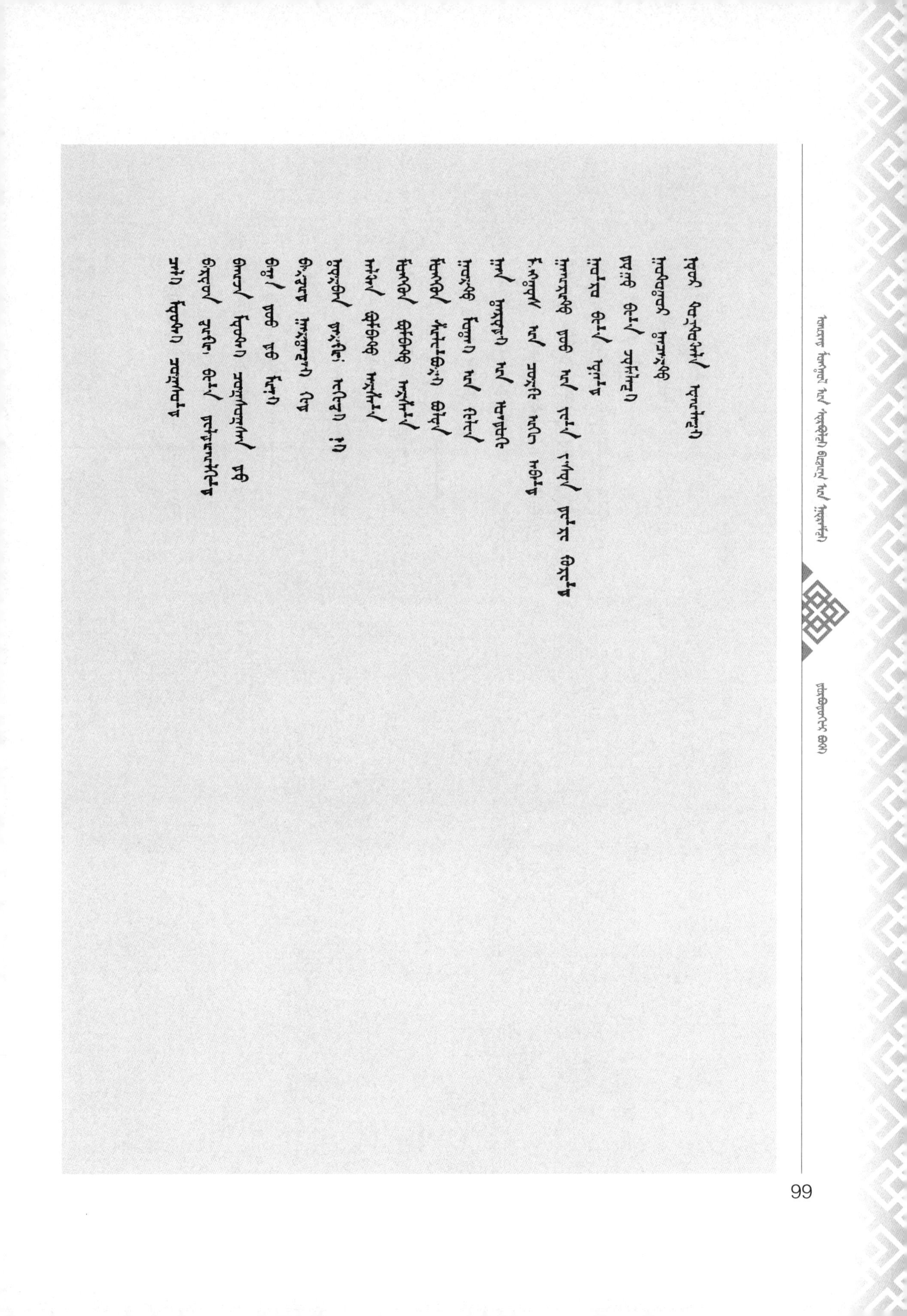

[illegible]
[illegible]
[illegible]
[illegible]
[illegible]
[illegible]
[illegible]
[illegible]
[illegible]
[illegible]
[illegible]
[illegible]
[illegible]
[illegible]
[illegible]
[illegible]
[illegible]

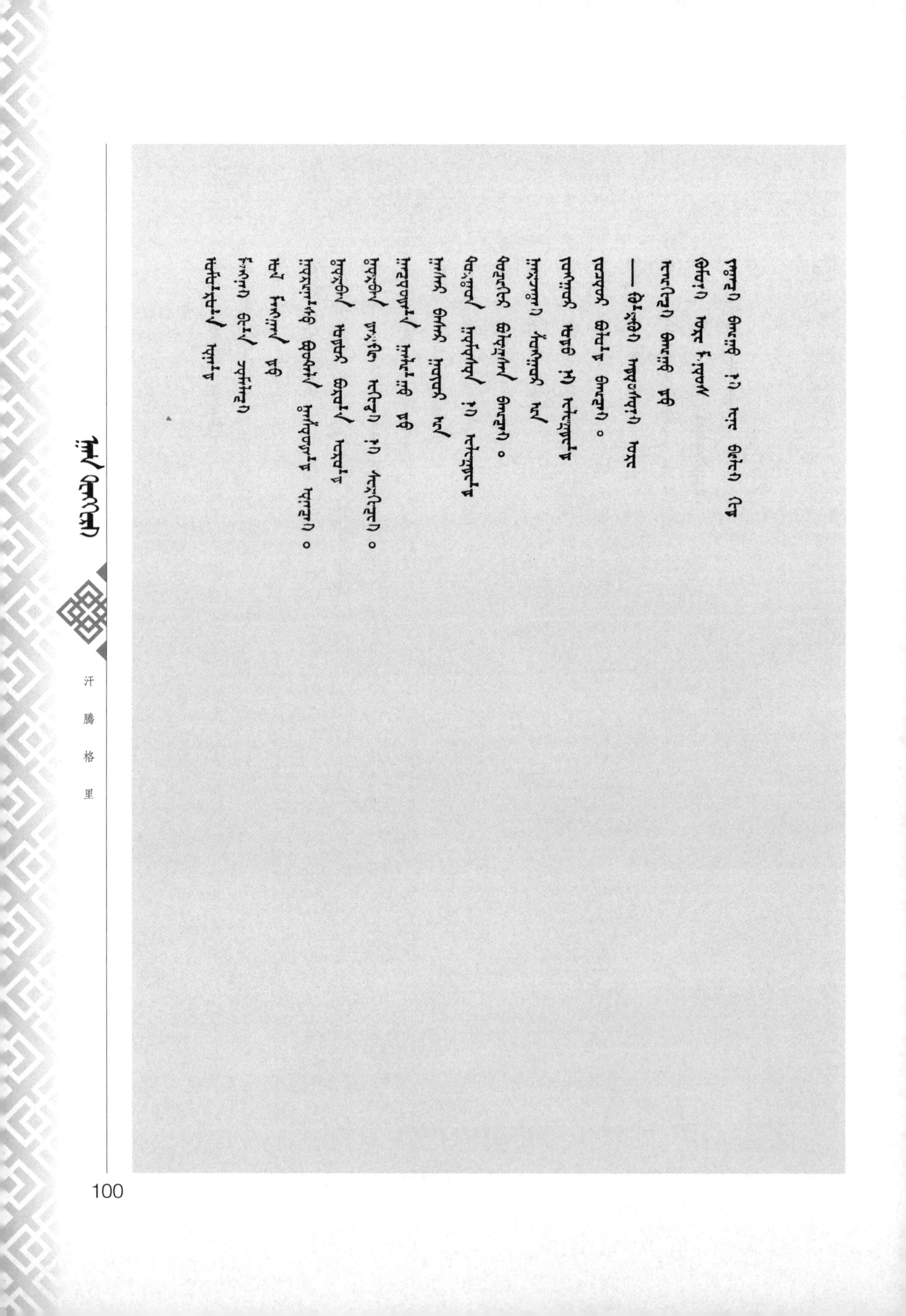

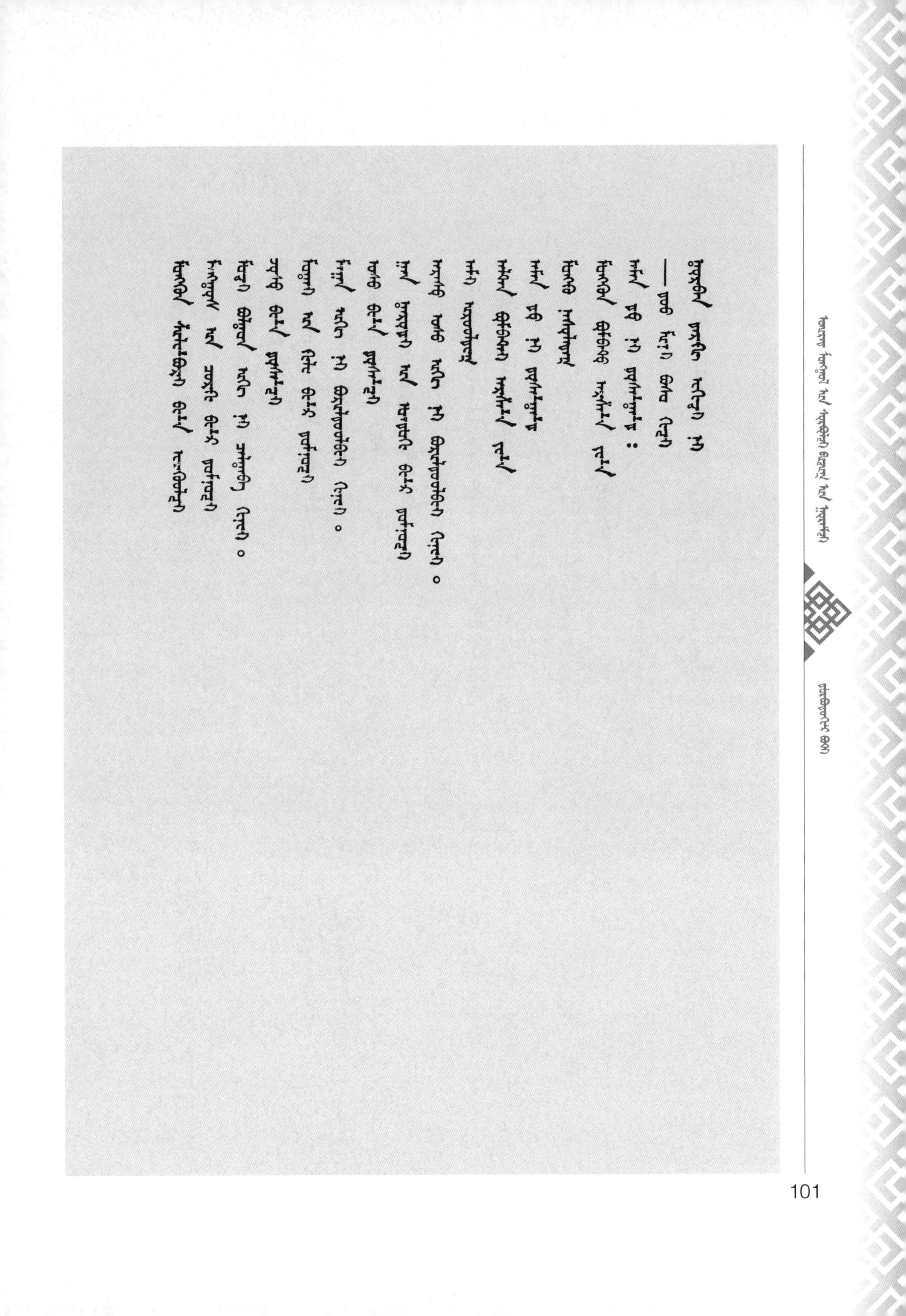

[illegible]
[illegible]
[illegible]
[illegible]
[illegible]
[illegible]
[illegible]
[illegible]
[illegible] ◦
[illegible]
[illegible]
[illegible] ◦
[illegible]
[illegible]
[illegible] ◦
[illegible]
[illegible]

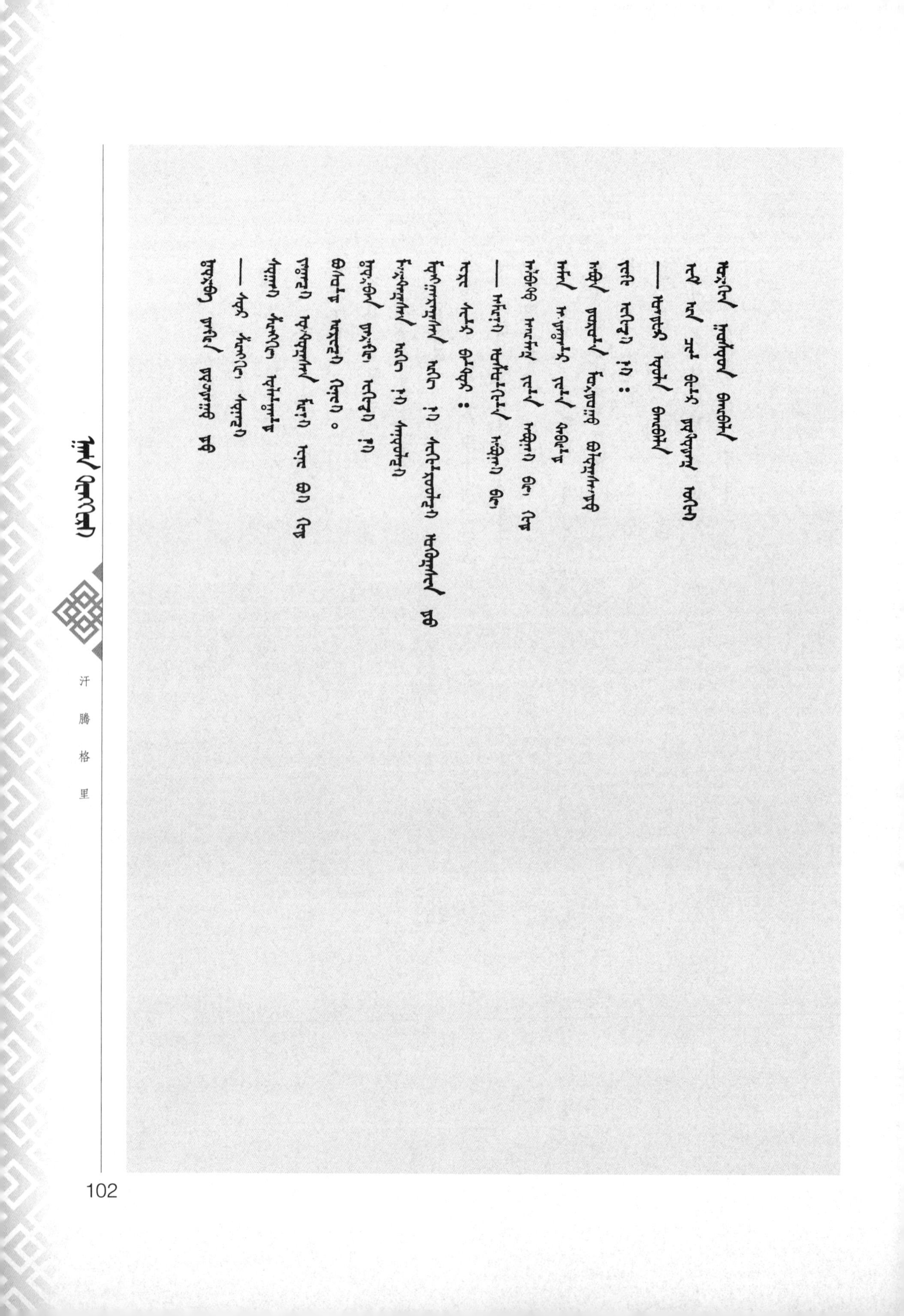

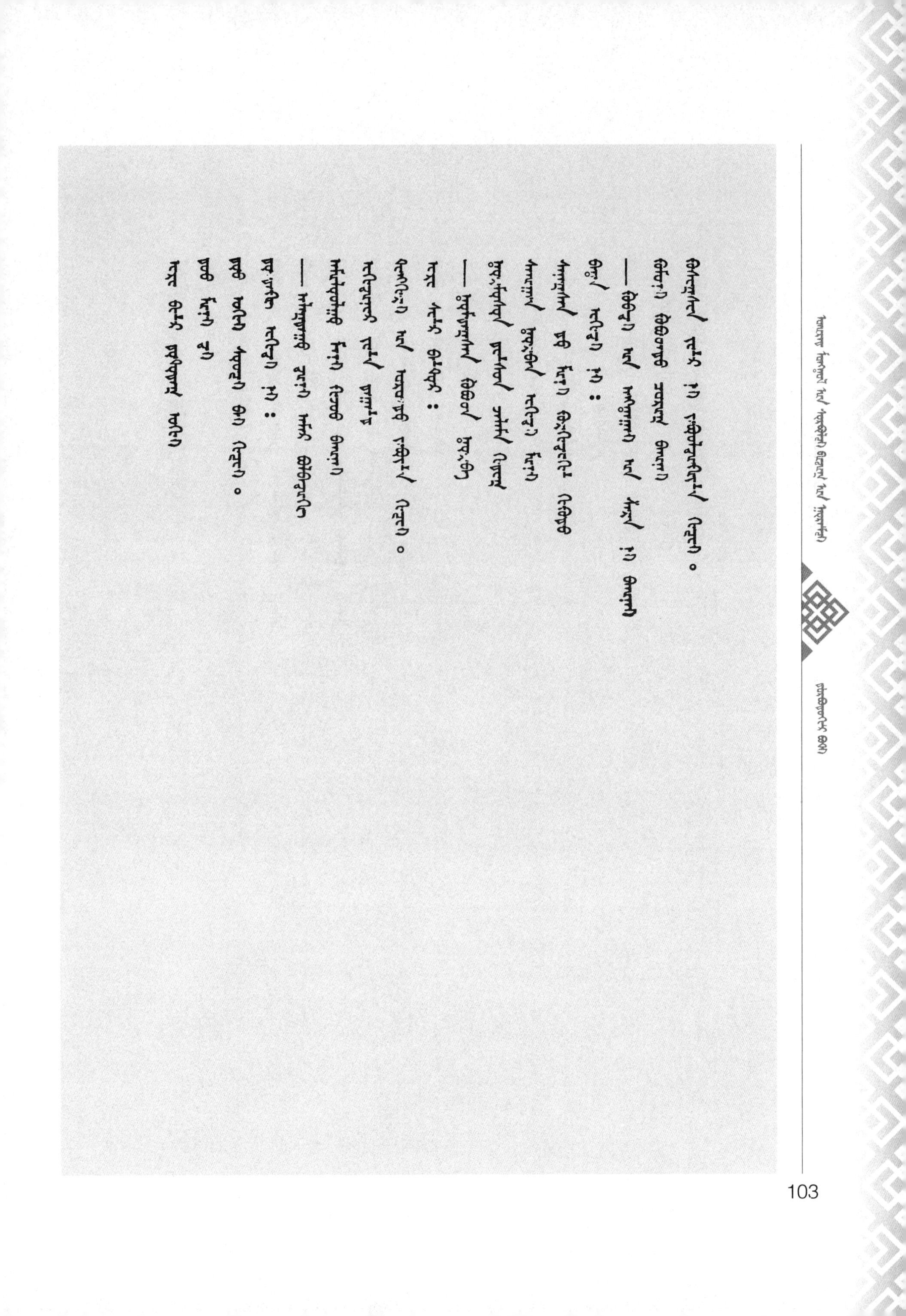

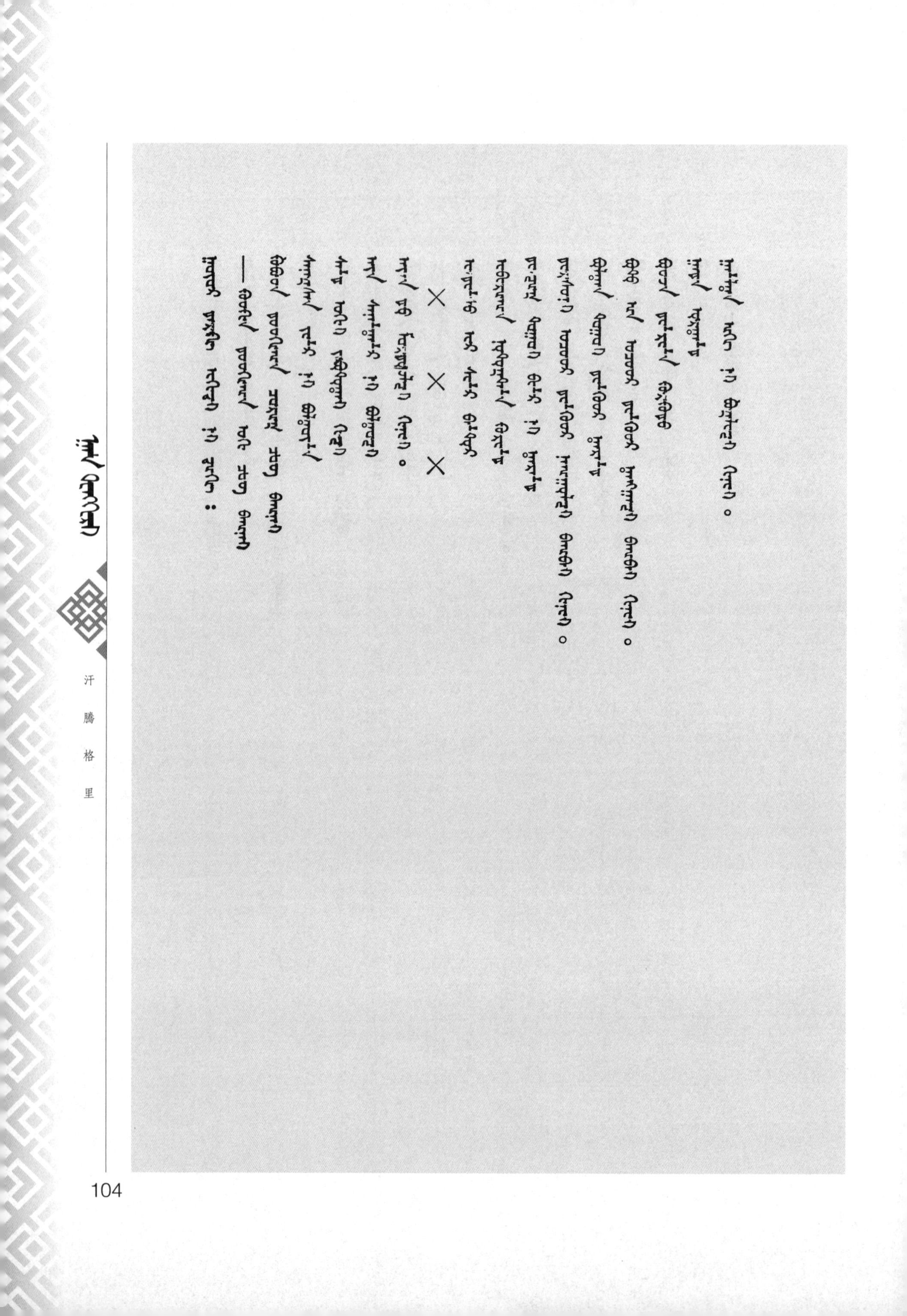

[illegible]

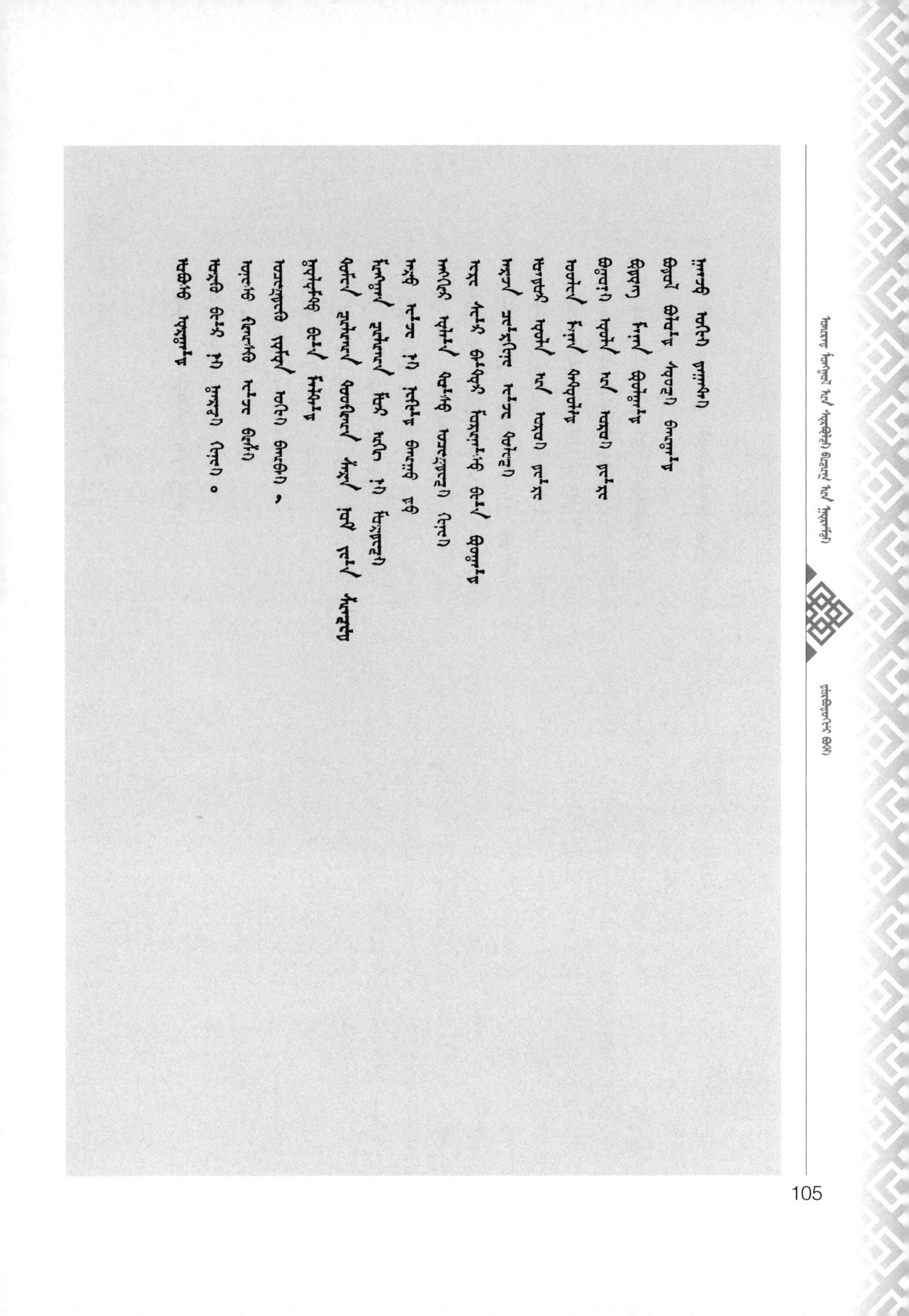

[illegible]
[illegible]
[illegible]
[illegible]
[illegible]
[illegible]
[illegible]
[illegible]
[illegible]
[illegible]
[illegible]
[illegible]
[illegible]
[illegible]
[illegible]
[illegible]
[illegible]

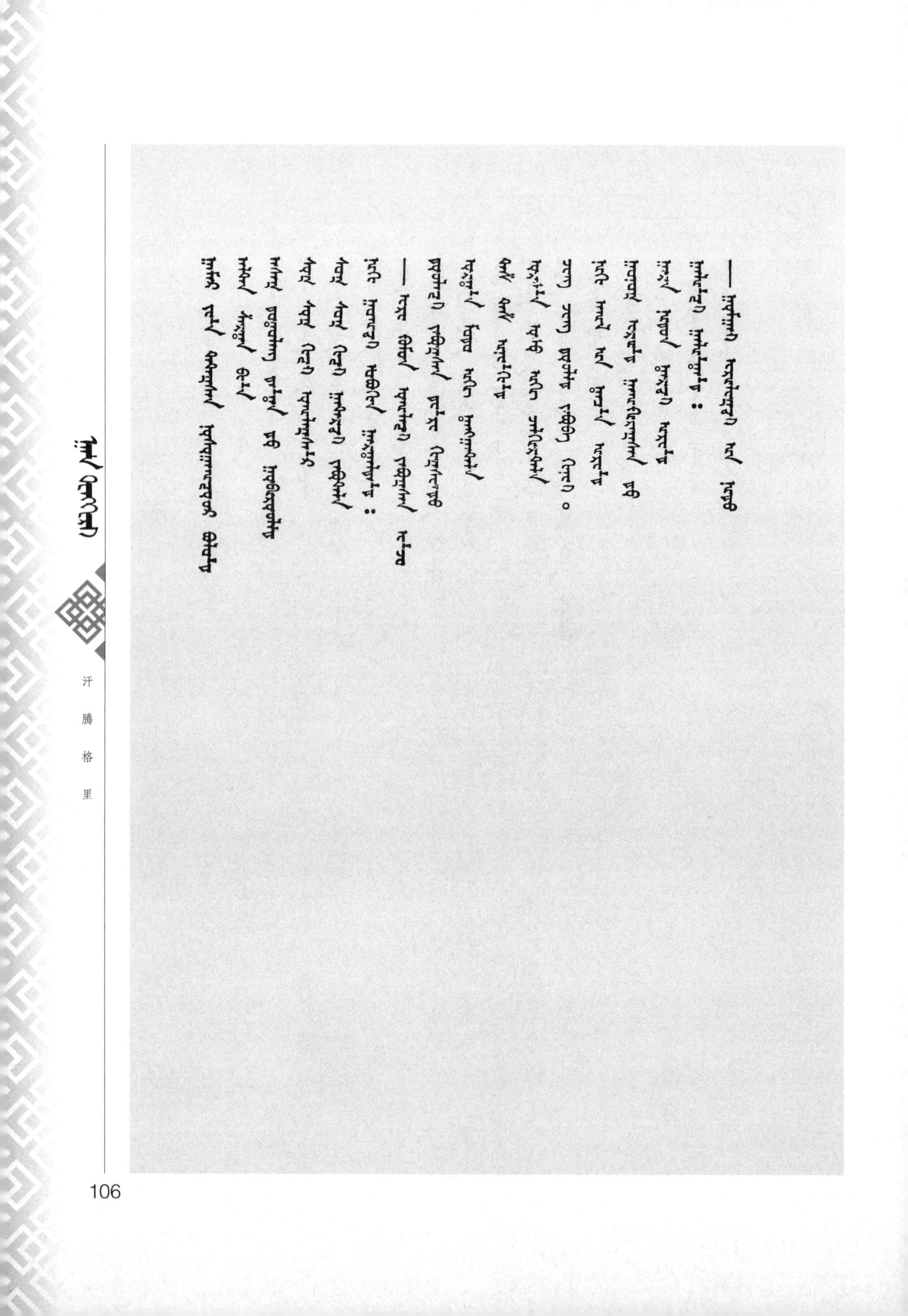

[illegible]

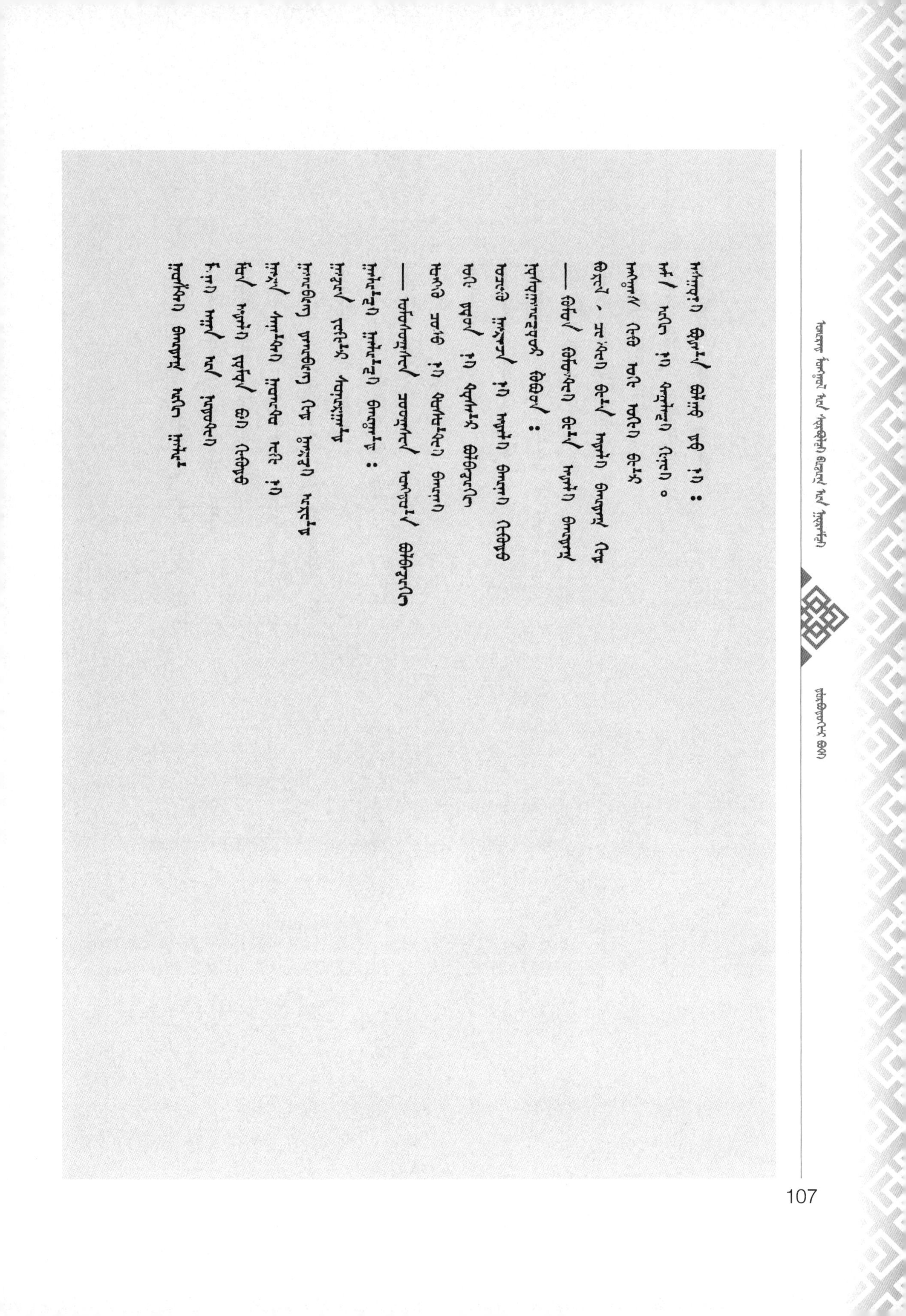

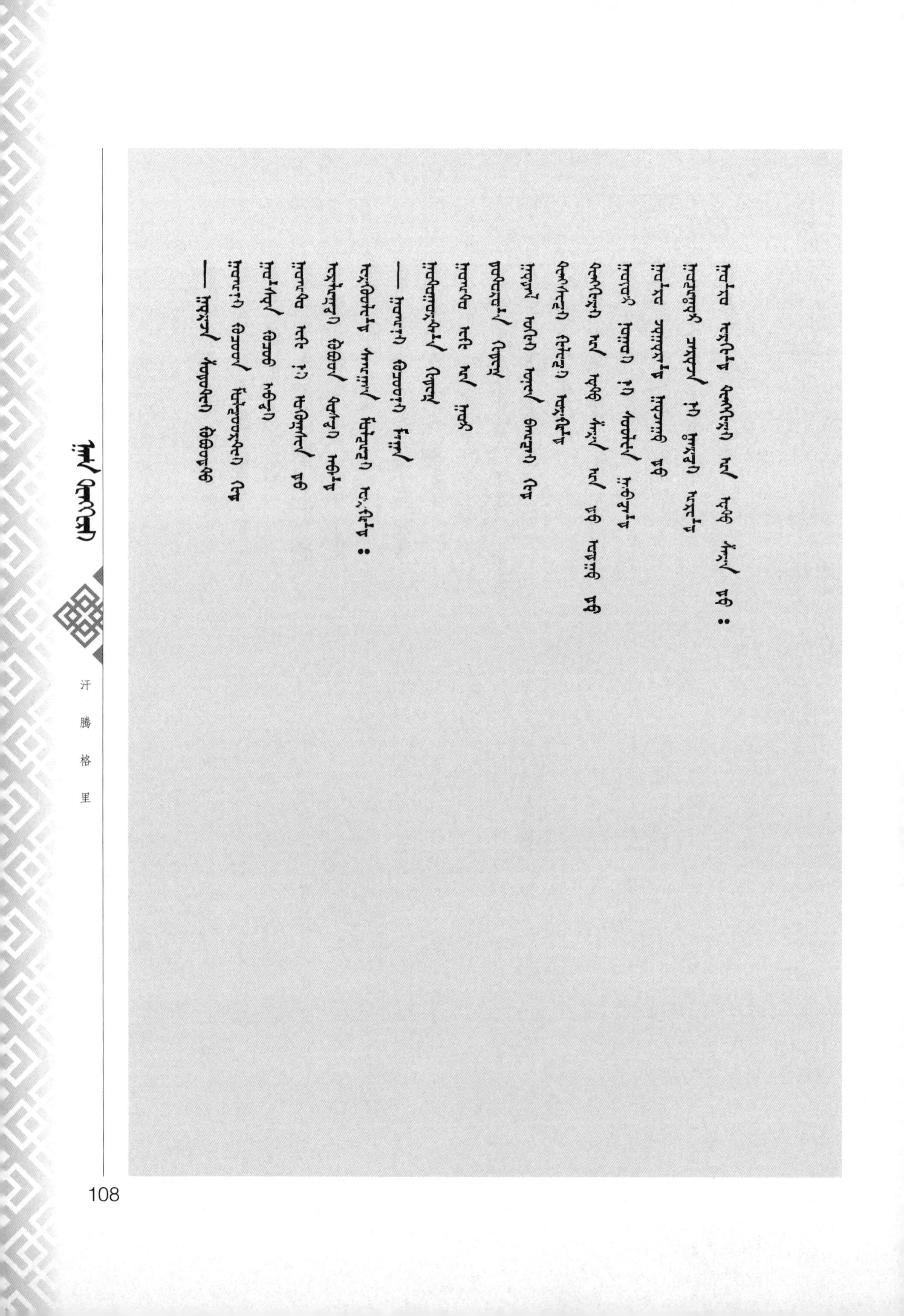

[illegible]

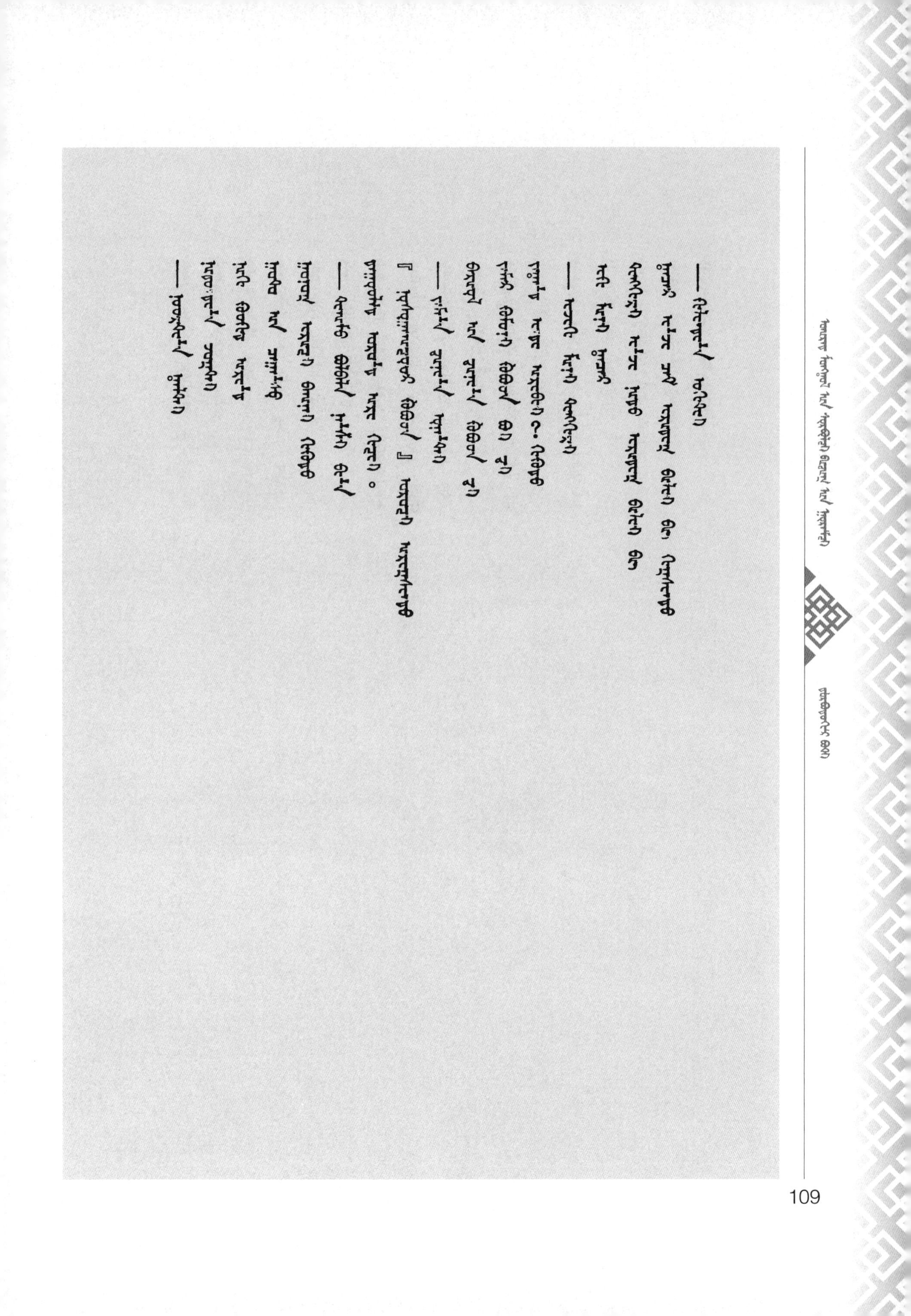

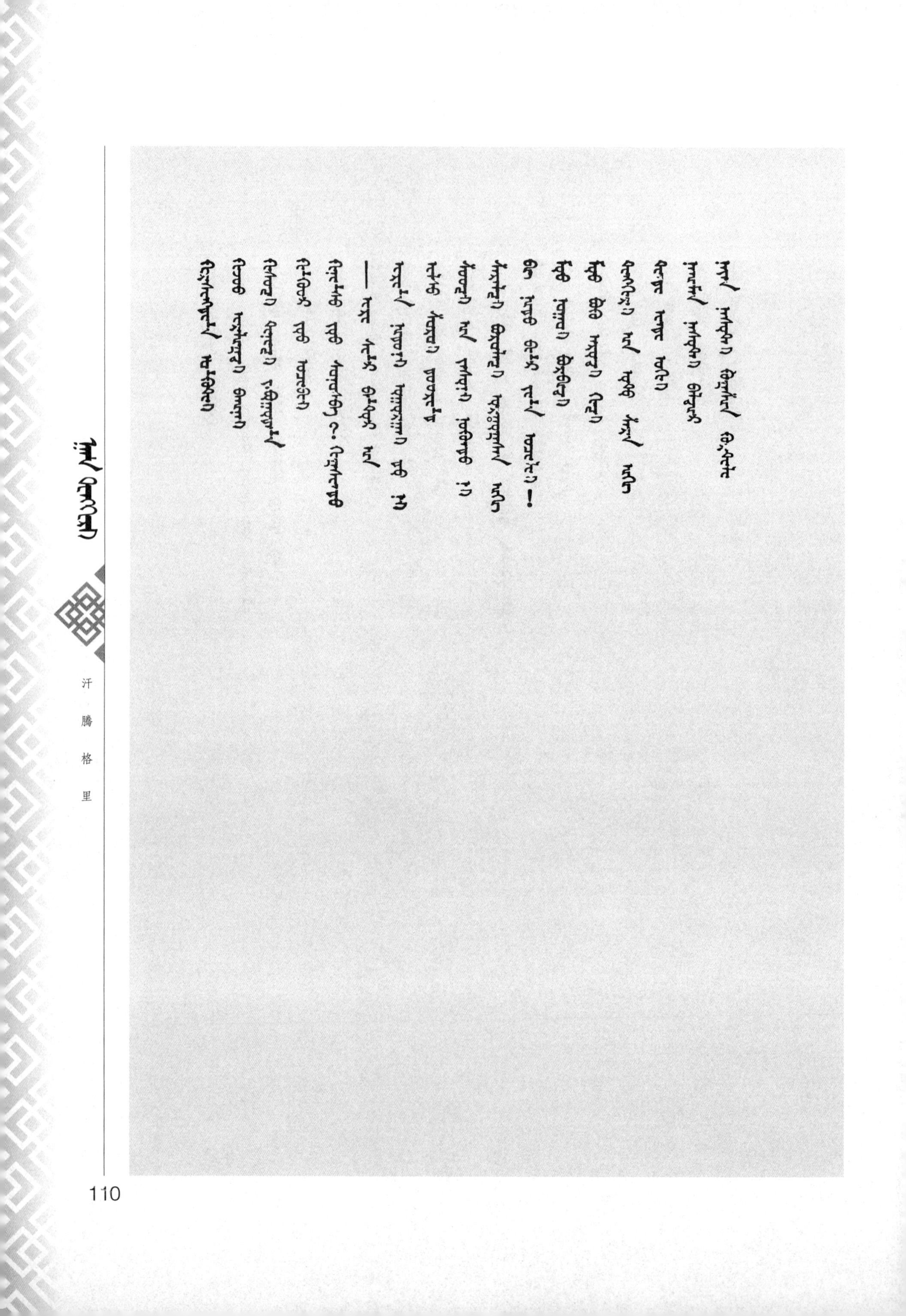

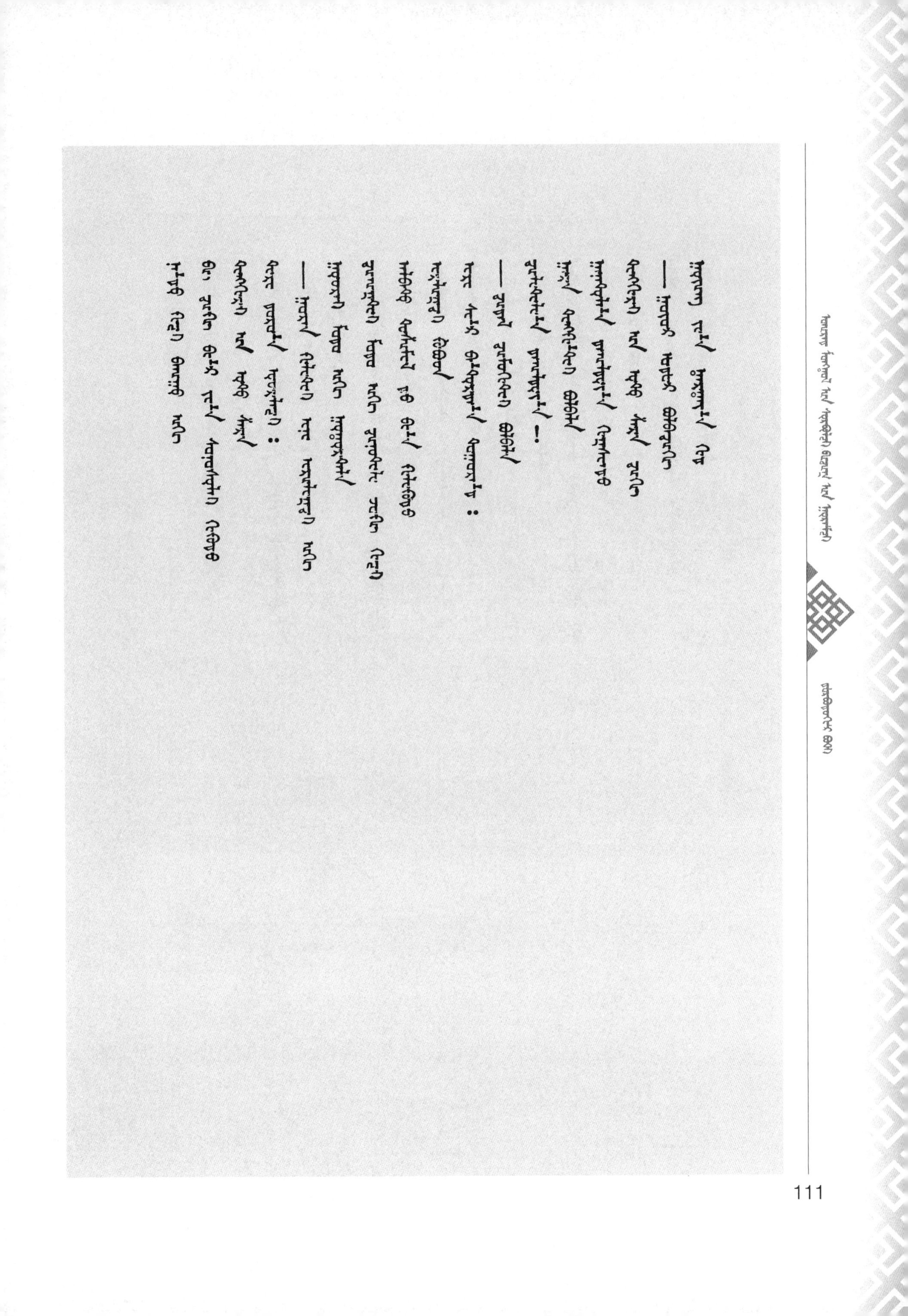

[illegible]
—— [illegible]
[illegible]
[illegible]
[illegible]
[illegible] !
—— [illegible]
[illegible] ᠃
[illegible]
[illegible]
[illegible]
[illegible]
—— [illegible]
[illegible] ᠃
[illegible]
[illegible]
[illegible]

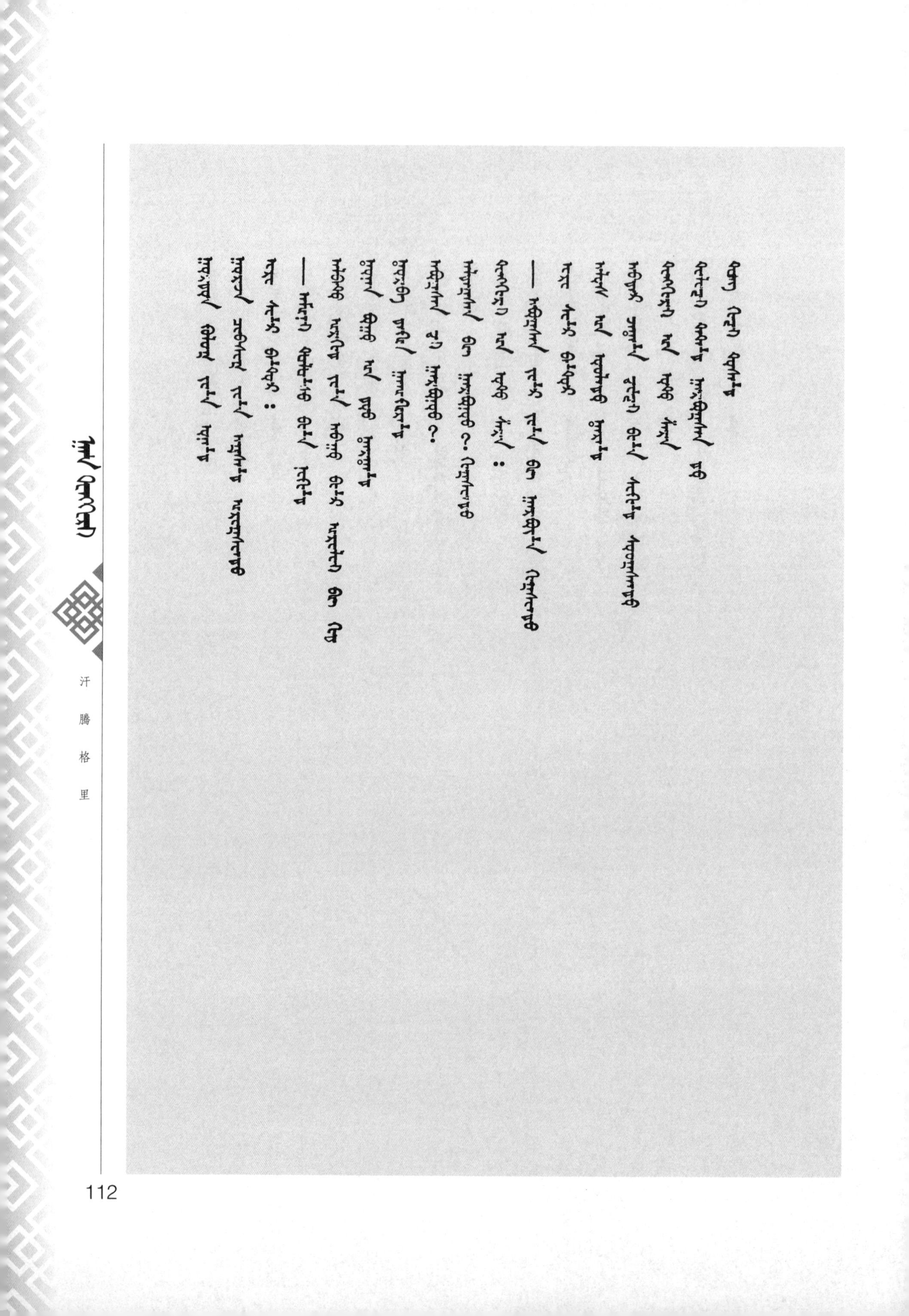

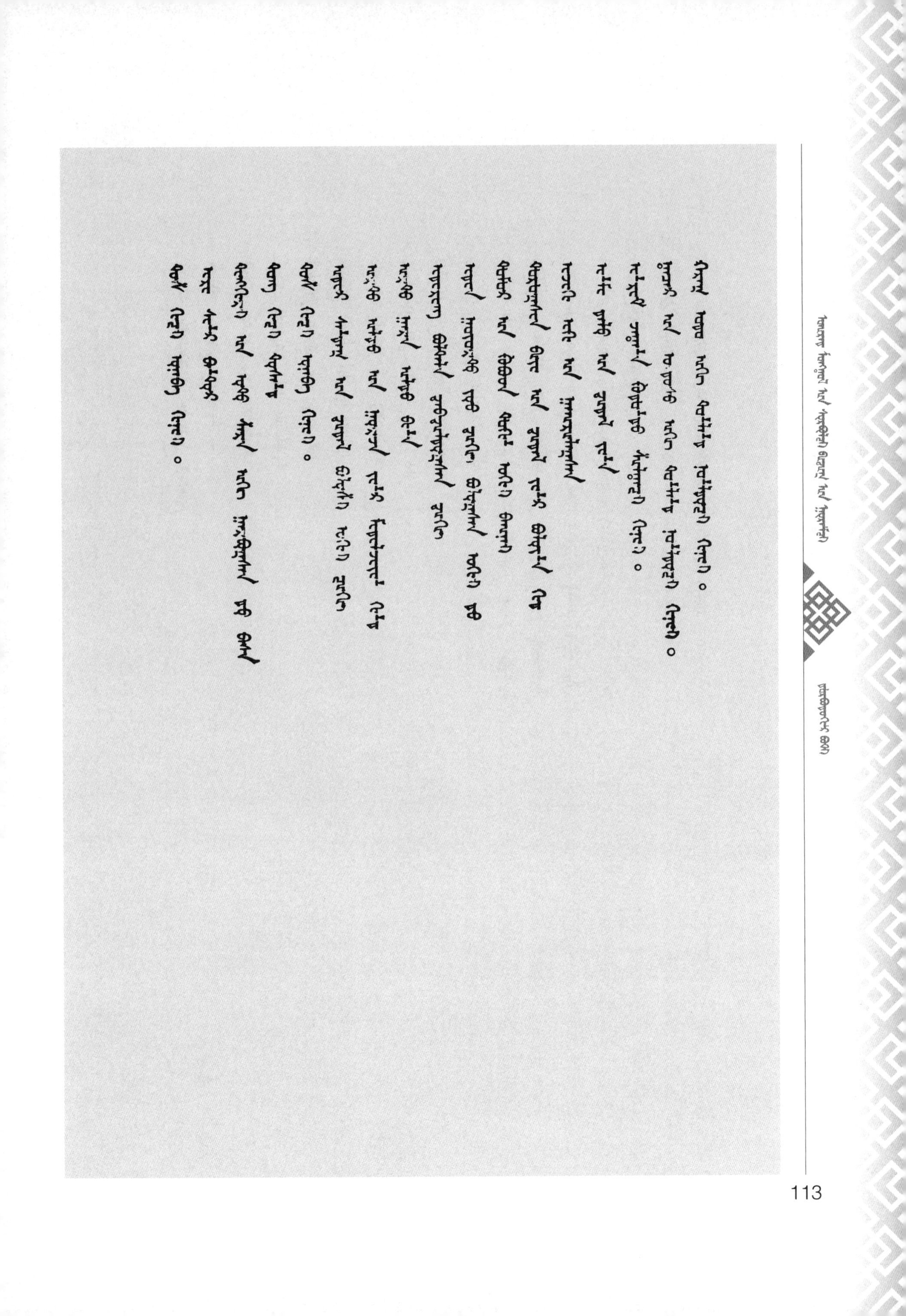

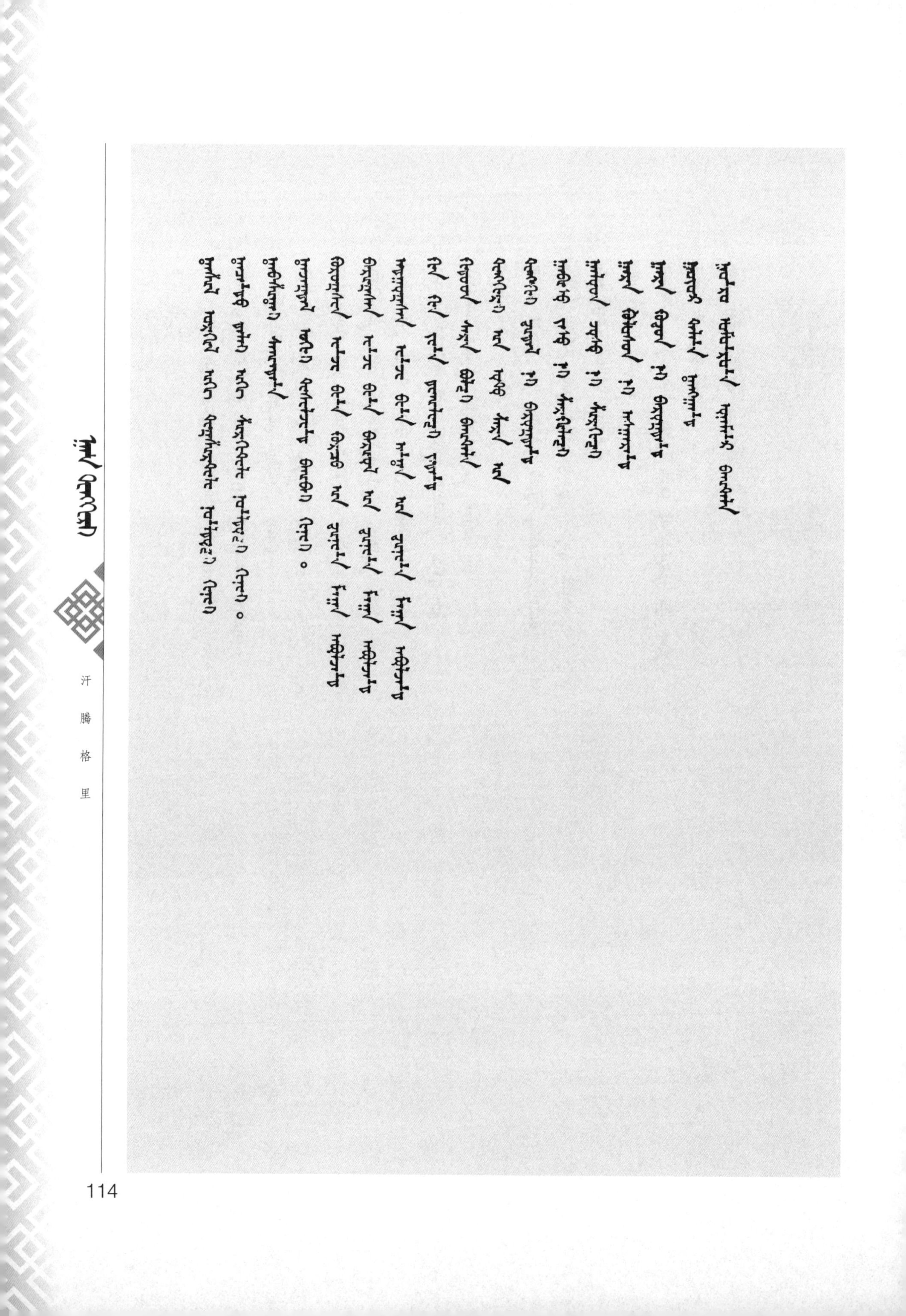

[illegible]
[illegible]
[illegible]
[illegible]
[illegible]
[illegible]
[illegible]
[illegible]
[illegible]
[illegible]
[illegible]
[illegible]
[illegible]
[illegible]
[illegible]
[illegible]
[illegible]
[illegible]

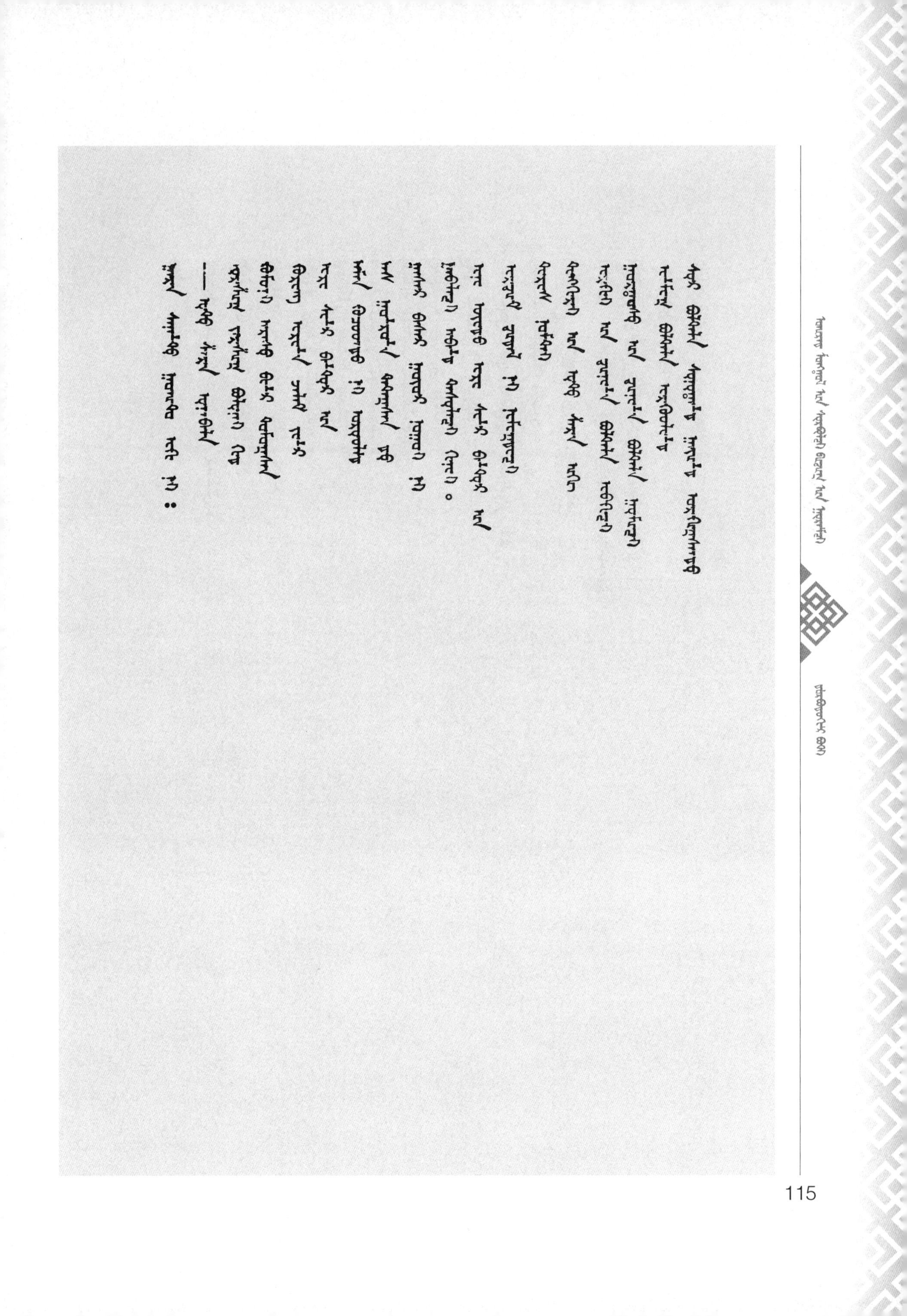

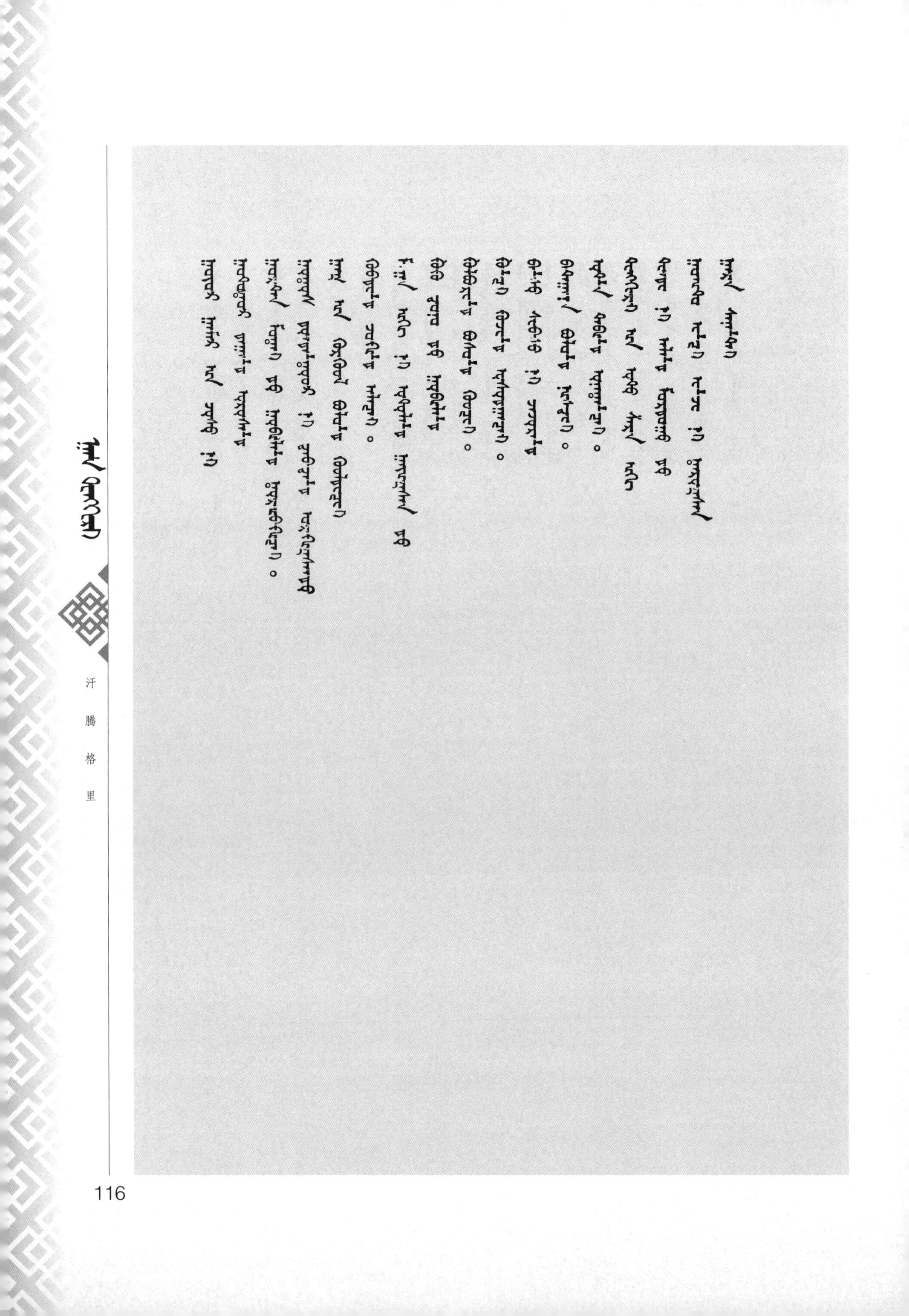

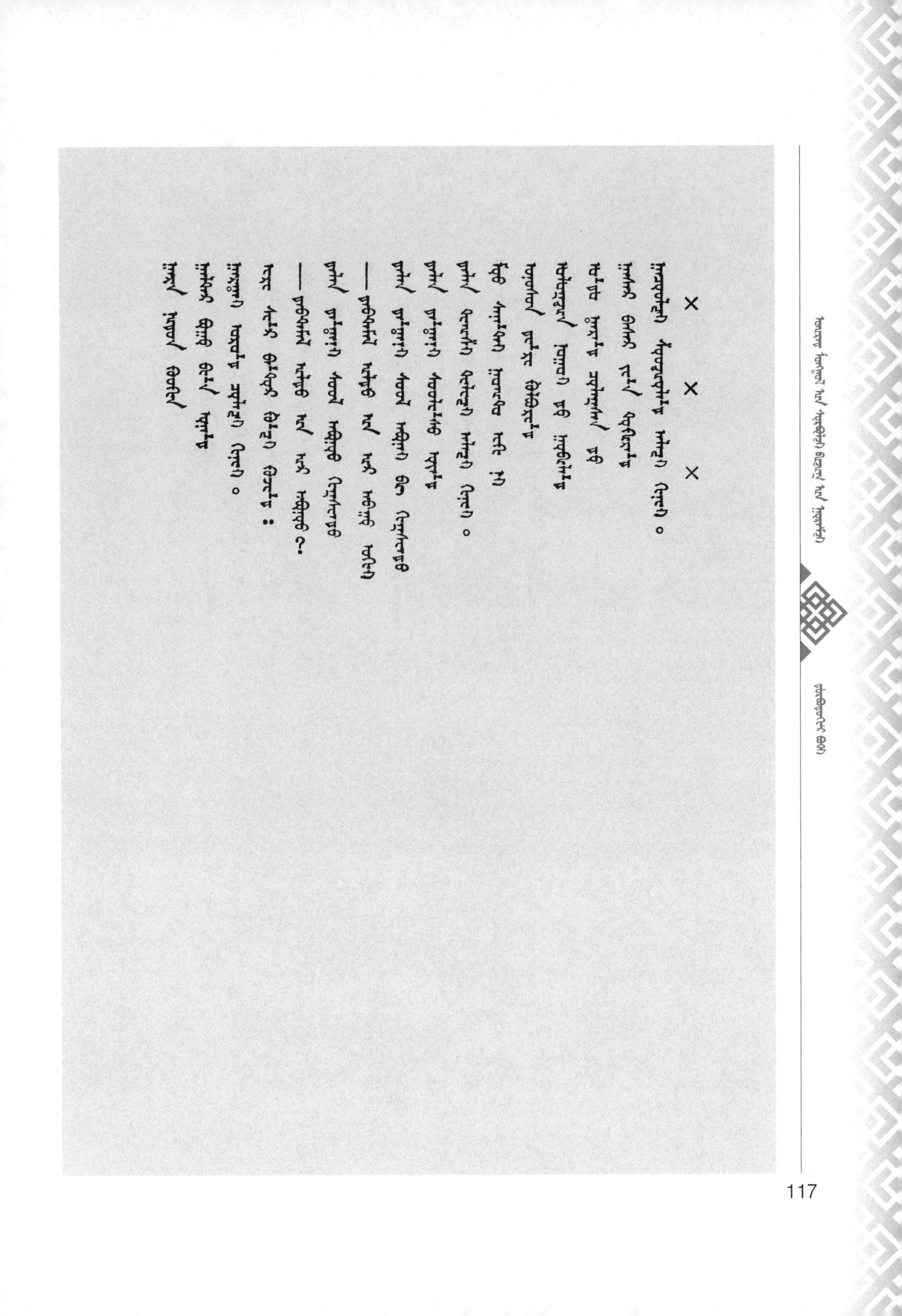

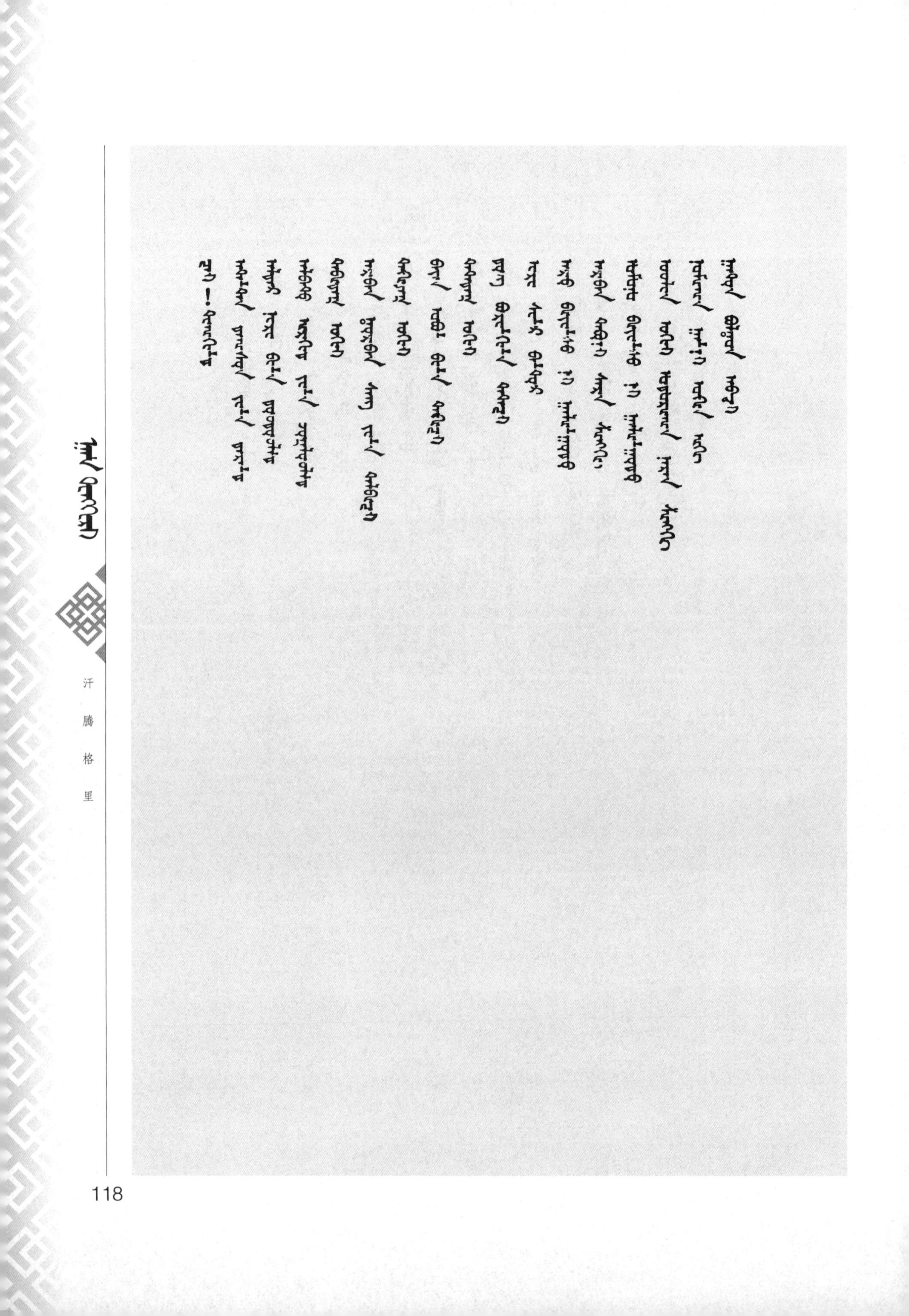

[illegible]

[illegible] )

( 1980 [illegible]

[illegible] ᠰᠠᠶᠢᠬᠠᠨ ᠵᠢᠷᠭᠠᠯᠲᠠᠢ ᠪᠠᠶᠢᠨ᠎ᠠ ᠃

[illegible] ᠰᠠᠶᠢᠬᠠᠨ

[illegible] ᠰᠠᠶᠢᠬᠠᠨ

[illegible] ᠰᠠᠶᠢᠬᠠᠨ

[illegible] ᠰᠠᠶᠢᠬᠠᠨ ᠵᠢᠷᠭᠠᠯᠲᠠᠢ

[illegible]

[illegible] ᠰᠠᠶᠢᠬᠠᠨ [illegible]

[illegible]

[illegible]

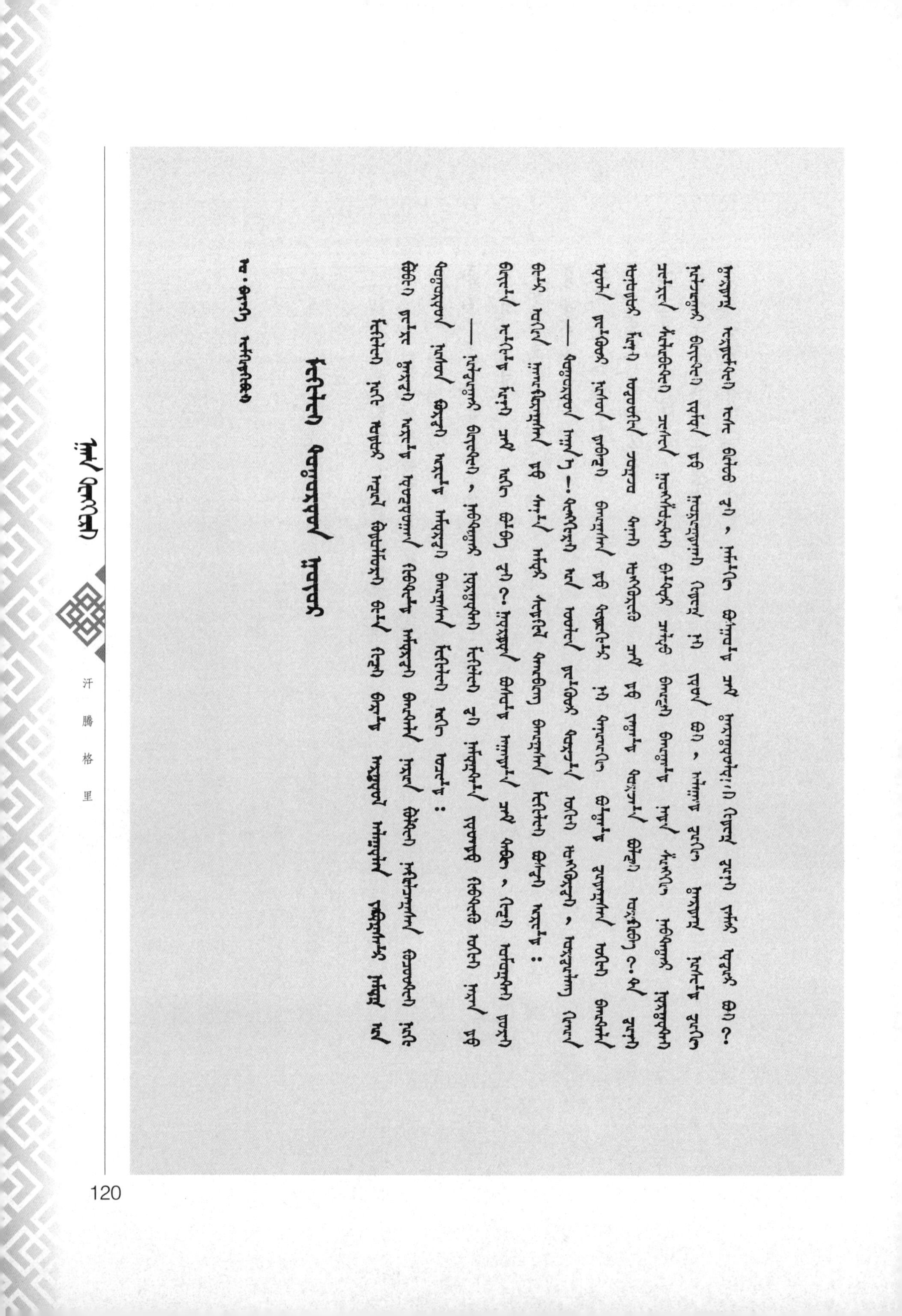

[illegible]

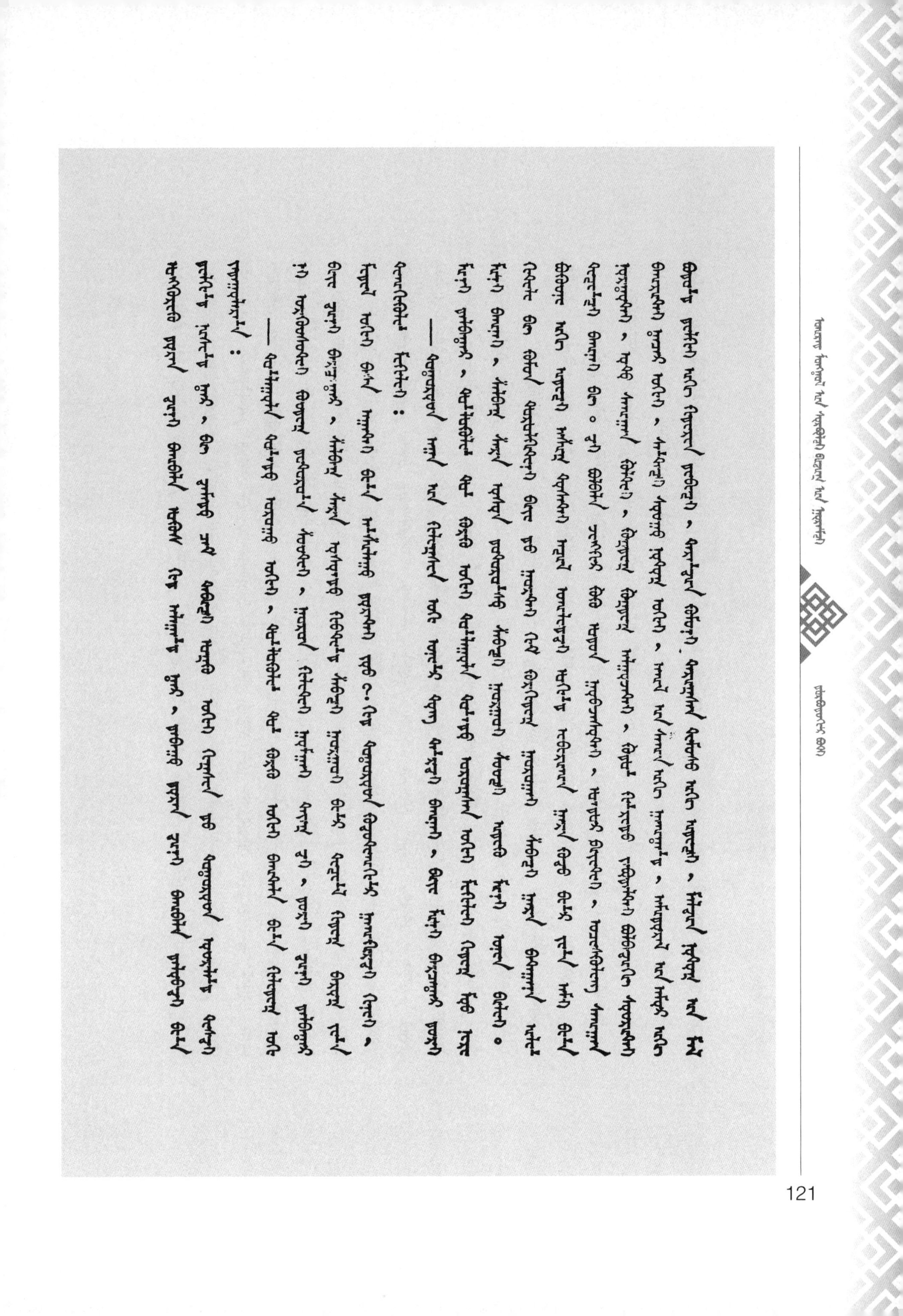

[illegible]

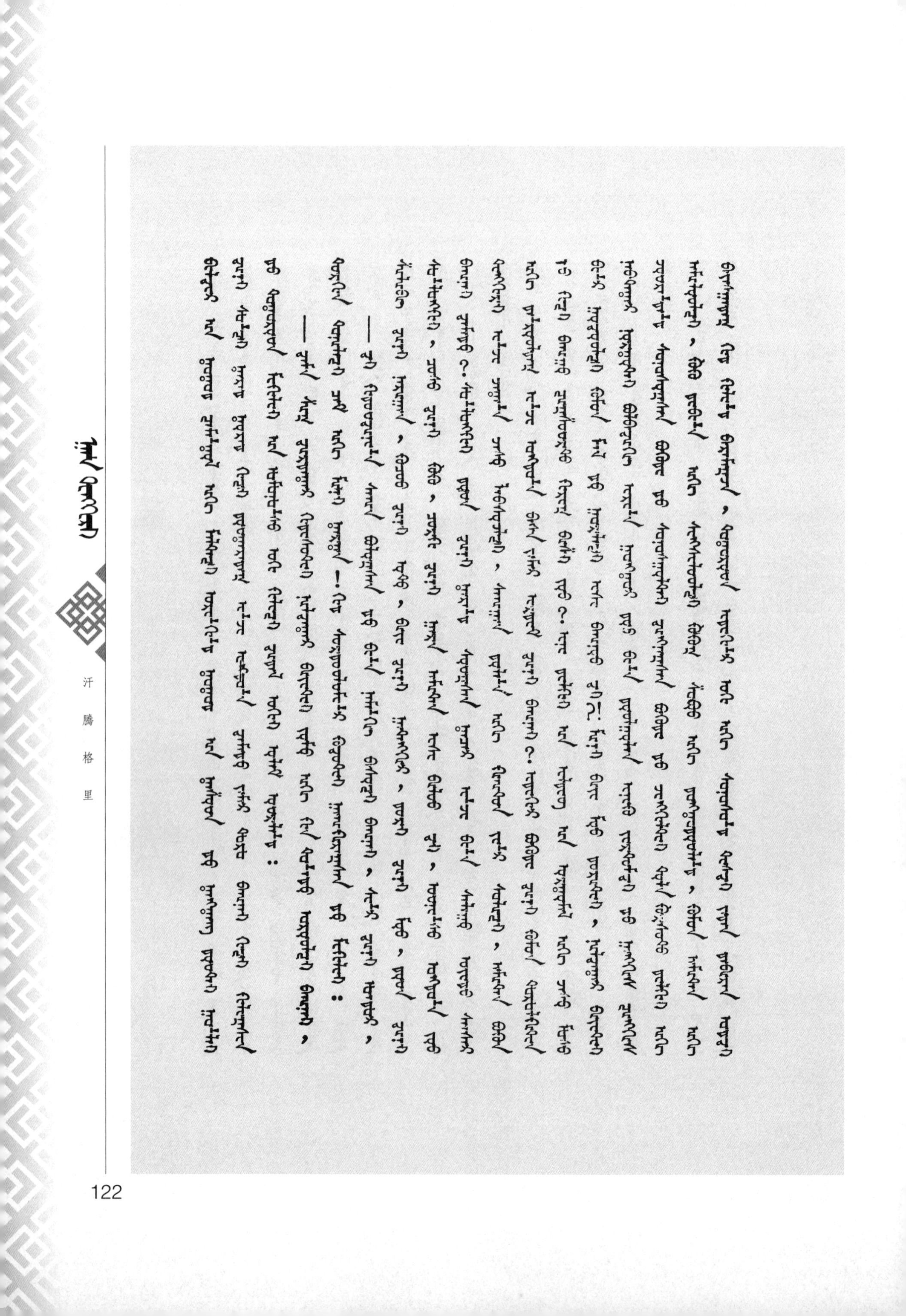

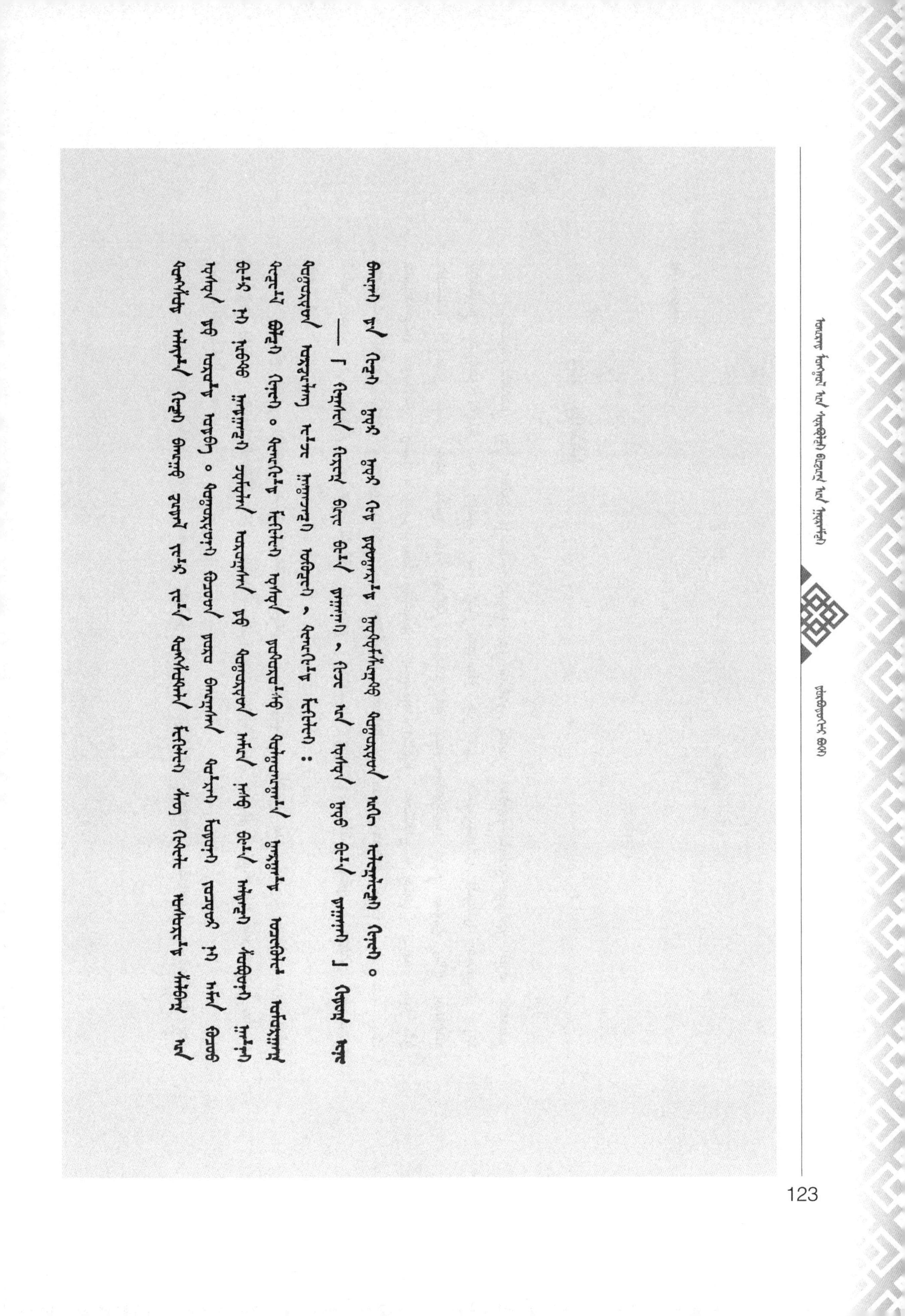

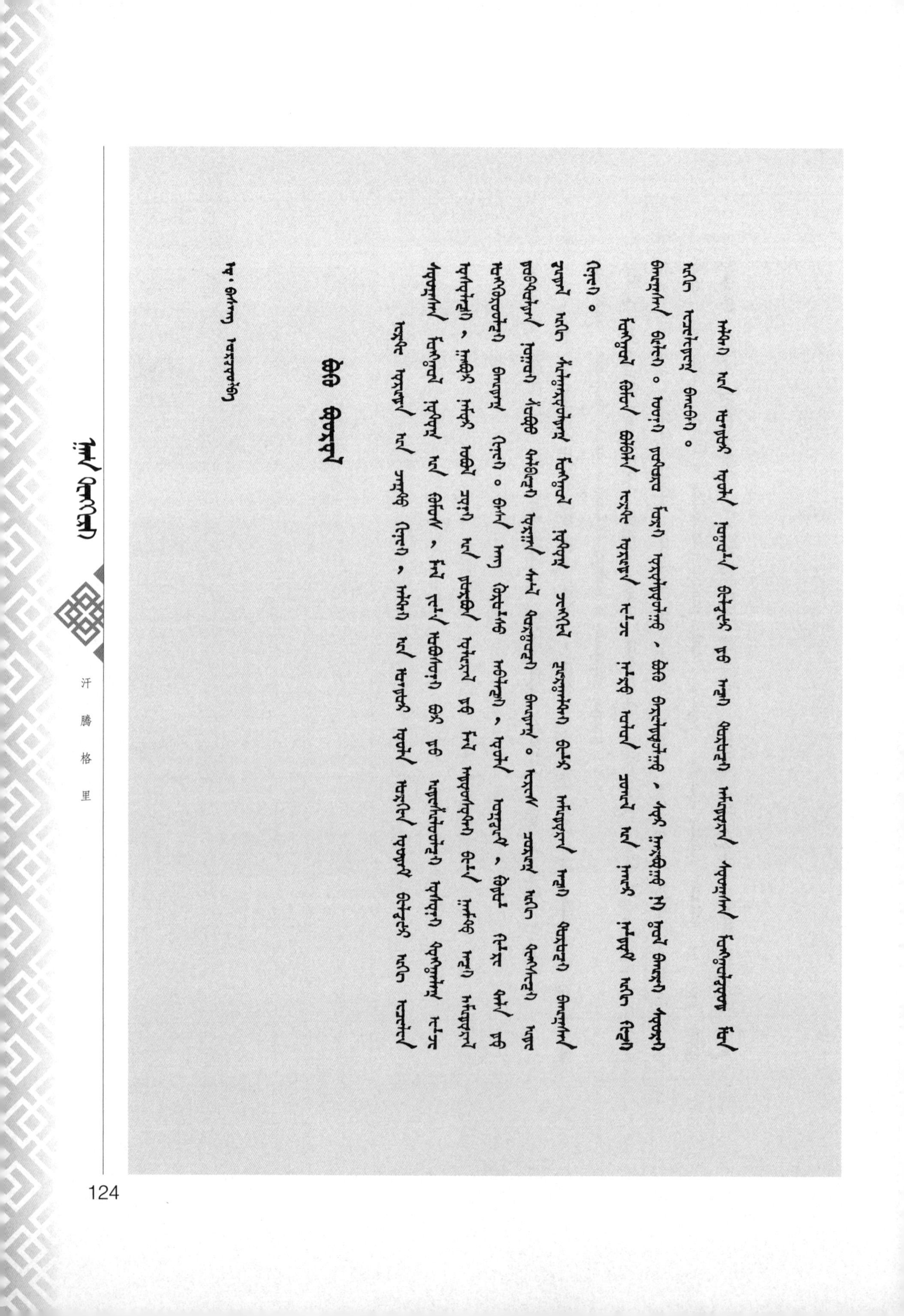

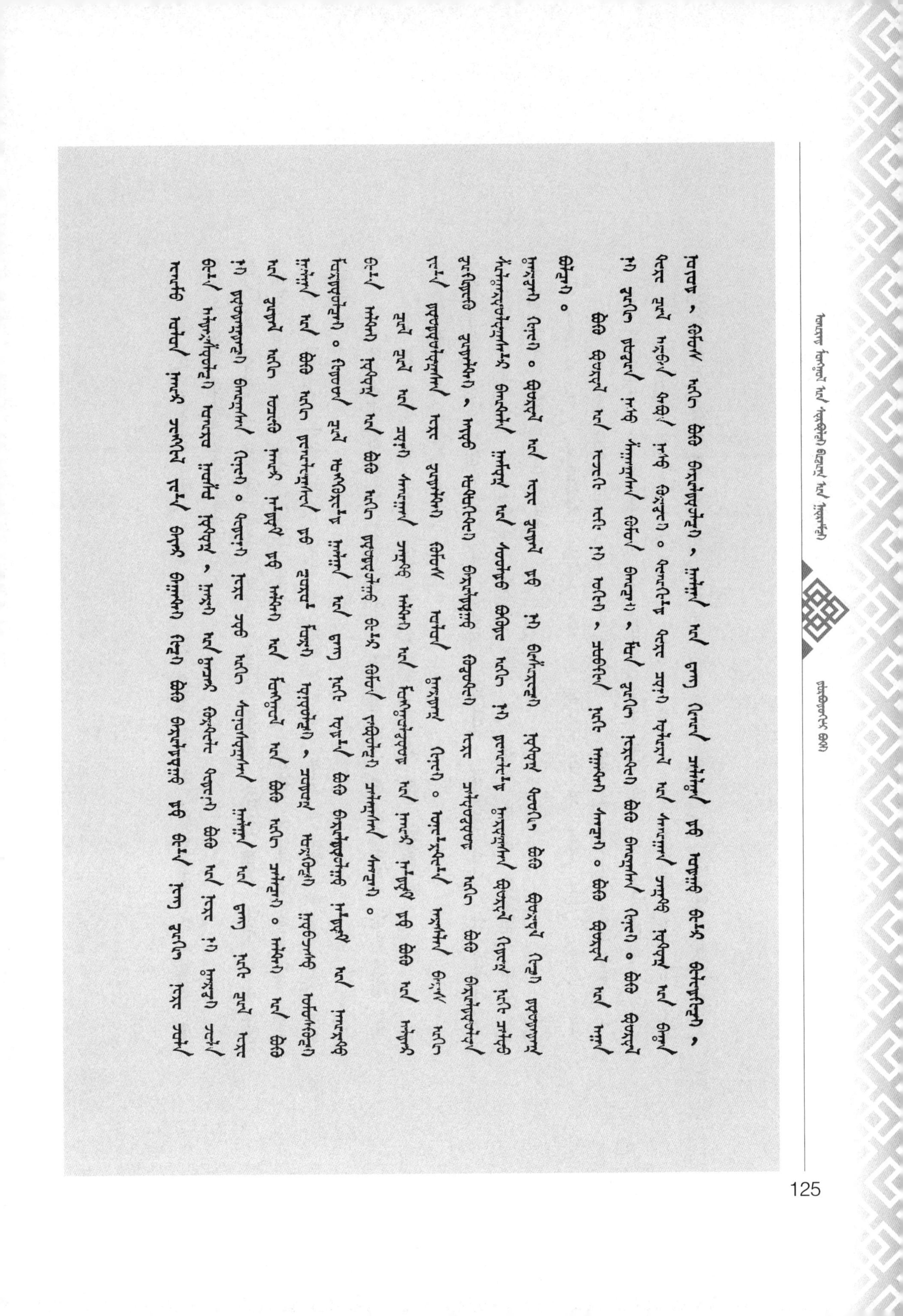

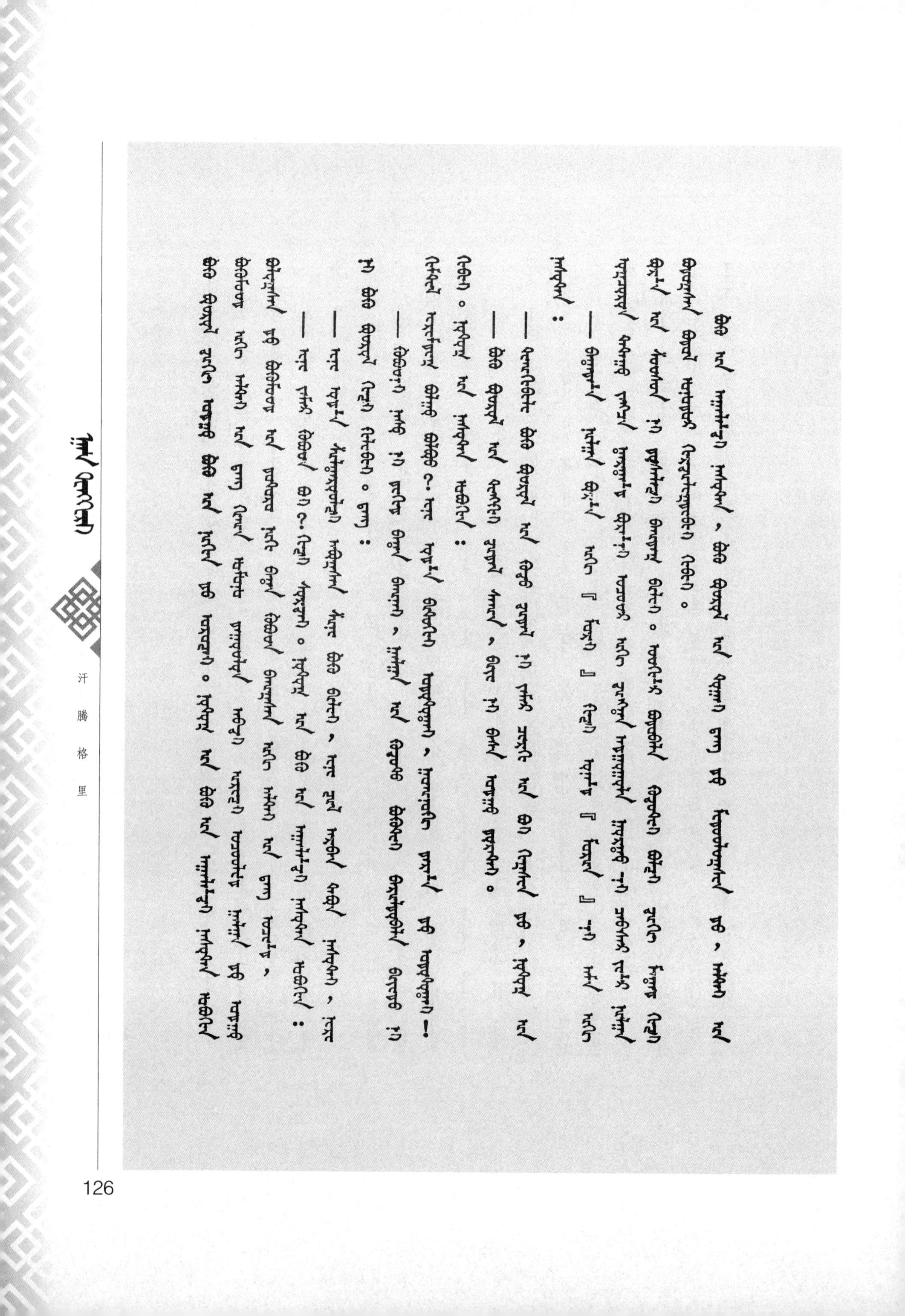

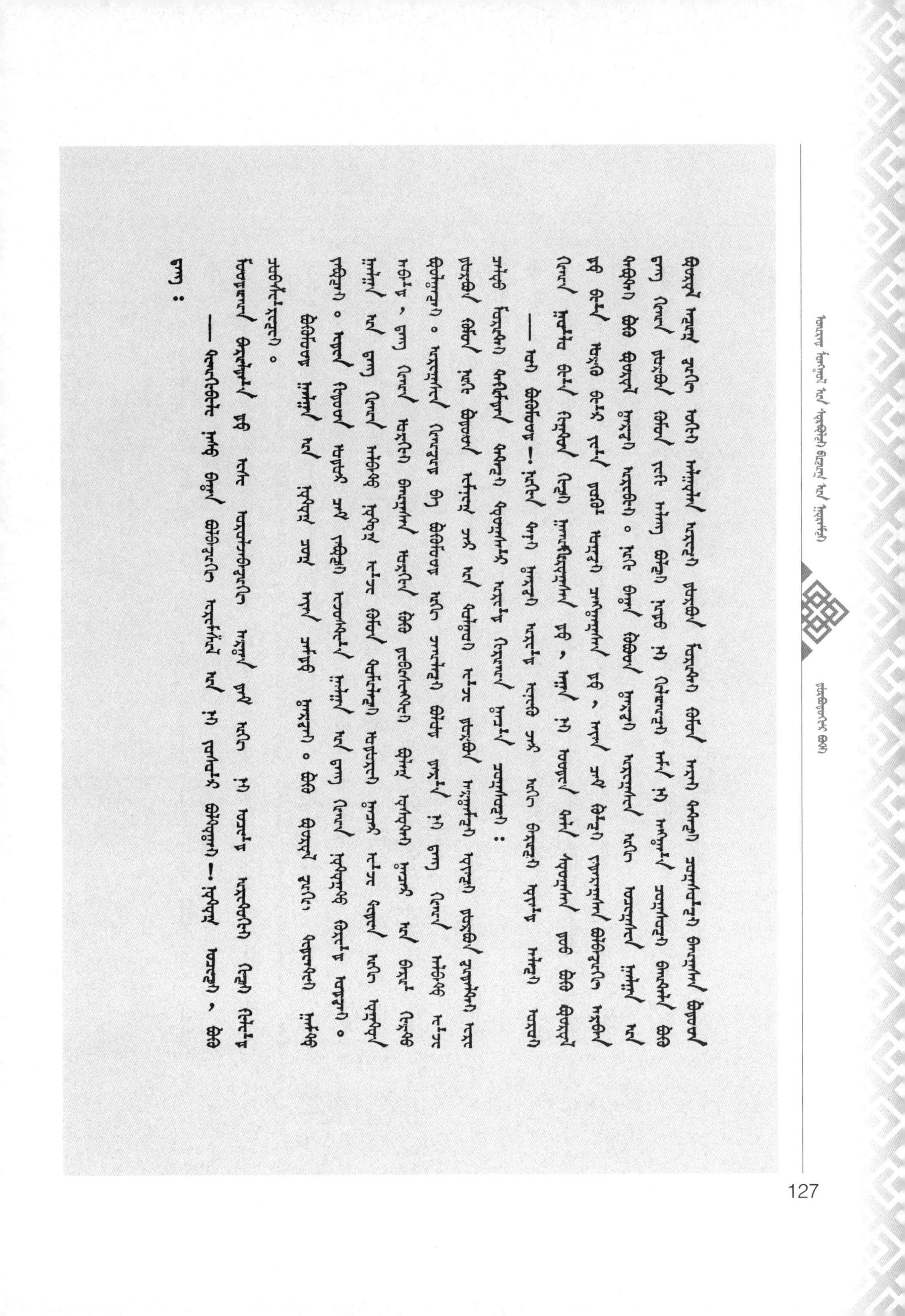

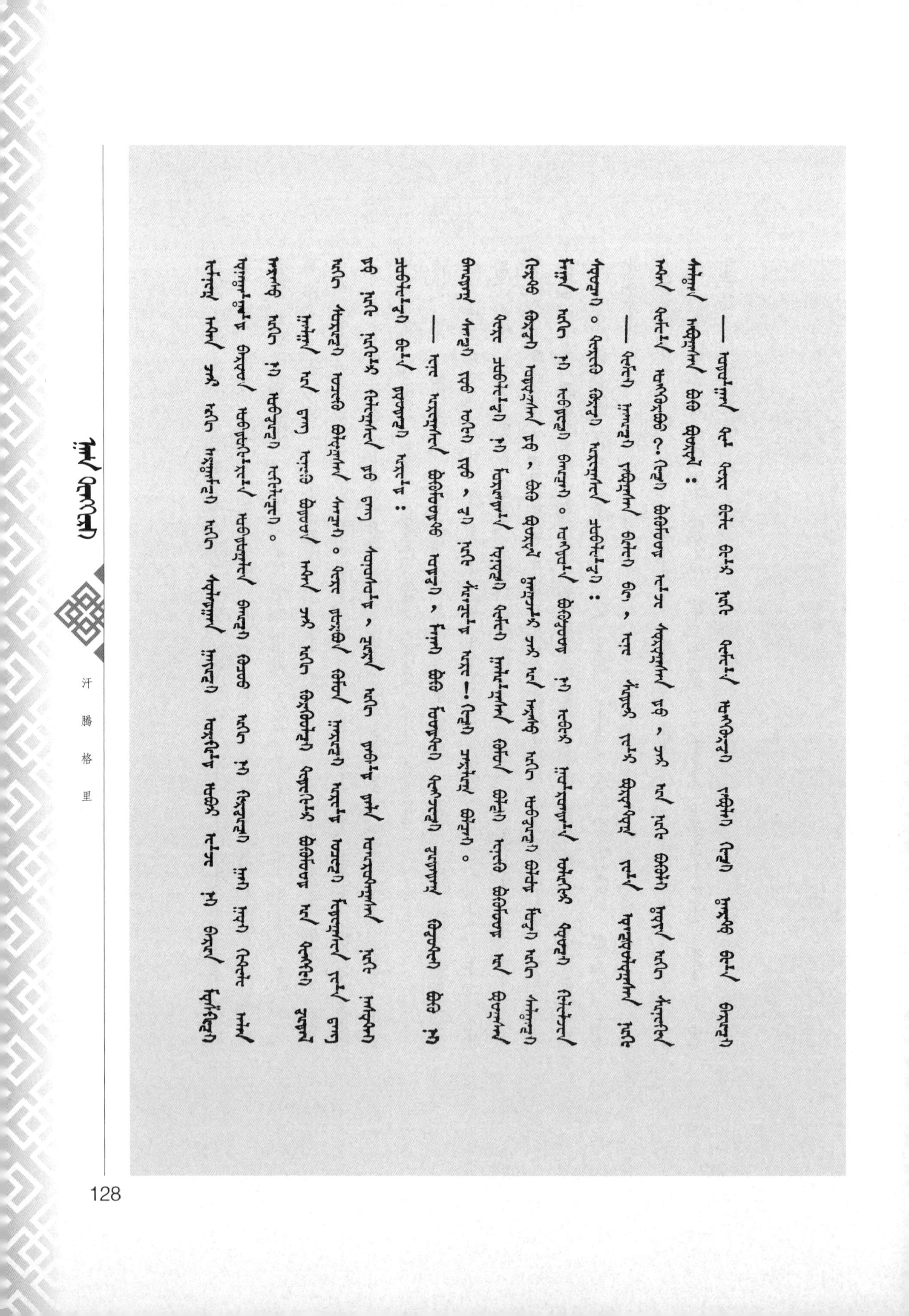

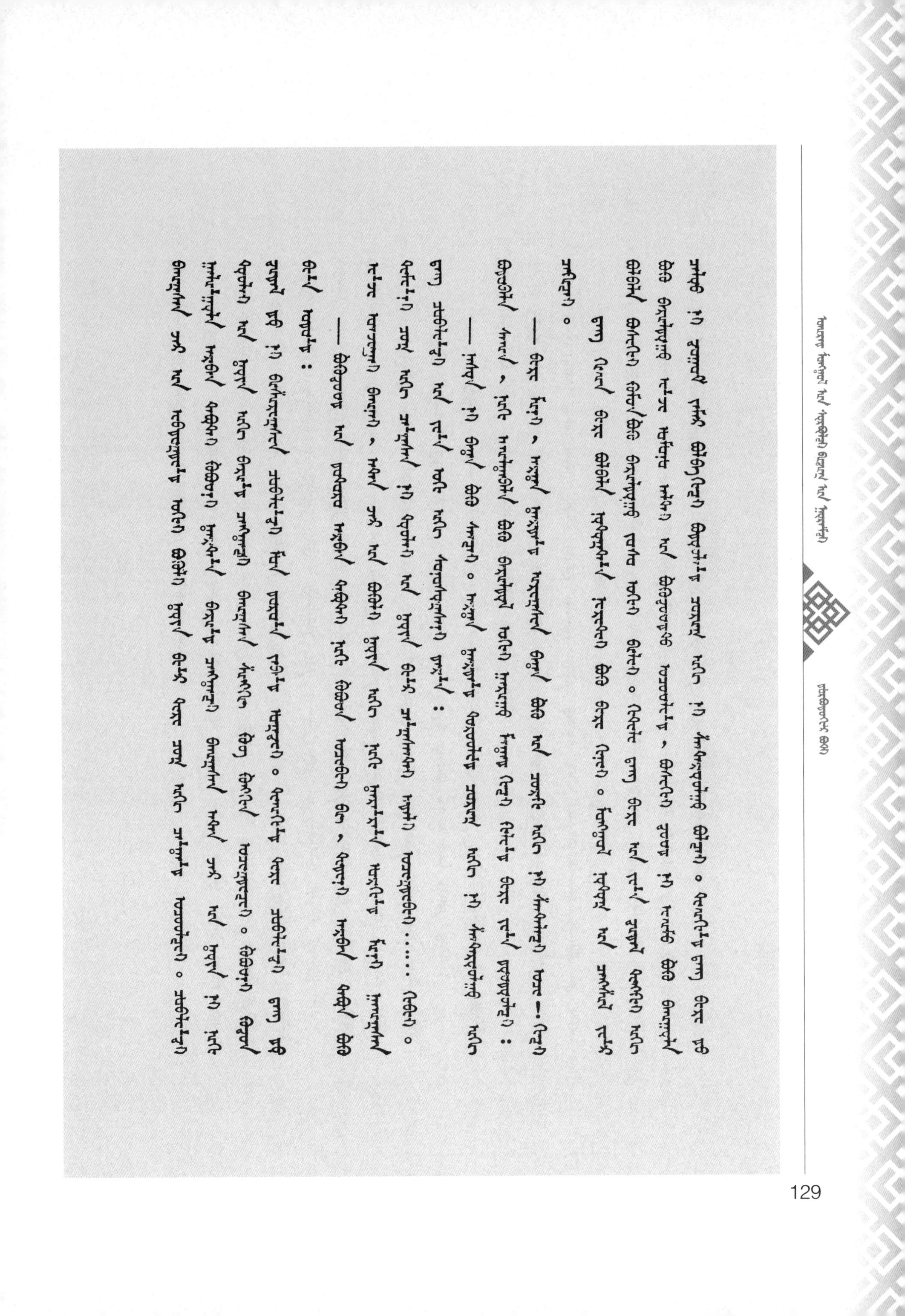

[illegible]

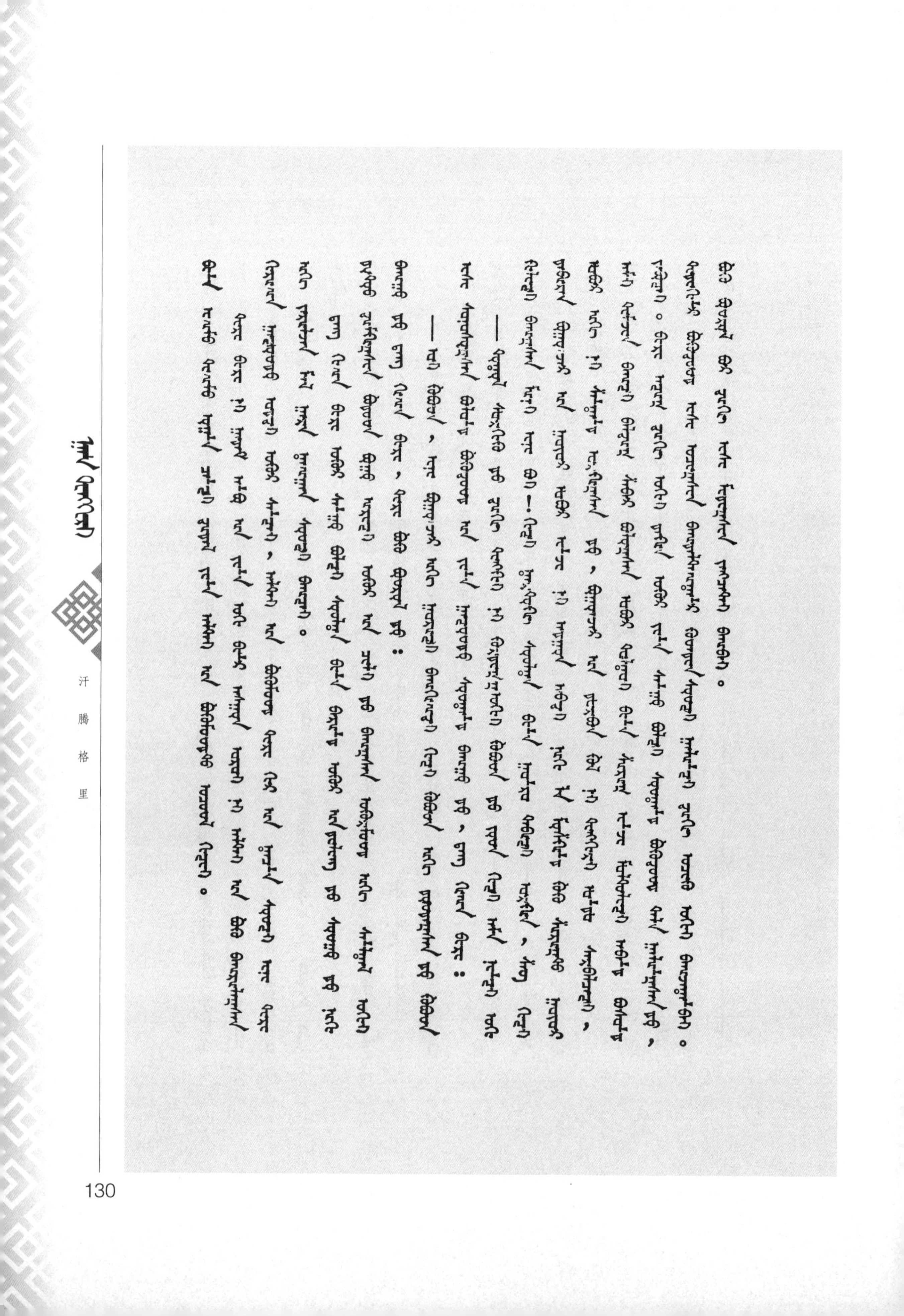

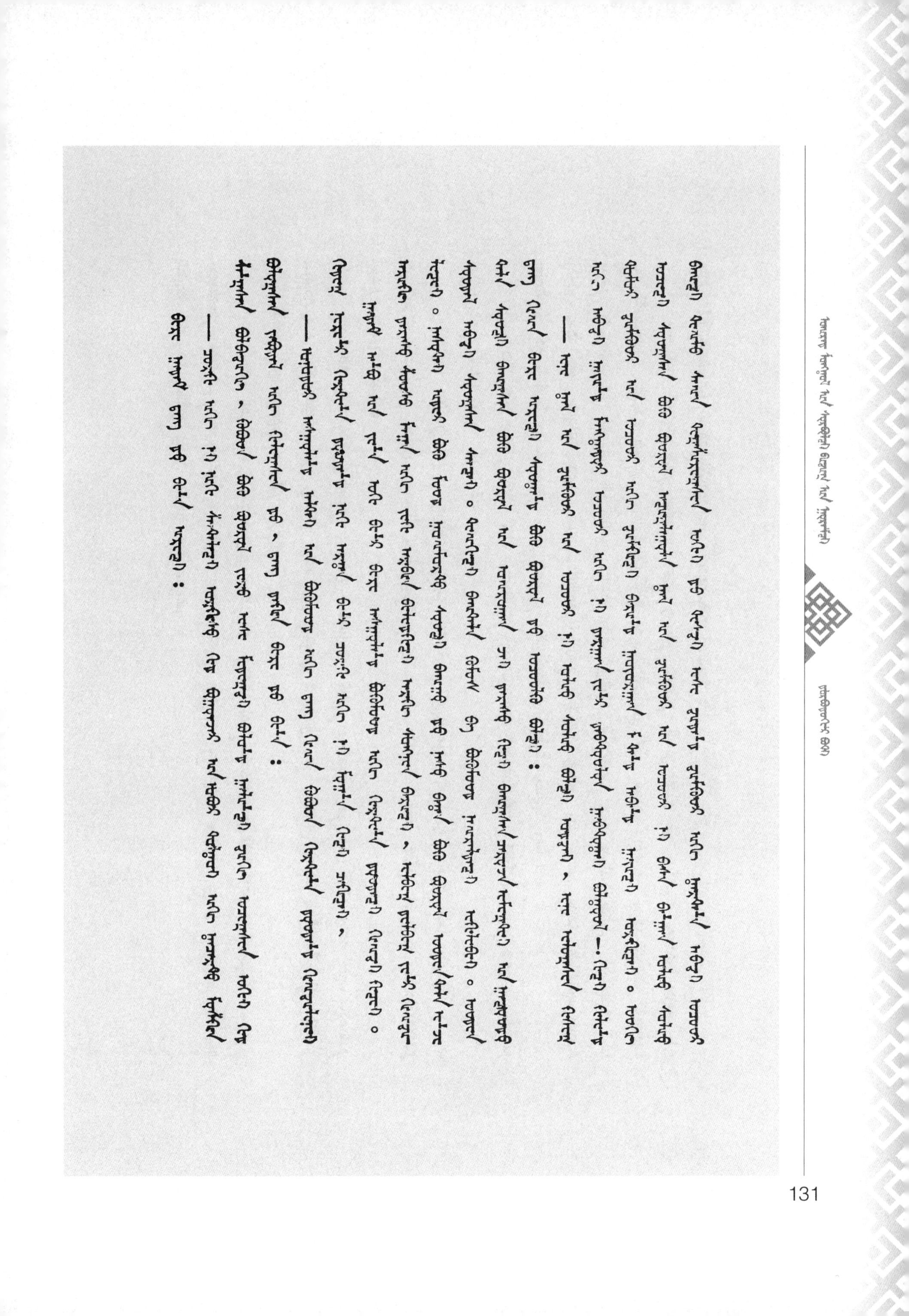

[illegible]

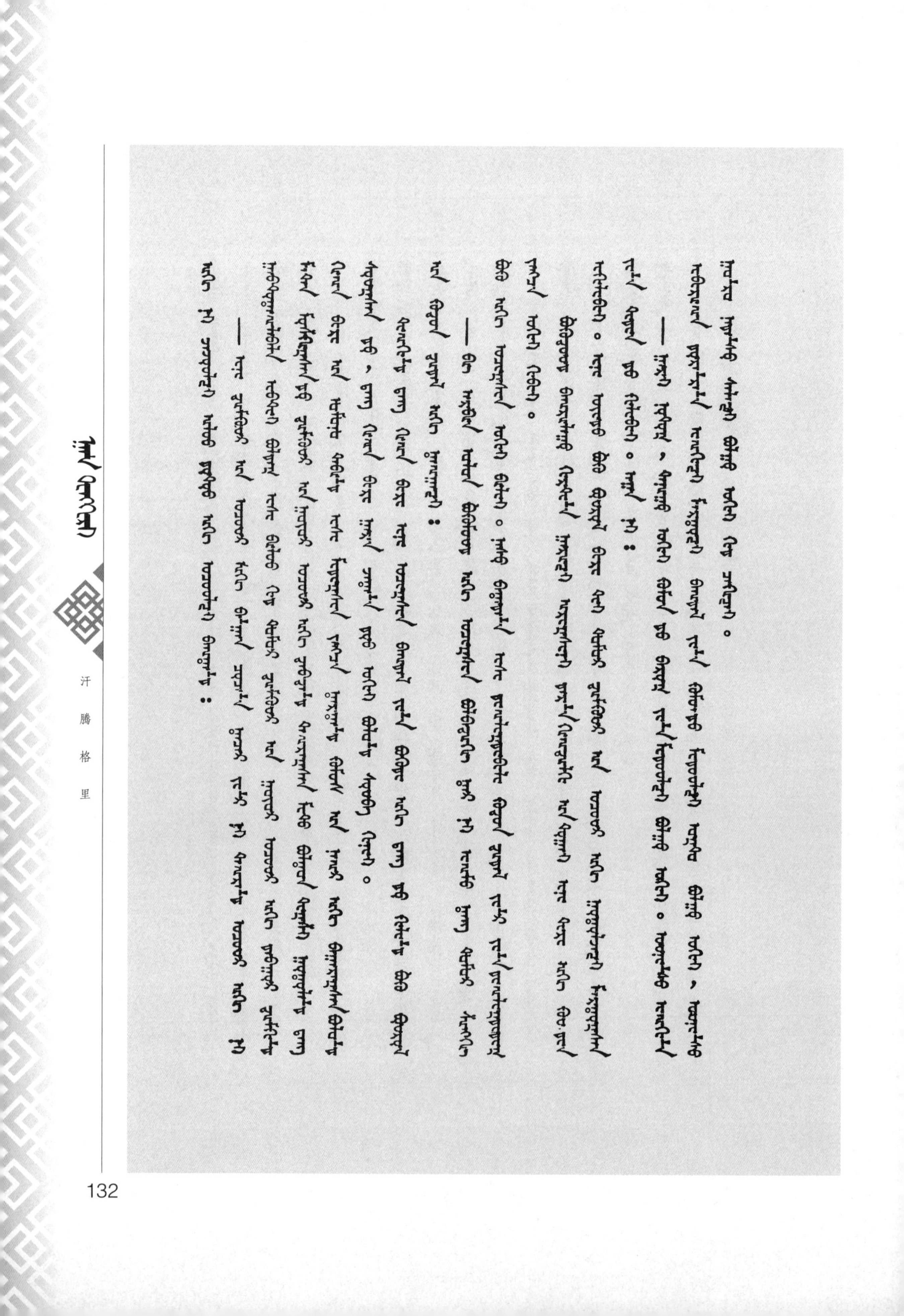

[illegible]

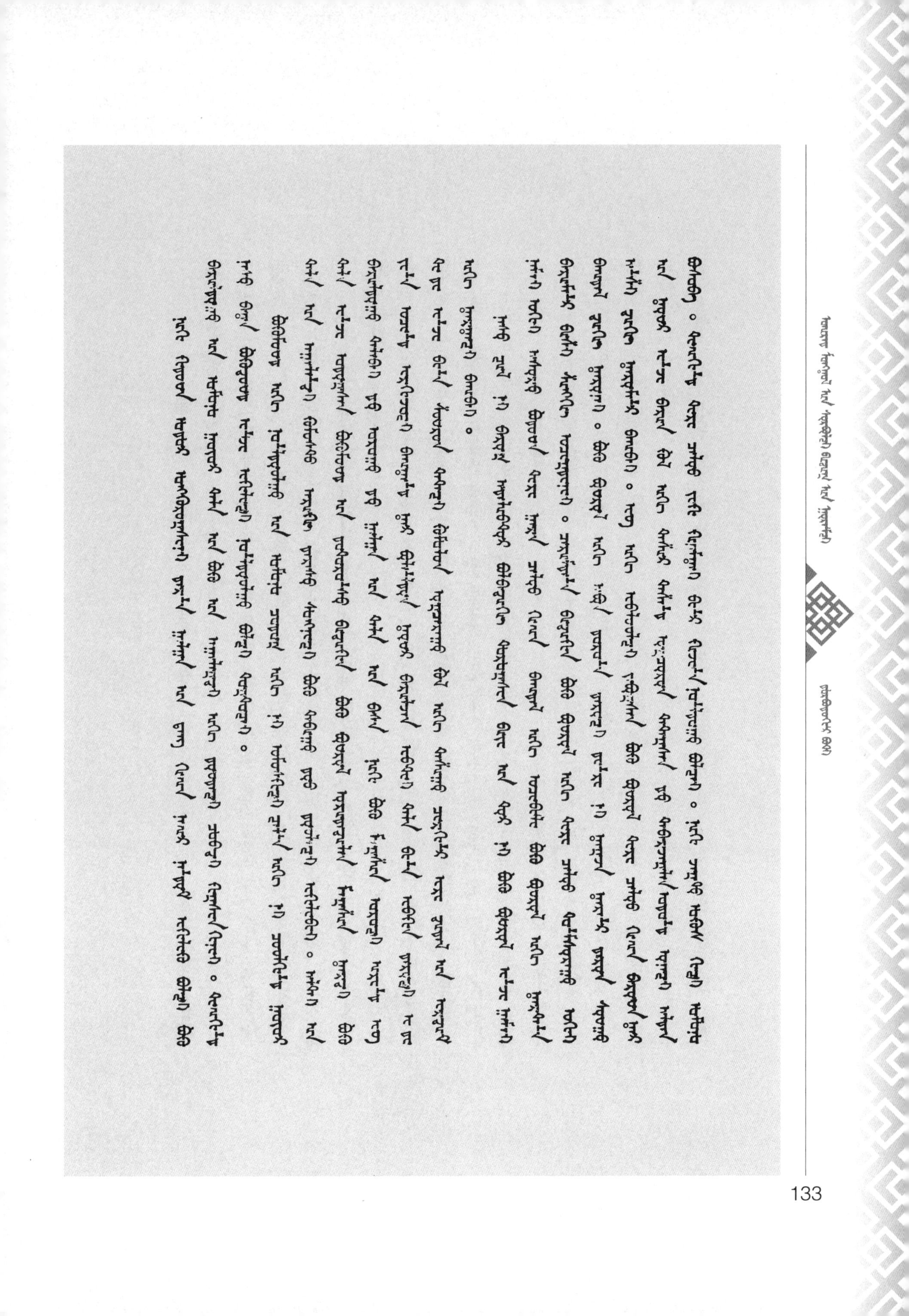

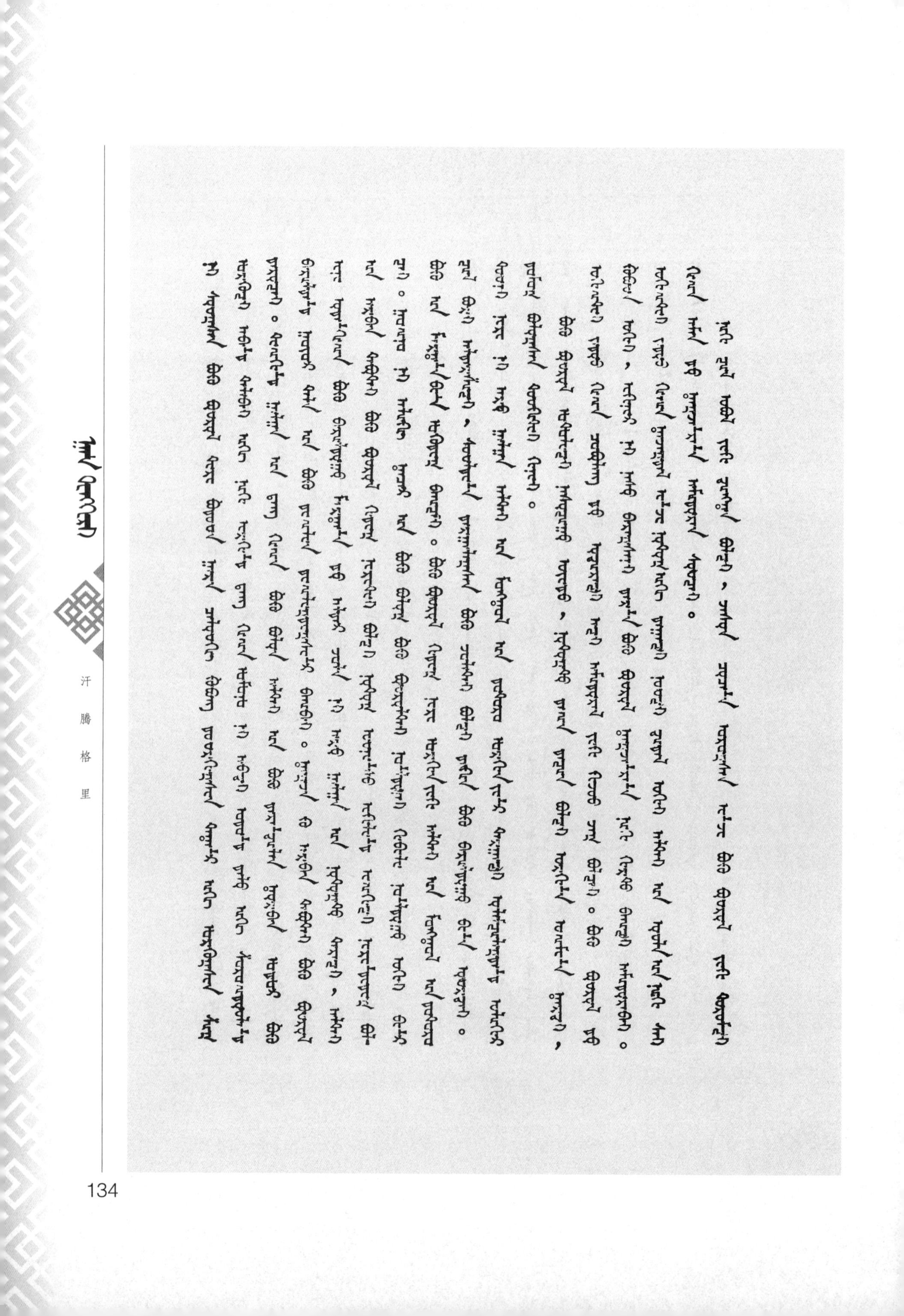

[illegible]

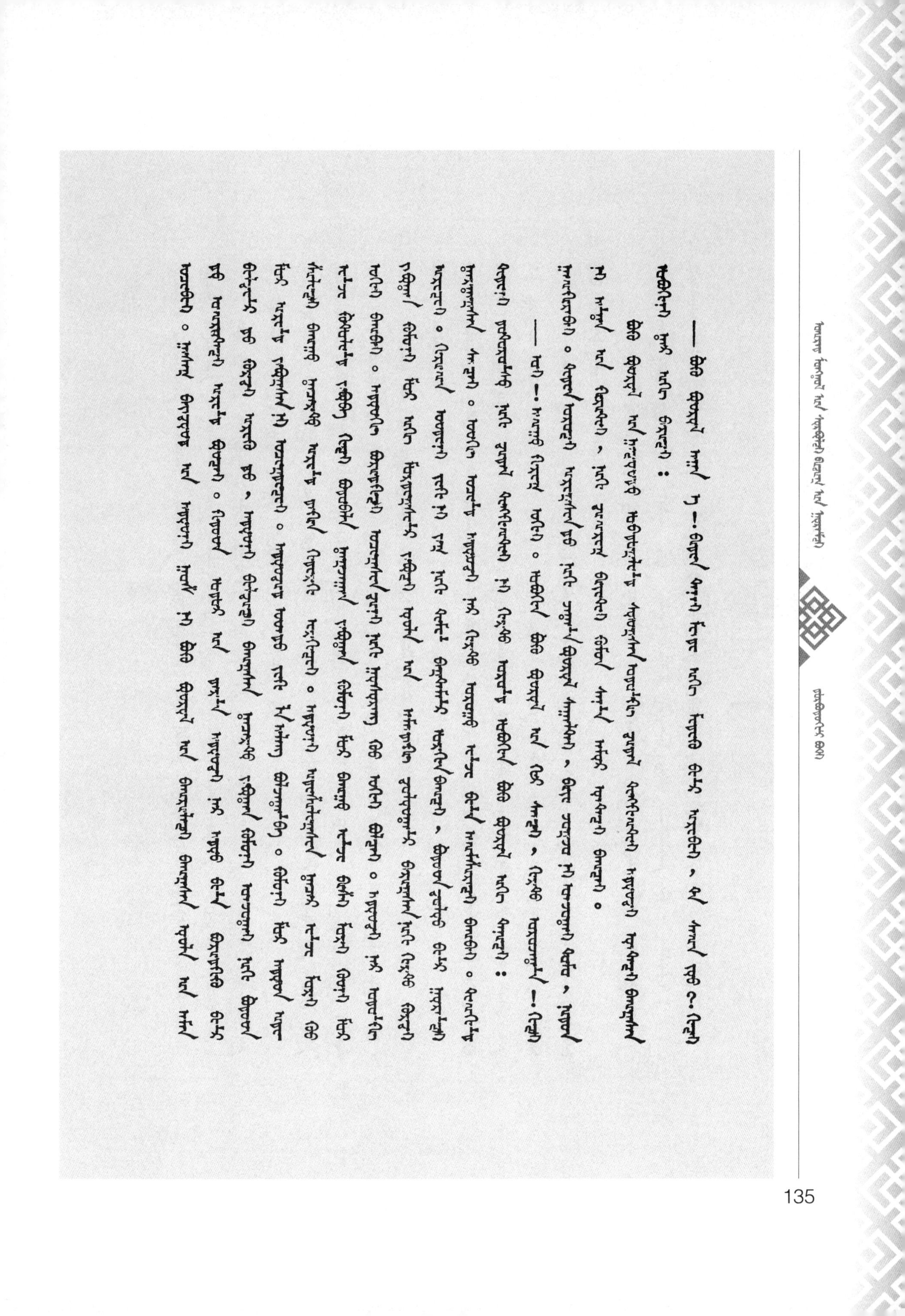

[illegible]

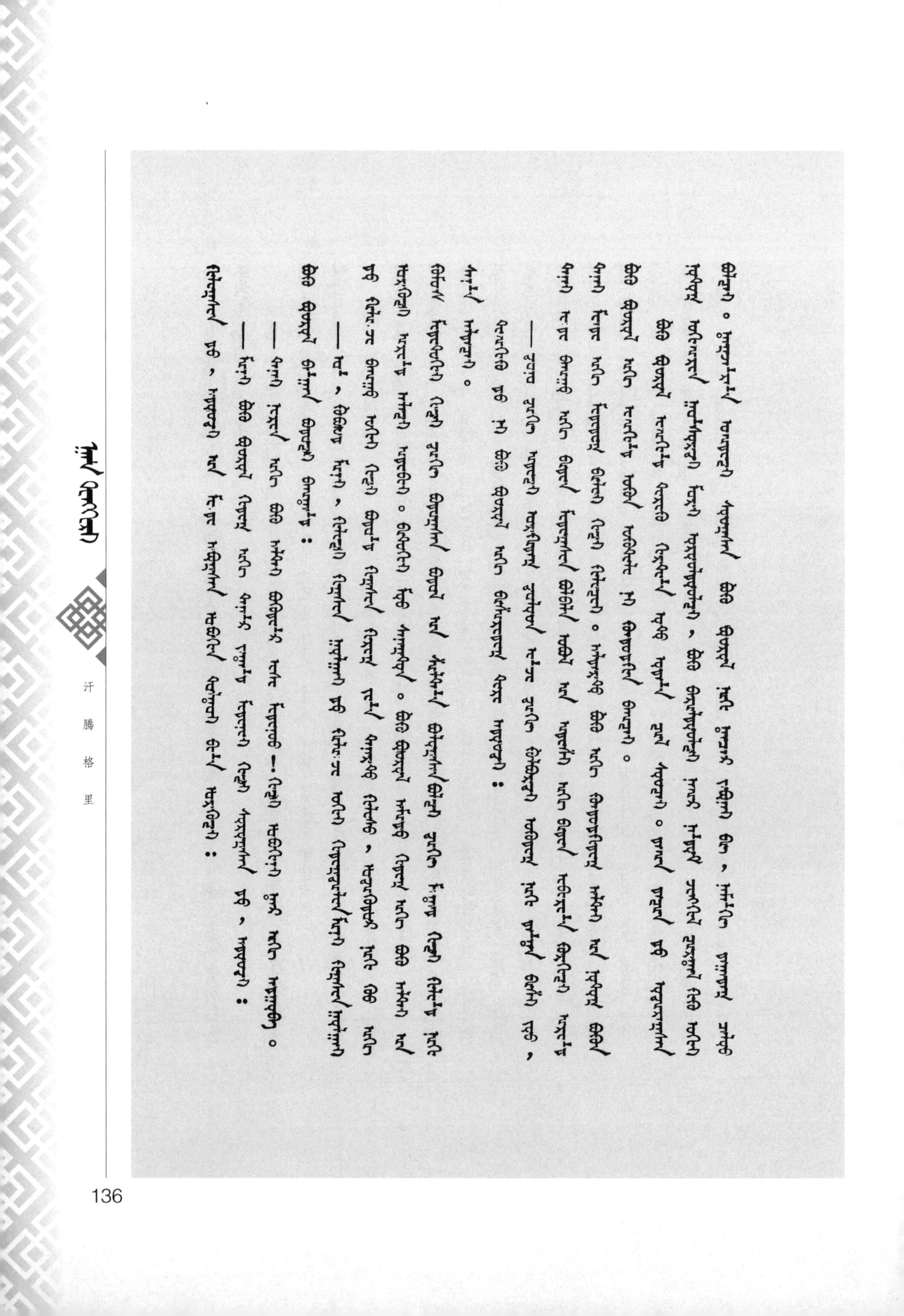

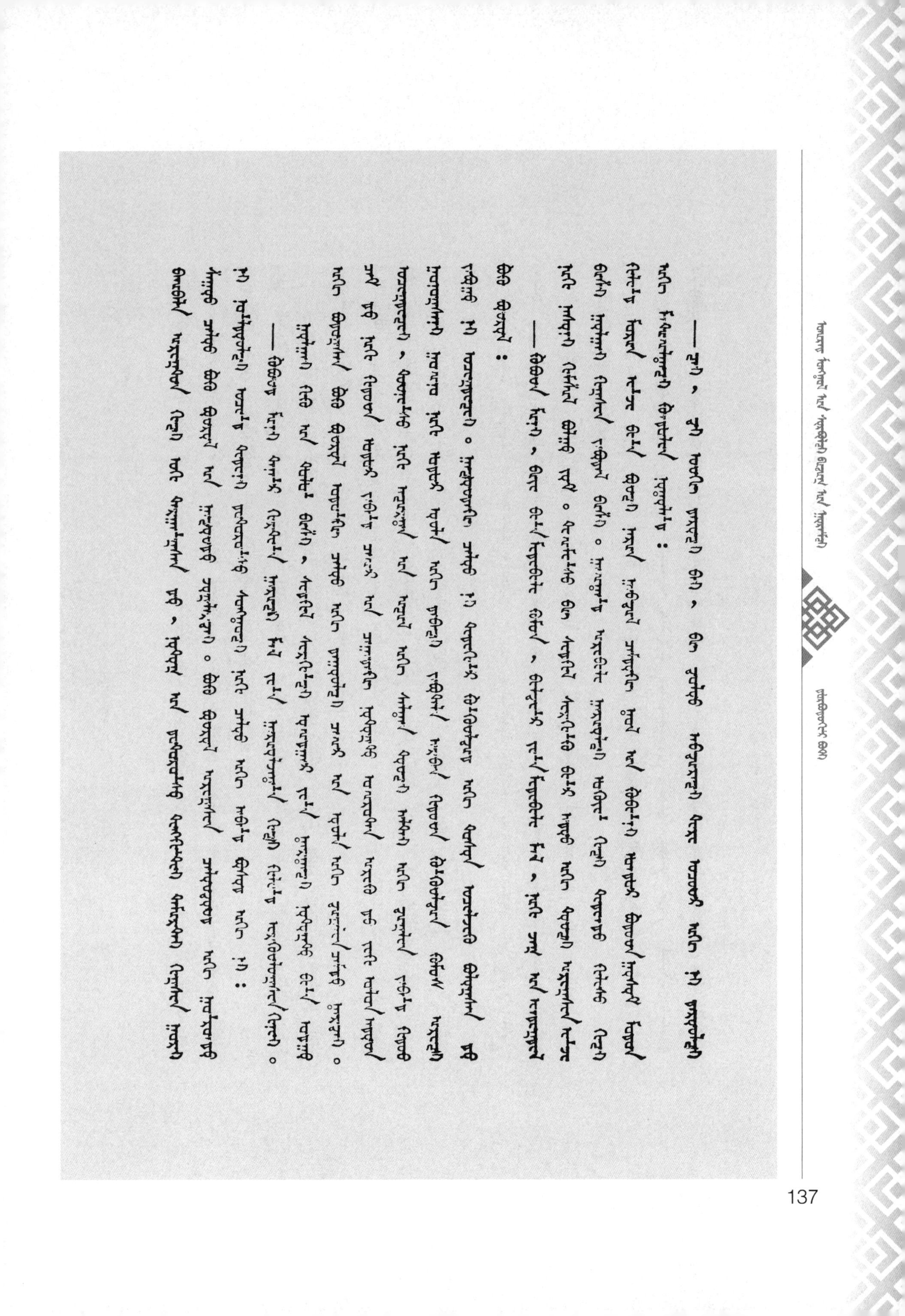

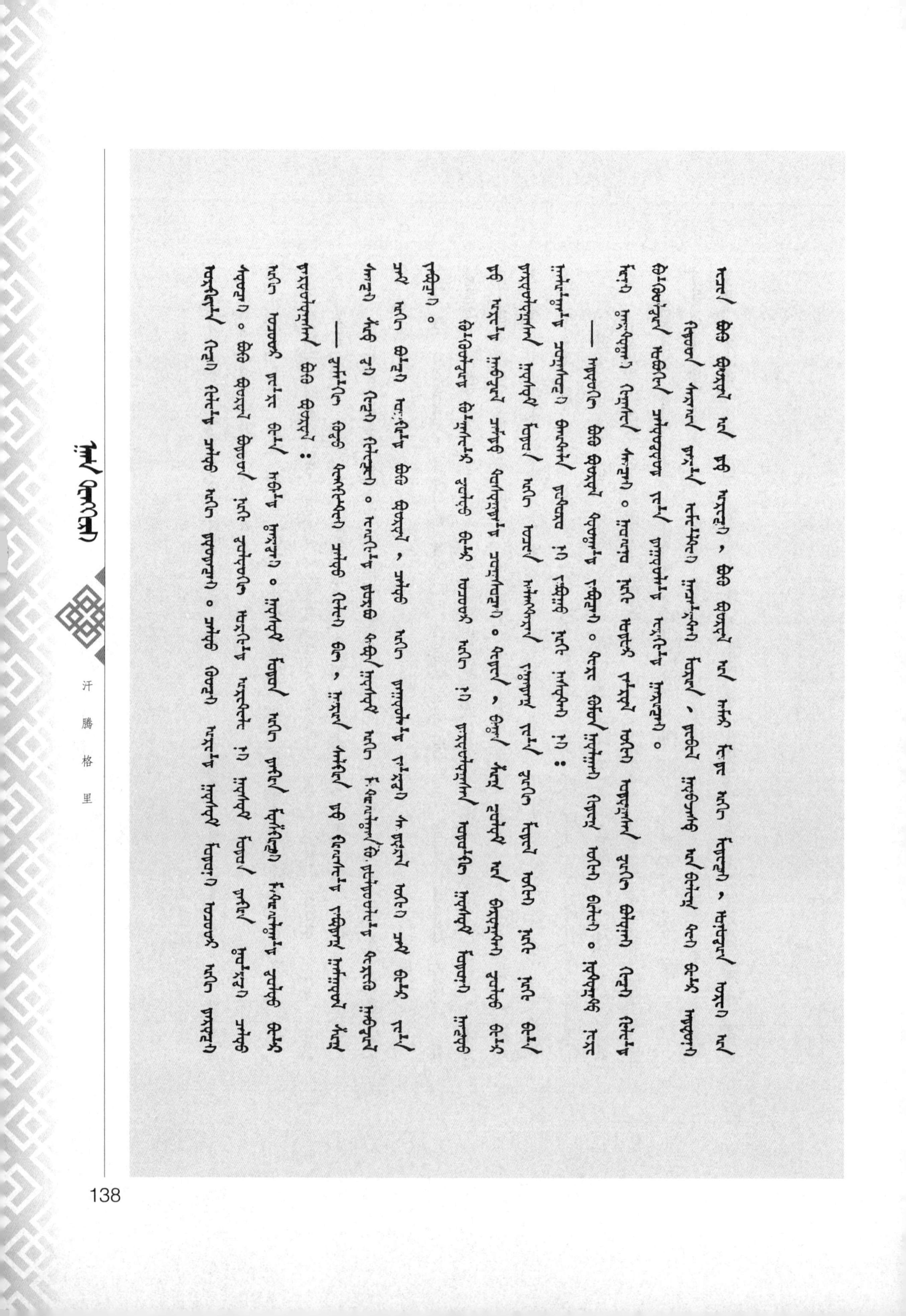

[illegible]

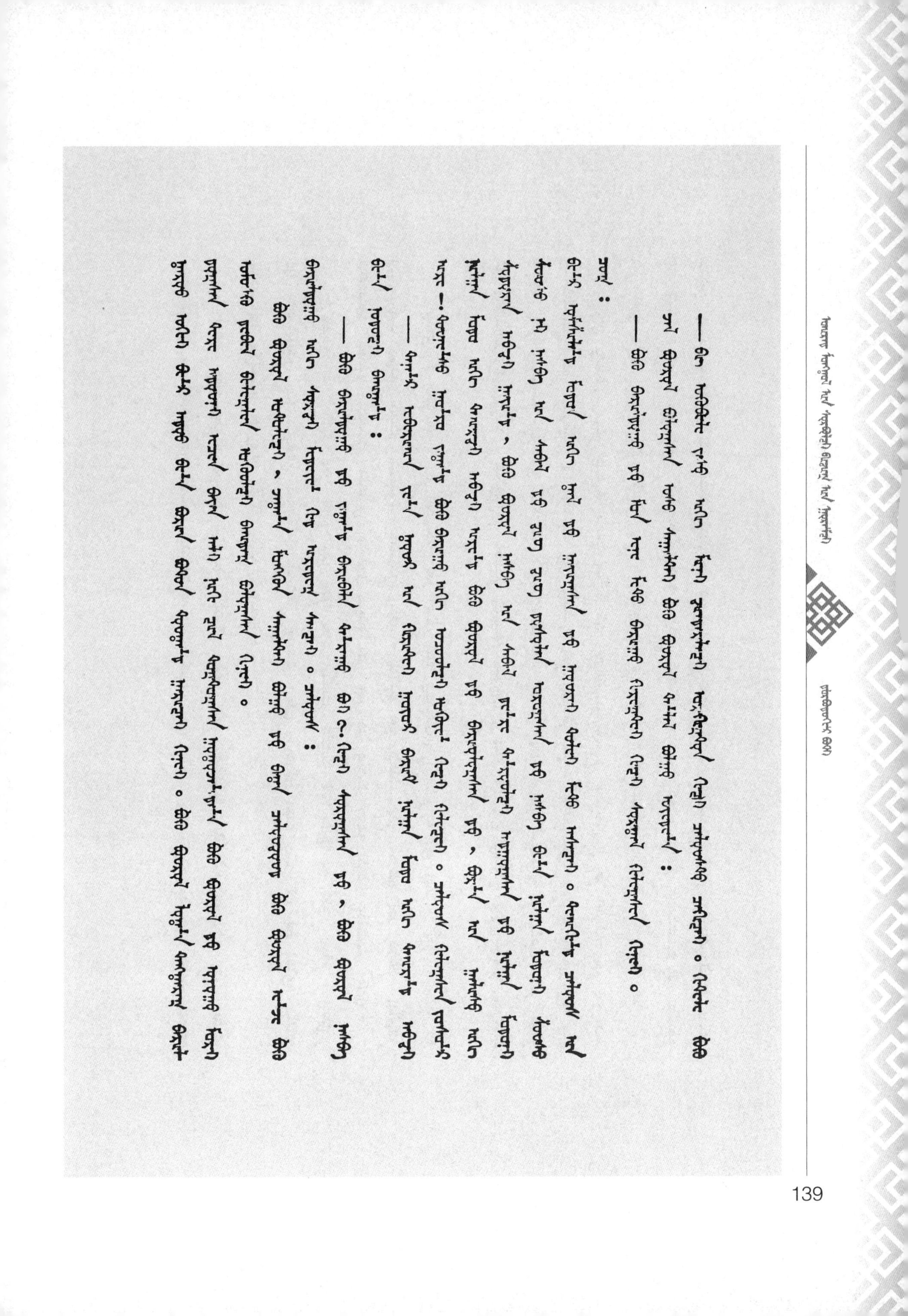

—— [illegible] ᠂ [illegible] ᠃

—— [illegible] ᠂

[illegible] ᠃

[illegible] ᠂ [illegible] ᠂ [illegible] ᠂ [illegible] ! [illegible] ᠂ [illegible]

—— [illegible] ᠃

—— [illegible] ᠂ [illegible] ᠂ [illegible] ᠂ [illegible] ᠃

[illegible] ᠂ [illegible] ᠂

[illegible] ᠂ [illegible] ᠂ [illegible]

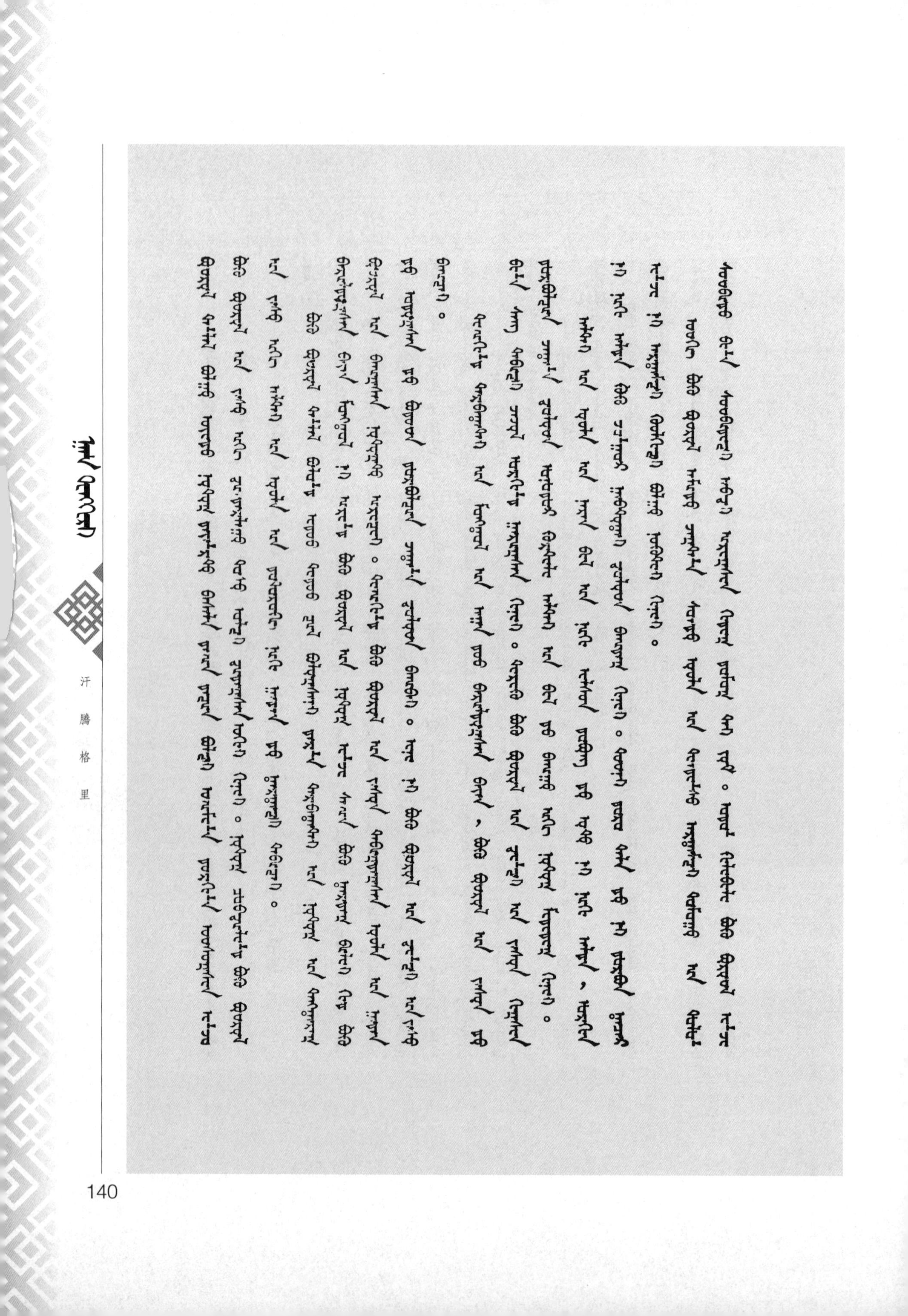

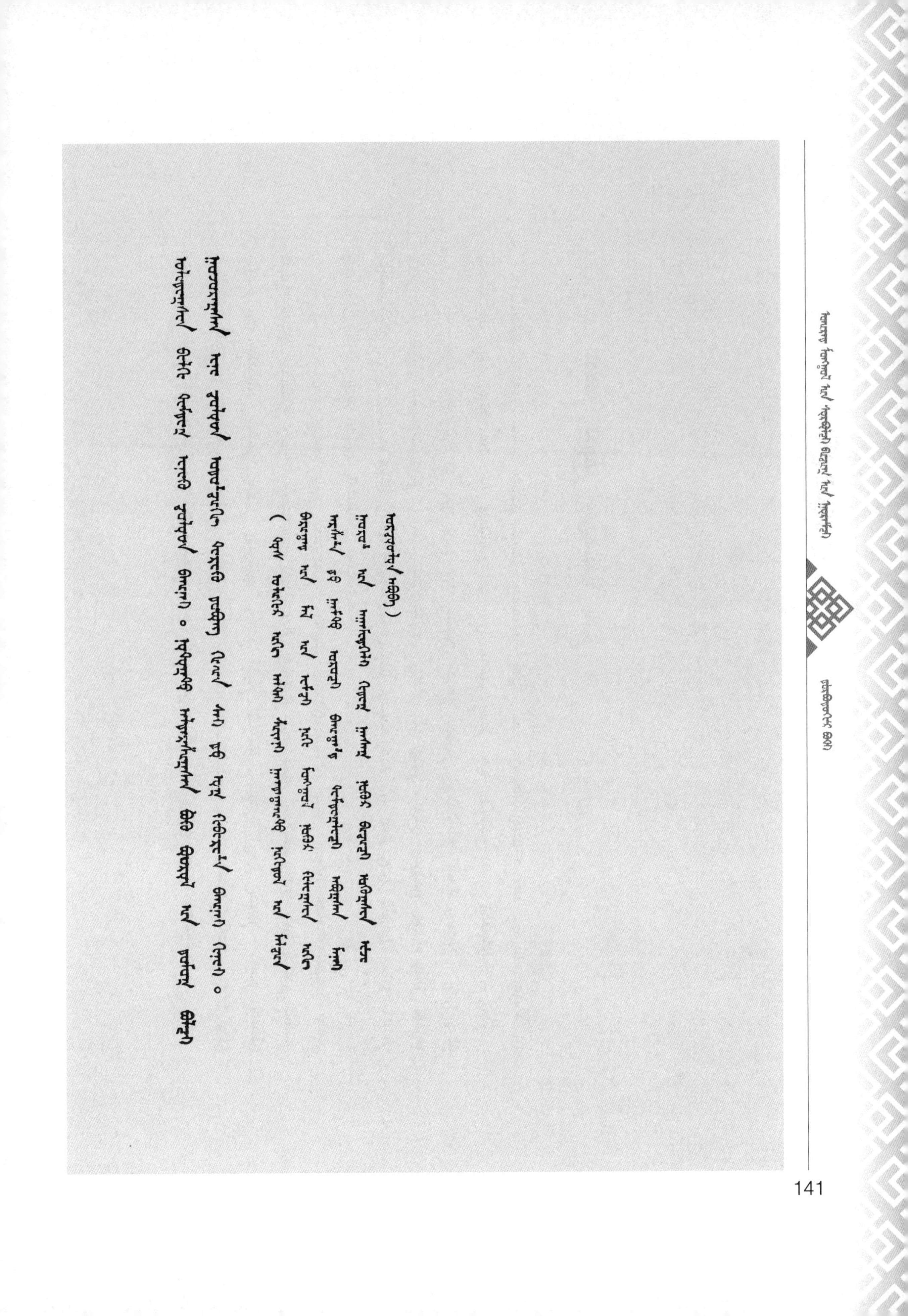

[illegible]

( [illegible] )

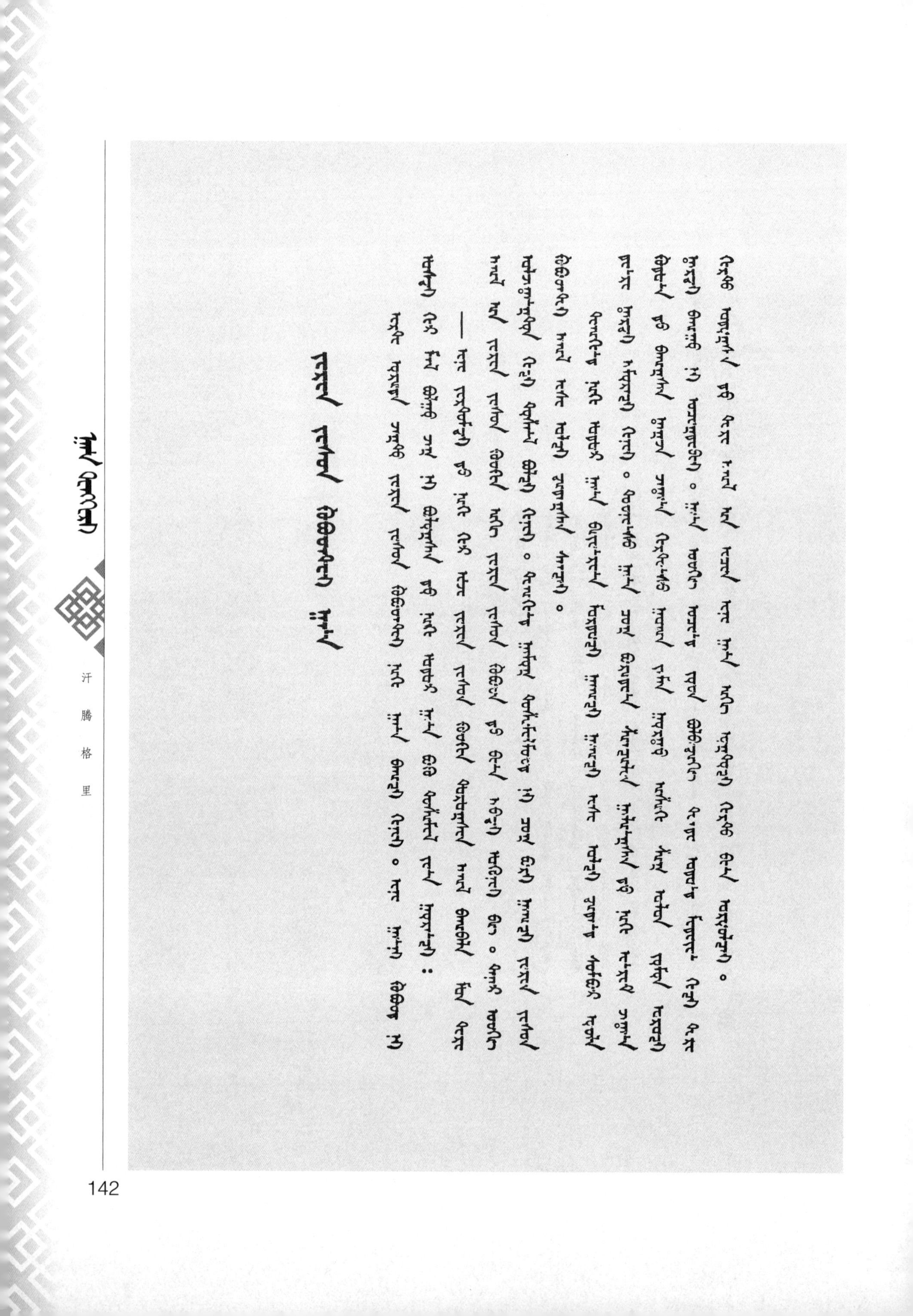

[illegible]

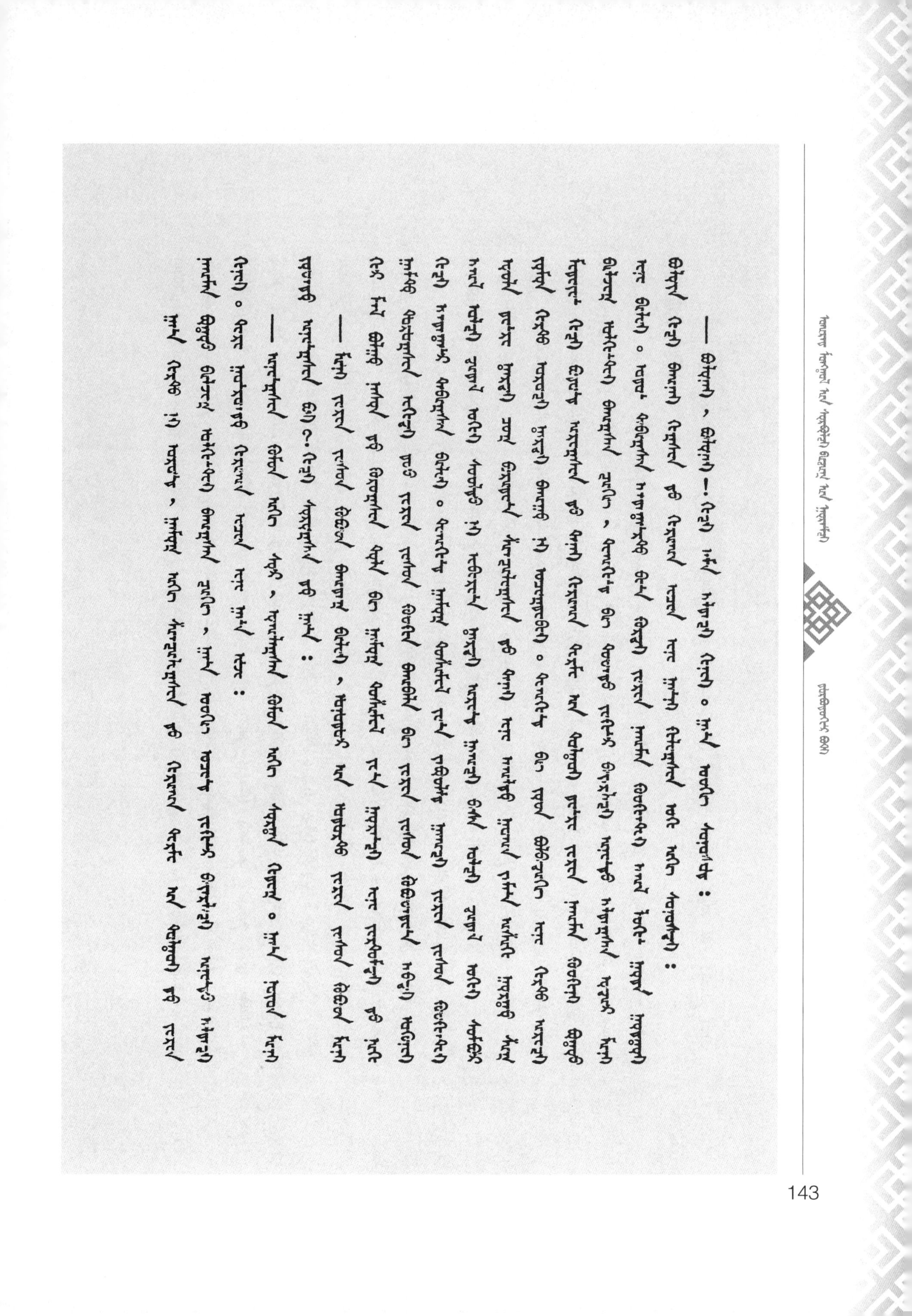

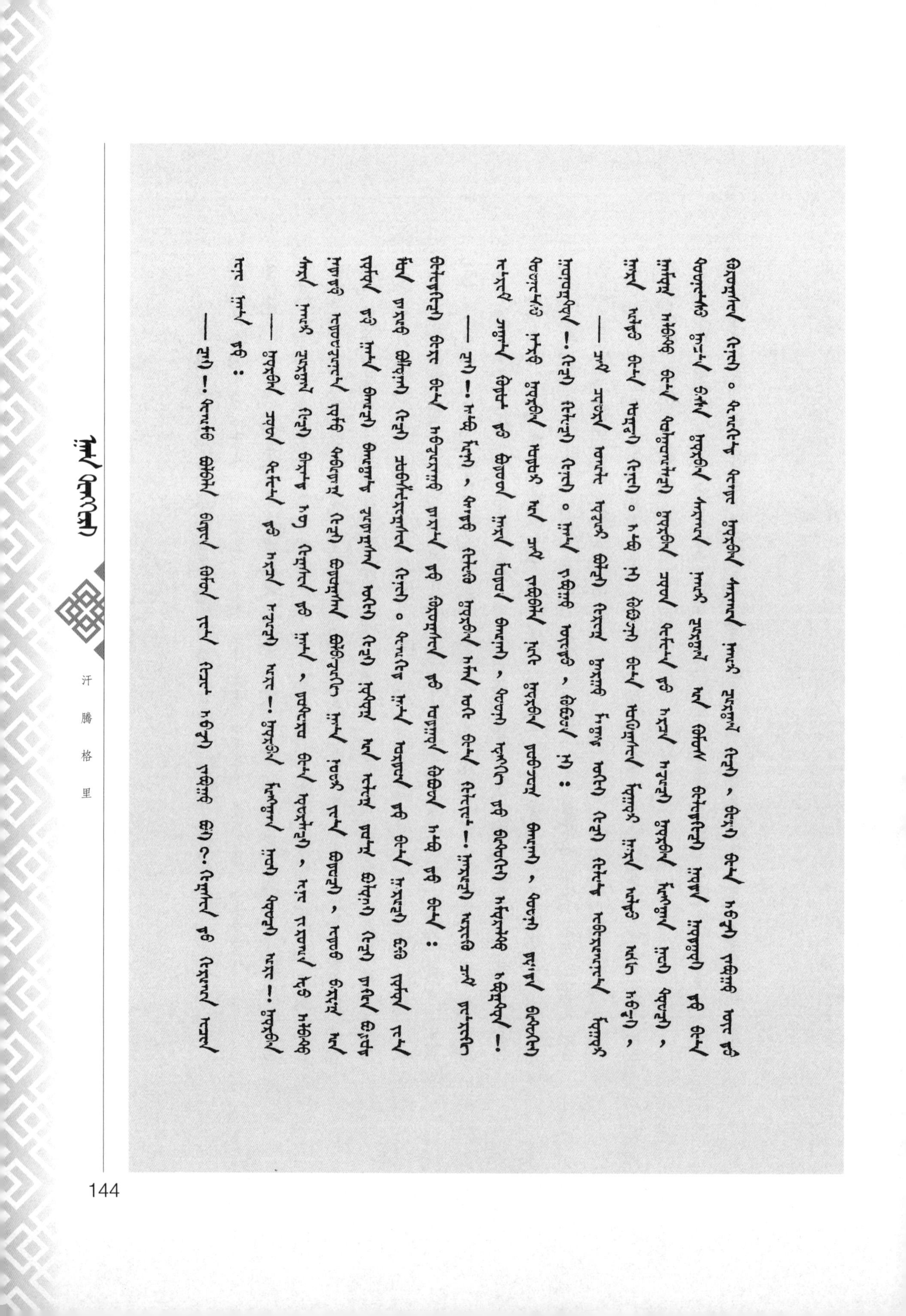

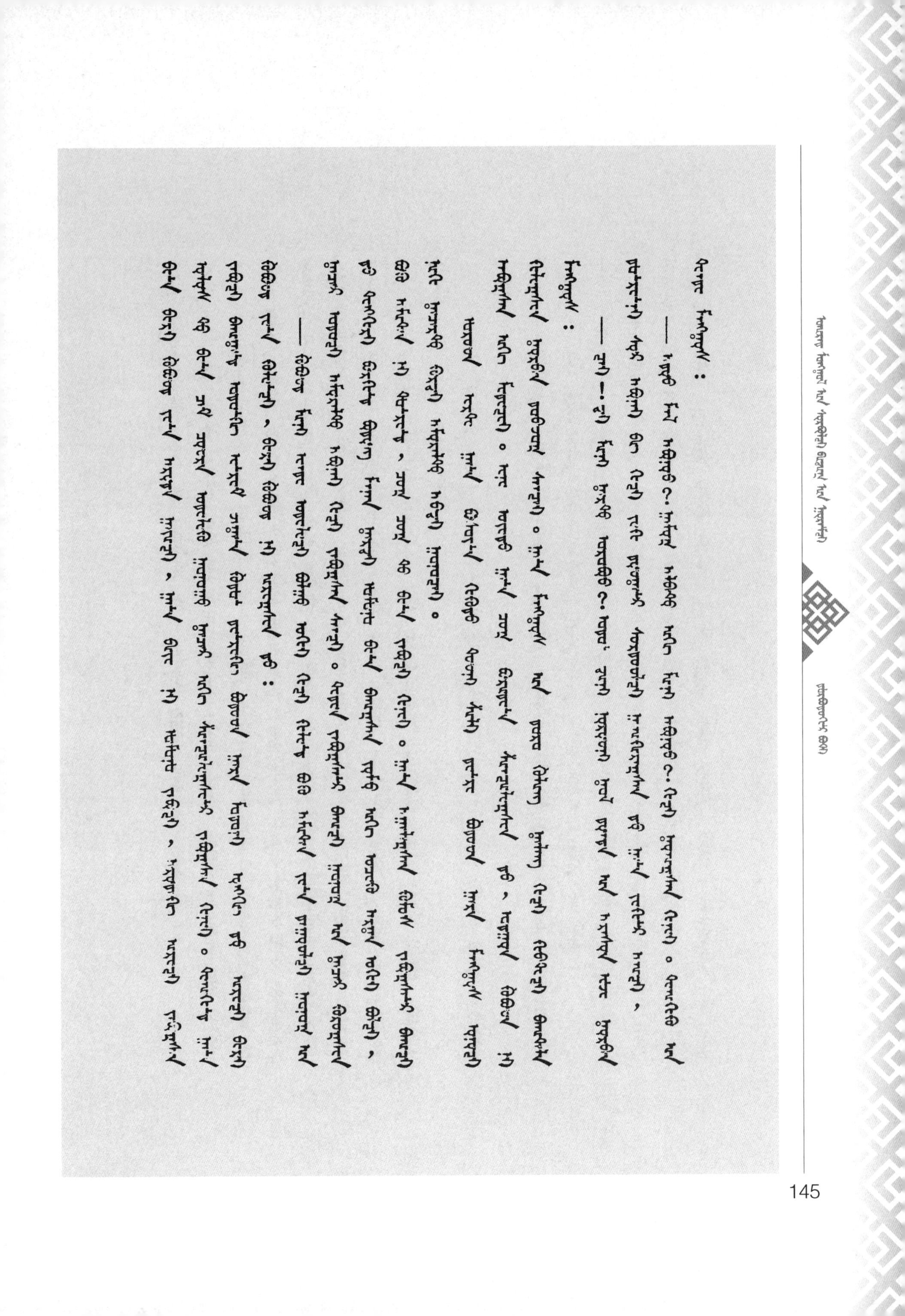

[illegible] ᠬᠠᠷᠢᠭᠤᠯᠪᠠ :

— [illegible]

[illegible]

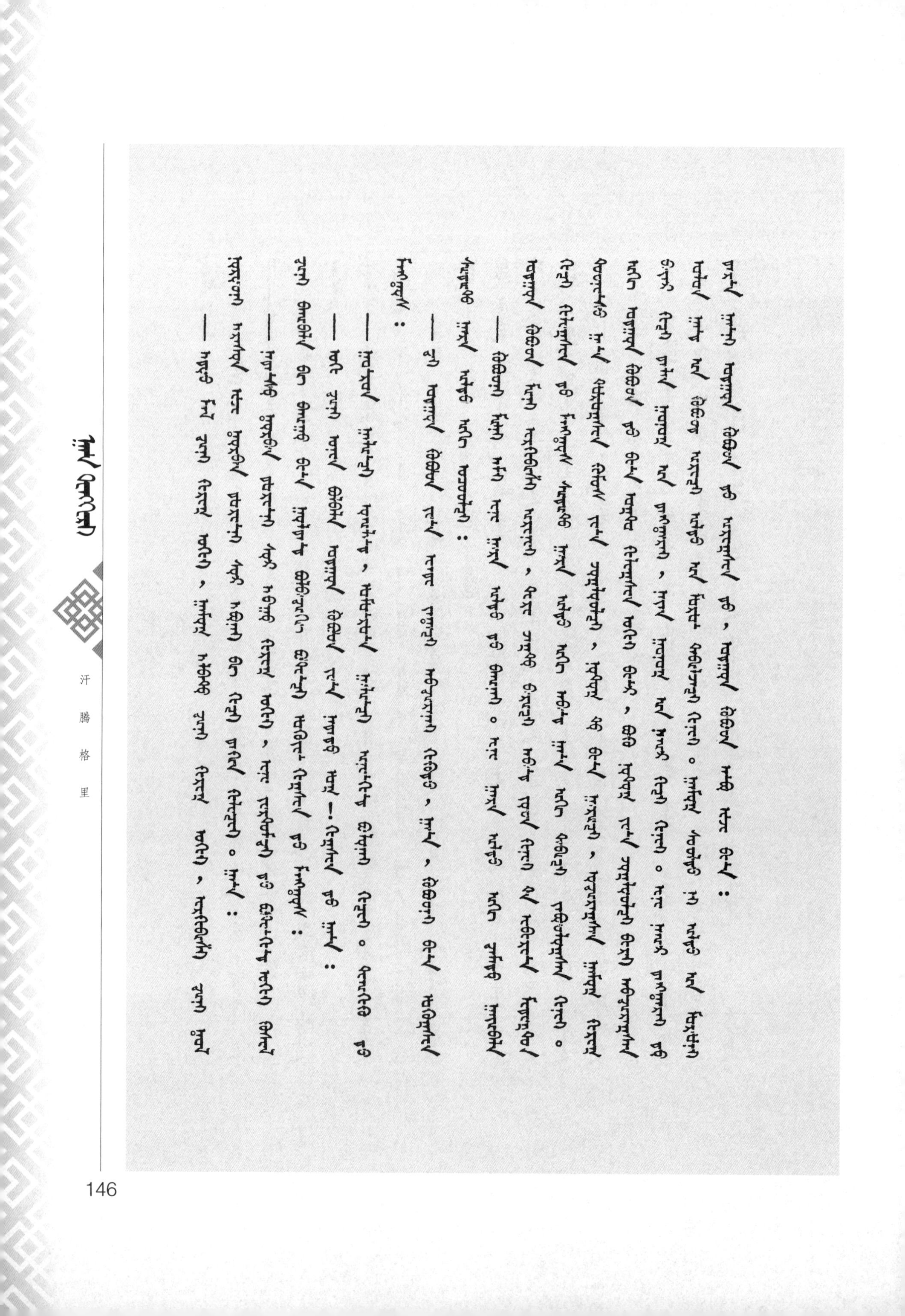

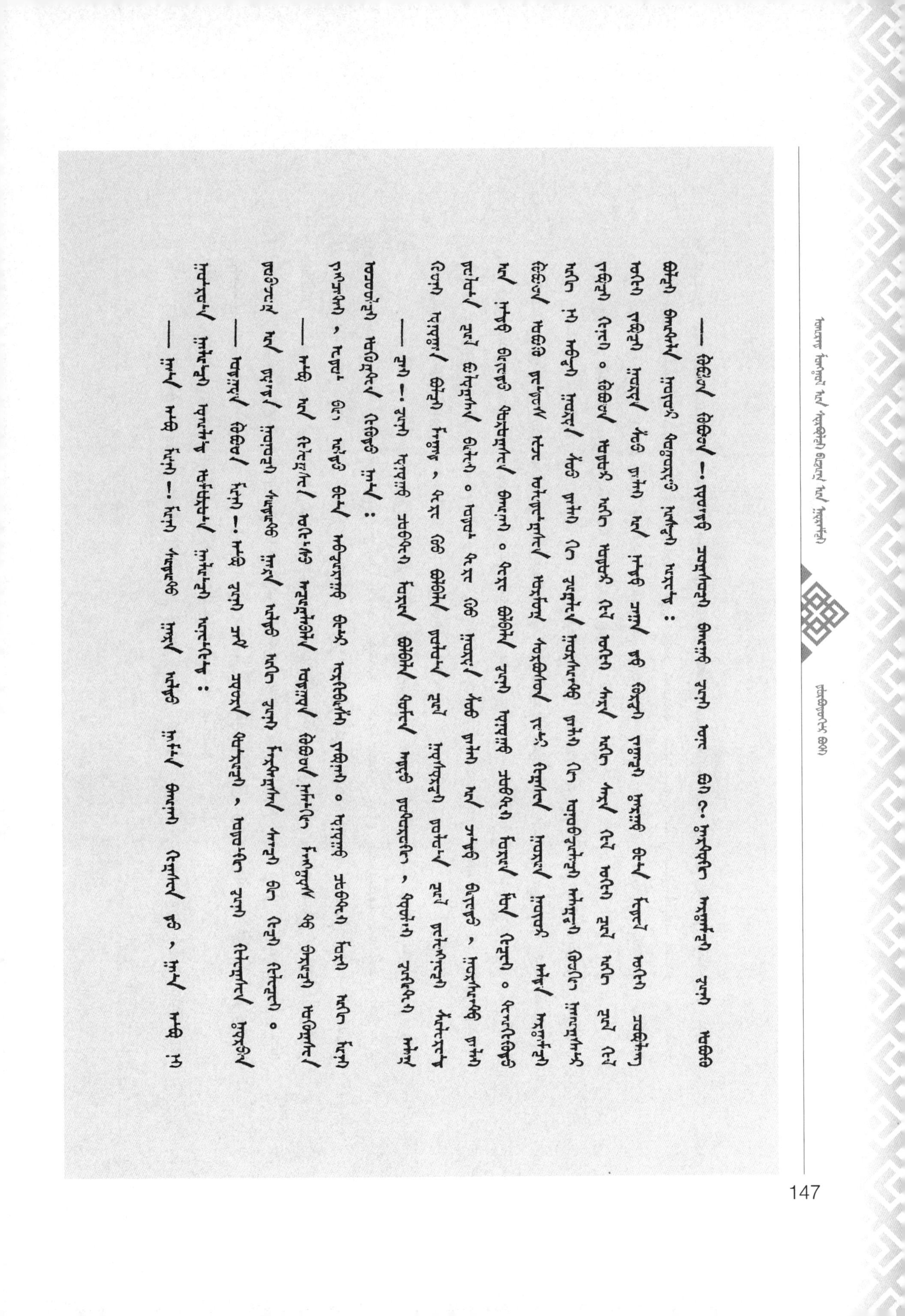

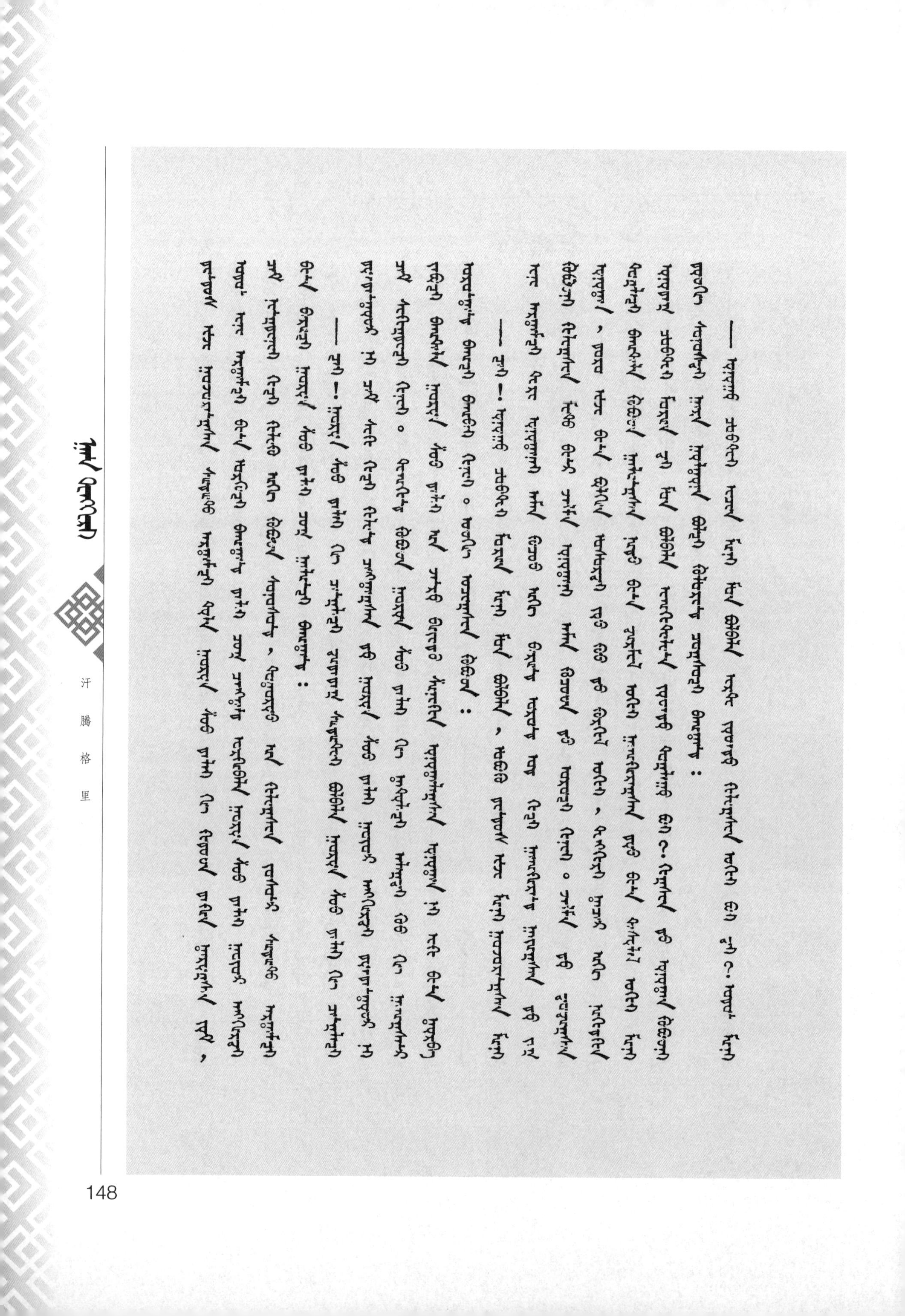

[illegible]

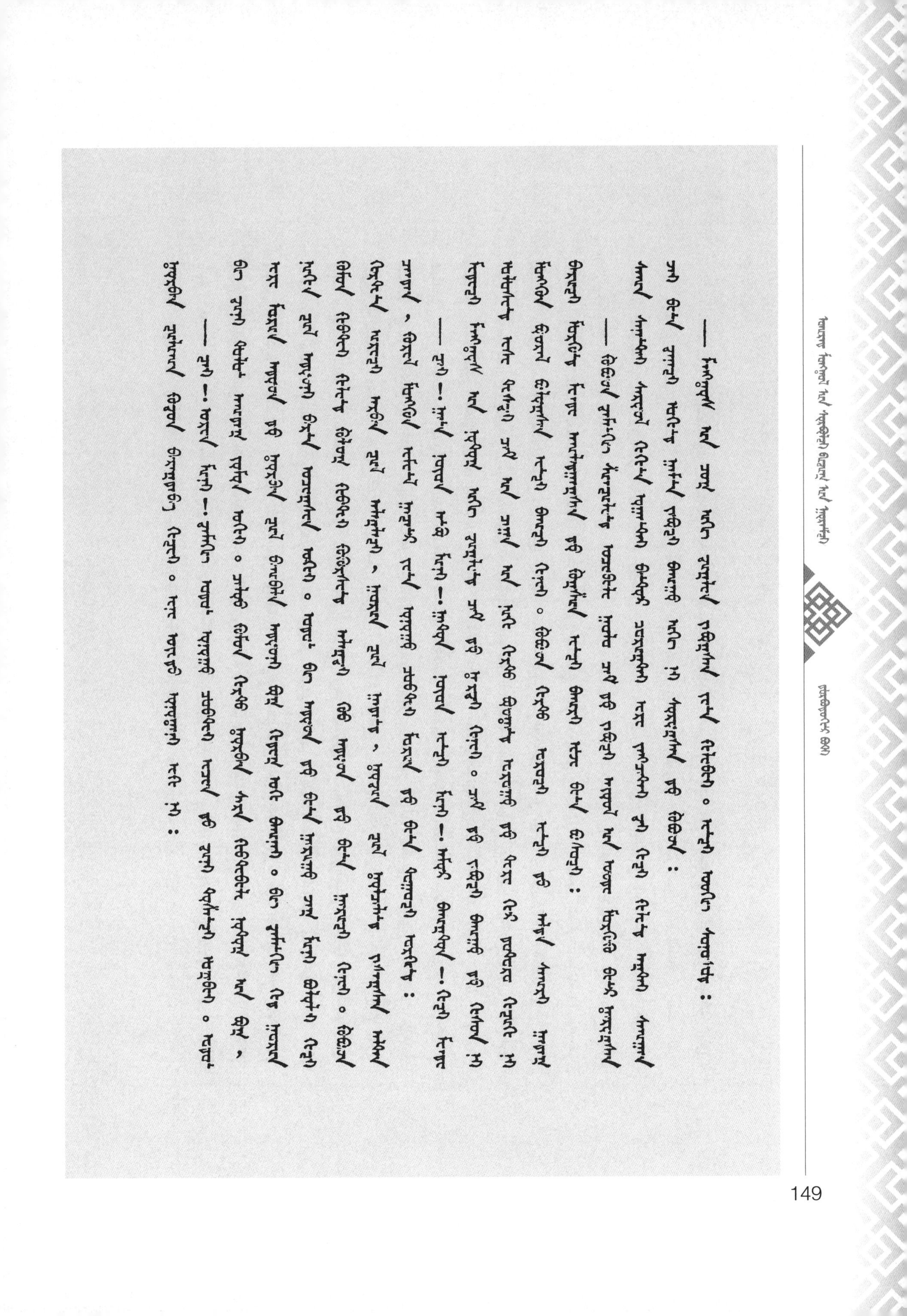

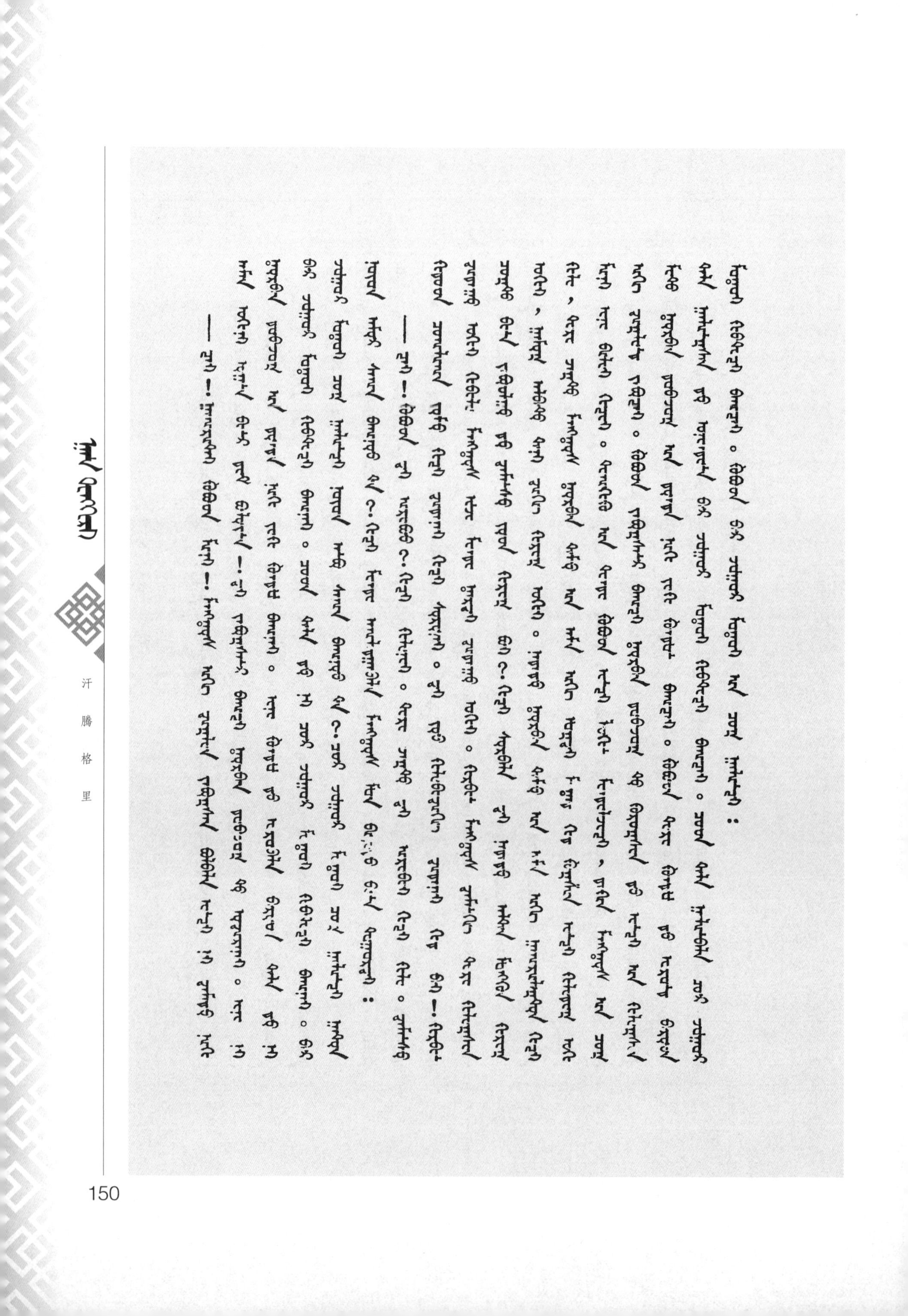

[illegible]

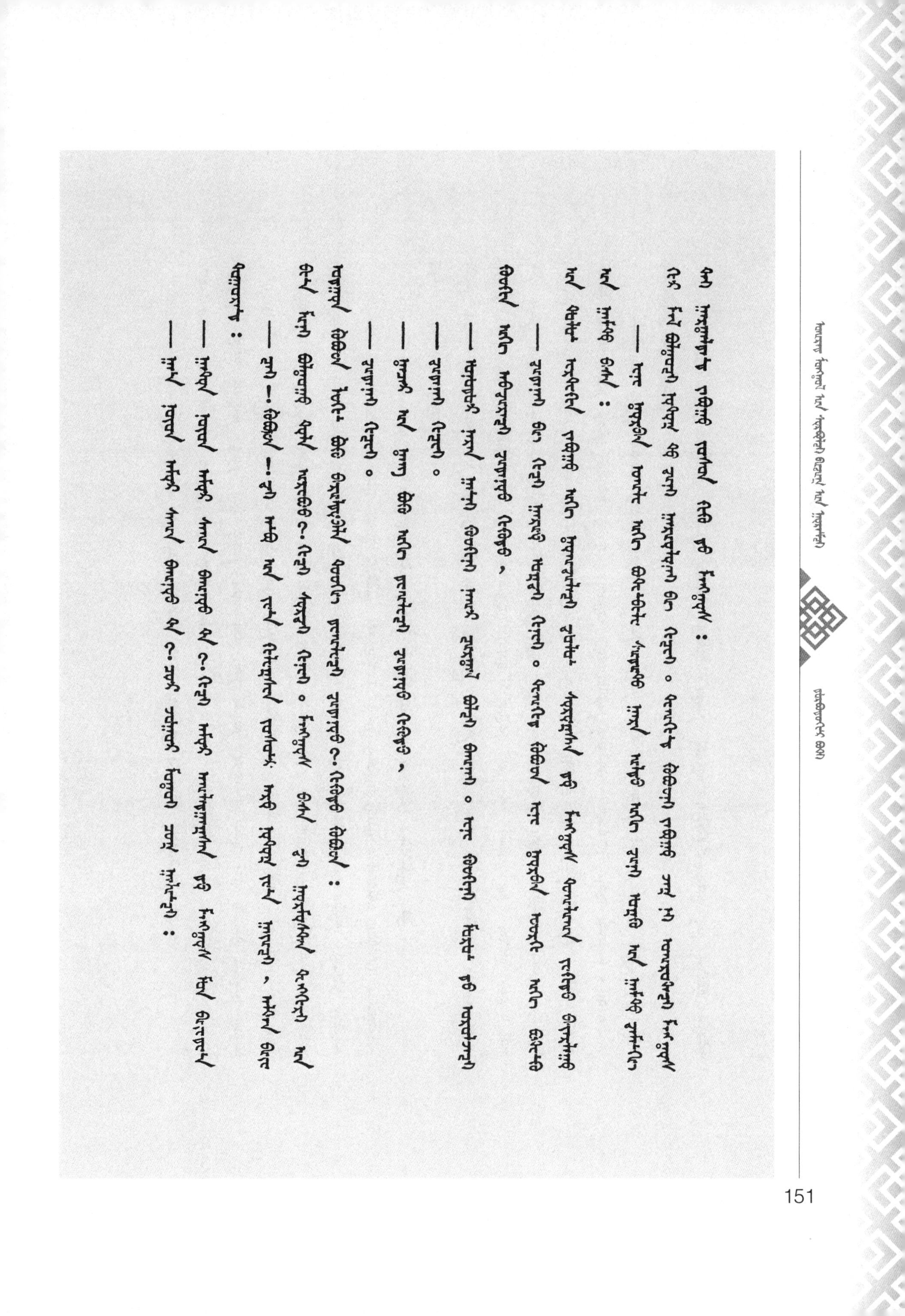

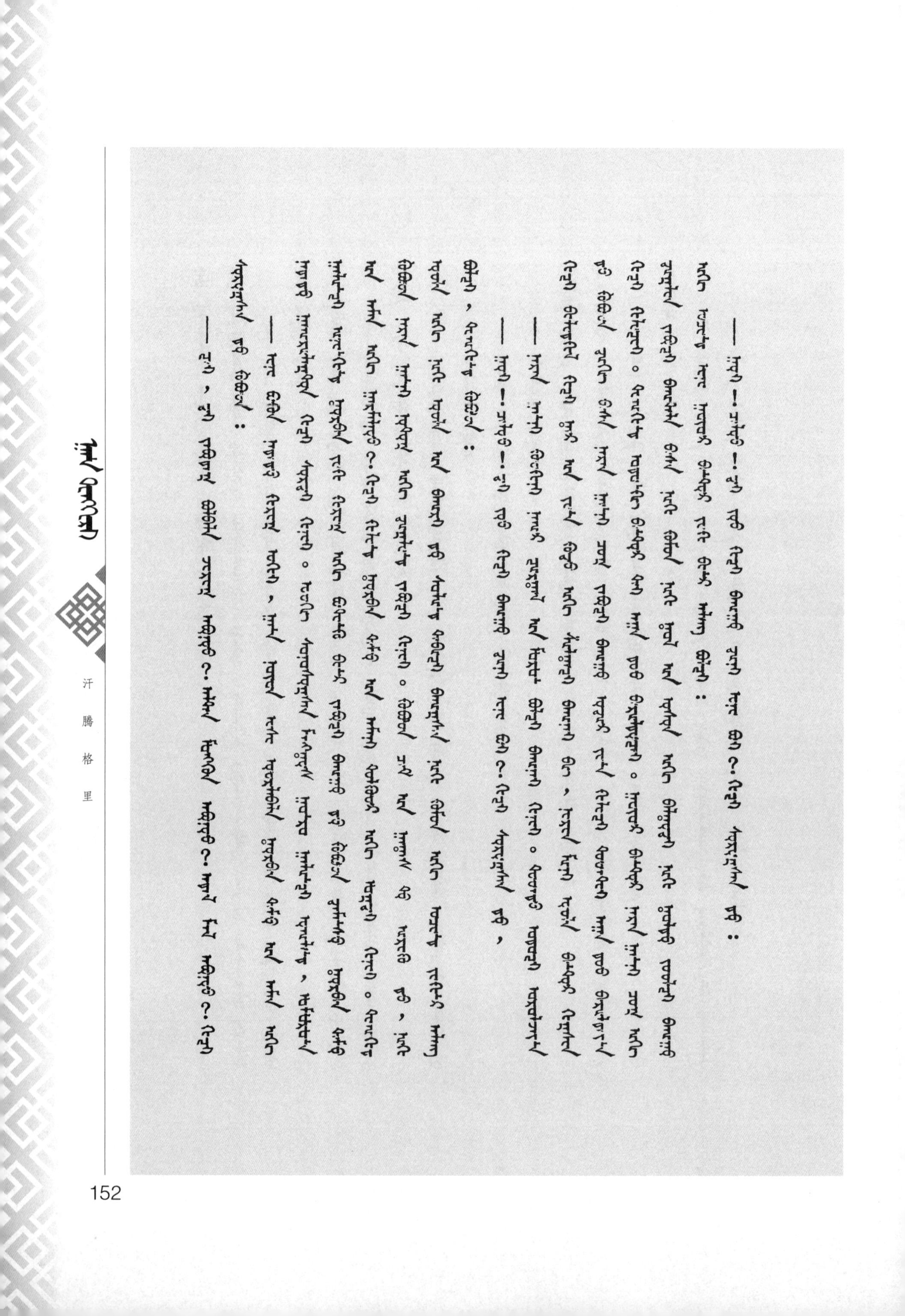

[illegible]

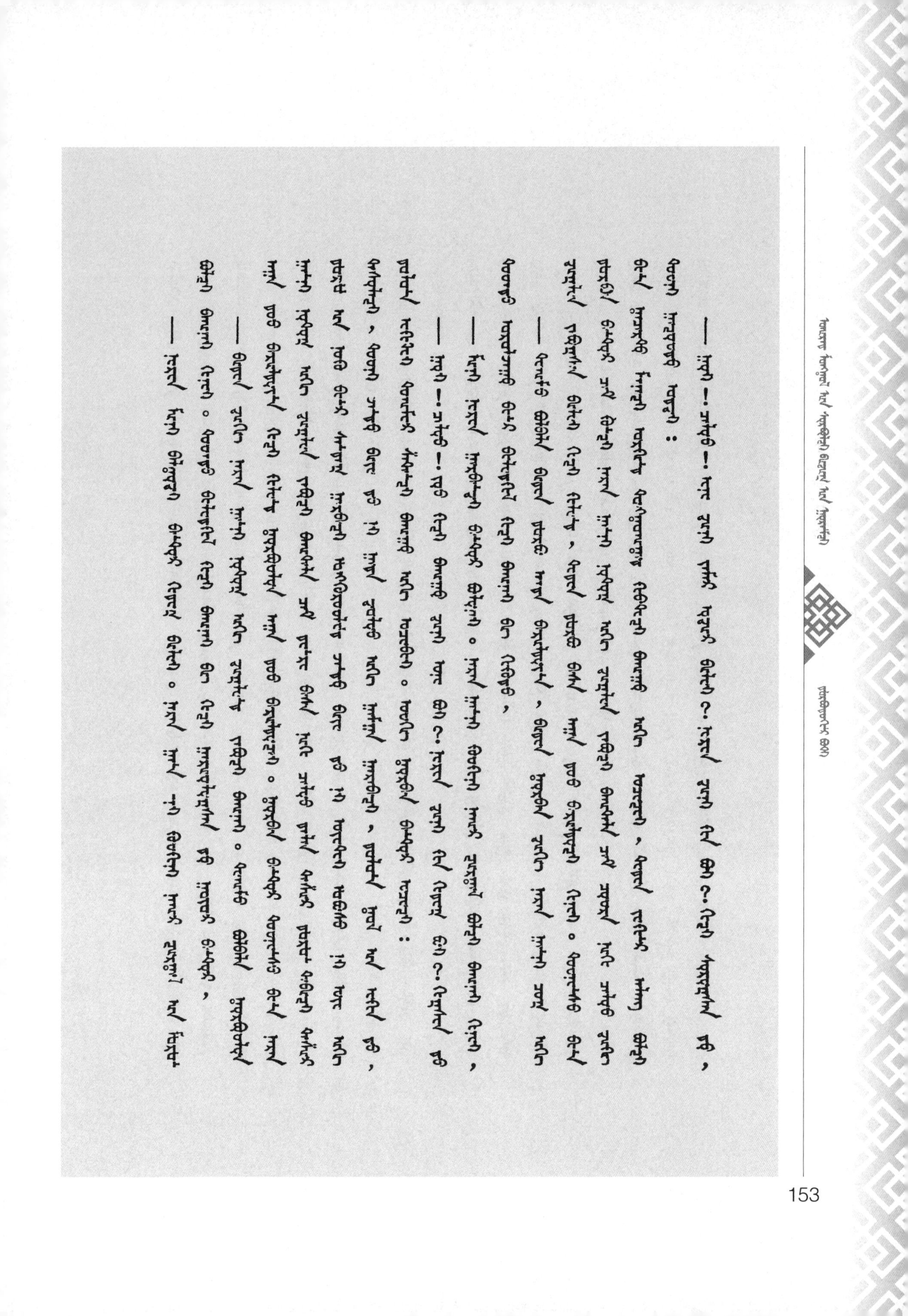

[illegible]

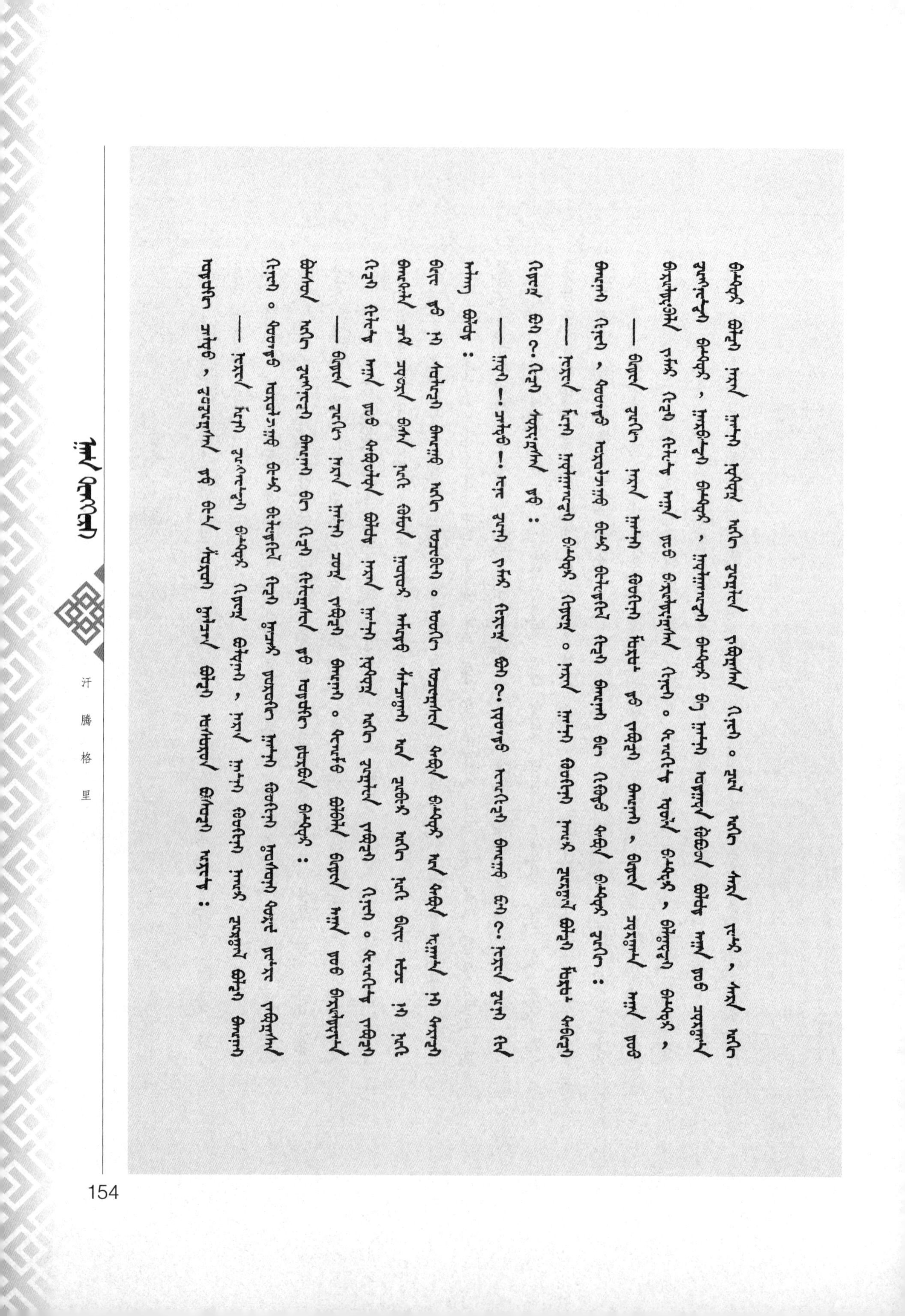

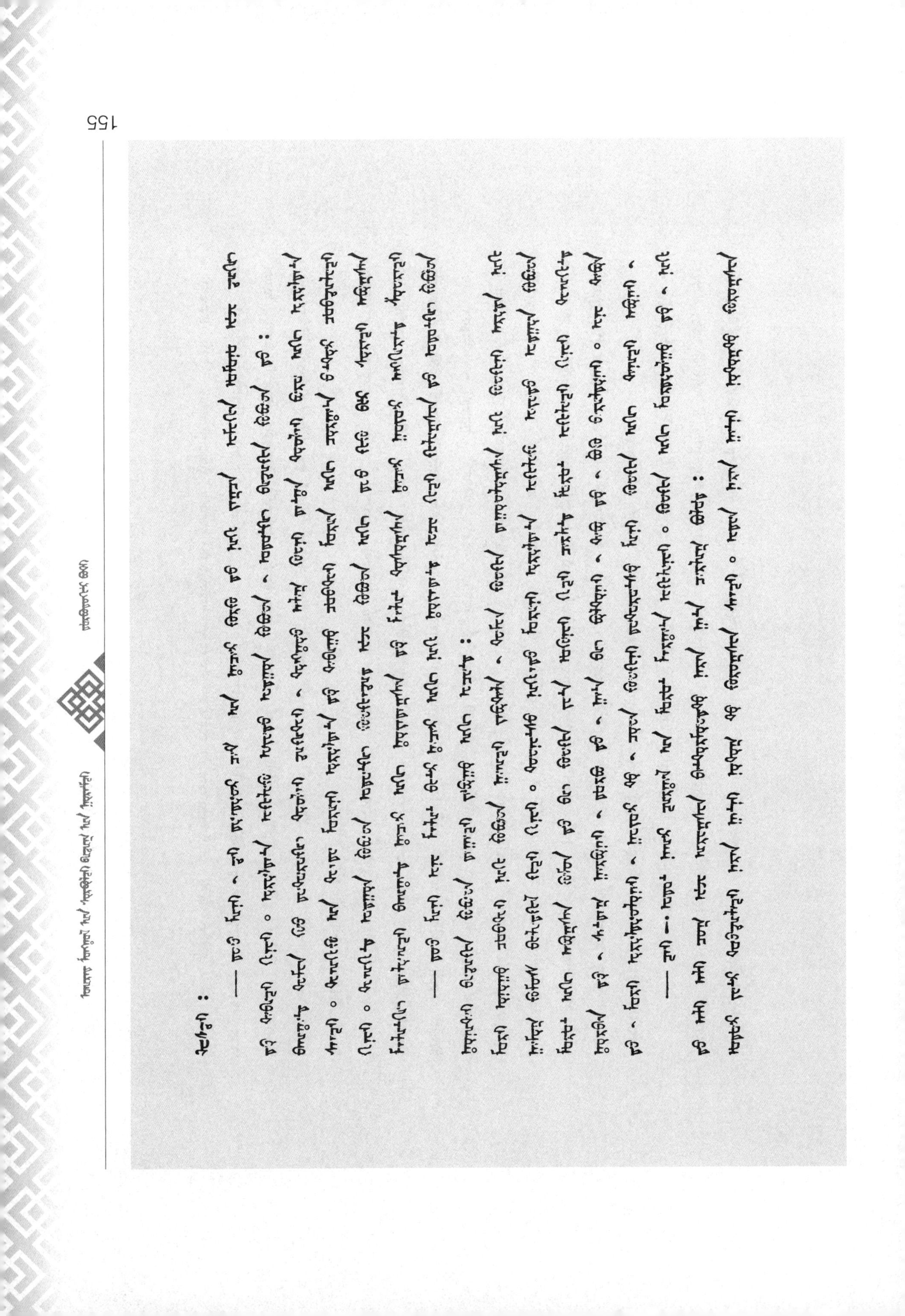

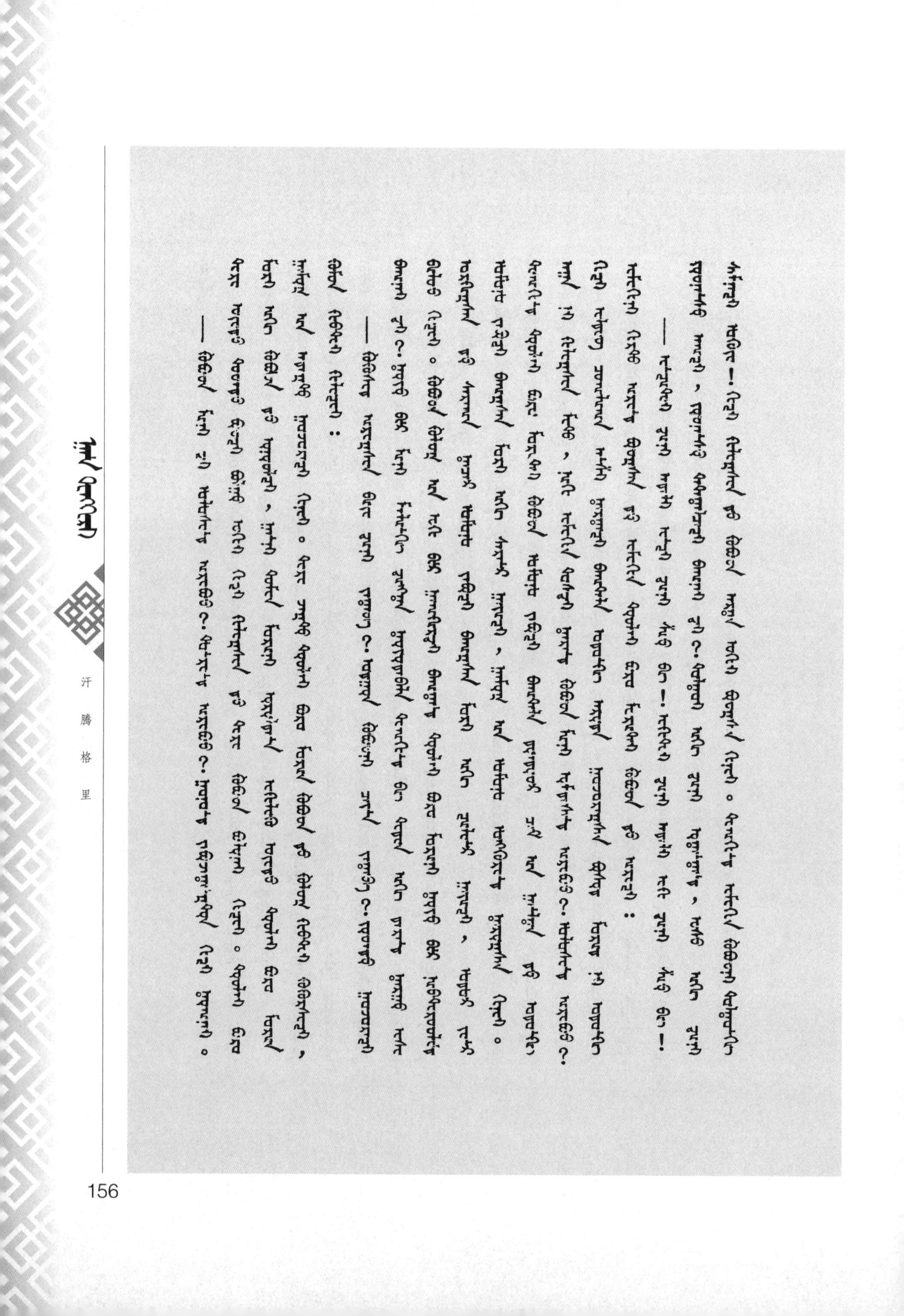

[illegible]

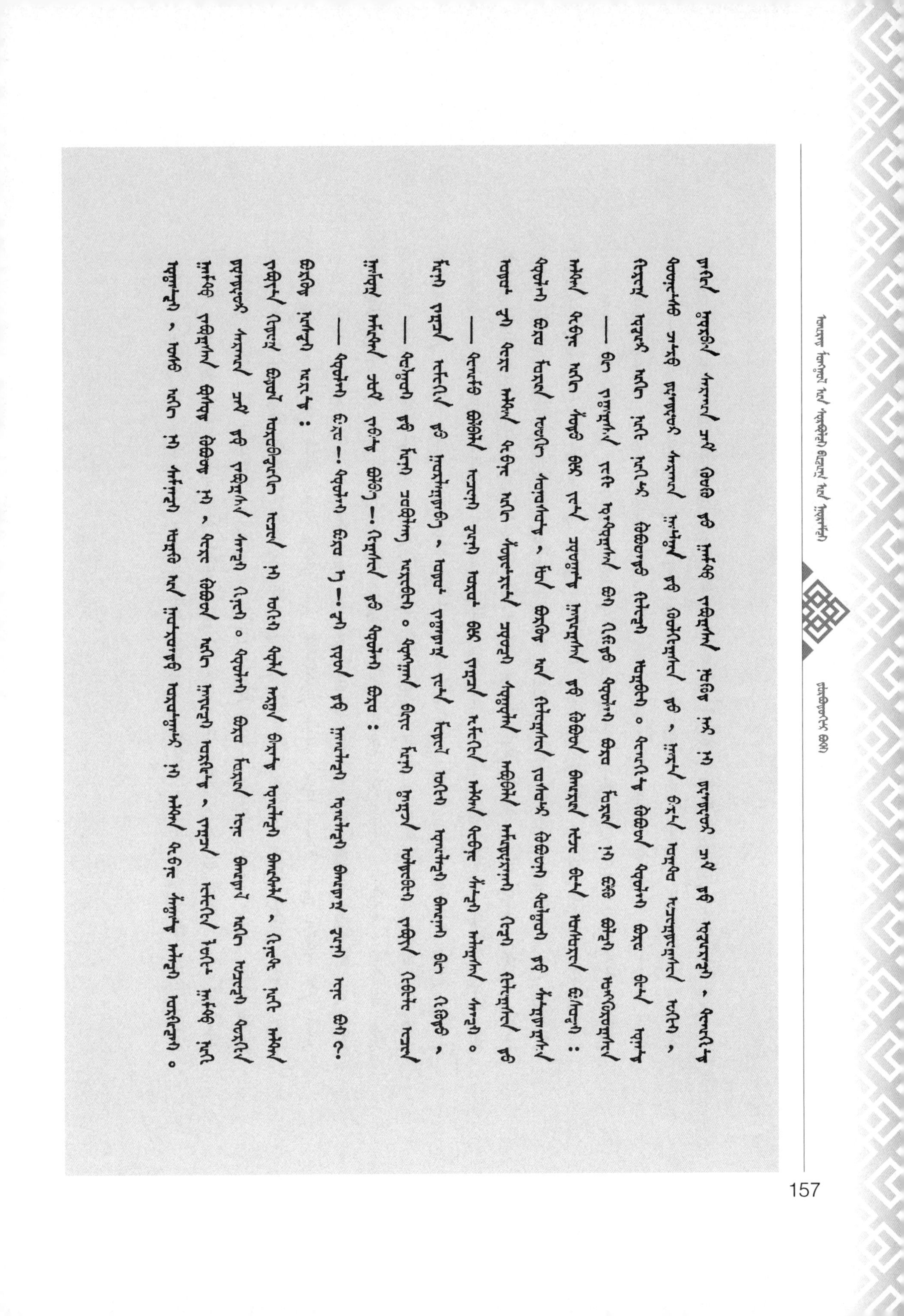

[illegible]

— [illegible]

— [illegible]

— [illegible]

— [illegible]

[illegible]

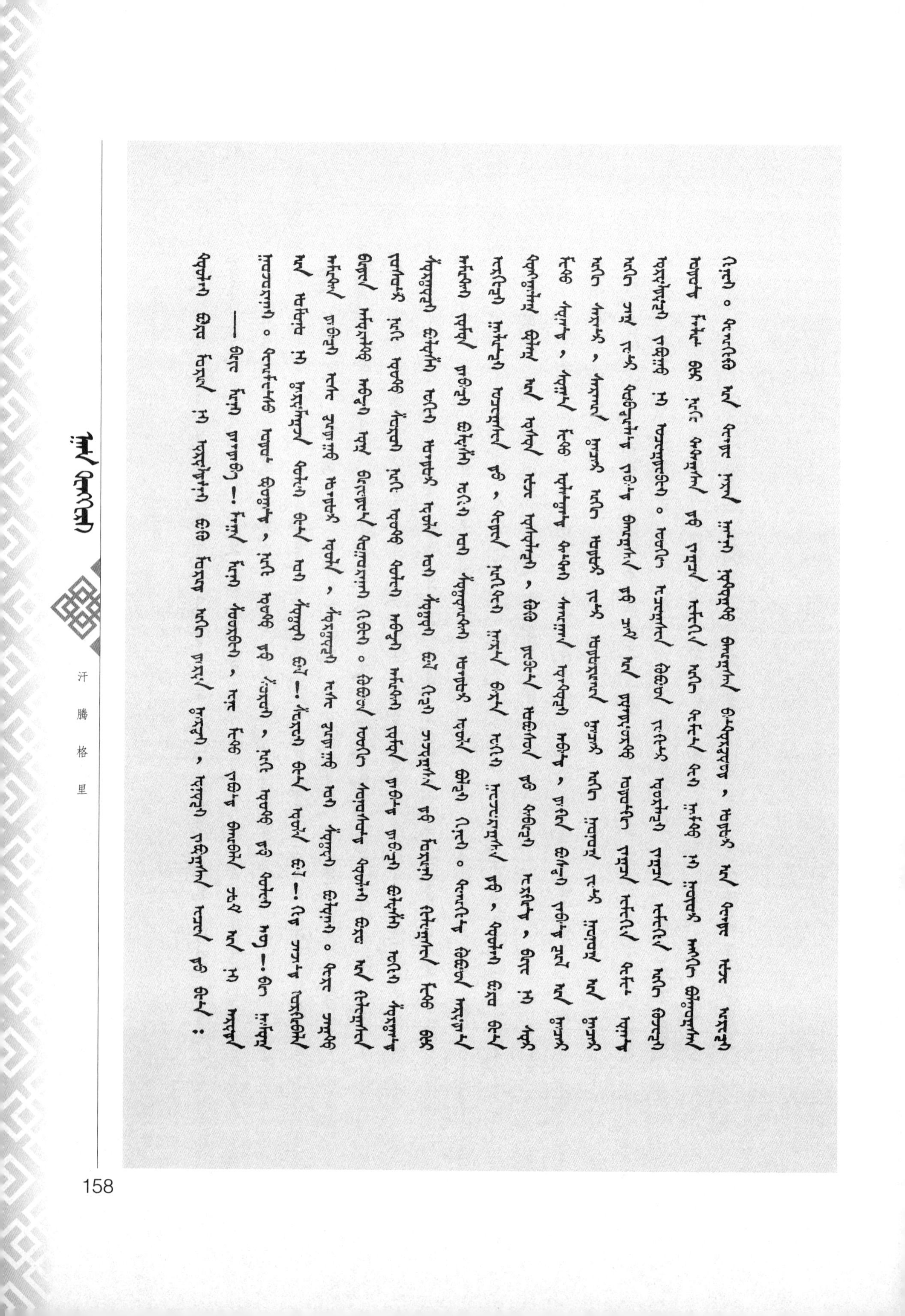

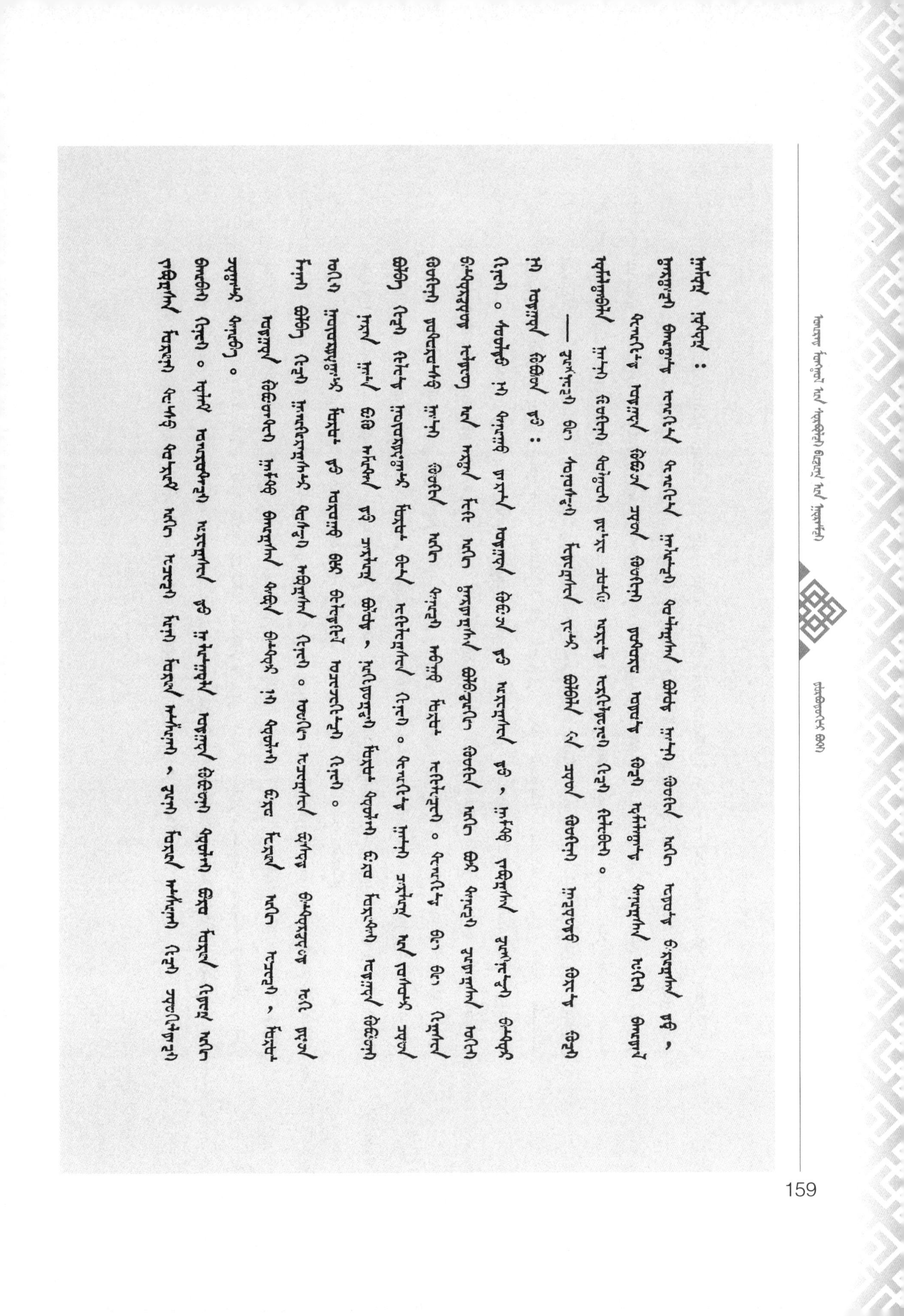

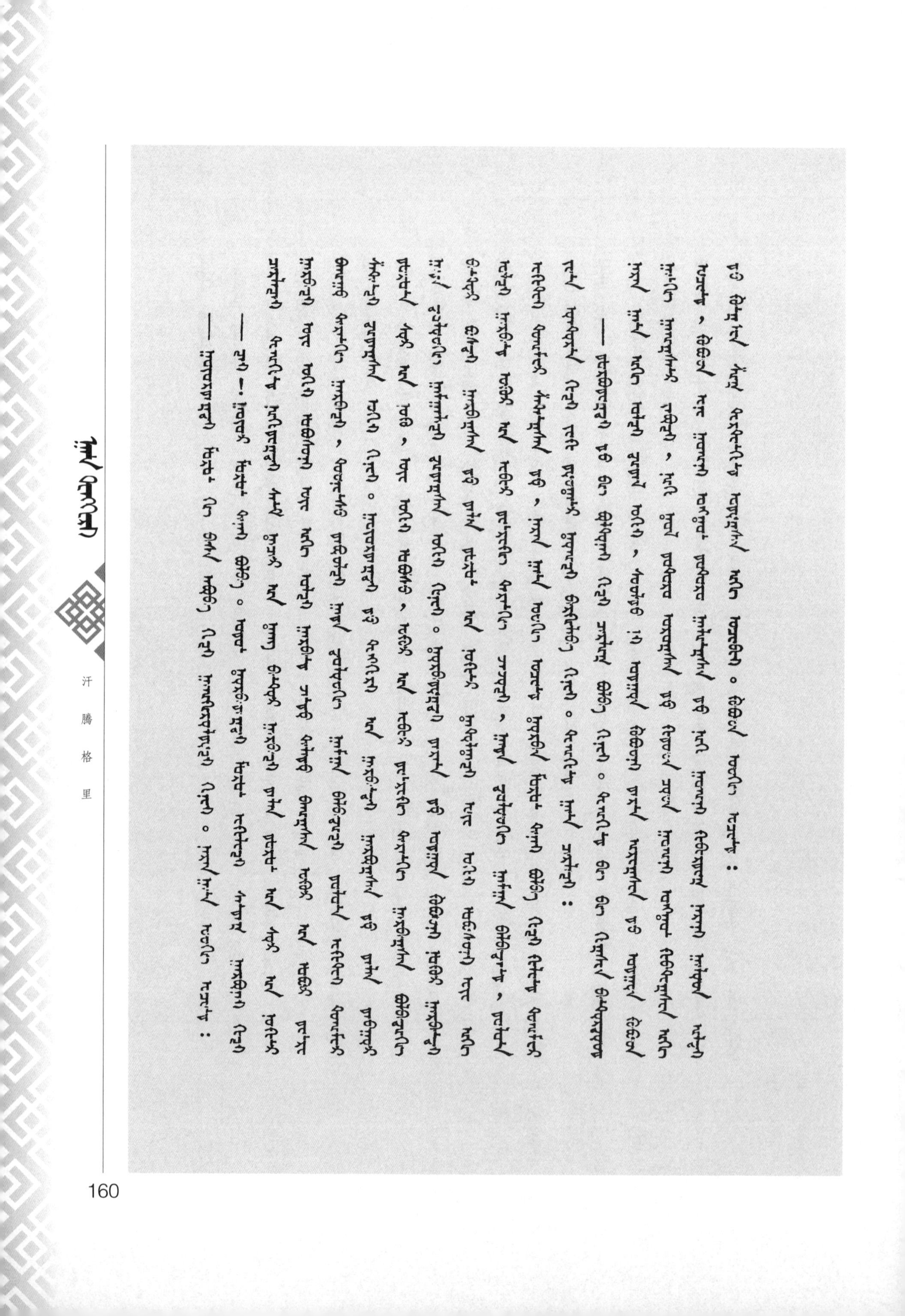

[illegible]

—— ᠲᠡᠷ ᠴᠢ ᠲᠡᠭᠦᠨ ᠪᠠᠢᠨ᠎ᠠ ᠃ ᠲᠡᠷ ᠴᠢ ᠲᠡᠭᠦᠨ ᠪᠠᠢᠨ᠎ᠠ —᠂ ᠭᠡᠵᠦ ᠪᠣᠯᠤᠨ ᠬᠡᠯᠡᠪᠡ ᠦᠭᠡ ᠶᠠᠭ ᠬᠡᠯᠡᠭᠰᠡᠨ

ᠲᠡᠷ ᠂ ᠬᠡᠯᠡᠭᠰᠡᠨ ᠦᠭᠡ ᠨᠢ ᠶᠠᠭ ᠰᠠᠶᠢᠨ ᠪᠣᠯᠤᠨ᠎ᠠ ᠃

—— ᠶᠠᠭ ᠲᠡᠭᠦᠨ ᠢ ᠬᠡᠯᠡᠬᠦ ᠳᠤ ᠪᠣᠯᠪᠠᠰᠤ ᠂ ᠪᠠᠰᠠ ᠶᠠᠭ ᠰᠠᠶᠢᠨ ᠪᠣᠯᠤᠨ᠎ᠠ ᠃

—— ᠲᠡᠷ ᠂ ᠬᠡᠯᠡᠭᠰᠡᠨ ᠦᠭᠡ ᠪᠣᠯᠪᠠᠰᠤ ᠂ ᠪᠠᠰᠠ ᠶᠠᠭ ᠰᠠᠶᠢᠨ ᠪᠣᠯᠤᠨ᠎ᠠ ᠄

—— ᠲᠡᠷ ᠂ ᠬᠡᠯᠡᠭᠰᠡᠨ ᠦᠭᠡ ᠪᠣᠯᠪᠠᠰᠤ ᠂ ᠪᠠᠰᠠ ᠶᠠᠭ ᠰᠠᠶᠢᠨ ᠪᠣᠯᠤᠨ᠎ᠠ ᠄

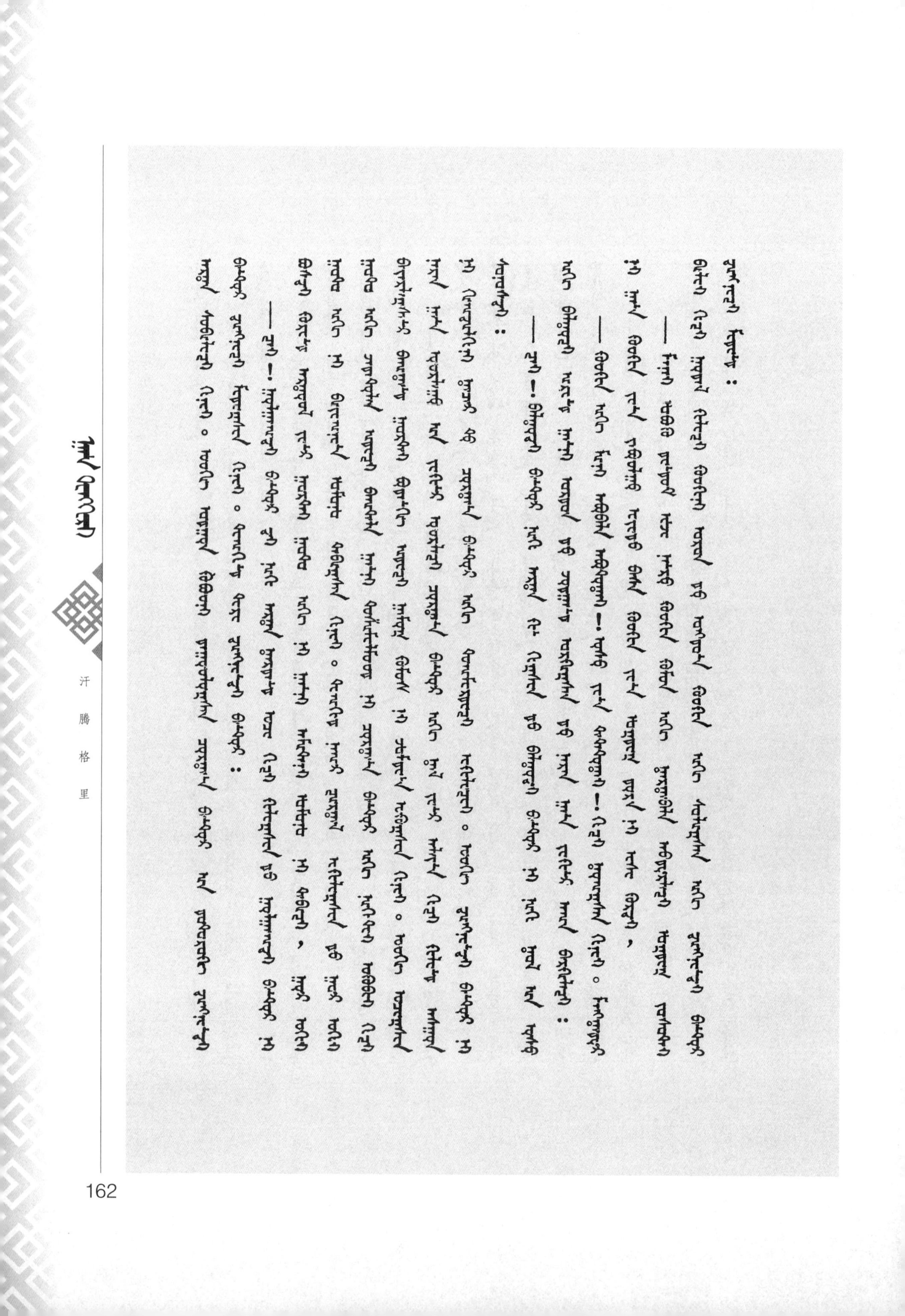

[illegible]

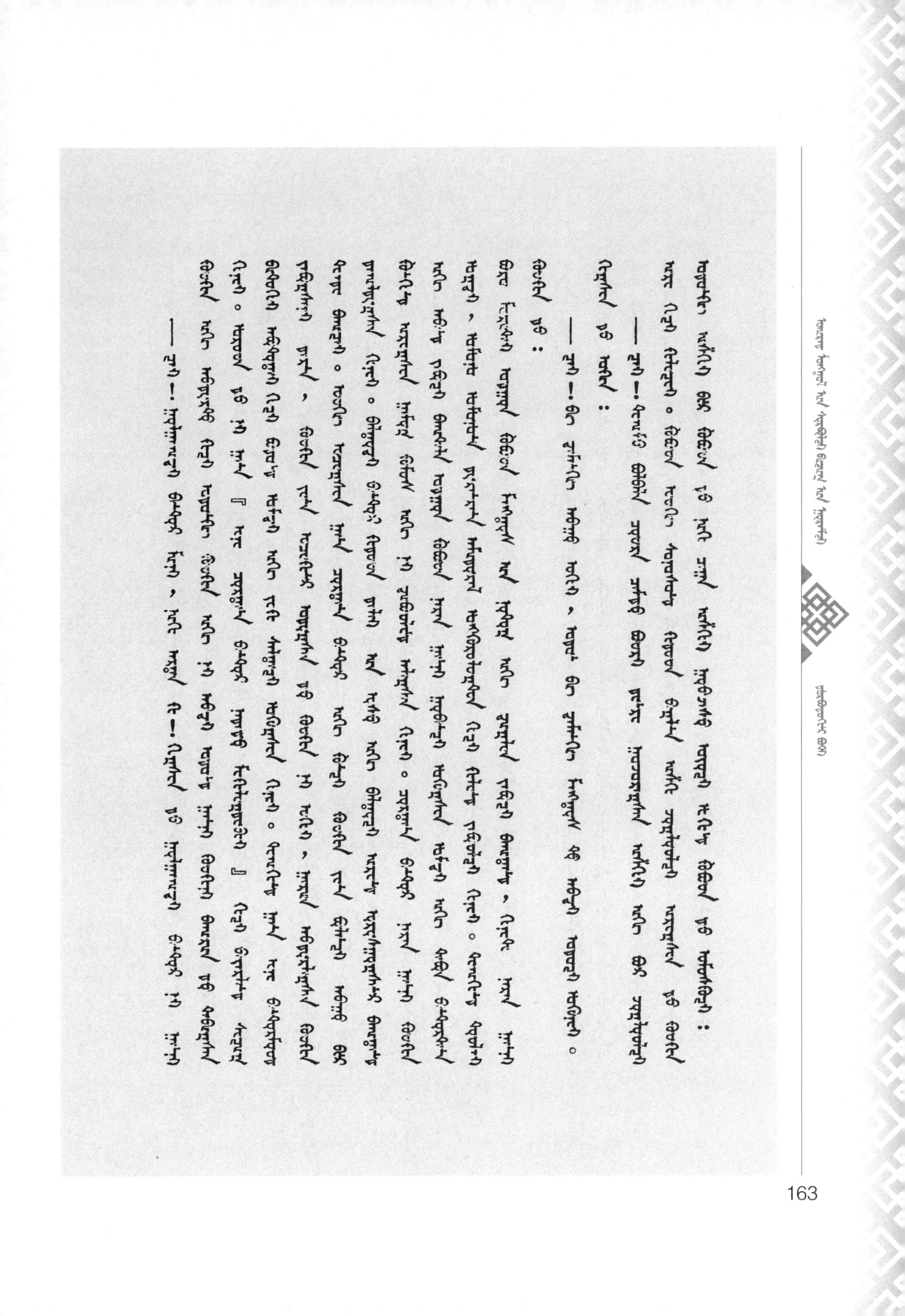

[illegible]

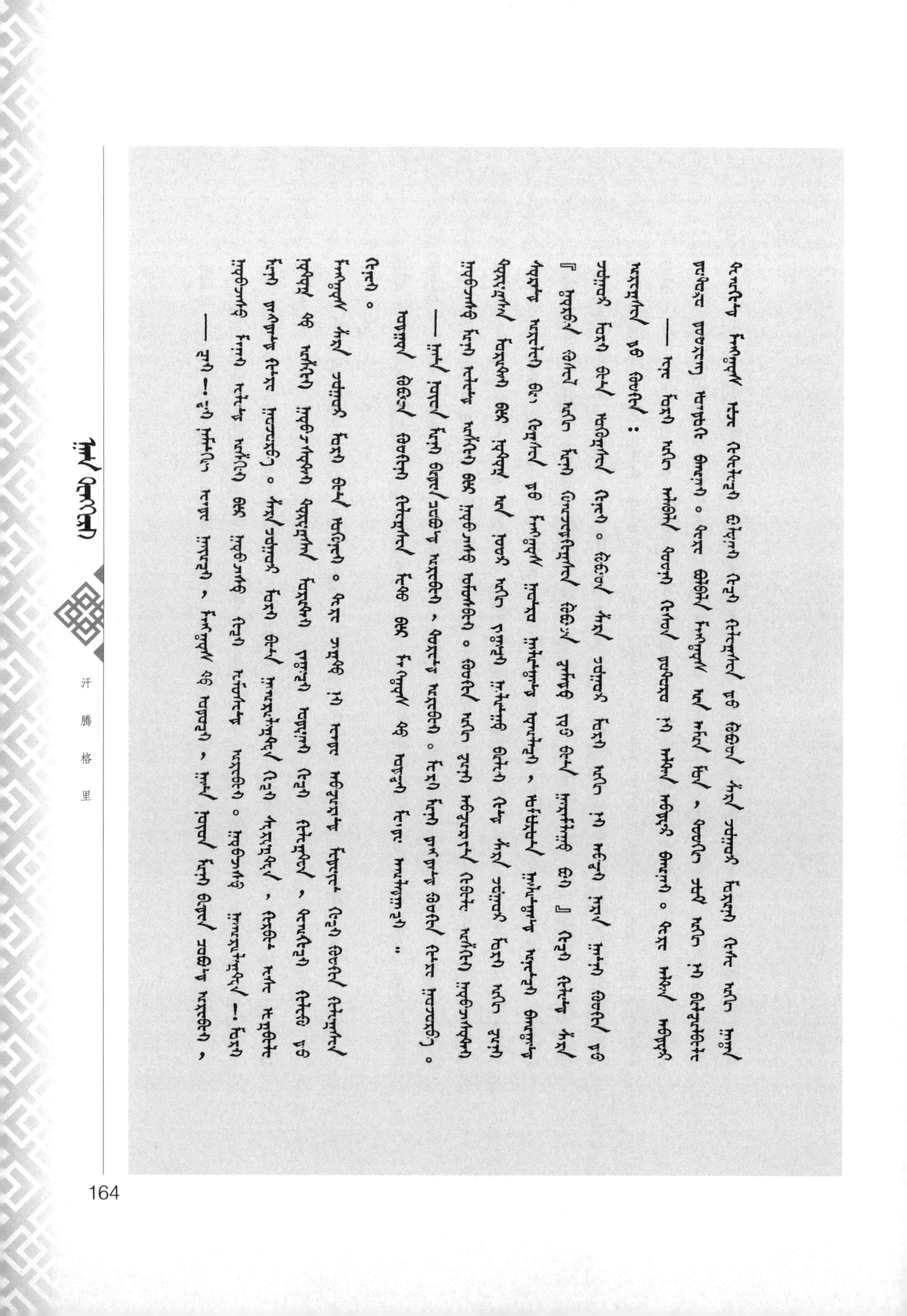

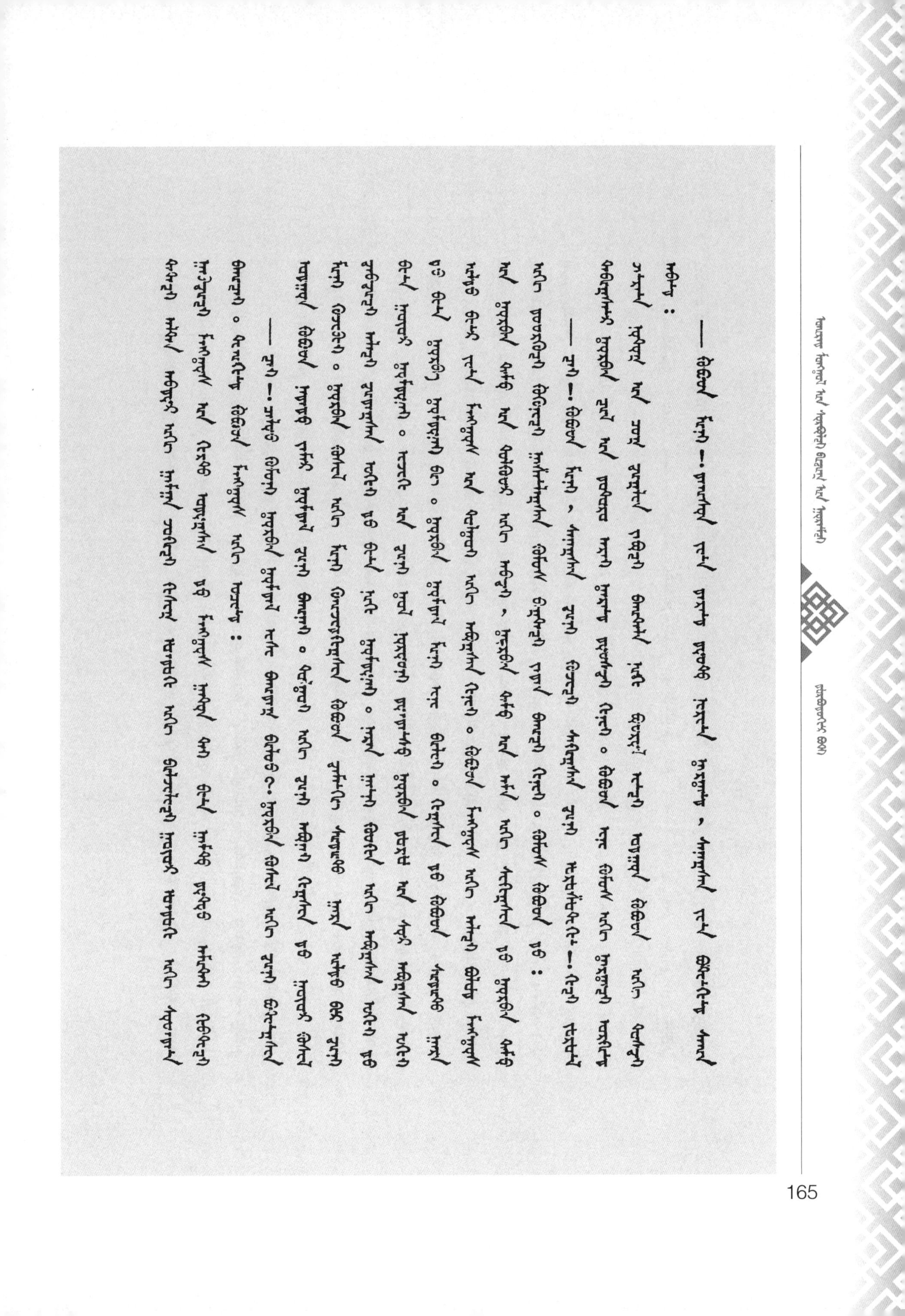

[illegible]

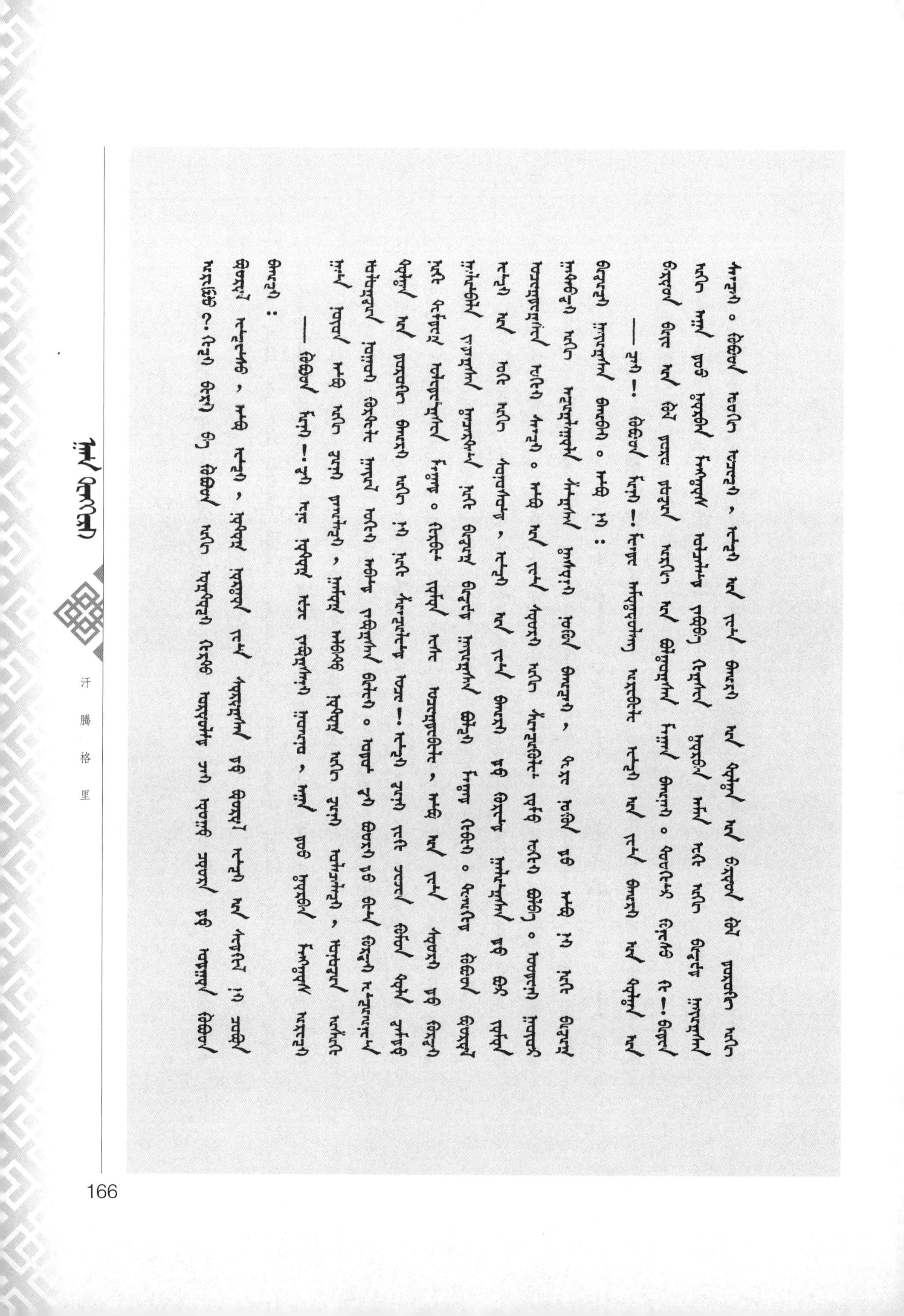

[illegible]

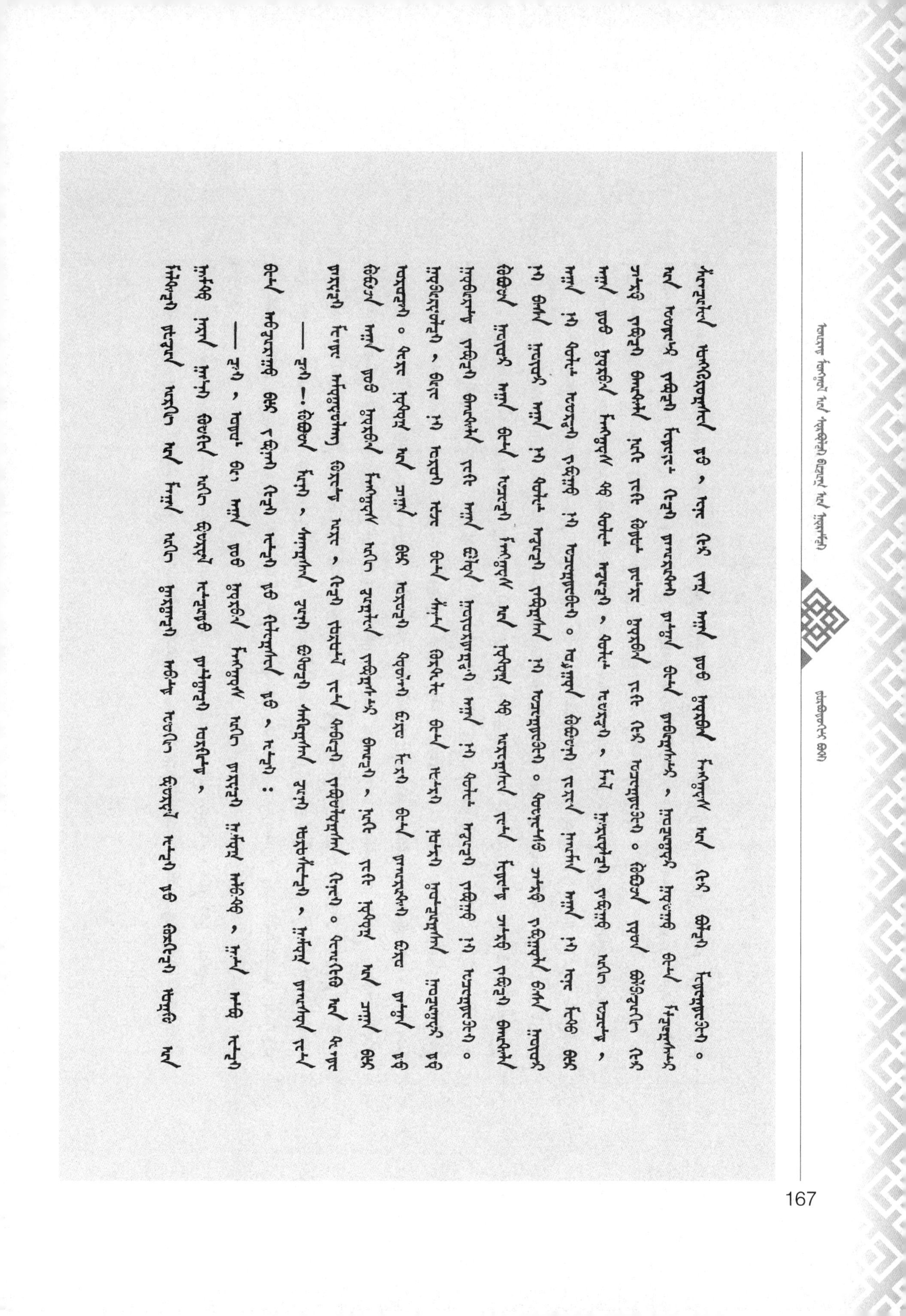

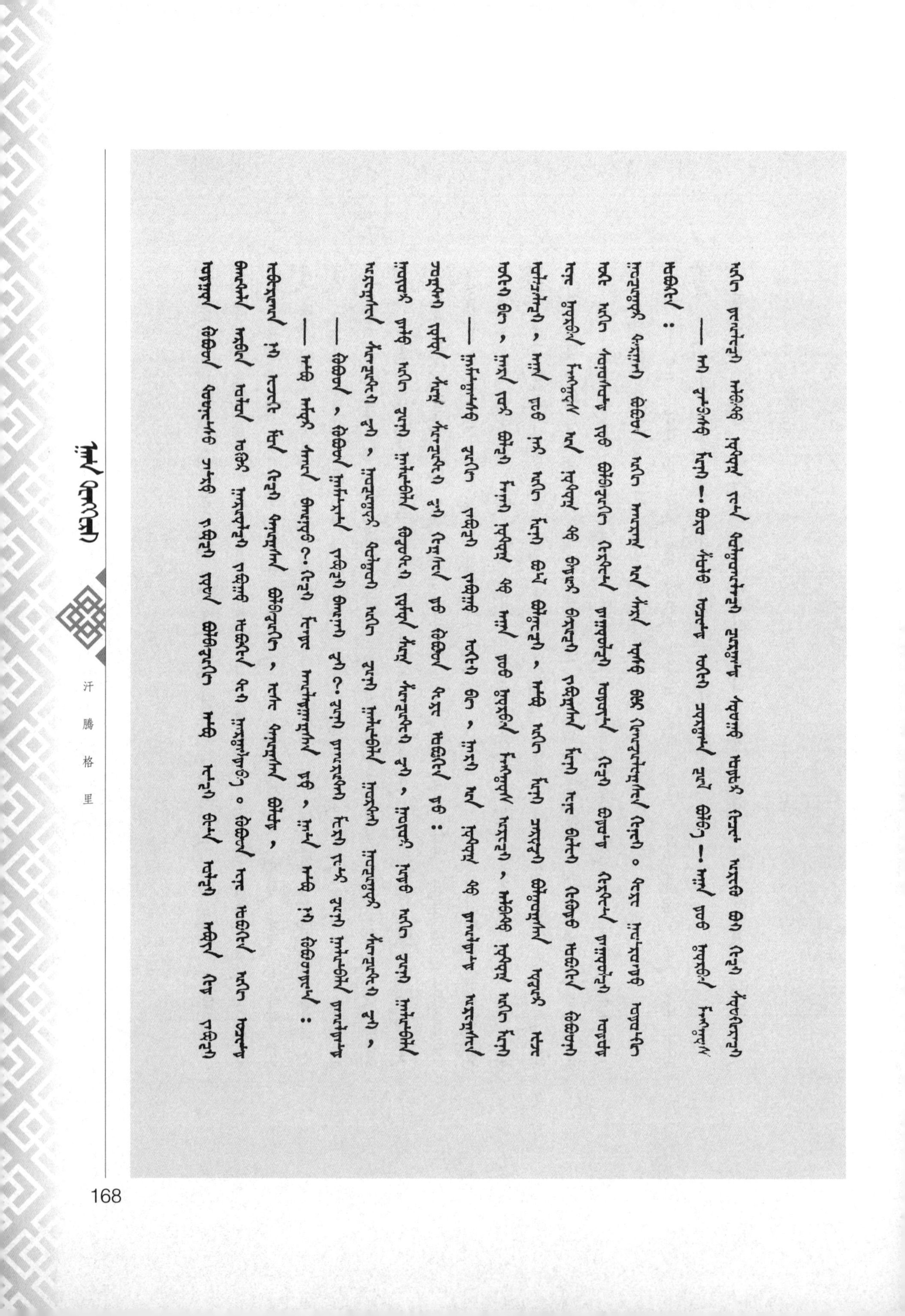

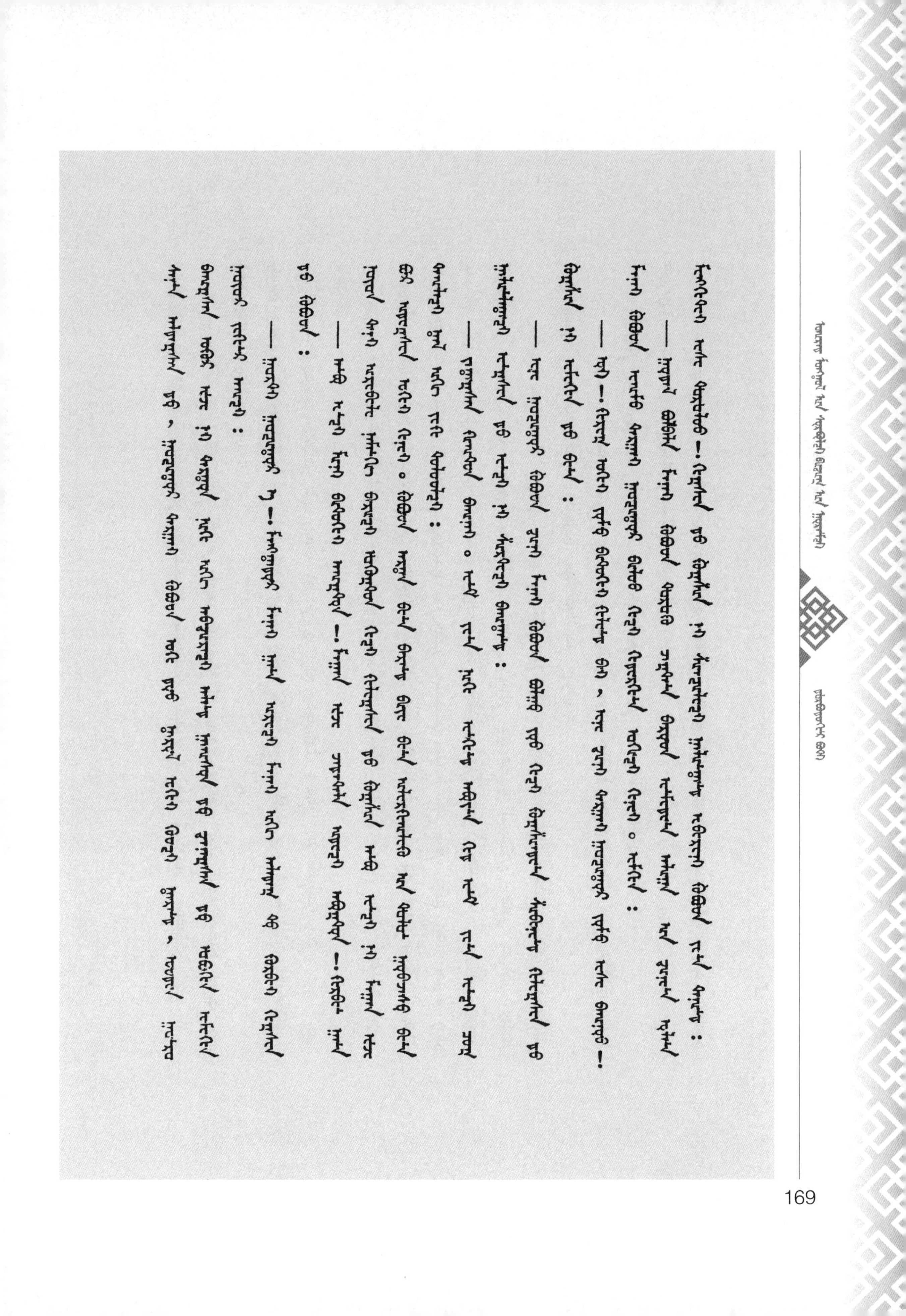

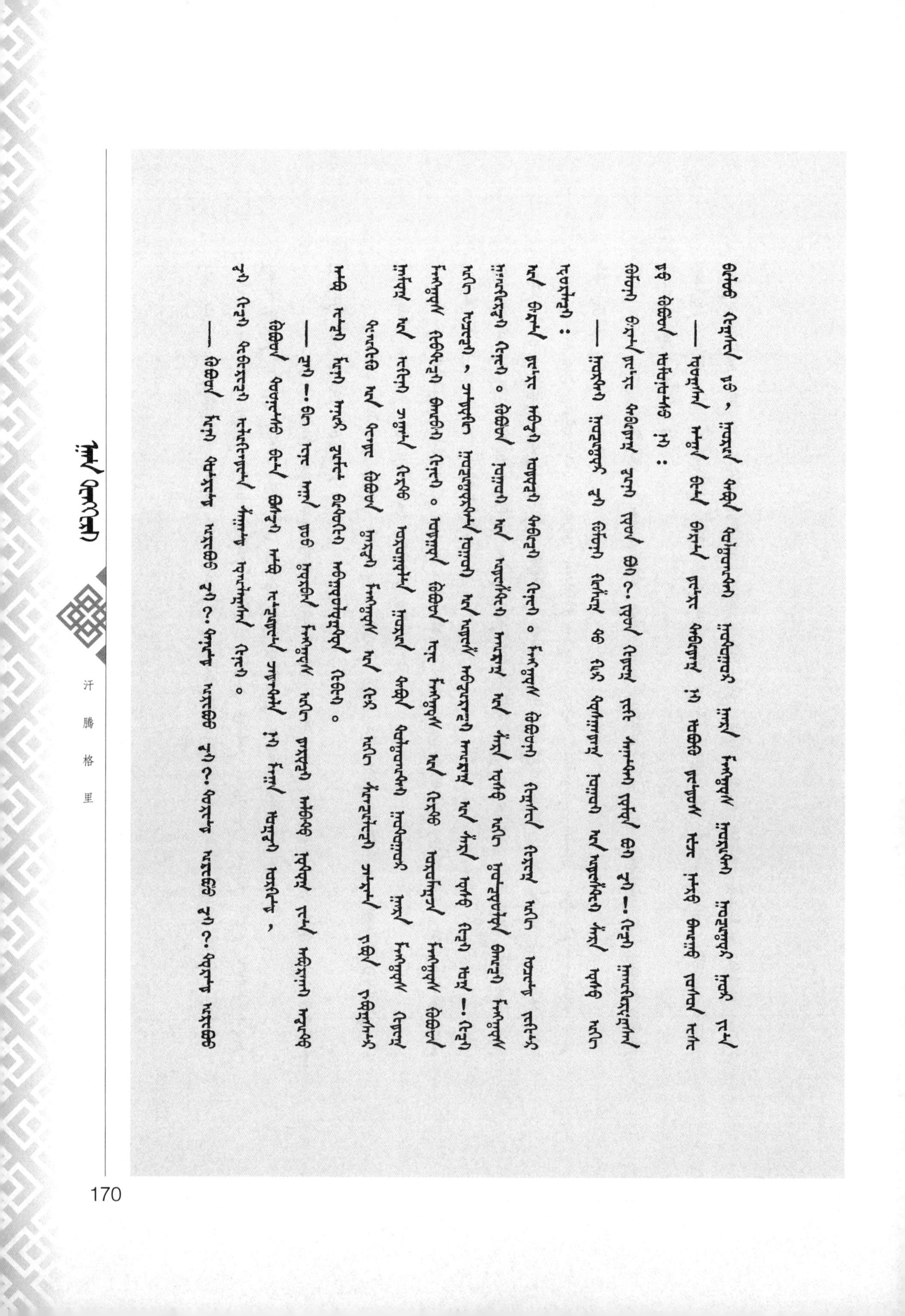

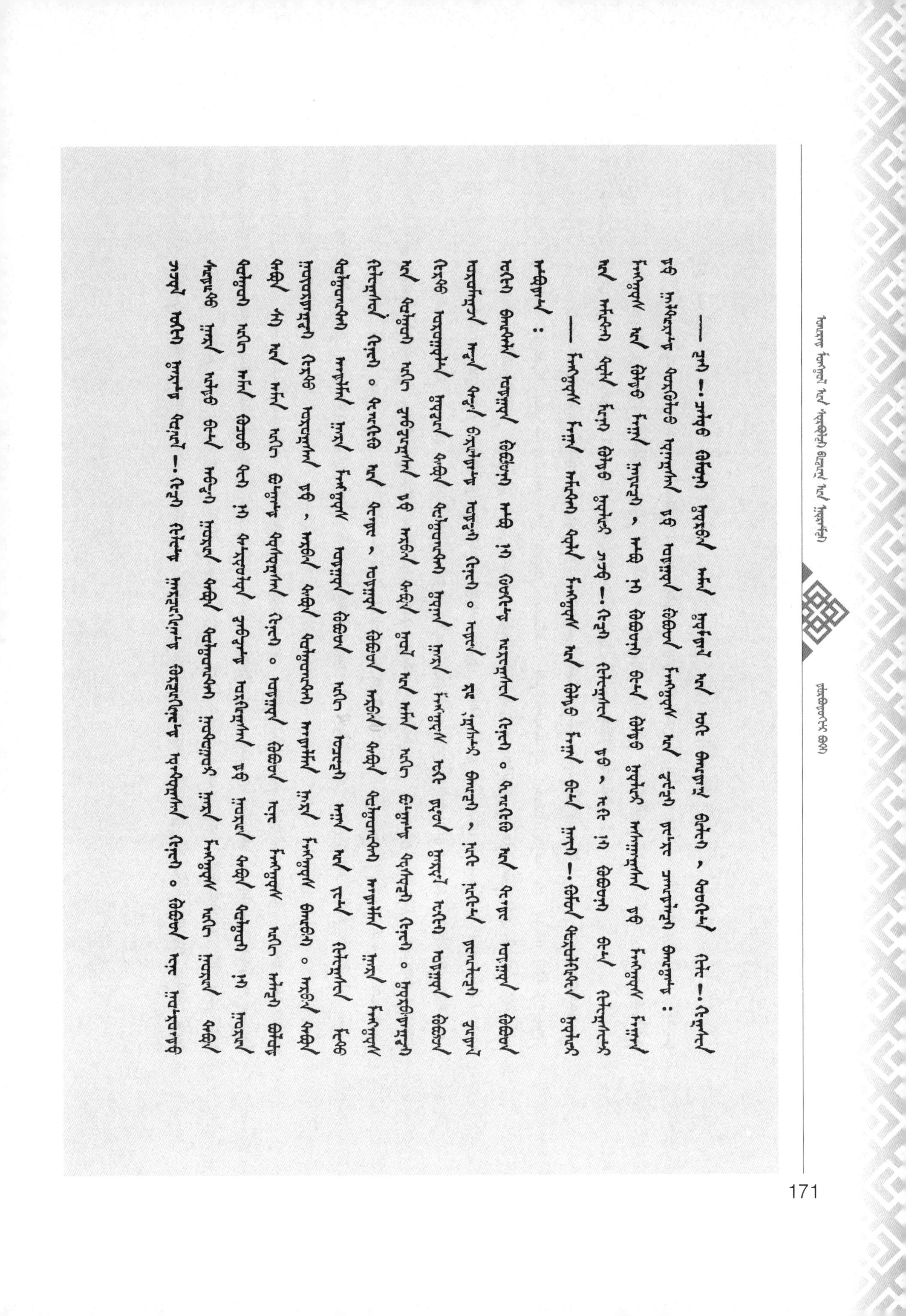

[illegible]

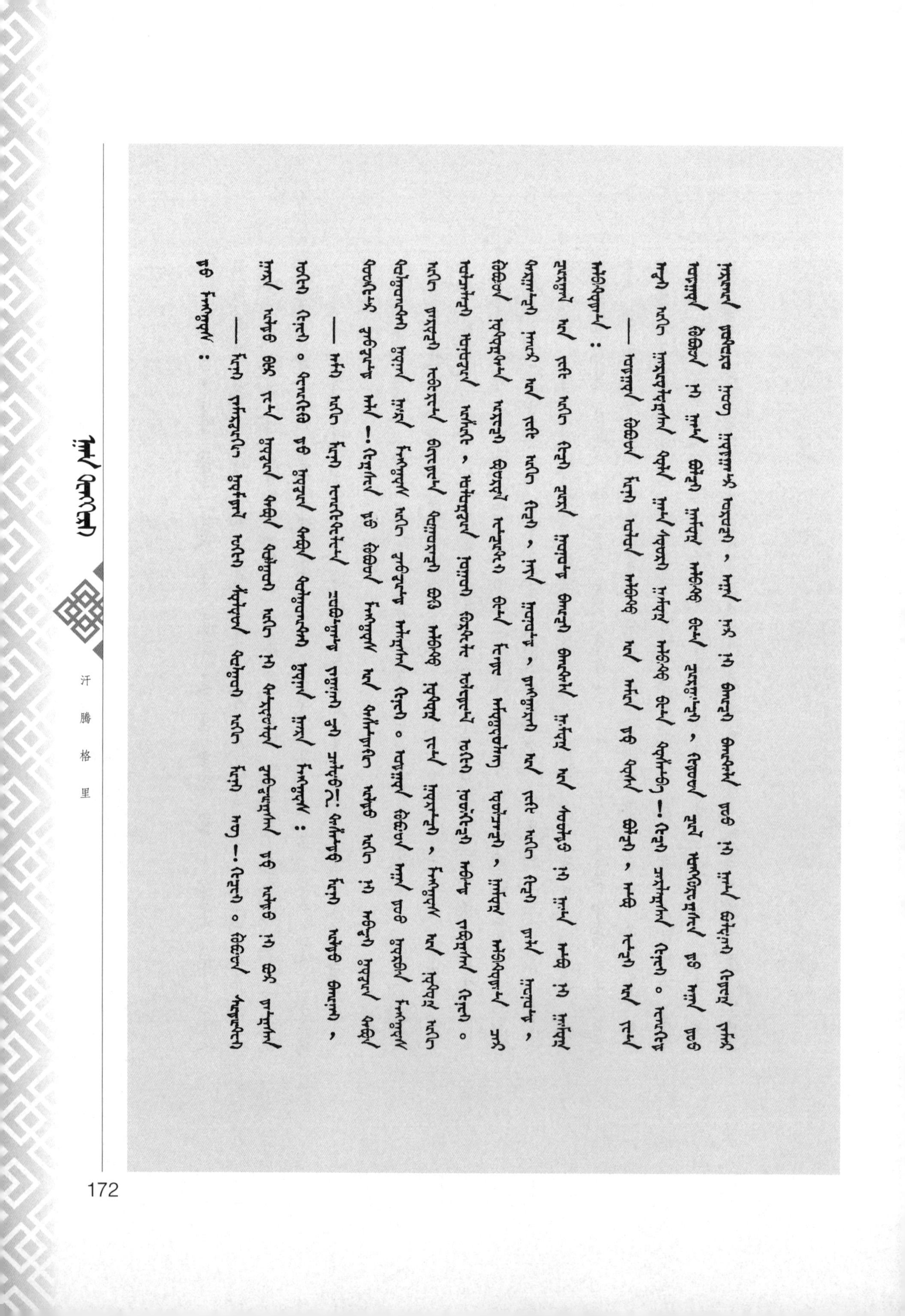

[illegible]

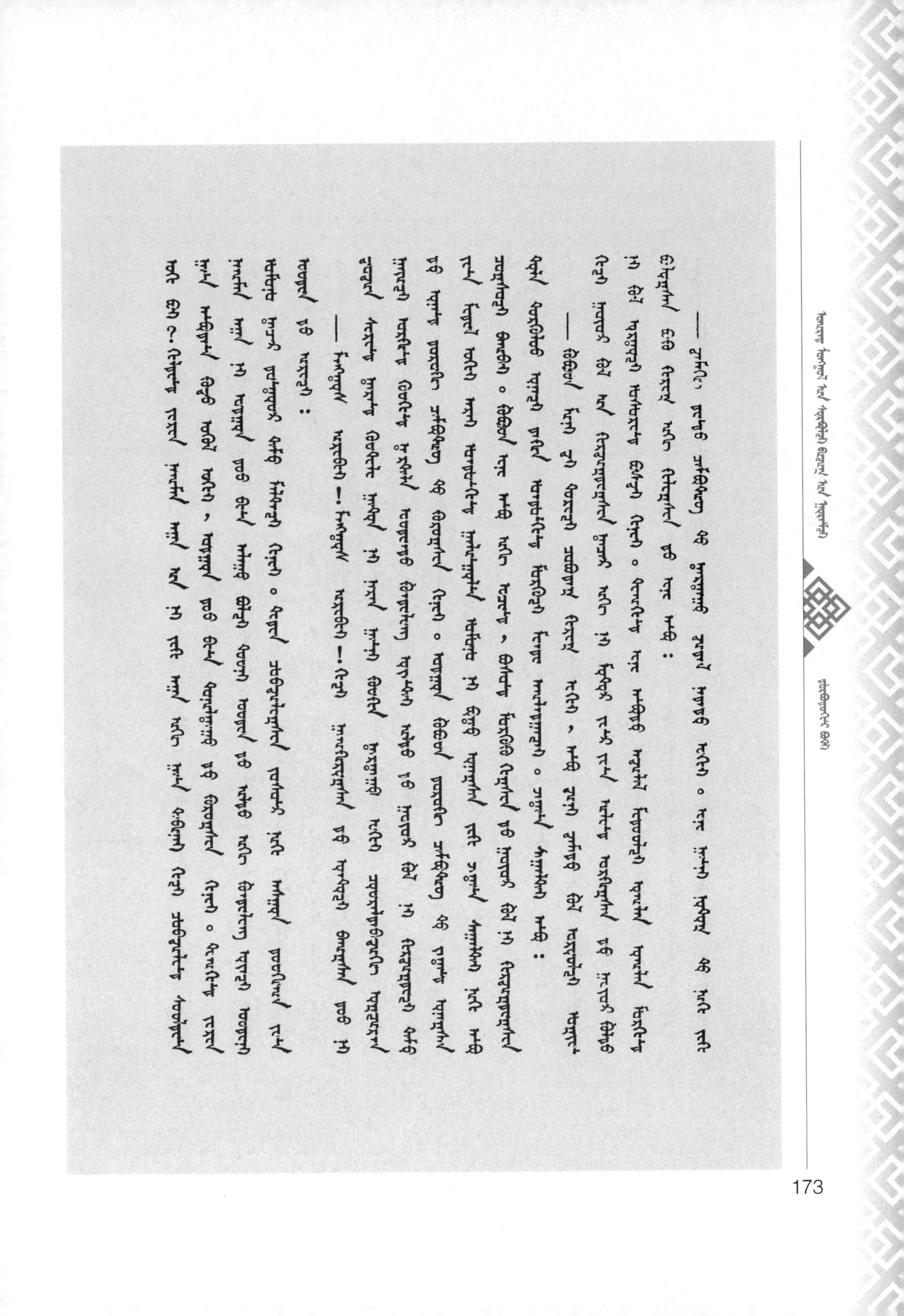

[illegible]

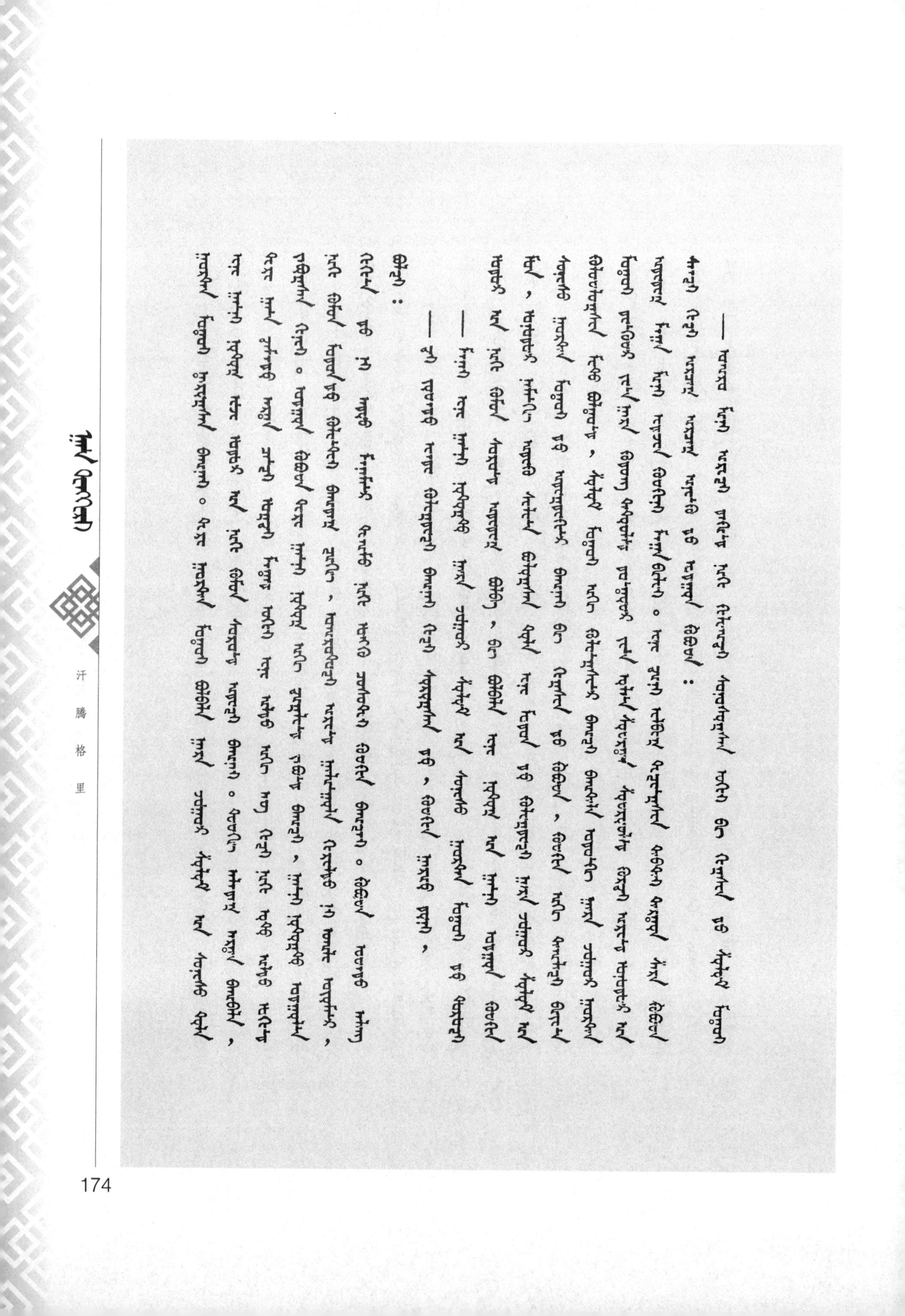

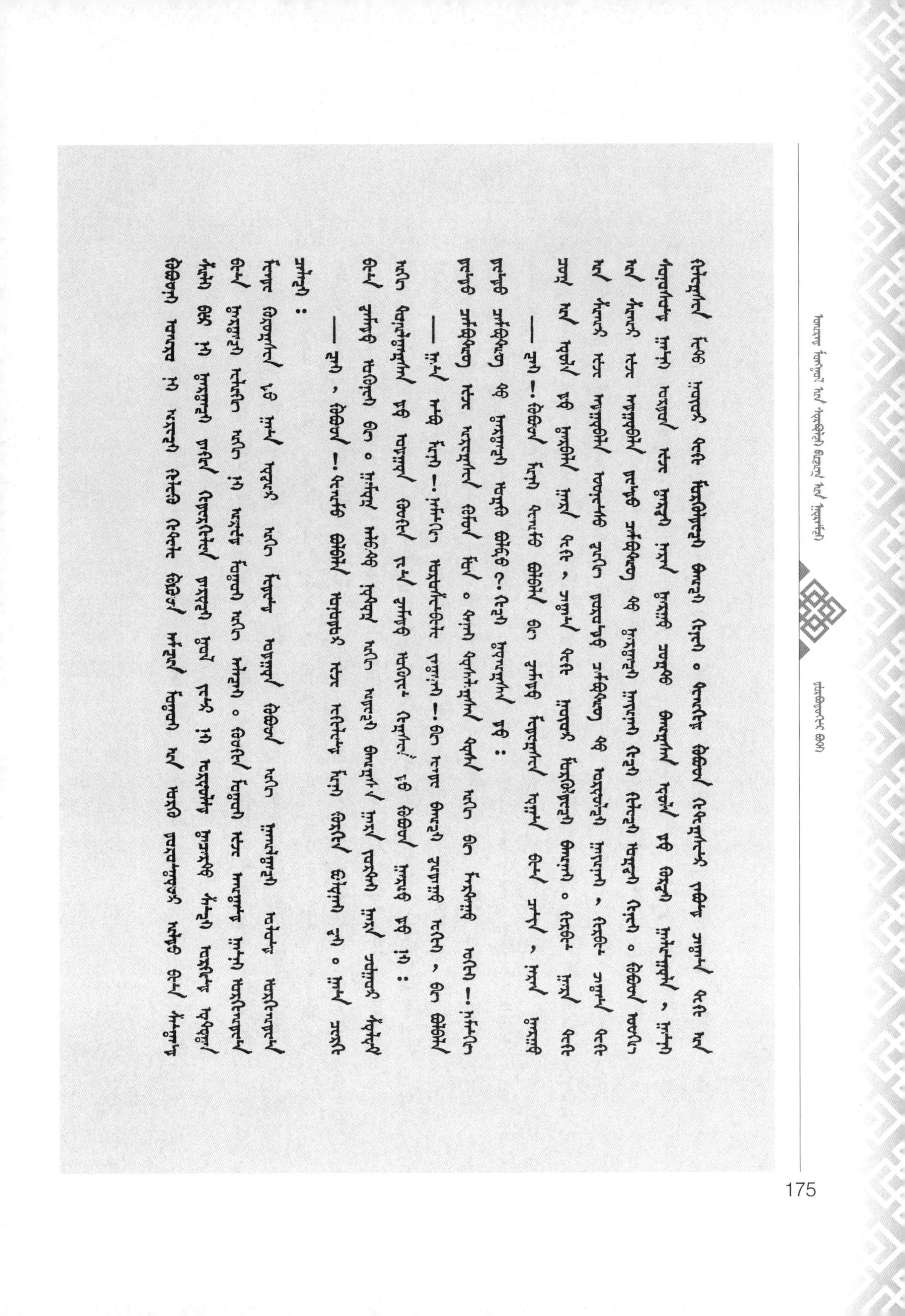

[illegible]

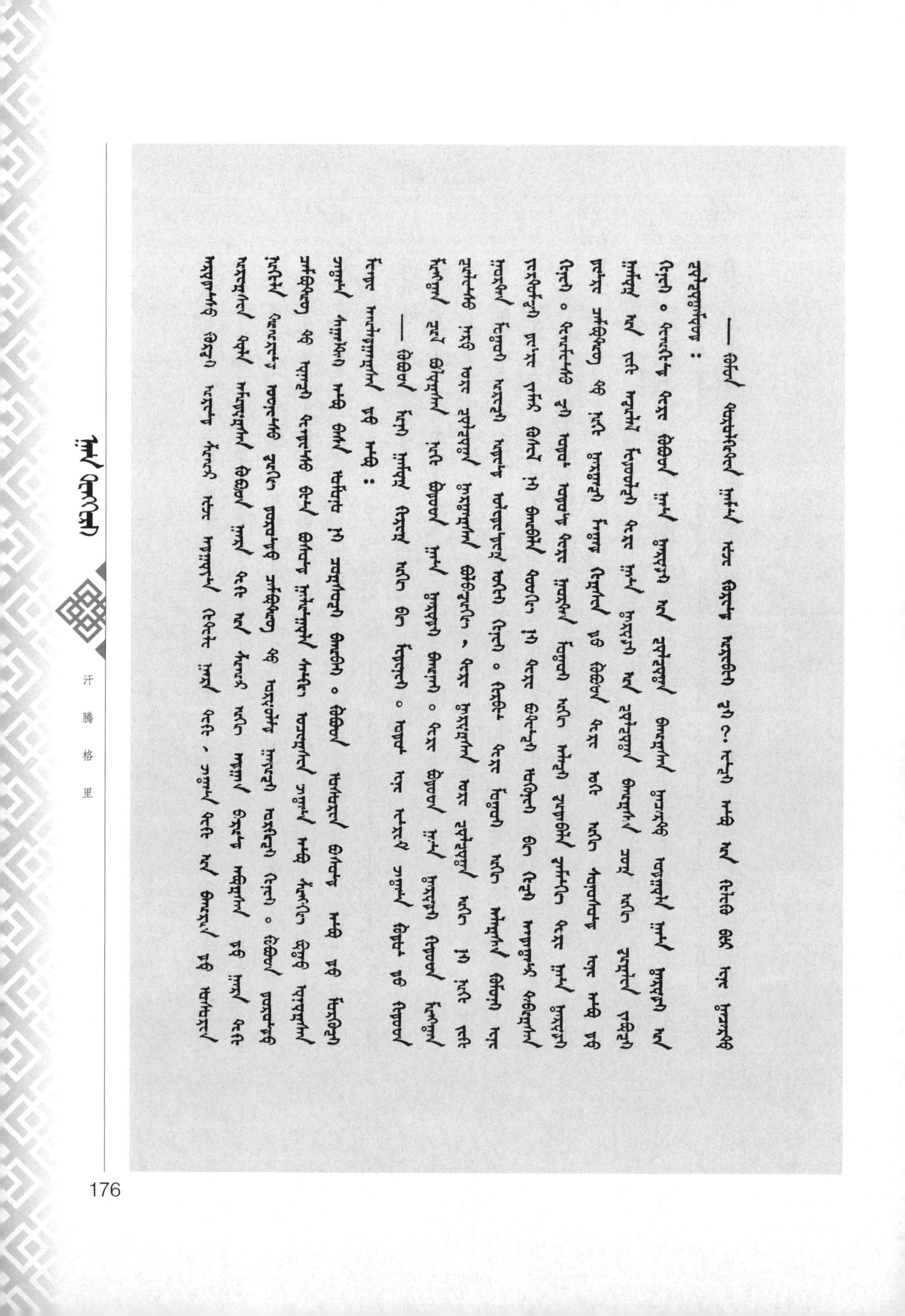

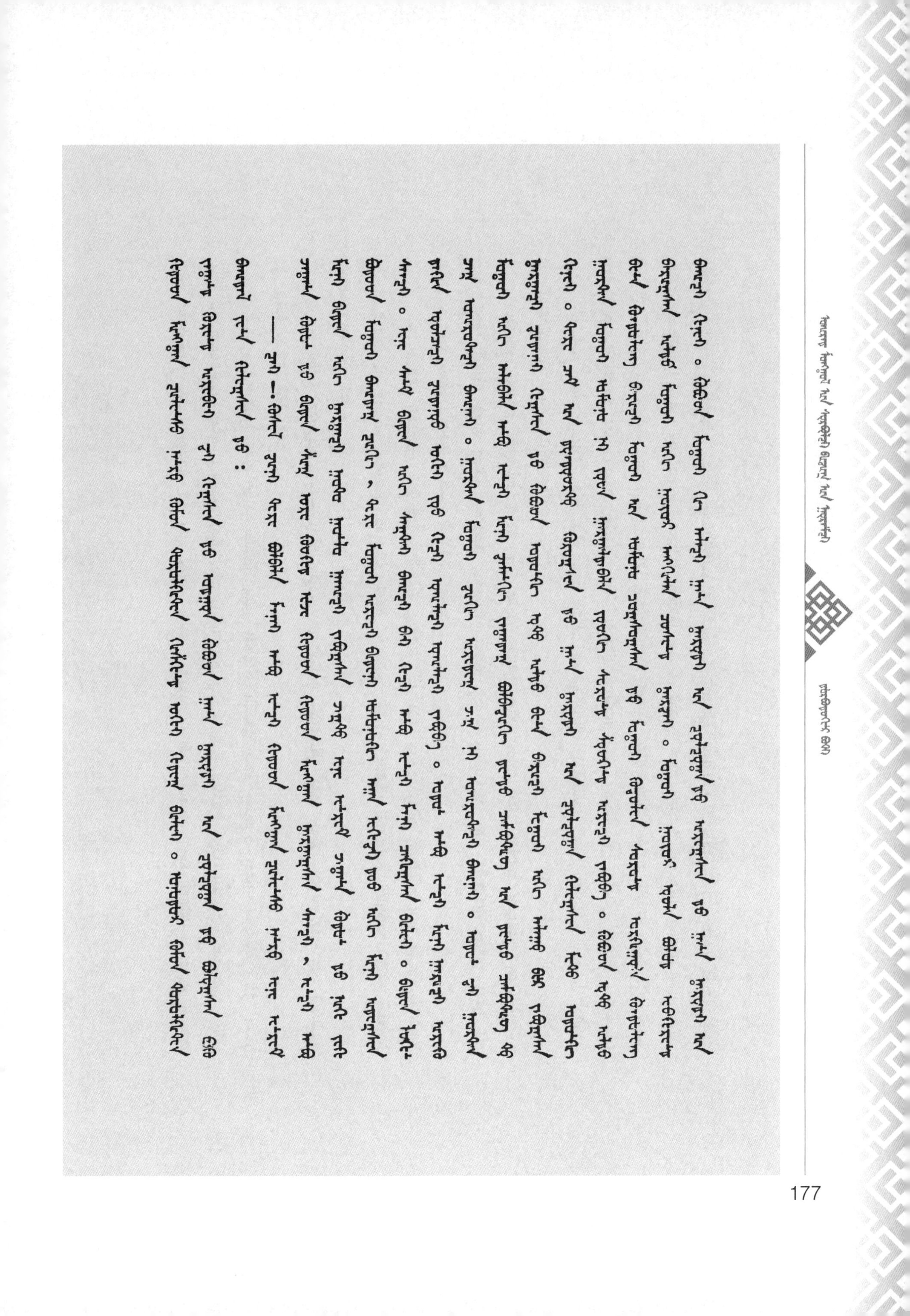

[illegible]

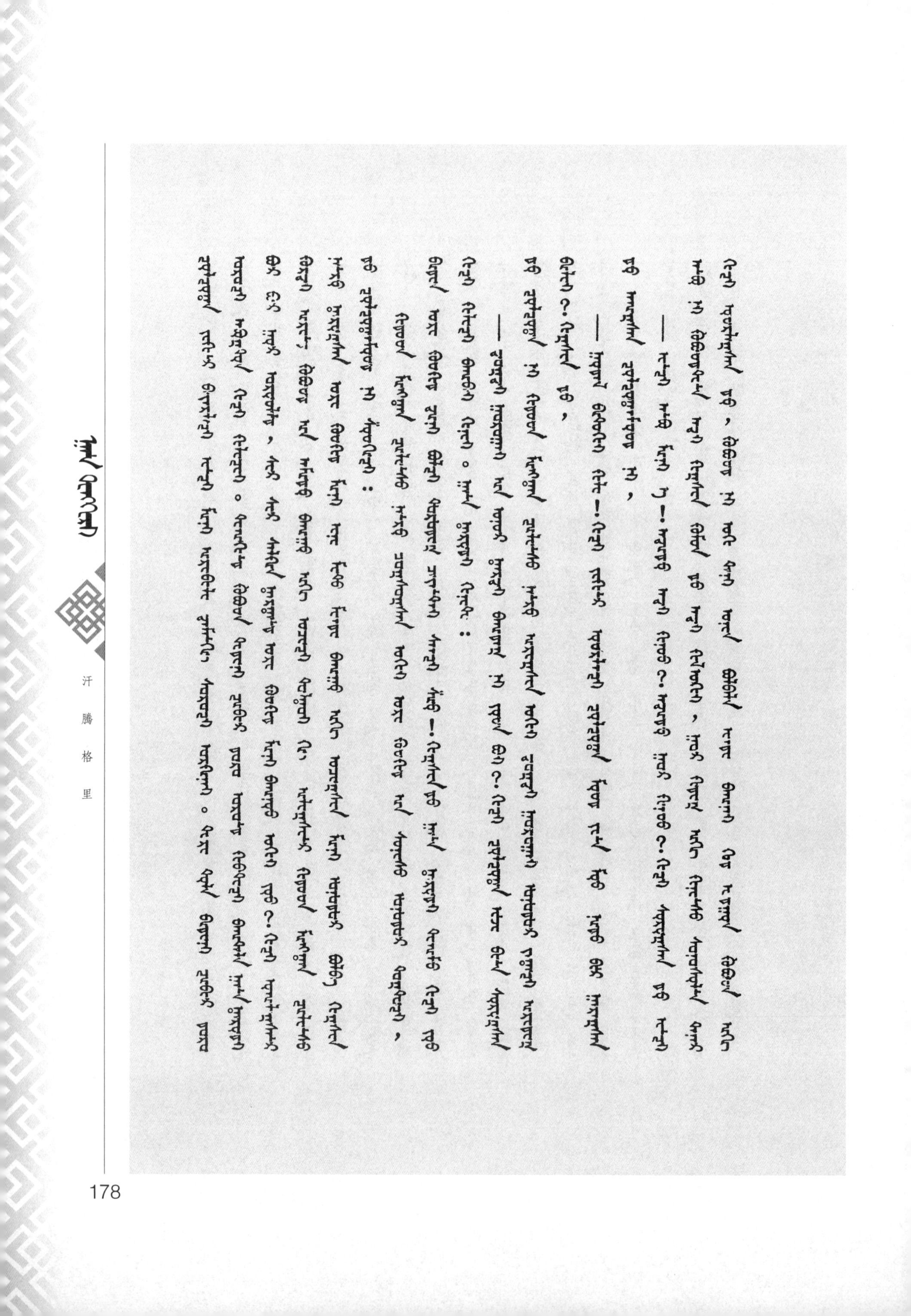

[illegible]

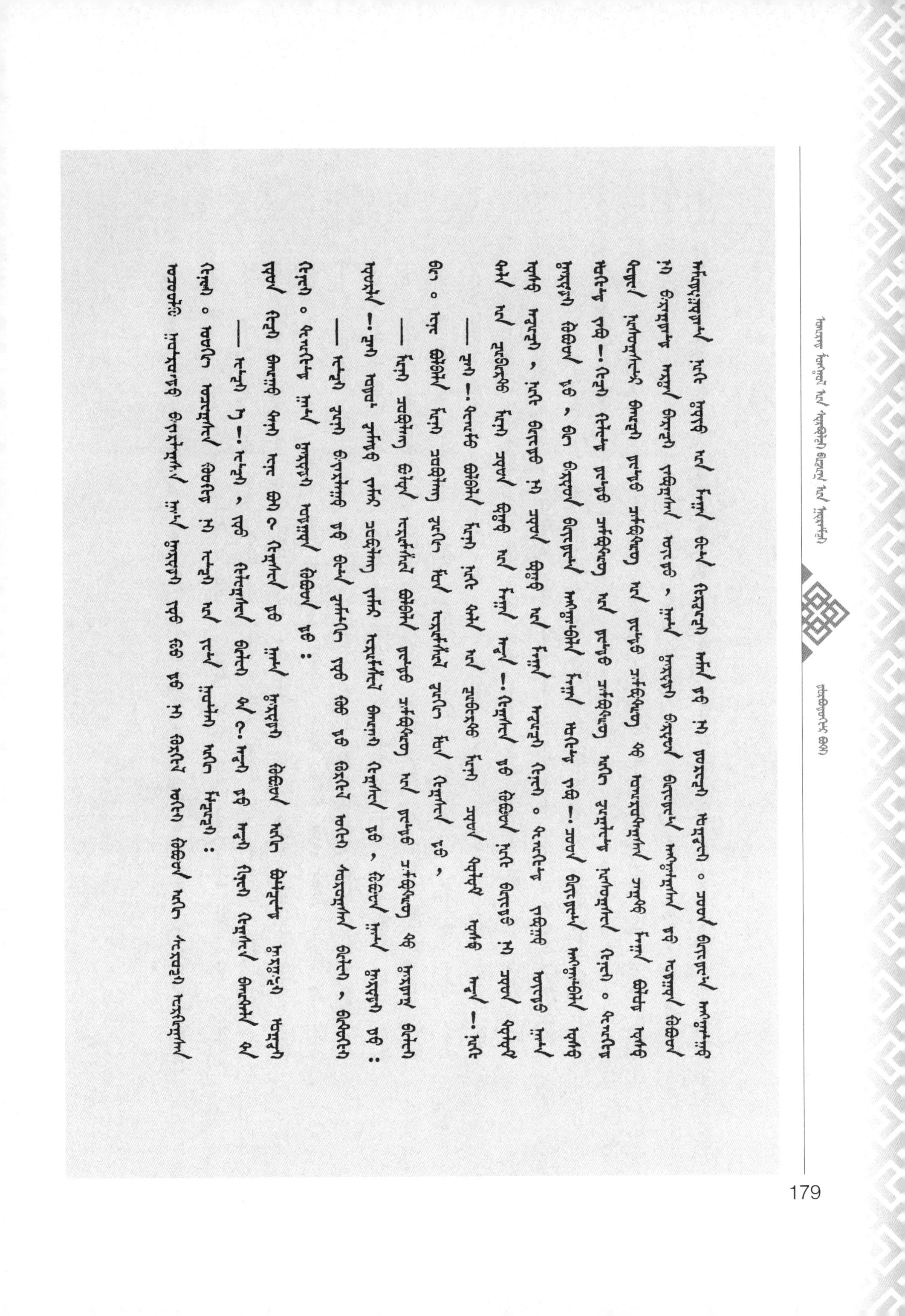

[illegible]

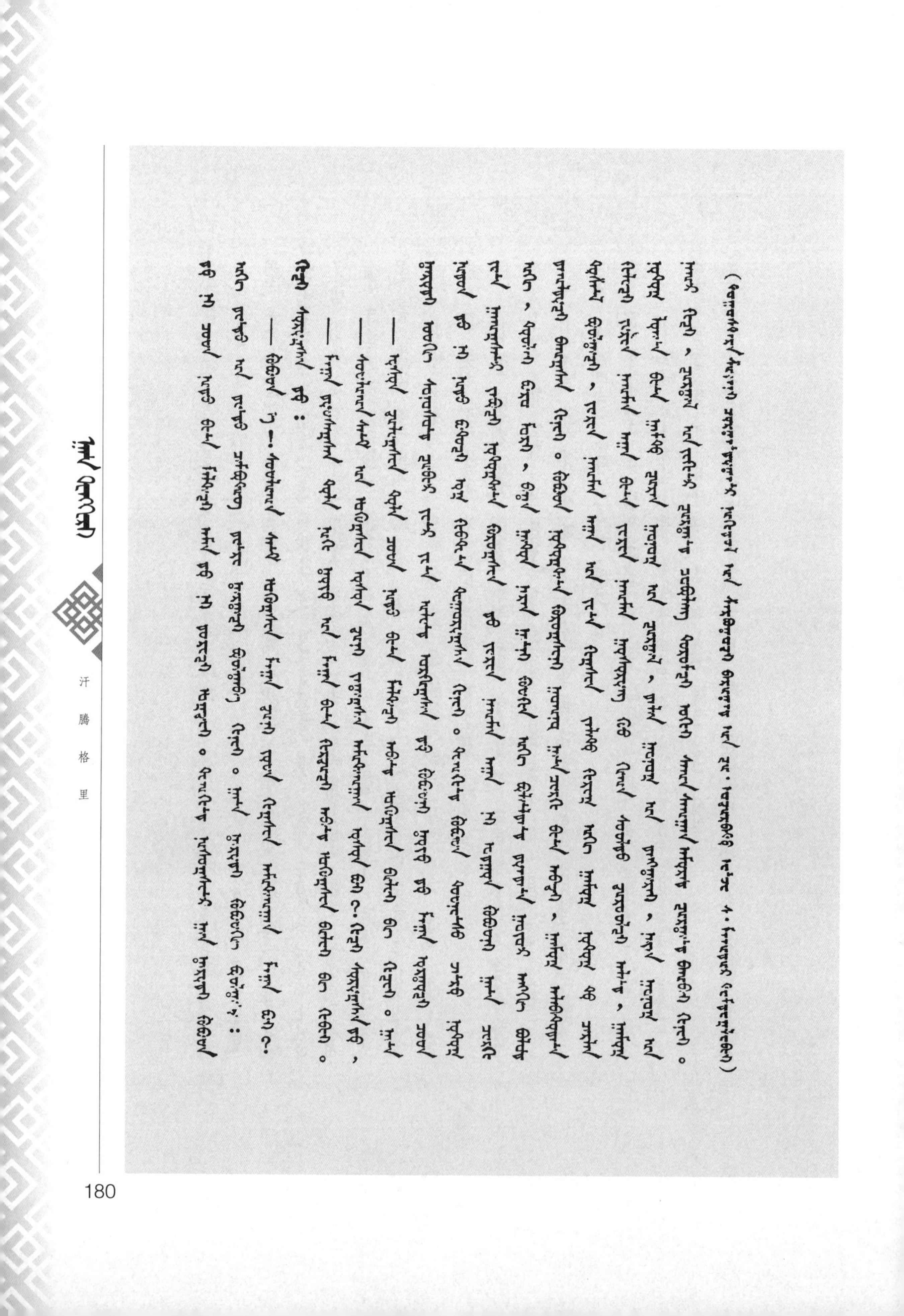

[illegible]

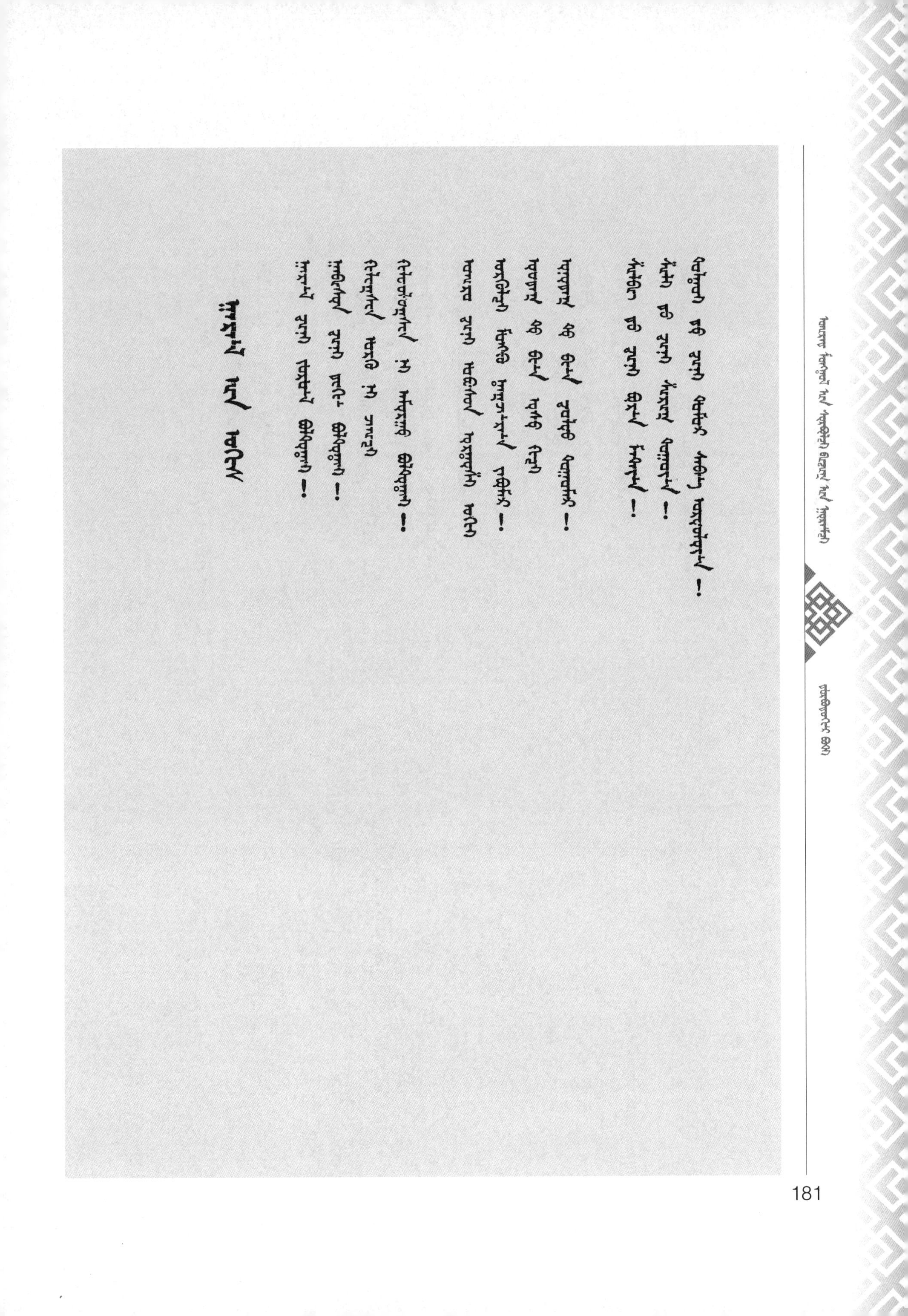

[illegible]

[illegible]
[illegible]
[illegible]
[illegible]

[illegible]
[illegible]
[illegible]
[illegible]

[illegible]
[illegible]
[illegible]

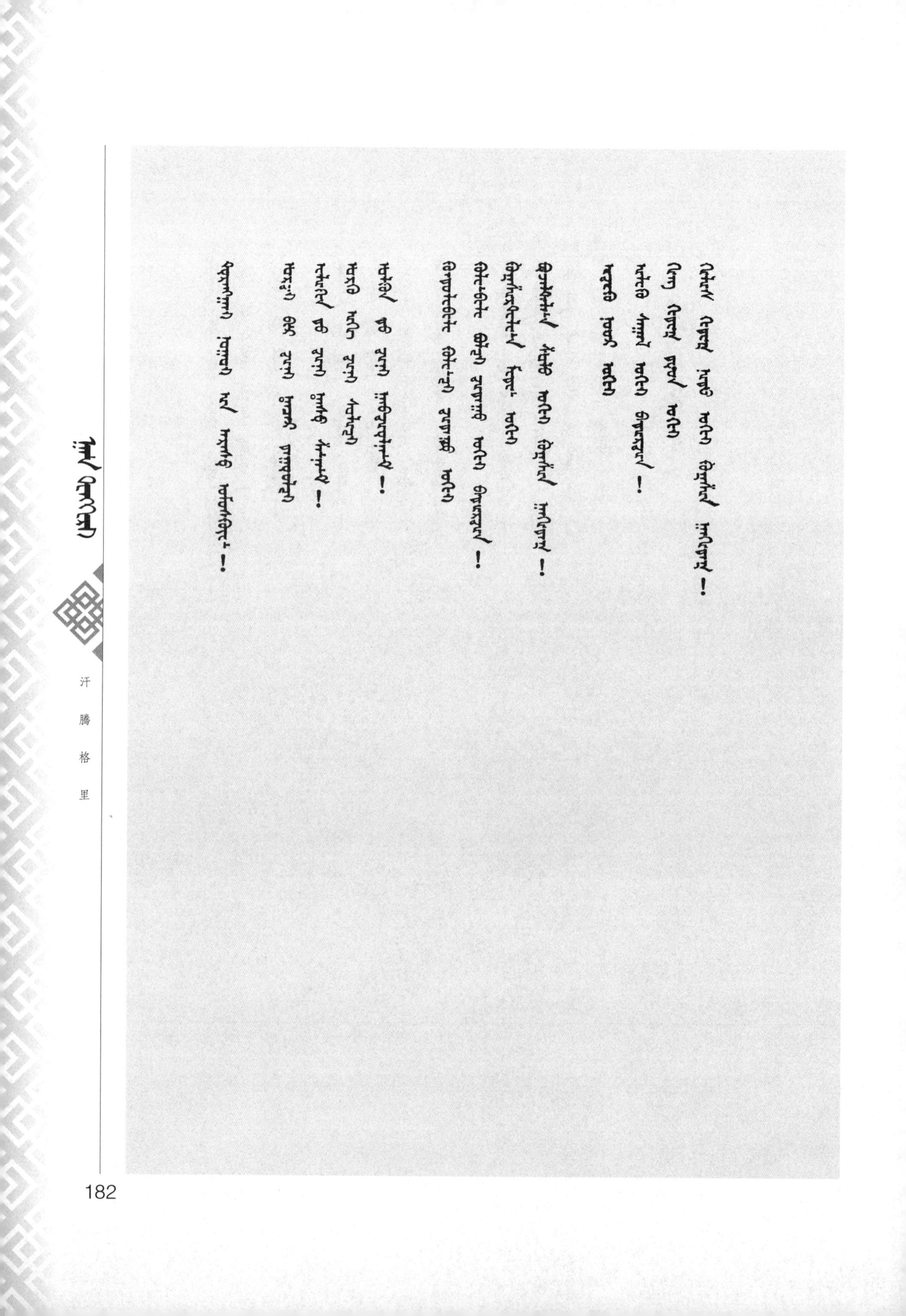

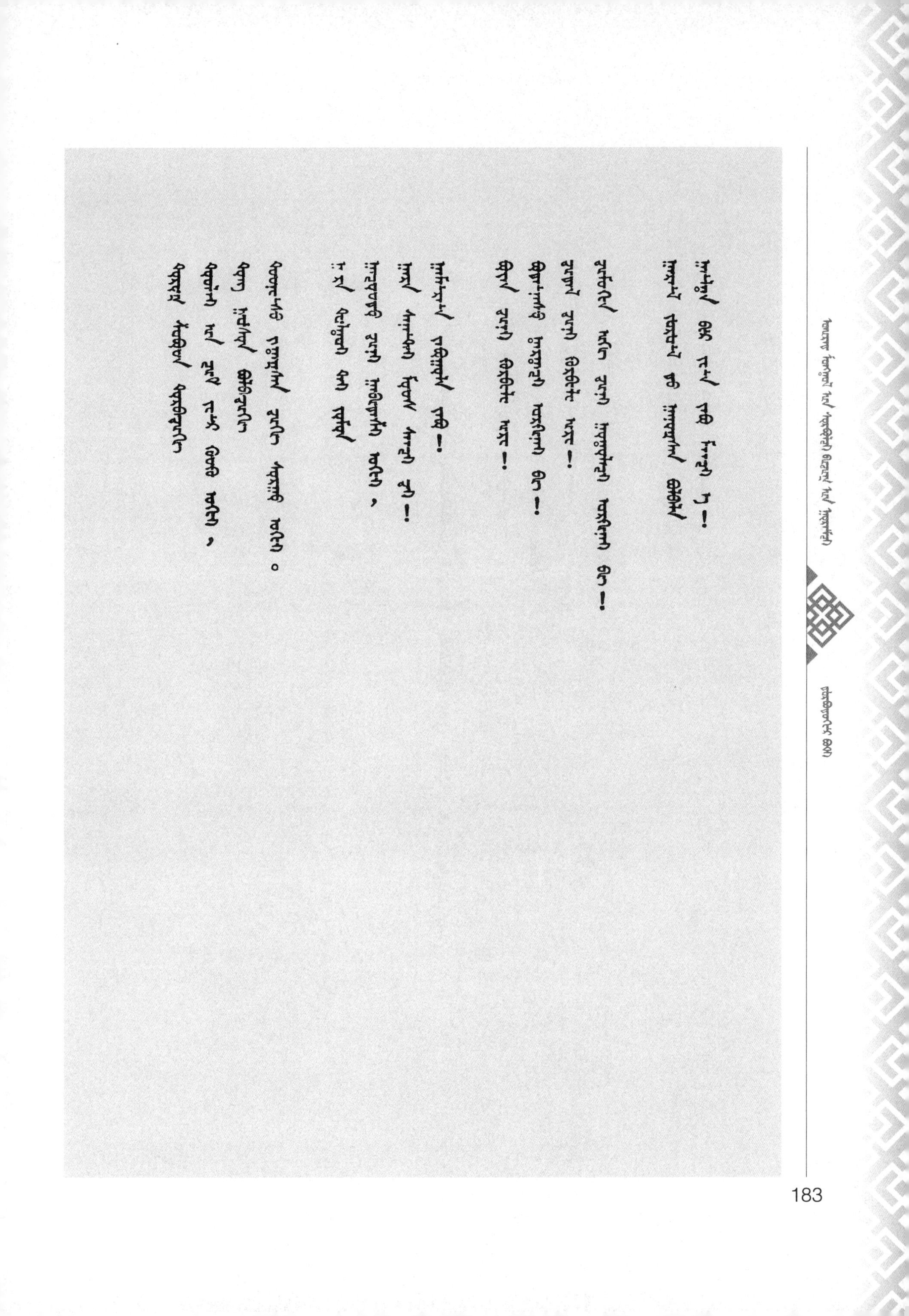

[illegible]
[illegible]
[illegible]
[illegible]

[illegible]
[illegible]
[illegible]
[illegible]

[illegible]
[illegible]
[illegible]
[illegible]

[illegible]
[illegible]

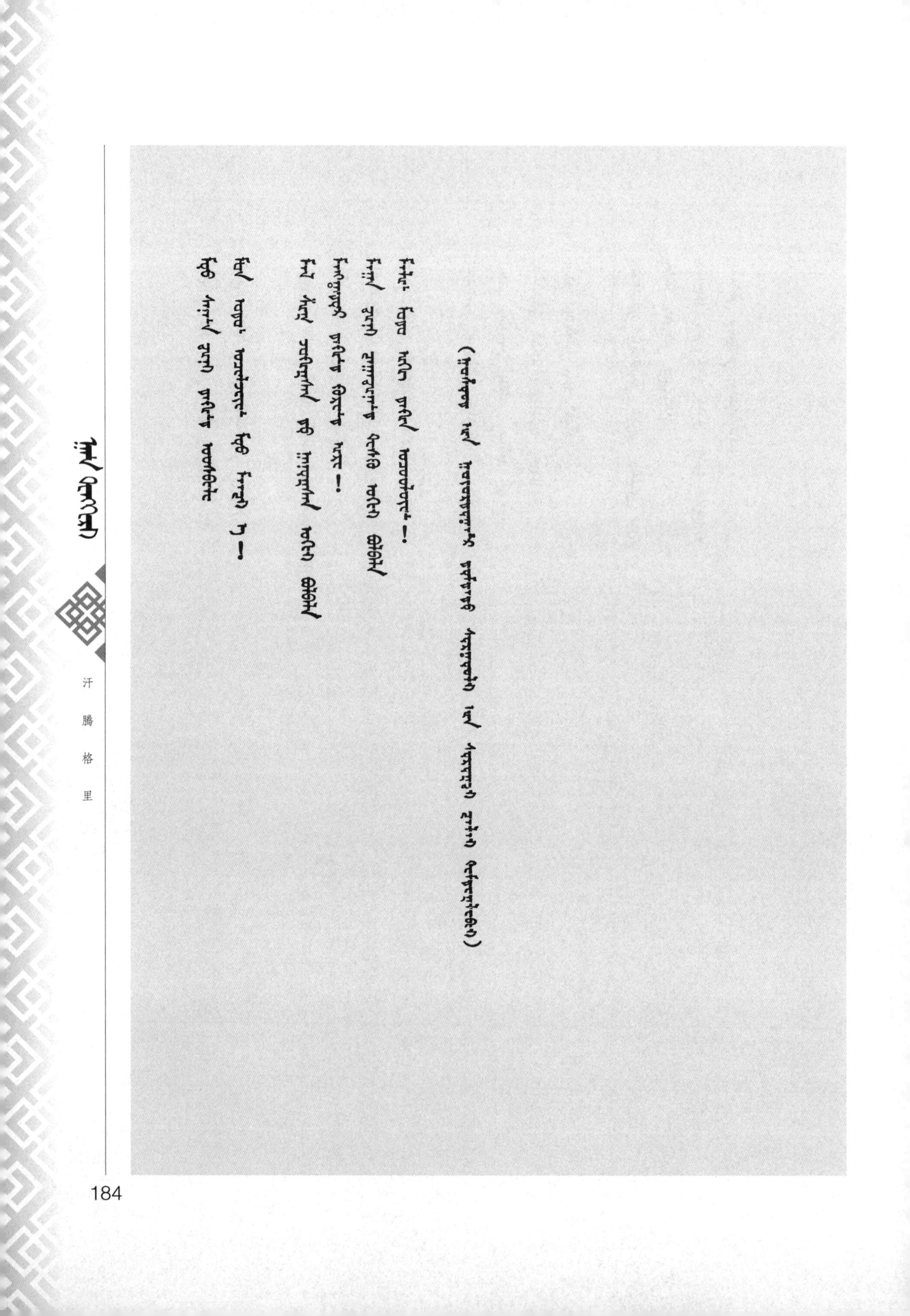

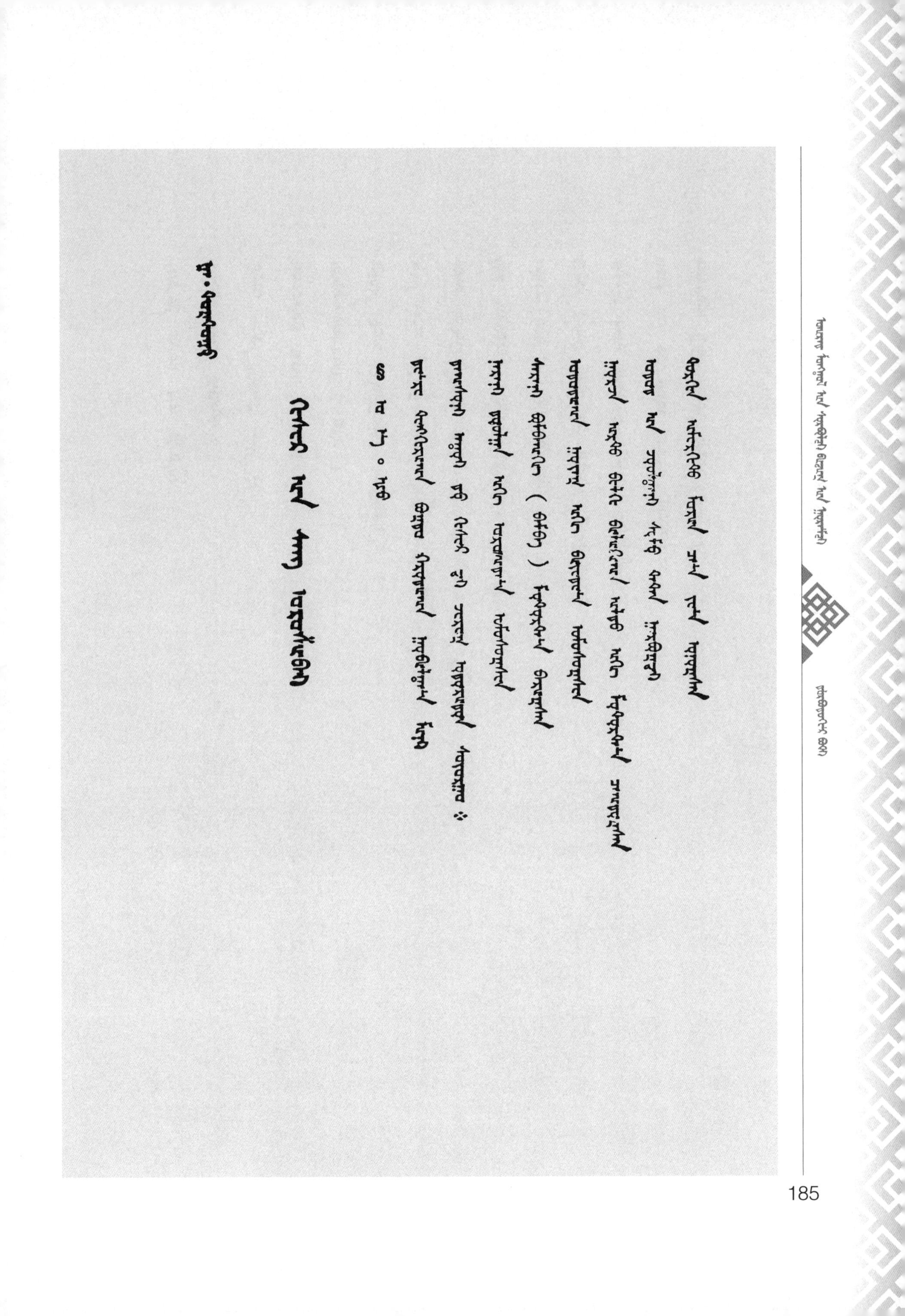

[illegible]

[illegible]

[illegible]

[illegible]

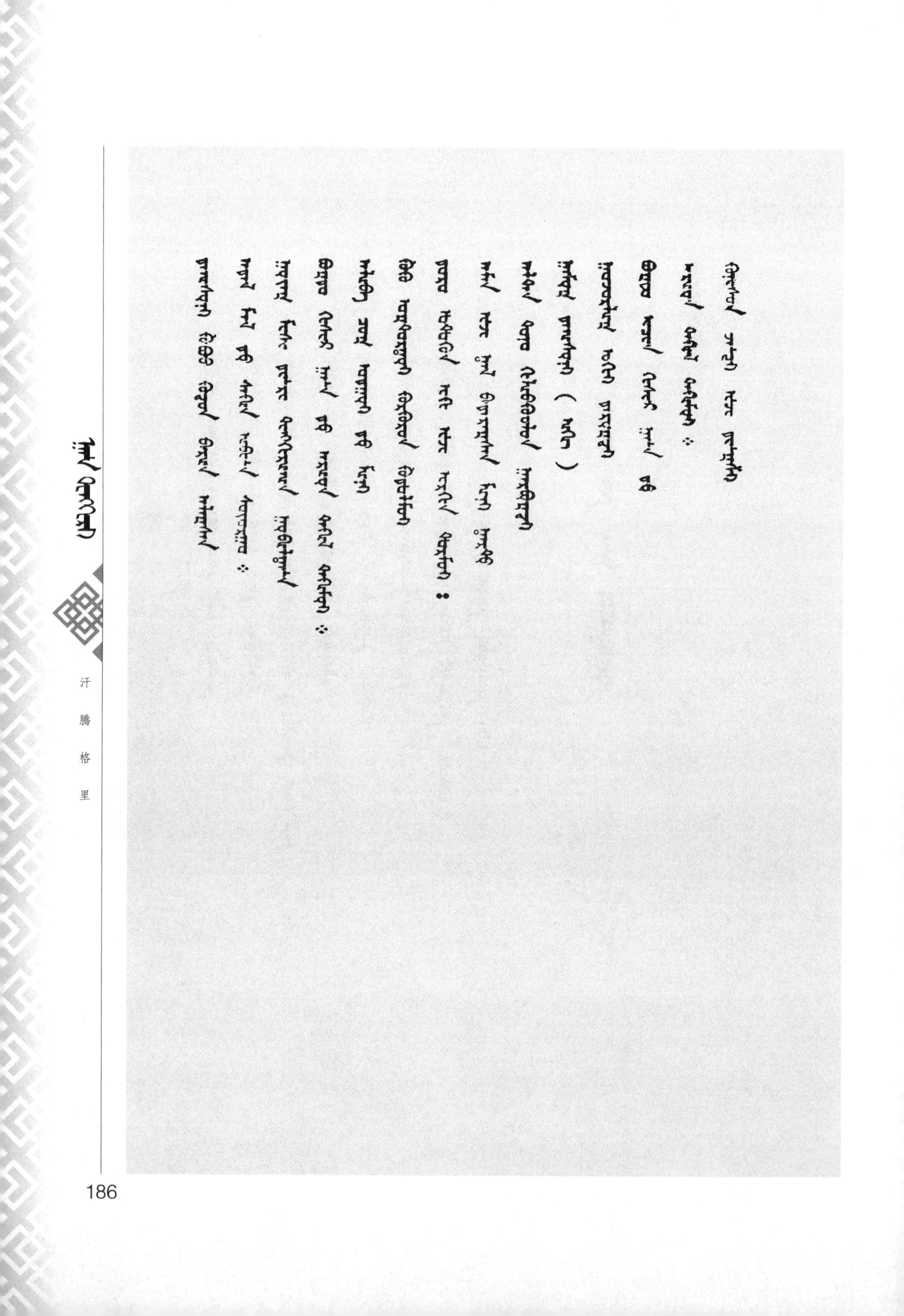

[illegible]

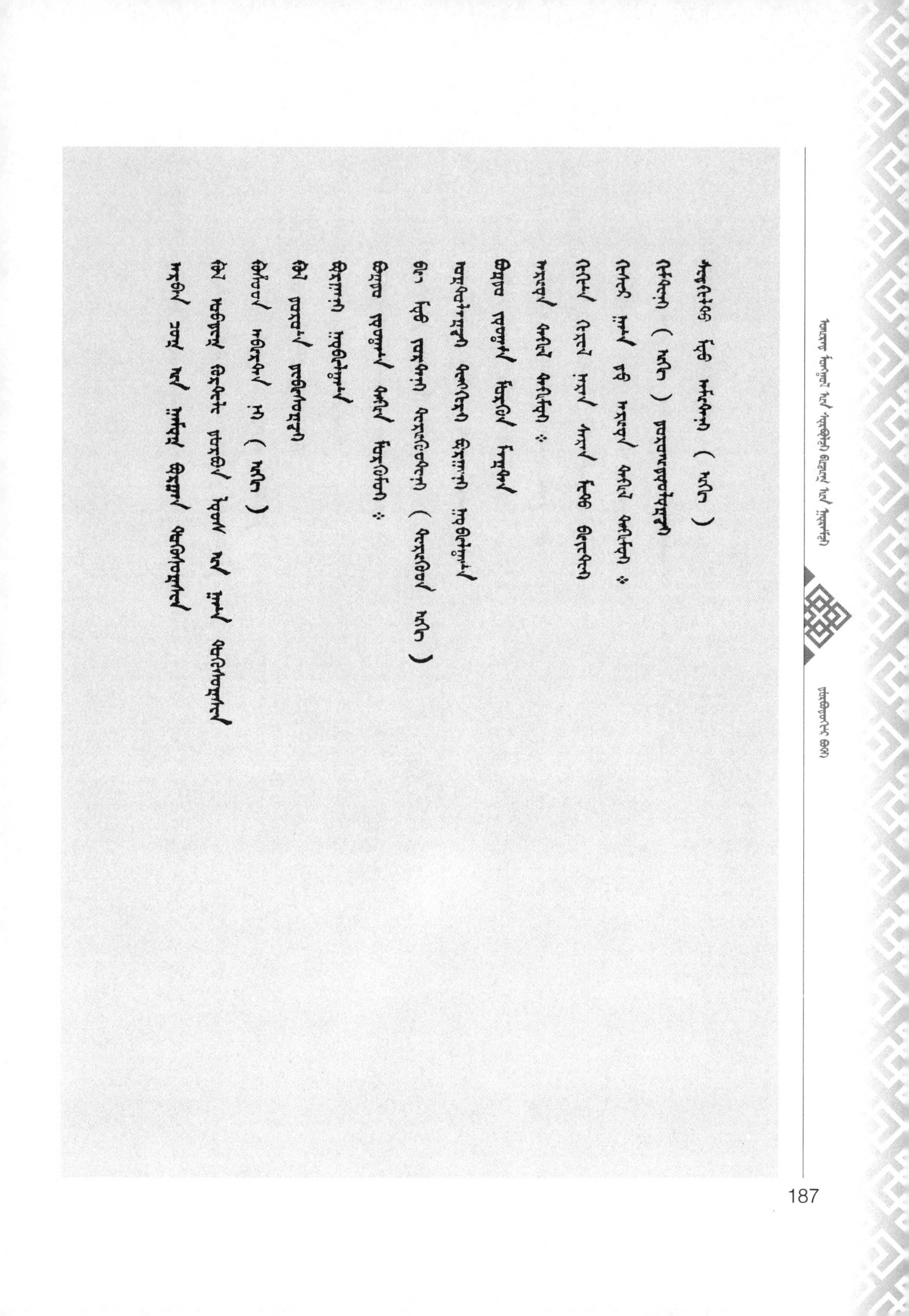

[illegible]

[illegible]

[illegible] ( [illegible] ) [illegible]

[illegible]

[illegible] ❖

[illegible]

[illegible] ( [illegible] ) [illegible]

[illegible]

[illegible] ❖

[illegible]

[illegible] ( [illegible] ) [illegible]

[illegible] ( [illegible] ) [illegible]

[illegible] ❖

[illegible]

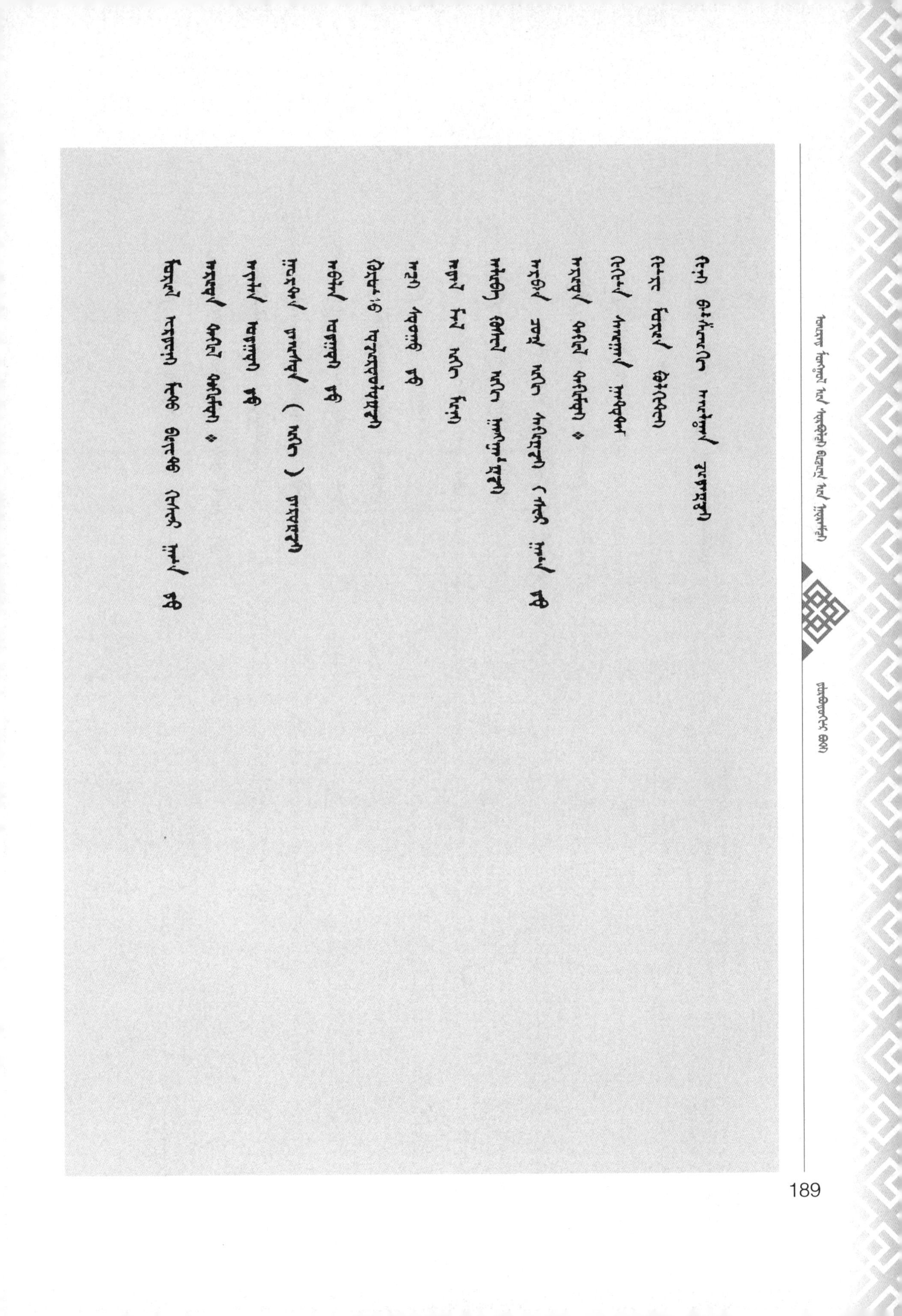

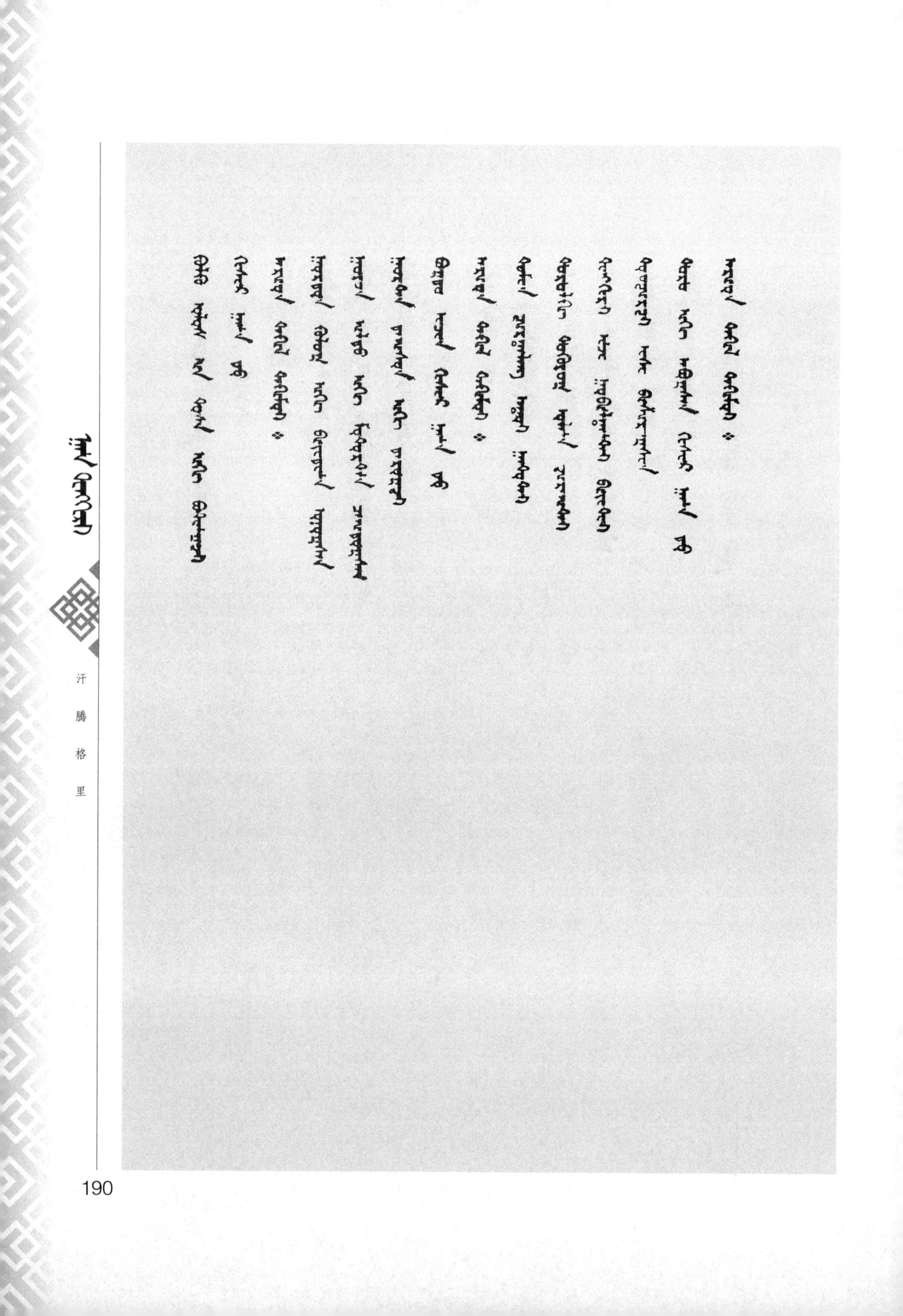

[illegible]

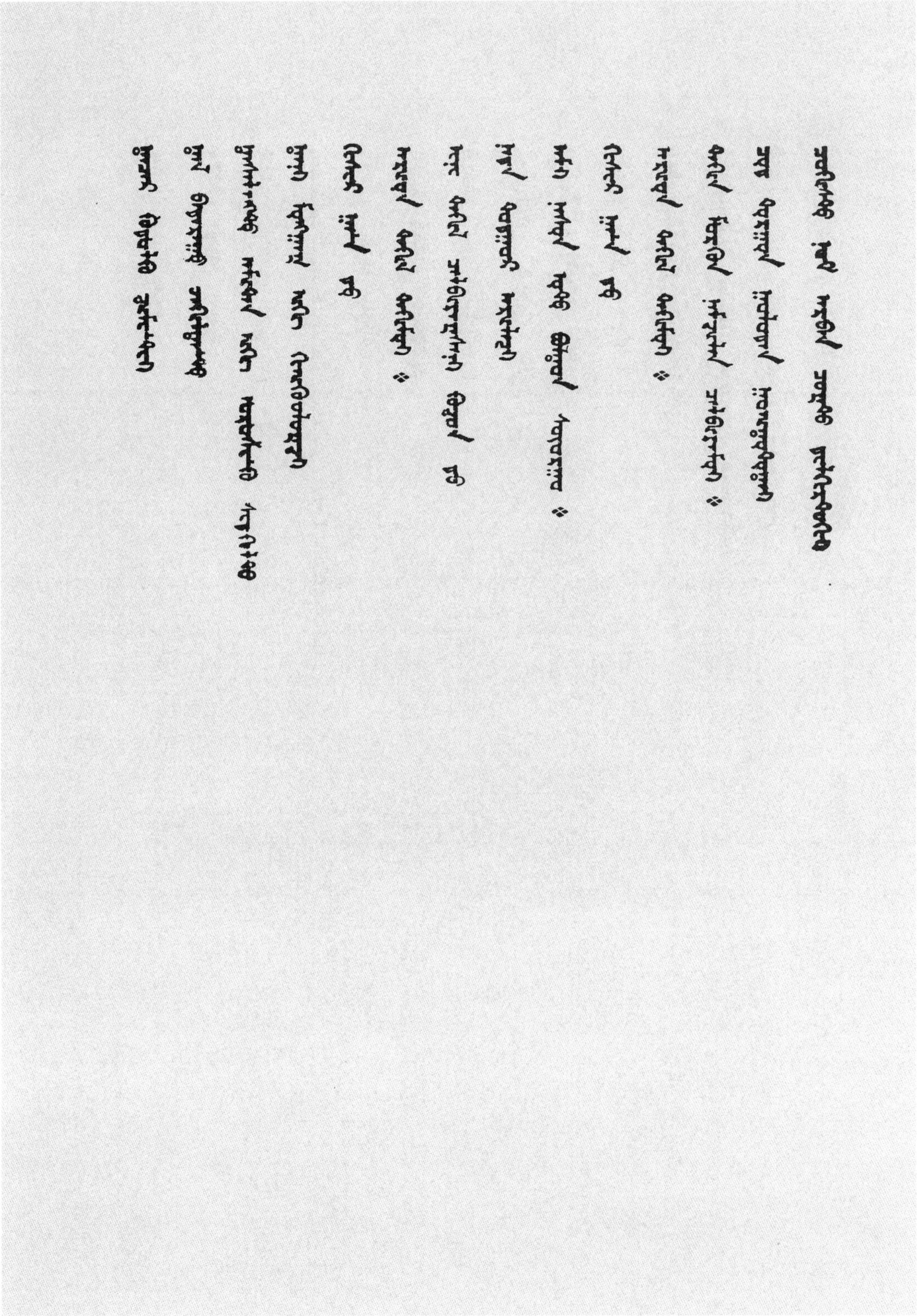

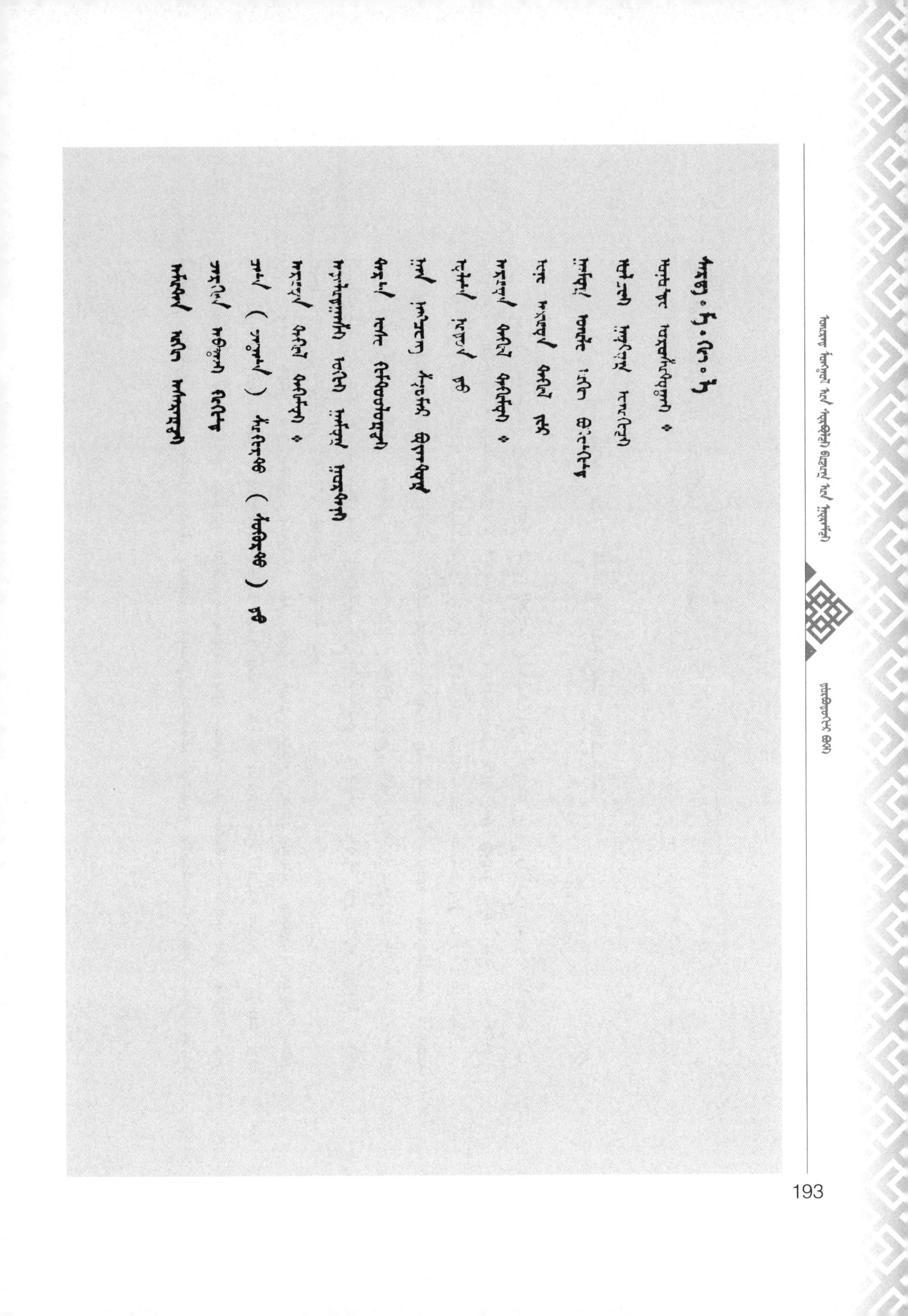

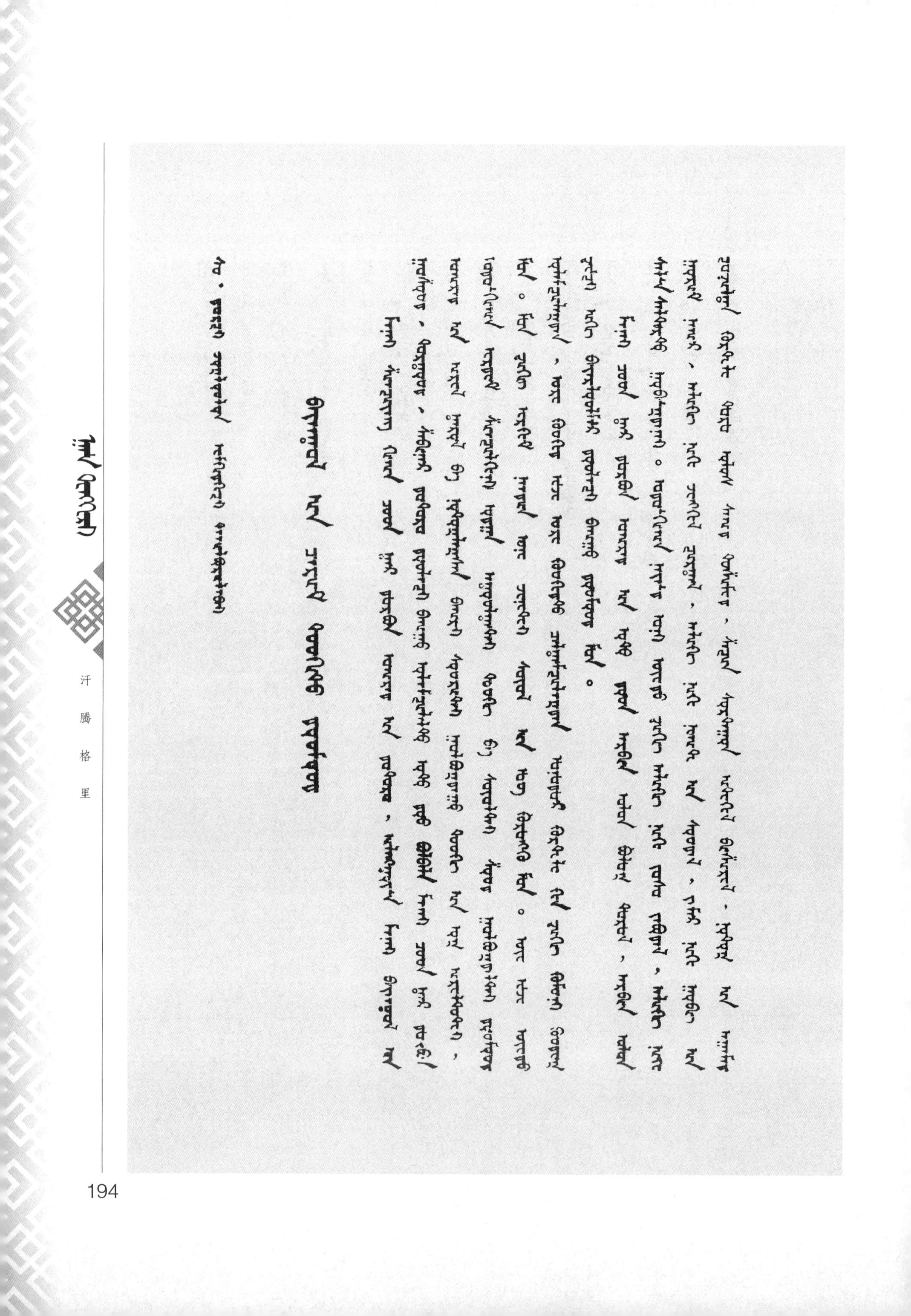

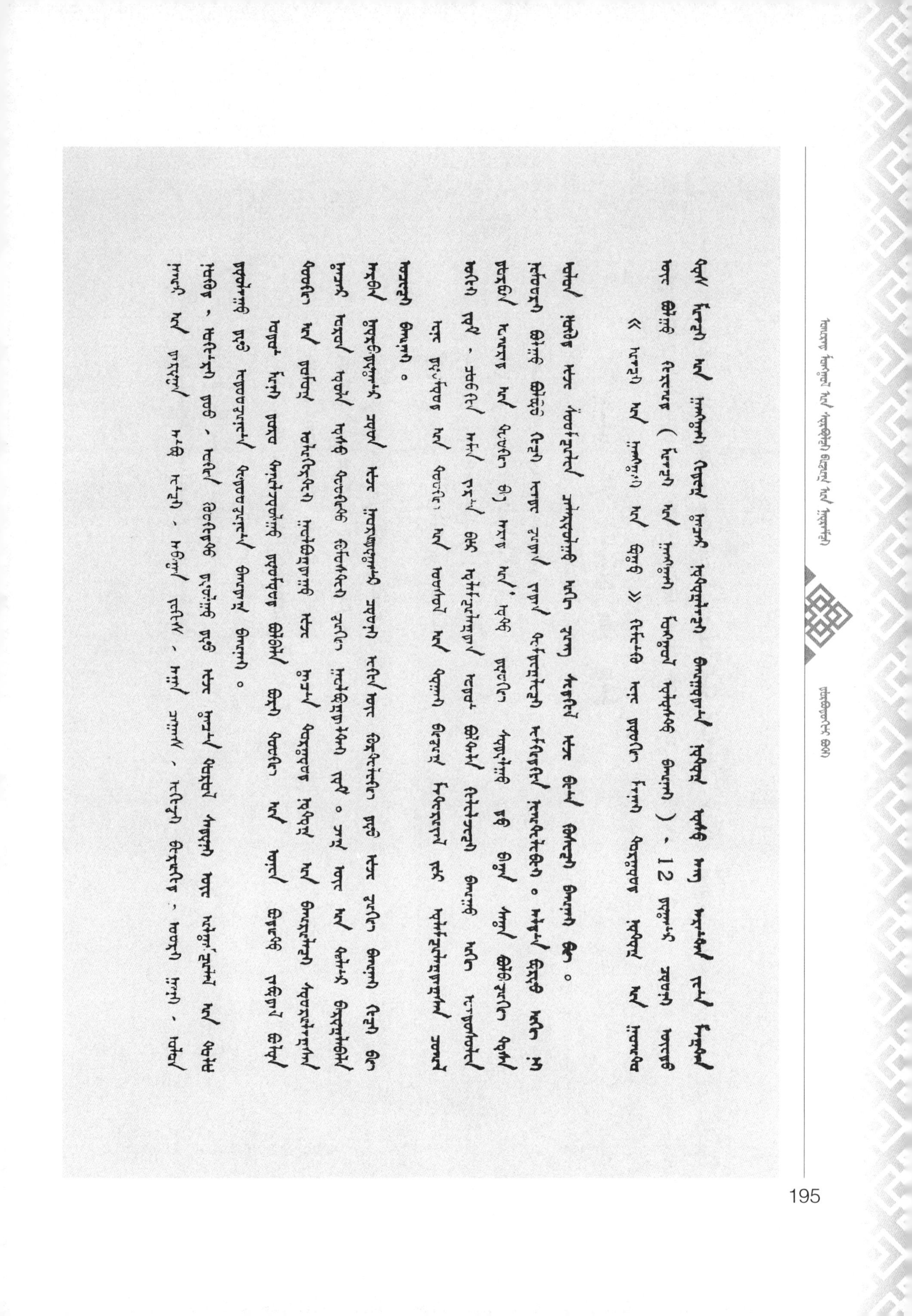

[illegible]
[illegible] ( [illegible] ) · 12 [illegible]
« [illegible] » [illegible]

[illegible] ᠃

[illegible] ᠃ [illegible]
[illegible]
[illegible] · [illegible] · [illegible]
[illegible]
[illegible] ᠃

[illegible]
[illegible] ᠃ [illegible]
[illegible]
[illegible]
[illegible] ᠃

[illegible] · [illegible] · [illegible]
[illegible] · [illegible] · [illegible] · [illegible] · [illegible] · [illegible] · [illegible]

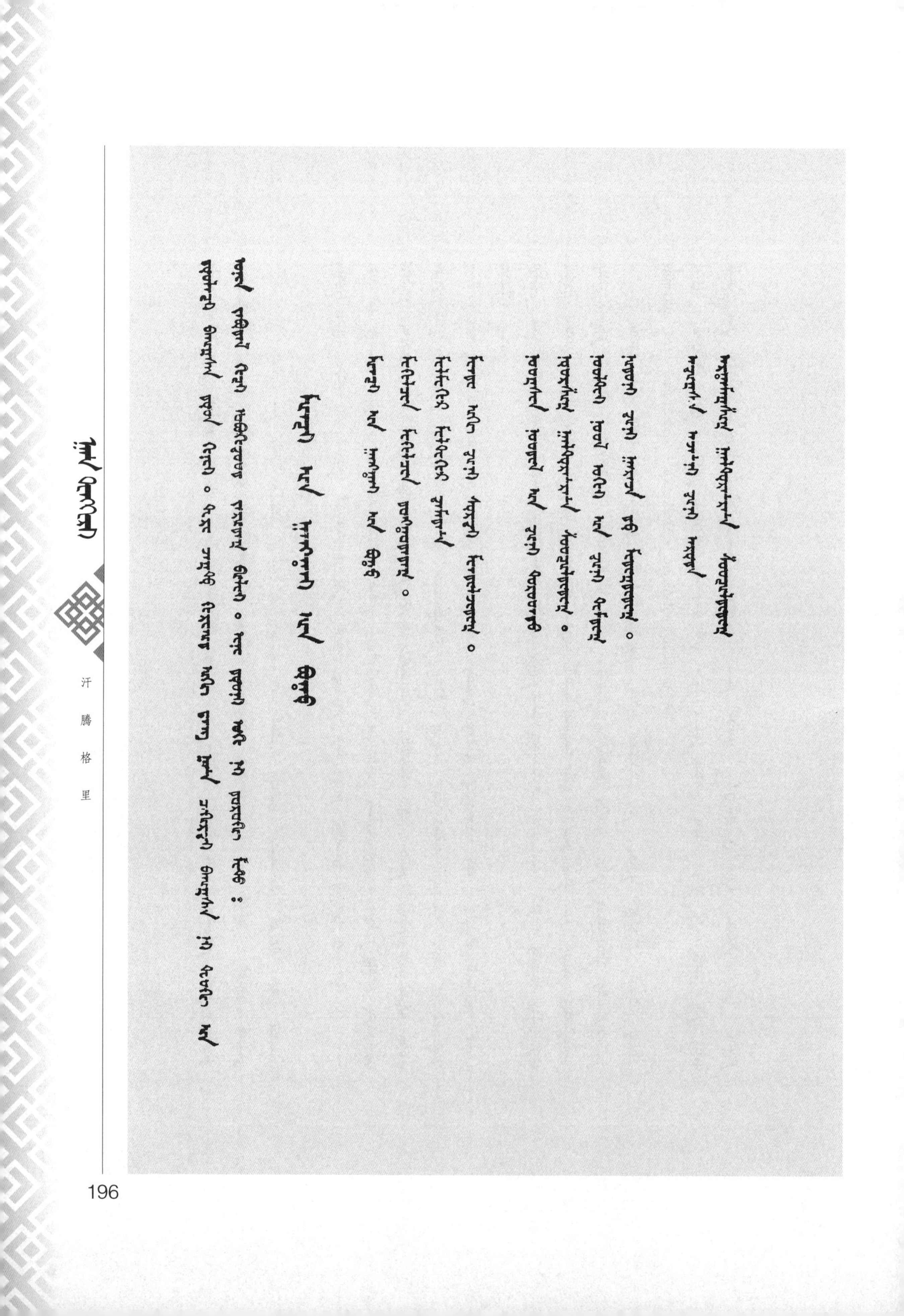

[illegible]
[illegible]

## [illegible]

[illegible]
[illegible]
[illegible]
[illegible]

[illegible]
[illegible]
[illegible]
[illegible]

[illegible]
[illegible]
[illegible]

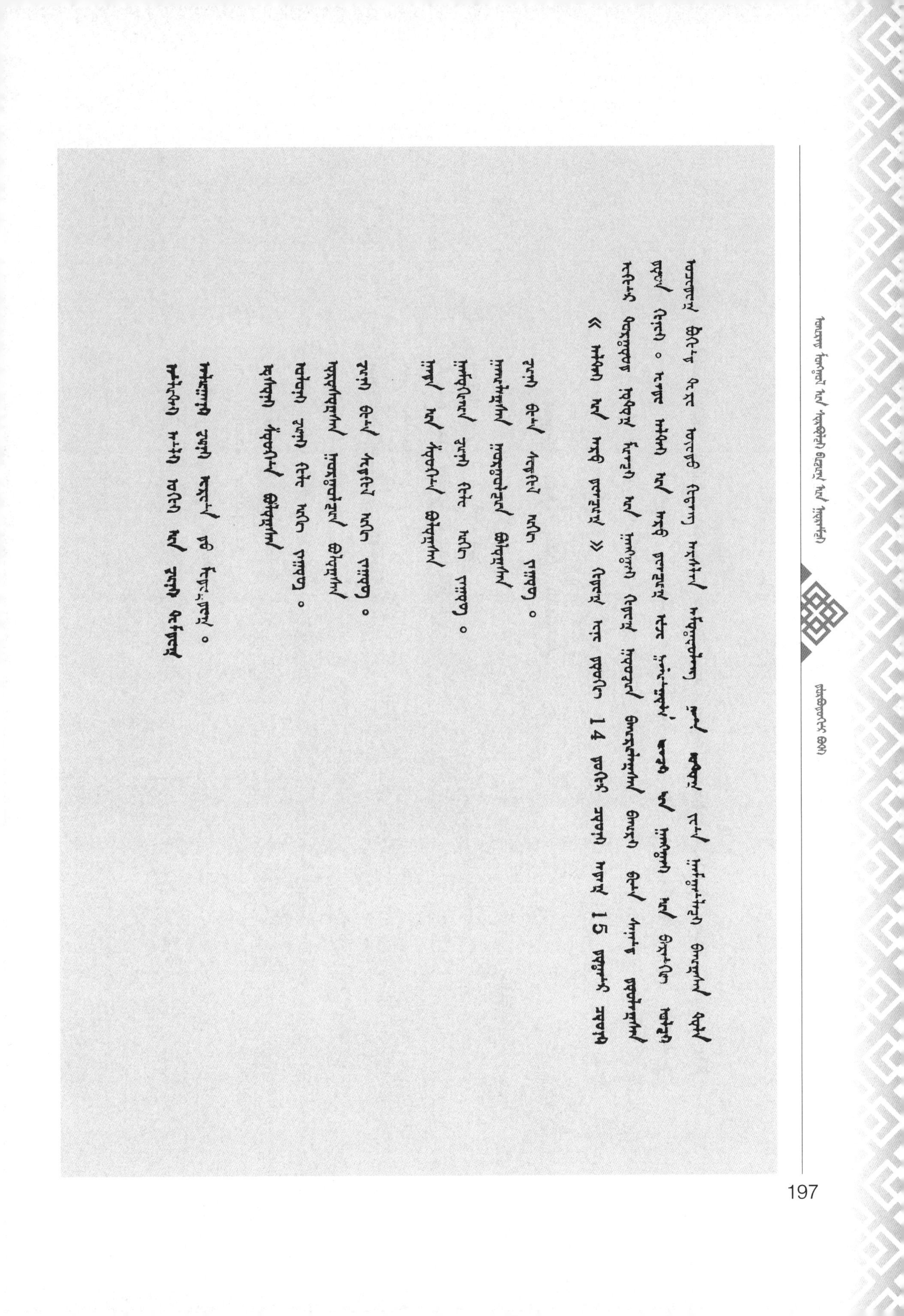

« » 14 15

。
。
。
。
。

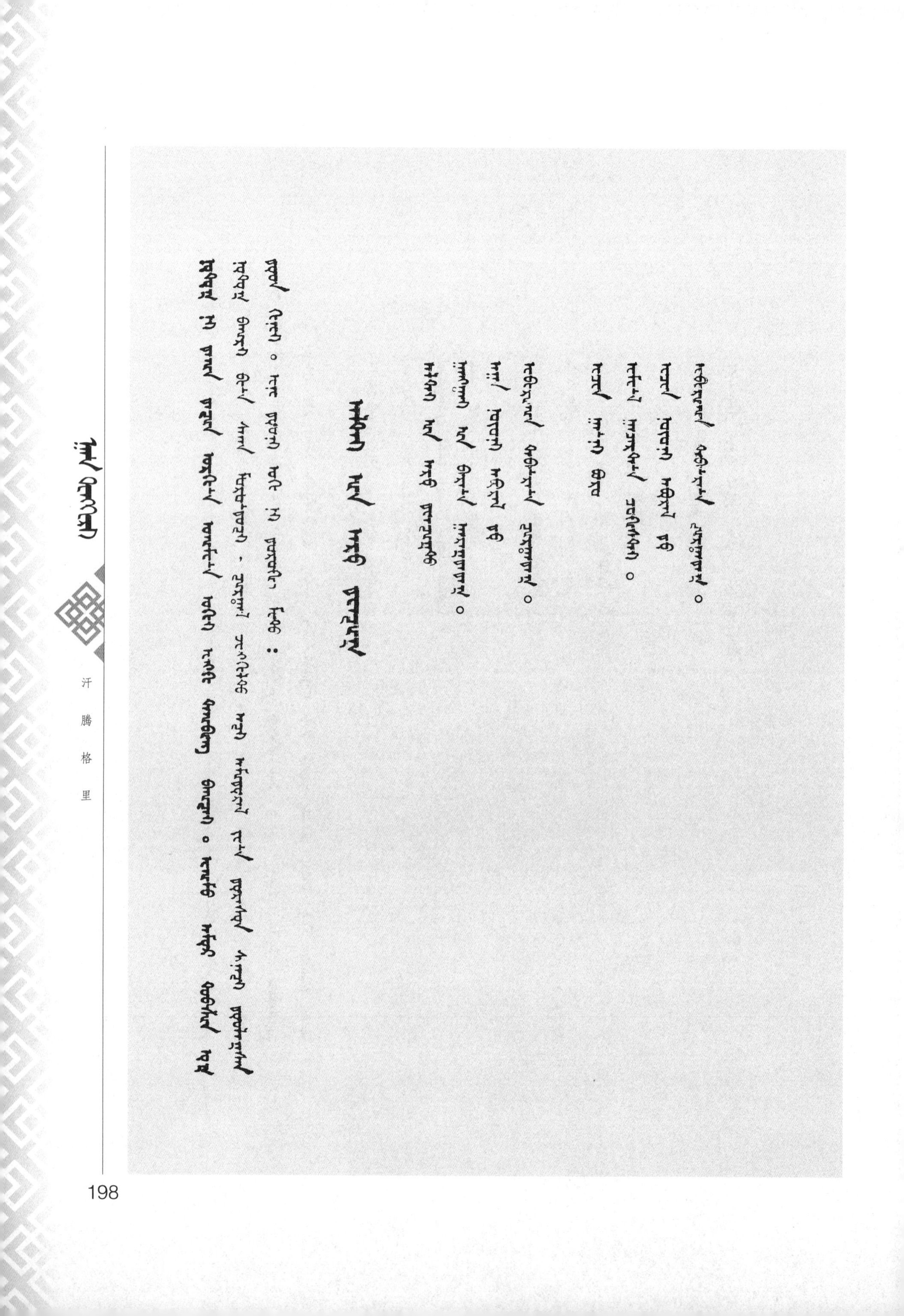

[illegible]
[illegible]
[illegible]

## [illegible]

[illegible]
[illegible]
[illegible]
[illegible]

[illegible]
[illegible]
[illegible]
[illegible]

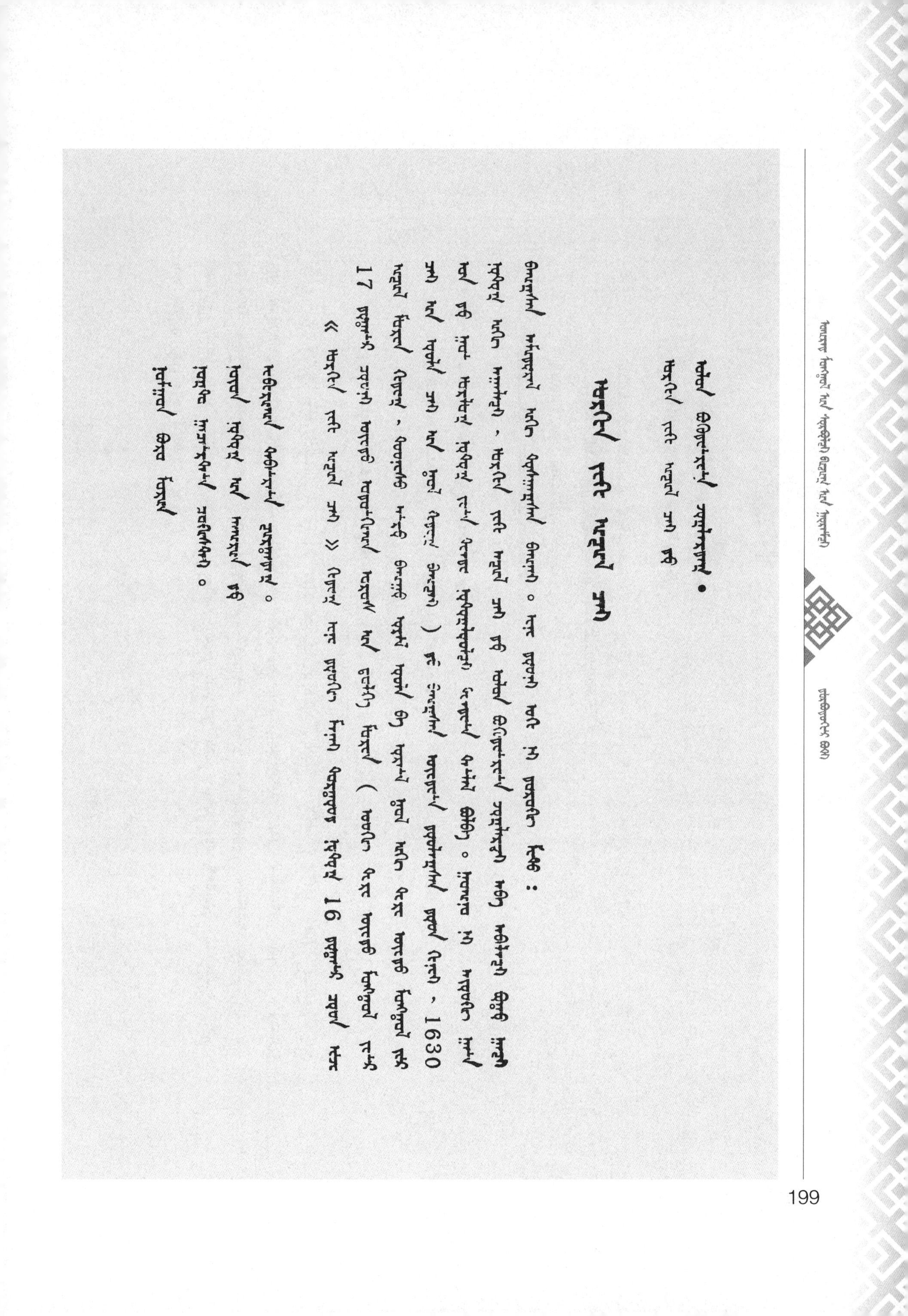

[illegible] •
[illegible]

## [illegible]

[illegible] 1630 [illegible] 17 [illegible] 16 [illegible]

[illegible]

ᡄᠨᡄ ᡑᡇᡇᠨᡅ ᡉᡎᡄ ᠨᡅ ᡑᡇᡇᠷᡍᡅ ᠮᡄᡐᡉ :

[illegible] ᡍᠠᠨ ᡐᡄᡊᡎᡄᠷᡅ [illegible] 1700 [illegible] « ᡍᠠᠨ ᡐᡄᡊᡎᡄᠷᡅ ᡑᡇᡇᠨᡅ » [illegible]

[illegible]
[illegible]
[illegible]
[illegible]

[illegible]
[illegible]
[illegible]
[illegible]

[illegible]
[illegible]

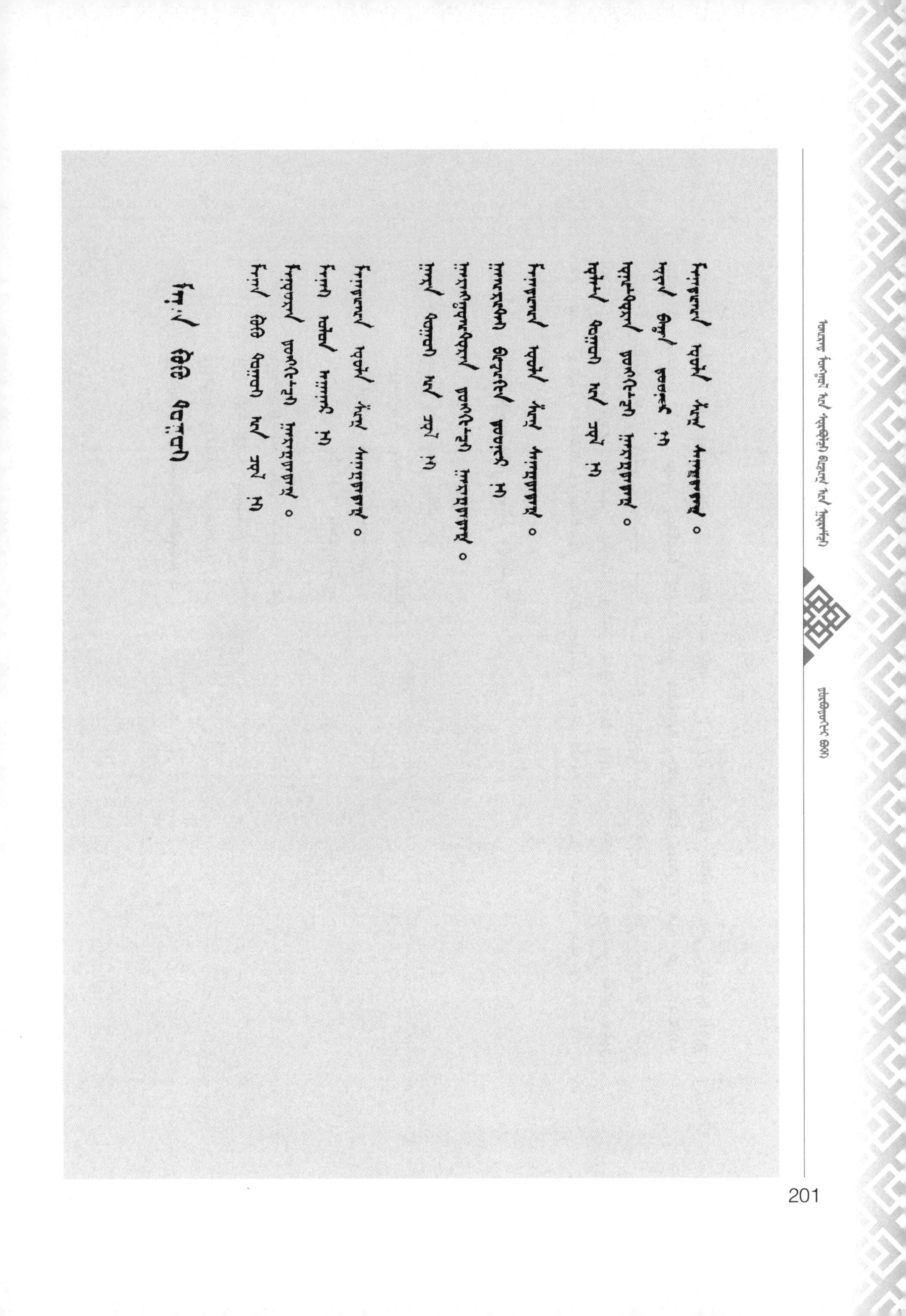

[illegible]

[illegible]

[illegible]

[illegible]

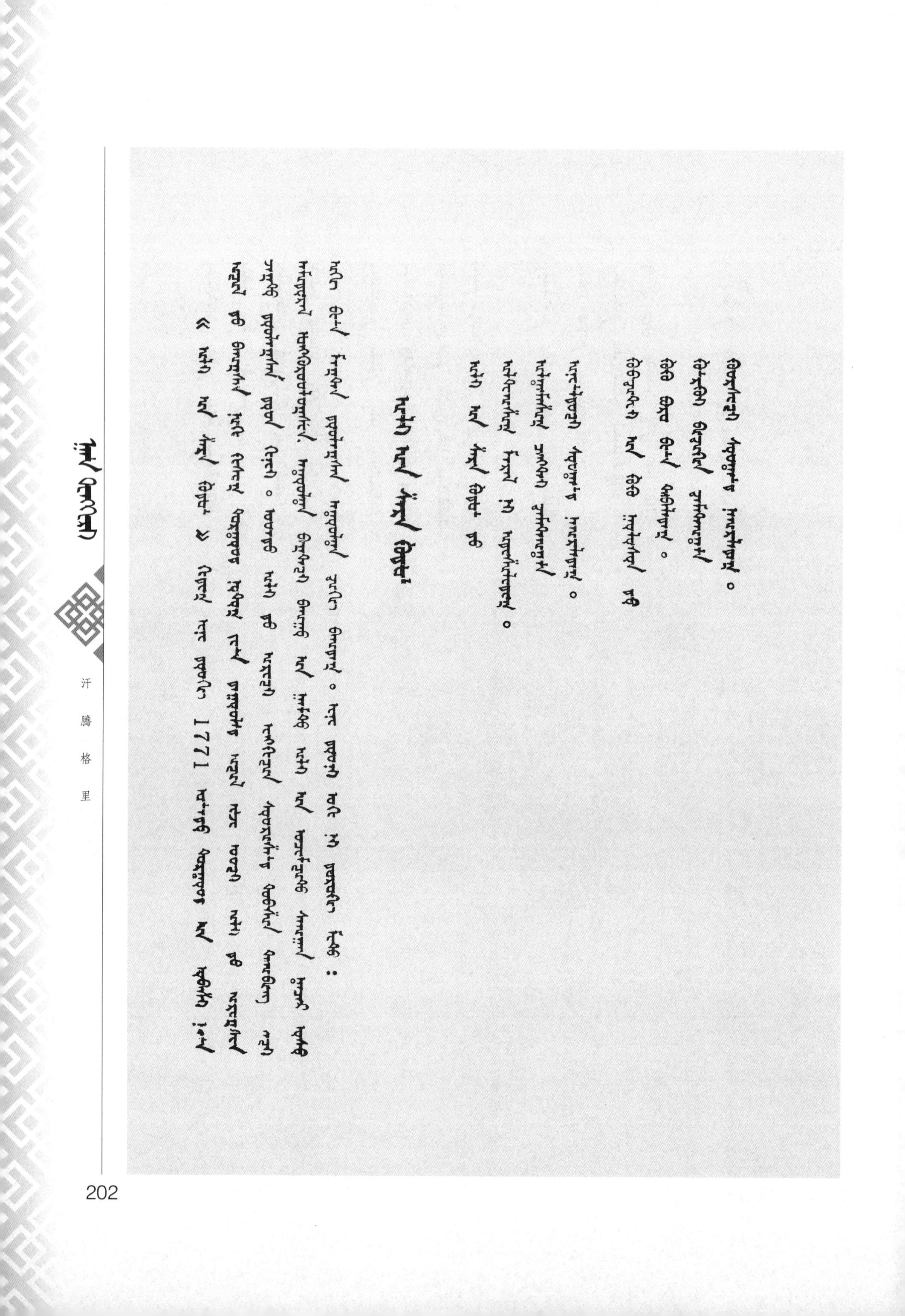

« [illegible] » [illegible] 1771 [illegible] ○ [illegible] ○ [illegible] :

## [illegible]

[illegible]
[illegible] ○
[illegible]
[illegible] ○

[illegible]
[illegible] ○
[illegible]
[illegible] ○

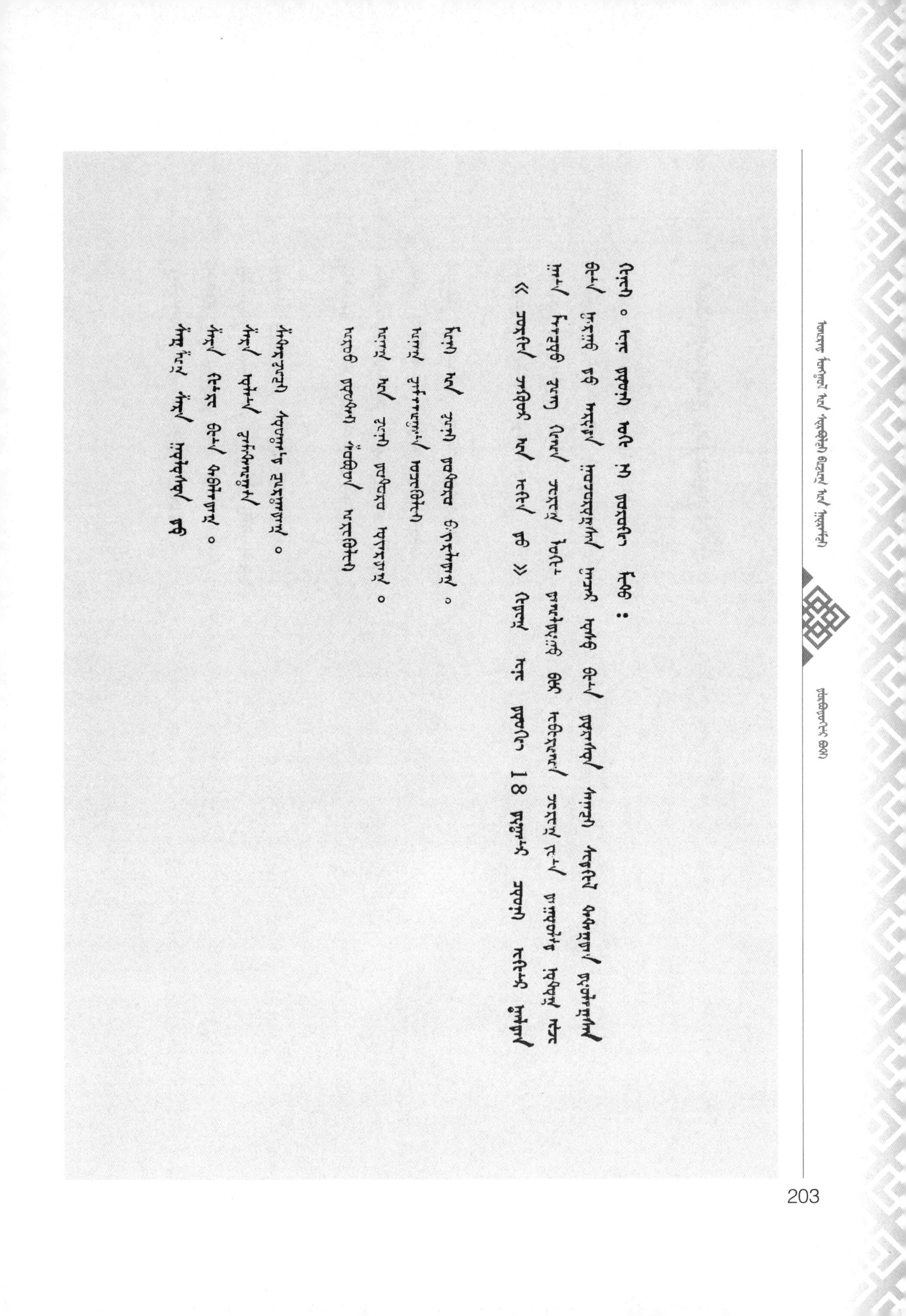

[illegible] :
[illegible]
[illegible]
« [illegible] » [illegible] 18 [illegible] »

[illegible] ◦
[illegible]
[illegible] ◦
[illegible]

[illegible] ◦
[illegible]
[illegible] ◦
[illegible]

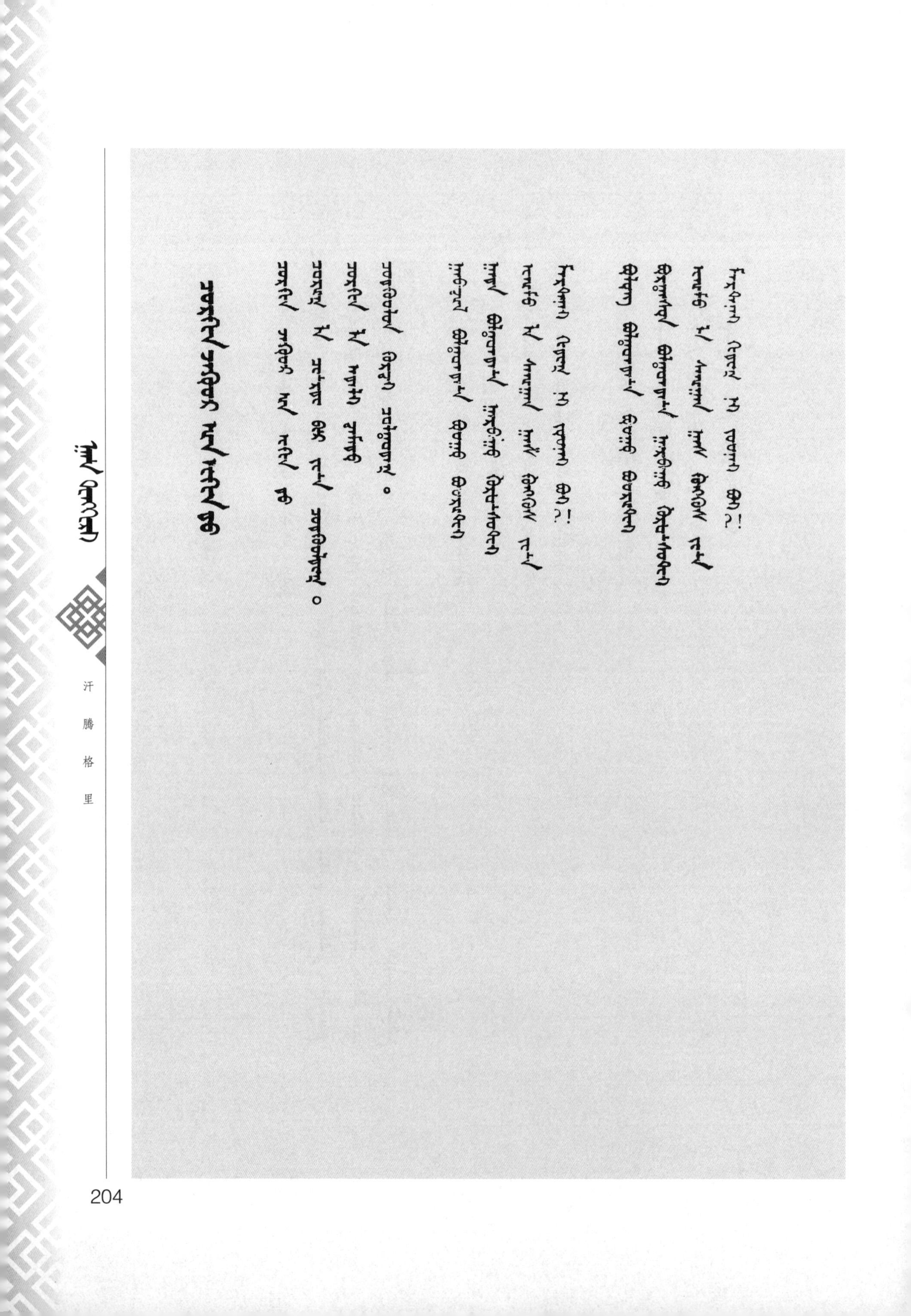

# [illegible]

[illegible]
[illegible]
[illegible]
[illegible]

[illegible]
[illegible]
[illegible]
[illegible]

[illegible]
[illegible]
[illegible]
[illegible]

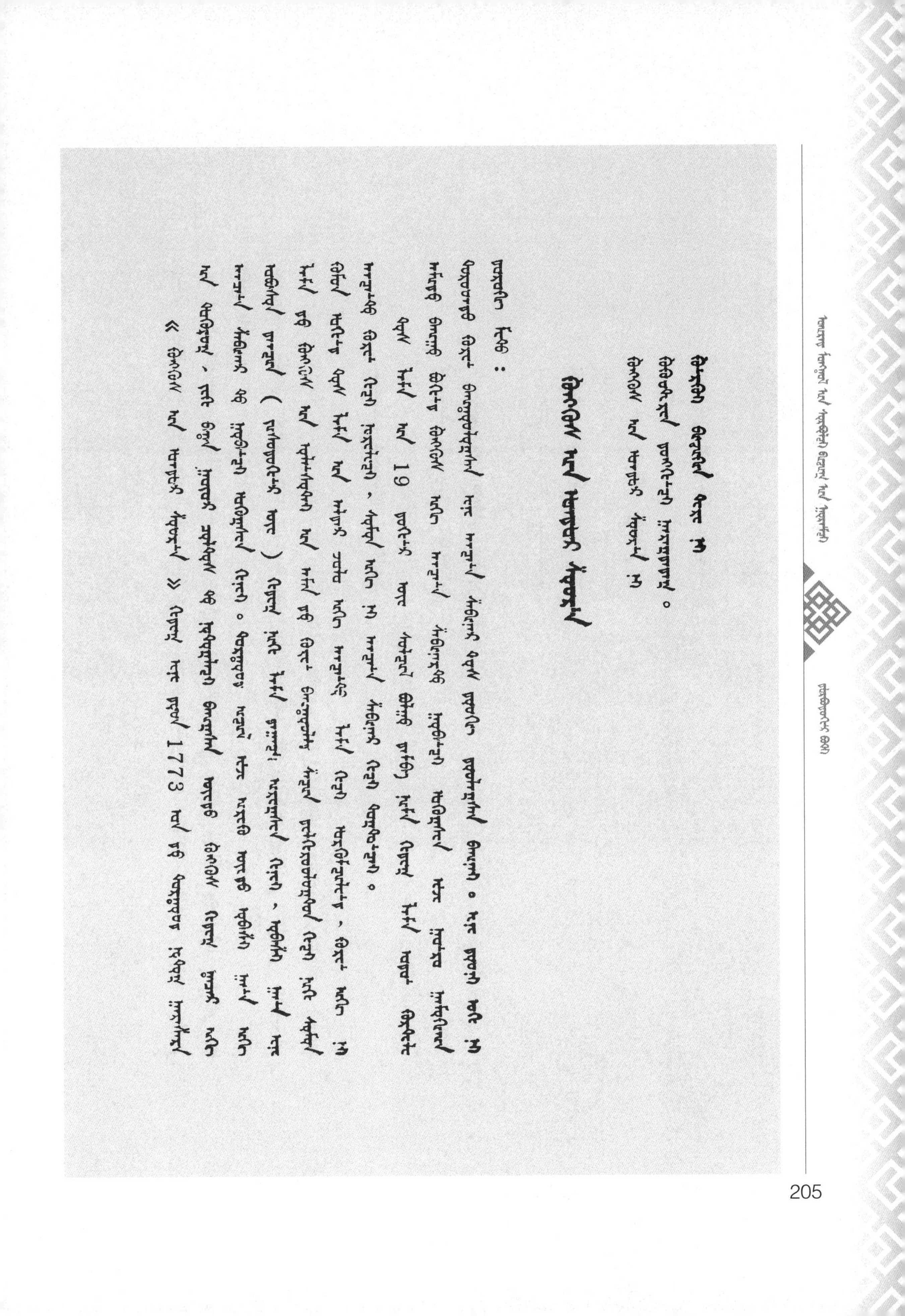

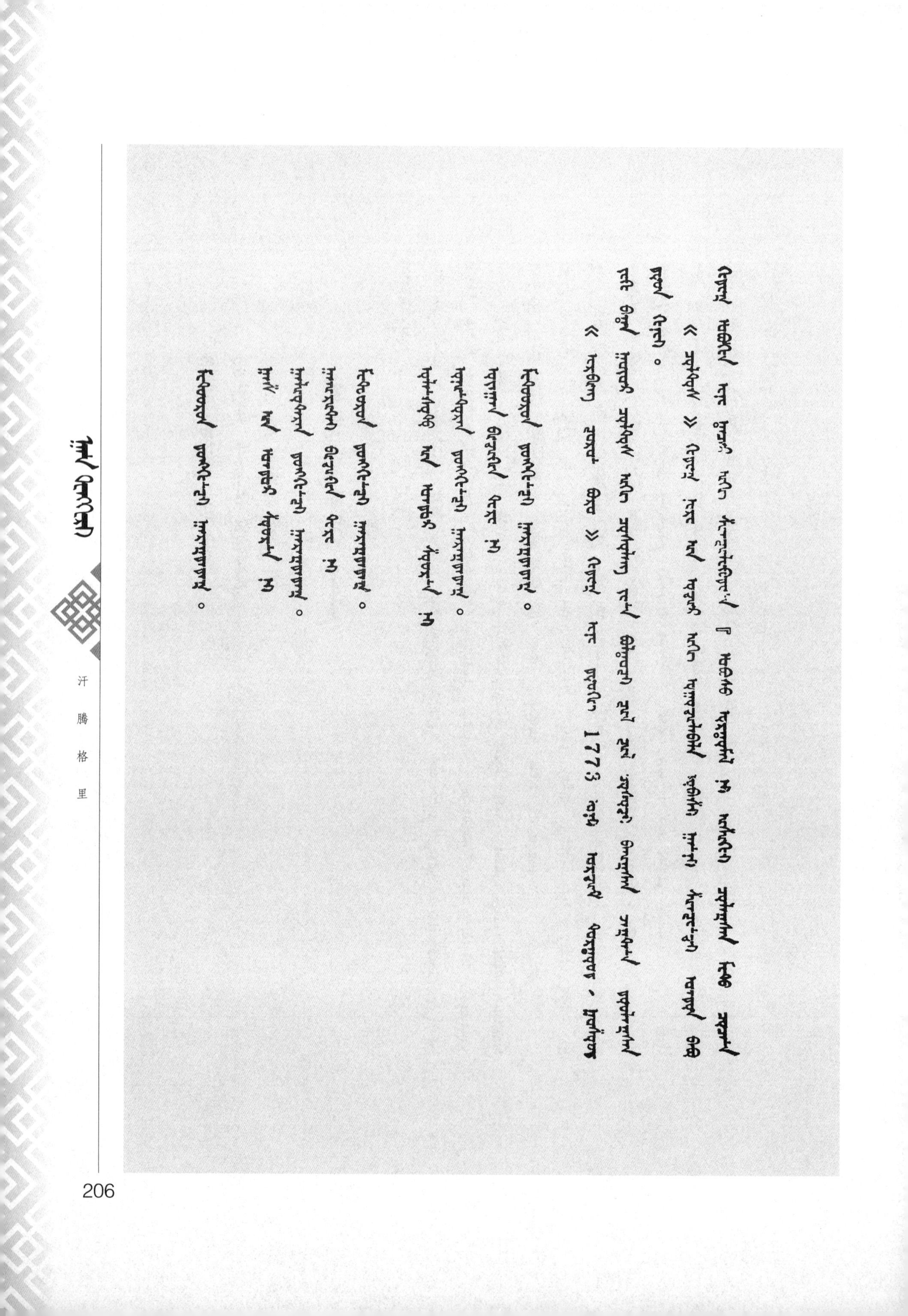

« » 1773 «

«

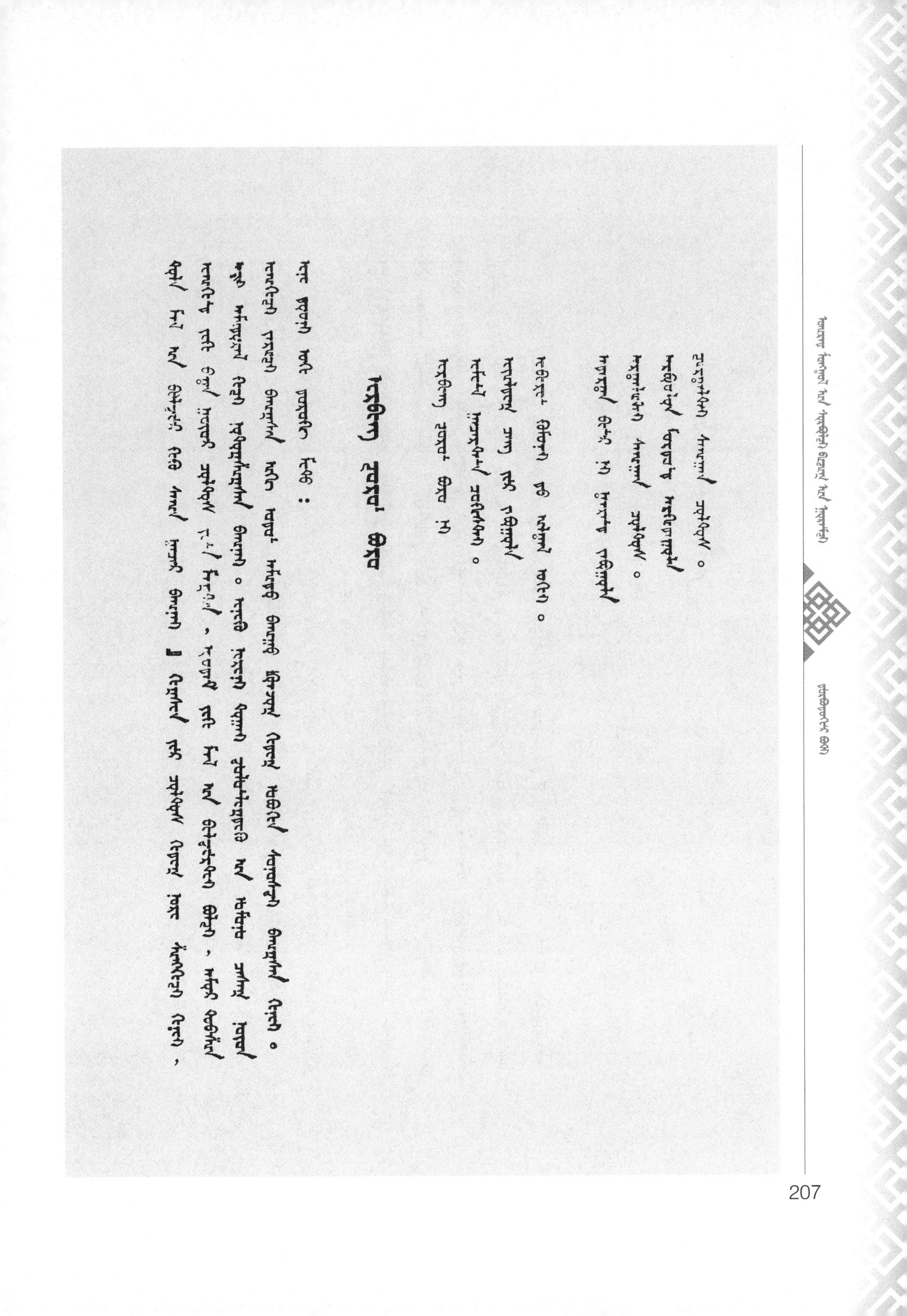

[illegible]
[illegible]
[illegible]
[illegible]

[illegible]
[illegible]
[illegible]
[illegible]

## [illegible]

[illegible] :
[illegible]
[illegible]
[illegible]
[illegible]

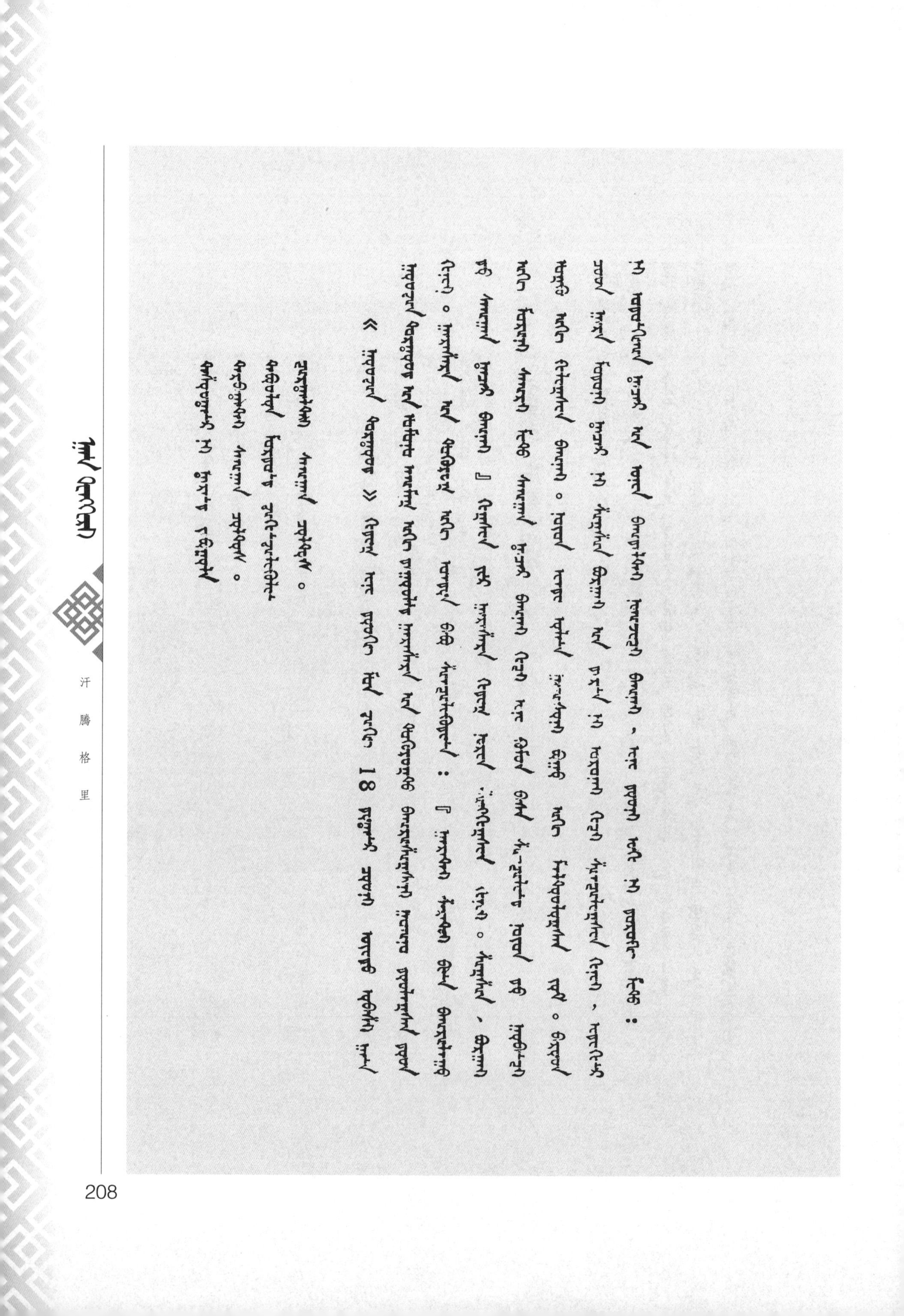

[illegible]
[illegible] ◦
[illegible]
[illegible] ◦

« [illegible] » [illegible] 18 [illegible]
[illegible]
[illegible] : 『 [illegible]
[illegible] ◦ [illegible]
[illegible] 』 [illegible] ◦ [illegible] , [illegible]
[illegible]
[illegible] ◦ [illegible] ◦ [illegible] ◦ [illegible]
[illegible] , [illegible]
[illegible] , [illegible] :

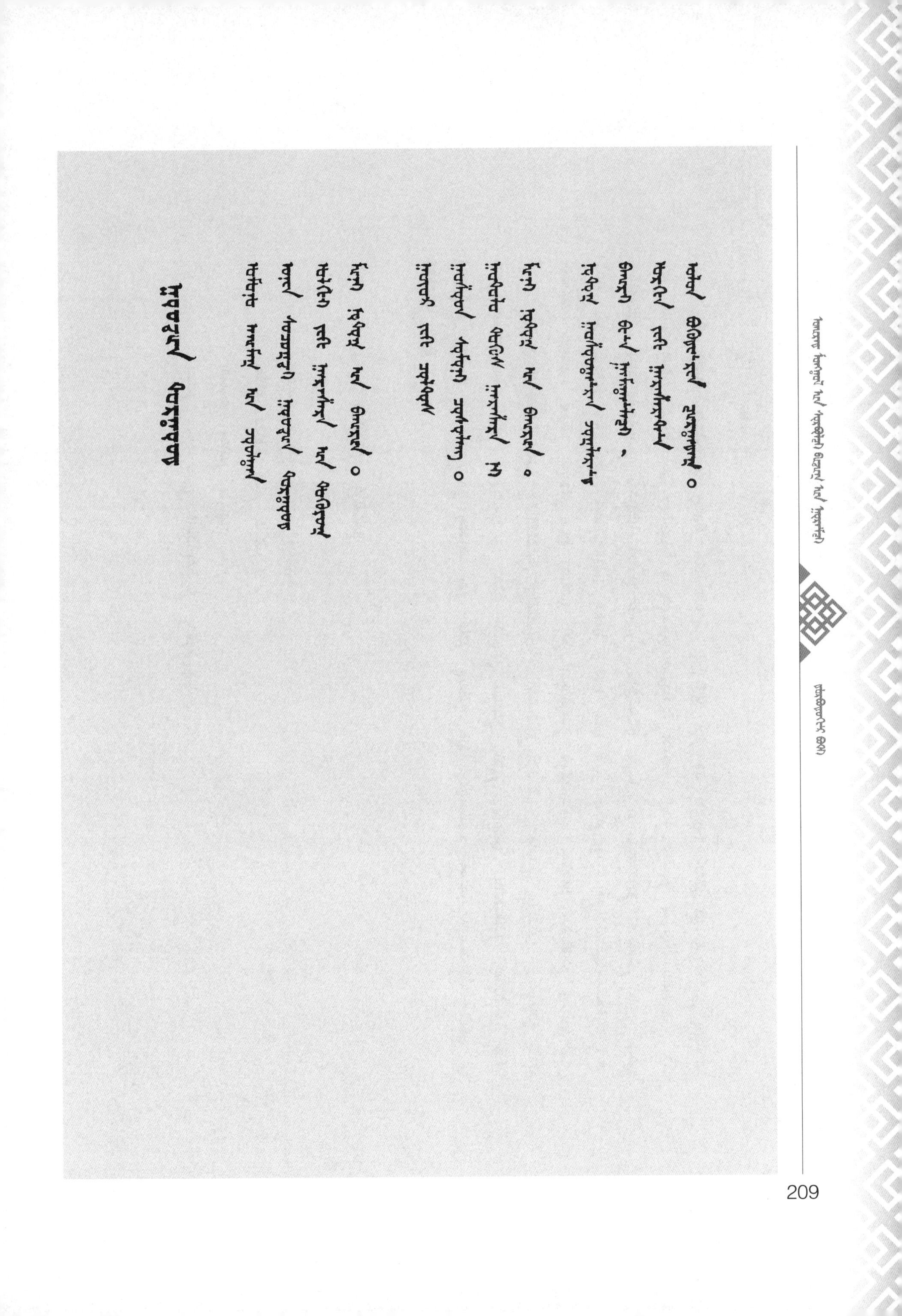

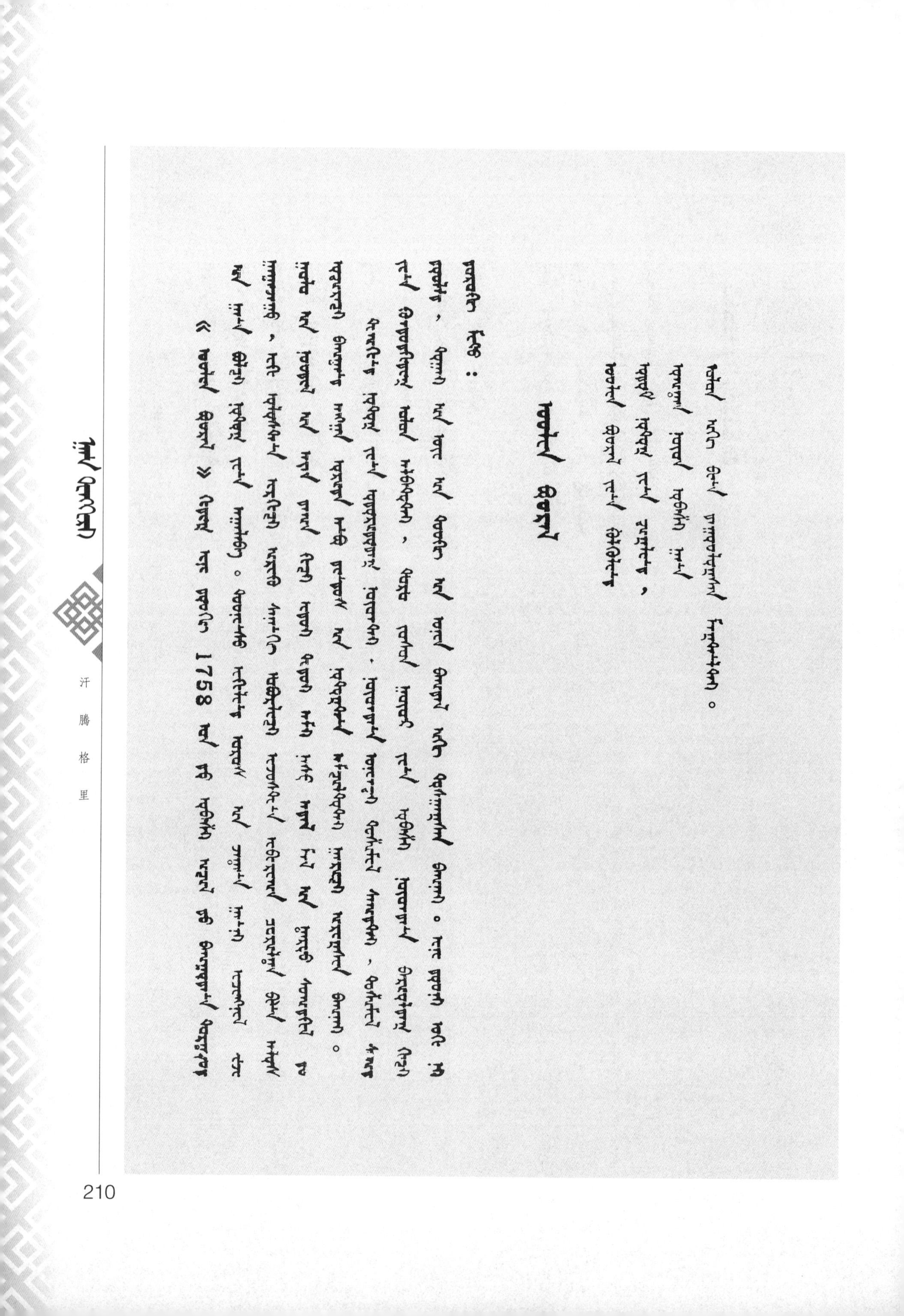

[illegible] 。
[illegible]
[illegible] ,
[illegible]

## [illegible]

[illegible] :
[illegible] 。 [illegible]

[illegible] 。

[illegible] 。 [illegible]

《 [illegible] 》 [illegible] 1758 [illegible]

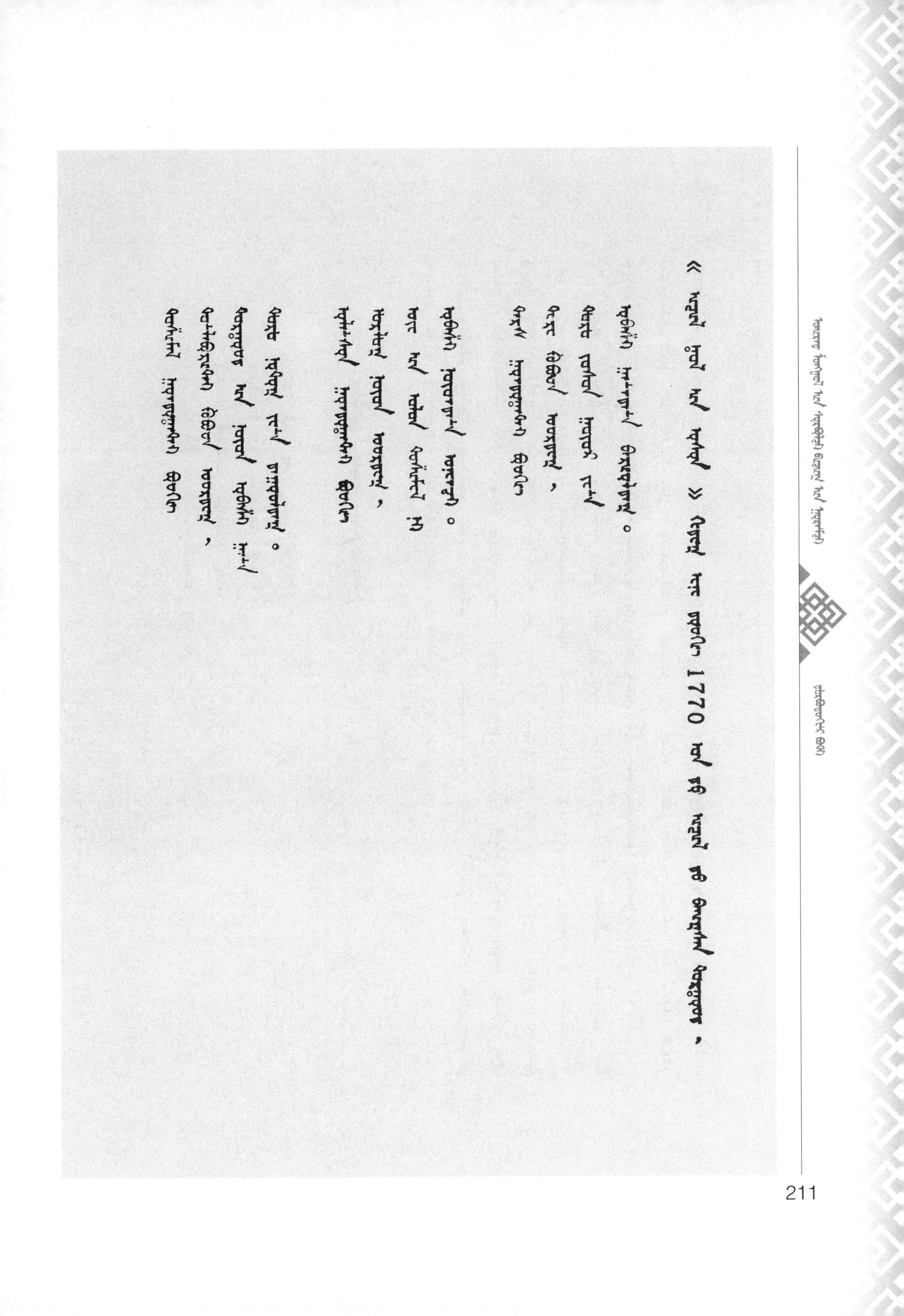

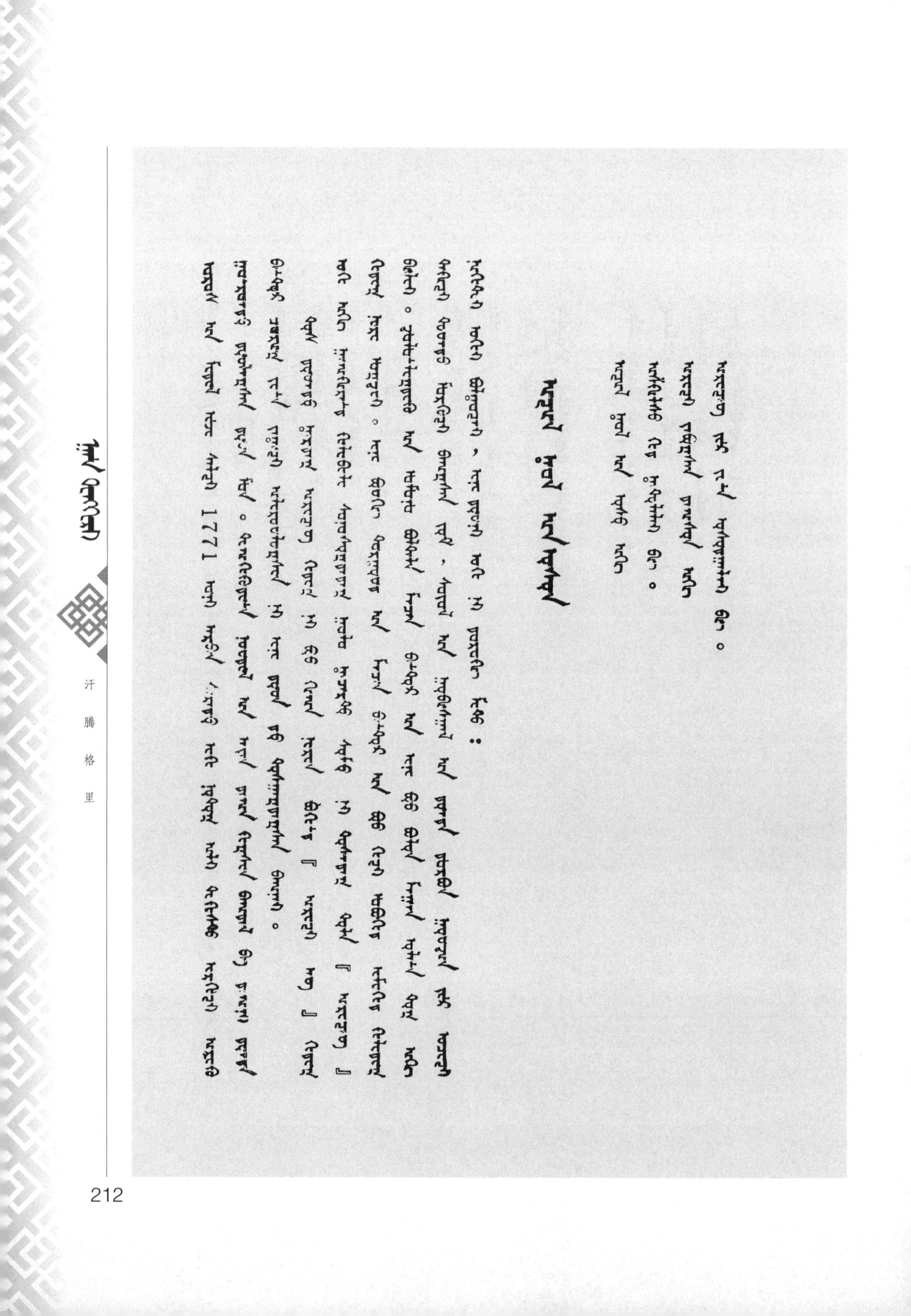

[illegible]

[illegible] 1771 [illegible]

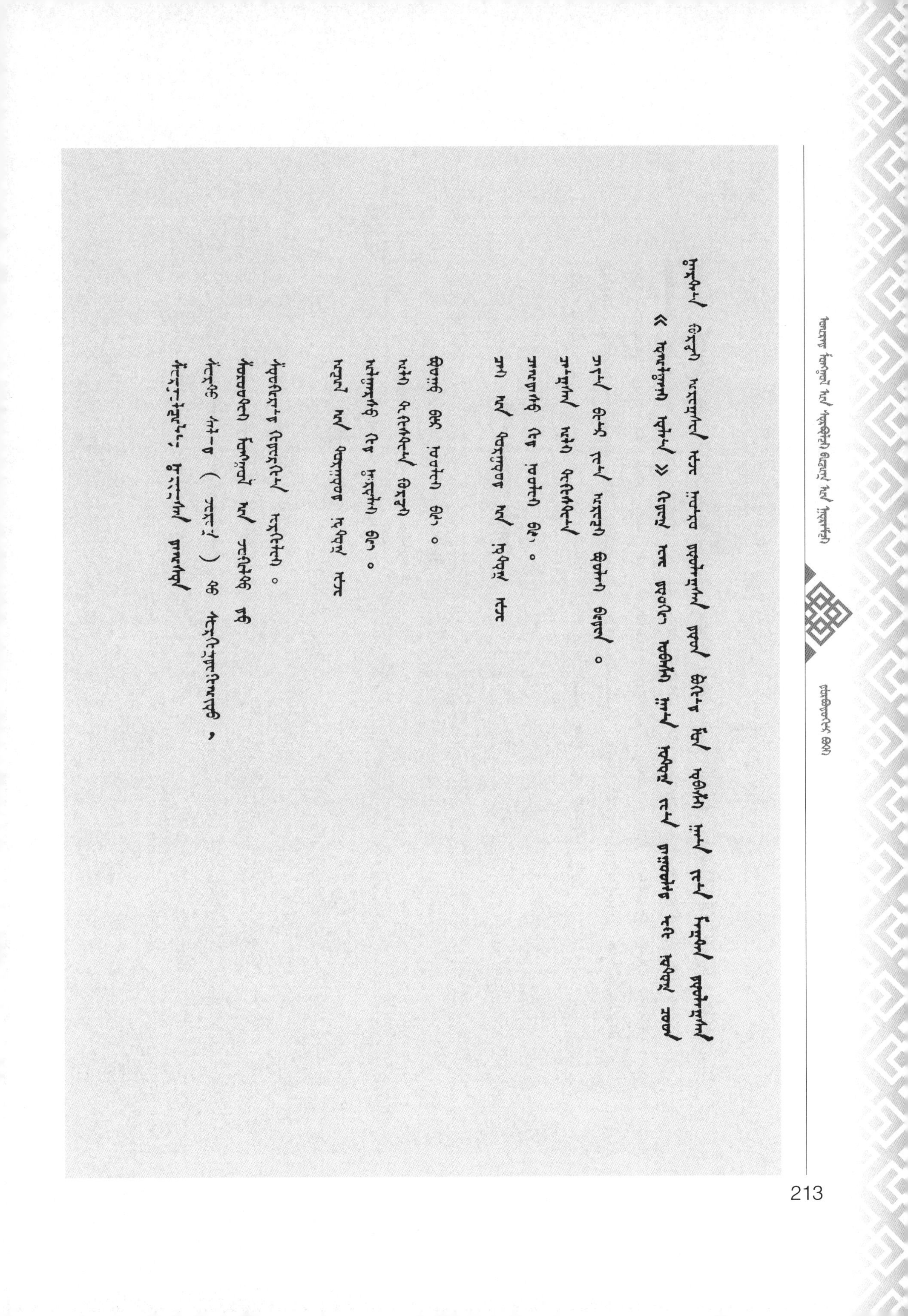

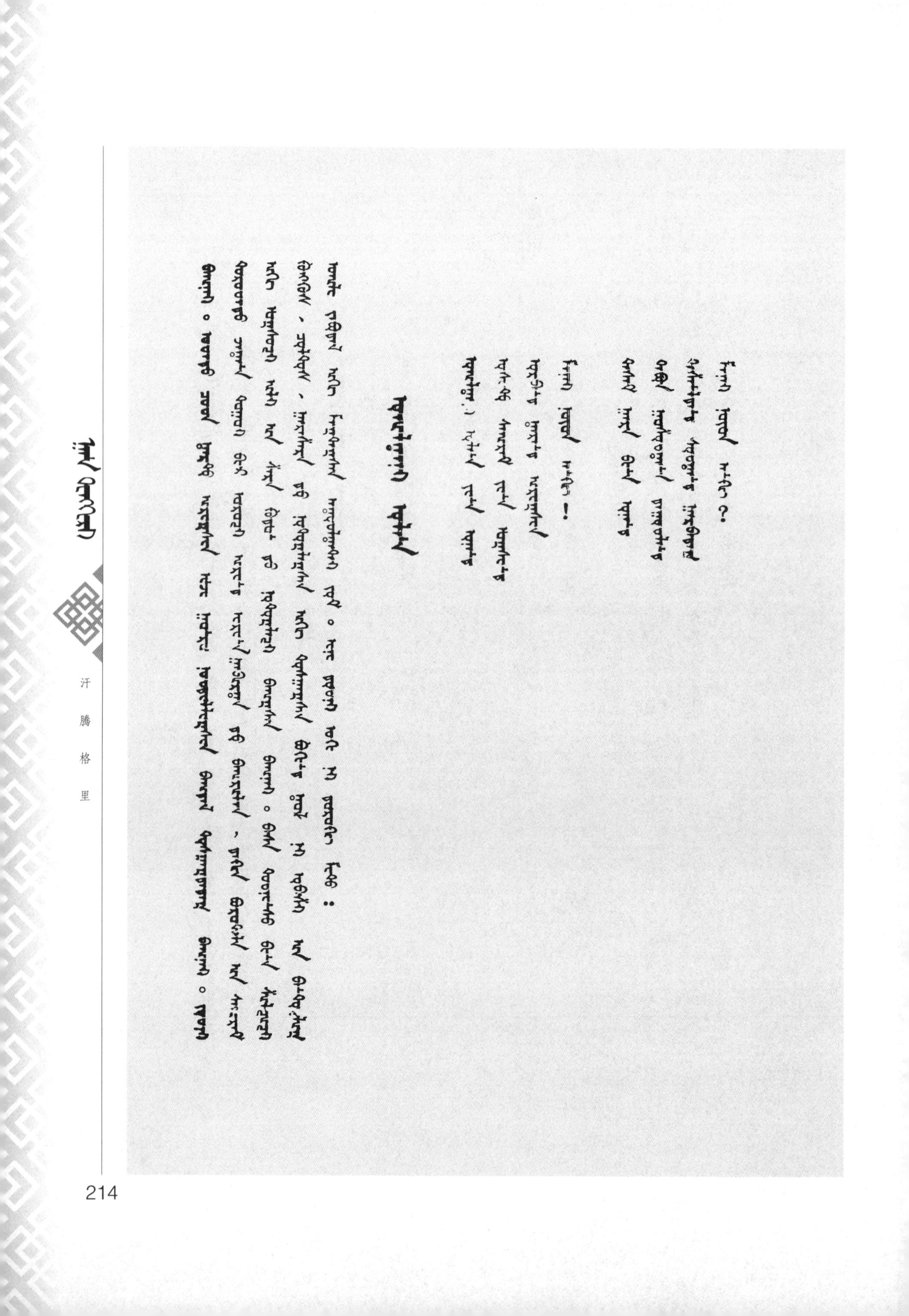

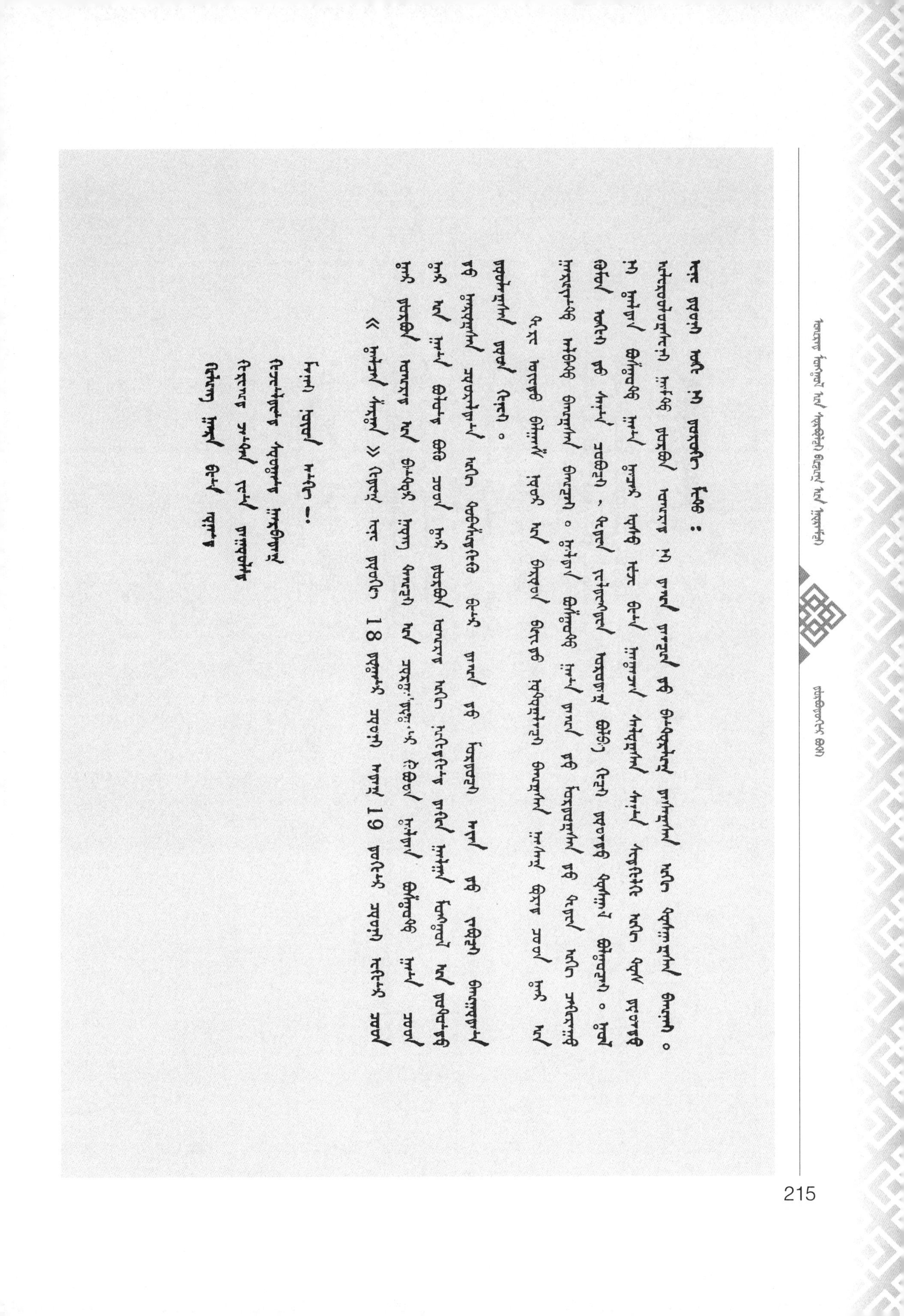

[illegible] :

[illegible] ◦
[illegible]
[illegible] ◦ [illegible]
[illegible] ◦ [illegible]

[illegible]
[illegible] ◦

[illegible]
[illegible]
[illegible]
[illegible] « [illegible] » [illegible] 18 [illegible] 19 [illegible]

[illegible] —◦
[illegible]
[illegible]
[illegible]

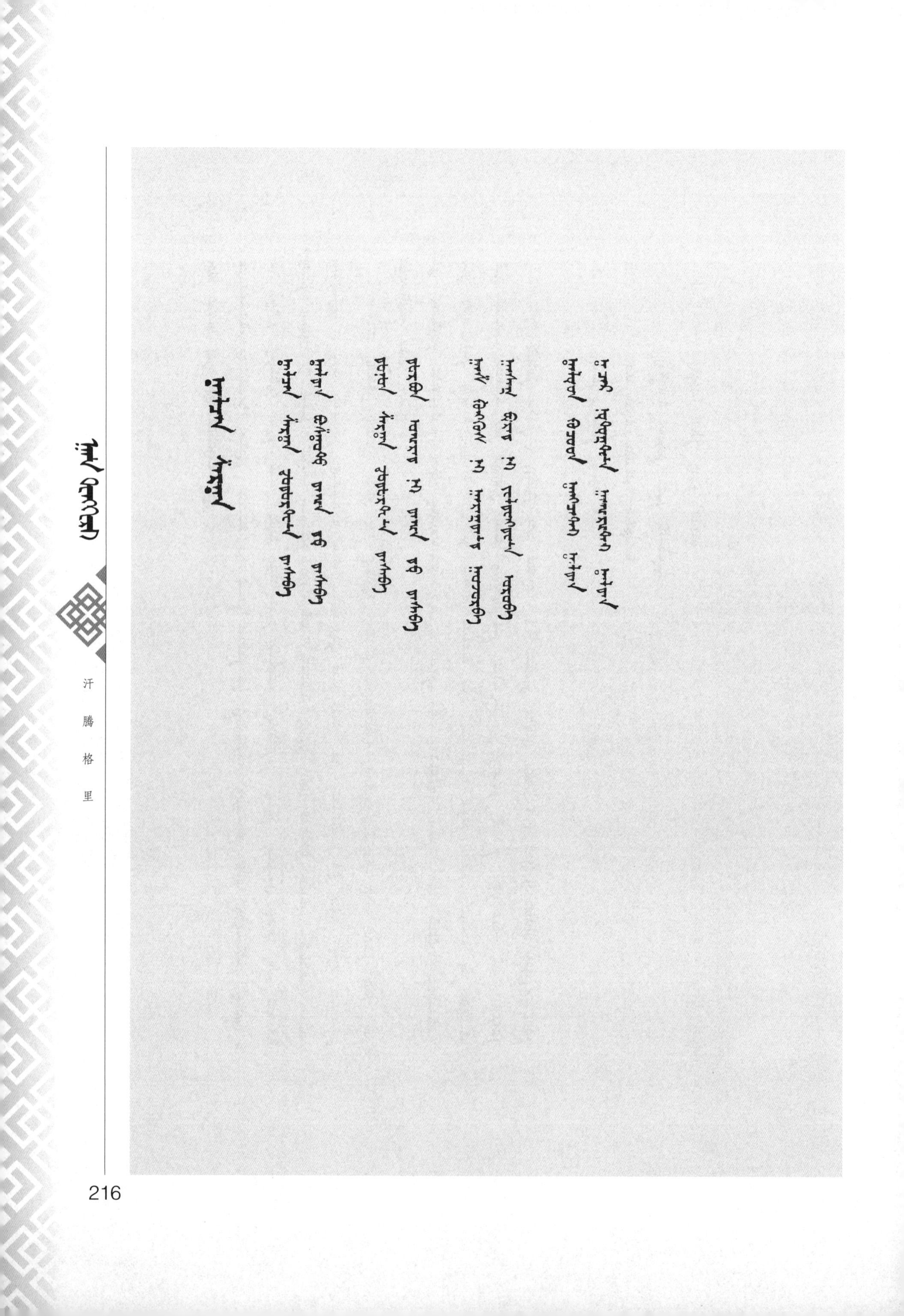

# ᠨᠠᠢᠷ ᠨᠠᠭᠠᠳᠤᠮ

[illegible]
[illegible]

[illegible]
[illegible]

[illegible]
[illegible]

[illegible]
[illegible]

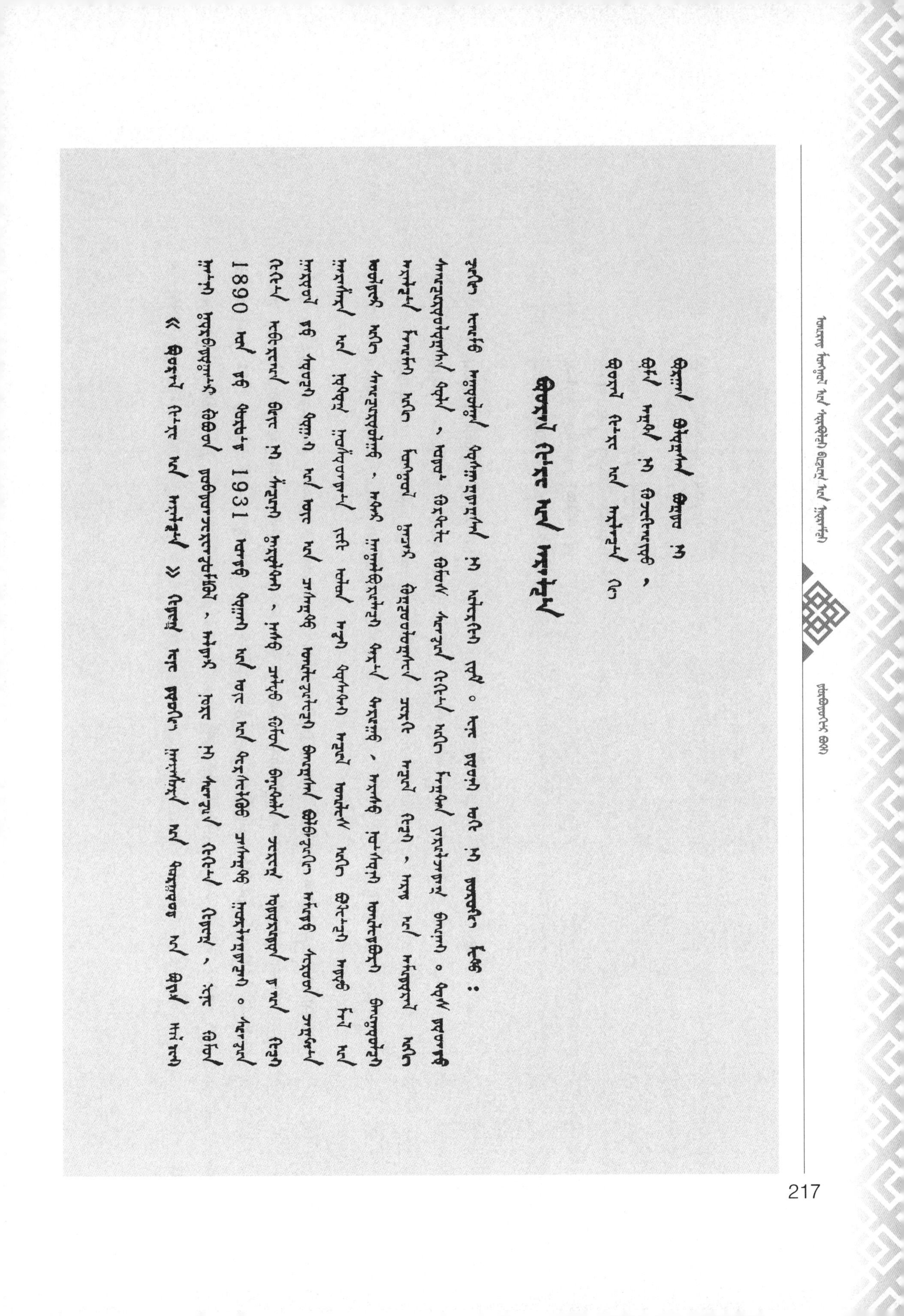

[illegible]
[illegible]
[illegible]

# [illegible]

[illegible]
[illegible]
[illegible]
[illegible]
[illegible]
[illegible]
[illegible]
[illegible] 1890 [illegible] 1931 [illegible]
[illegible]
« [illegible] « [illegible]

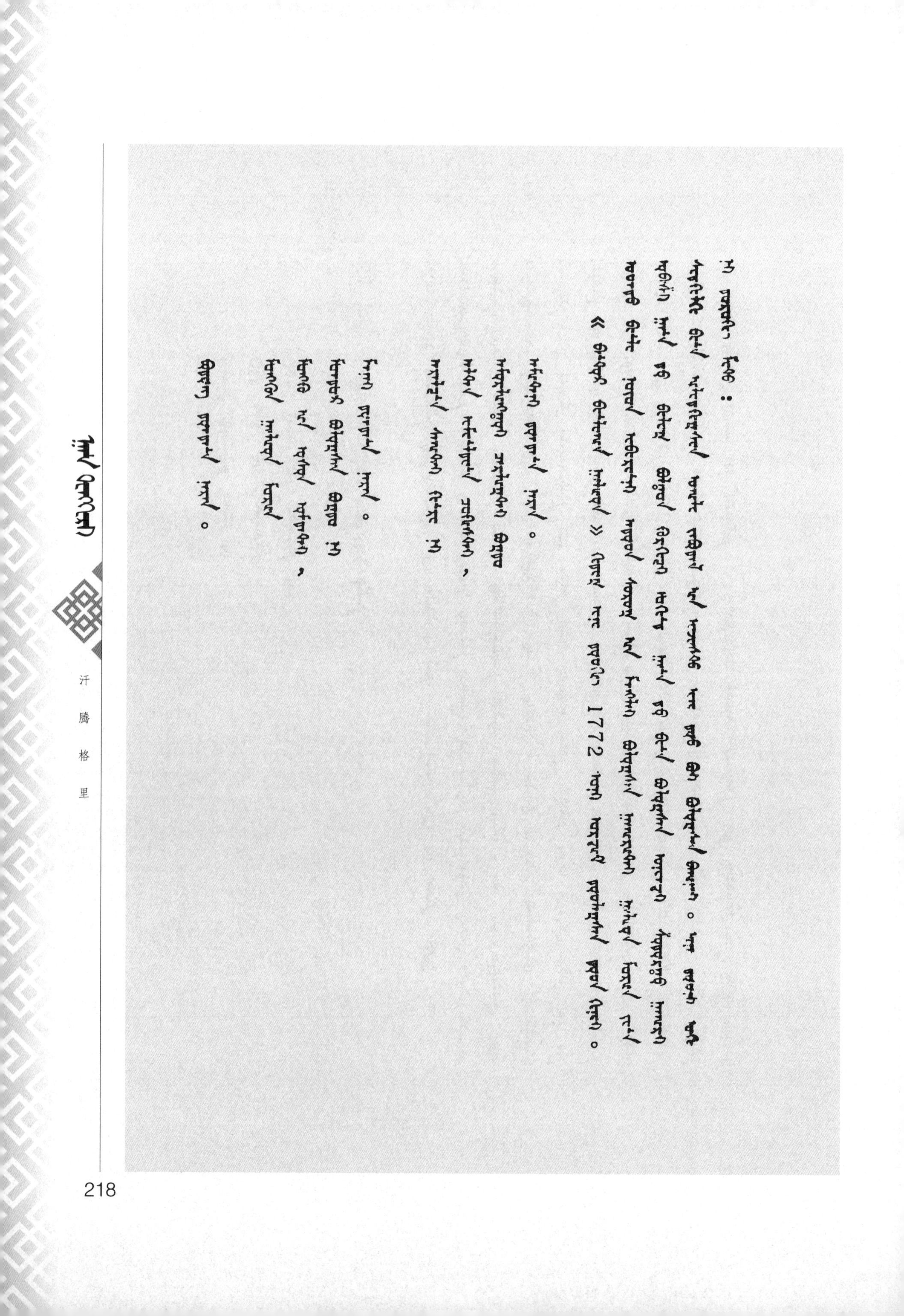

[illegible]

[illegible]

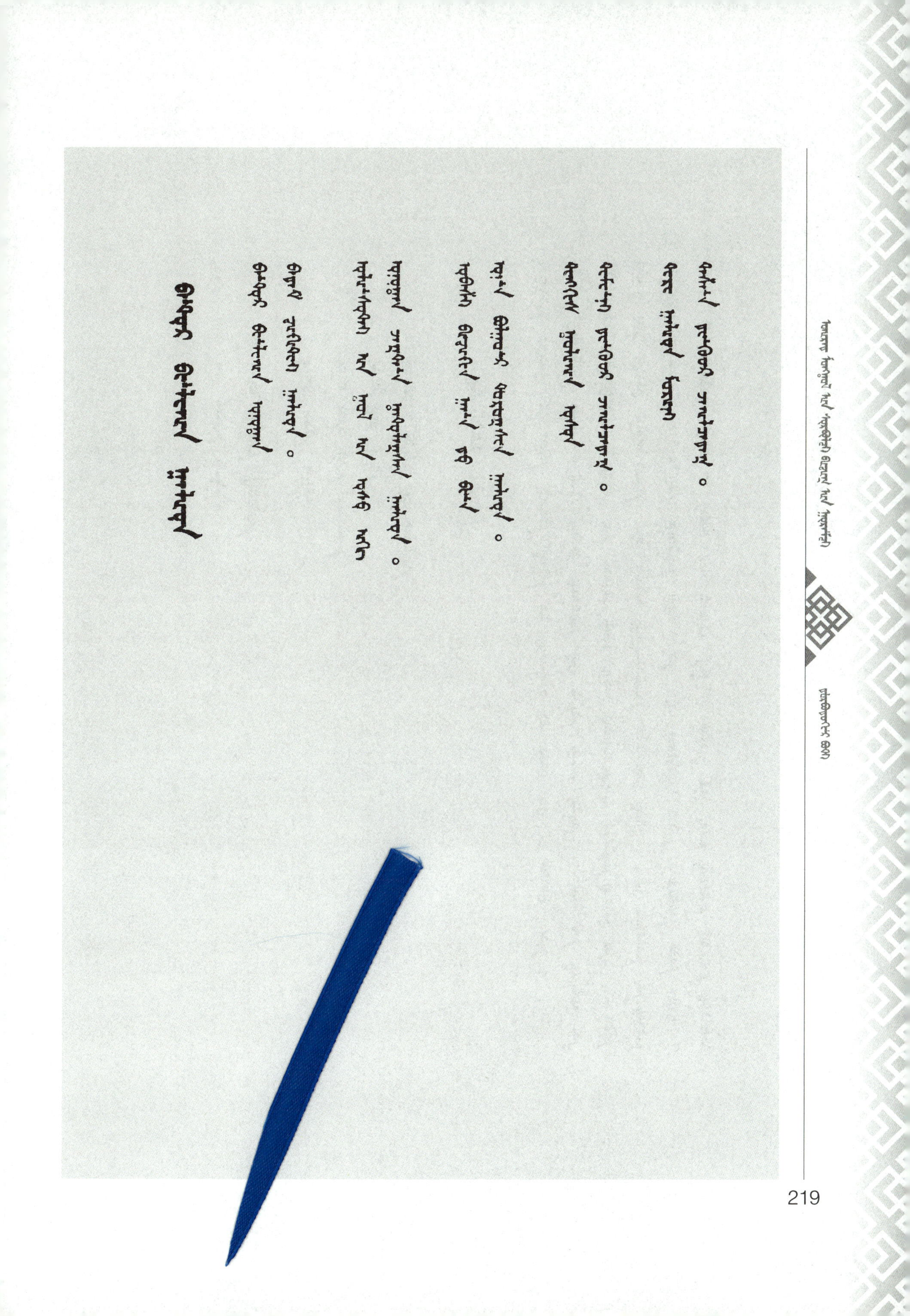

[illegible]
[illegible]

[illegible]
[illegible]

[illegible]
[illegible]

[illegible]
[illegible]

[illegible]
[illegible]

[illegible]

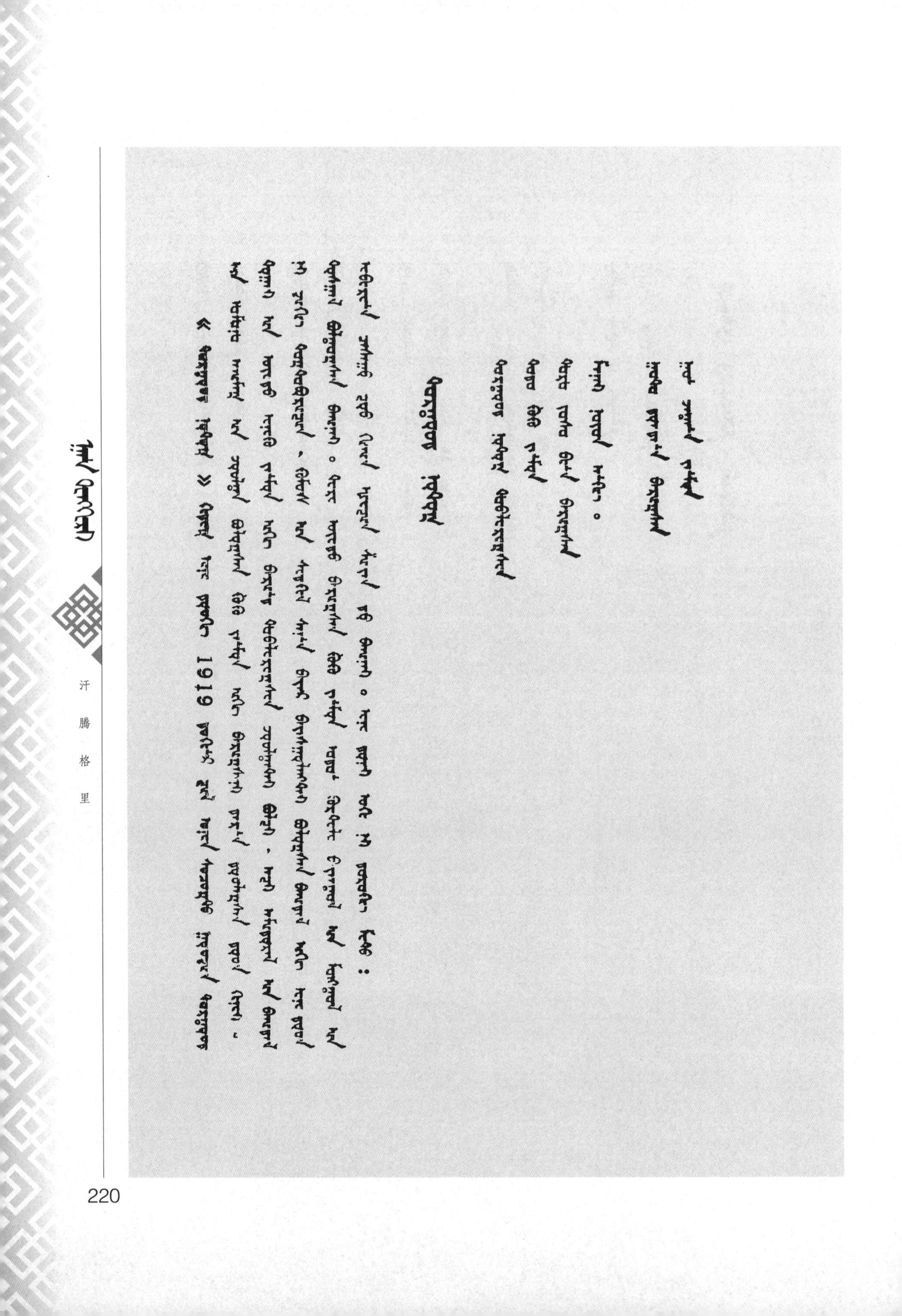

[illegible]

[illegible]

[illegible] « [illegible] » [illegible] 1919 [illegible]

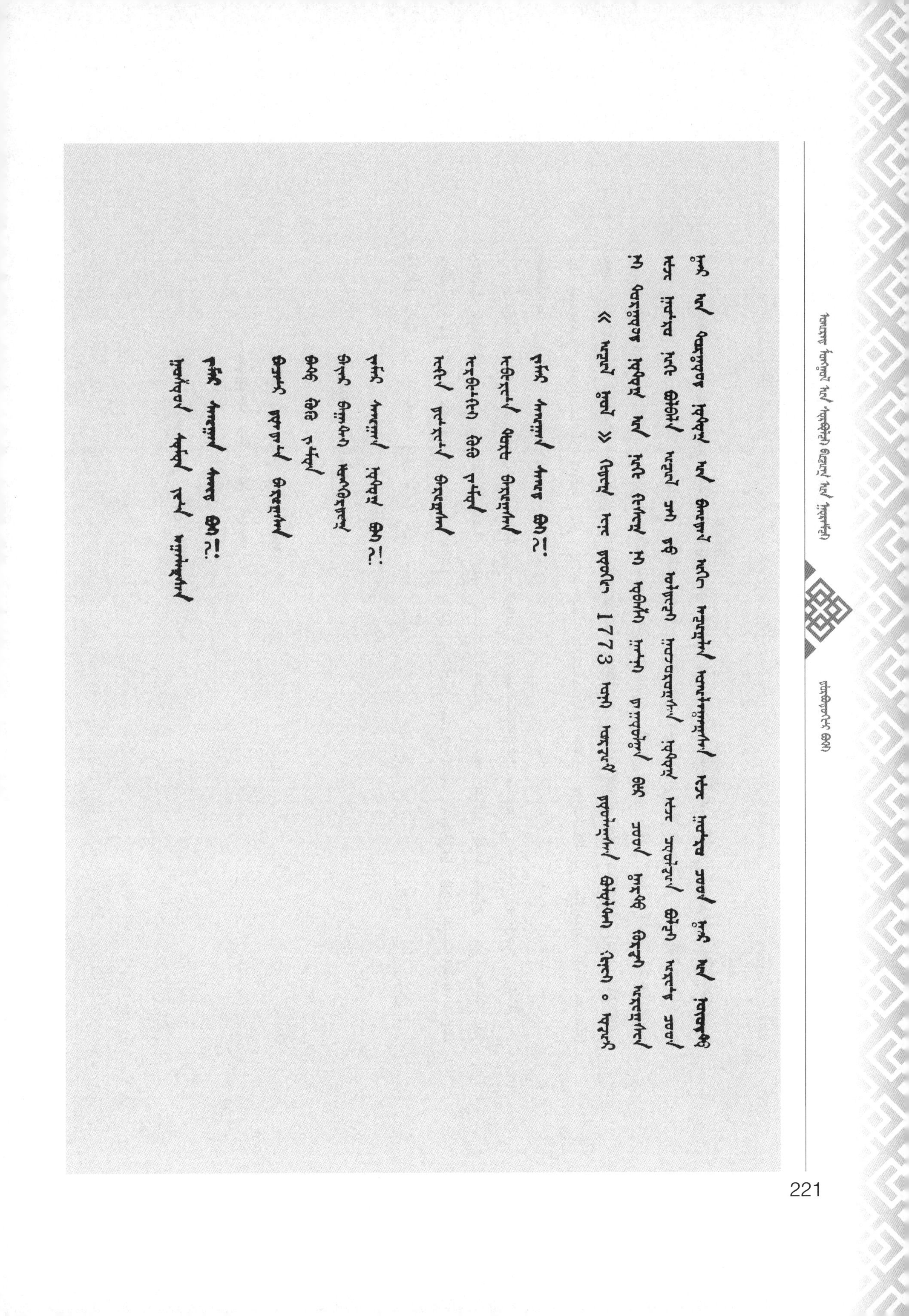

[illegible]
[illegible]
[illegible]
« [illegible] » [illegible] 1773 [illegible] ◦ [illegible]

[illegible] ?!
[illegible]
[illegible]
[illegible]

[illegible] ?!
[illegible]
[illegible]
[illegible]

[illegible] ?!
[illegible]

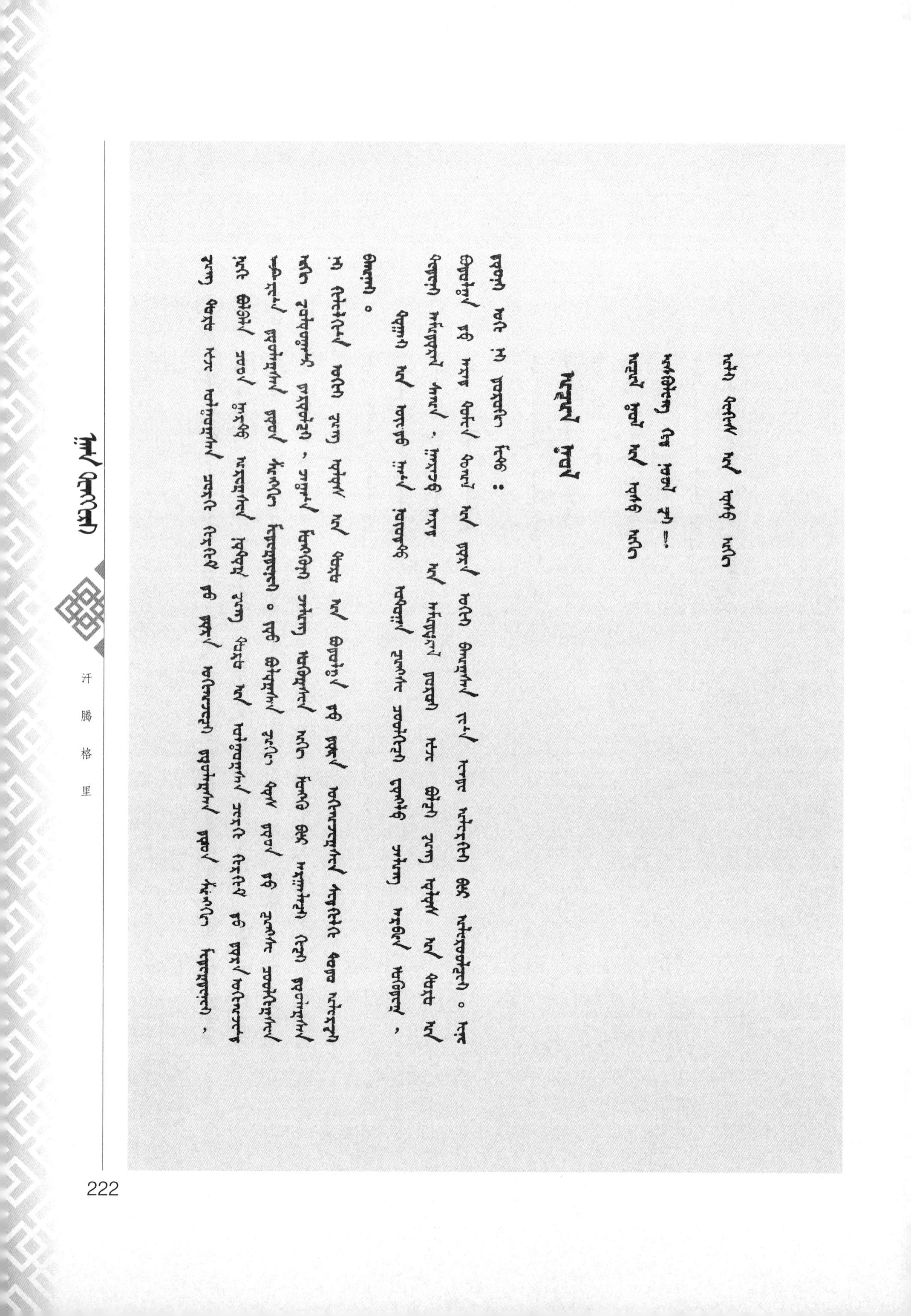

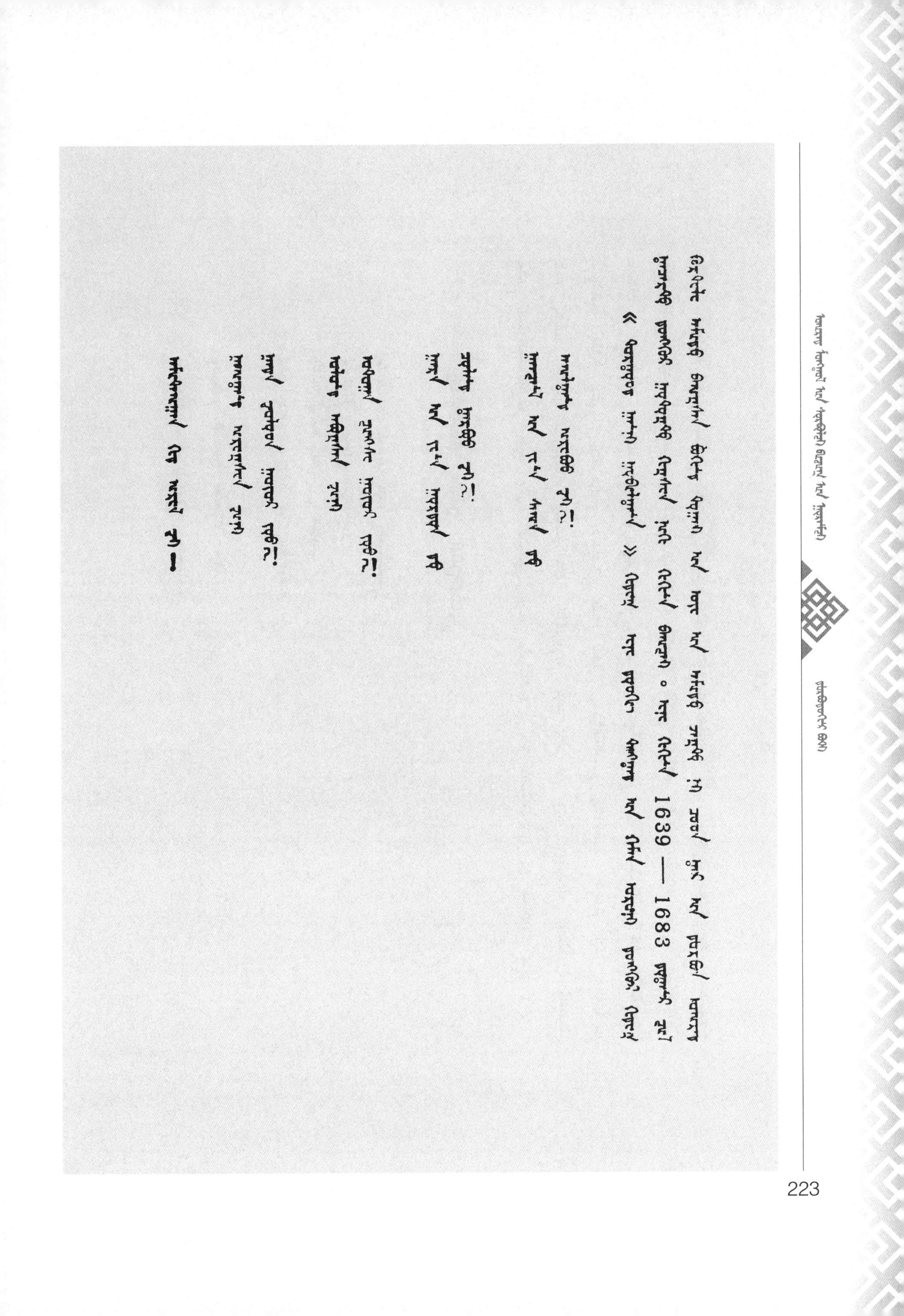

[illegible]
[illegible] 1639 — 1683 [illegible]
« [illegible] » [illegible]

[illegible] ?!
[illegible]

[illegible] ?!
[illegible]

[illegible] ?!
[illegible]

[illegible] ?!
[illegible]

[illegible] !

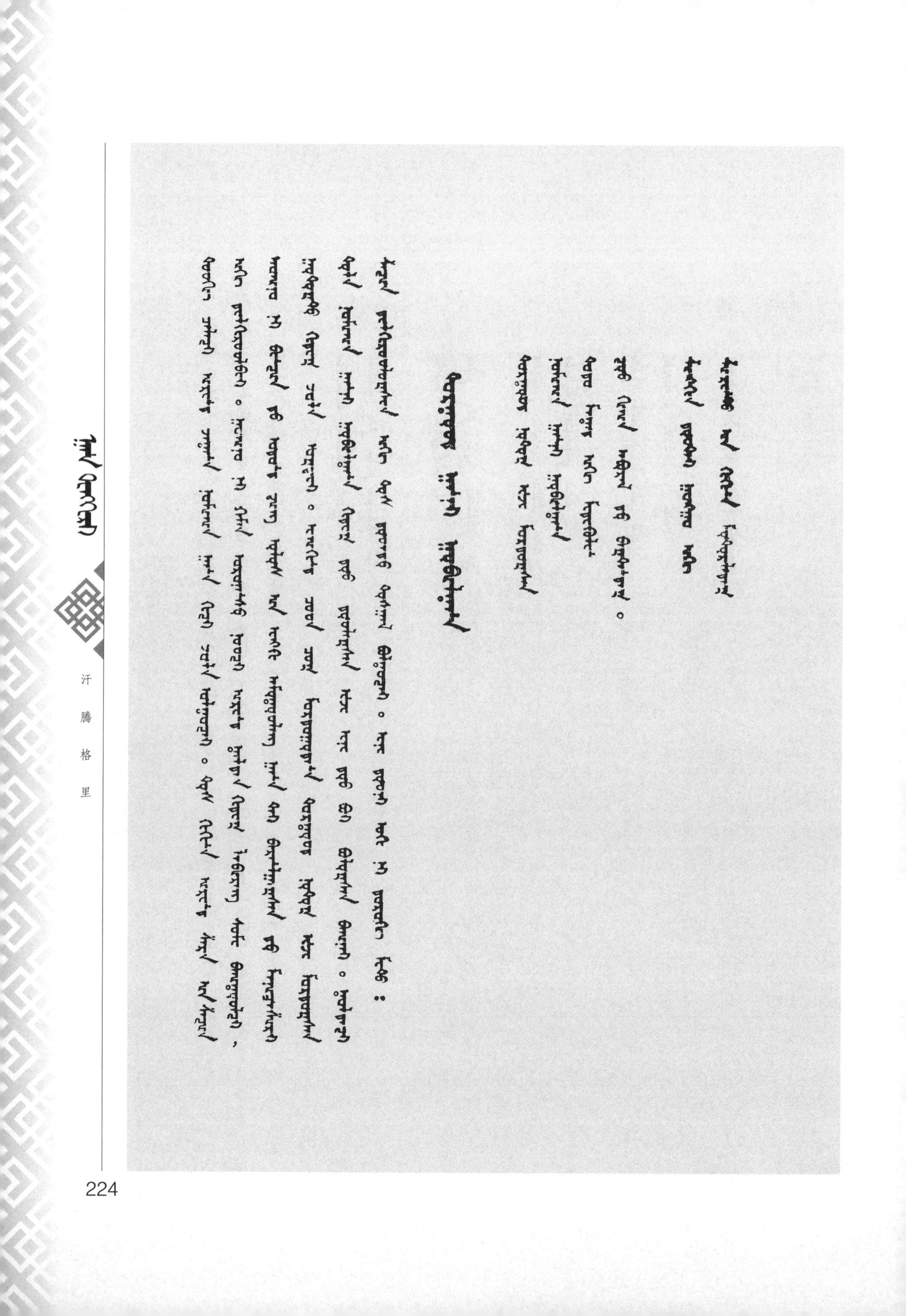

[illegible]
[illegible]
[illegible]
[illegible]
[illegible]
[illegible]

## [illegible]

[illegible]
[illegible]
[illegible]
[illegible]

[illegible]
[illegible]

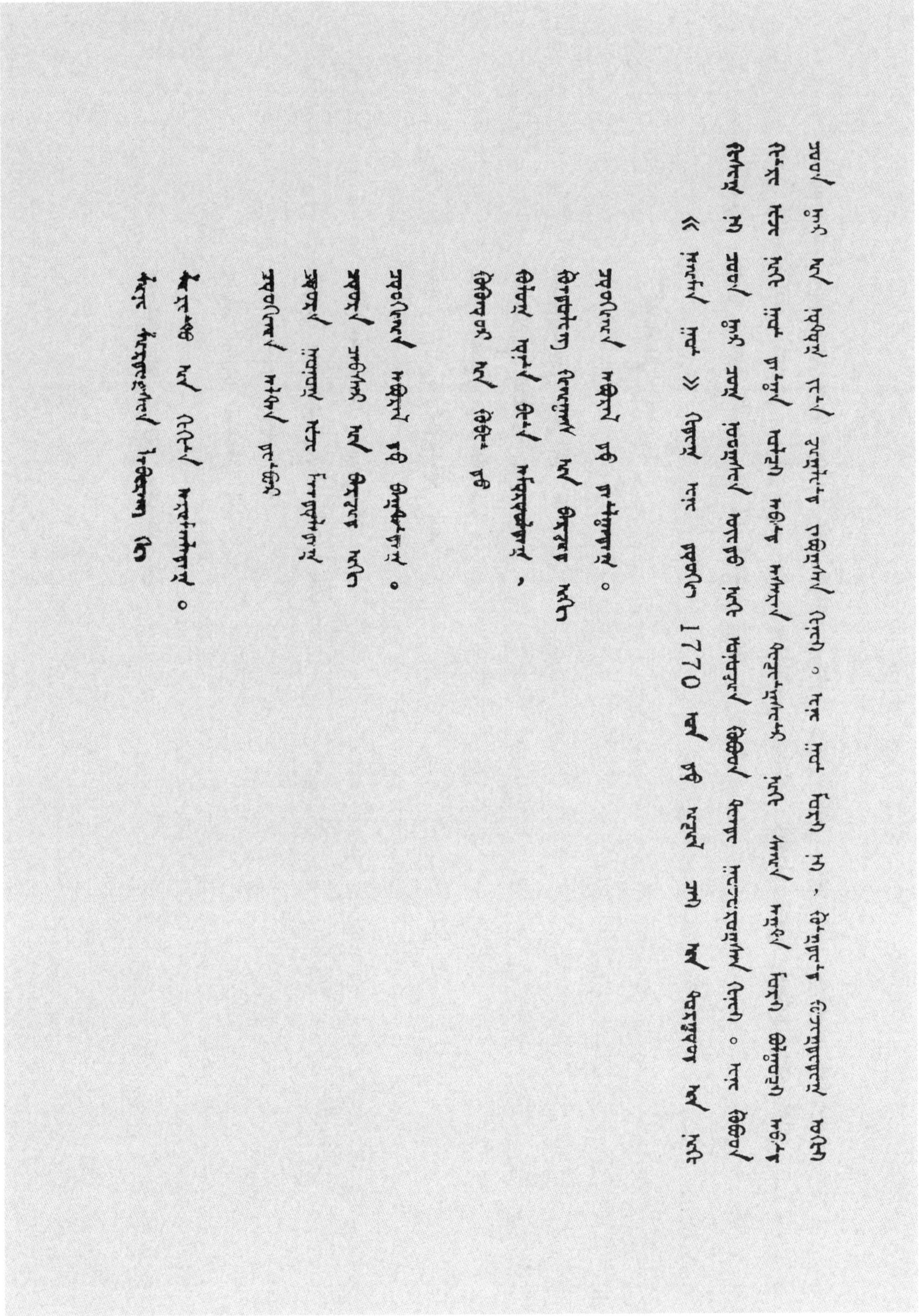

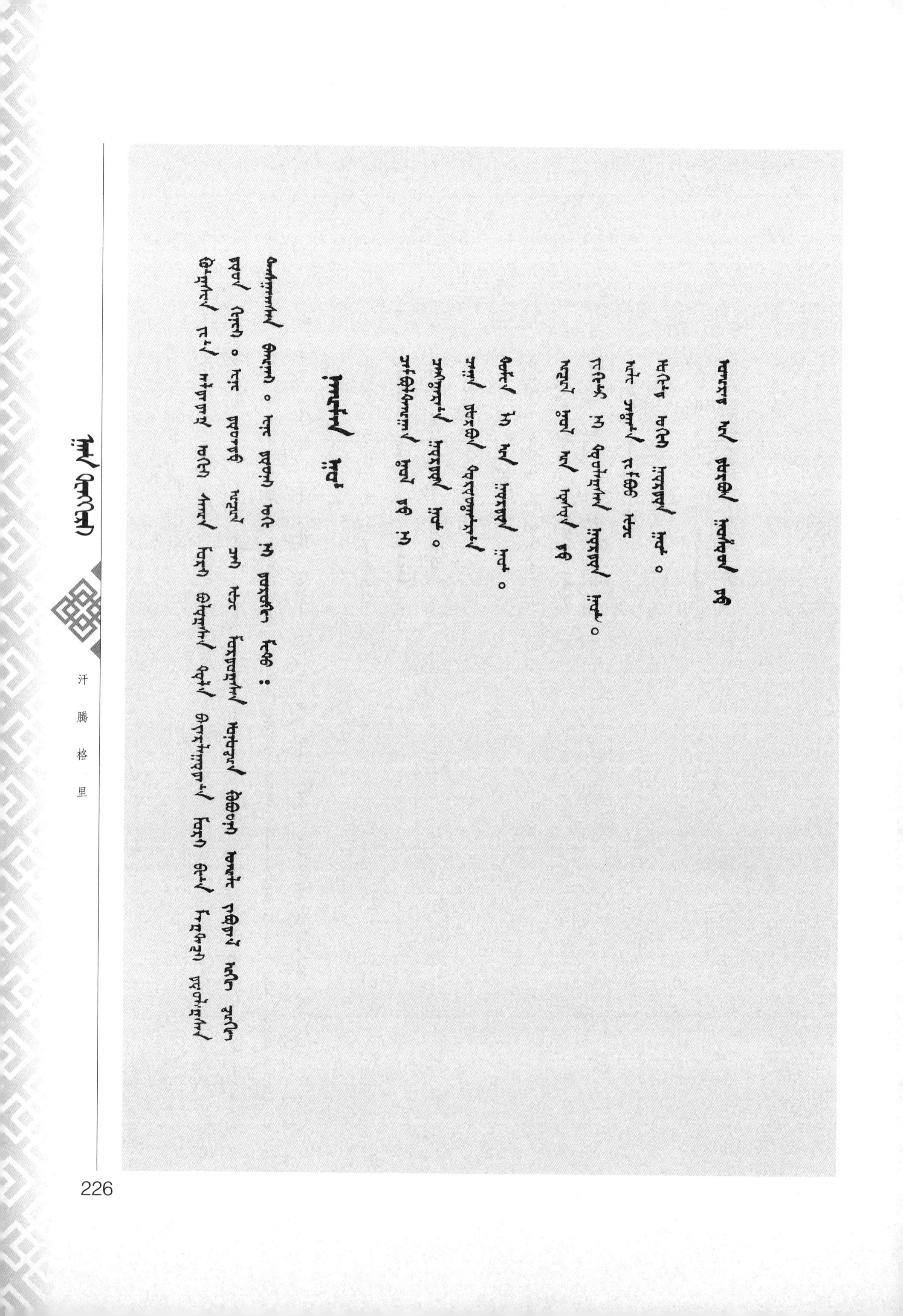

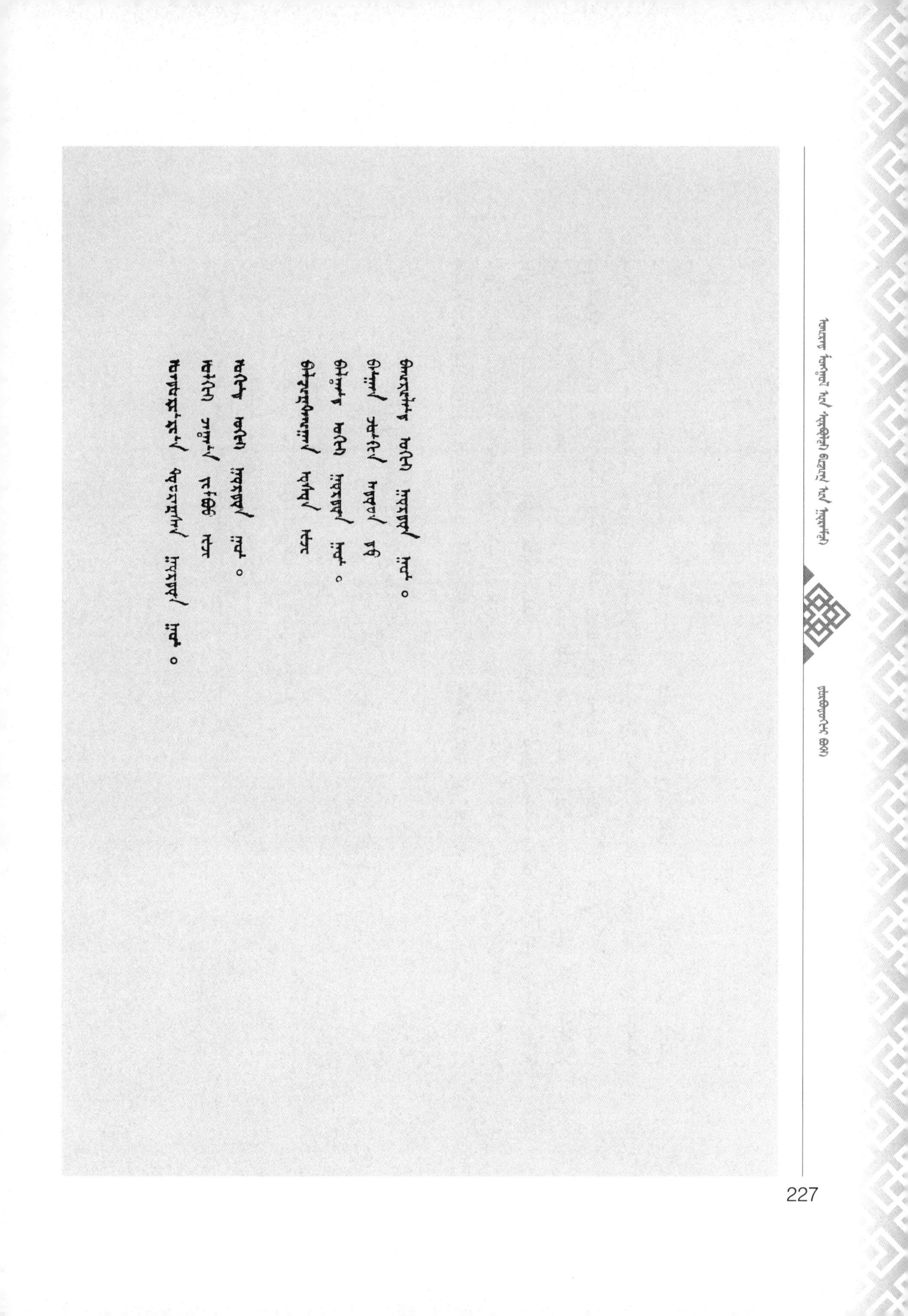

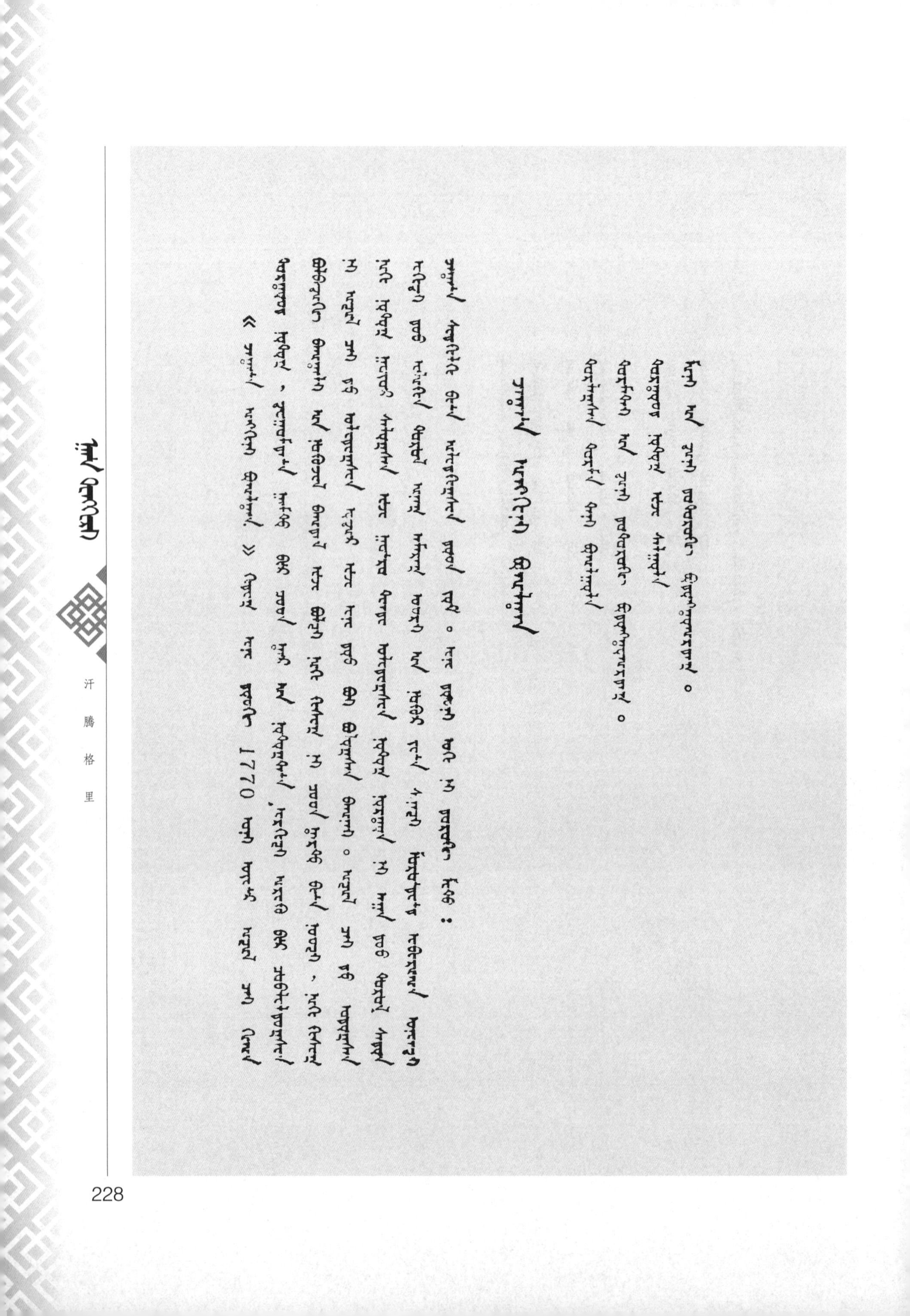

[illegible]

[illegible]

[illegible] 1770 [illegible]

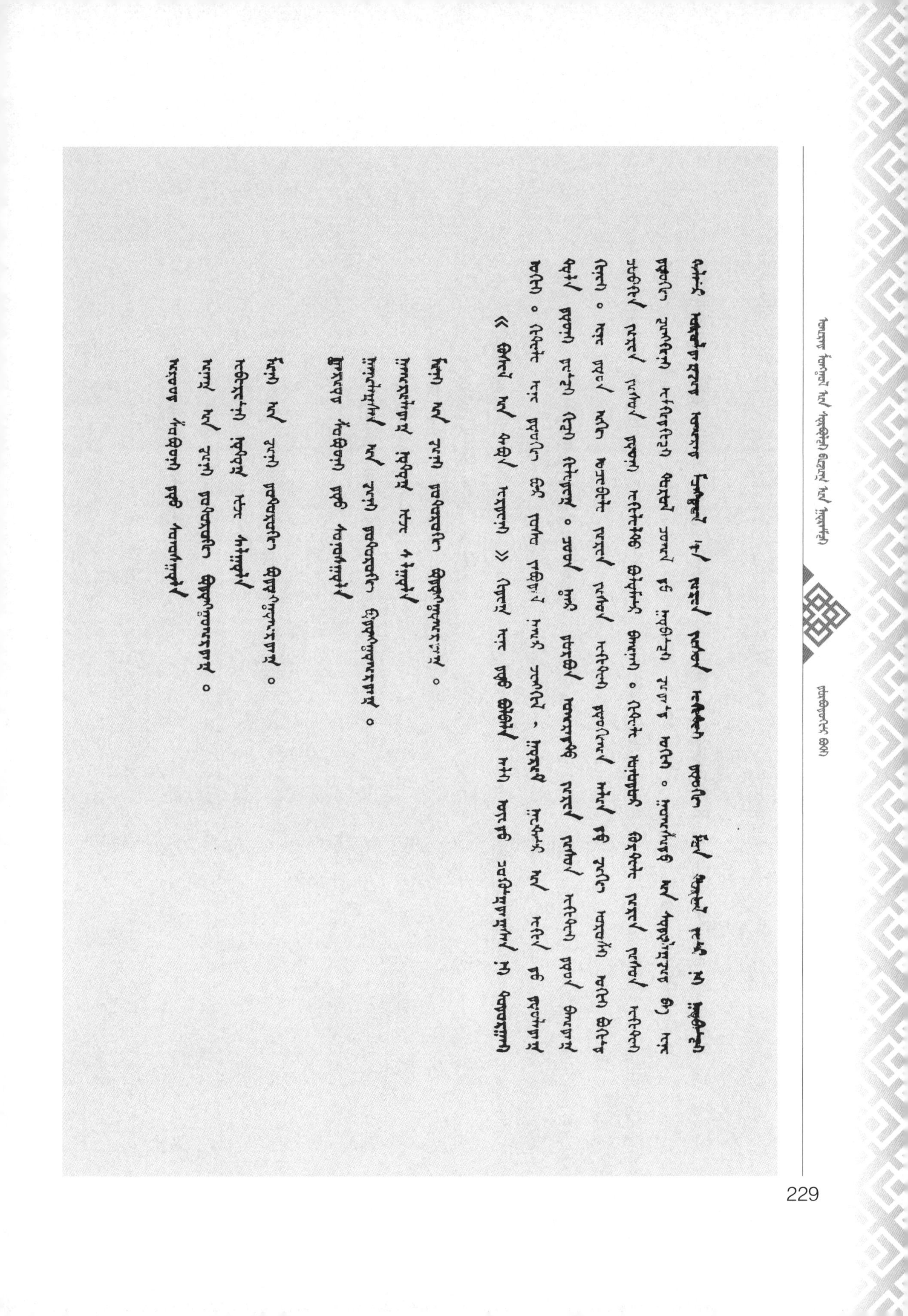

[illegible]
[illegible]
[illegible]
[illegible]

[illegible]
[illegible]
[illegible]
[illegible]

« [illegible] » [illegible]
[illegible]
[illegible]
[illegible]
[illegible]
[illegible]
[illegible]

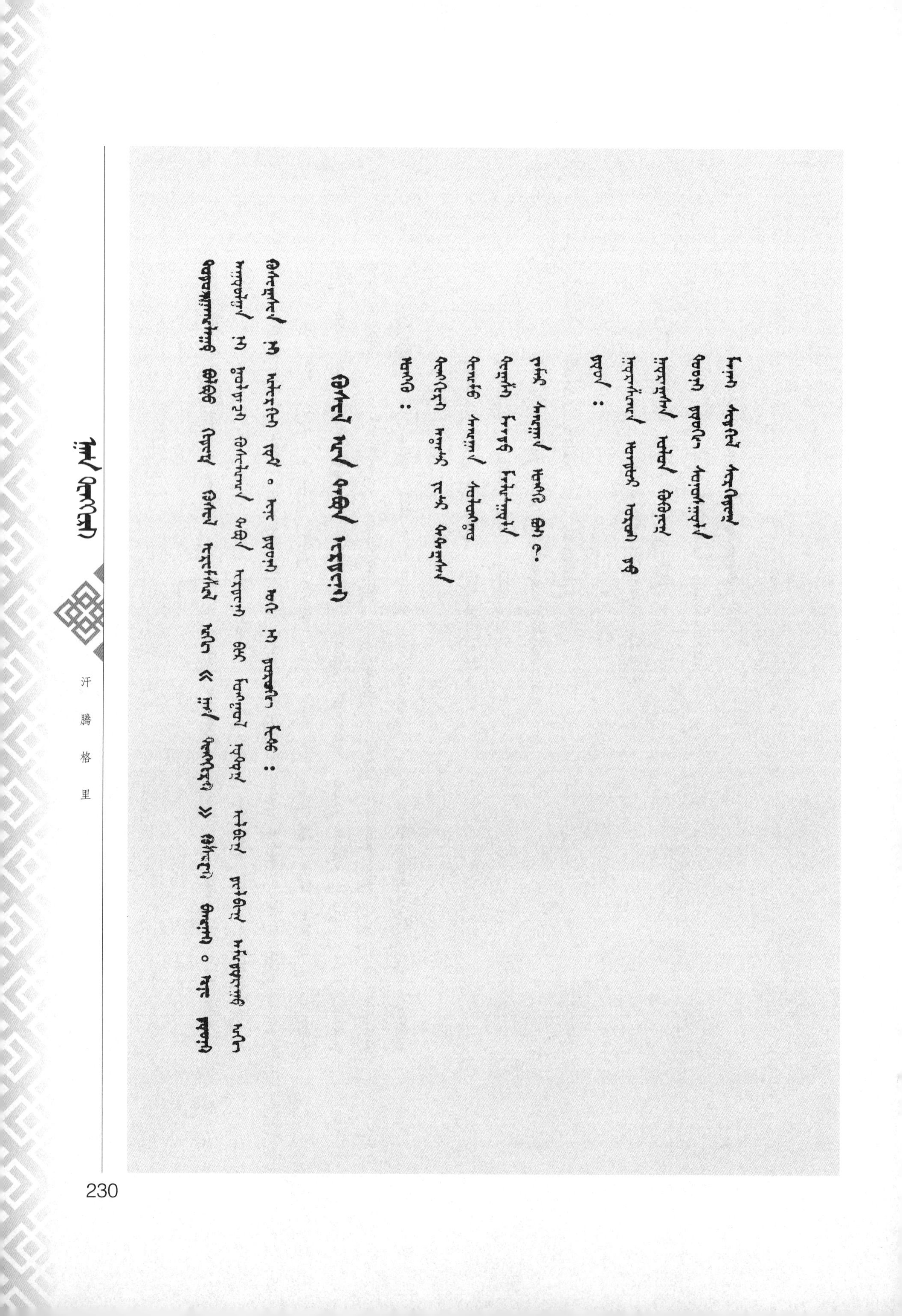

[illegible]
[illegible]
[illegible]
[illegible]
[illegible] :

[illegible] ?
[illegible]
[illegible]
[illegible]
[illegible] :

## [illegible]

[illegible] : [illegible] « ᠬᠠᠨ ᠲᠩᠷᠢ » [illegible]

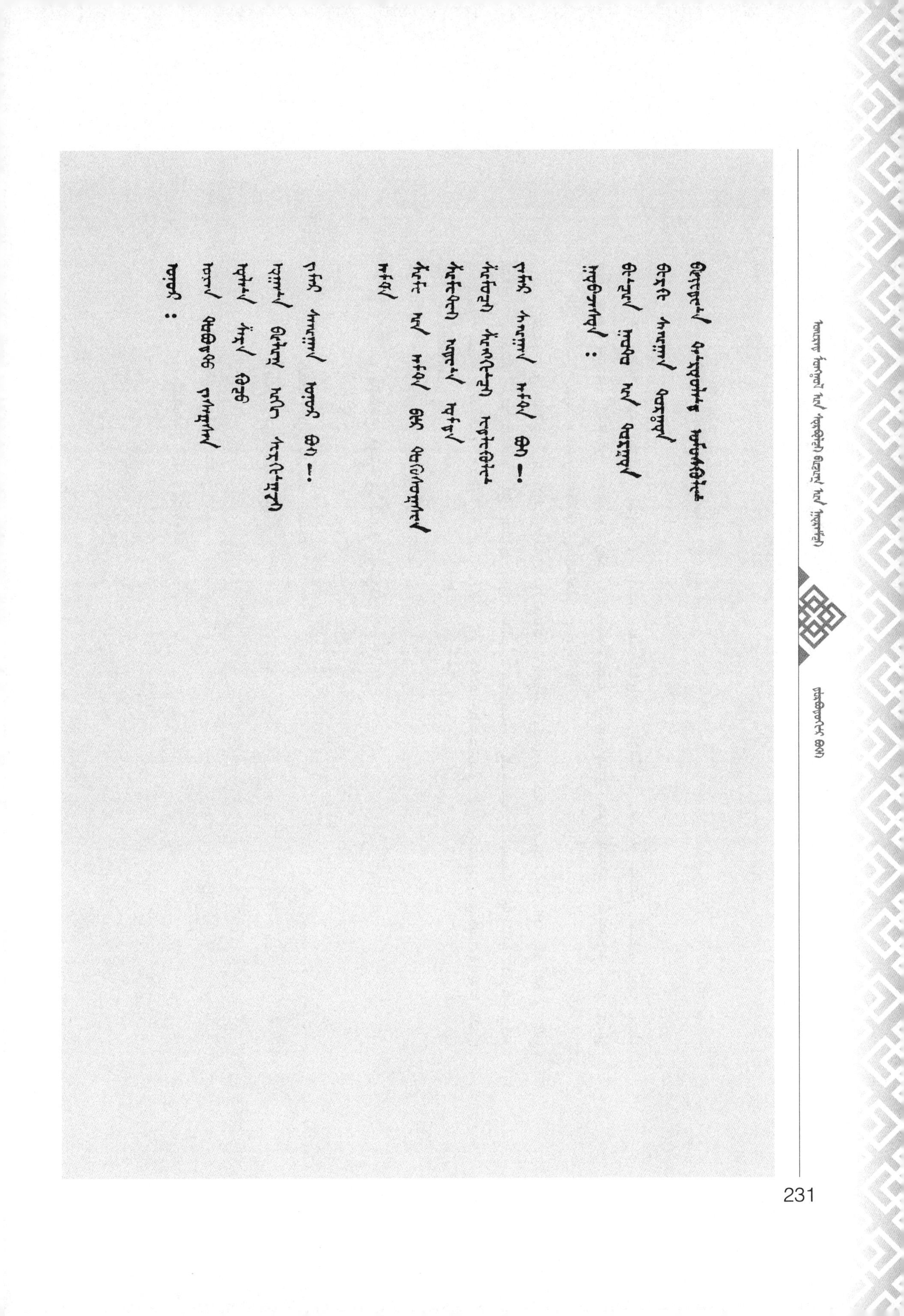

[illegible]
[illegible]
[illegible]
[illegible] :

[illegible] —
[illegible]
[illegible]
[illegible]
[illegible]

[illegible] —
[illegible]
[illegible]
[illegible]
[illegible] :

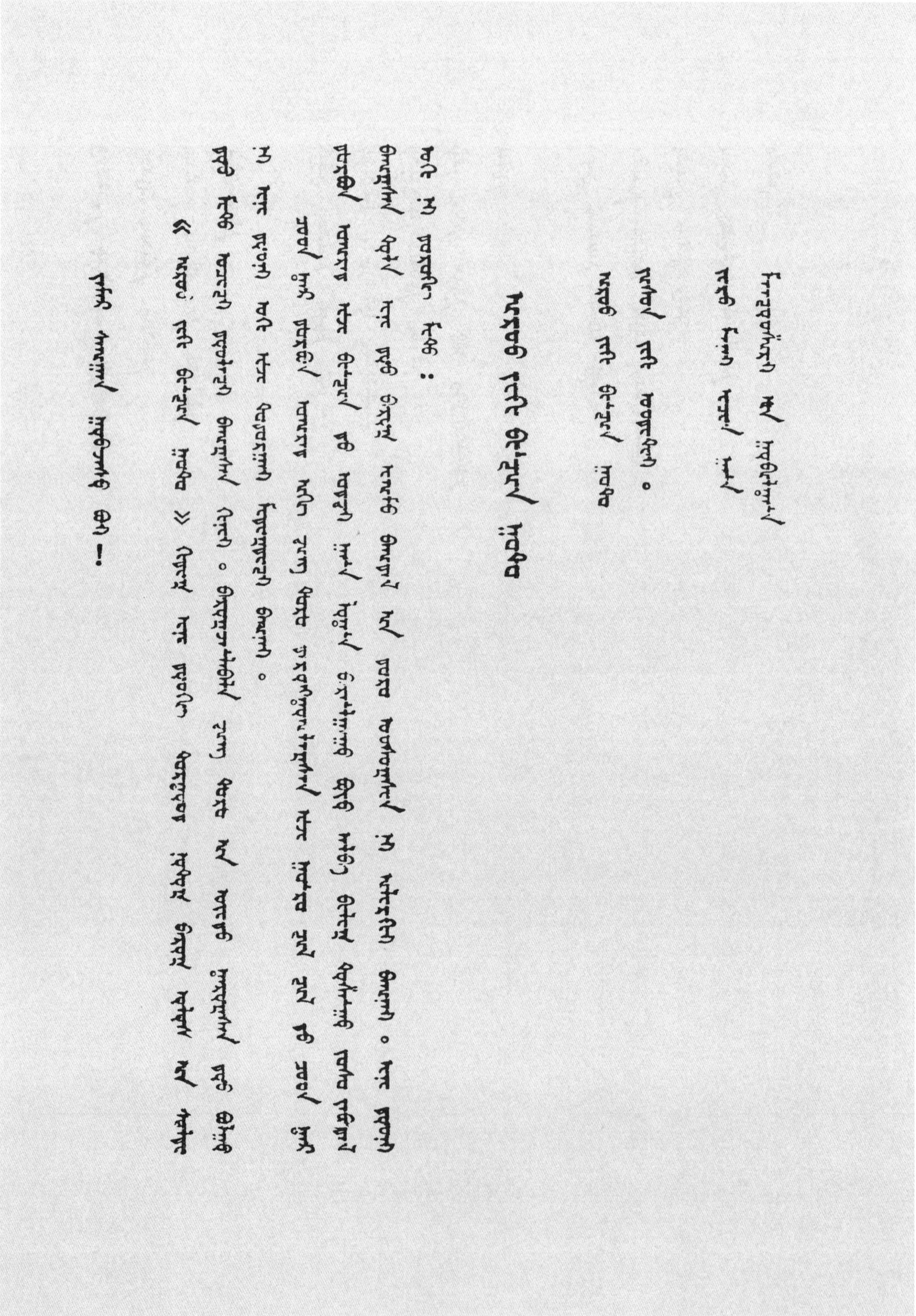

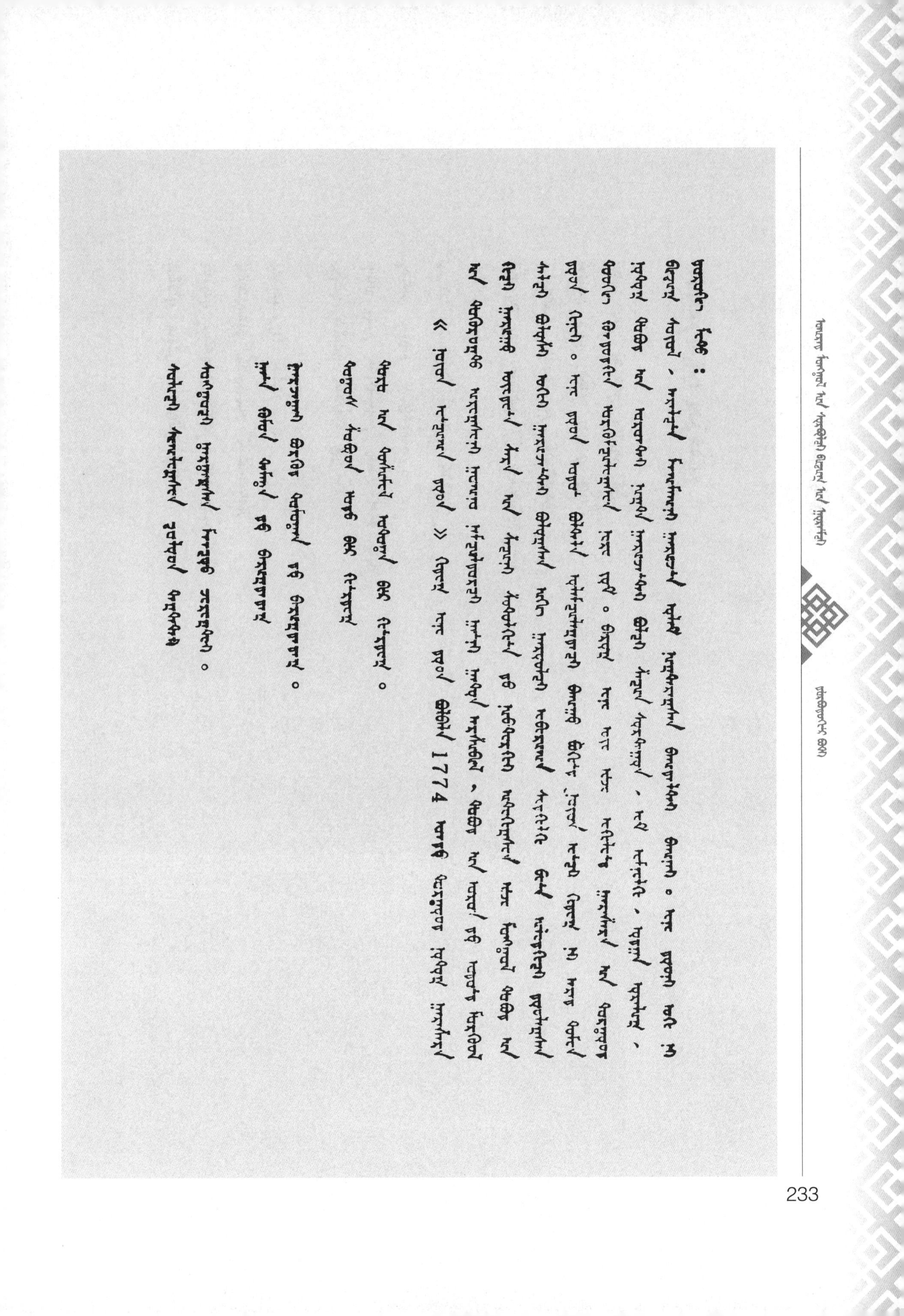

[illegible] :

[illegible]

« [illegible] » [illegible] 1774 [illegible]

[illegible] ∘
[illegible]

[illegible] ∘
[illegible]

[illegible] ∘
[illegible]

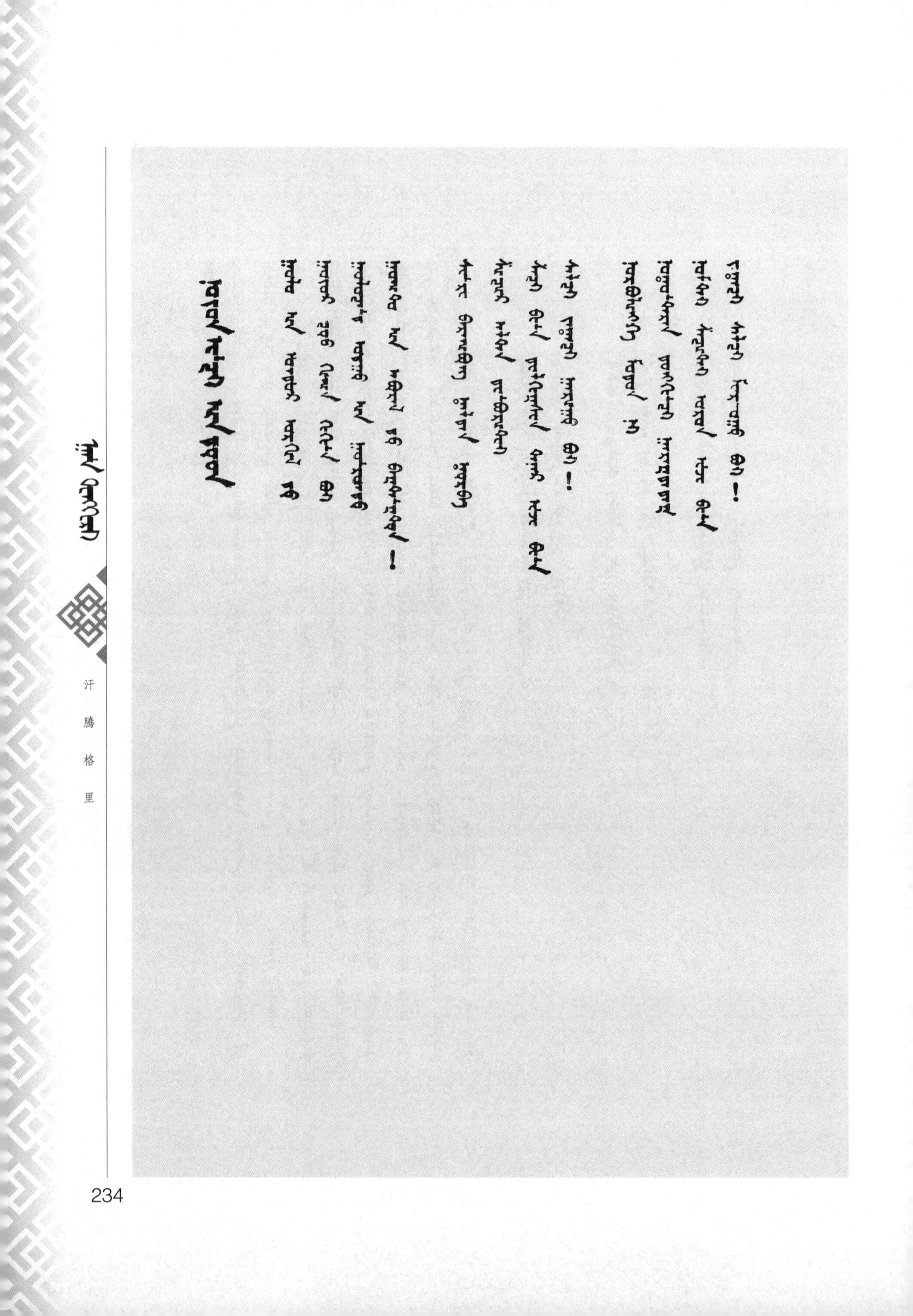

[illegible]

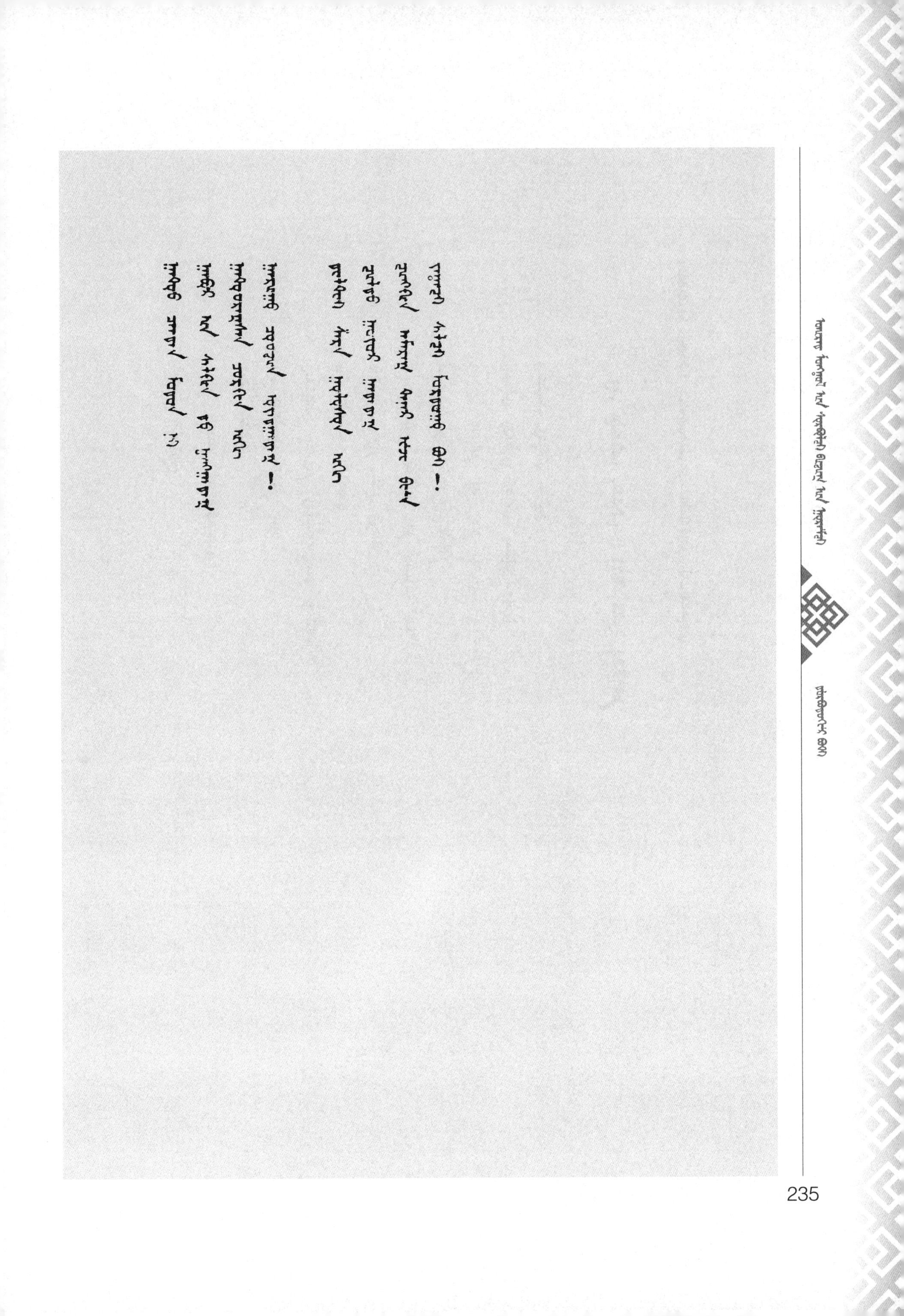

[illegible]
[illegible]
[illegible]
[illegible] !

[illegible]
[illegible]
[illegible]
[illegible] !

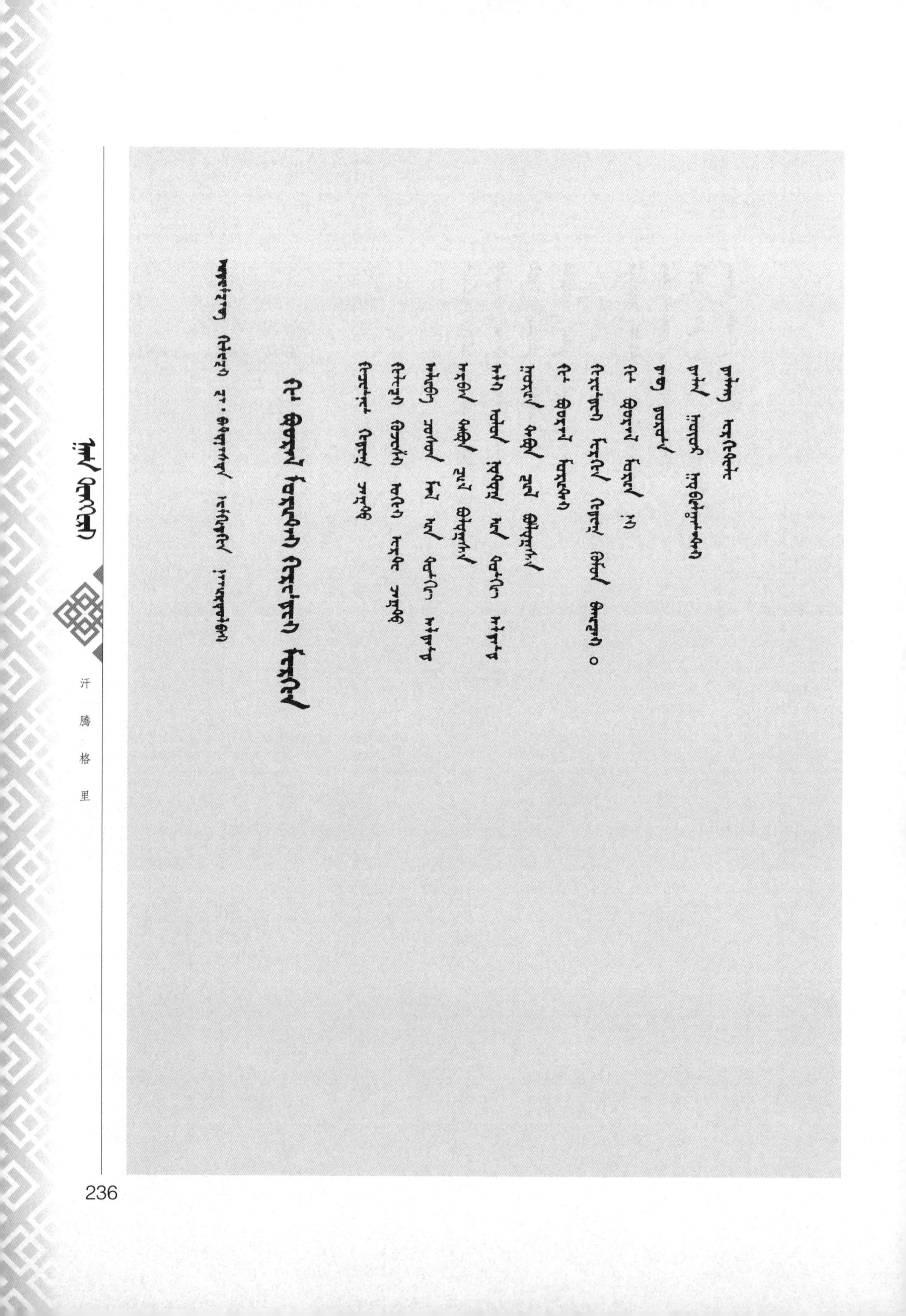

[illegible]

## [illegible]

[illegible]

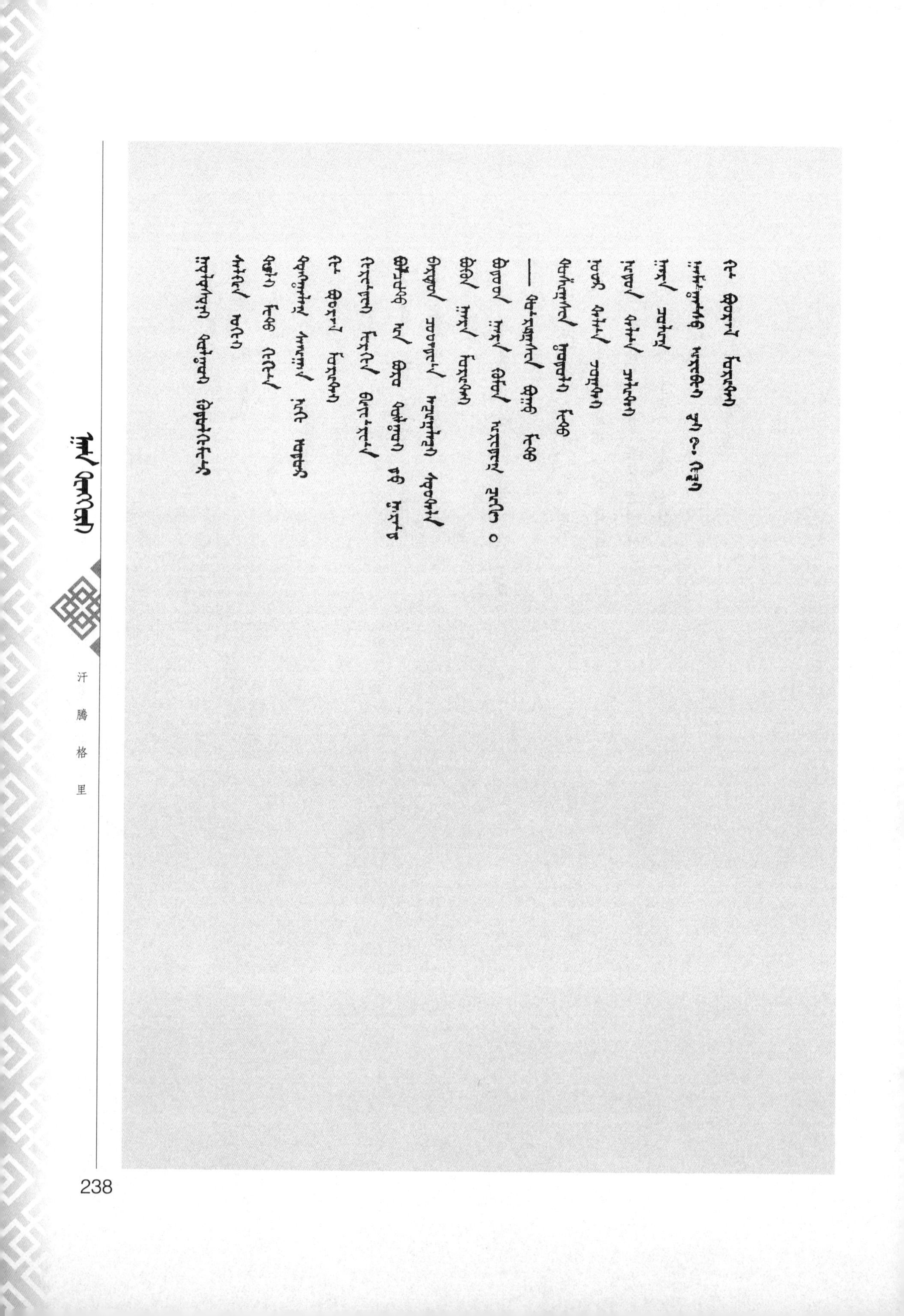

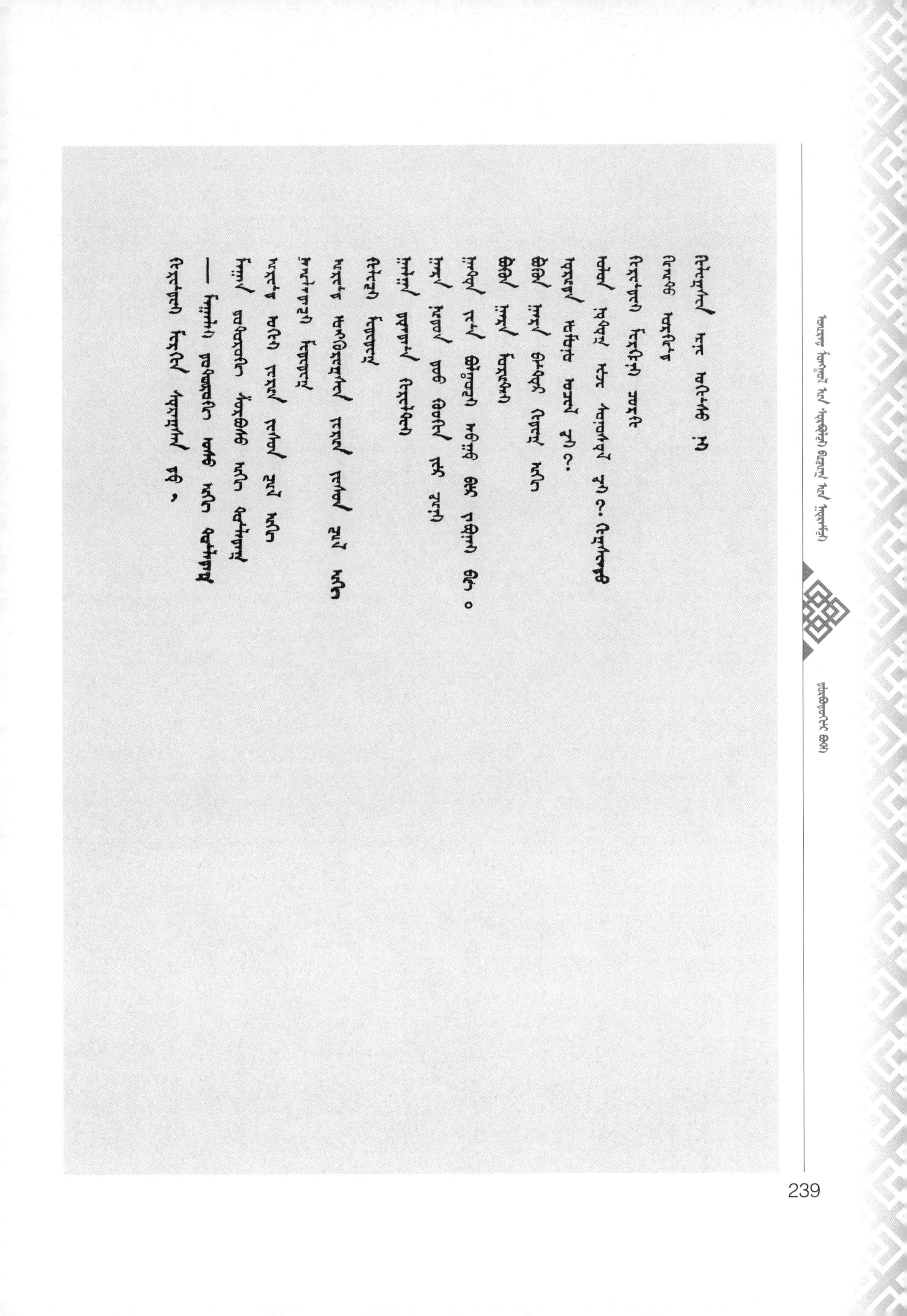

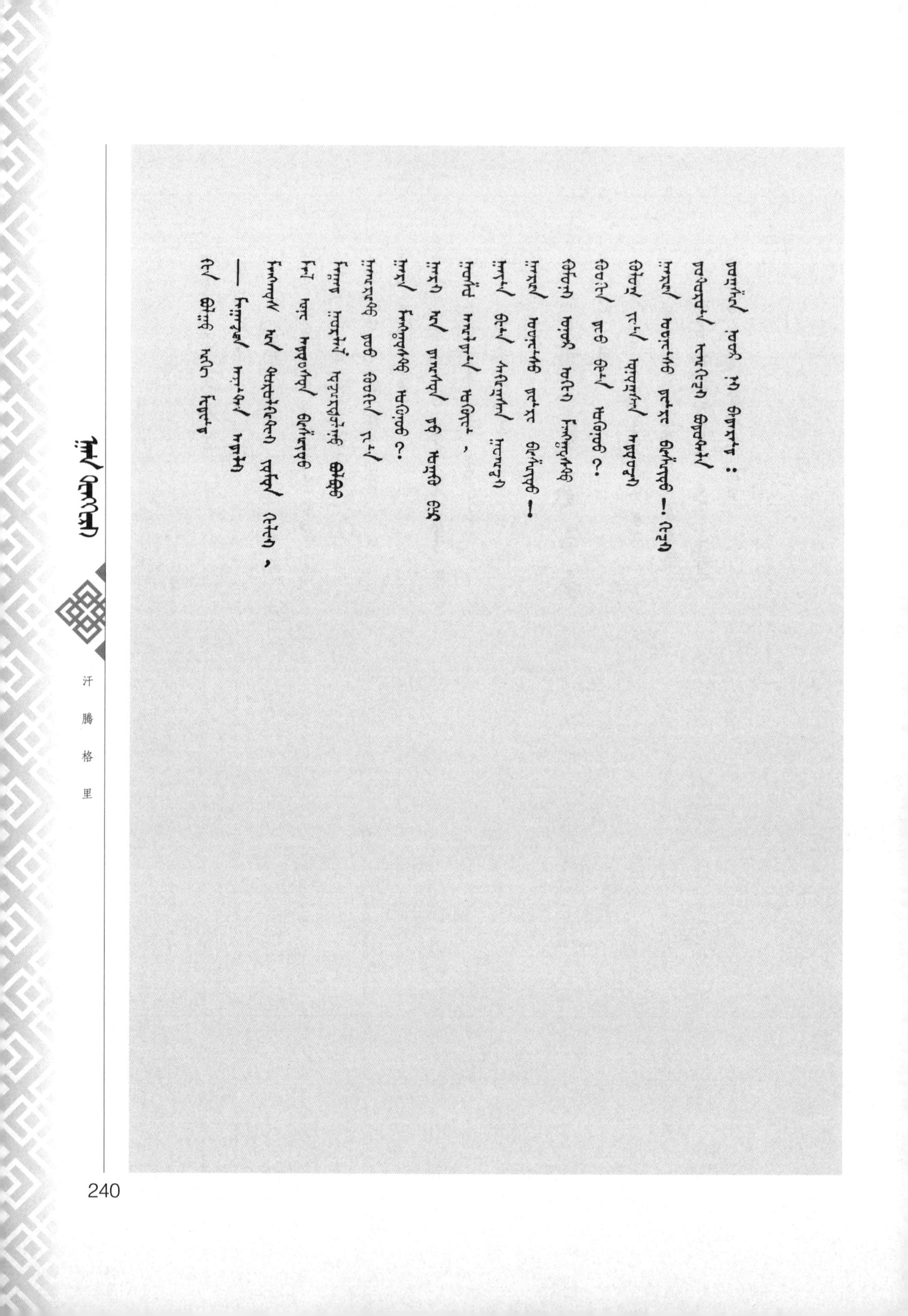

[illegible] :
[illegible]
[illegible] ! [illegible]
[illegible]
[illegible] ?
[illegible]
[illegible] !
[illegible]
[illegible] ,
[illegible]
[illegible] ?
[illegible]
[illegible]
[illegible]
[illegible] ,
— [illegible]
[illegible]

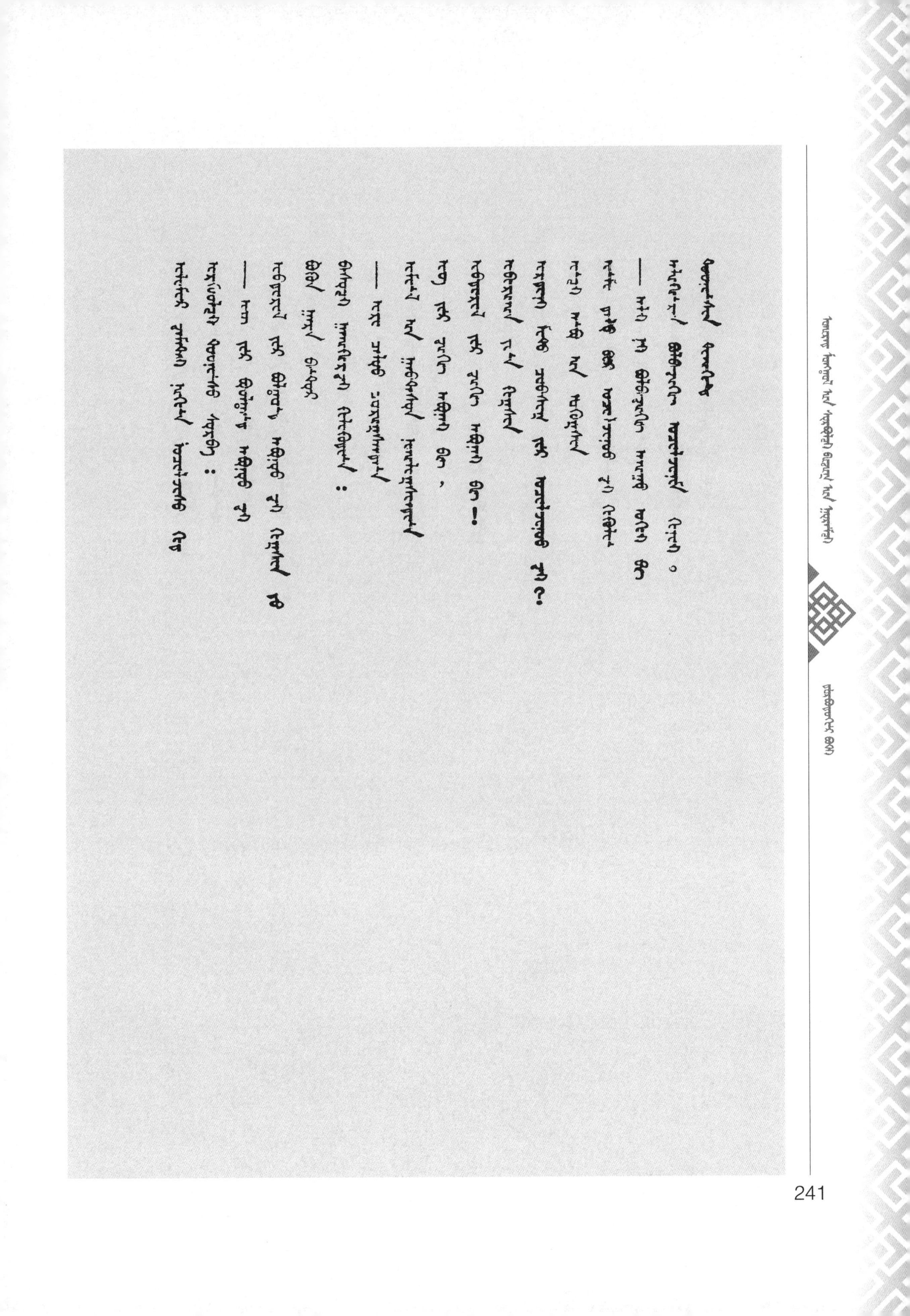

[illegible]

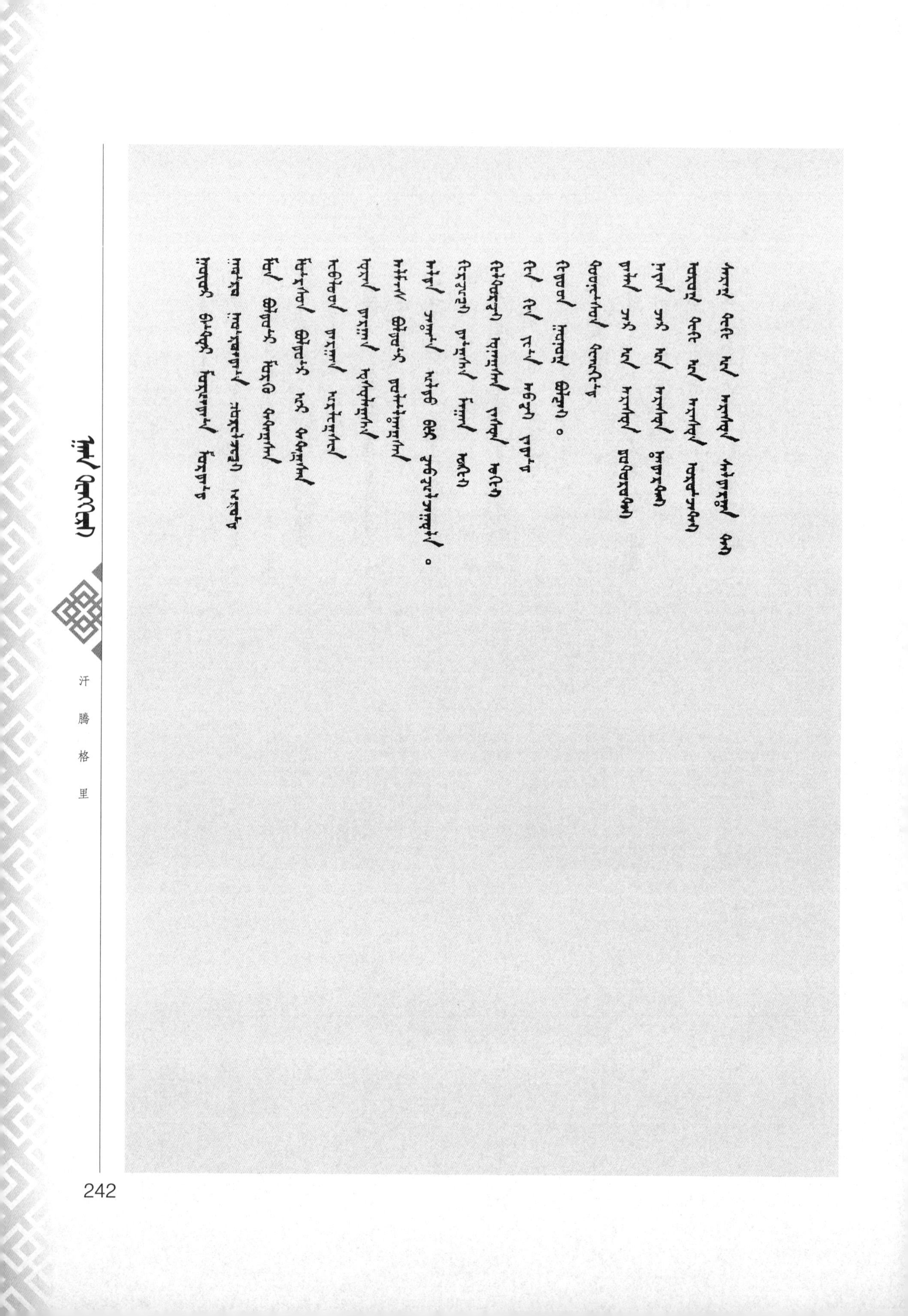

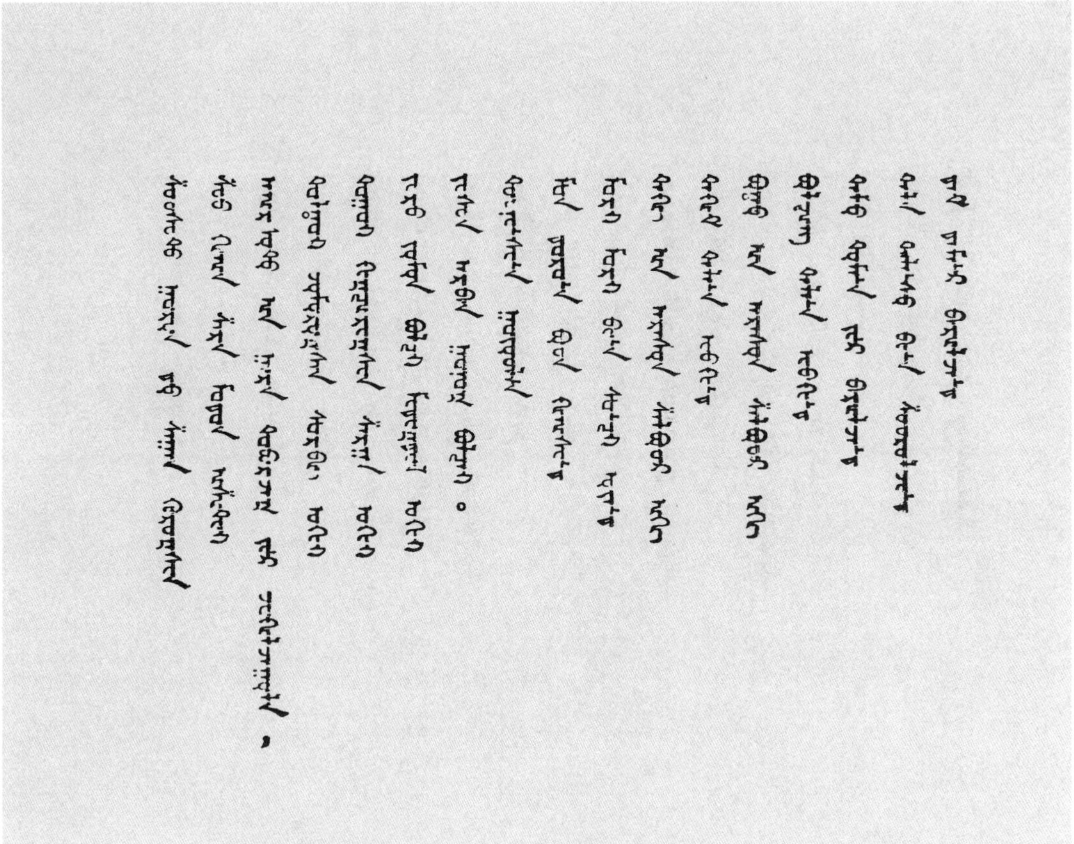

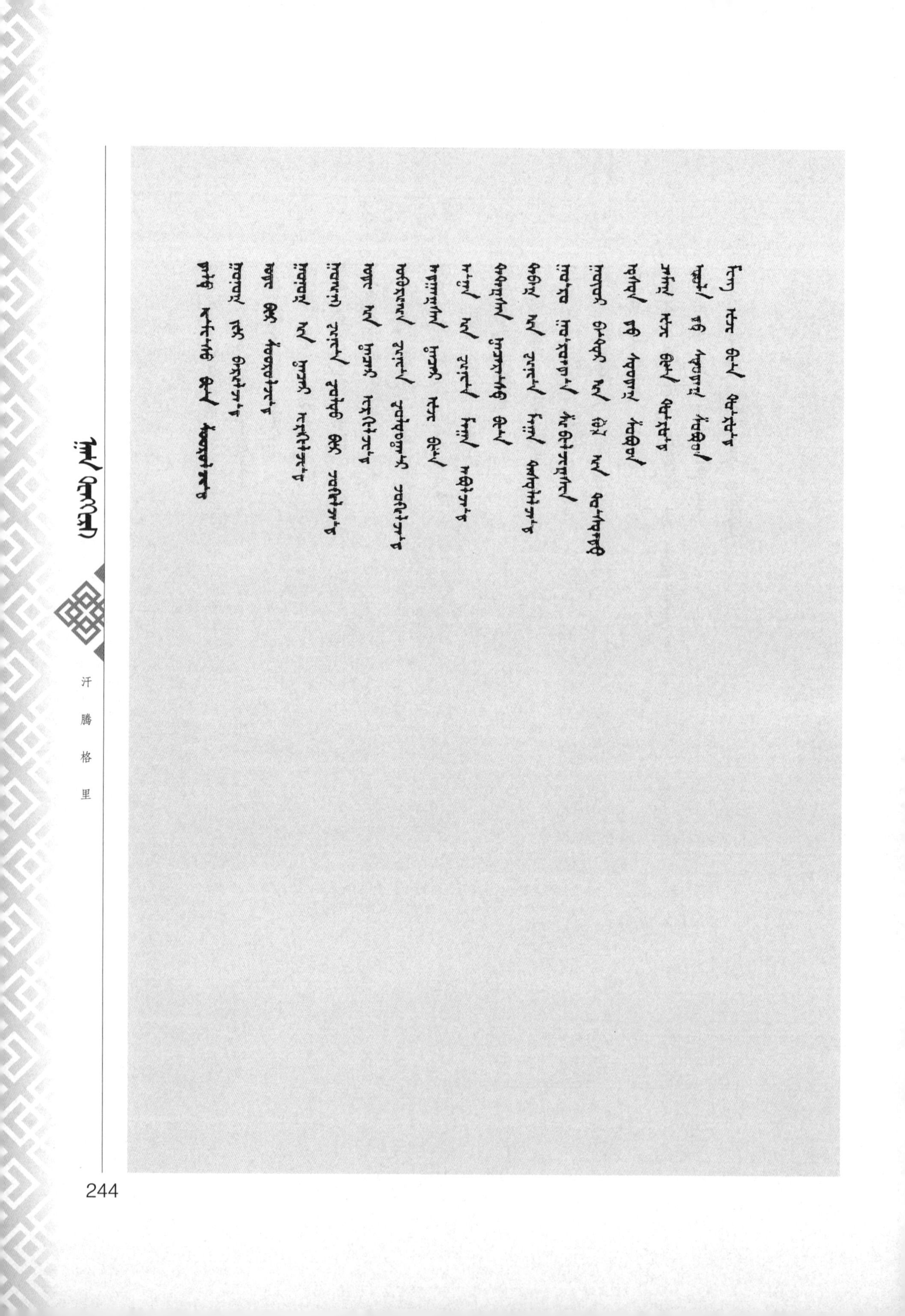

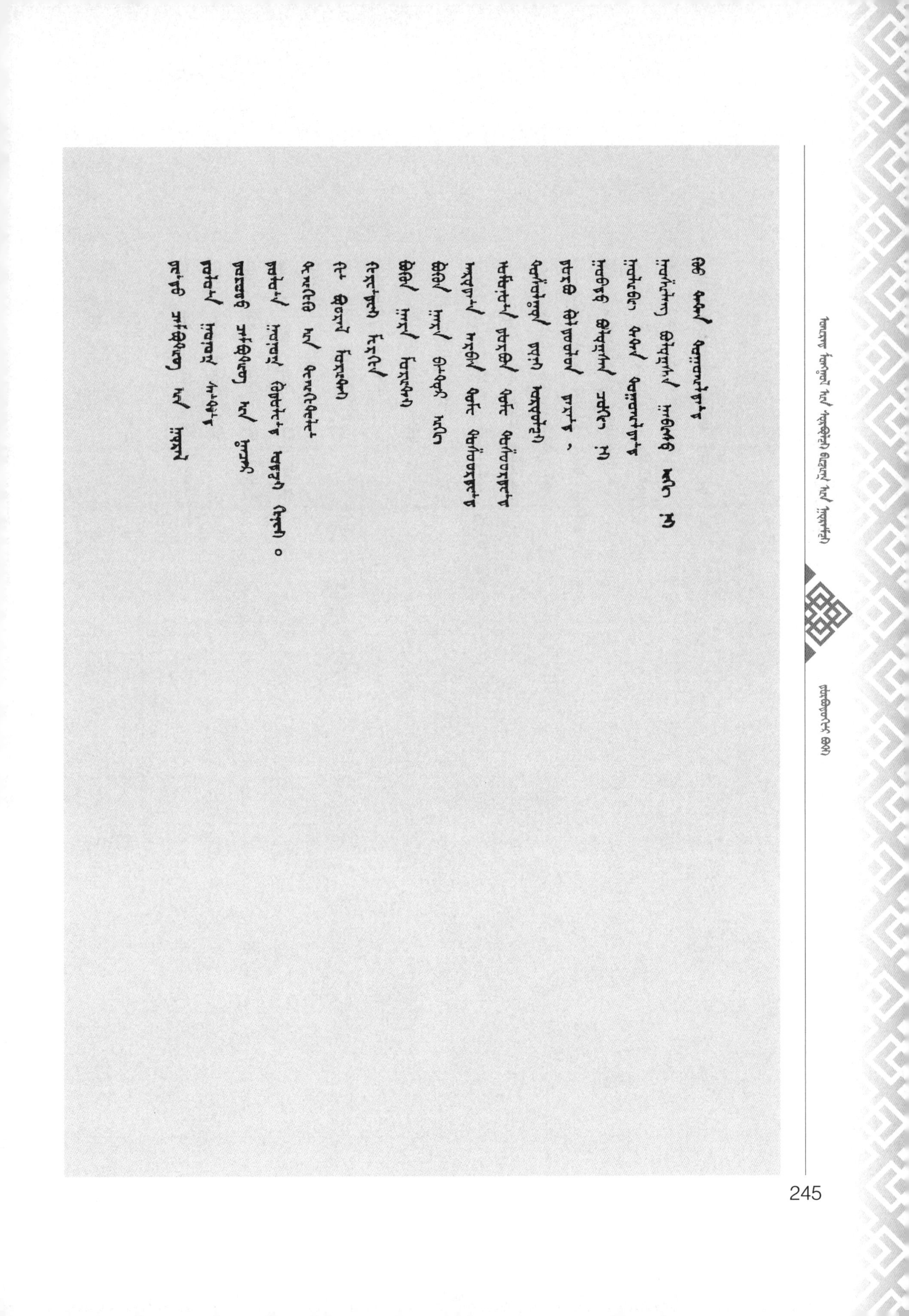

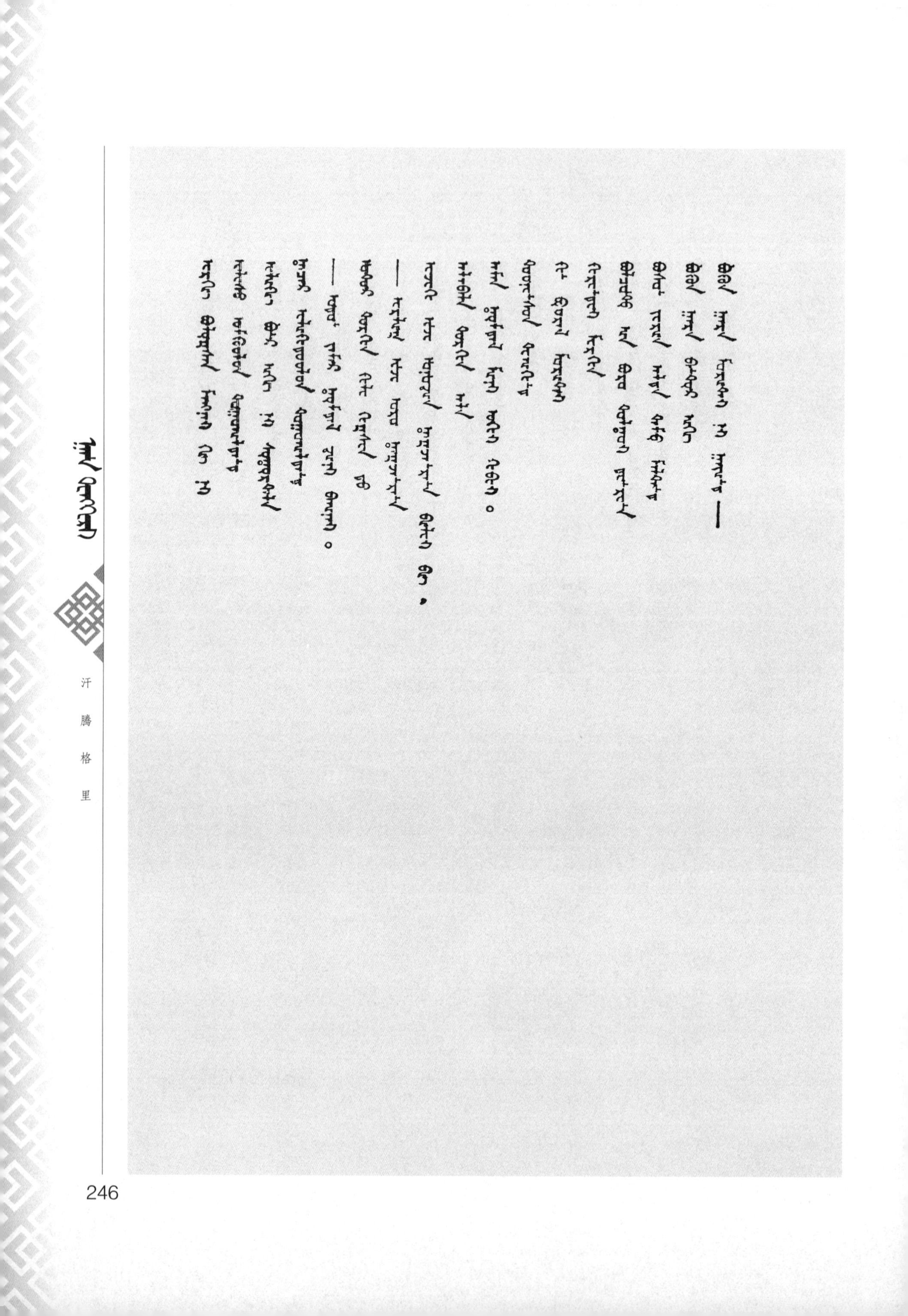

[illegible] —
[illegible]
[illegible]
[illegible]
[illegible]
[illegible]
[illegible]
[illegible] 。
[illegible]
[illegible] ,
— [illegible]
[illegible]
— [illegible] 。
[illegible]
[illegible]
[illegible]
[illegible]

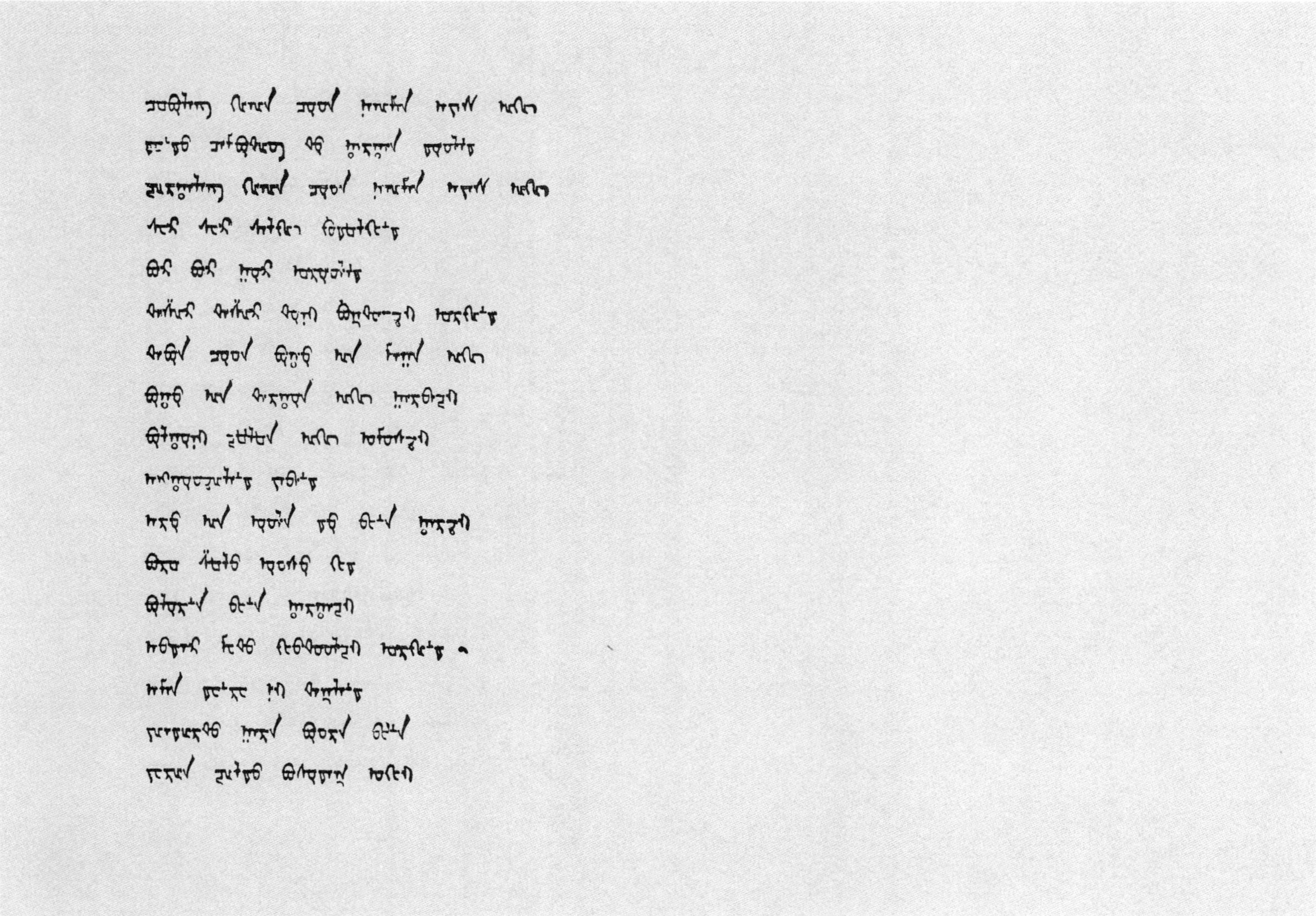

[illegible]
— [illegible] 。
[illegible] 。
[illegible]
[illegible]
[illegible]
[illegible]
[illegible]
[illegible]
[illegible]
[illegible]
[illegible]
[illegible]
ᠨᠠᠷᠠᠨ ᠤᠷᠭᠤᠬᠤ ᠦᠭᠡᠢ
[illegible]
ᠪᠣᠷᠣᠭᠠᠨ ᠣᠷᠣᠬᠤ ᠦᠭᠡᠢ
[illegible]

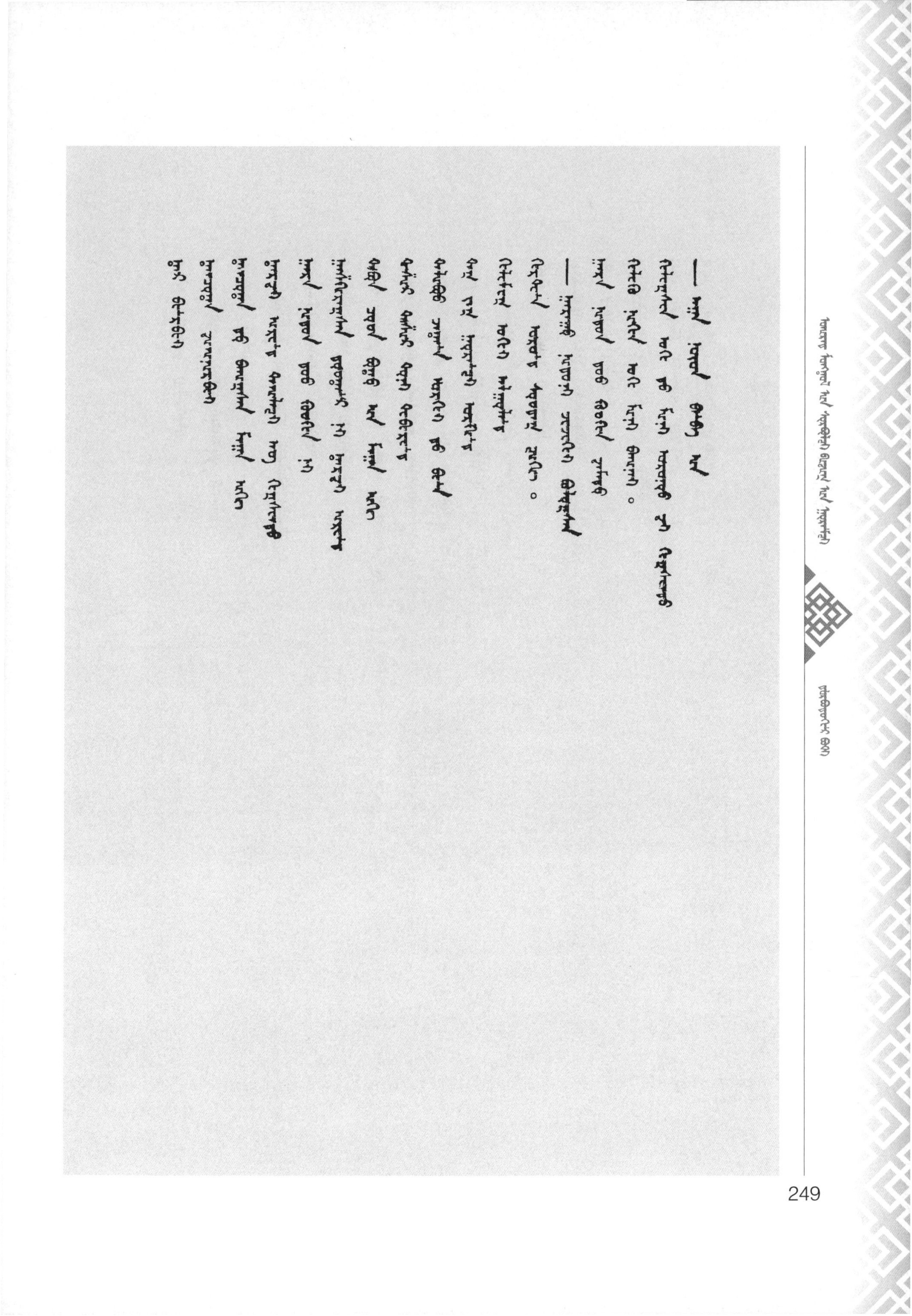

[illegible]
[illegible]
[illegible]
[illegible]
[illegible]
[illegible]
[illegible]
[illegible]
[illegible]
[illegible]
[illegible]
[illegible]
[illegible]
[illegible]
[illegible]
[illegible]
[illegible]

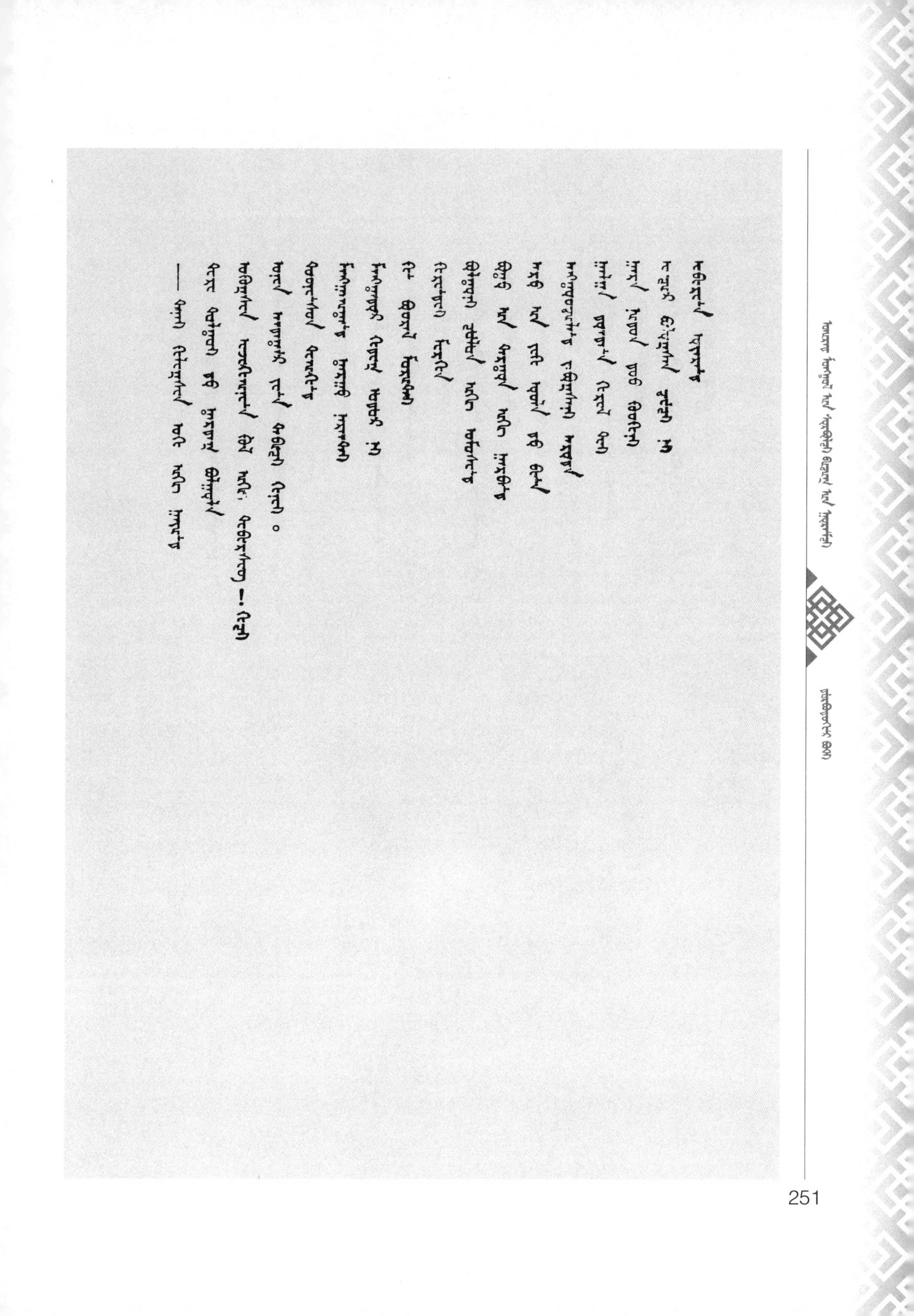

ᠠᠳᠠᠯᠢᠬᠠᠨ ᠮᠠᠨᠠᠨ ᠨᠠᠳᠤᠨ ᠨᠢ
ᠠᠪᠴᠢᠷᠠᠭᠠᠨ ᠪᠢᠳᠡᠨ ᠪᠣᠯᠤᠭ ᠪᠠᠢᠭ᠎ᠠ 。
— ᠲᠠᠪᠢᠯᠠᠭᠠ ᠪᠠᠢᠴᠠᠭᠠᠨ ᠬᠤᠶᠠᠭᠠᠳ
ᠲᠡᠷᠡ ᠪᠣᠯᠤᠨ ᠲᠣᠯᠢᠭ ᠬᠦᠮᠦᠨᠳᠦ ᠪᠠᠢᠭᠰᠠᠨ
ᠶᠠᠮᠠᠷ ᠠᠯᠪᠠᠨ ᠲᠣᠭᠠᠯᠠᠭᠰᠠᠨ ᠤᠤ?
ᠶᠡᠭᠦᠳ ᠲᠦᠯᠬᠢᠭᠦᠷ ᠪᠠᠢᠭᠠᠭ ᠭᠡ ᠦᠦ
ᠠᠷᠤ ᠪᠣᠷᠤᠭᠤᠨ ᠠᠴᠠᠭᠠᠨ
ᠠᠯᠢᠮᠠᠨ ᠪᠣᠯᠤᠨ ᠠᠯᠠ ᠪᠠᠢᠨ ᠲᠠᠷᠢᠶᠠᠯᠠᠩ ᠪᠣᠯ ,
ᠨᠢᠭᠡᠨ ᠨᠠᠮᠤᠨ ᠪᠣᠯᠤᠨ
ᠨᠢᠭᠡᠳᠦᠭᠡᠷ ᠲᠦᠯᠬᠢᠭᠦᠷ ᠪᠠᠢᠳᠠᠭ :
— ᠪᠠᠢᠭᠤᠯᠤᠭ᠎ᠠ ᠮᠠᠨ ᠪᠠᠶᠠᠨ ᠤᠯᠤᠭᠤᠳ ᠪᠠᠷᠠᠭ
ᠪᠣᠯᠪᠠᠰᠤᠷᠠᠯ ᠰᠤᠷᠠᠭᠤᠯᠢ ᠭᠠᠳᠠᠨ ᠪᠣᠯ
ᠮᠠᠨᠤ ᠨᠤᠲᠤᠭ ᠪᠠᠢᠪᠠᠢ ᠠᠯᠠᠭ ᠪᠣᠯᠤᠨ
ᠮᠠᠭᠤᠬᠠᠢ ᠤᠷᠢᠳᠠᠬᠢ ᠮᠡᠷᠭᠡᠨ ᠪᠣᠯ! ᠭᠡᠪᠡ
ᠭᠠᠷᠤᠭᠰᠠᠨ ᠪᠣᠳᠣᠯᠠᠯ ᠲᠣᠪᠴᠢᠳᠠᠭ
ᠭᠠᠷᠤ ᠪᠣᠯᠤᠨ ᠮᠡᠳᠡᠭᠳᠡᠭᠦᠯ ᠮᠠᠭᠠᠳ ᠬᠠᠷᠢᠯᠴᠠᠭᠰᠠᠨ ᠪᠢ ,
ᠠᠷᠢ ᠪᠣᠯᠤᠭᠰᠠᠨ ᠠᠯᠠᠭᠯᠠᠭᠰᠠᠨ

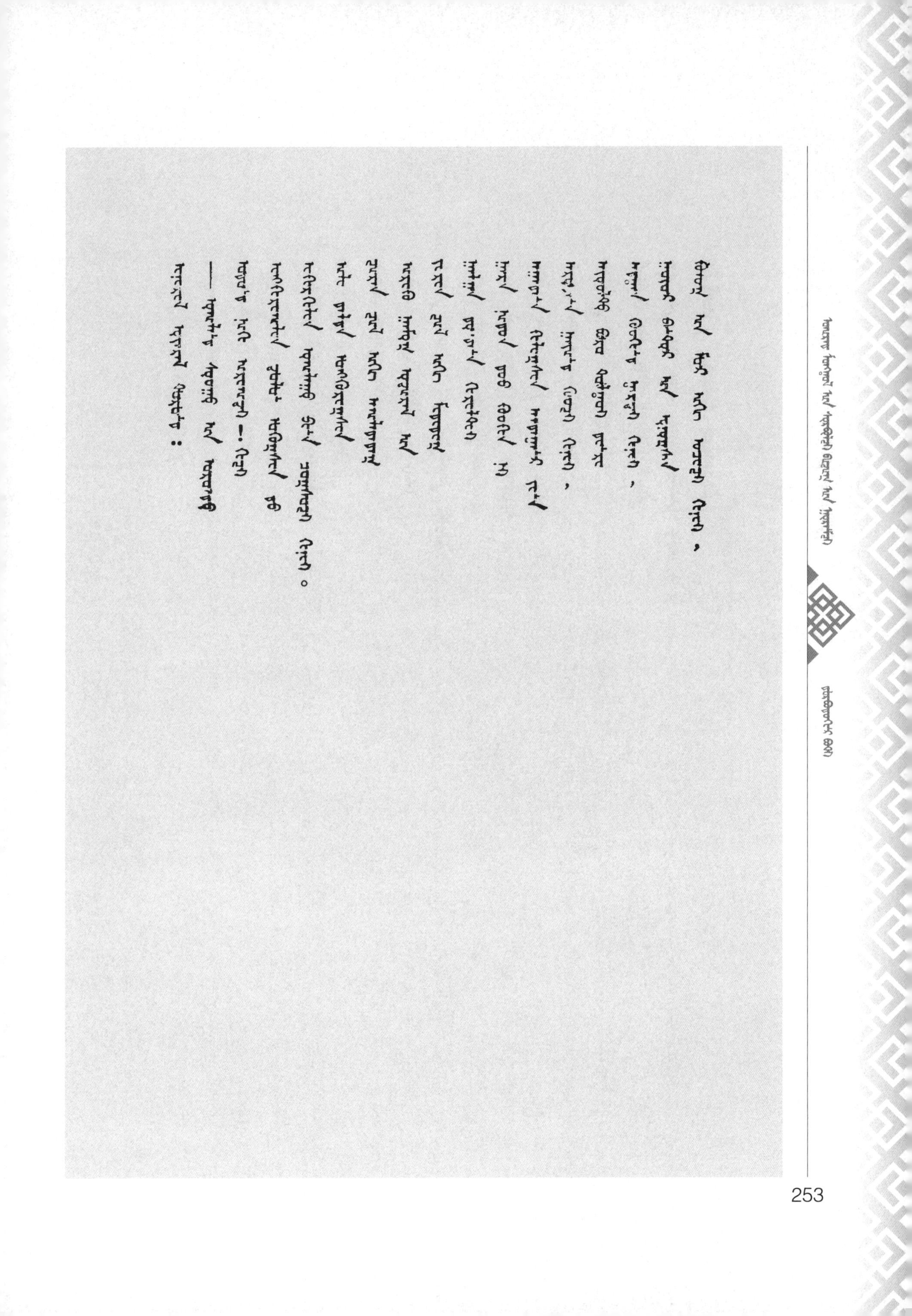

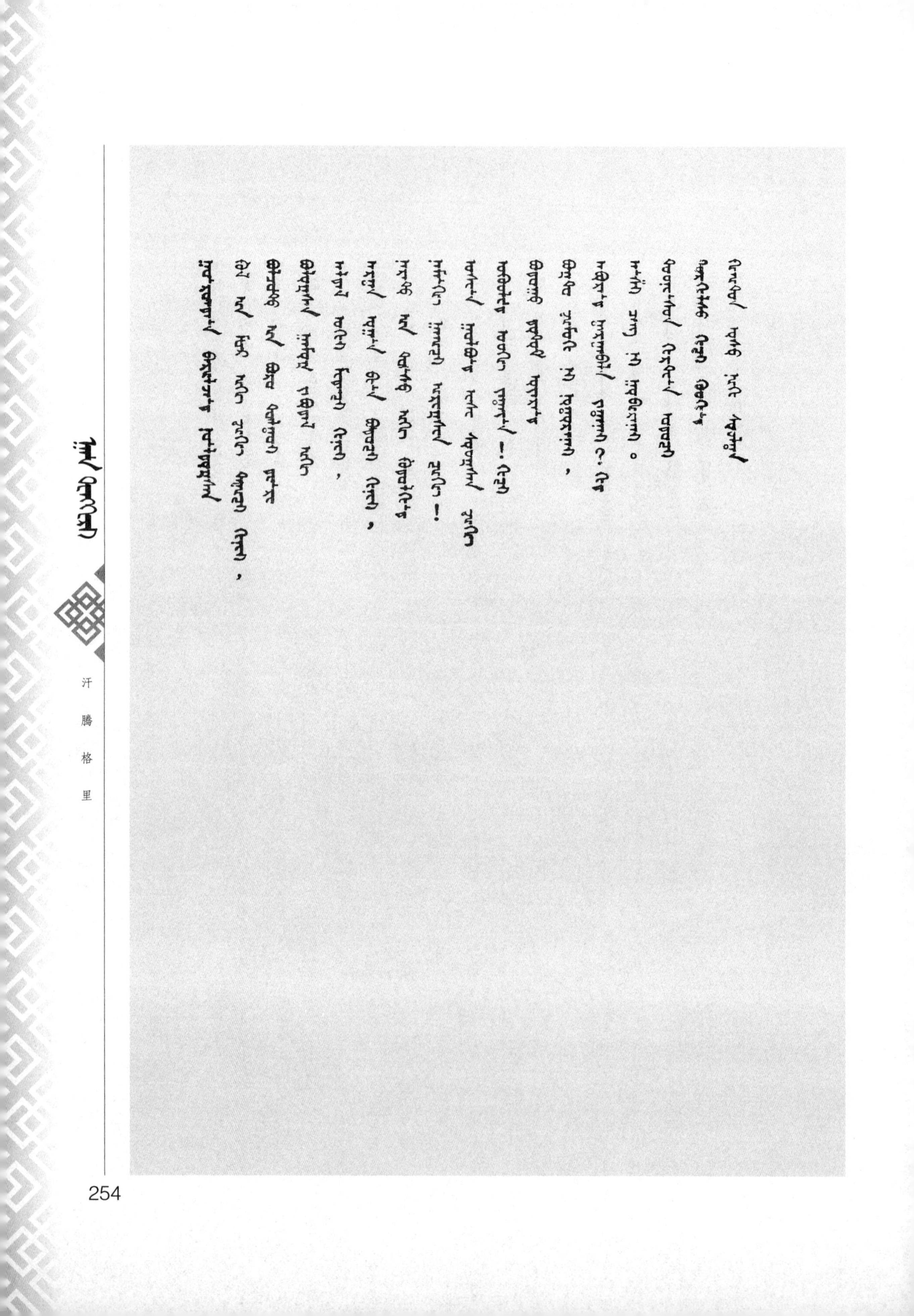

[illegible]
[illegible]
[illegible]
[illegible] 。
[illegible] ?
[illegible] ,
[illegible]
[illegible] !
[illegible]
[illegible] !
[illegible]
[illegible] ,
[illegible] ,
[illegible]
[illegible]
[illegible] ,
[illegible]

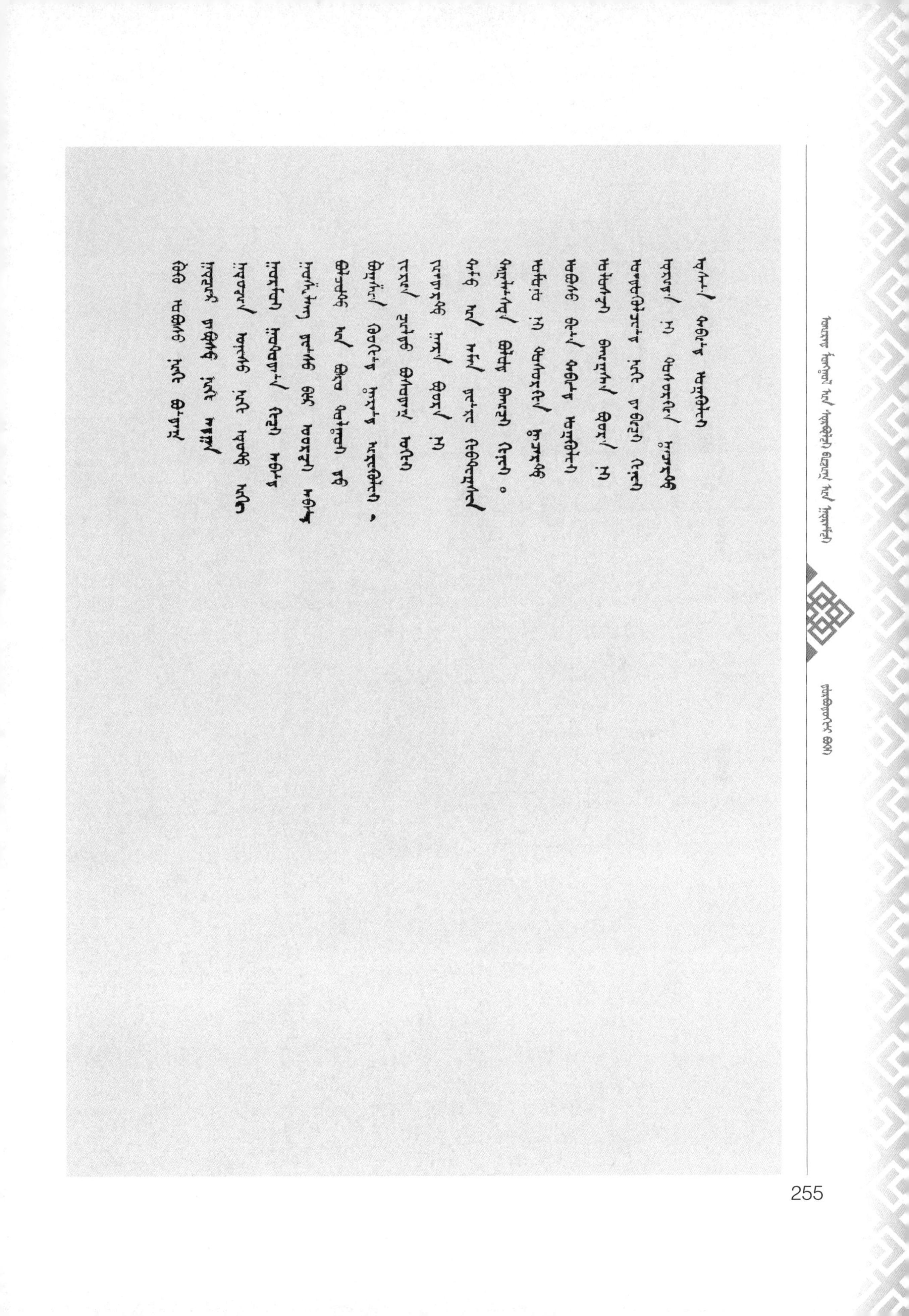

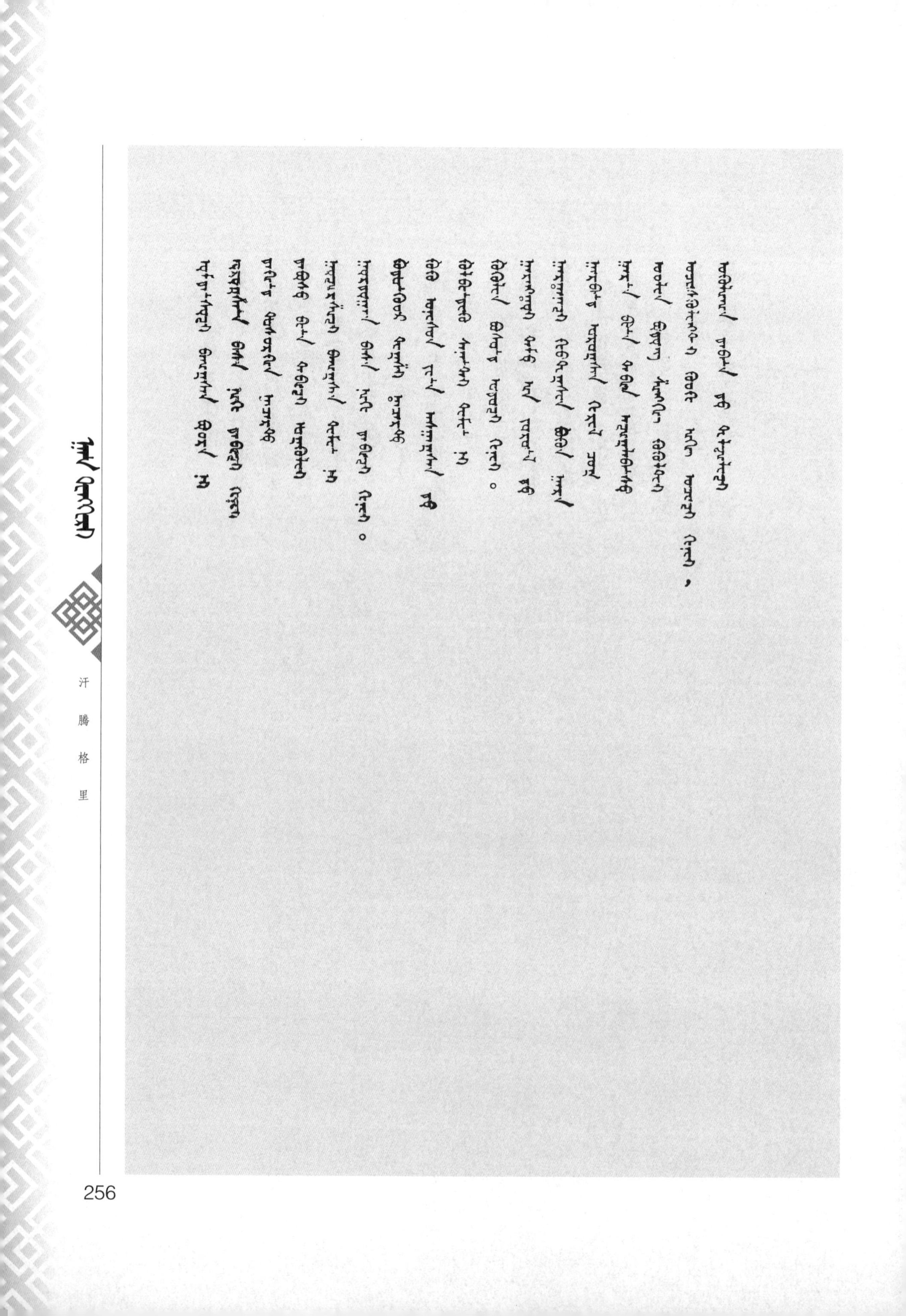

汗腾格里

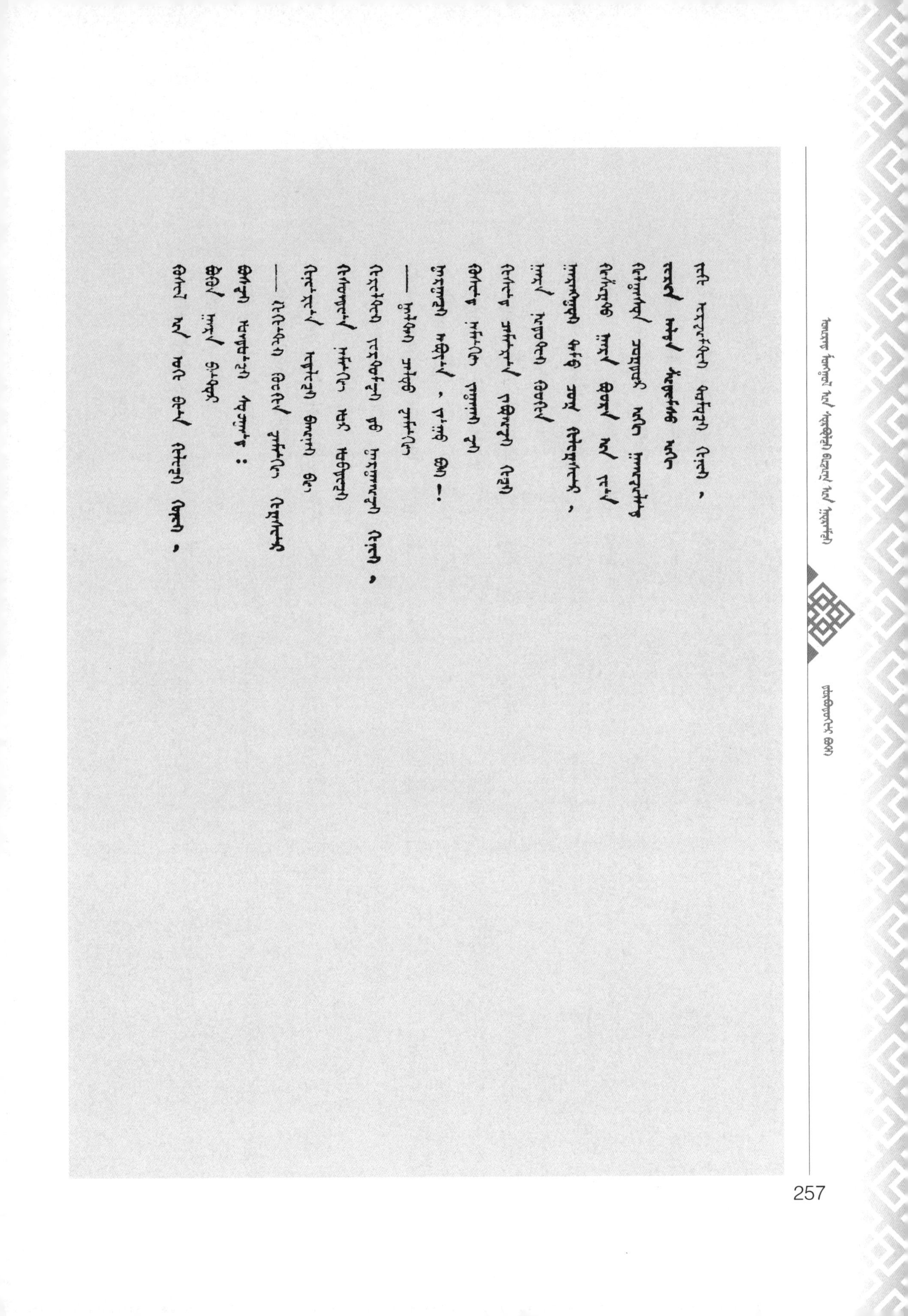

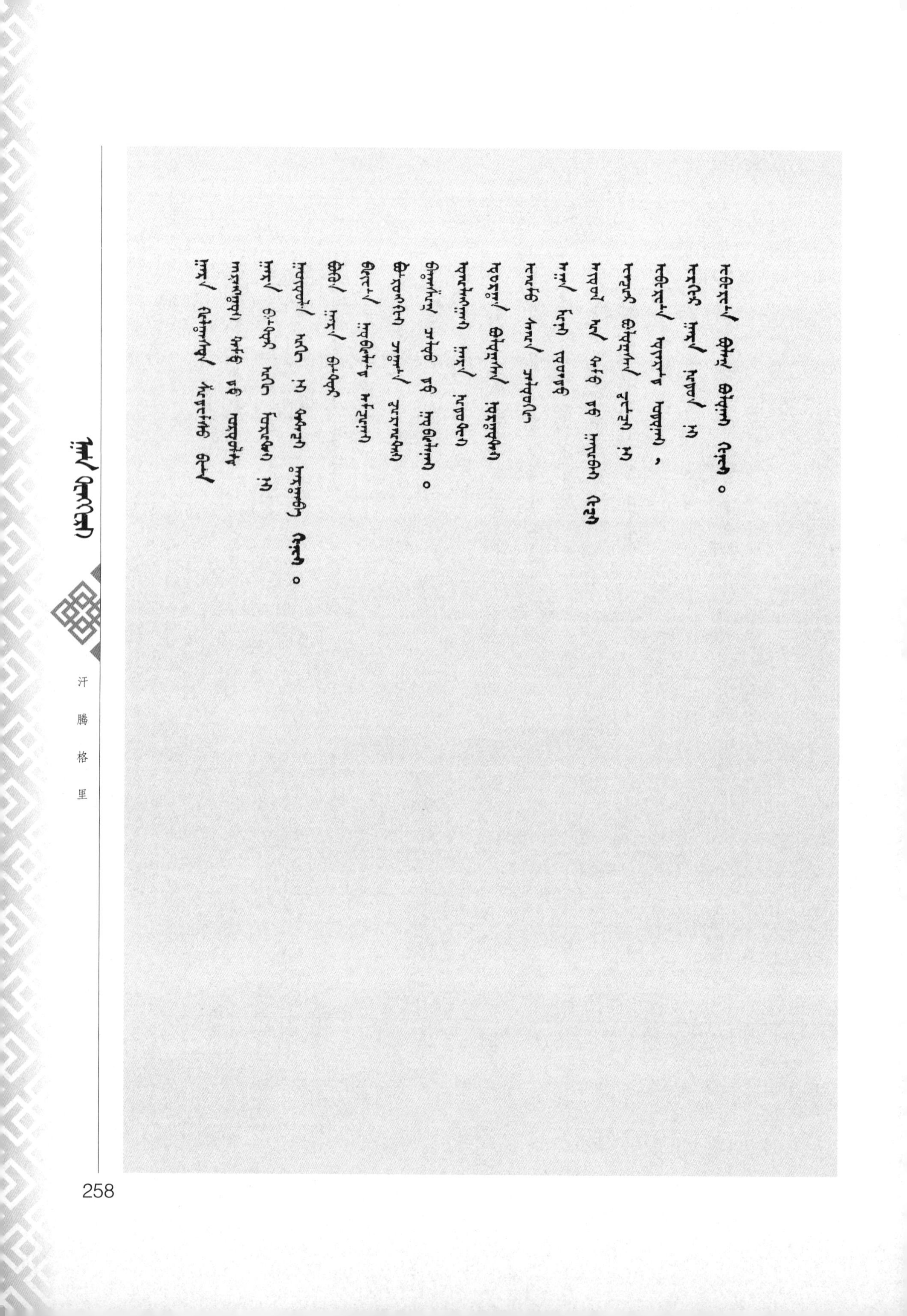

[illegible]
[illegible]
[illegible]
[illegible]
[illegible]
[illegible]
[illegible]
[illegible]
[illegible]
[illegible]
[illegible]
[illegible]
[illegible]
[illegible]
[illegible]
[illegible]
[illegible]

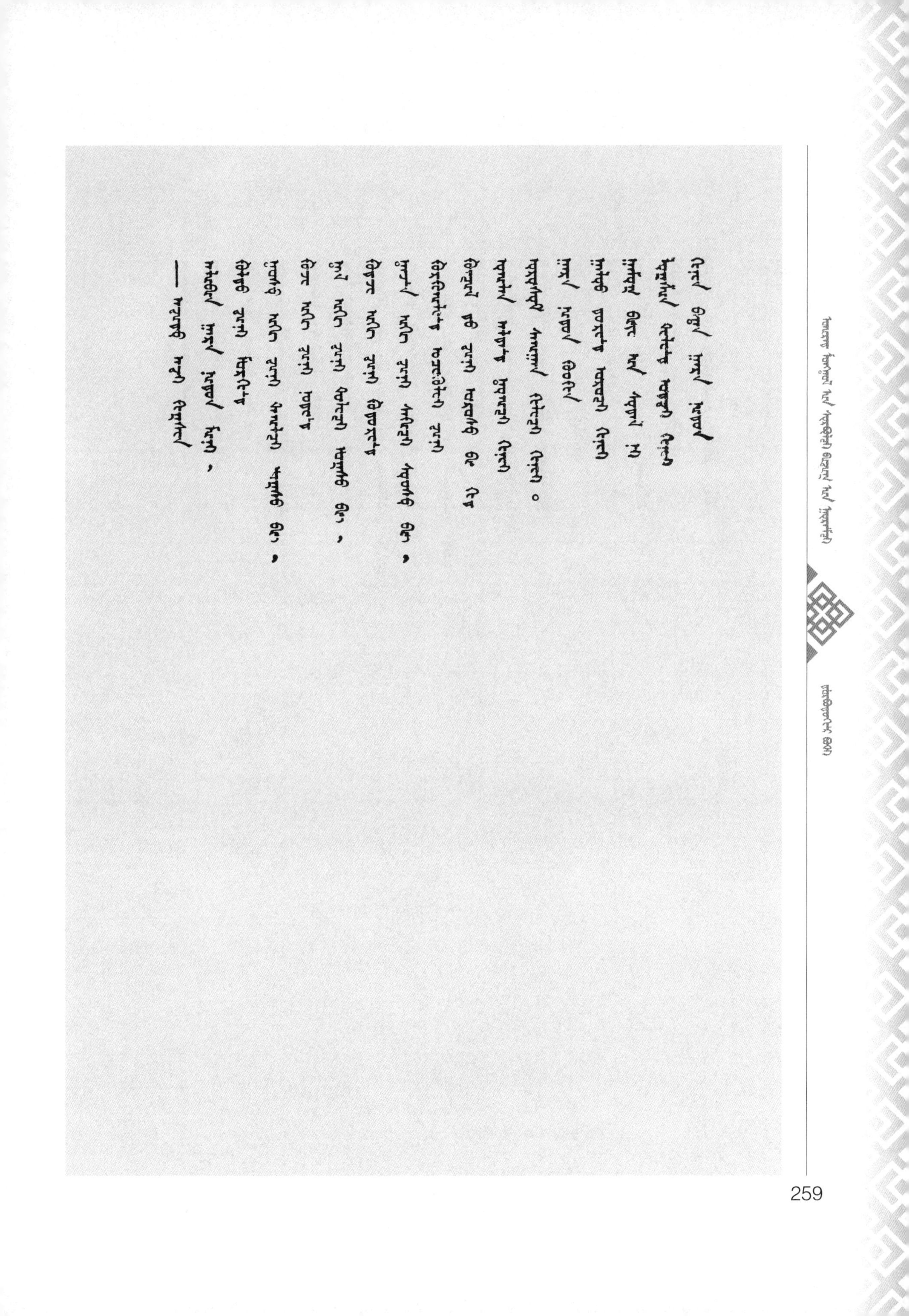

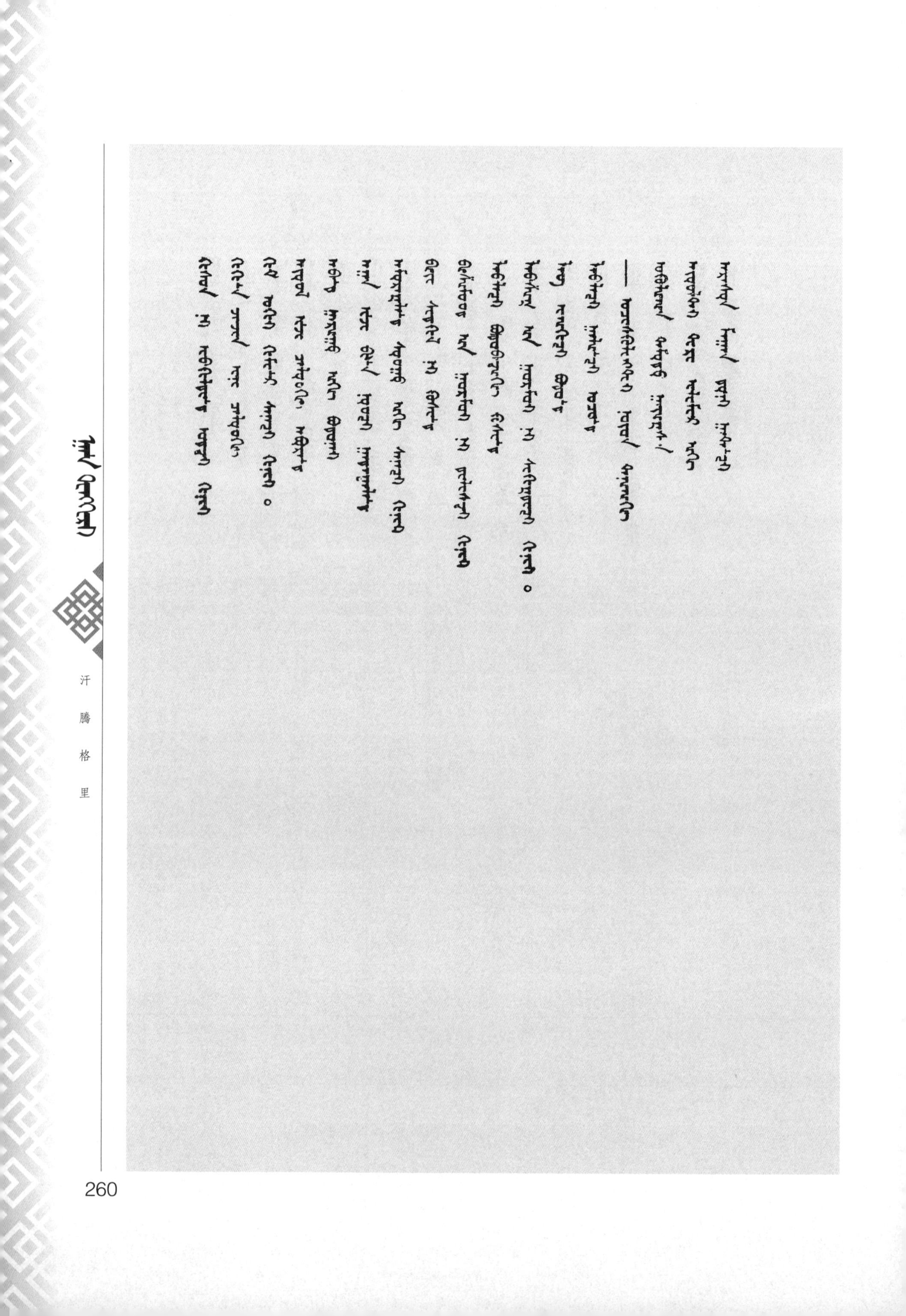

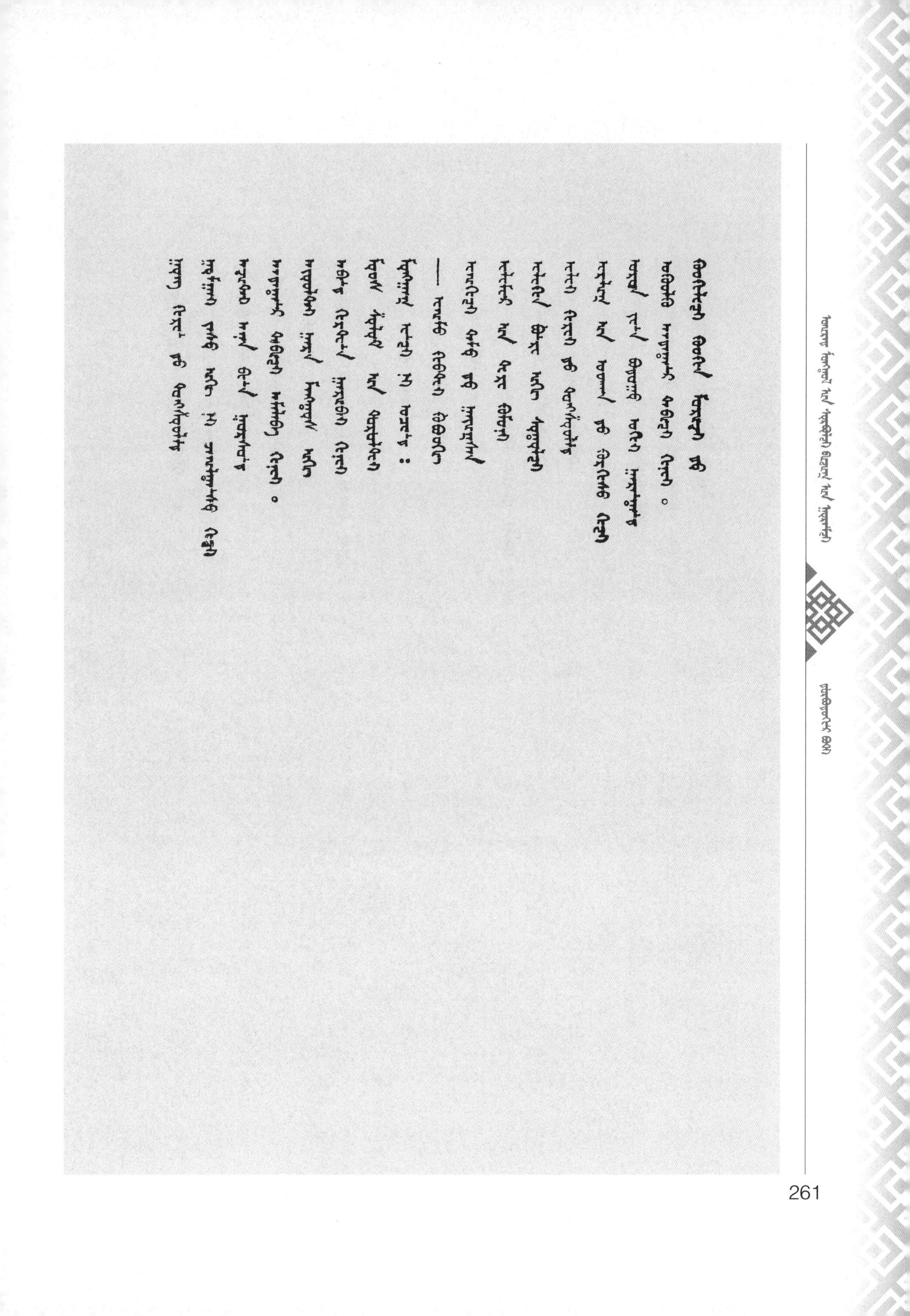

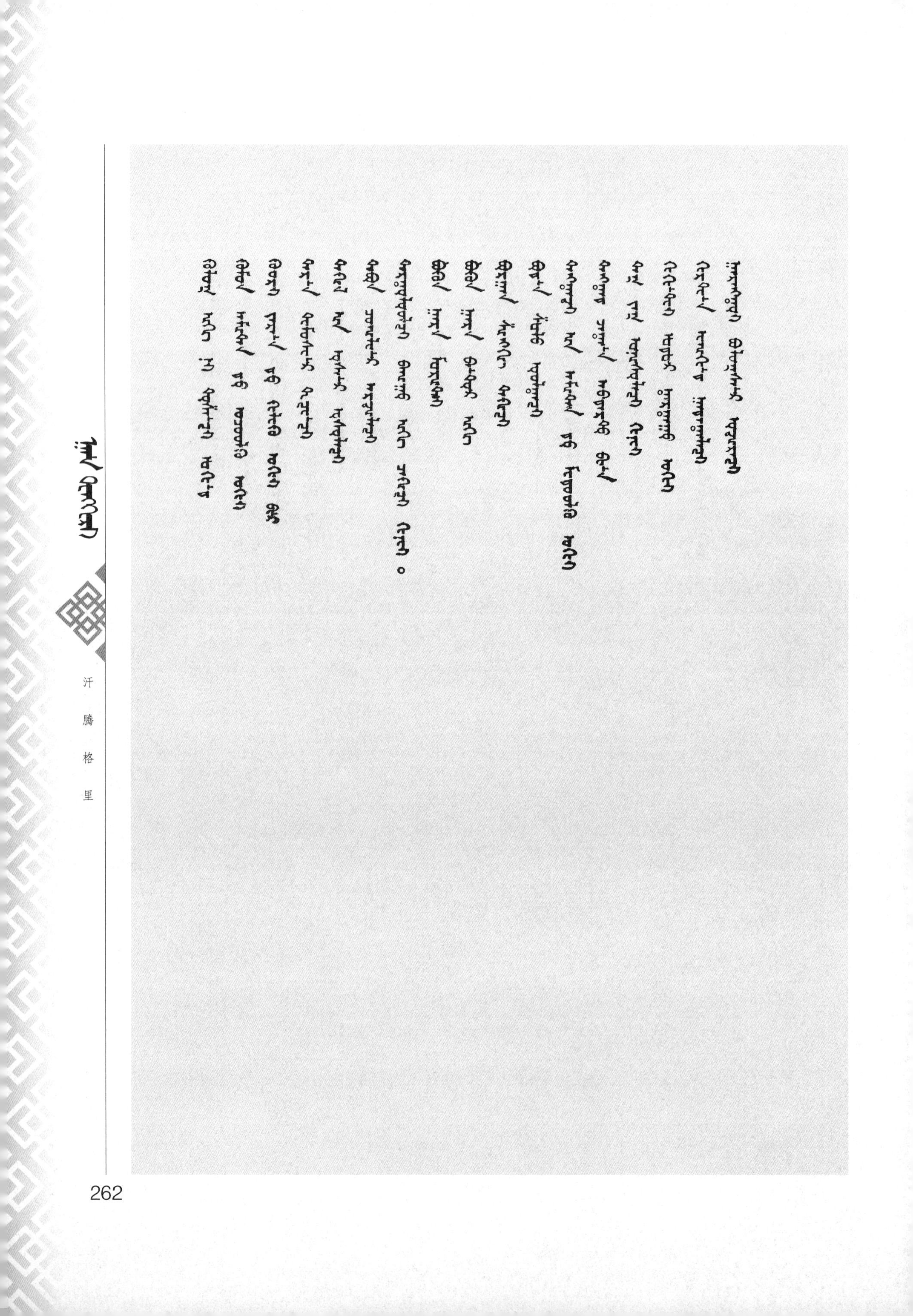

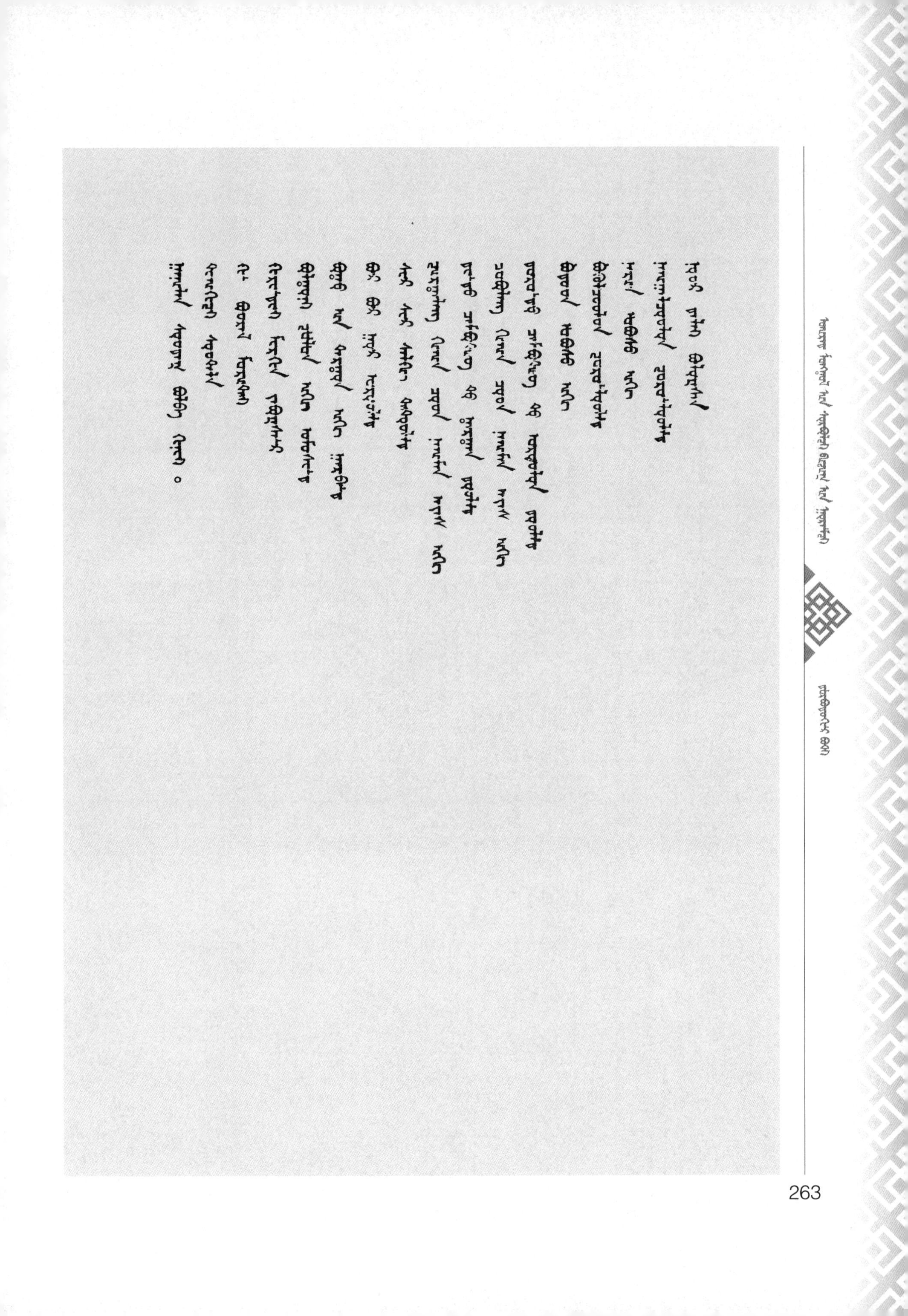

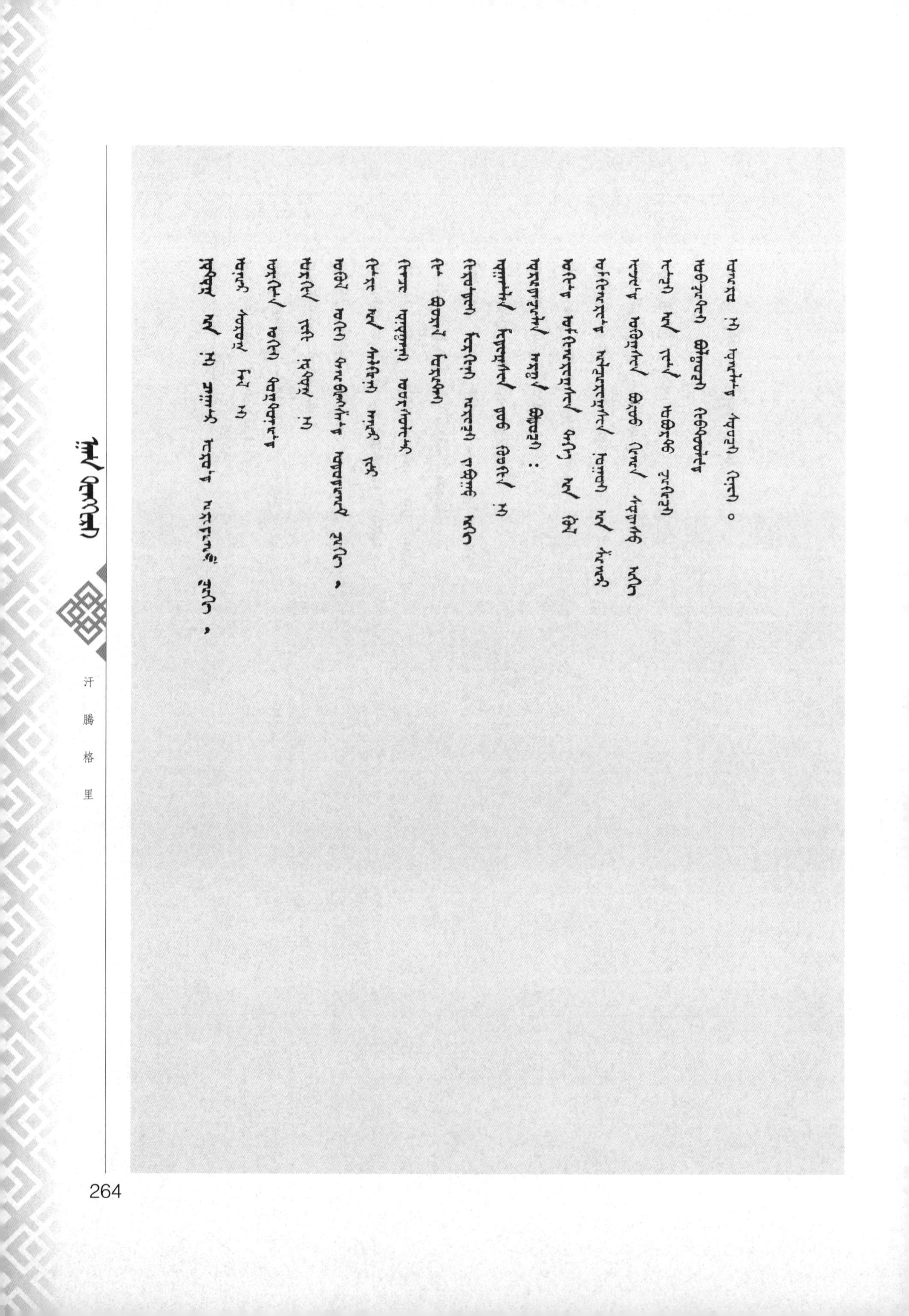

[illegible]
[illegible]
[illegible]
[illegible]
[illegible]
[illegible]
[illegible]
[illegible]
[illegible]
[illegible]
[illegible]
[illegible]
[illegible]
[illegible]
[illegible]
[illegible]
[illegible]

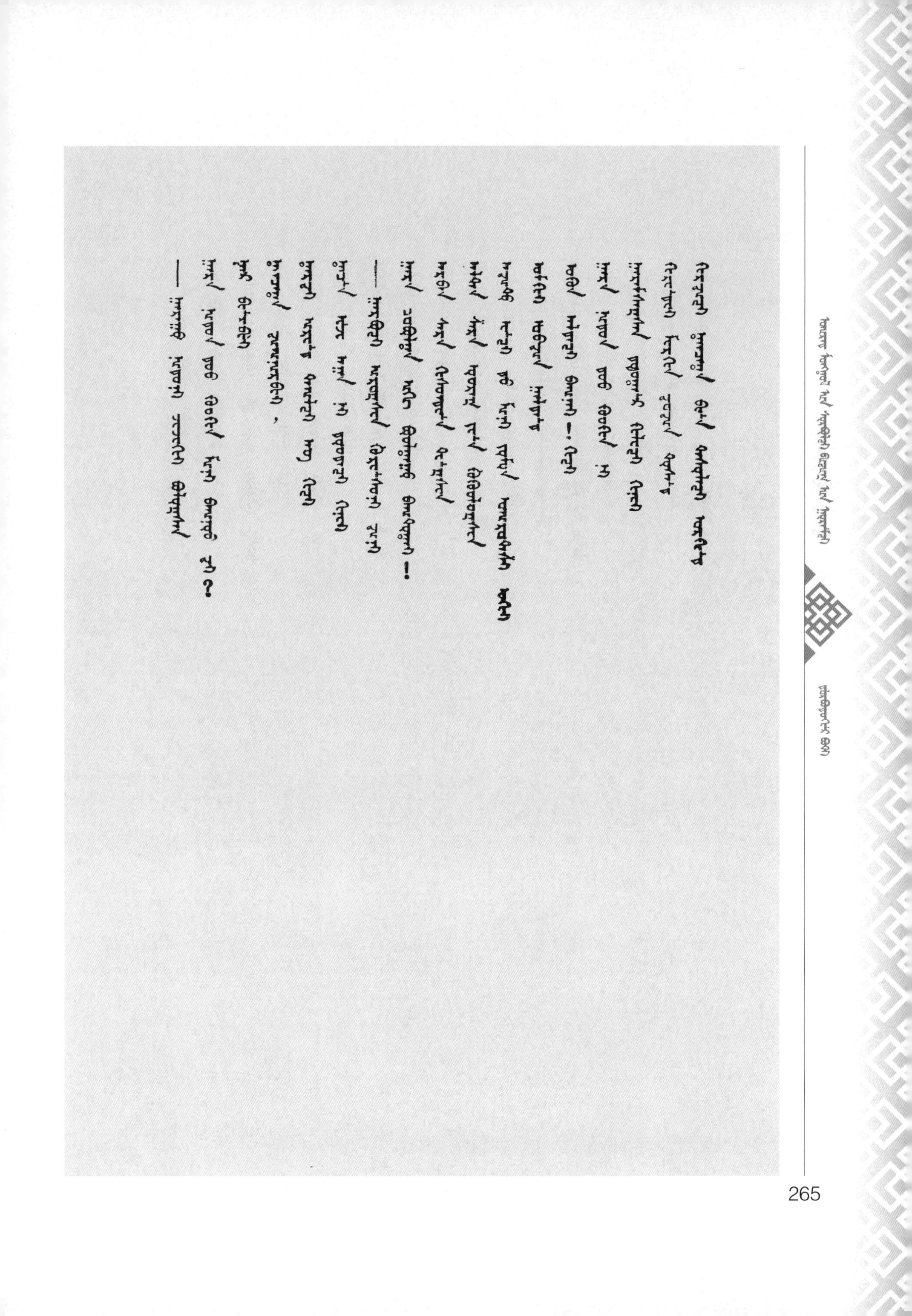

[illegible]
[illegible]
[illegible]
[illegible]
[illegible] ! [illegible]
[illegible]
[illegible]
[illegible]
[illegible]
[illegible] !
—— [illegible]
[illegible]
[illegible]
[illegible] ,
[illegible]
[illegible] ?
—— [illegible]

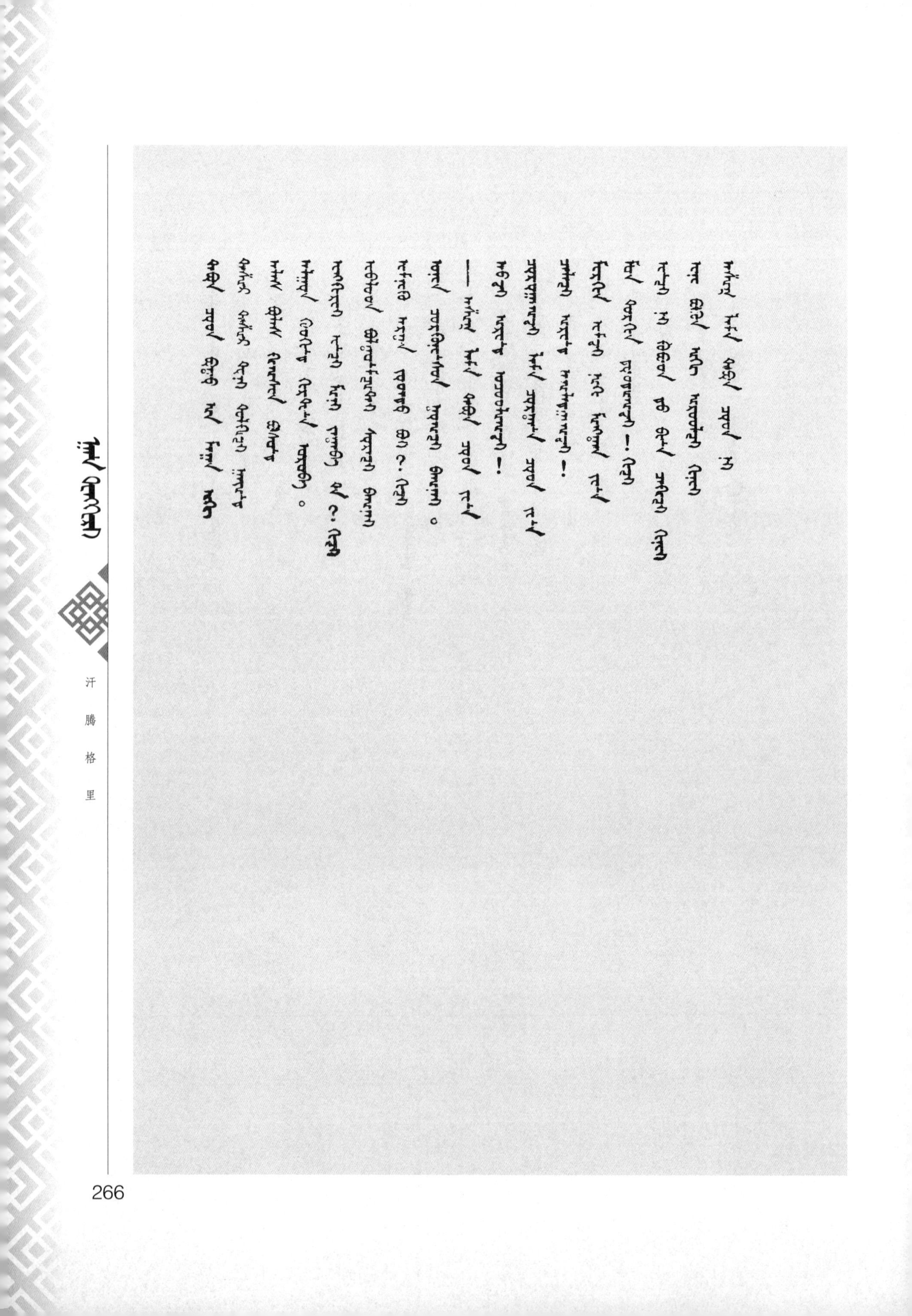

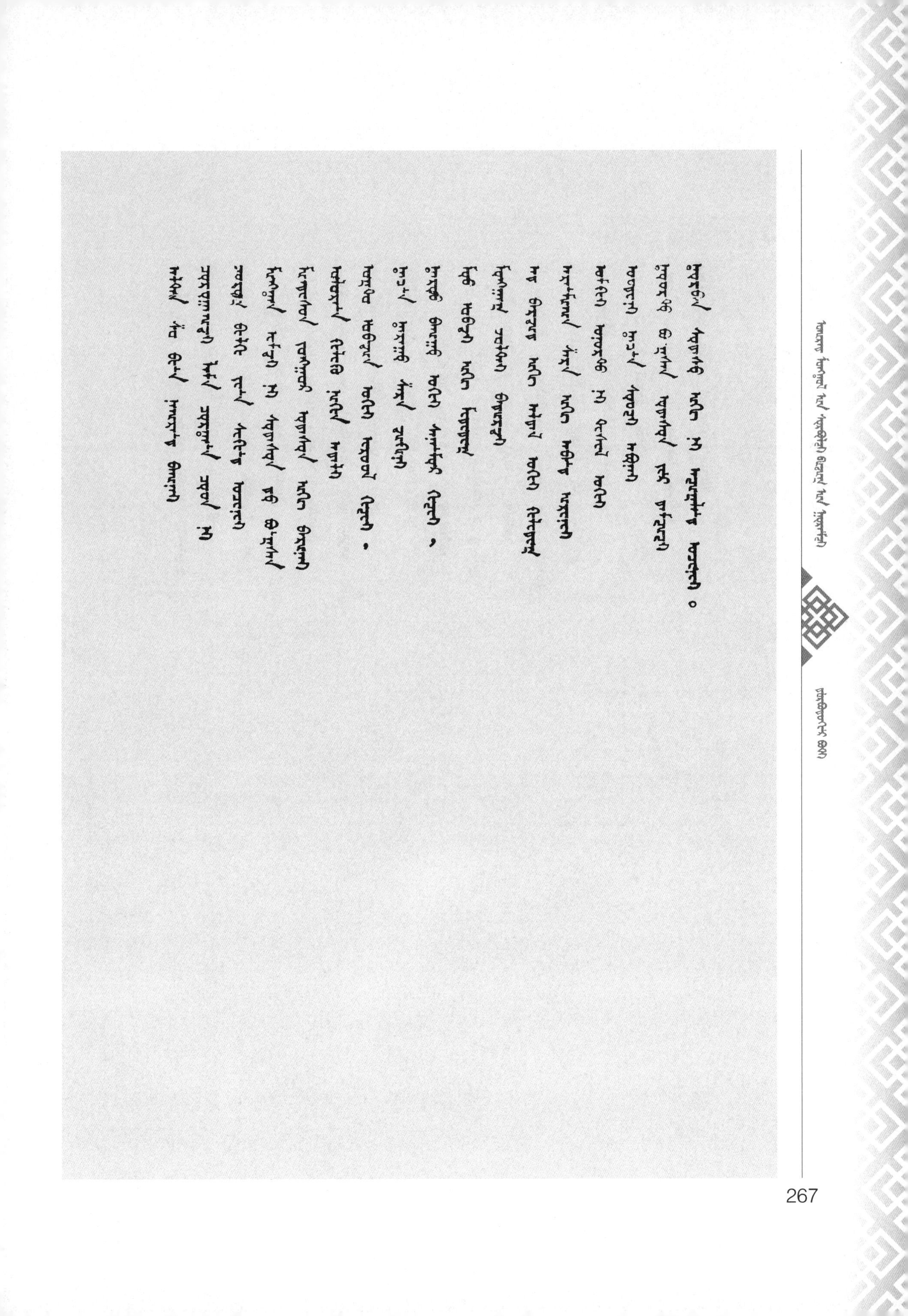

[illegible]
[illegible]
[illegible]
[illegible]
[illegible]
[illegible]
[illegible]
[illegible]
[illegible]
[illegible]
[illegible]
[illegible]
[illegible]
[illegible]
[illegible]
[illegible]
[illegible]

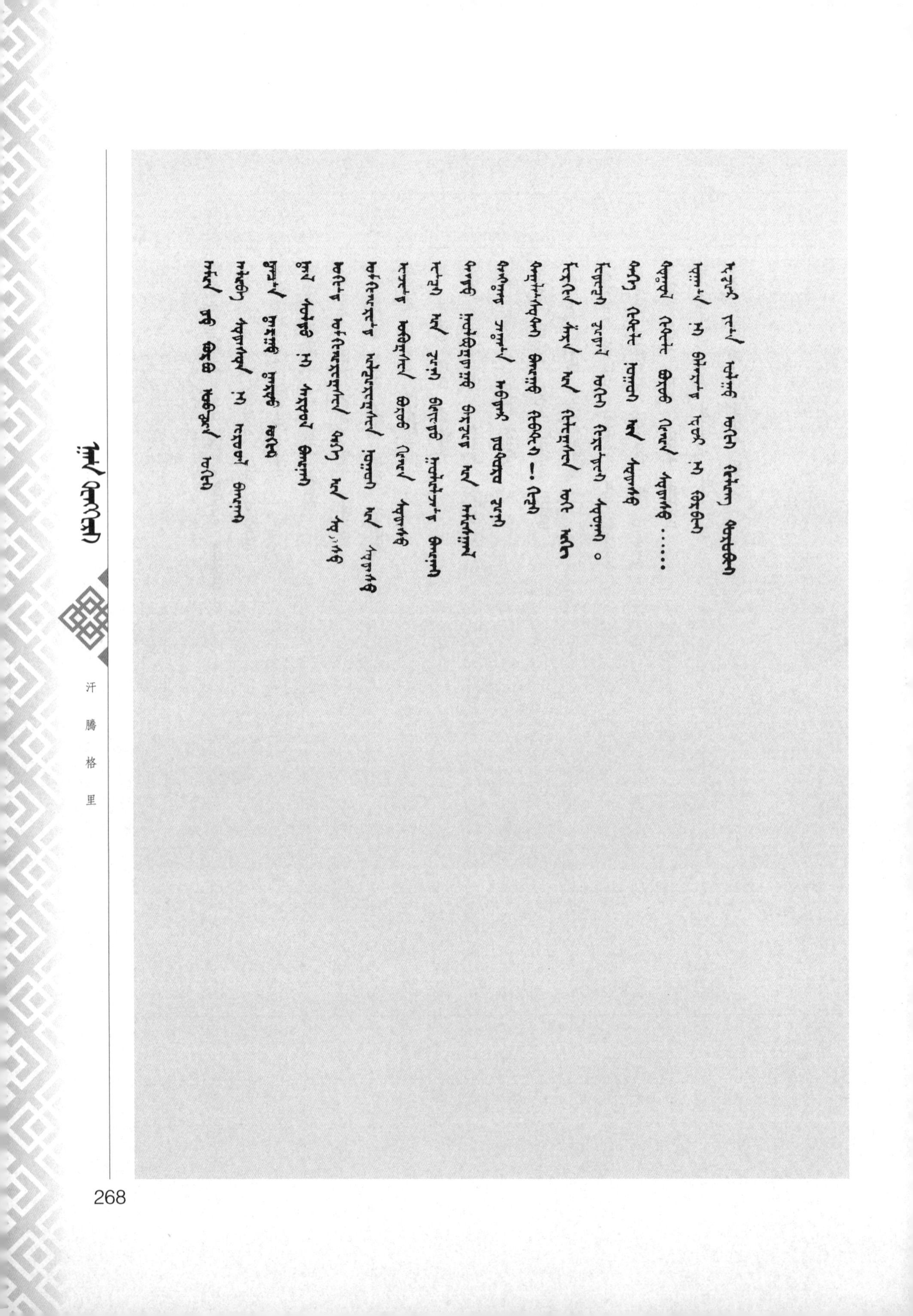

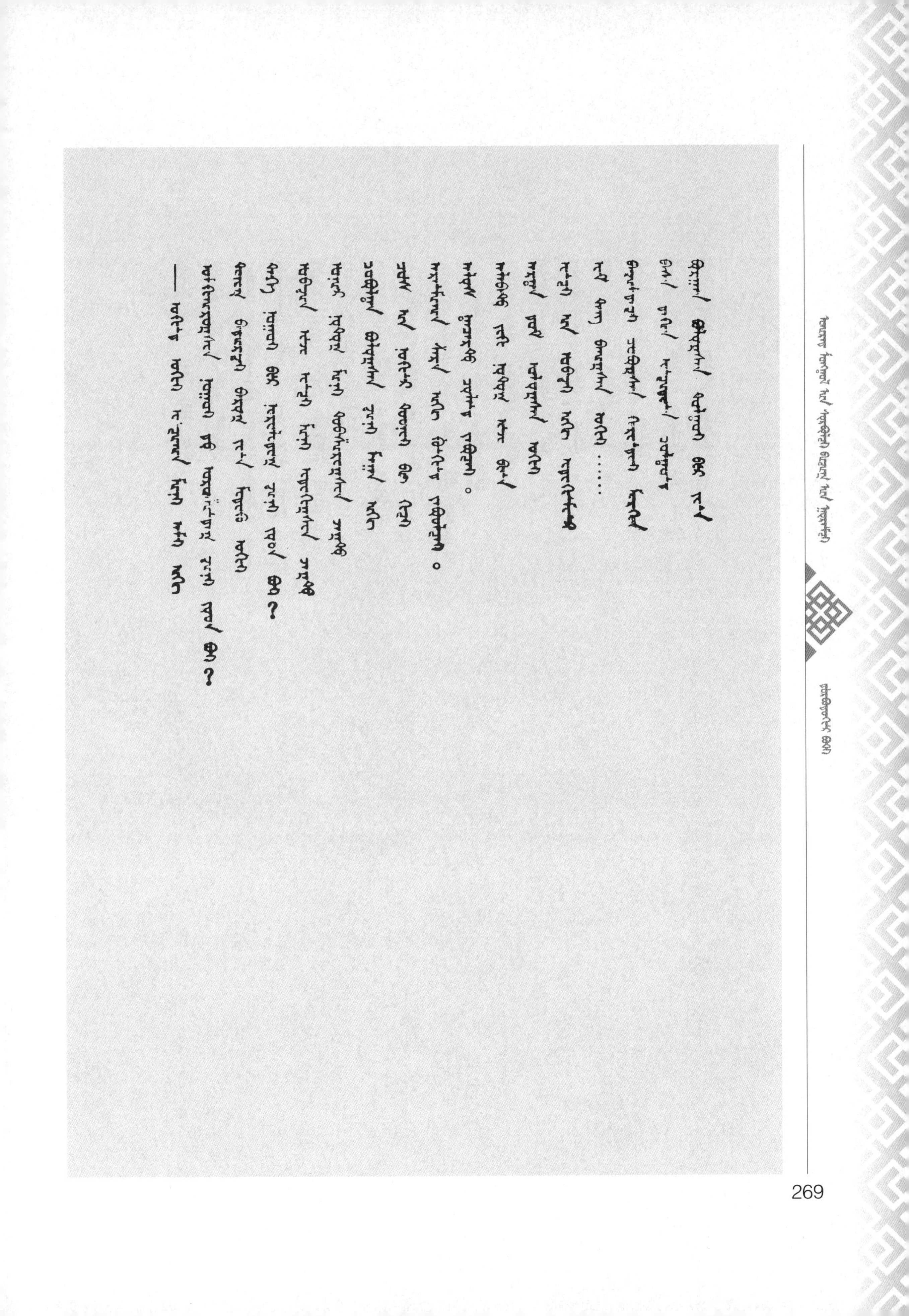

[illegible]

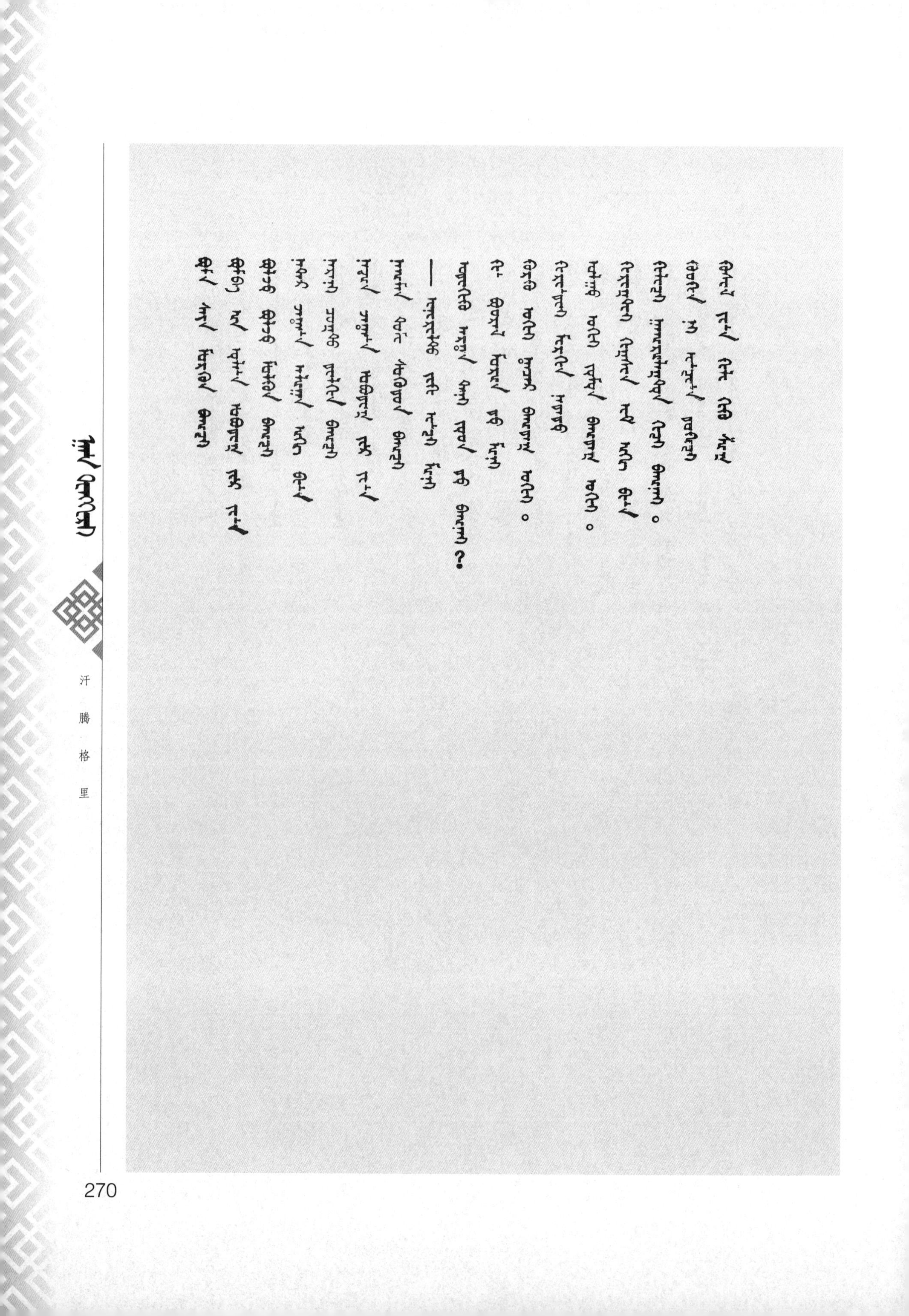

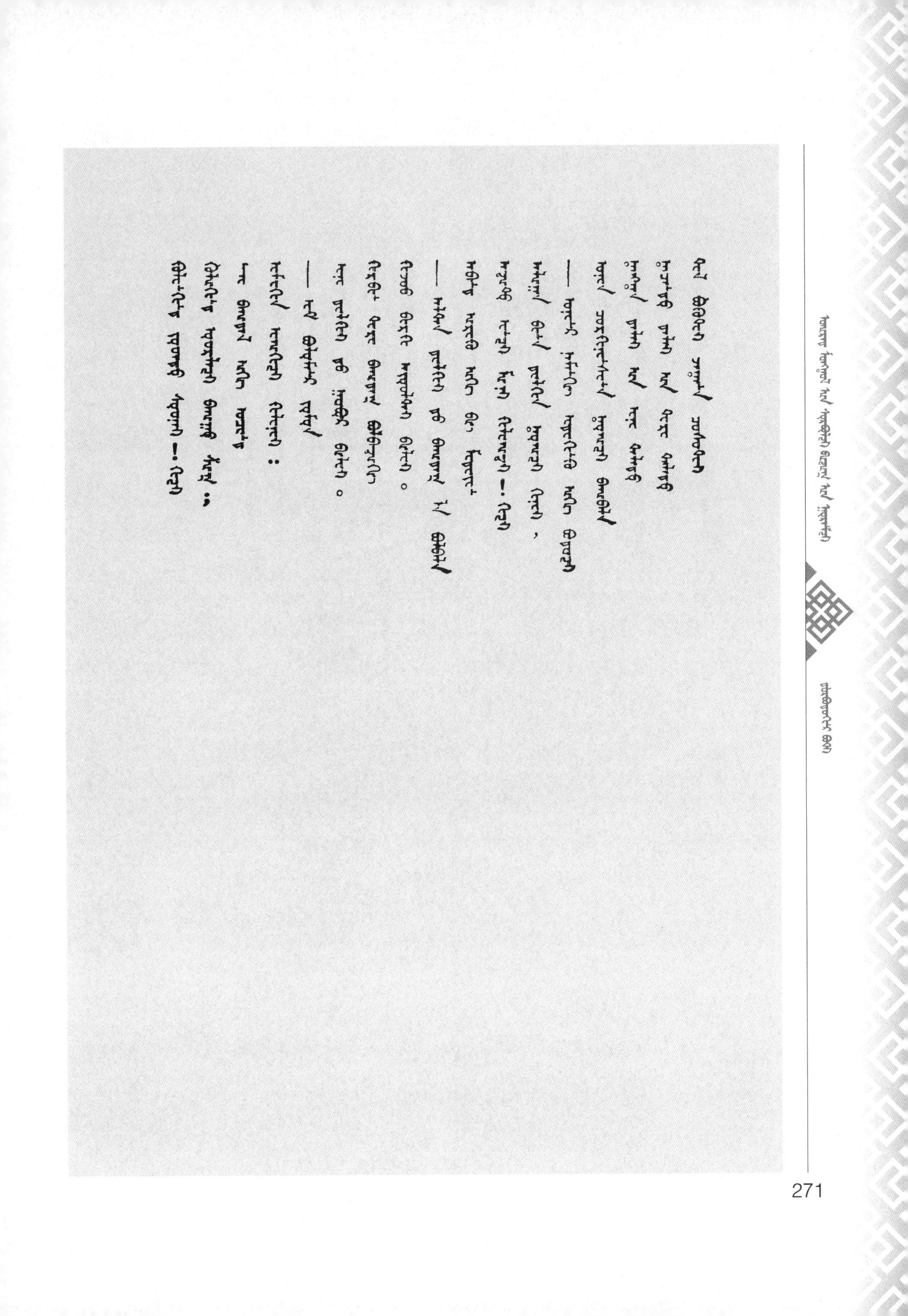

[illegible]
[illegible]
[illegible]
[illegible]
—— [illegible]
[illegible] ·
[illegible] —· [illegible]
[illegible]
—— [illegible]
[illegible] ◦
[illegible]
[illegible] ◦
—— [illegible]
[illegible] :
[illegible]
[illegible] ·:
[illegible] —· [illegible]

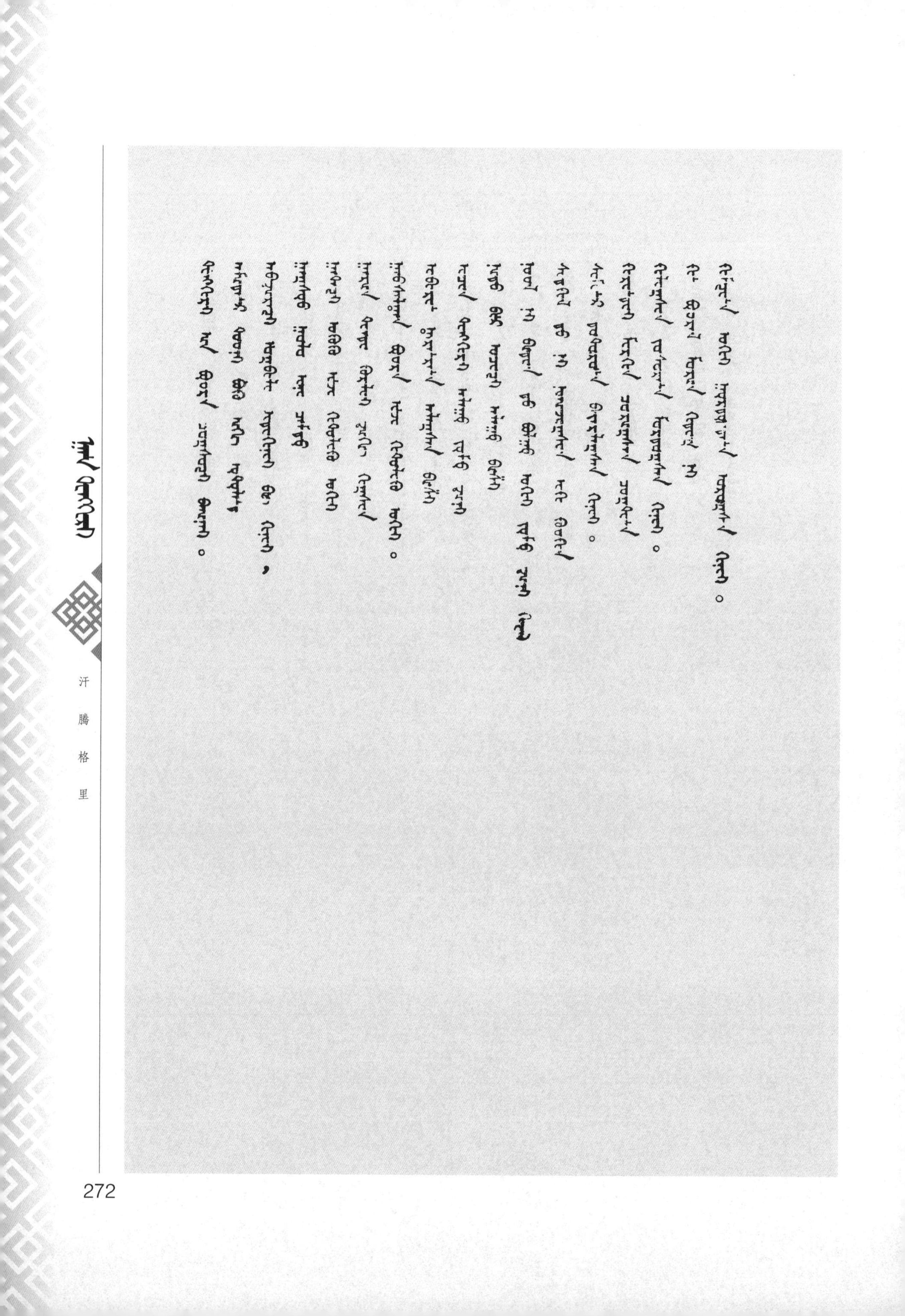

[illegible]
[illegible]
[illegible]
[illegible]
[illegible]
[illegible]
[illegible]
[illegible]
[illegible]
[illegible]
[illegible]
[illegible]
[illegible]
[illegible]
[illegible]
[illegible]
[illegible]

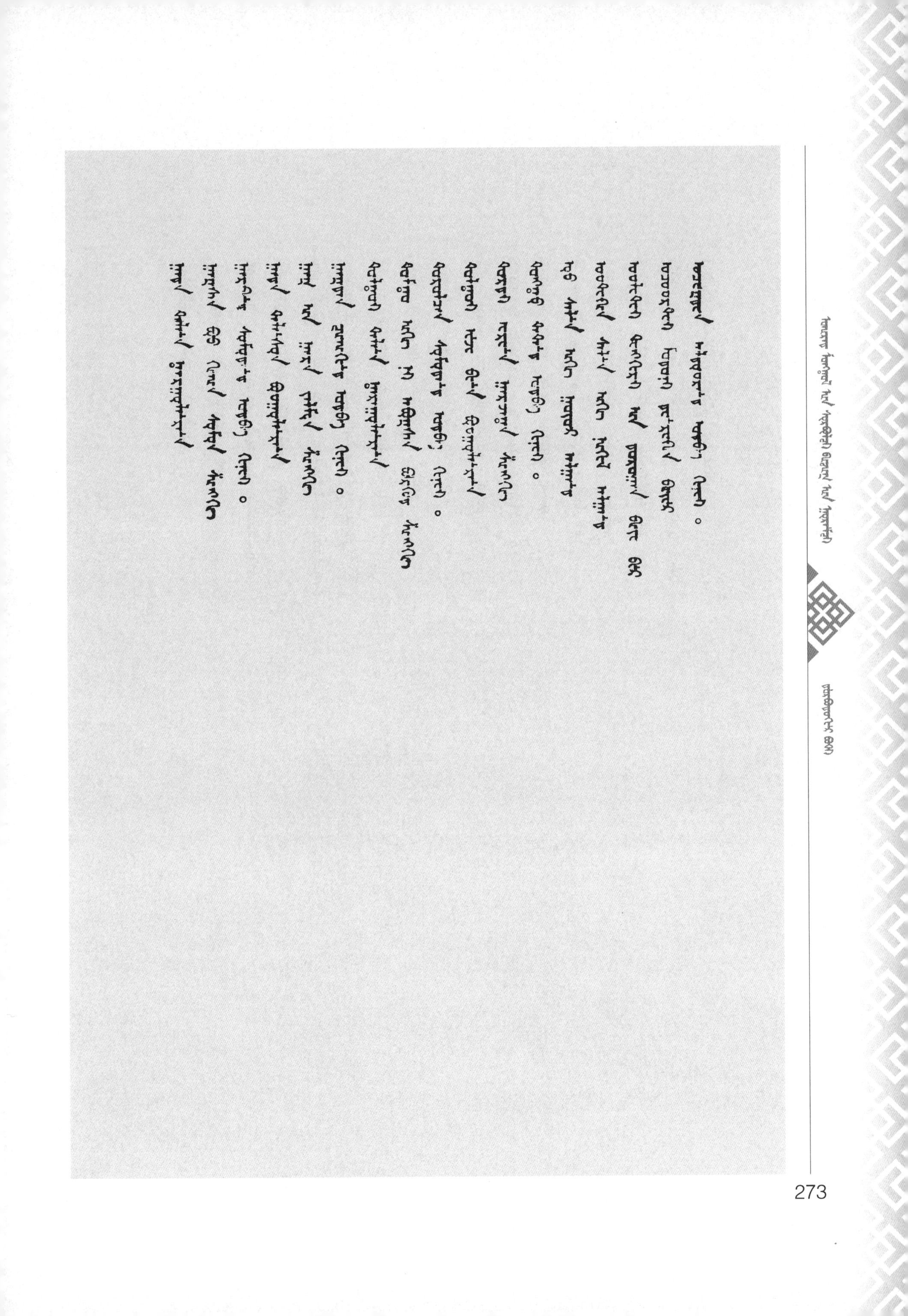

[illegible] 。
[illegible]
[illegible]
[illegible]
[illegible]
[illegible] 。
[illegible]
[illegible]
[illegible] 。
[illegible]
[illegible]
[illegible] 。
[illegible]
[illegible]
[illegible] 。
[illegible]
[illegible]

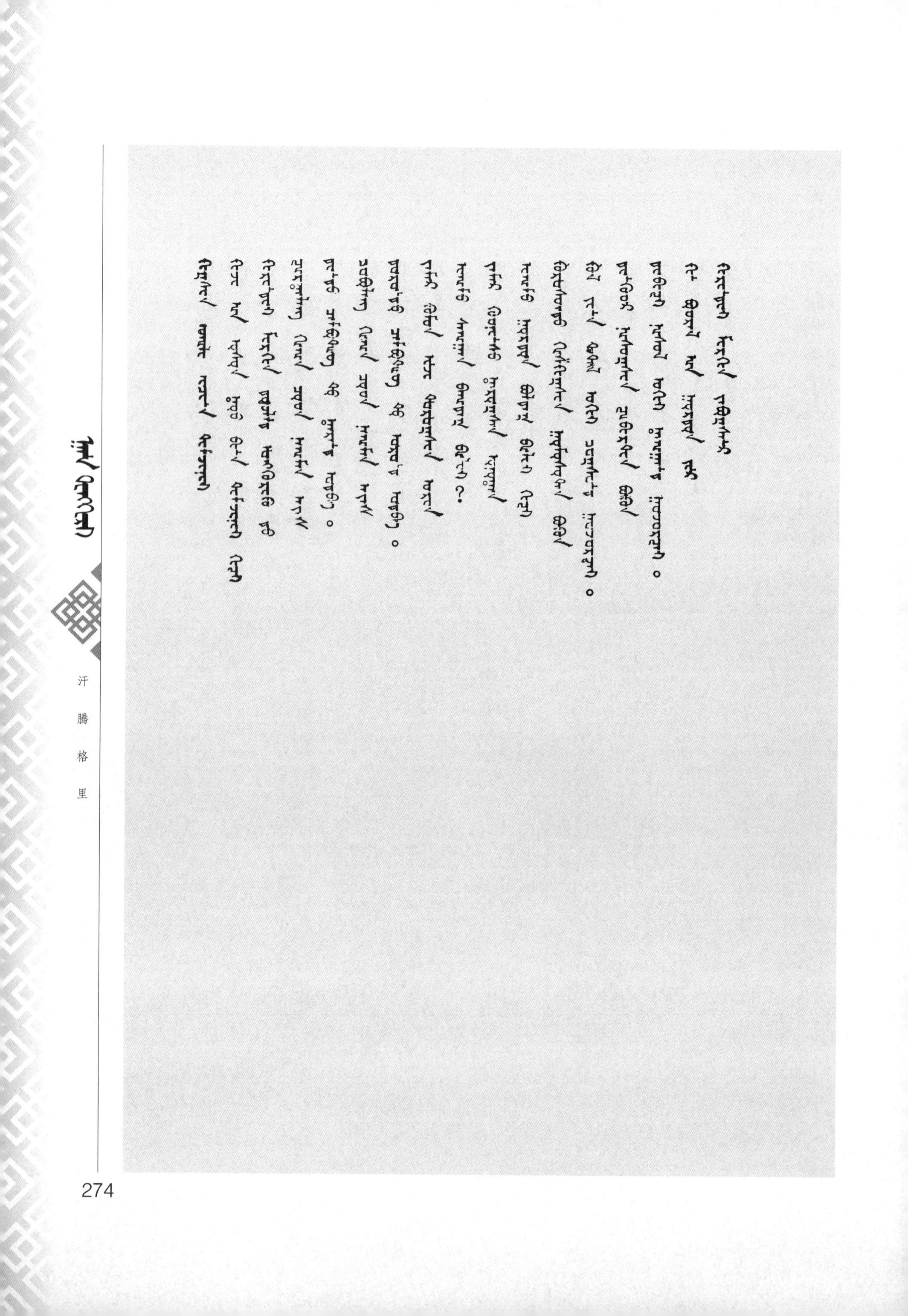

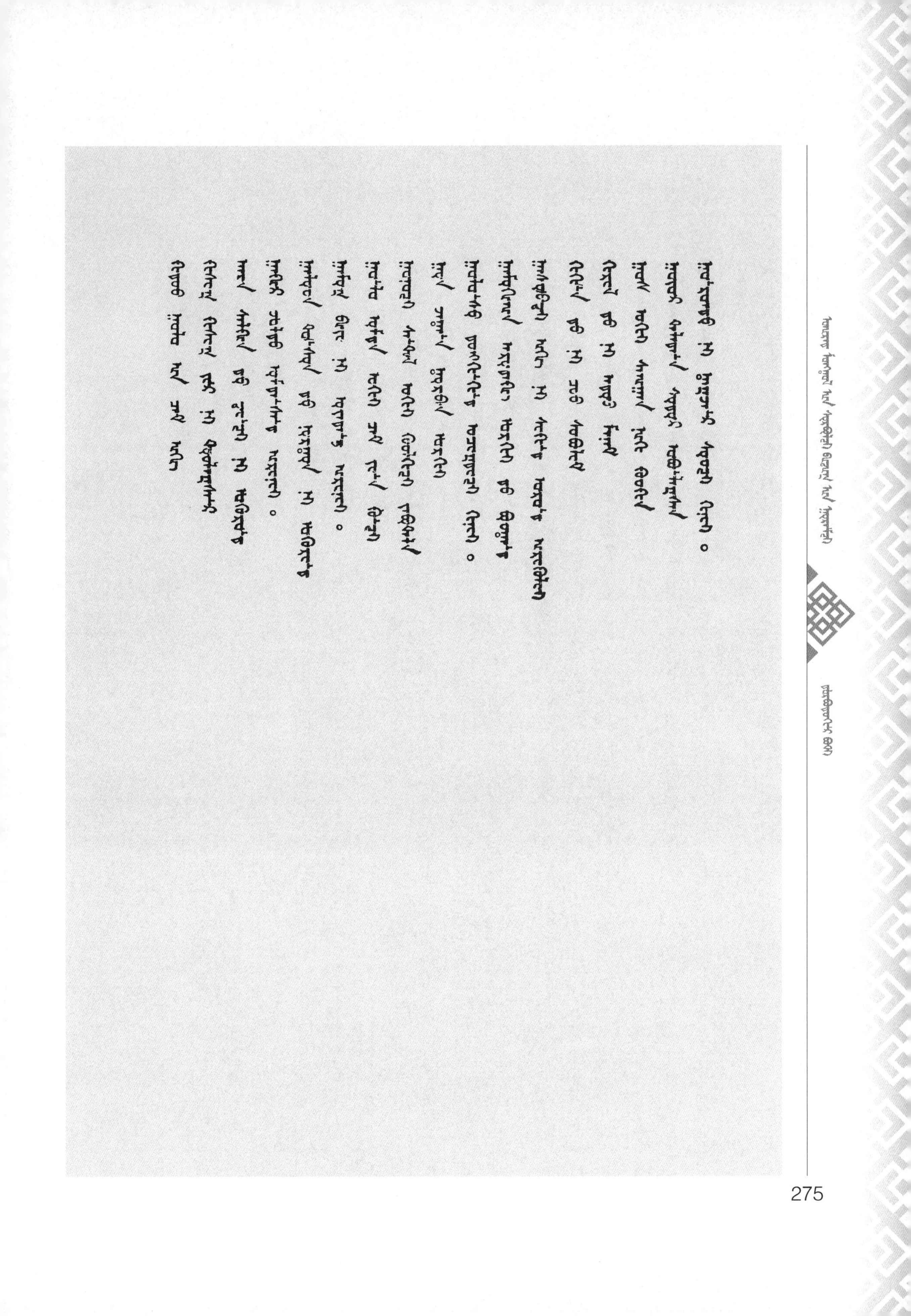

[illegible]

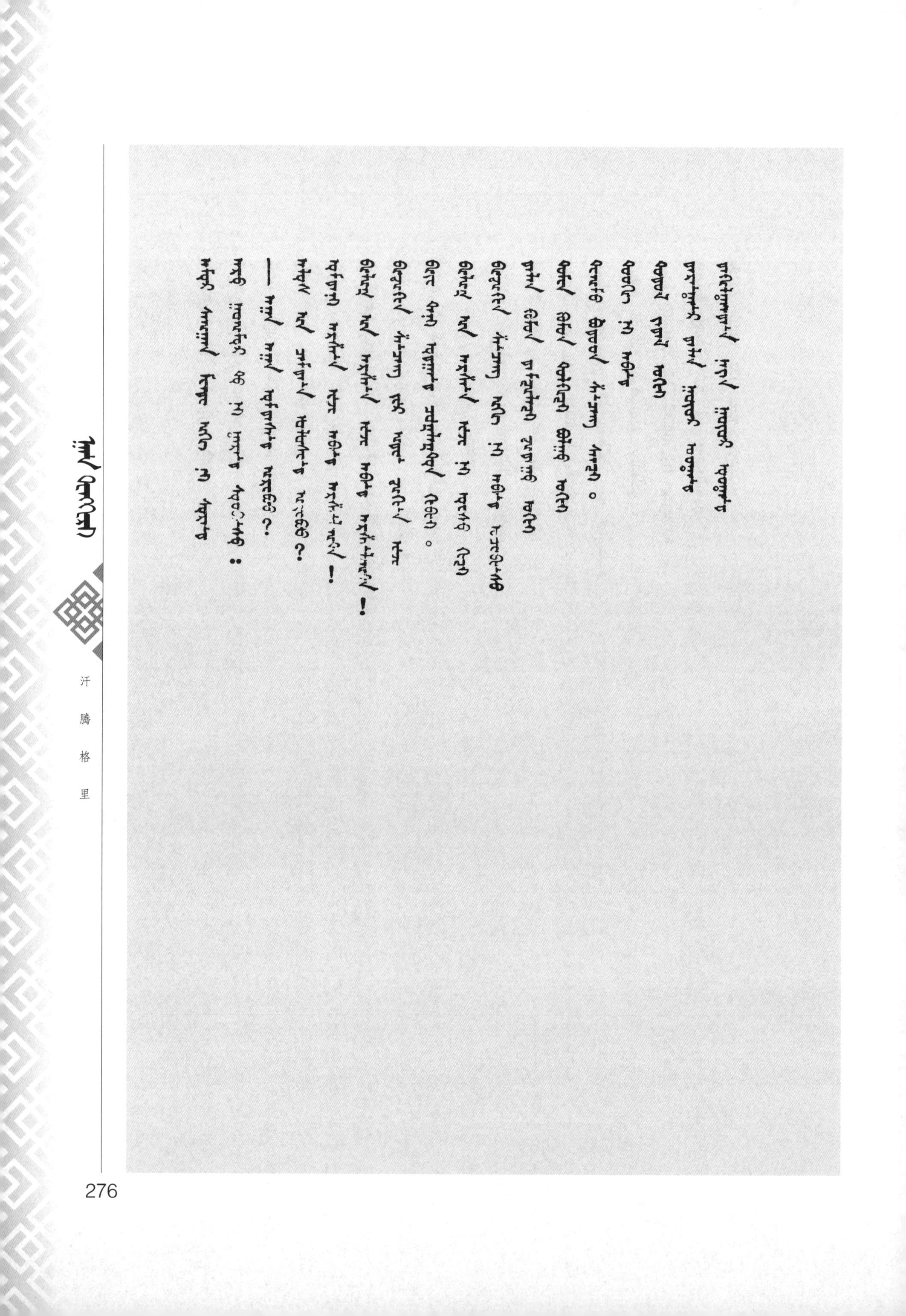

[illegible]
[illegible] ：
—— [illegible] ？
[illegible] ？
[illegible] ！
[illegible] ！
[illegible]
[illegible] 。
[illegible]
[illegible]
[illegible]
[illegible]
[illegible] 。
[illegible]
[illegible]
[illegible]
[illegible]

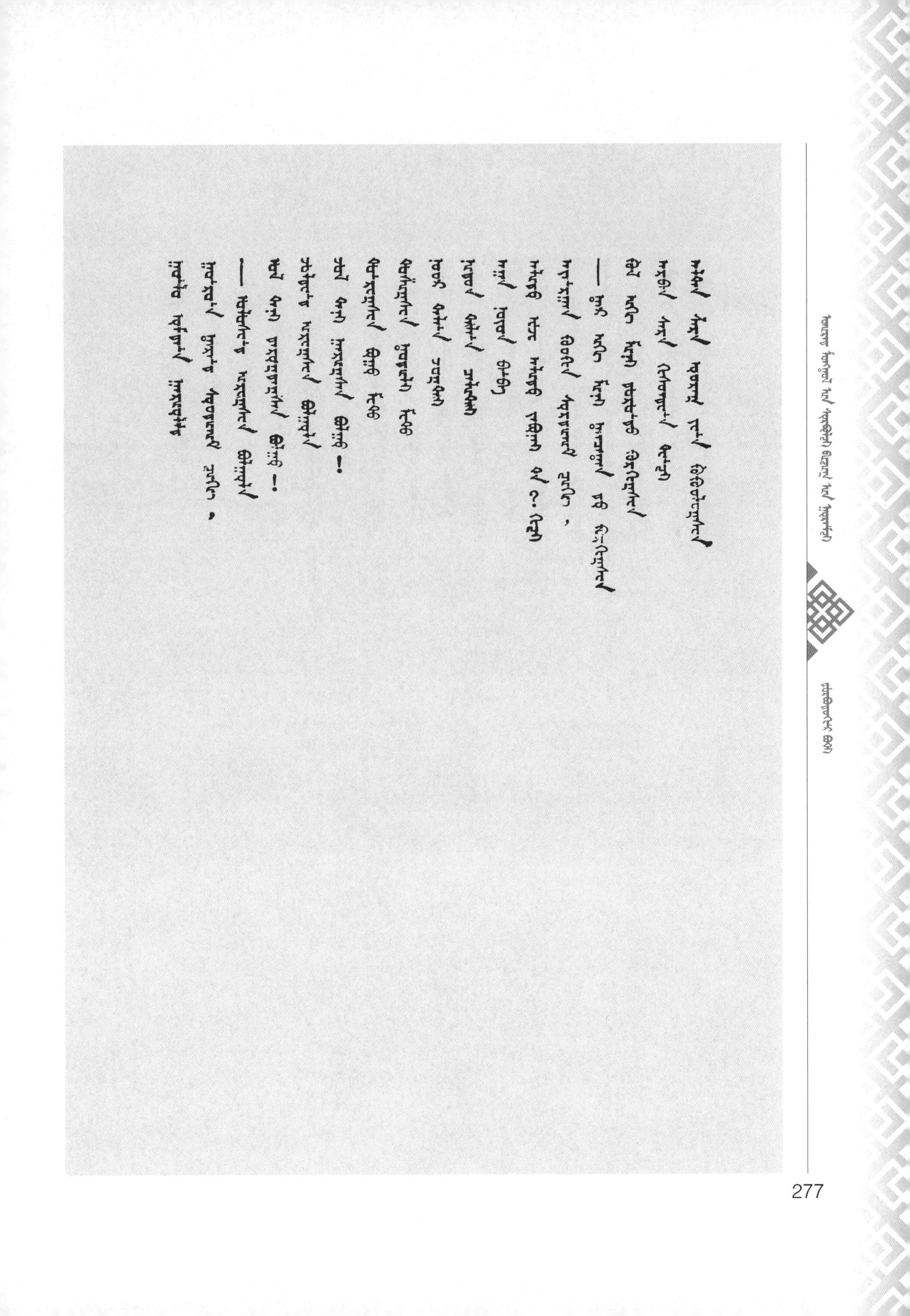

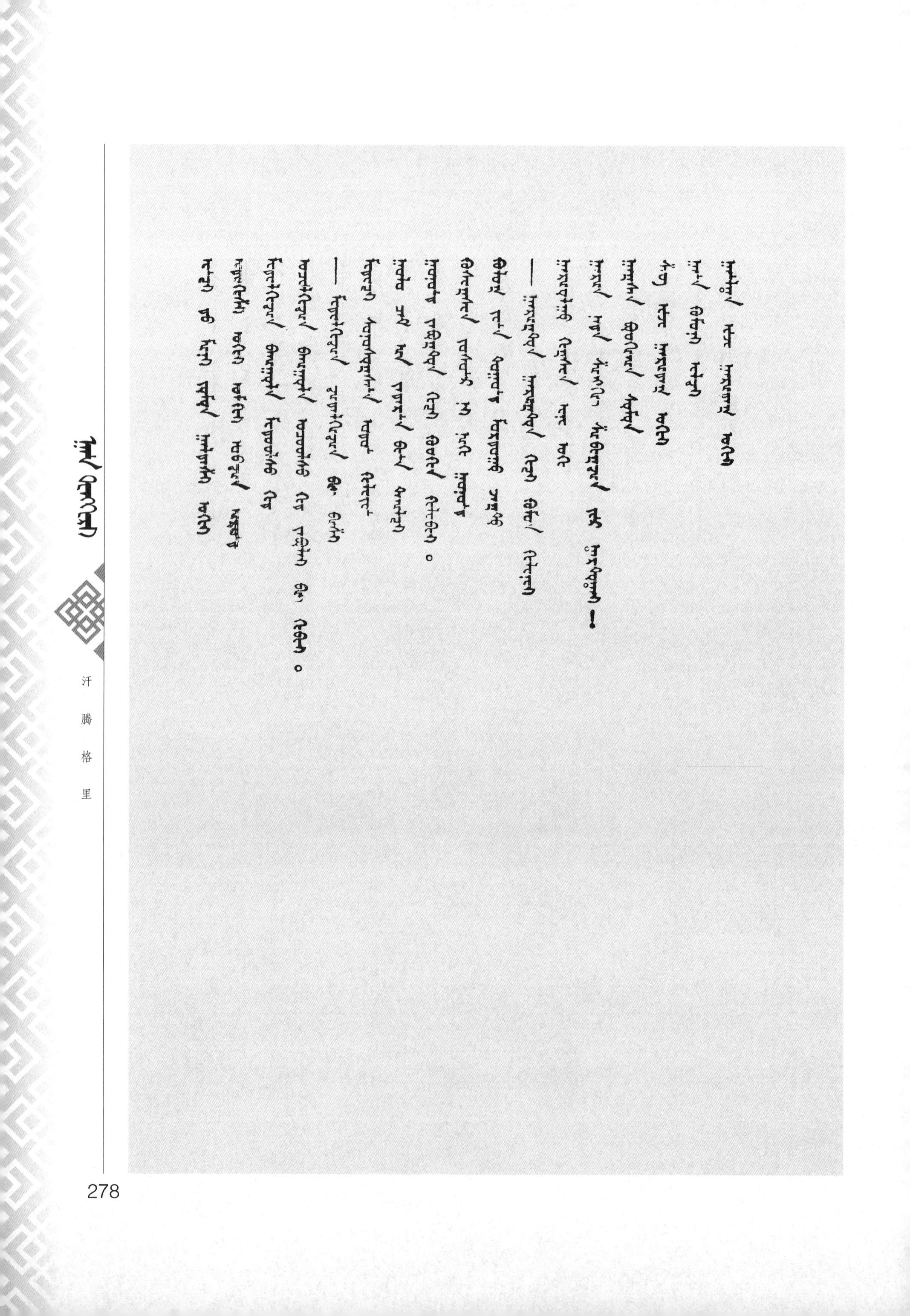

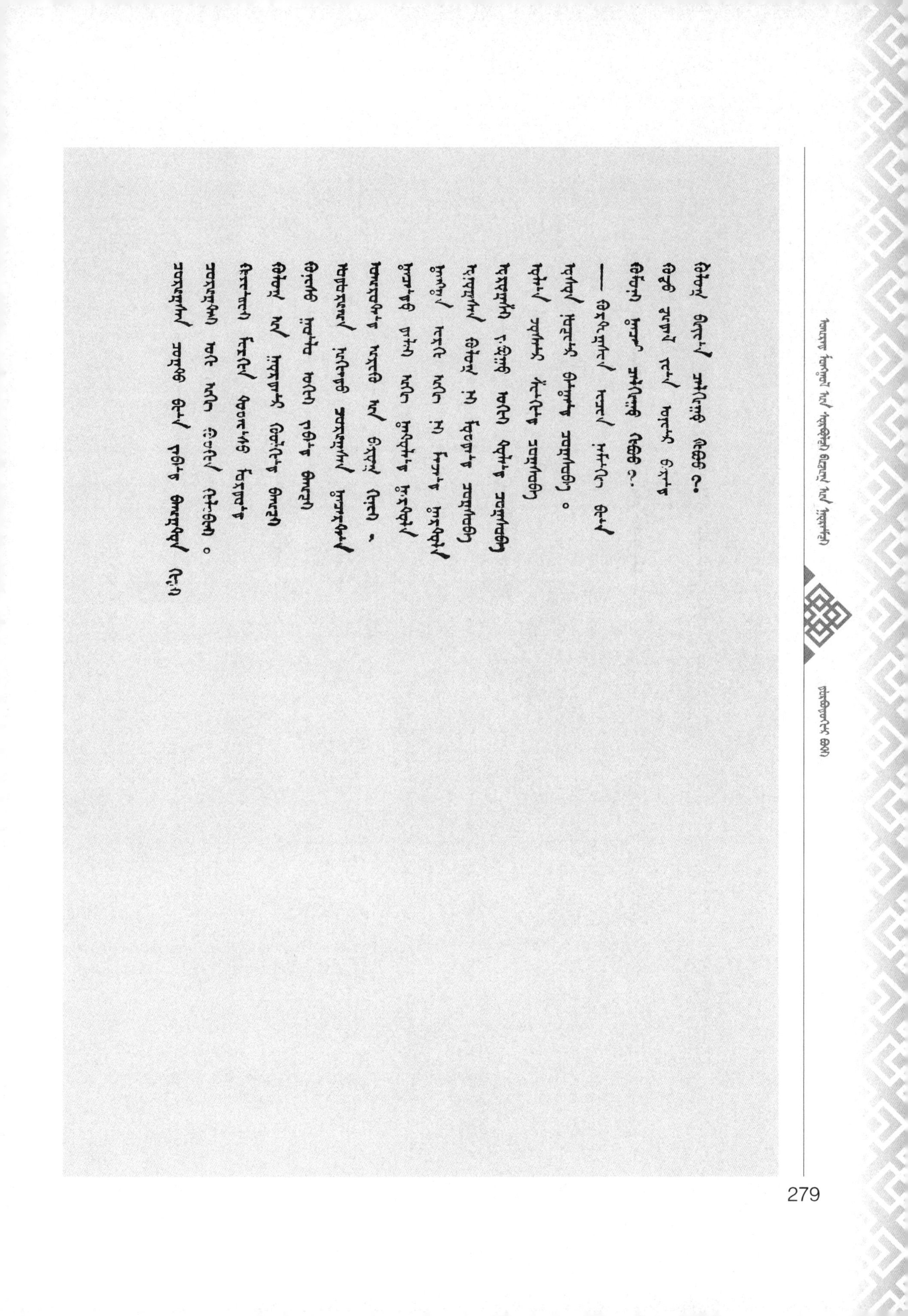

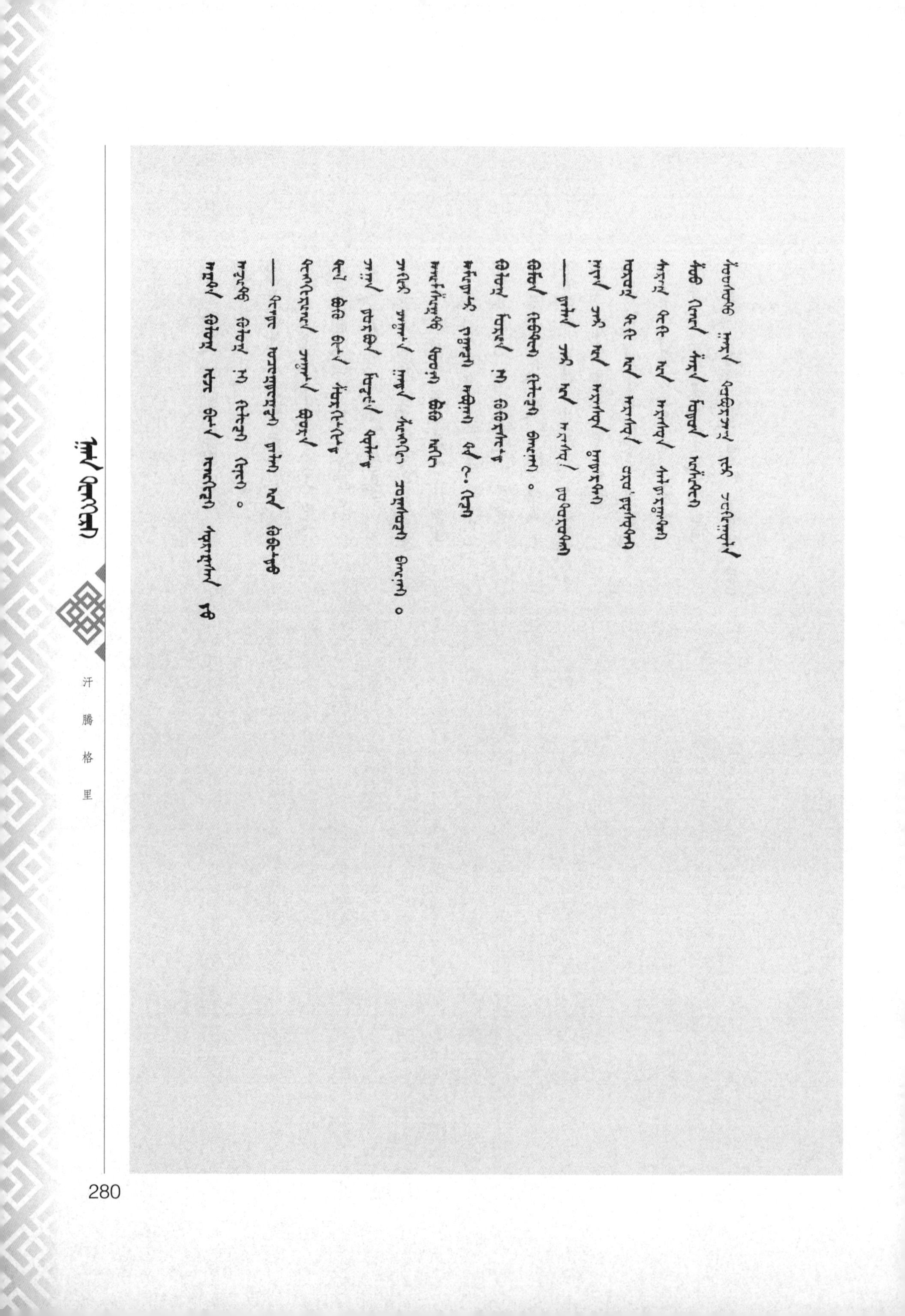

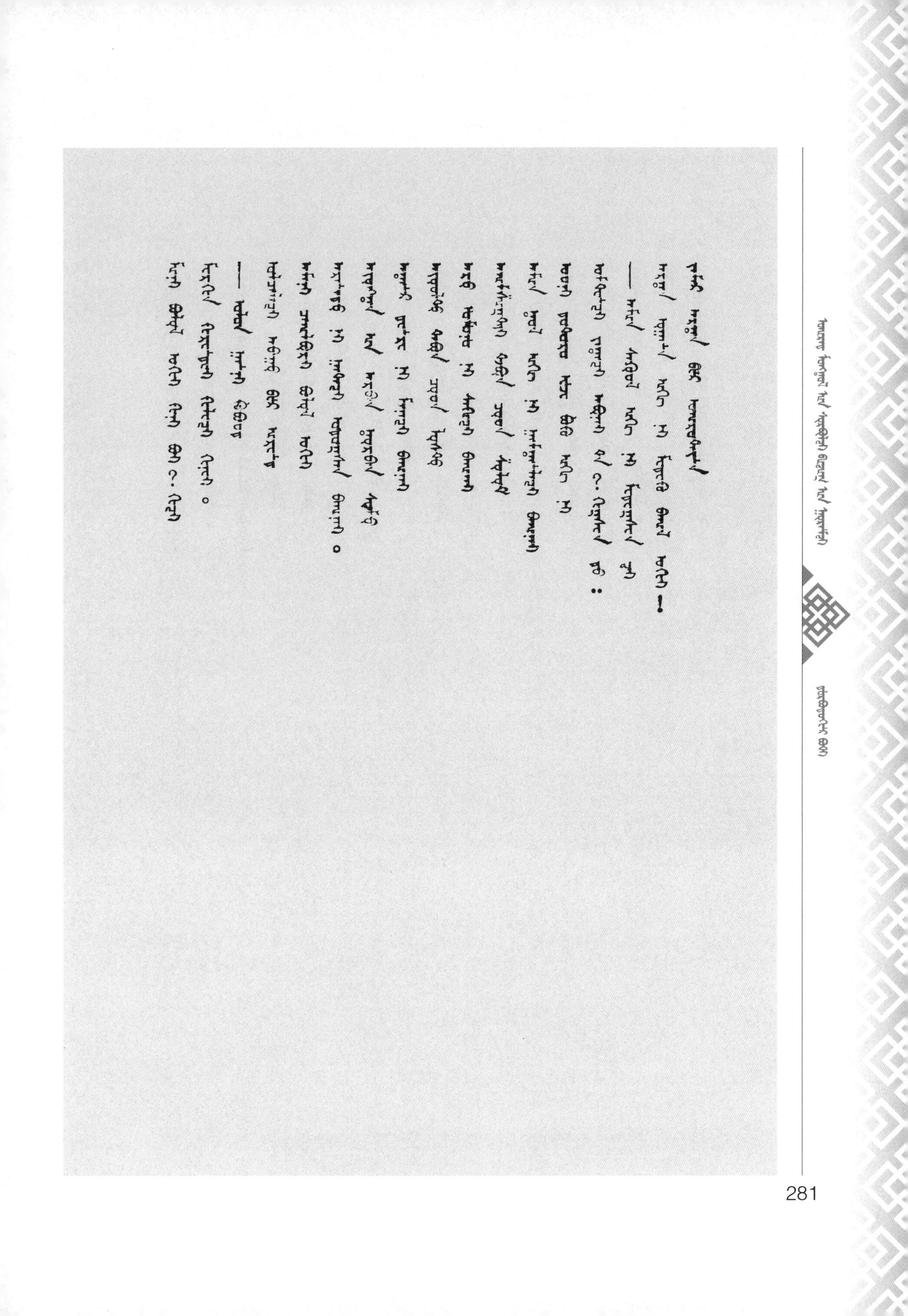

[illegible]
[illegible]
[illegible]
[illegible]
[illegible]
[illegible]
[illegible]
[illegible]
[illegible]
[illegible]
[illegible]
[illegible]
[illegible]
[illegible]
[illegible]
[illegible]

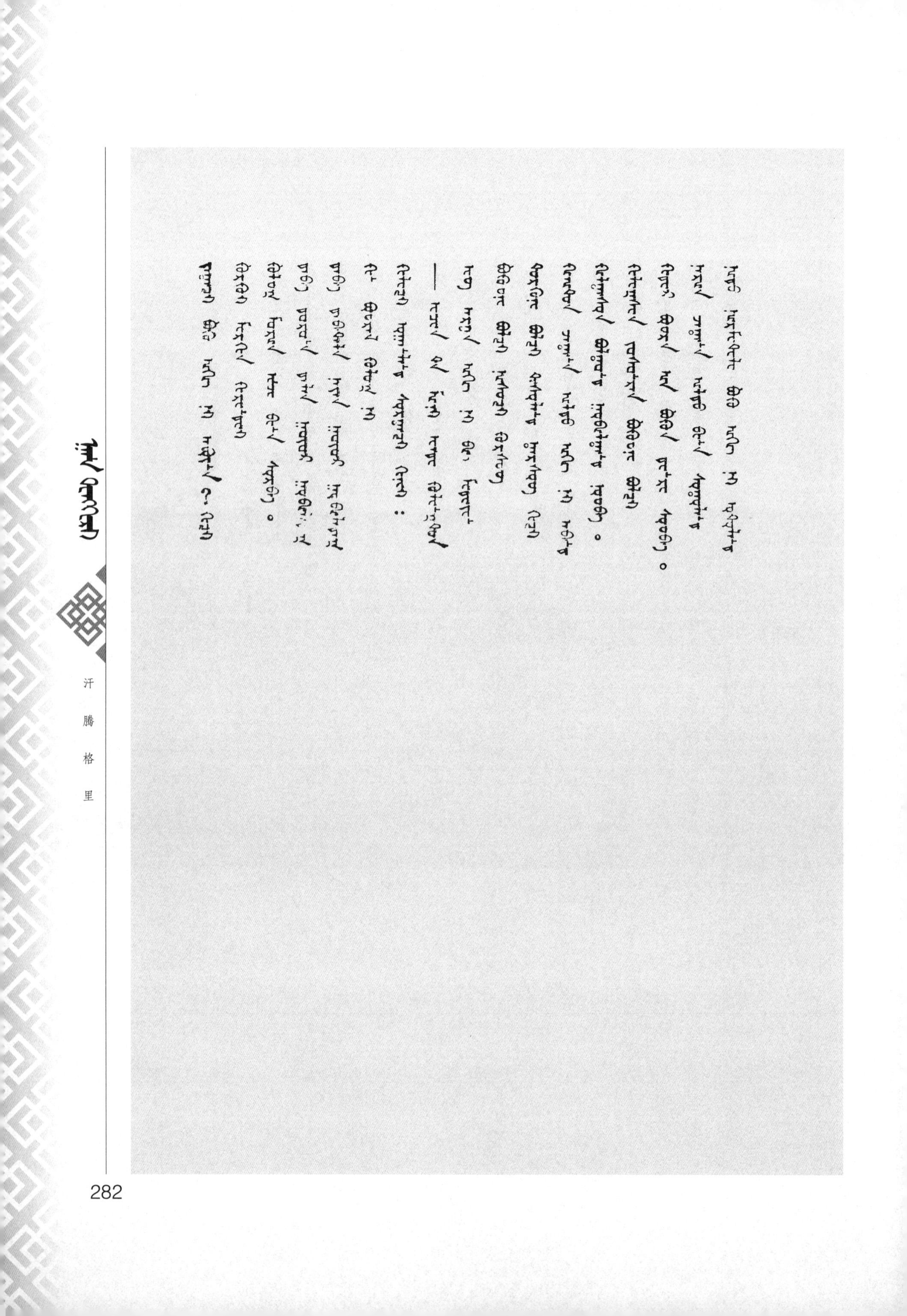

[illegible]

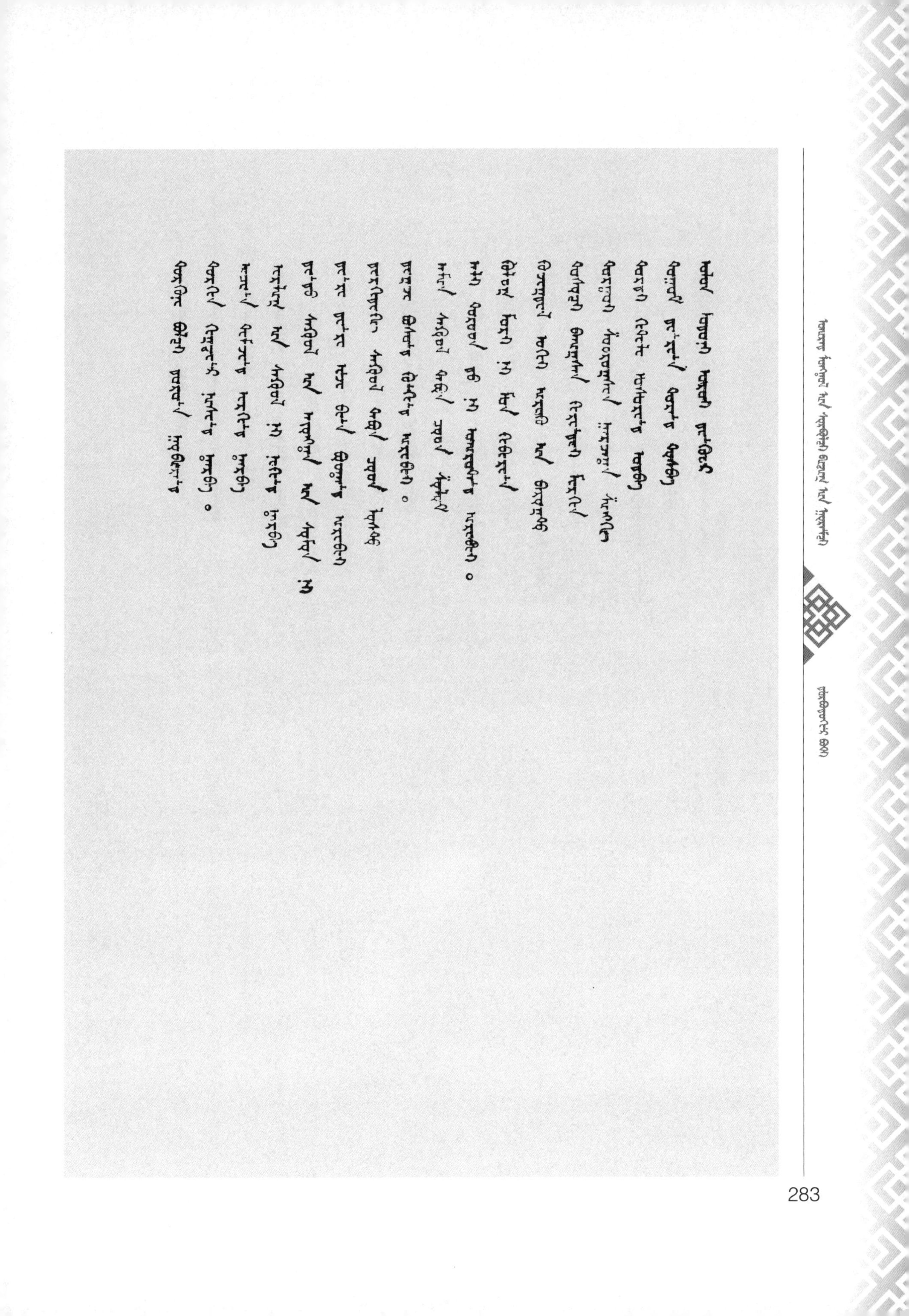

[illegible]
[illegible]
[illegible]
[illegible]
[illegible]
[illegible]
[illegible]
[illegible] ○
[illegible]
[illegible] ○
[illegible]
[illegible]
[illegible]
[illegible]
[illegible]
[illegible] ○
[illegible]

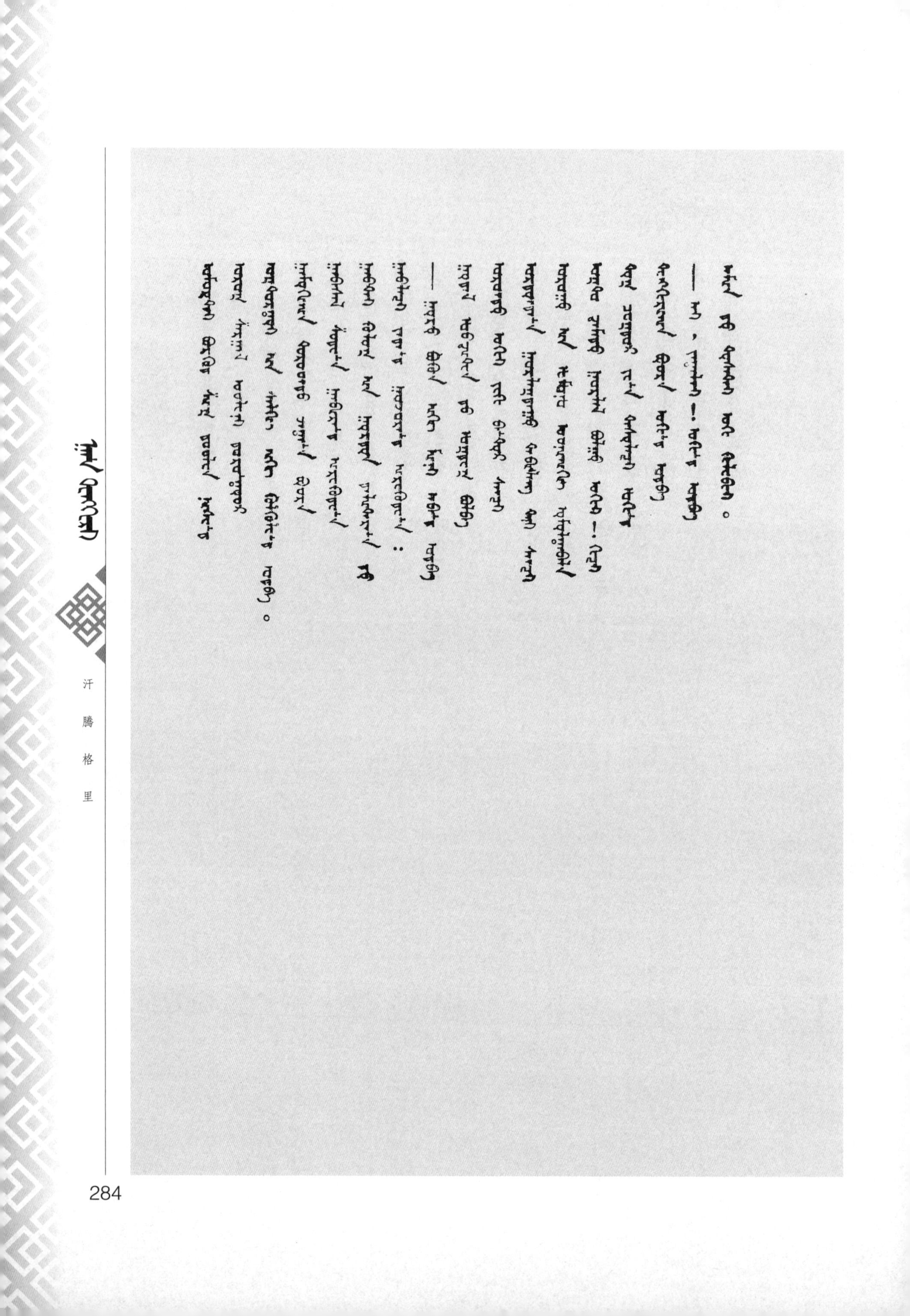

[illegible]

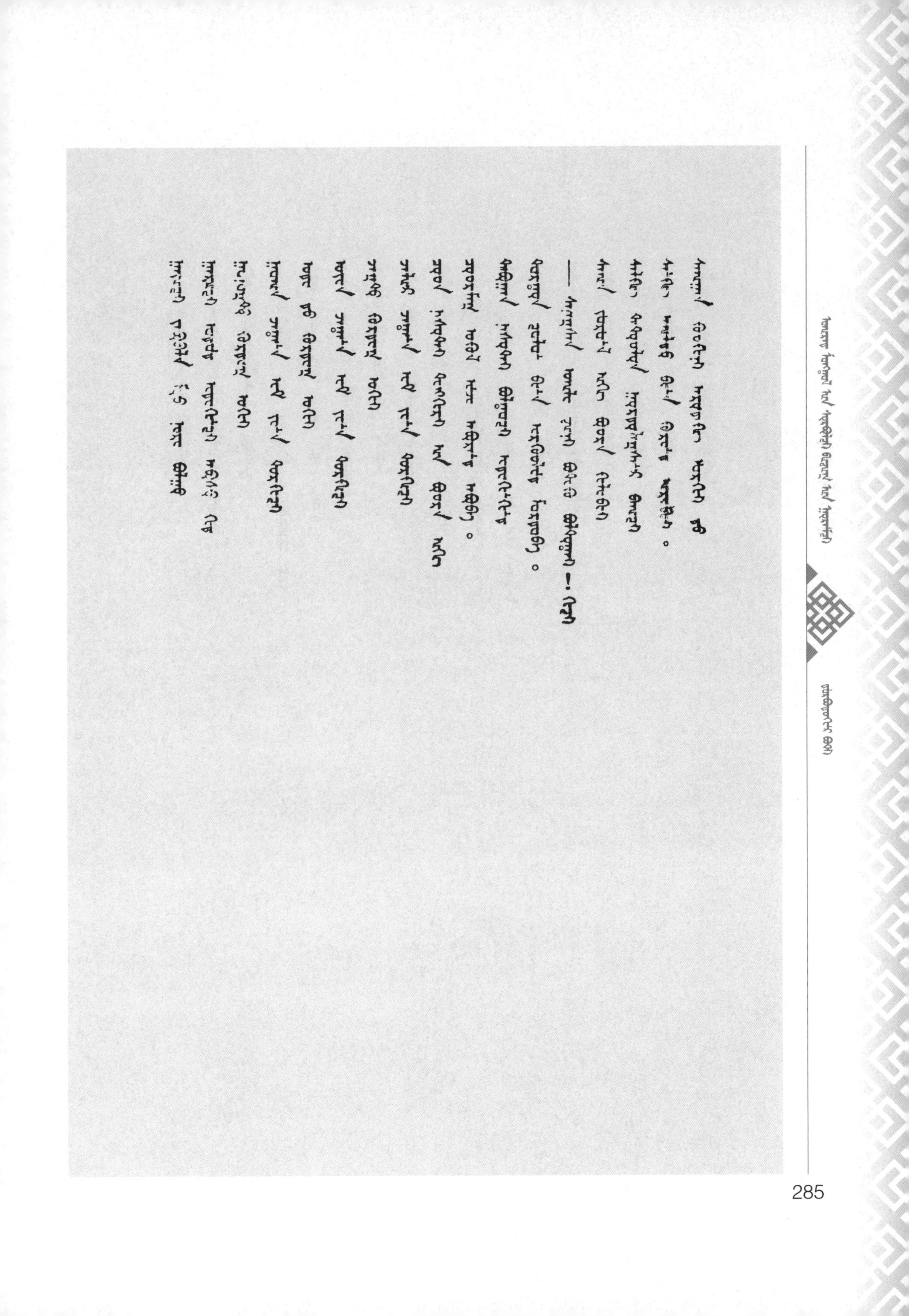

[illegible]
[illegible]
[illegible]
[illegible]
[illegible]
[illegible]
[illegible]
[illegible]

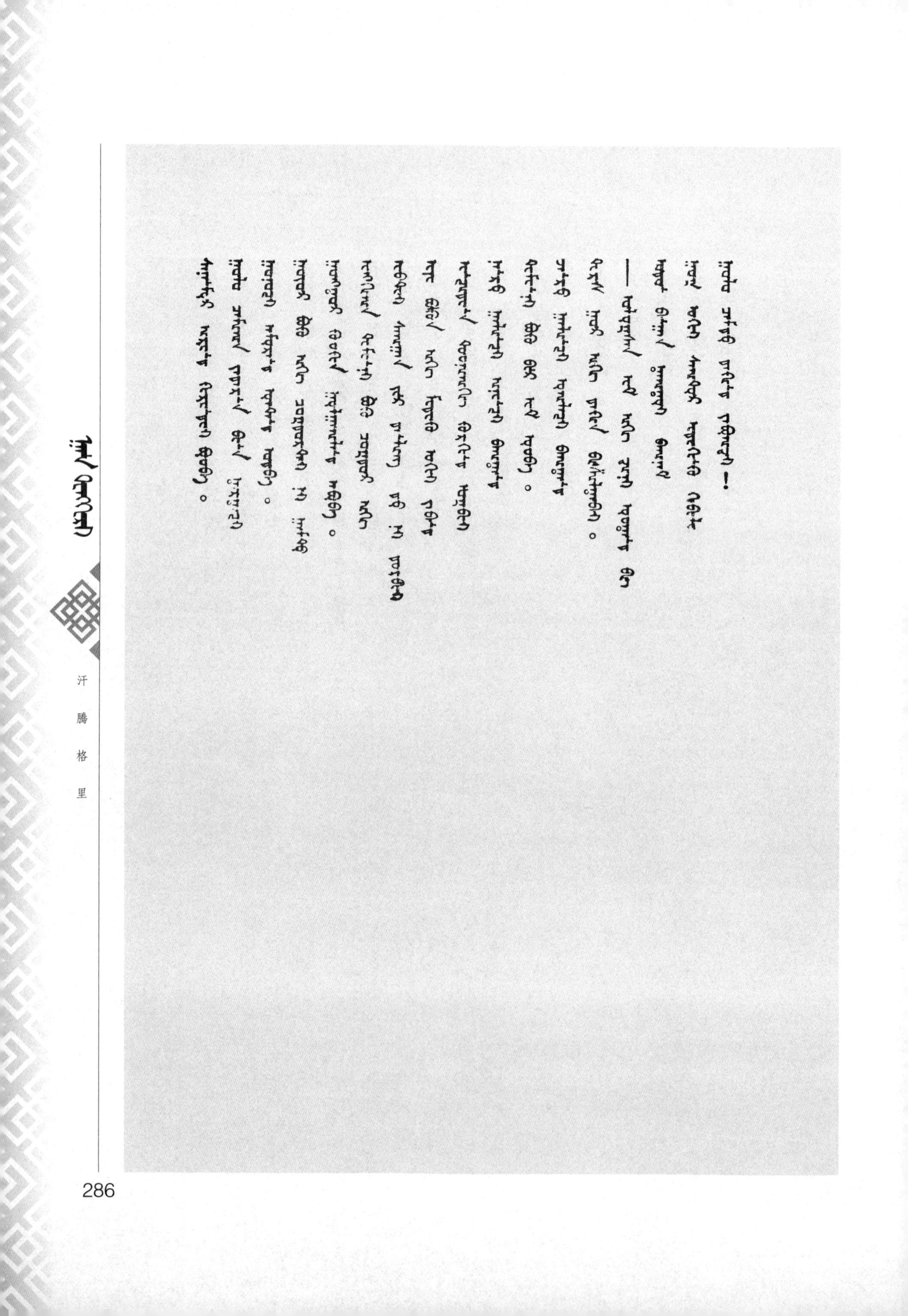

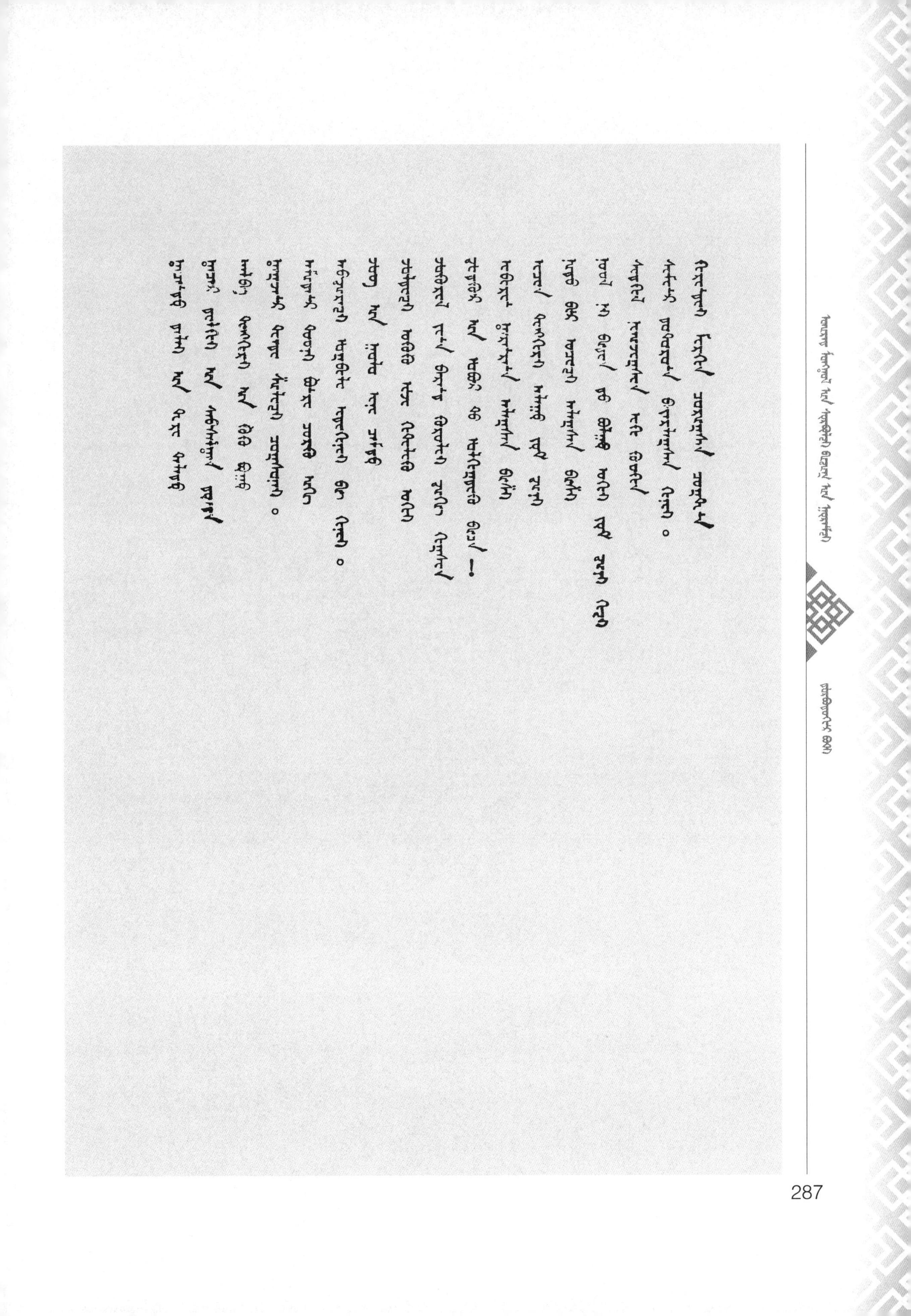

[illegible]
[illegible]
[illegible] ᠪᠠᠢᠨ᠎ᠠ ◦
[illegible]
[illegible]
[illegible] ᠪᠠᠢᠨ᠎ᠠ ◦
[illegible]
[illegible]
[illegible] ᠪᠠᠢᠨ᠎ᠠ ◦
[illegible]
[illegible]
[illegible] ᠪᠠᠢᠨ᠎ᠠ ◦
[illegible]
[illegible]
[illegible] ᠪᠠᠢᠨ᠎ᠠ ◦
[illegible]
[illegible] ◦

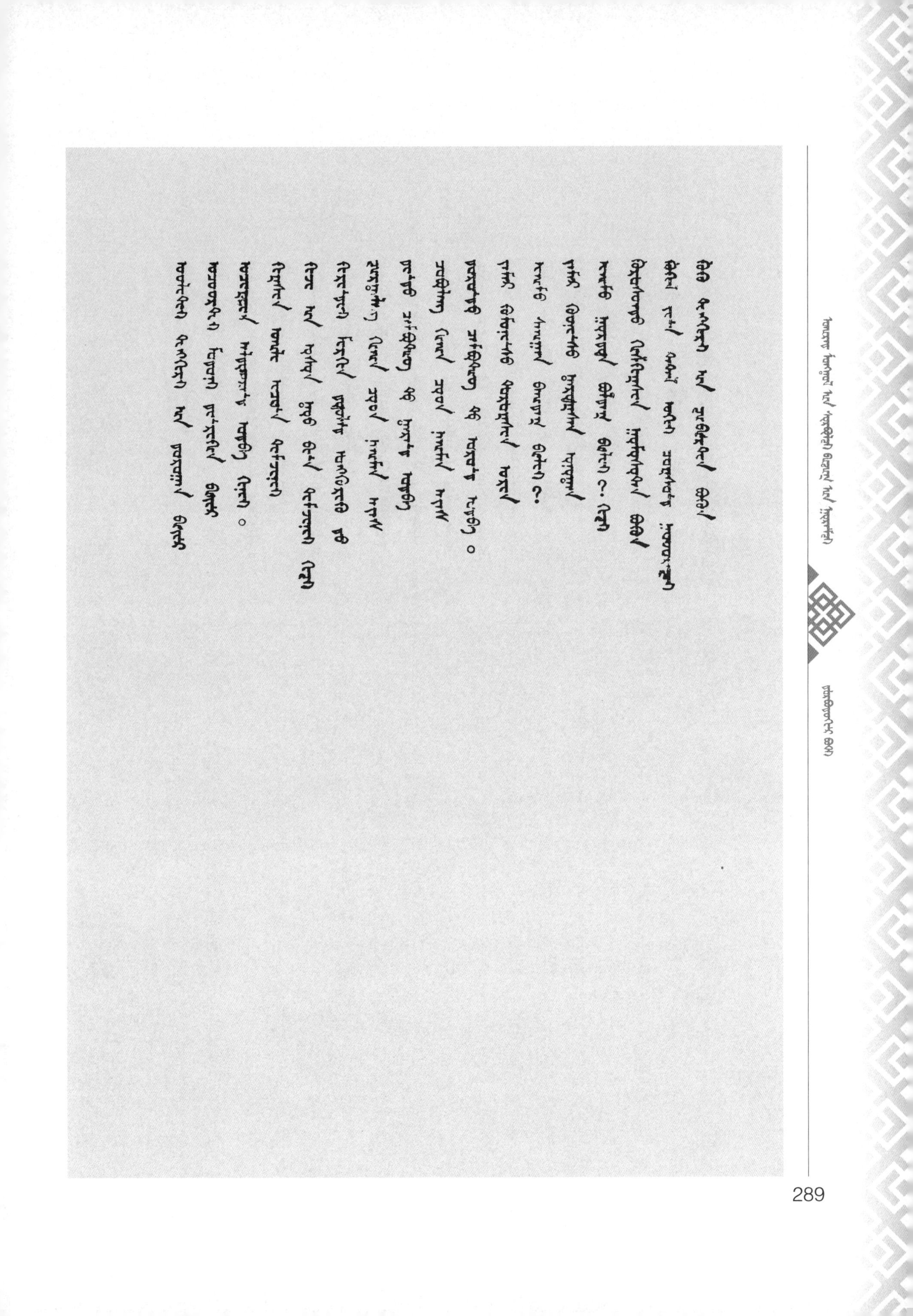

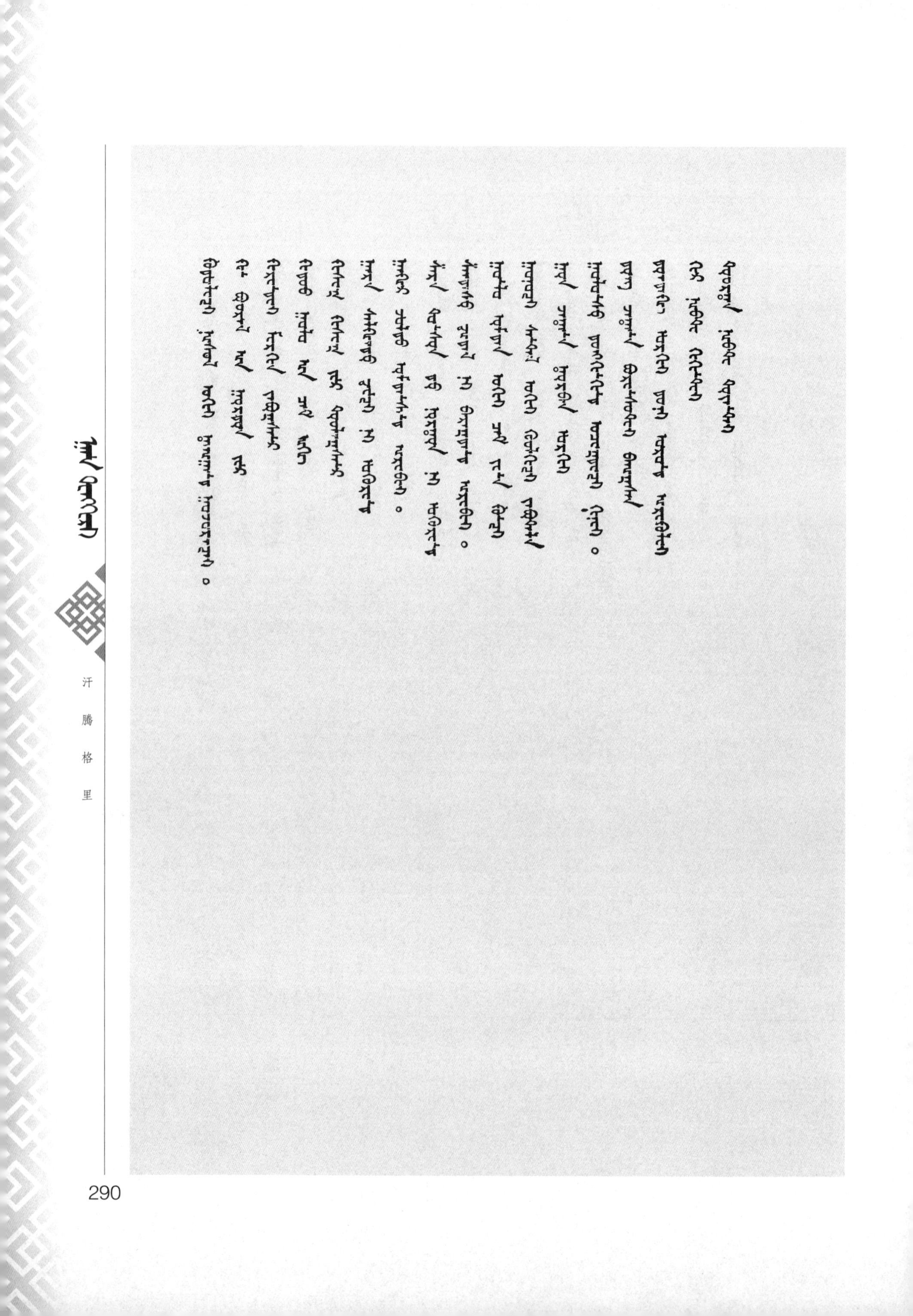

[illegible]
[illegible]
[illegible]
[illegible]
[illegible]
[illegible]
[illegible]
[illegible]
[illegible]
[illegible]
[illegible]
[illegible]
[illegible]
[illegible]
[illegible]
[illegible]
[illegible]
[illegible]

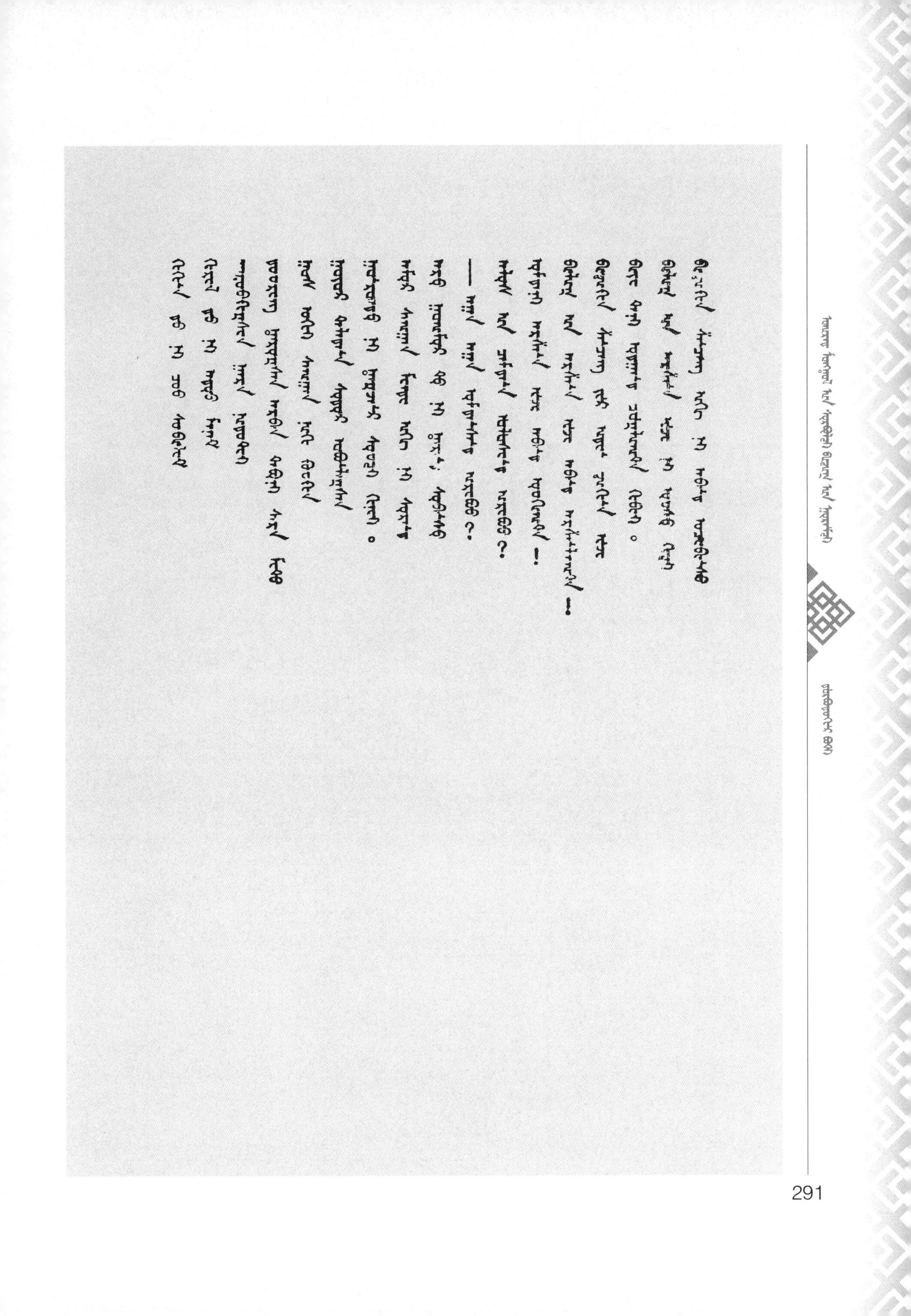

[illegible]
[illegible]
[illegible]
[illegible]
[illegible]
[illegible]
[illegible]
[illegible]
[illegible]
[illegible]
[illegible]
[illegible]
[illegible]
[illegible]
[illegible]
[illegible]
[illegible]

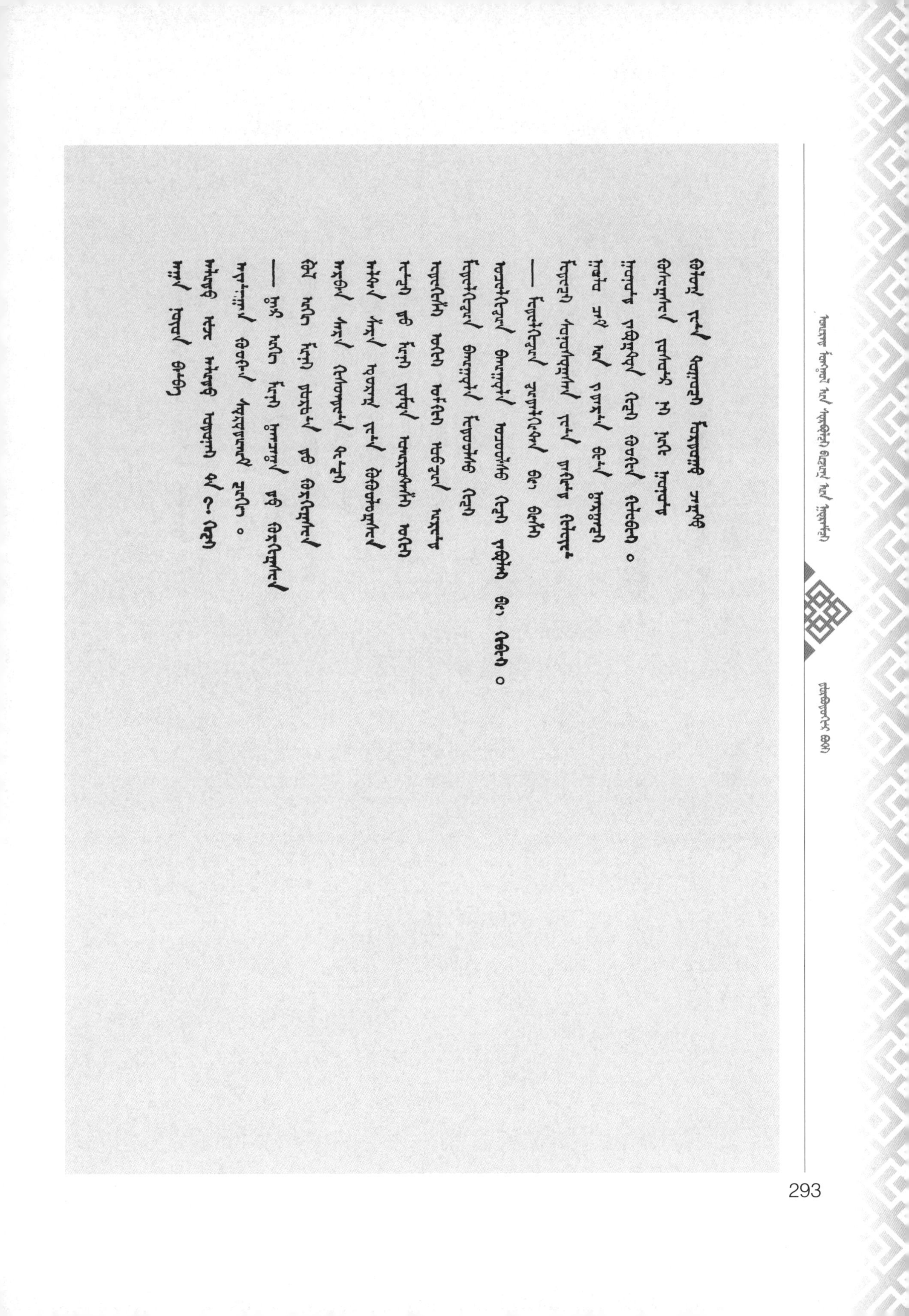

[illegible] ᠃
[illegible]
[illegible]
— [illegible]
[illegible] ᠃
[illegible]
[illegible]
[illegible]
[illegible]
[illegible]
[illegible]
— [illegible]
[illegible] ᠃
[illegible]
[illegible]

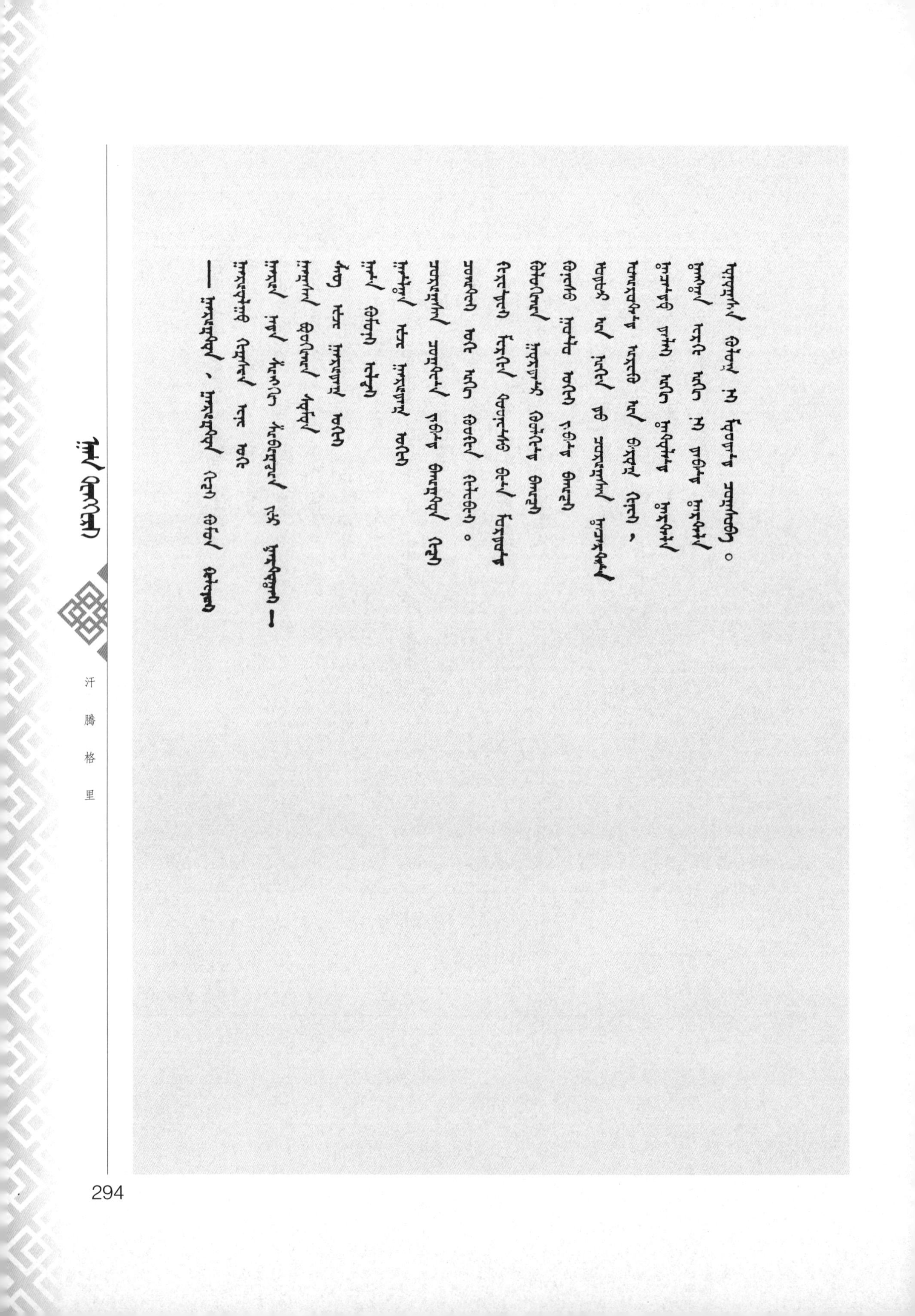

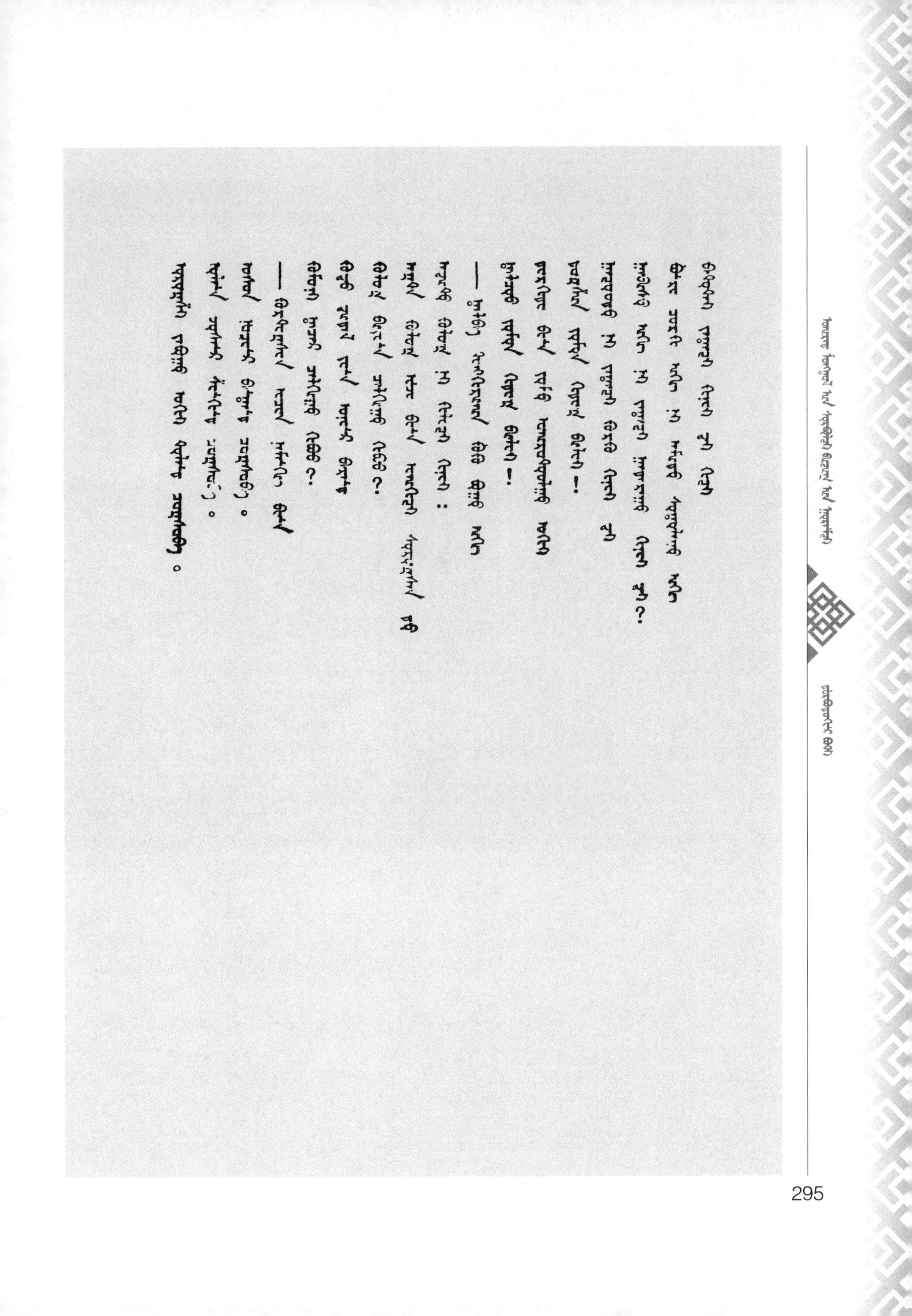

[illegible]
[illegible]
[illegible] ?
[illegible]
[illegible] !
[illegible]
[illegible] !
— [illegible]
[illegible] :
[illegible]
[illegible] ?
[illegible]
[illegible] ?
— [illegible]
[illegible] 。
[illegible] 。
[illegible] 。

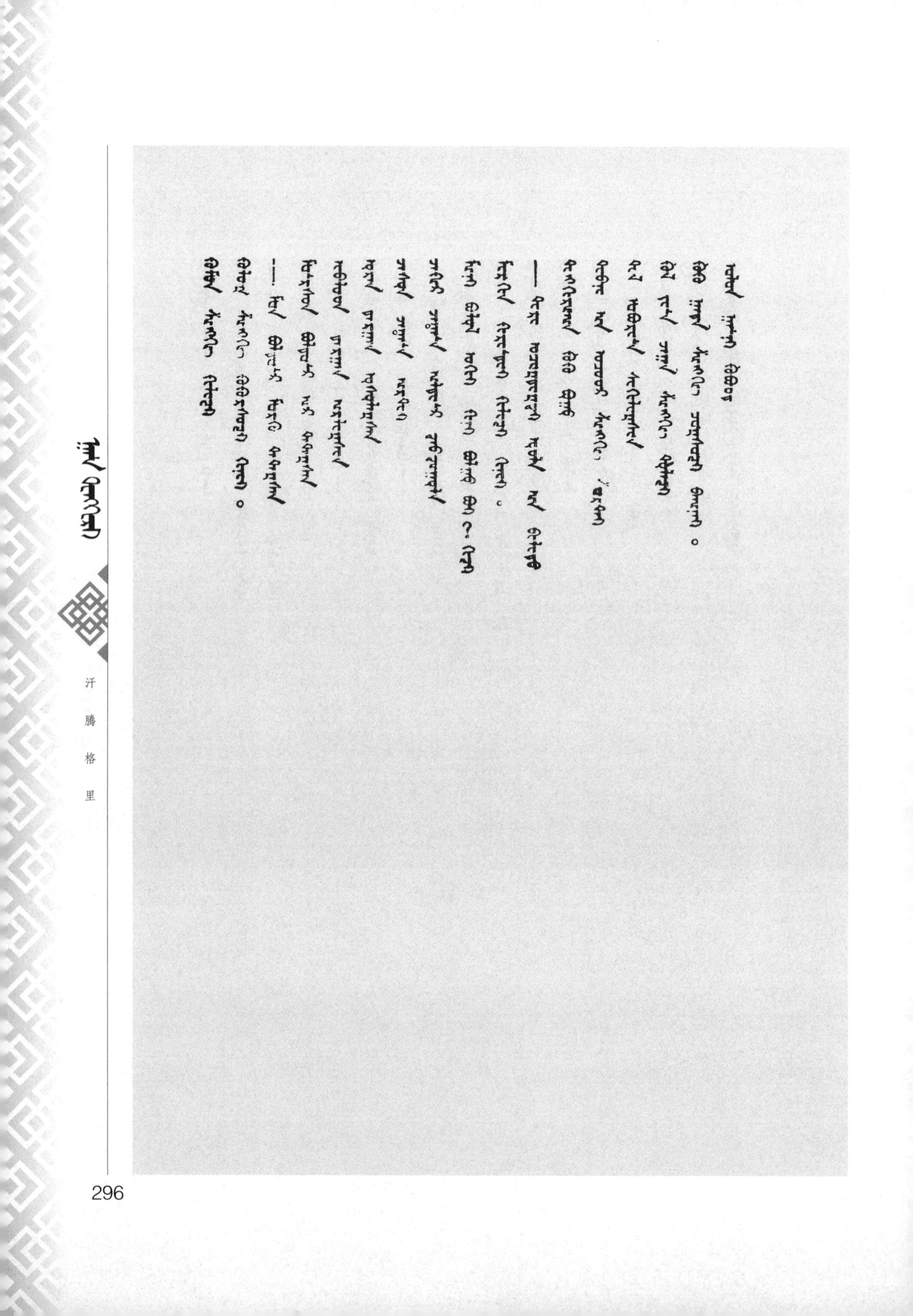

[illegible]
[illegible] 。
[illegible]
[illegible]
[illegible]
[illegible]
—— [illegible]
[illegible] 。
[illegible] ? [illegible]
[illegible]
[illegible]
[illegible]
[illegible]
[illegible]
—— [illegible]
[illegible] 。
[illegible]

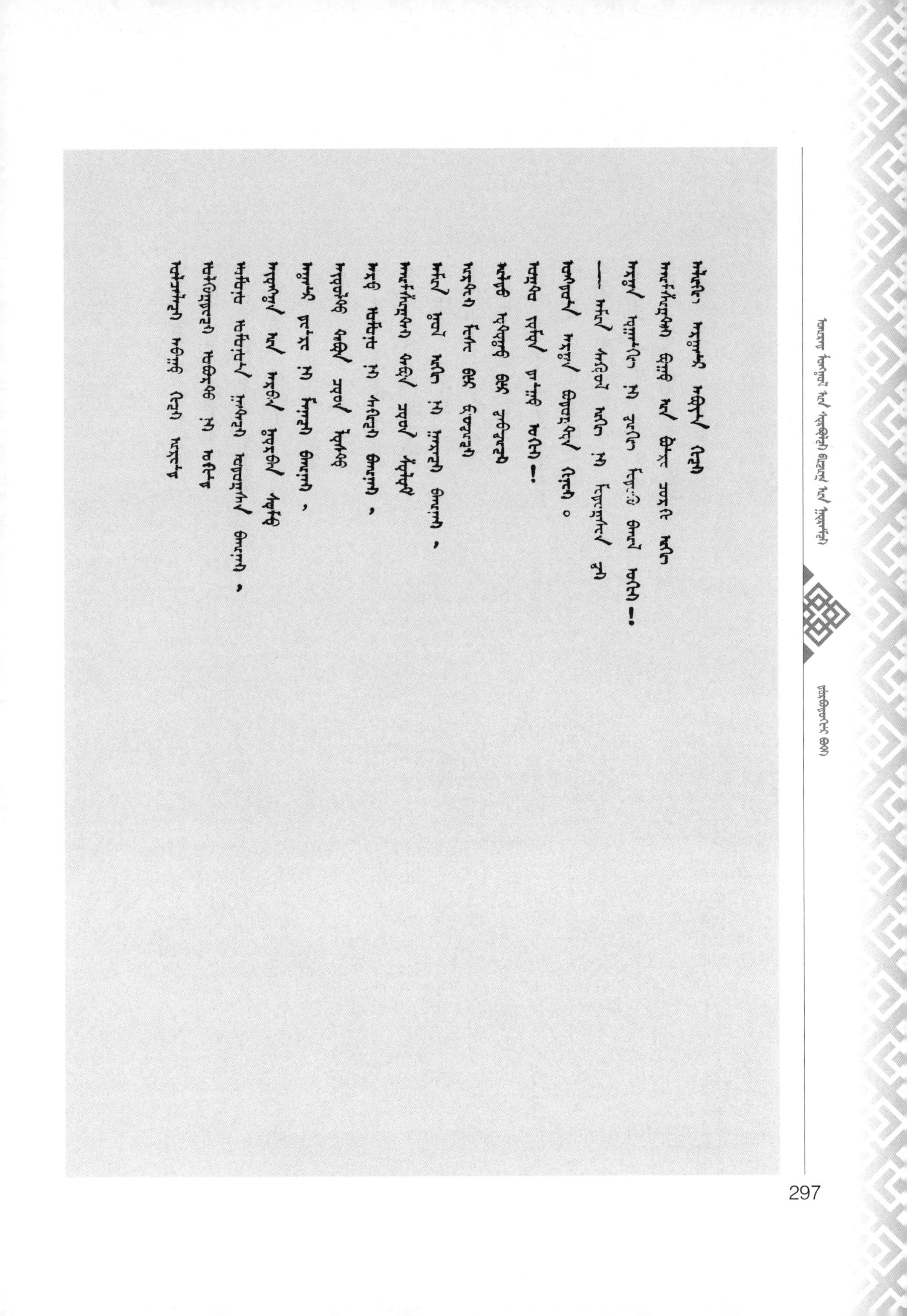

[illegible]
[illegible]
[illegible]
[illegible]
[illegible]
[illegible]
[illegible]!
[illegible]
[illegible]
[illegible]
[illegible]
[illegible]!
[illegible]
[illegible]
—— [illegible]
[illegible]。
[illegible]

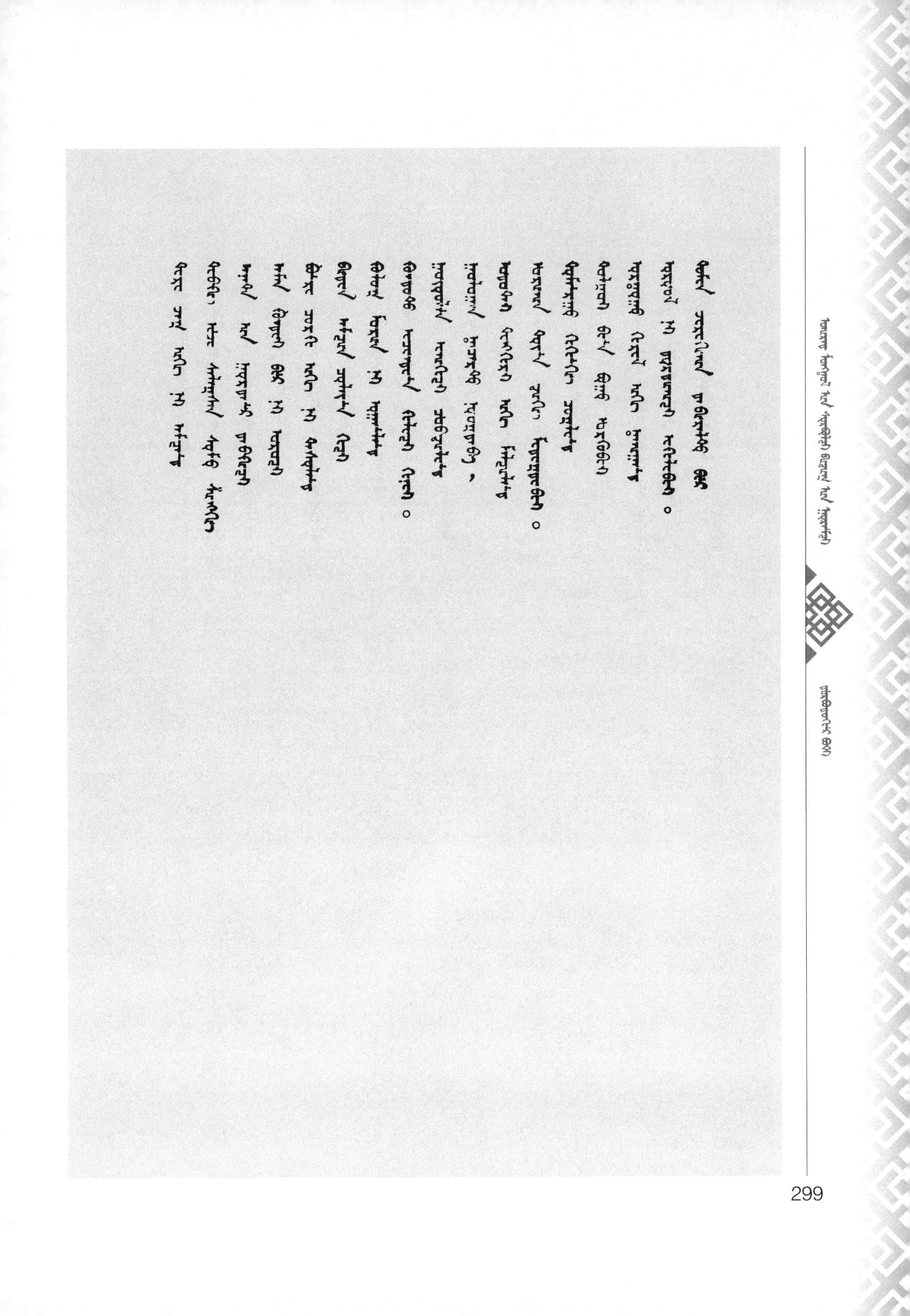

ᠵᠢᠷᠭᠠᠯᠠᠩ ᠨᠠᠰᠤᠨ ᠤ ᠪᠠᠶᠠᠰᠬᠤᠯᠠᠩ ᠲᠠᠢ ᠪᠣᠯᠤᠨ᠎ᠠ ᠃

ᠮᠥᠩᠬᠡᠨ ᠮᠥᠷᠥᠭᠡᠨ ᠪᠡᠨ ᠨᠢᠰᠬᠡᠷᠡᠭᠡᠳ

ᠲᠡᠷ ᠬᠥᠬᠡᠢ ᠭᠡᠷᠡᠯ ᠮᠥᠩᠬᠡᠷᠡᠭᠡᠳ ᠪᠠᠶᠠᠰᠤᠨ᠎ᠠ

ᠮᠡᠳᠡᠷᠡᠬᠦ ᠮᠥᠷ ᠳᠡᠭᠡᠷᠡ ᠪᠠᠭᠤᠯᠭᠠᠭᠠᠳ

ᠮᠡᠳᠡᠭᠡᠨ ᠬᠦᠰᠦᠯ ᠢᠶᠡᠨ ᠲᠠᠲᠠᠭᠰᠠᠨ᠎ᠠ ᠂

ᠮᠠᠨᠤᠬᠠᠢ ᠮᠣᠳᠣ ᠳᠡᠭᠡᠷᠡ ᠶᠢᠨ ᠮᠠᠯᠲᠠᠭᠠᠳ

ᠮᠠᠨᠠᠨ ᠤ ᠭᠡᠷᠡᠯ ᠪᠡᠯᠡᠭᠡᠰᠦᠨ᠎ᠠ —

ᠨᠠᠮᠤᠷ ᠬᠠᠪᠤᠷ ᠤᠨ ᠪᠠᠶᠠᠰᠬᠤᠯᠠᠩ ᠳᠤ

ᠨᠠᠮᠤᠷᠬᠠᠨ ᠪᠠᠷ ᠮᠠᠨᠤ ᠳᠡᠭᠡᠷᠡ ᠨᠢᠰᠬᠡᠳᠦᠭᠰᠡᠨ

ᠨᠠᠷᠠᠨ ᠮᠡᠳᠡᠭᠡ ᠪᠠᠷ ᠮᠡᠳᠡᠷᠡᠭᠡᠳ

ᠰᠢᠨᠡ ᠪᠠᠷ ᠰᠣᠶᠣᠯ ᠳᠡᠭᠡᠷᠡ ᠰᠡᠷᠭᠦᠭᠰᠡᠨ᠎ᠠ ᠂

ᠮᠡᠳᠡᠭᠡ ᠨᠠᠷᠠᠨ ᠪᠠᠶᠠᠰᠬᠤᠯᠠᠩ

ᠮᠡᠳᠡᠷᠡᠬᠦ ᠳᠡᠭᠡᠷᠡ ᠮᠡᠳᠡᠭᠳᠡᠭᠰᠡᠨ ᠮᠡᠳᠡᠭᠳᠡᠭᠰᠡᠨ ᠂

ᠮᠡᠳᠡᠭᠡ ᠨᠠᠷᠠᠨ ᠪᠠᠶᠠᠰᠬᠤᠯᠠᠩ

ᠮᠡᠳᠡᠭᠡᠨ ᠳᠡᠭᠡᠷᠡ ᠮᠡᠳᠡᠭᠡᠳ ᠮᠡᠳᠡᠭᠳᠡᠭᠰᠡᠨ ᠂

ᠮᠡᠳᠡᠯ ᠡᠷᠭᠢ ᠳᠡᠭᠡᠷᠡ ᠶᠢᠨ ᠮᠡᠳᠡᠭᠡᠳ

ᠮᠡᠳᠡᠭᠡ ᠰᠠᠶᠢᠨ ᠮᠡᠳᠡᠭᠰᠡᠨ ᠮᠡᠳᠡᠭᠳᠡᠭᠰᠡᠨ ᠂

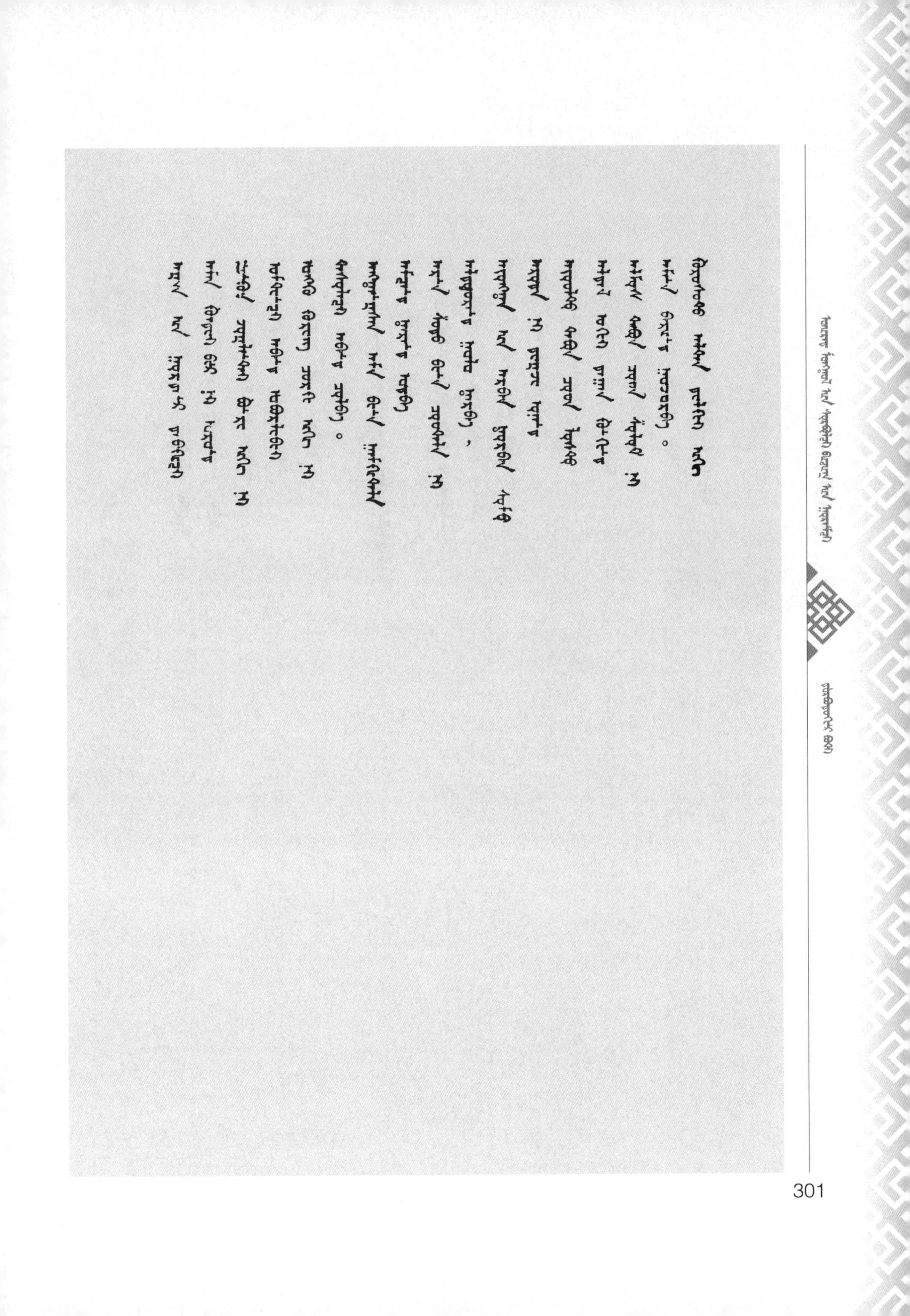

[illegible]
[illegible]
[illegible]
[illegible]
[illegible]
[illegible]
[illegible]
[illegible]
[illegible]
[illegible]
[illegible]
[illegible]
[illegible]
[illegible]
[illegible]
[illegible]
[illegible]

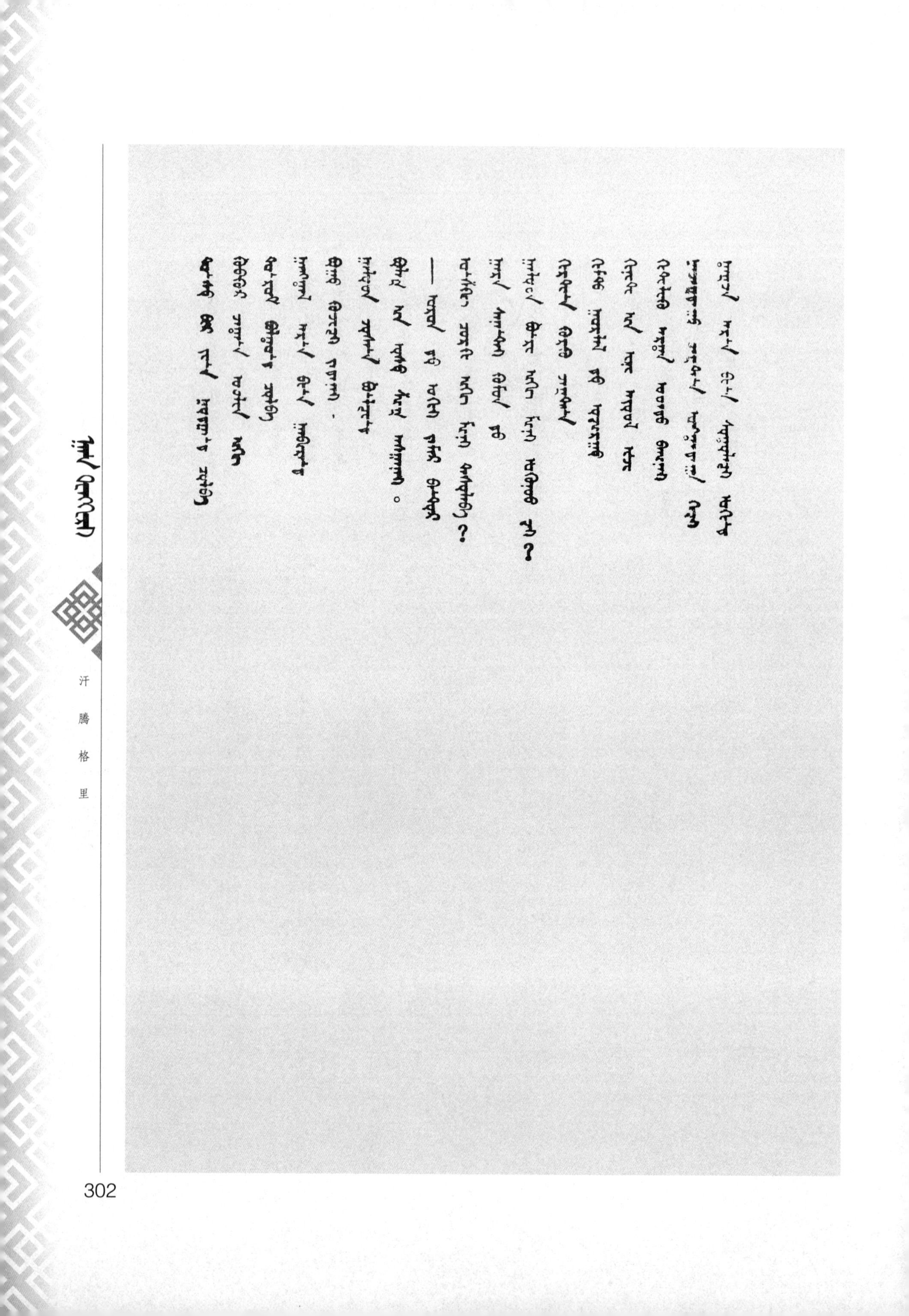

[illegible]
[illegible]
[illegible]
[illegible]
[illegible]
[illegible]
[illegible] ?
[illegible]
[illegible] ?
—— [illegible]
[illegible] 。
[illegible]
[illegible] ,
[illegible]
[illegible]
[illegible]
[illegible]

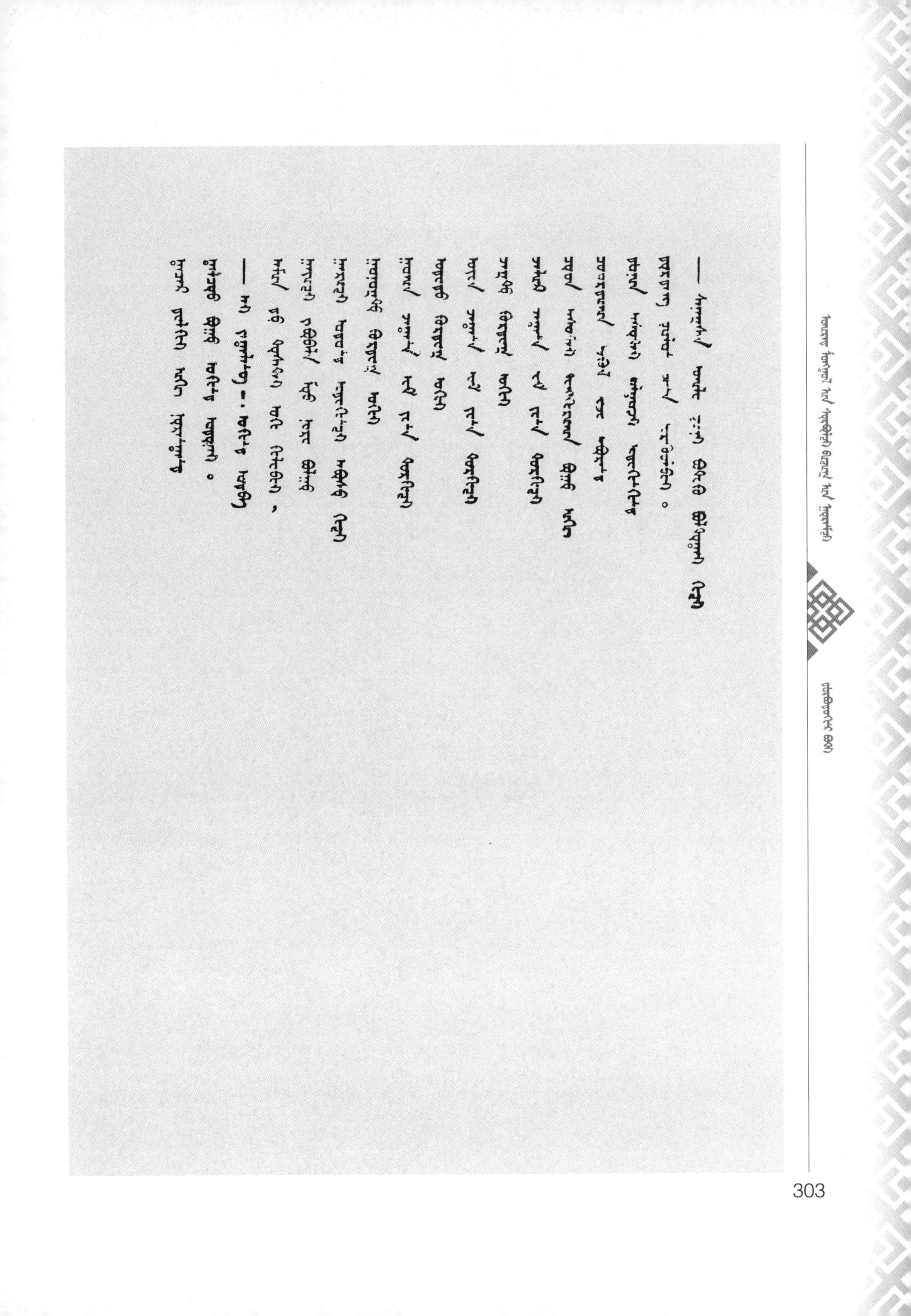

—— [illegible]
[illegible] ◦
[illegible]
[illegible]
[illegible]
[illegible]
[illegible]
[illegible]
[illegible]
[illegible]
[illegible]
[illegible]
[illegible]
[illegible] ,
—— [illegible] ∶ [illegible]
[illegible] ◦
[illegible]

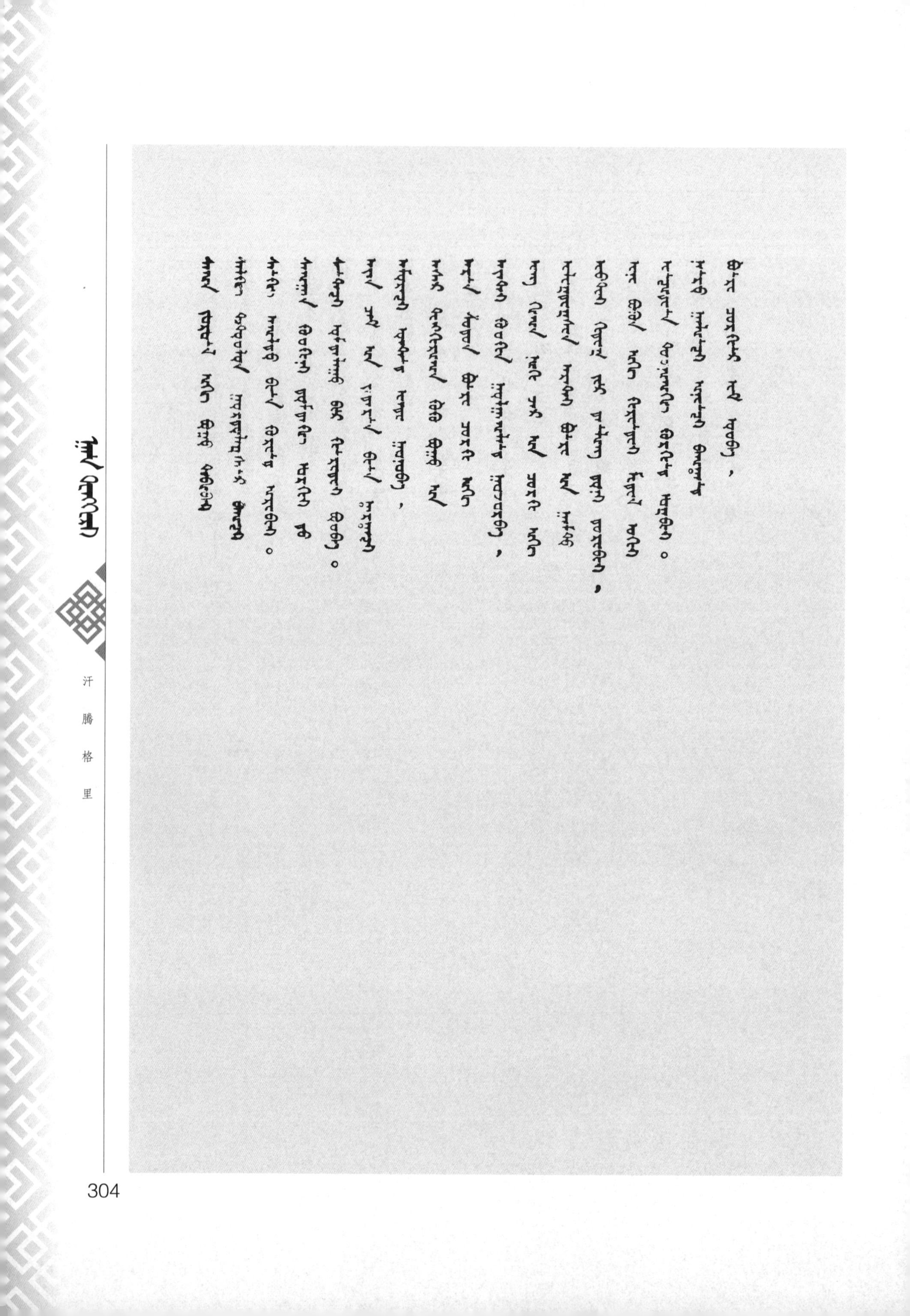

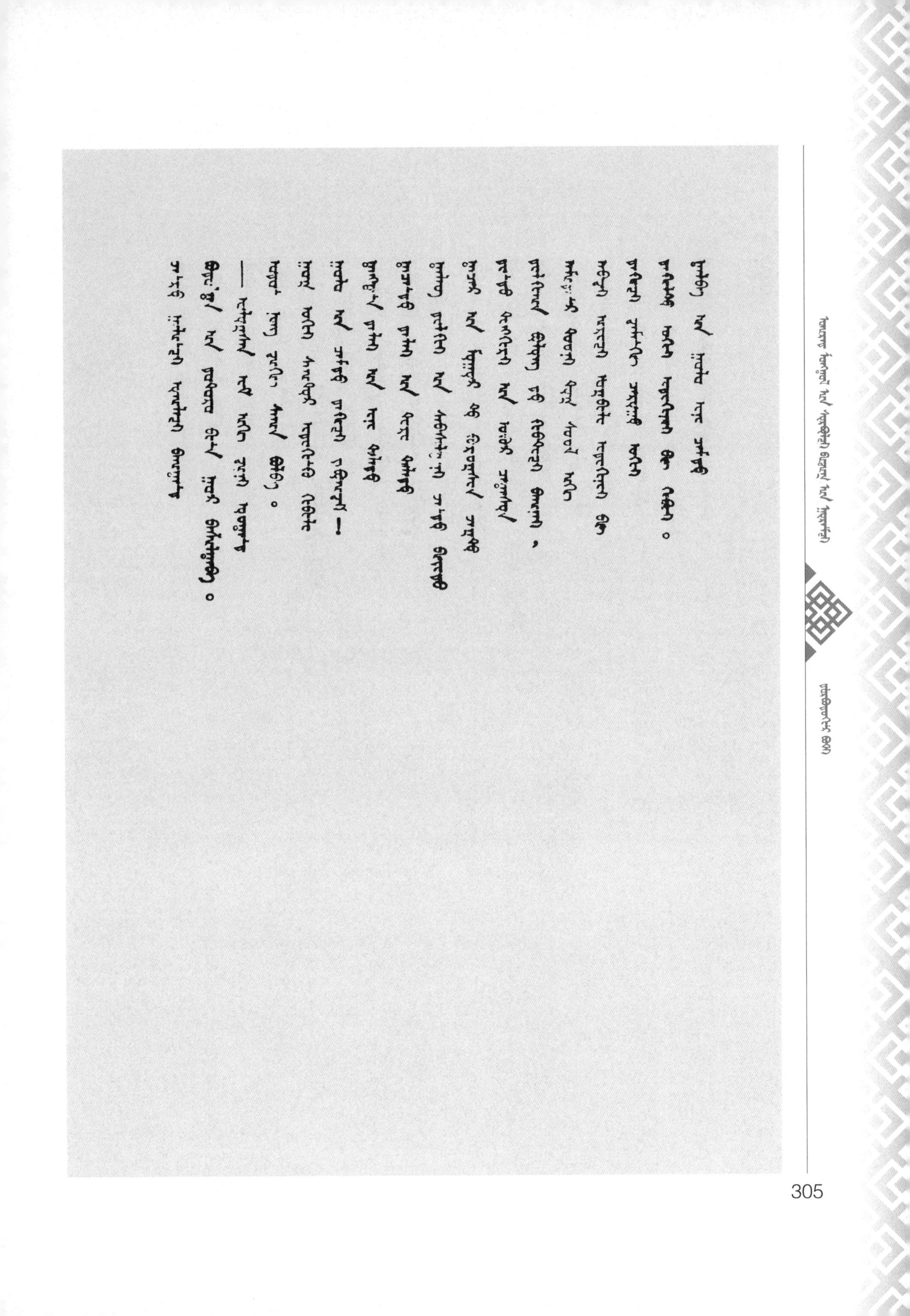

[illegible]
[illegible]
[illegible]
[illegible]
[illegible]
[illegible]
[illegible]
[illegible]
[illegible]
[illegible]
[illegible]
[illegible]
[illegible]
[illegible]
—— [illegible]
[illegible]
[illegible]

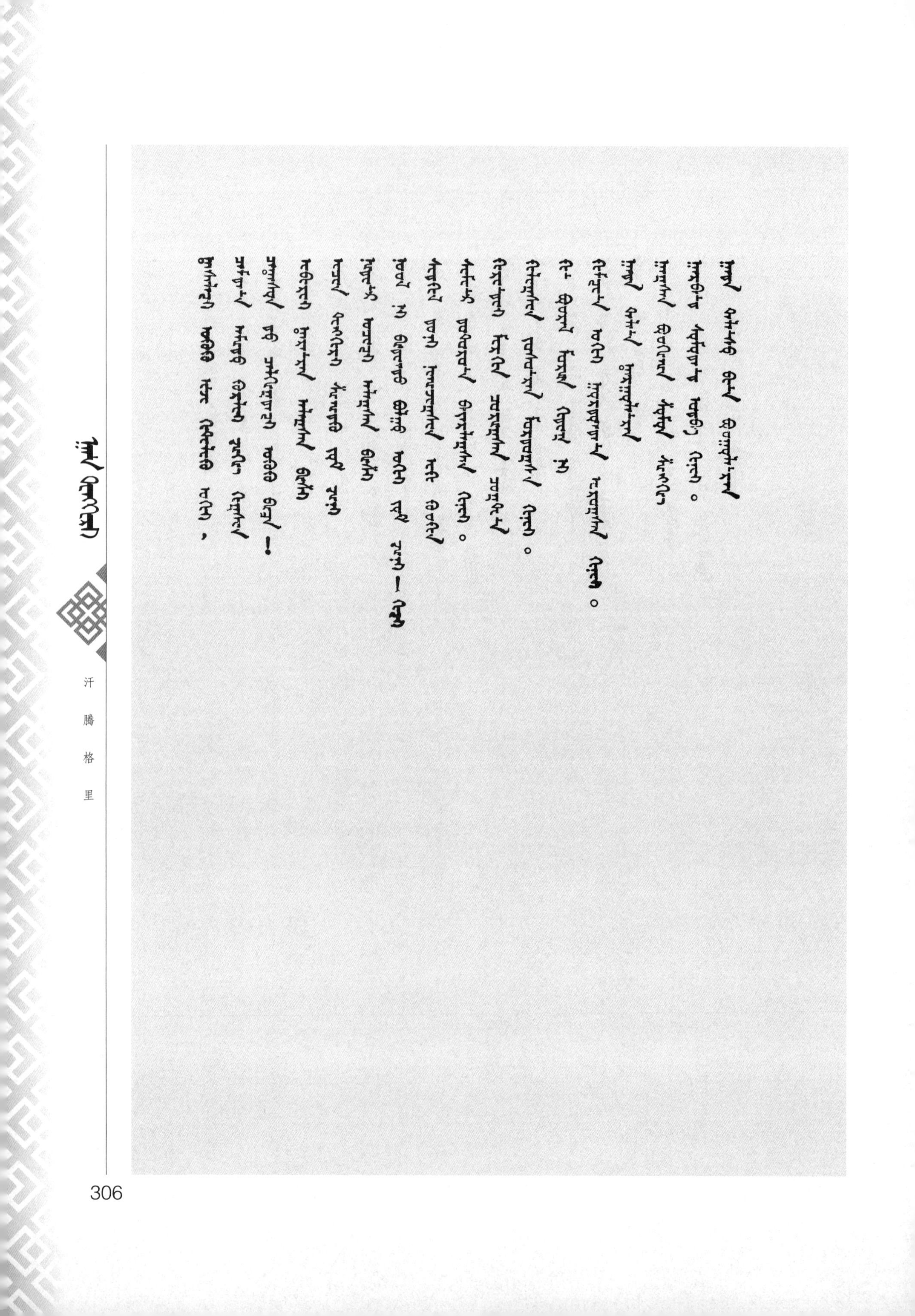

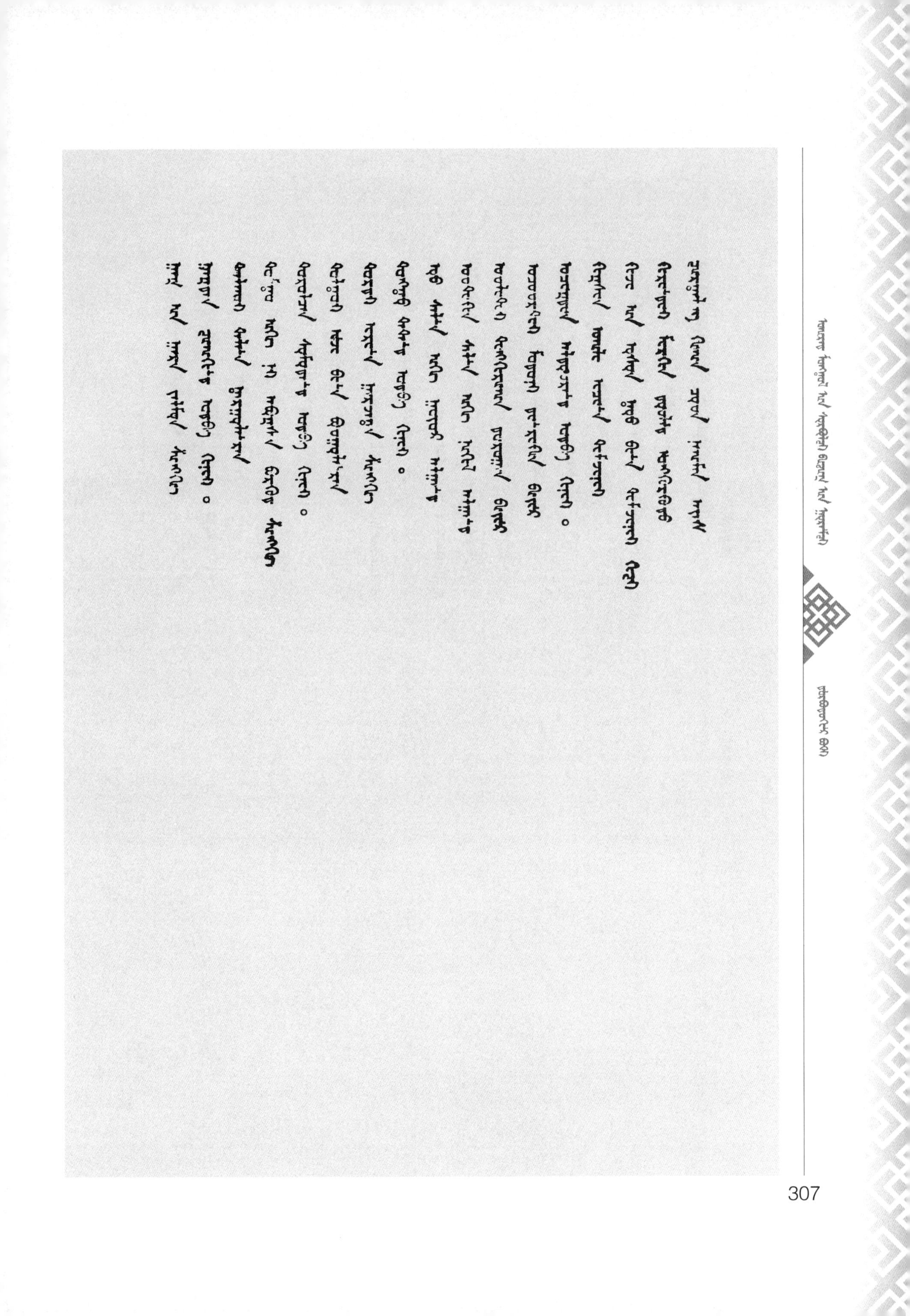

[illegible]
[illegible]
[illegible]
[illegible]
[illegible] ◦
[illegible]
[illegible]
[illegible]
[illegible]
[illegible] ◦
[illegible]
[illegible]
[illegible] ◦
[illegible]
[illegible]
[illegible] ◦
[illegible]

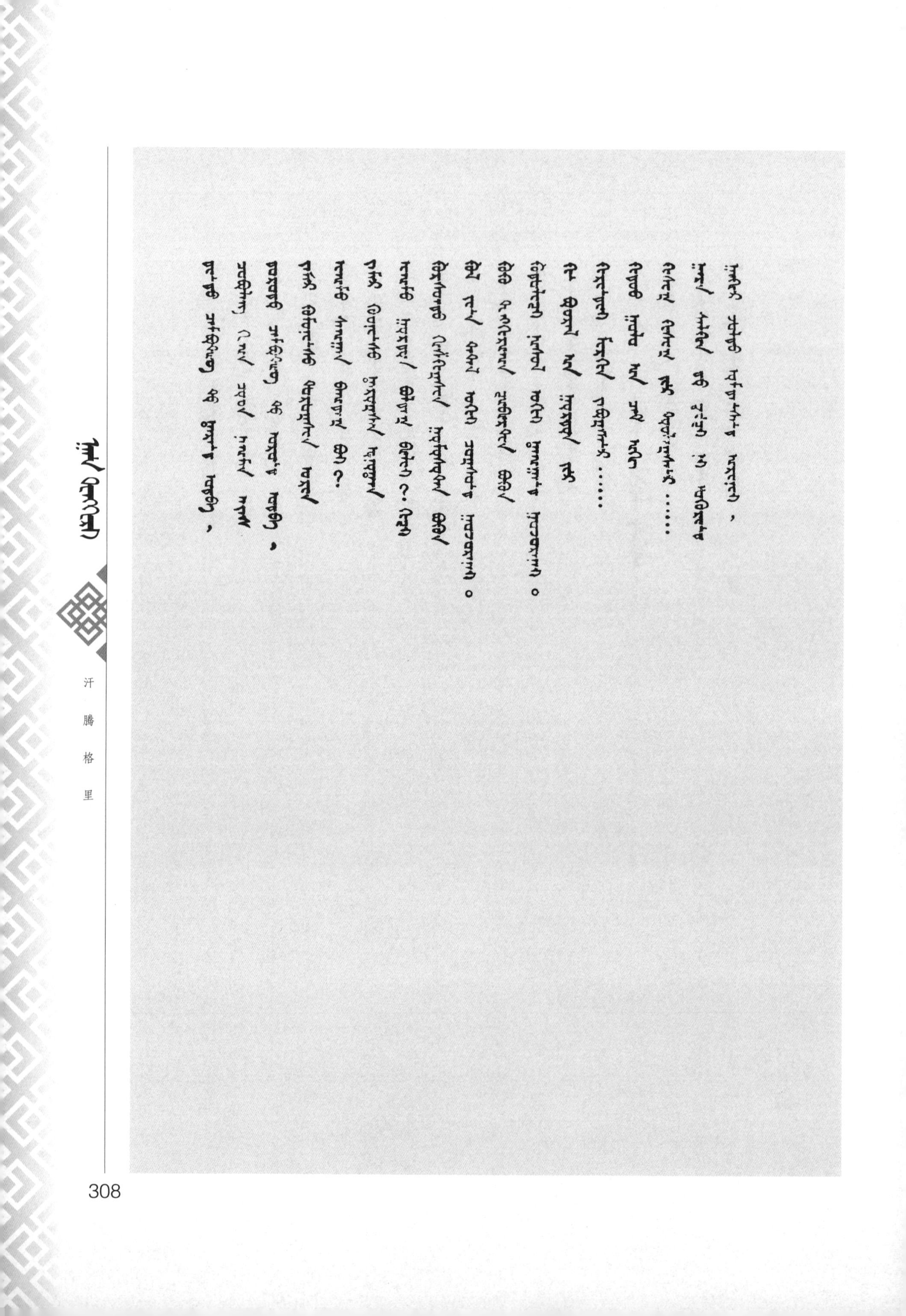

ᠨᠠᠢᠮᠠᠨ [illegible] [illegible] [illegible] ᠂
[illegible] [illegible] [illegible] [illegible] [illegible] [illegible]
[illegible] [illegible] [illegible] [illegible] ……
[illegible] [illegible] [illegible] [illegible] [illegible]
[illegible] [illegible] [illegible] ……
[illegible] [illegible] [illegible] [illegible] [illegible]
[illegible] [illegible] [illegible] [illegible] [illegible] ᠃
[illegible] [illegible] [illegible] [illegible]
[illegible] [illegible] [illegible] [illegible] [illegible] [illegible] ᠃
[illegible] [illegible] [illegible] [illegible]
[illegible] [illegible] [illegible] [illegible] ？ [illegible]
[illegible] [illegible] [illegible] [illegible]
[illegible] [illegible] [illegible] ᠪᠢ ？
[illegible] [illegible] [illegible] [illegible]
[illegible] [illegible] [illegible] [illegible] [illegible] ᠂
[illegible] [illegible] [illegible] [illegible] [illegible]
[illegible] [illegible] [illegible] [illegible] [illegible] ᠂

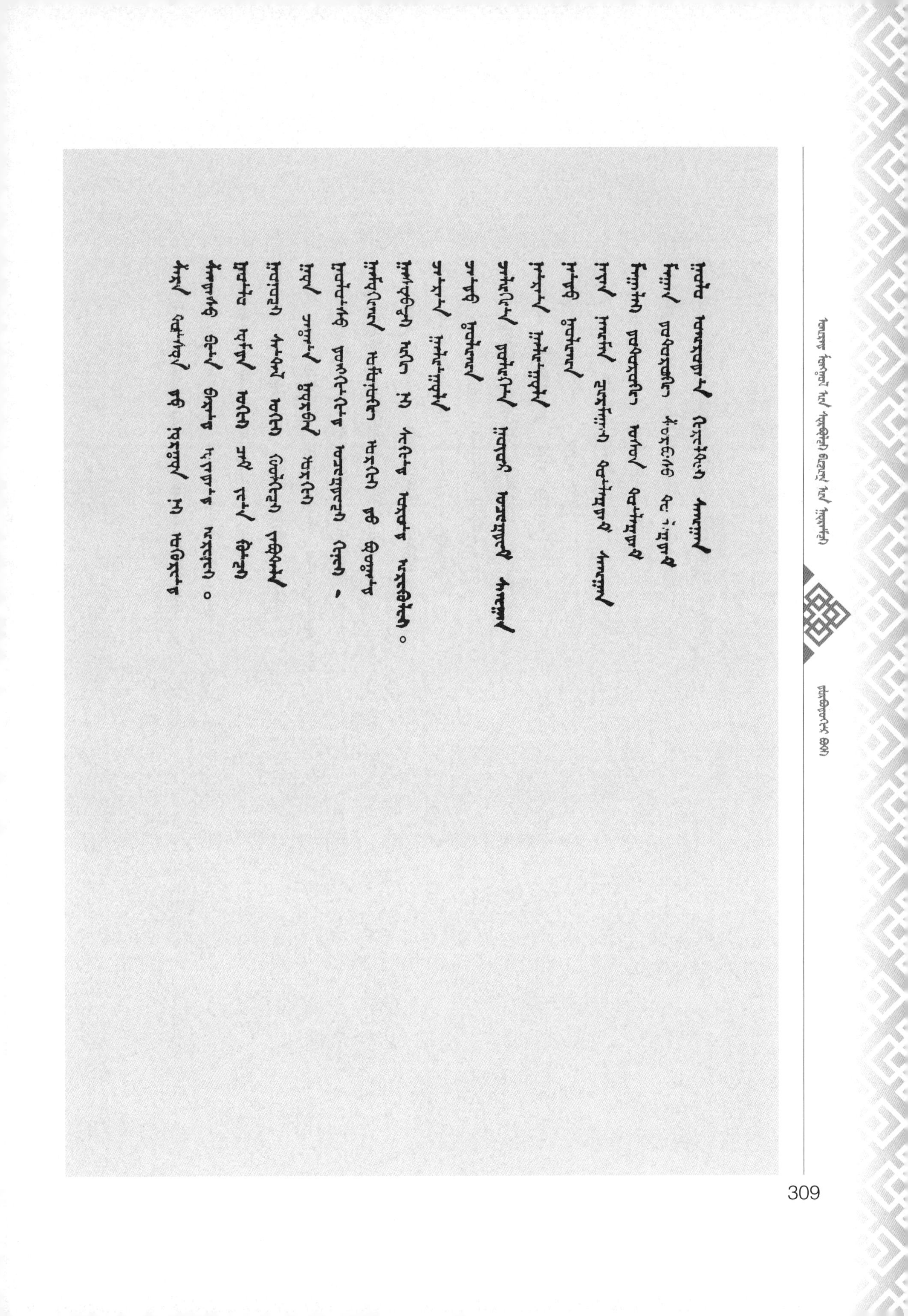

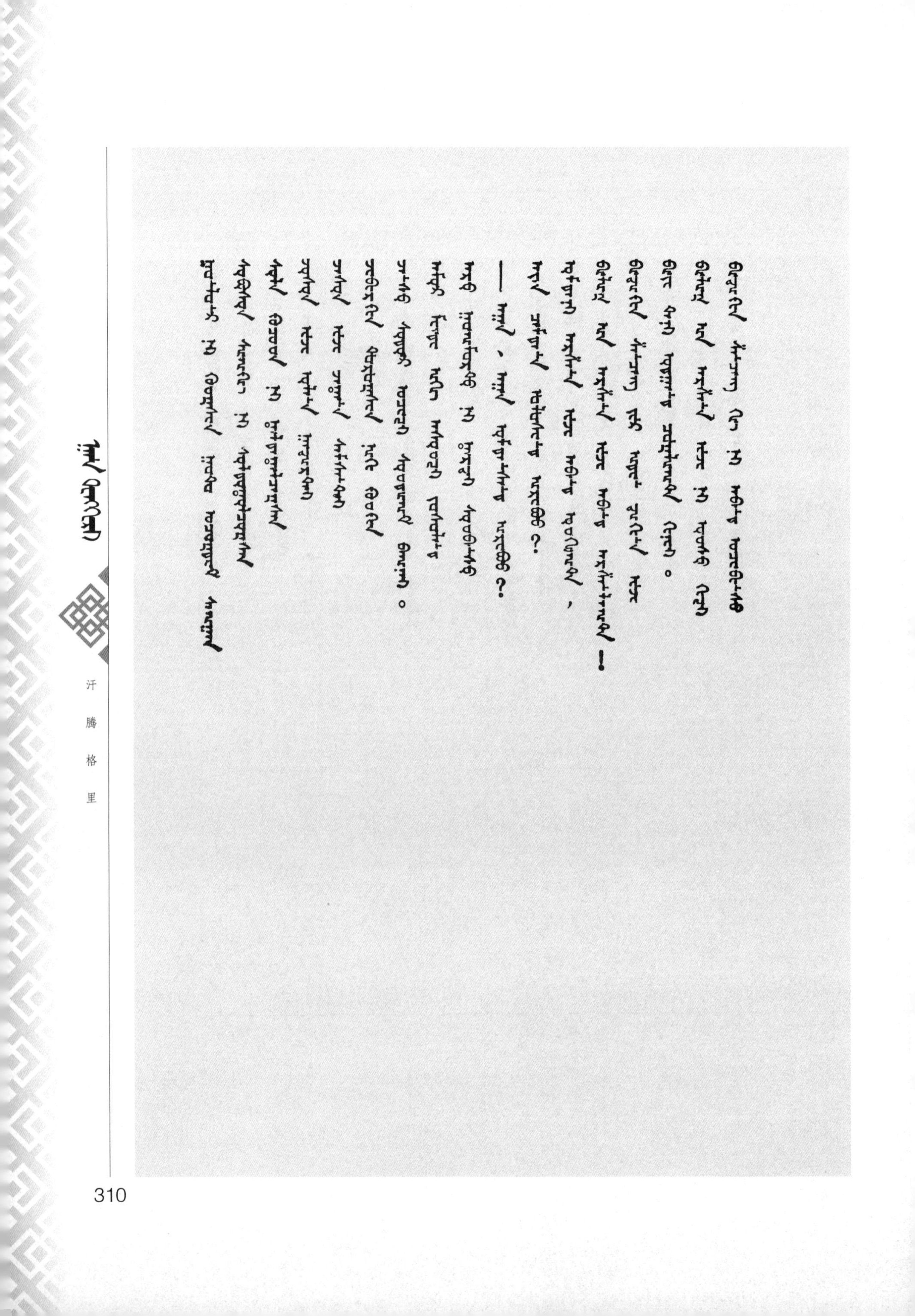

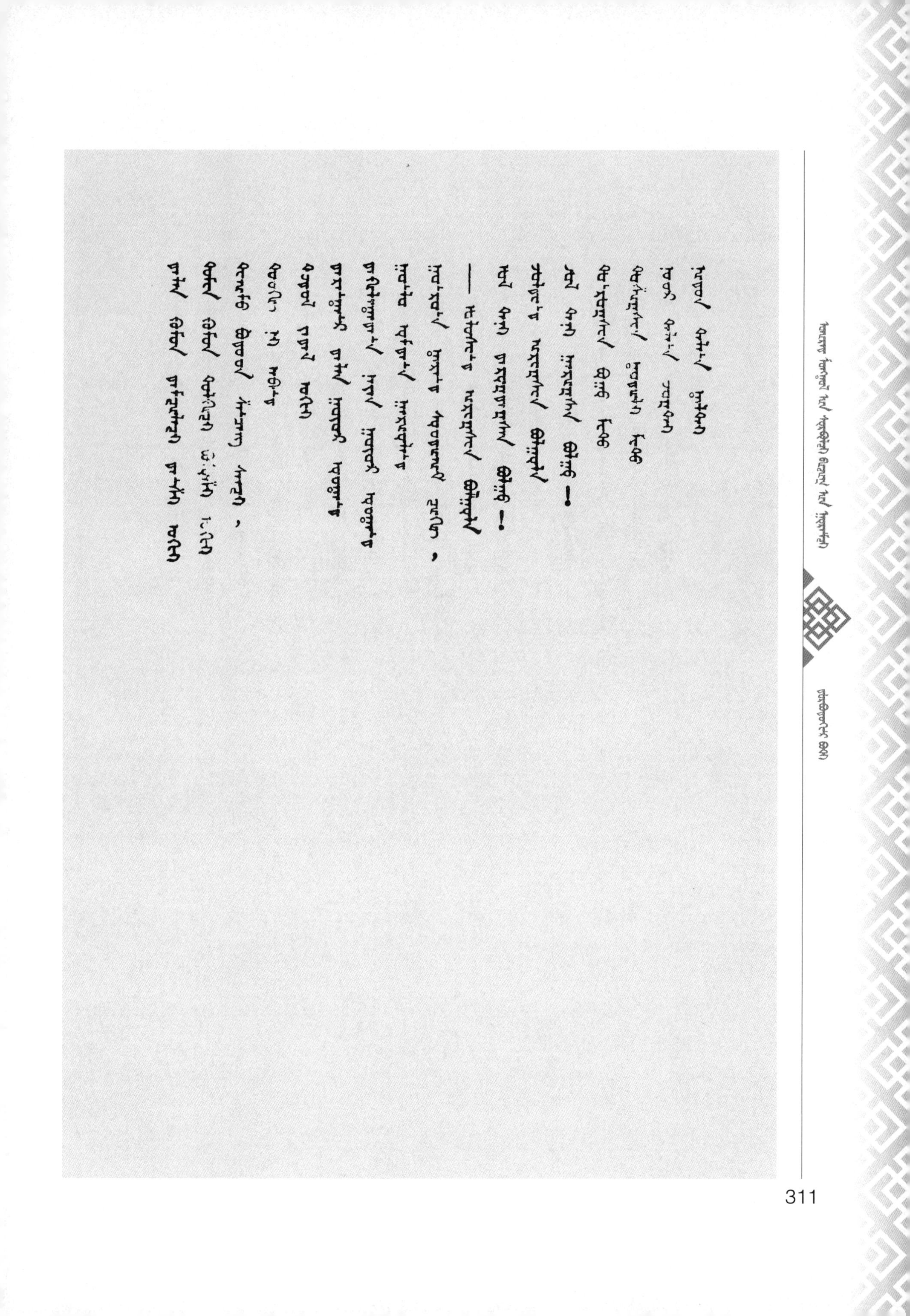

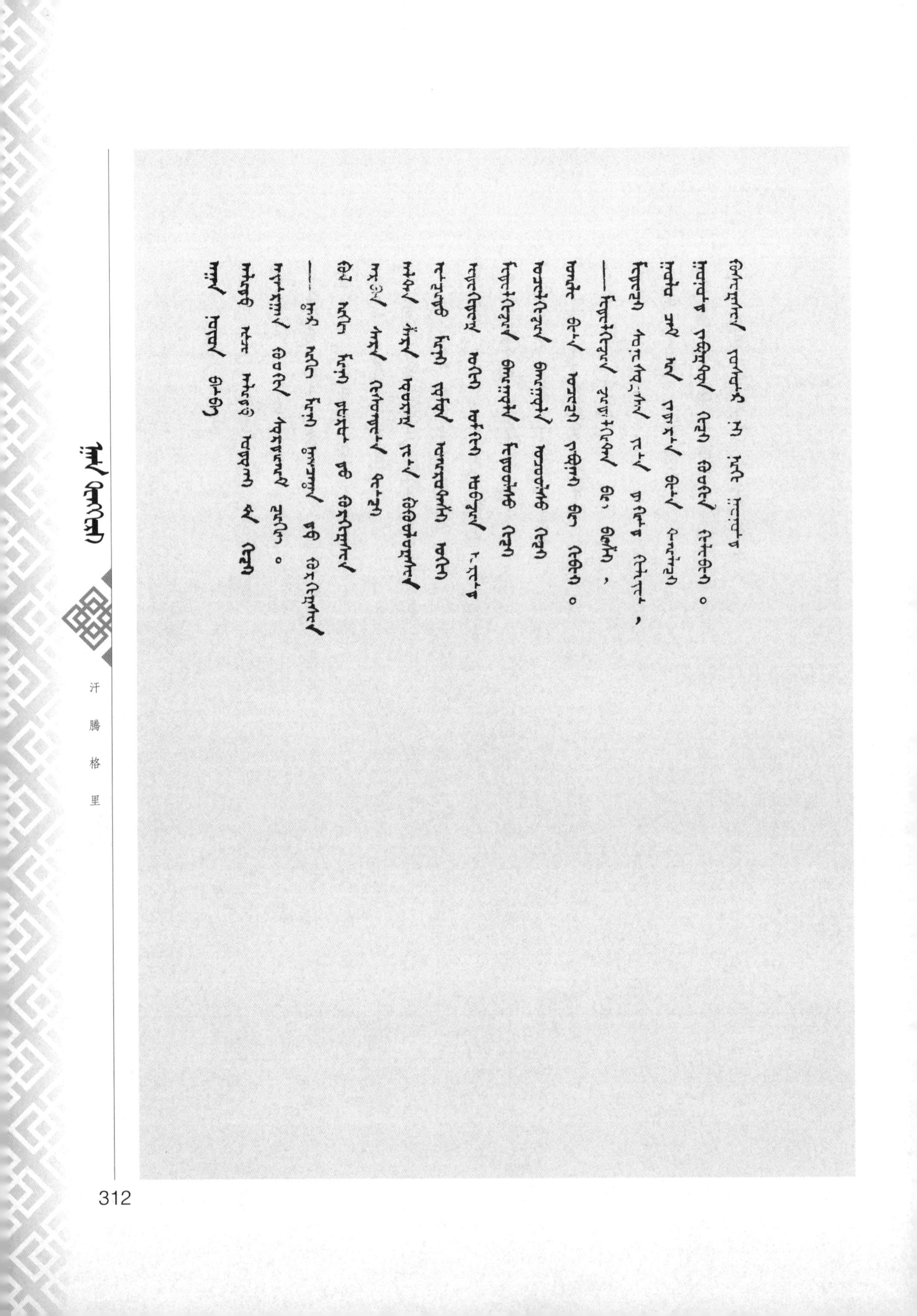

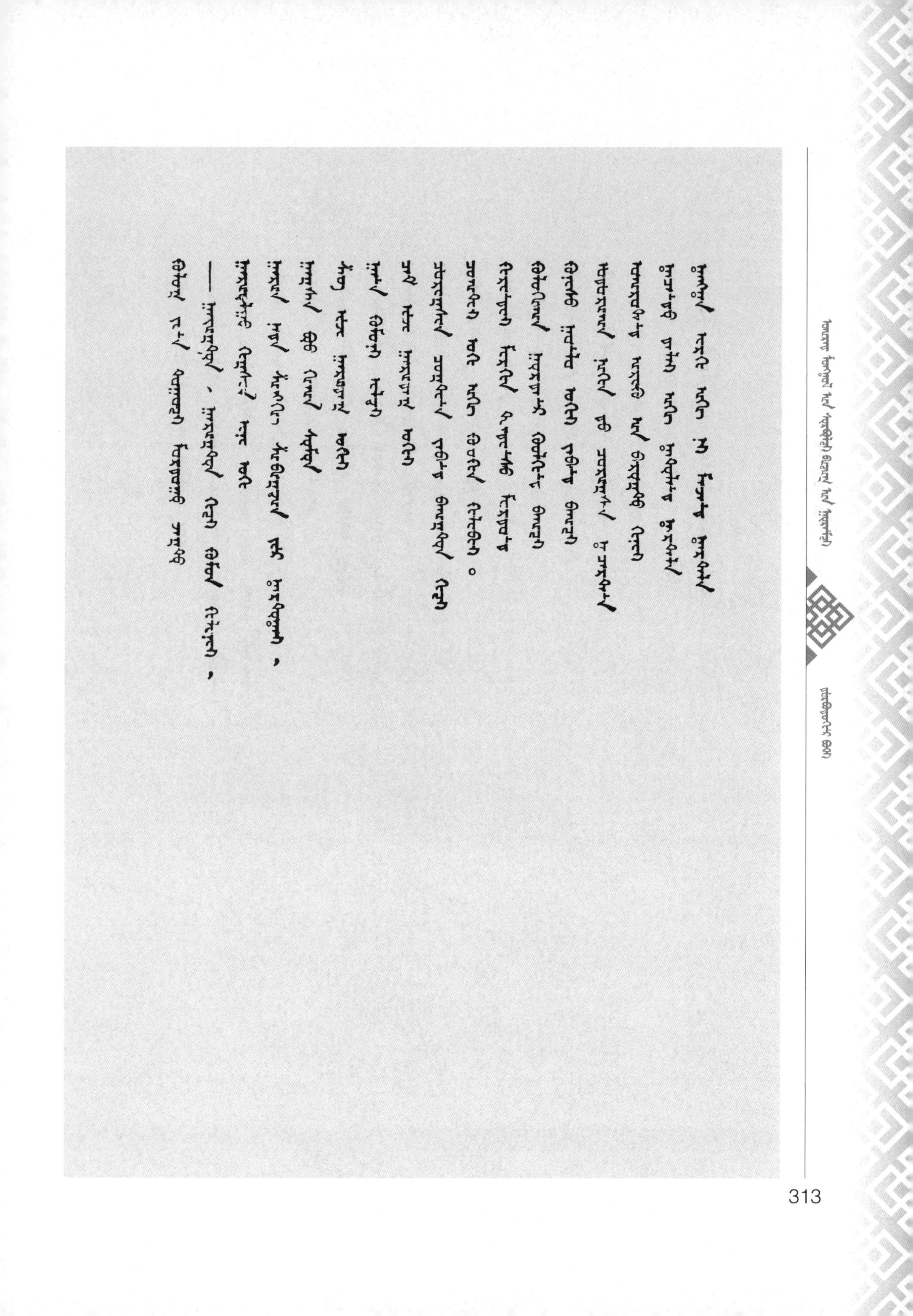

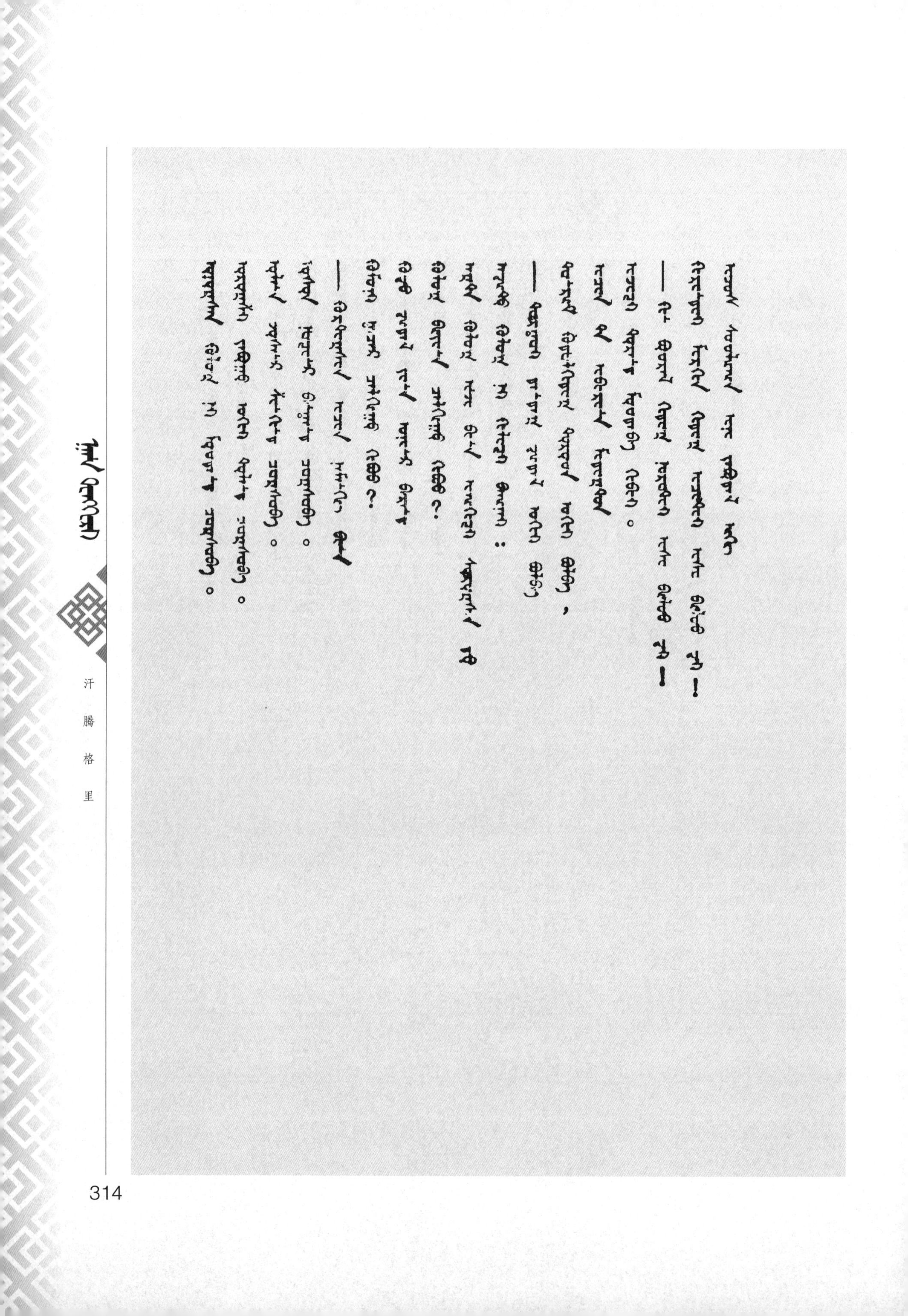

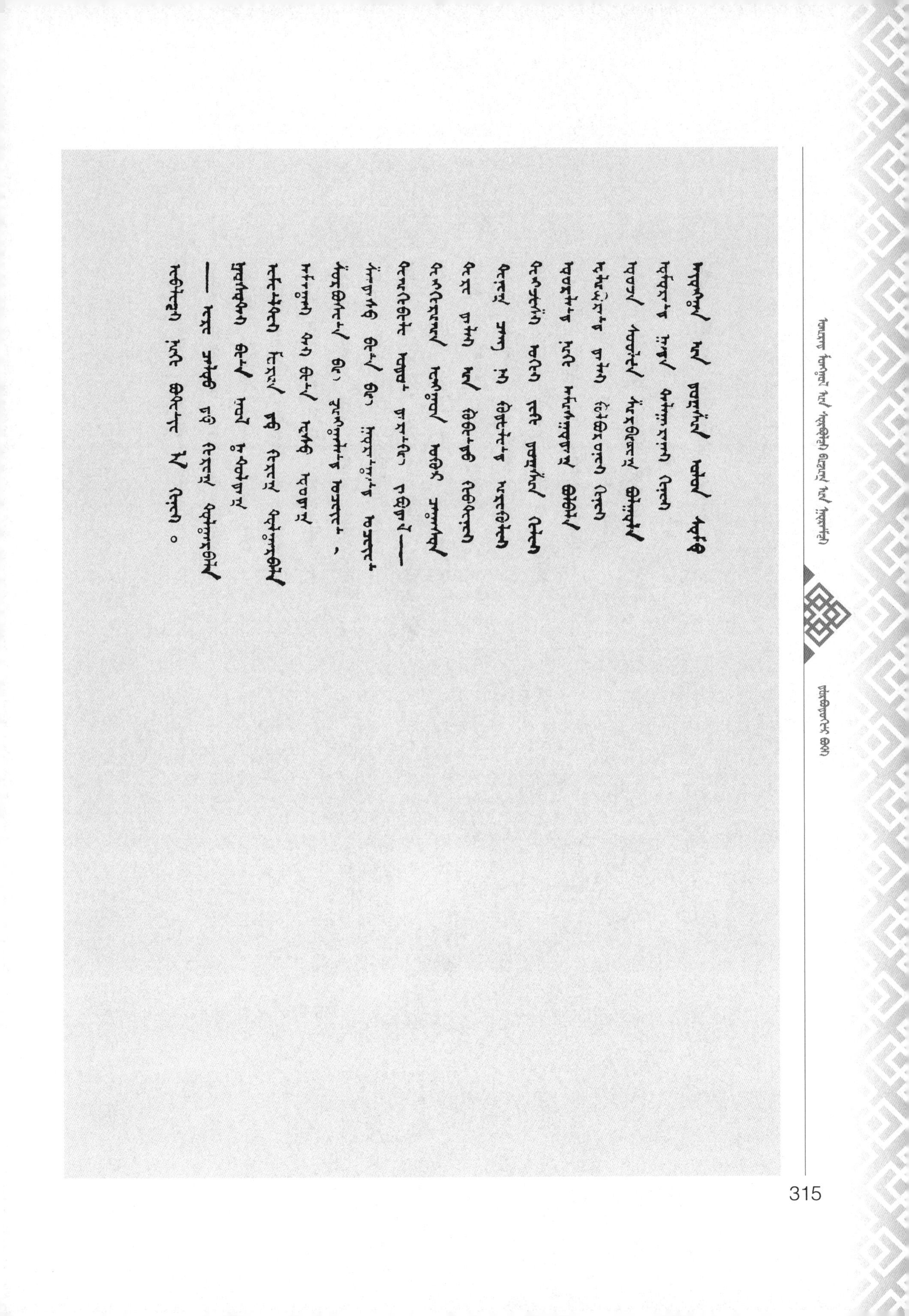

[illegible]
[illegible]
[illegible]
[illegible]
[illegible]
[illegible]
[illegible]
[illegible]
[illegible]
[illegible]
[illegible]
[illegible]
[illegible]
[illegible]
[illegible]
[illegible]
[illegible]
[illegible] ○

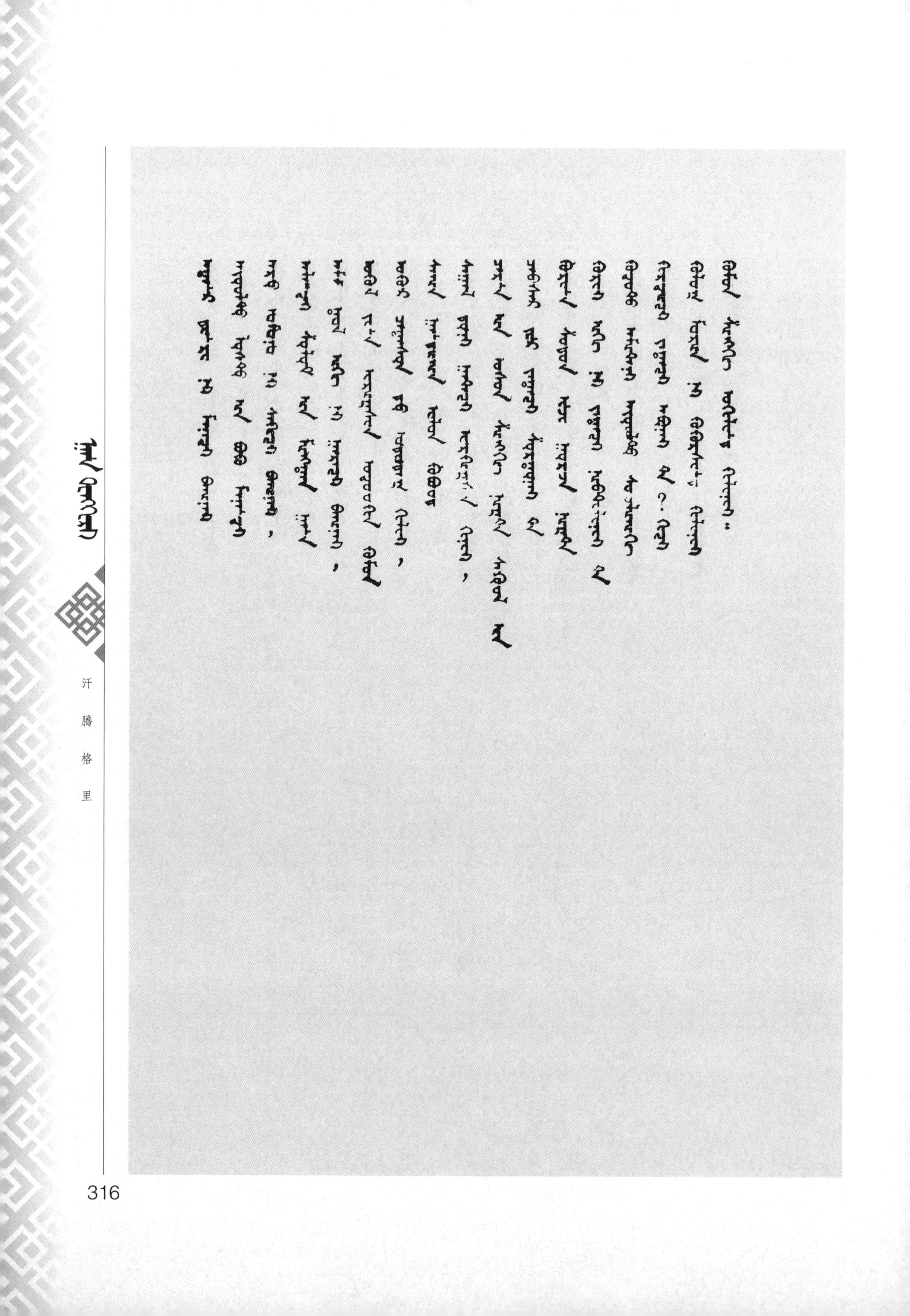

[illegible]

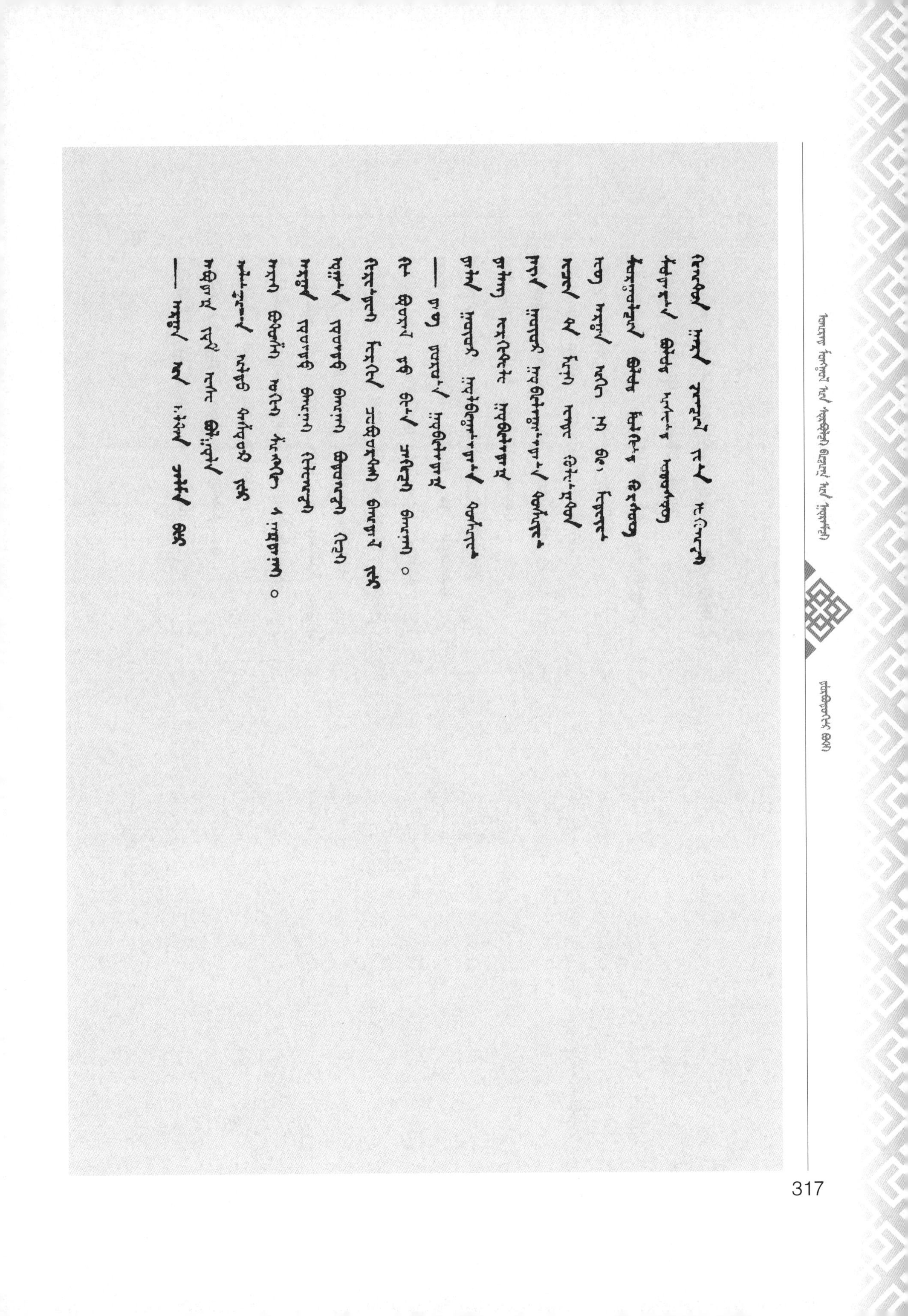

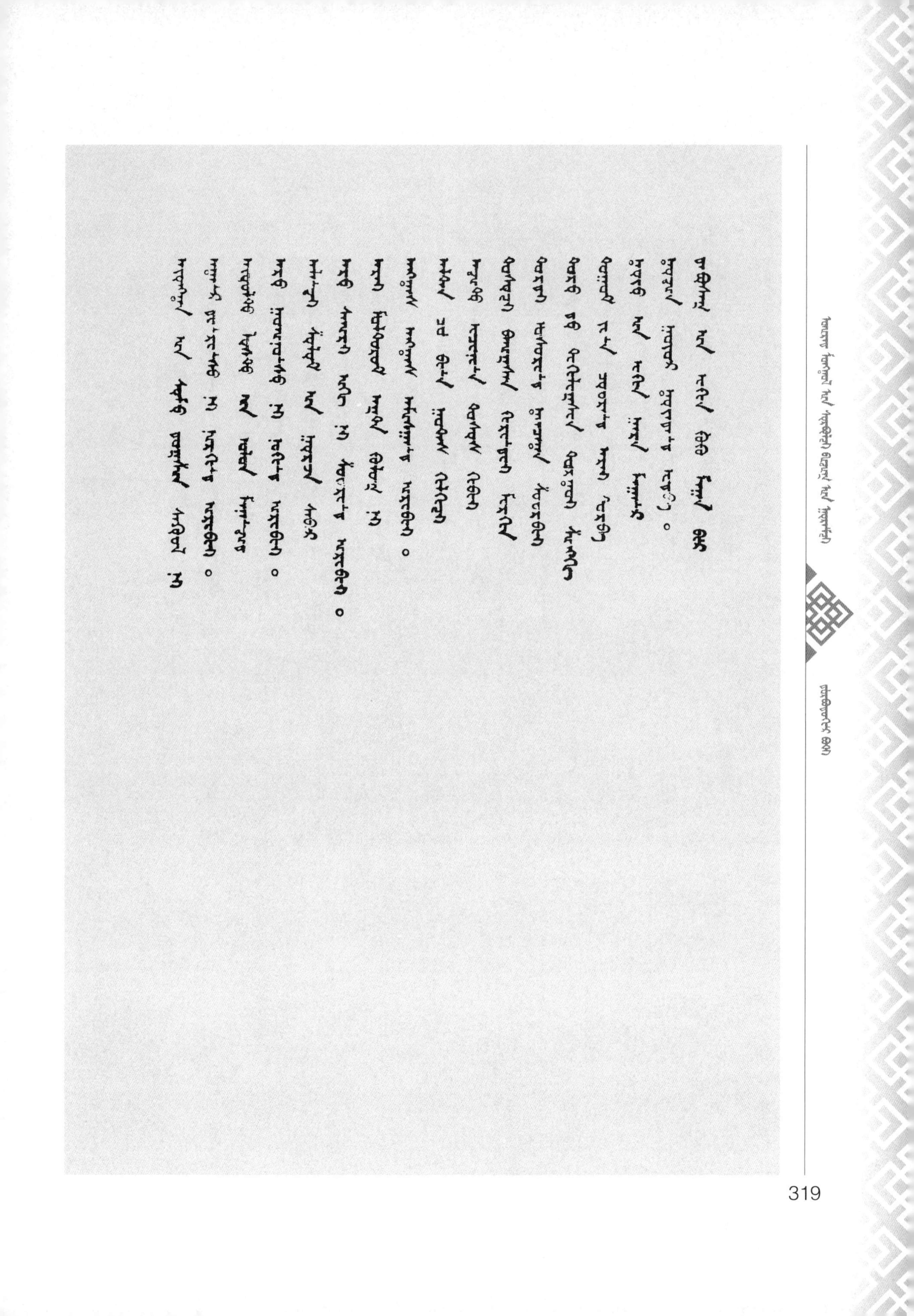

[illegible] ○
[illegible] ○
[illegible] ○
[illegible] ○
[illegible] ○
[illegible] ○
[illegible]

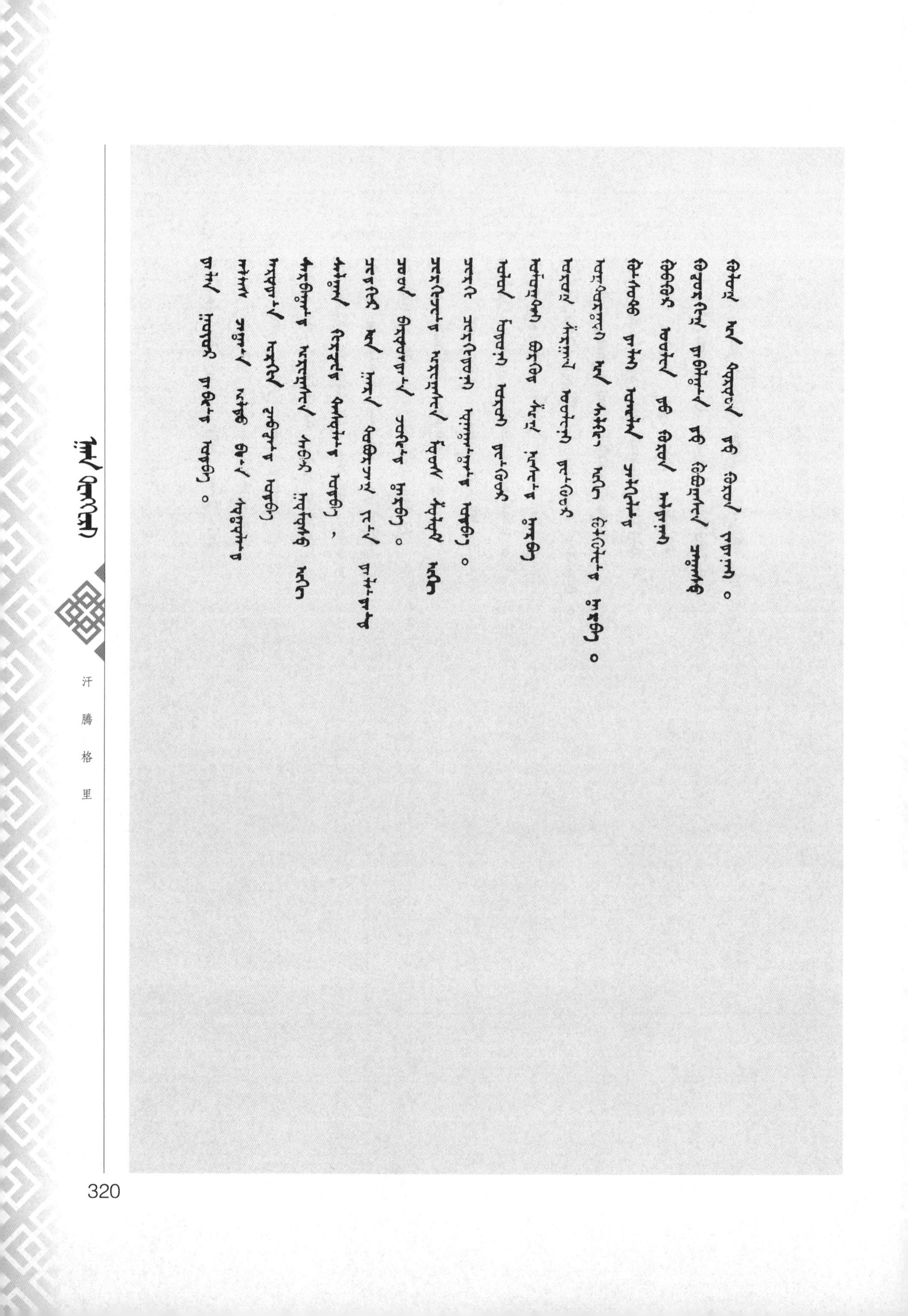

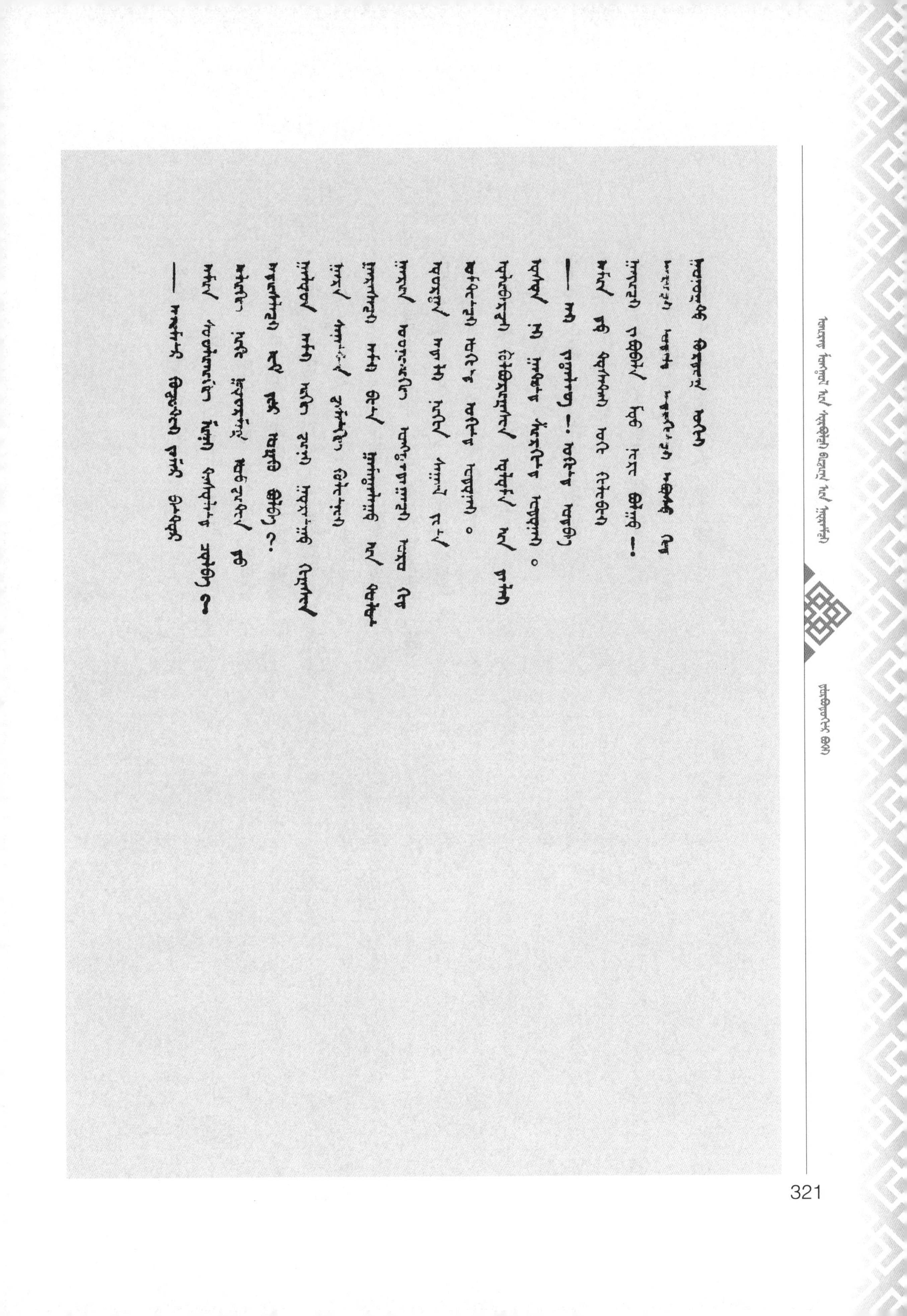

[illegible]

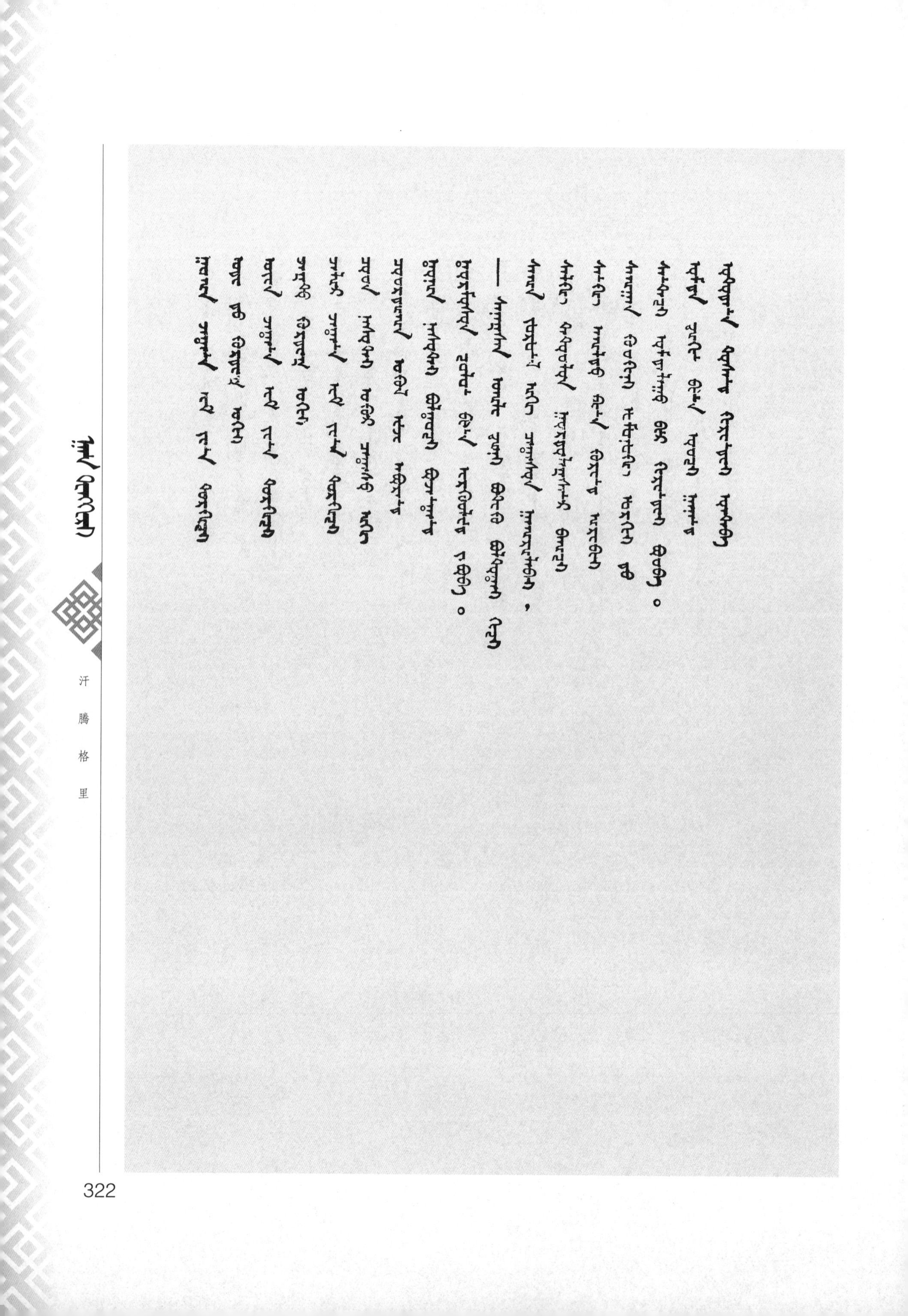

[illegible]

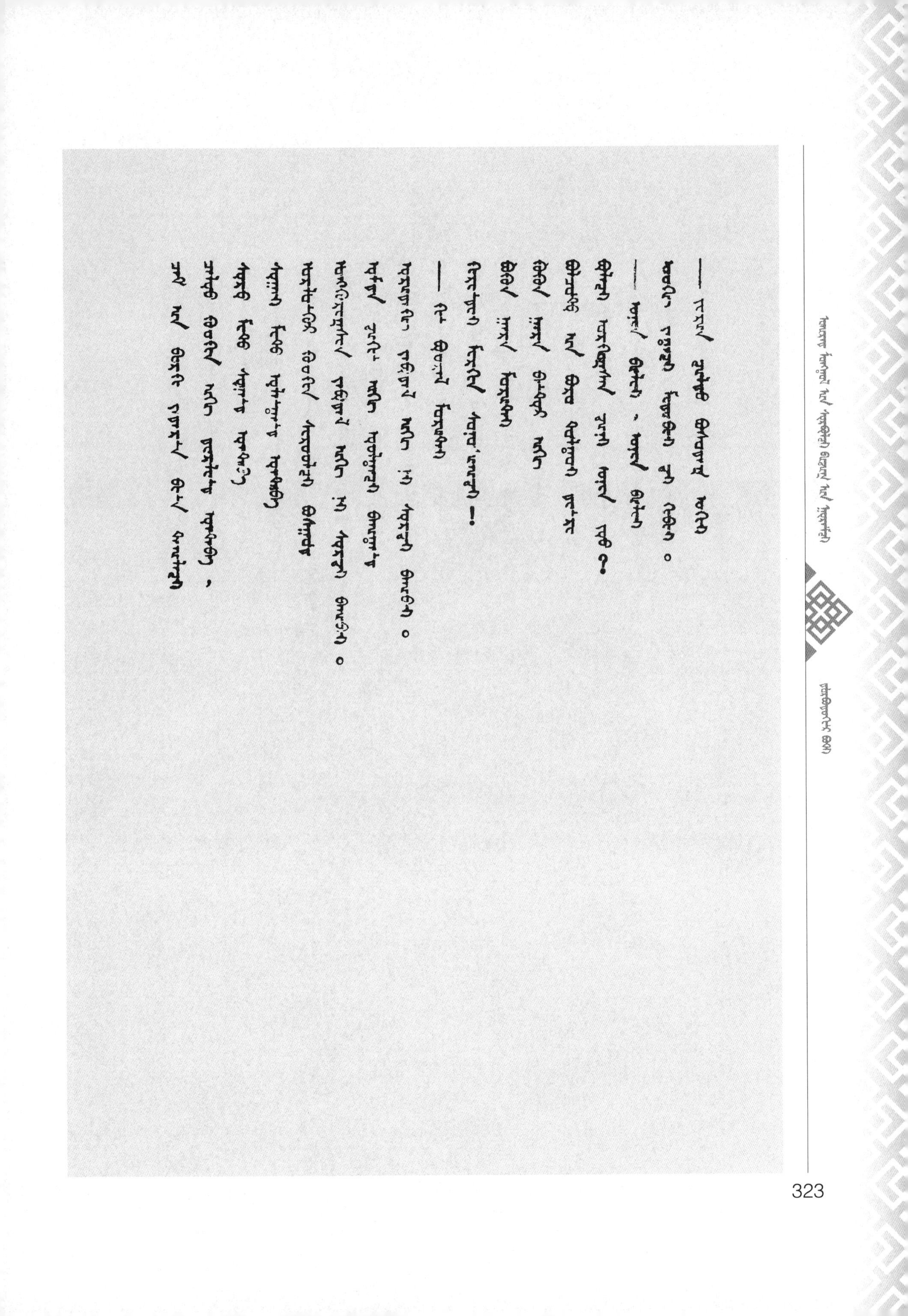

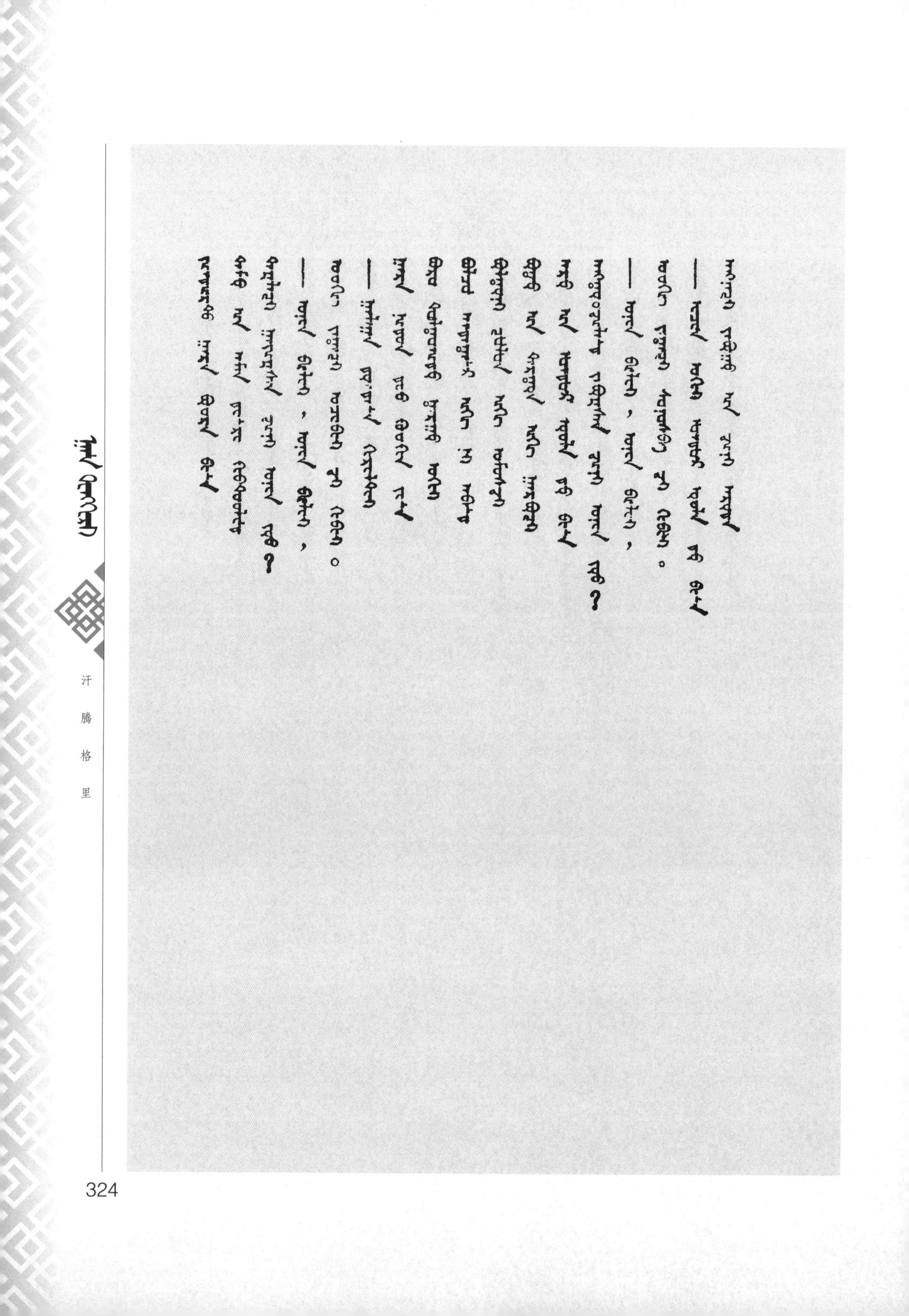

[illegible]

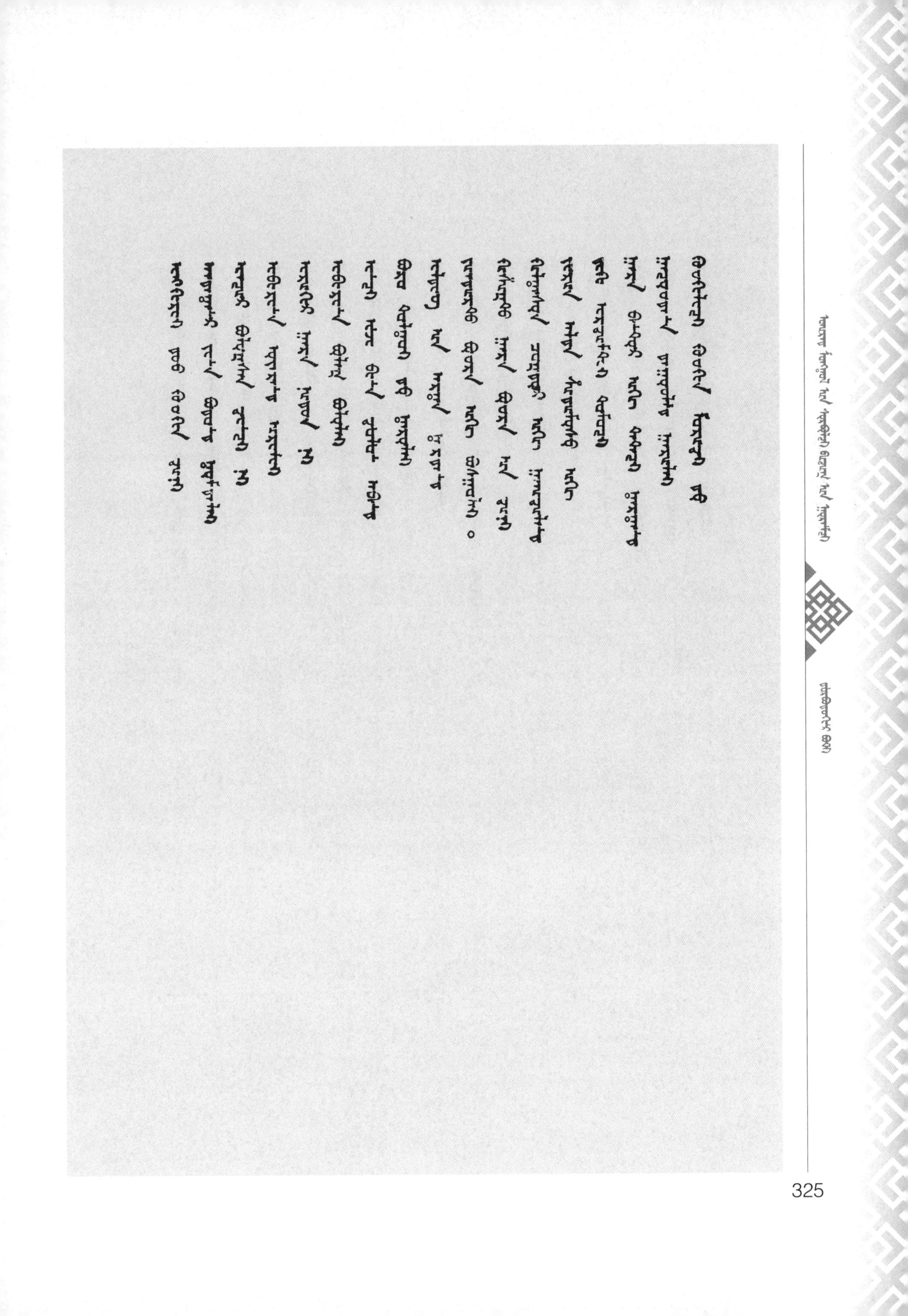

[illegible]
[illegible]
[illegible]
[illegible]
[illegible]
[illegible]
[illegible]
[illegible]
[illegible]
[illegible]
[illegible]
[illegible]
[illegible]
[illegible]
[illegible]
[illegible]
[illegible]

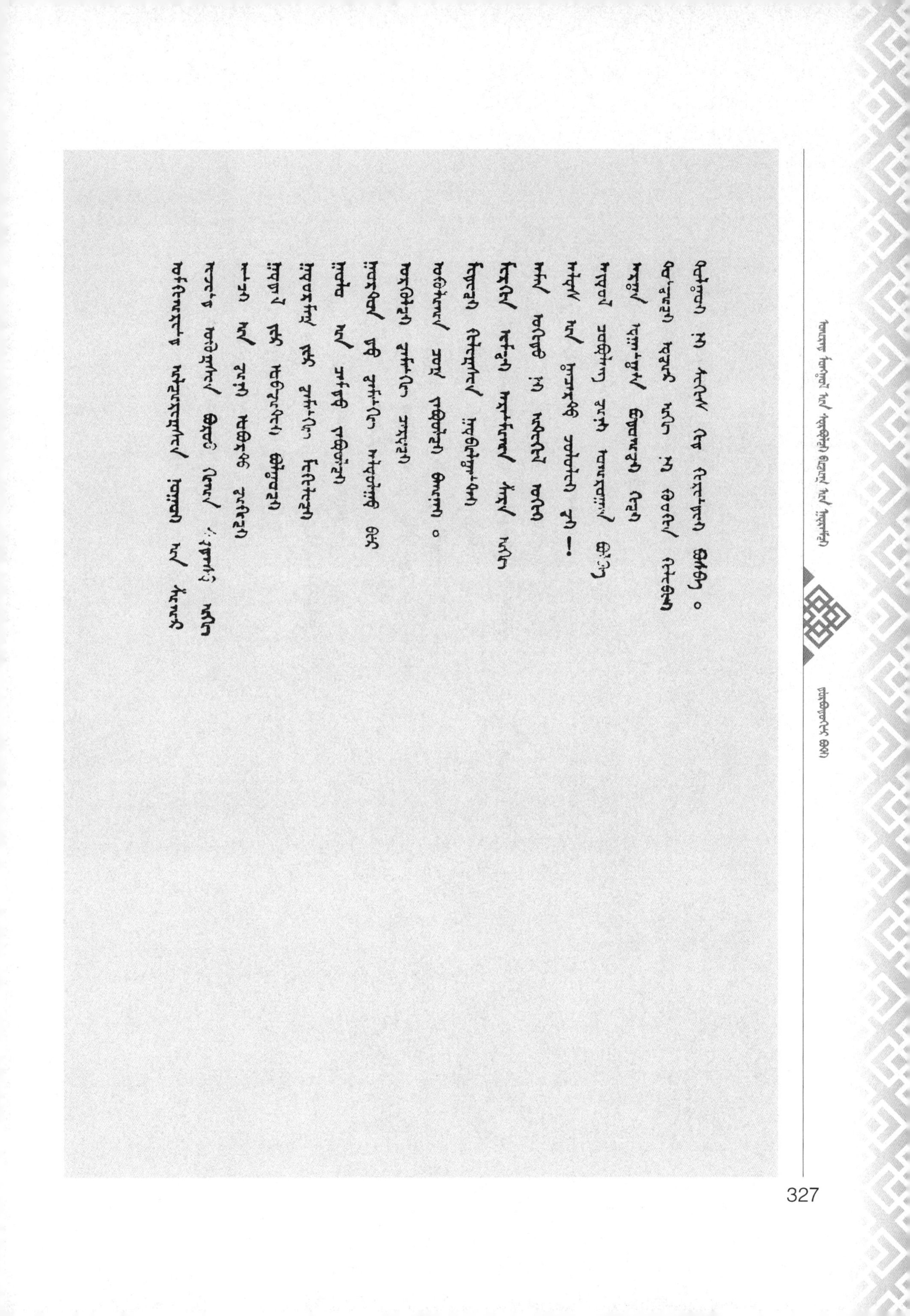

[illegible]

ᠲᠡ ᠬᠡᠮᠡᠨ ᠬᠠᠰᠢᠭᠢᠷᠤᠨ ᠪᠠᠢᠨ᠎ᠠ
ᠬᠠᠷᠠᠭᠤ ᠮᠣᠷᠢᠳᠠᠭᠠᠨ ᠮᠣᠷᠢᠳᠠᠭᠠᠨ ᠳᠡ
ᠬᠦᠯᠦᠭ ᠰᠠᠢᠢᠨ ᠮᠣᠷᠢᠳᠠᠭᠠᠨ ᠮᠣᠷᠢ
ᠬᠦᠯᠦᠭᠯᠡᠭᠴᠢ ᠰᠠᠢᠢᠨ ᠬᠦᠯᠦᠭᠦᠳ ᠮᠣᠷᠢ
ᠵᠢᠷᠦᠮᠯᠡᠬᠦ ᠪᠠᠢᠨ ᠠᠯᠬᠤᠮ ᠮᠣᠷᠢ ᠪᠣᠯᠣᠭᠰᠠᠨ ᠴᠡᠴᠡᠷᠯᠡᠩ
ᠵᠣᠷᠢᠭ ᠬᠦᠴᠦᠨ ᠬᠤᠷᠳᠤᠨᠴᠠᠭᠠᠢ ᠮᠣᠷᠢ —·
ᠵᠦᠷᠬᠡ ᠬᠡᠯᠡᠨ ᠴᠠᠭᠠᠯᠰᠢᠭᠦᠢ ᠮᠣᠷᠢ
ᠮᠣᠷᠢᠲᠠᠢ ᠬᠦᠮᠦᠨ ᠪᠠᠬᠠᠷᠬᠠᠬᠤ ᠪᠣᠯᠤᠨ᠎ᠠ !?
— ᠲᠡᠭᠡᠨ ᠵᠦᠷᠬᠡ ᠰᠡᠳᠭᠢᠯᠭᠡᠨ ᠪᠣᠯᠤᠨ᠎ᠠ
ᠮᠣᠷᠢᠳᠠᠭᠠᠨ ᠬᠦᠮᠦᠨ ᠲᠡᠯᠡᠭᠡᠢ ᠬᠦᠯᠡᠭᠡᠨ :
ᠮᠣᠷᠢᠨ ᠰᠠᠢᠢᠨ ᠮᠣᠷᠢᠳᠤ ᠮᠣᠷᠢ ᠪᠠᠷᠢᠭᠠᠳᠤᠨ ᠪᠠᠷᠢᠭᠰᠠᠨ
ᠮᠣᠷᠢᠨ ᠬᠦᠯᠦᠭᠦᠳ ᠢᠨ ᠪᠠᠷᠢᠭᠠᠳ ᠪᠠᠢᠨ᠎ᠠ ,
ᠮᠣᠷᠢᠨ ᠠᠯᠬᠤᠮ ᠢᠨ ᠪᠠᠷᠢᠭᠠᠳ ᠪᠠᠢᠨ᠎ᠠ
ᠬᠦᠮᠦᠨ ᠬᠦᠴᠦᠨ ᠬᠦᠴᠦᠲᠡᠢ ᠮᠣᠷᠢᠳᠠᠭᠠᠨ ᠃
ᠬᠦᠯᠦᠭᠯᠡᠬᠦ ᠠᠯᠬᠤᠮ ᠬᠦᠯᠦᠭ ᠮᠣᠷᠢᠳᠤ
ᠬᠦᠮᠦᠨ ᠠᠮᠢᠳᠤ ᠢᠨ ᠮᠣᠷᠢᠳᠤ ᠮᠣᠷᠢᠳᠤ ᠃
ᠬᠦᠮᠦᠨ ᠮᠣᠷᠢᠳᠠᠭᠠᠨ ᠠᠮᠢᠳᠤ ᠬᠦᠮᠦᠨ

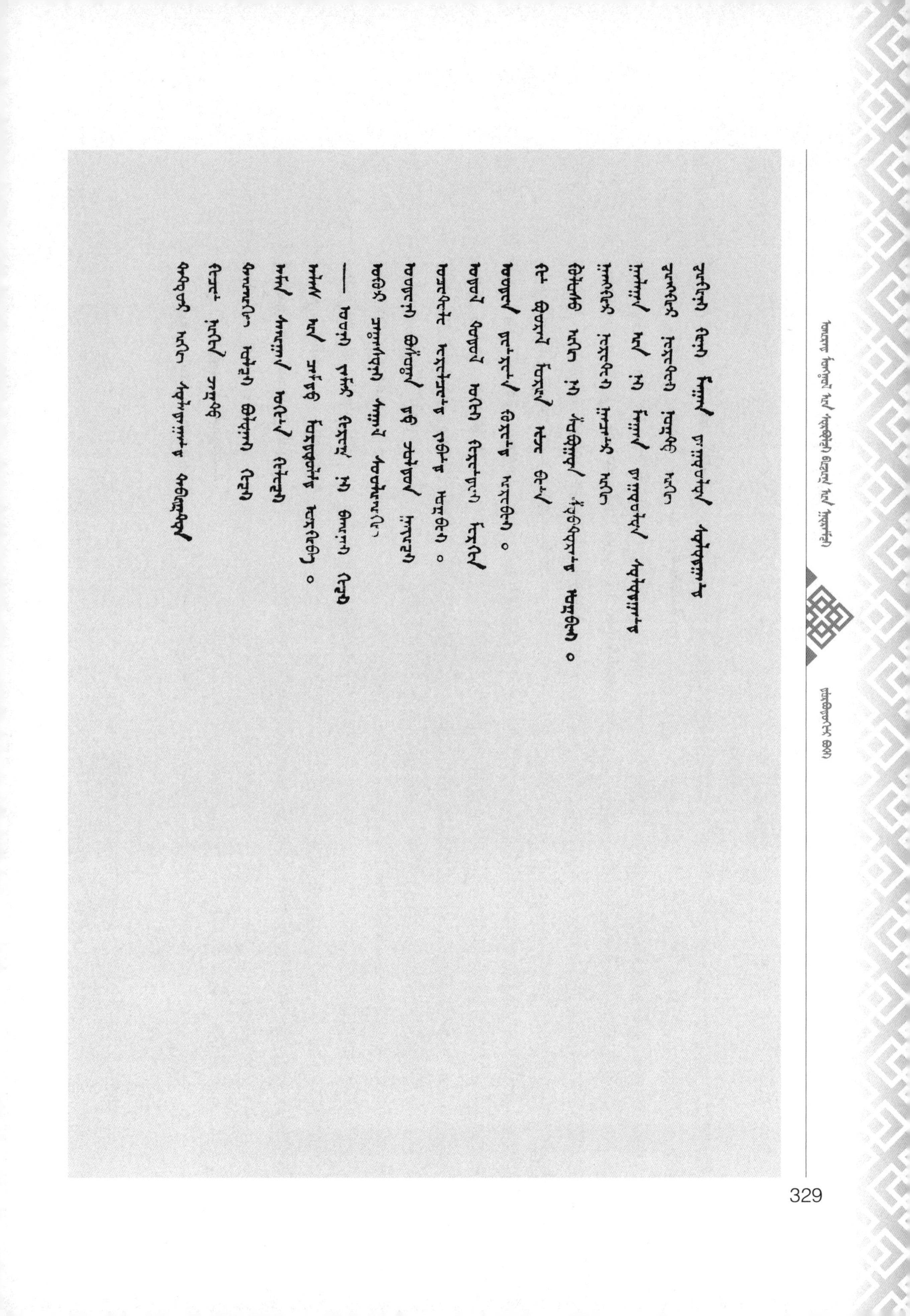

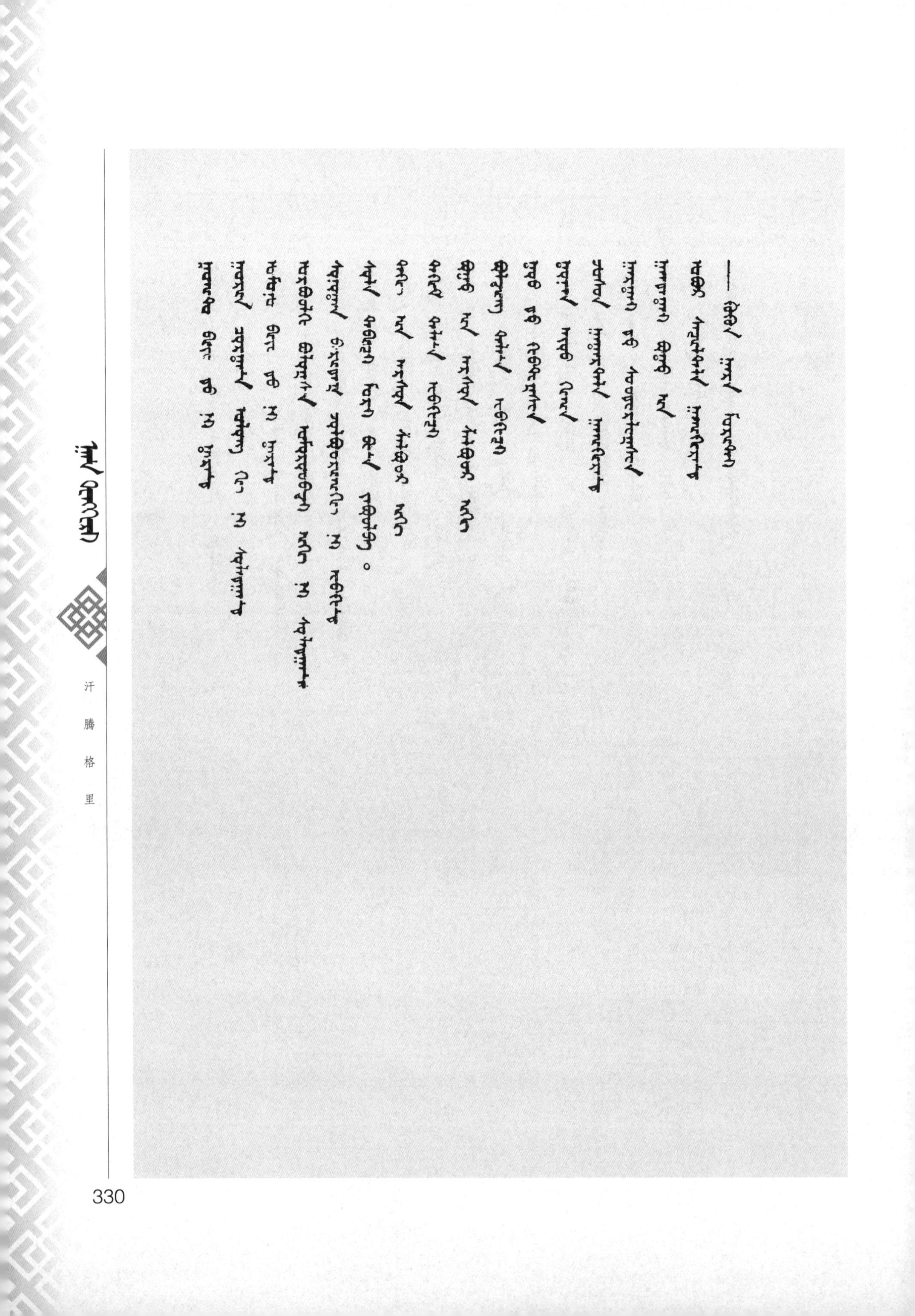

[illegible]

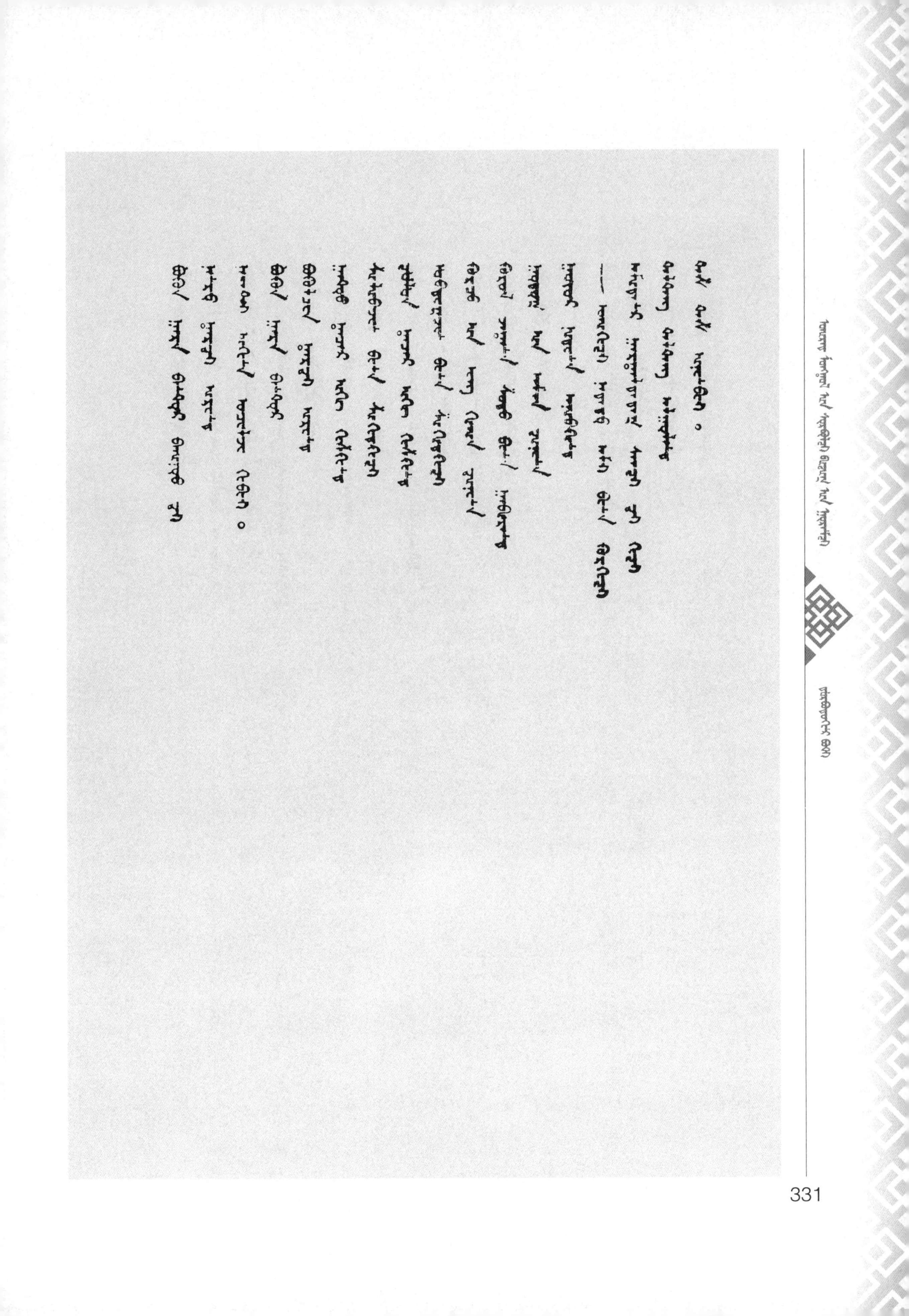

[illegible]
[illegible]
[illegible]
[illegible]
[illegible]
[illegible]
[illegible]
[illegible]
[illegible]
[illegible]
[illegible]
[illegible]
[illegible]
[illegible]
[illegible]
[illegible]
[illegible]

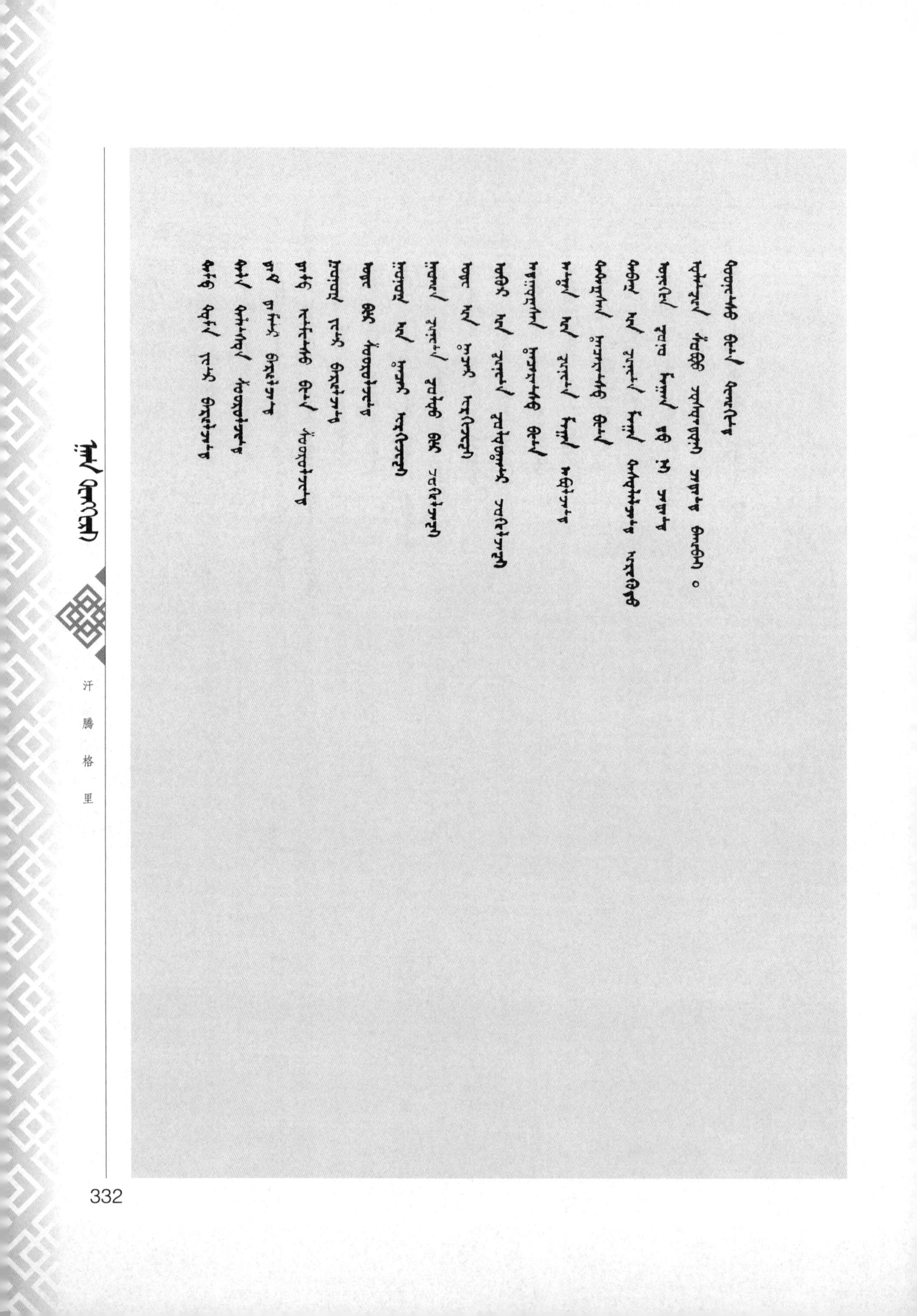

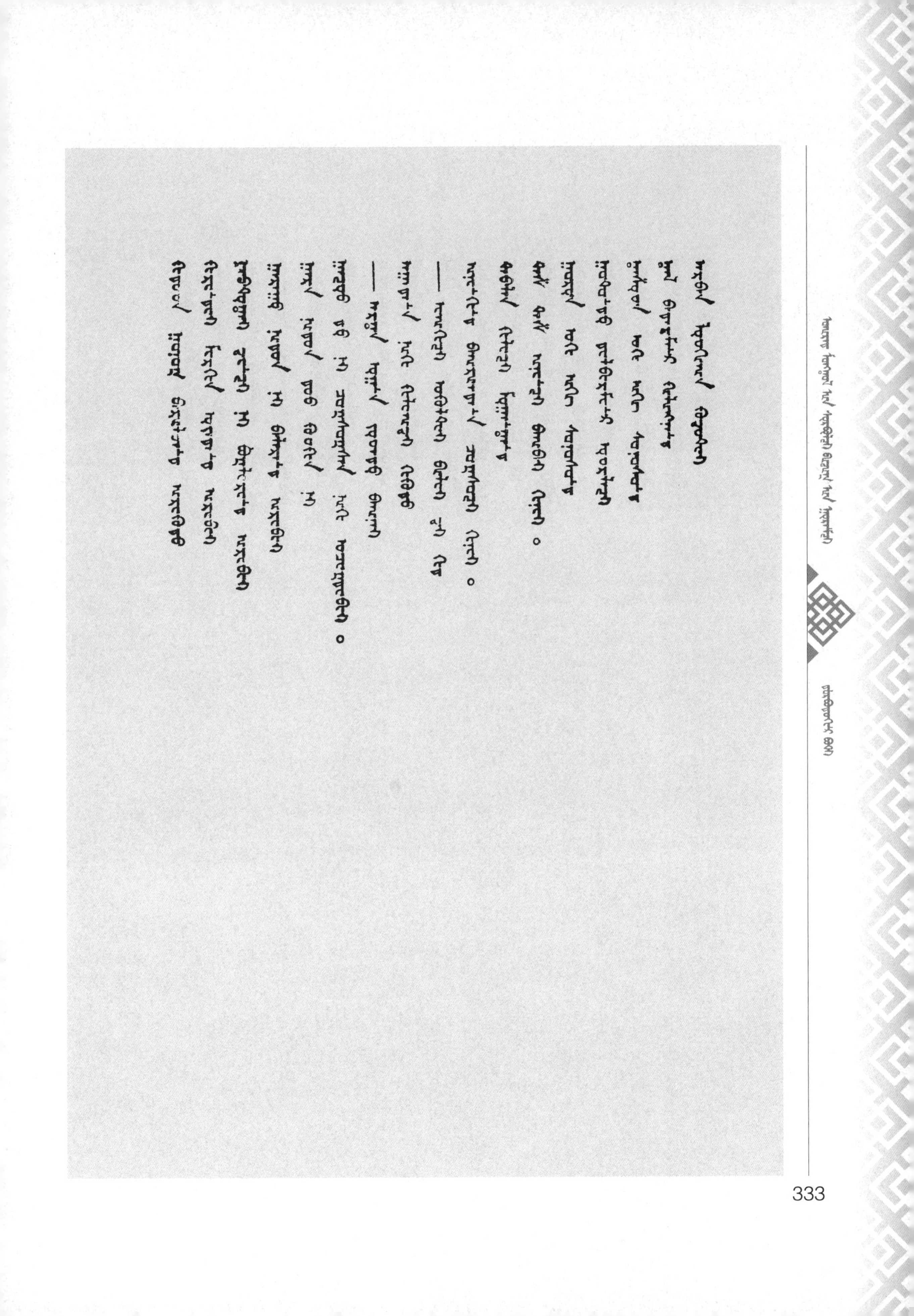

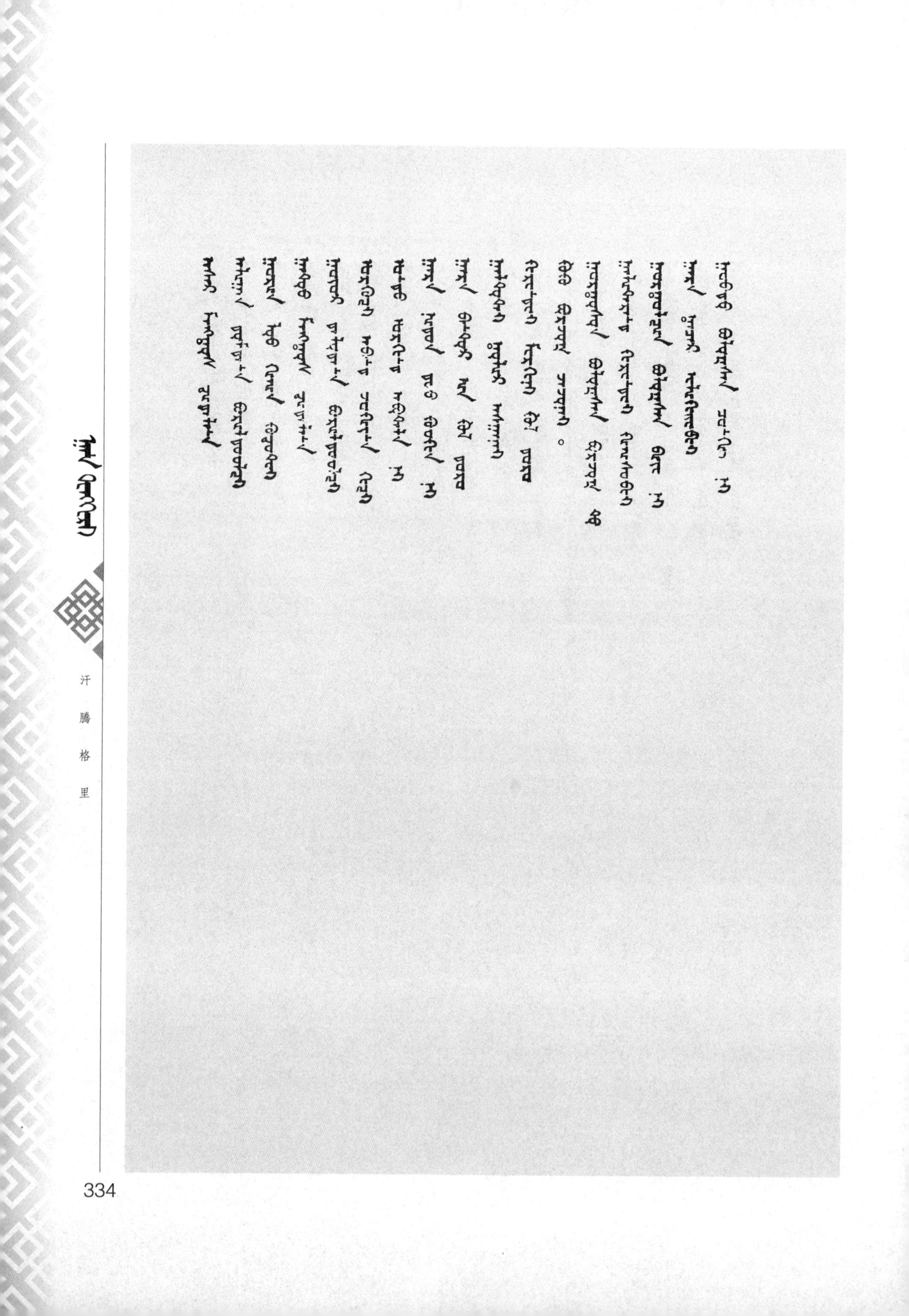

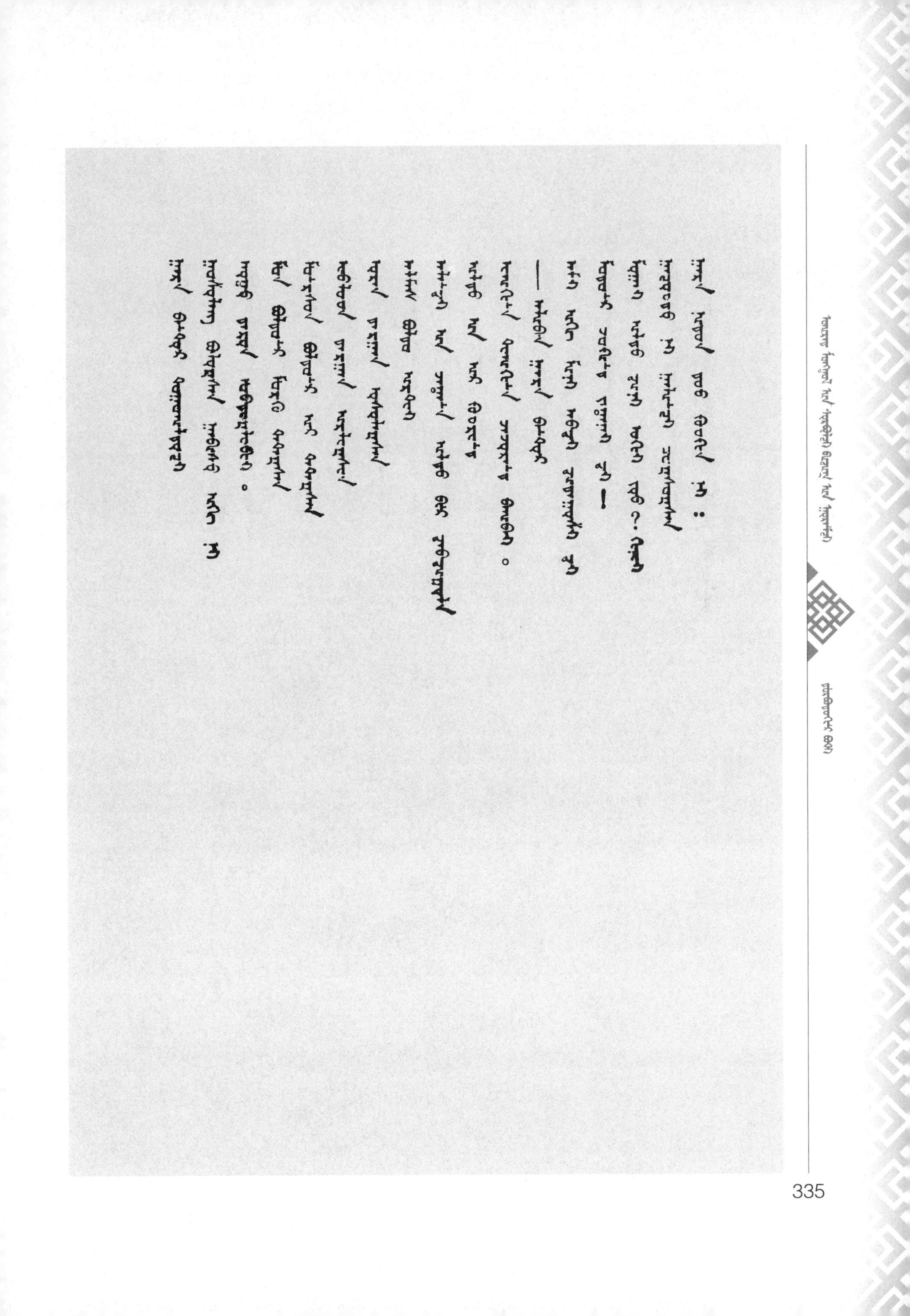

[illegible]

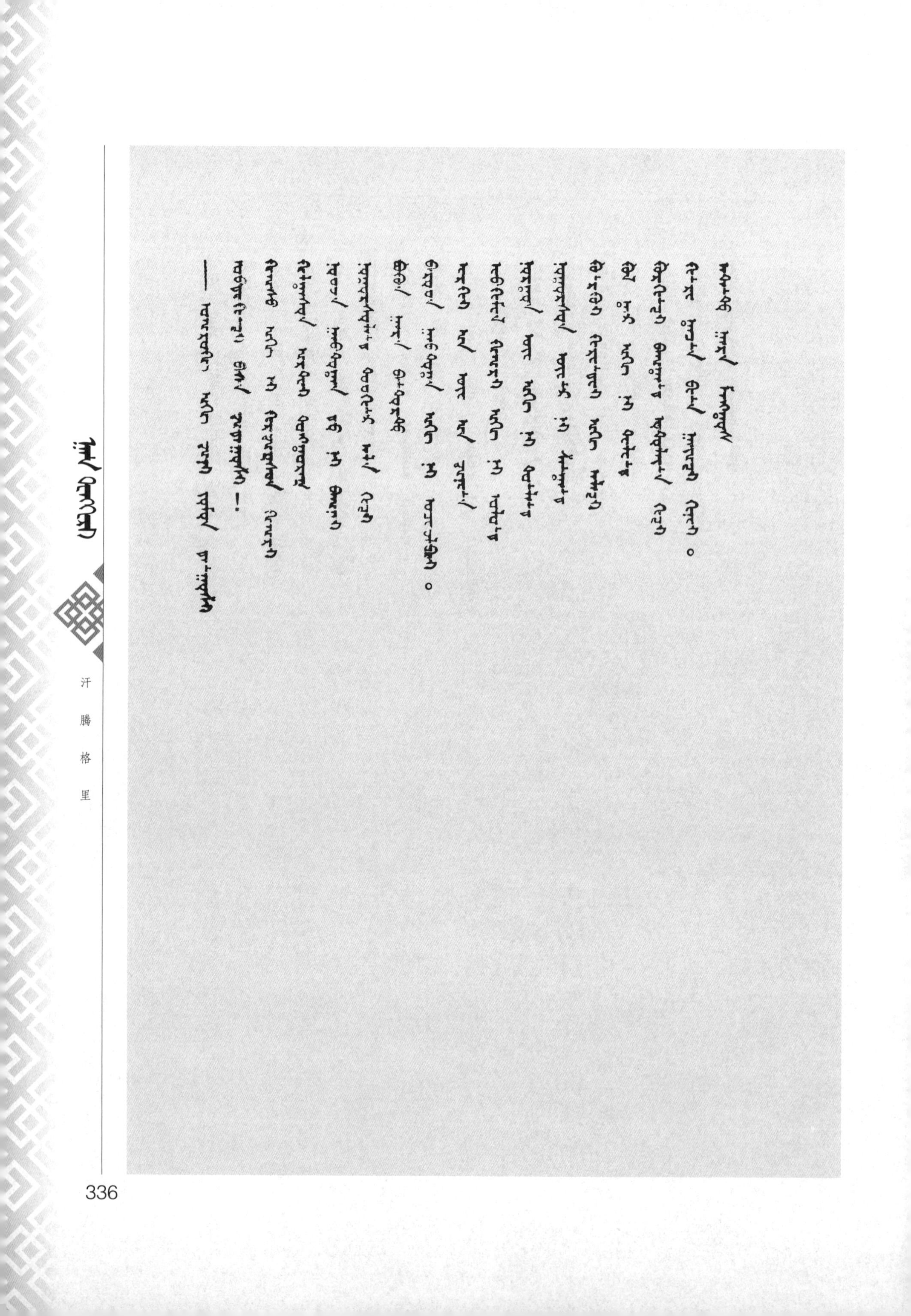

[illegible]

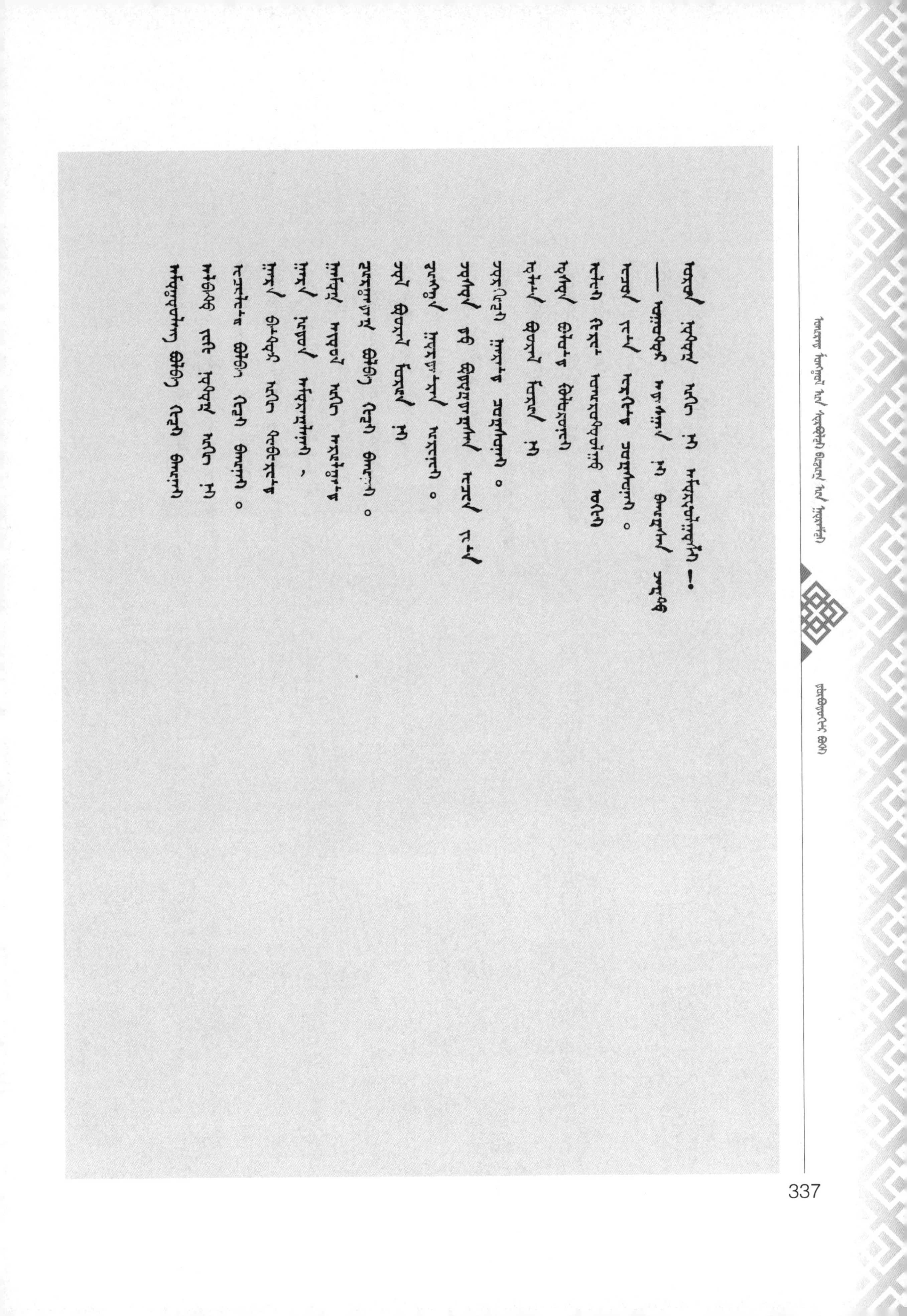

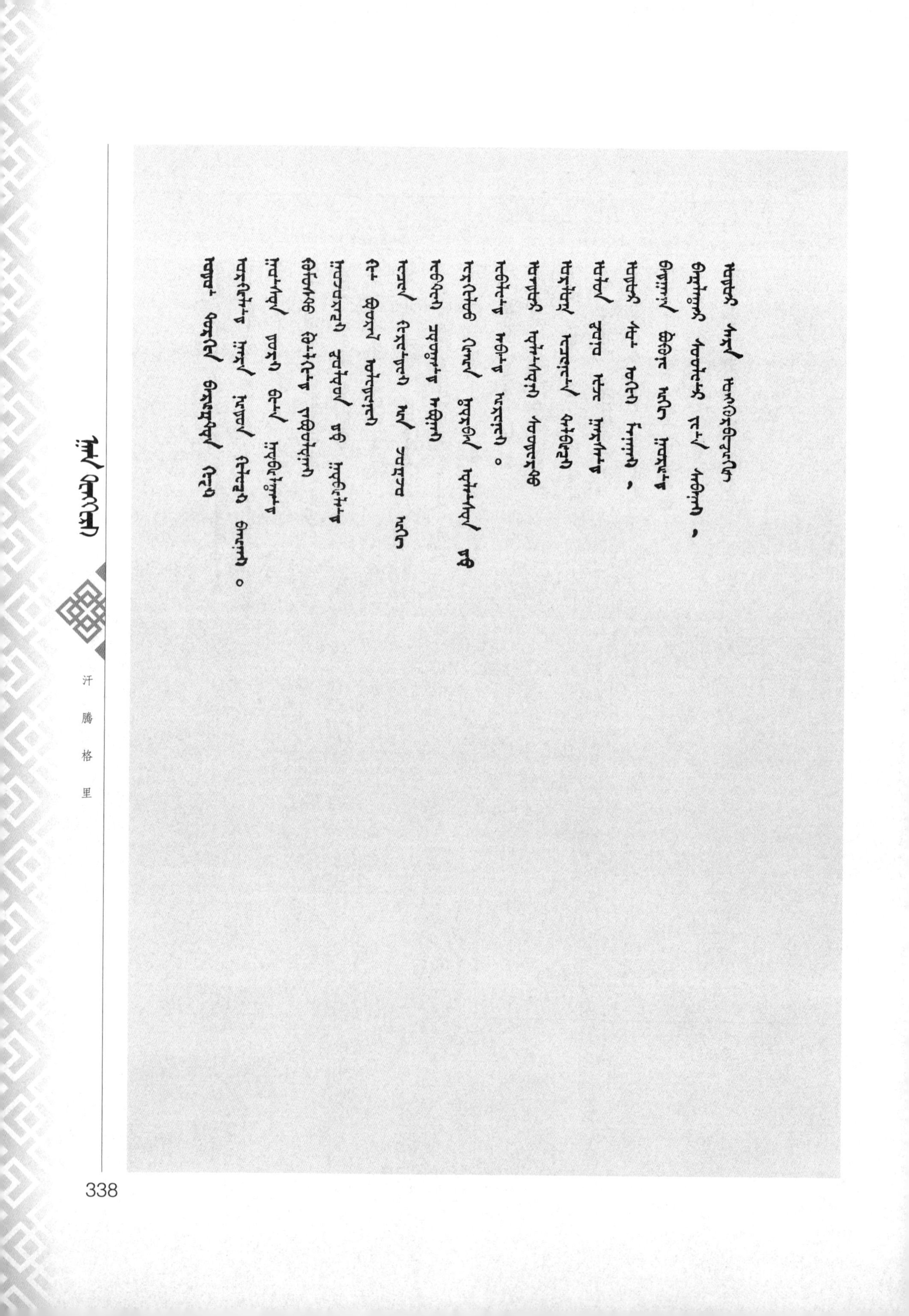

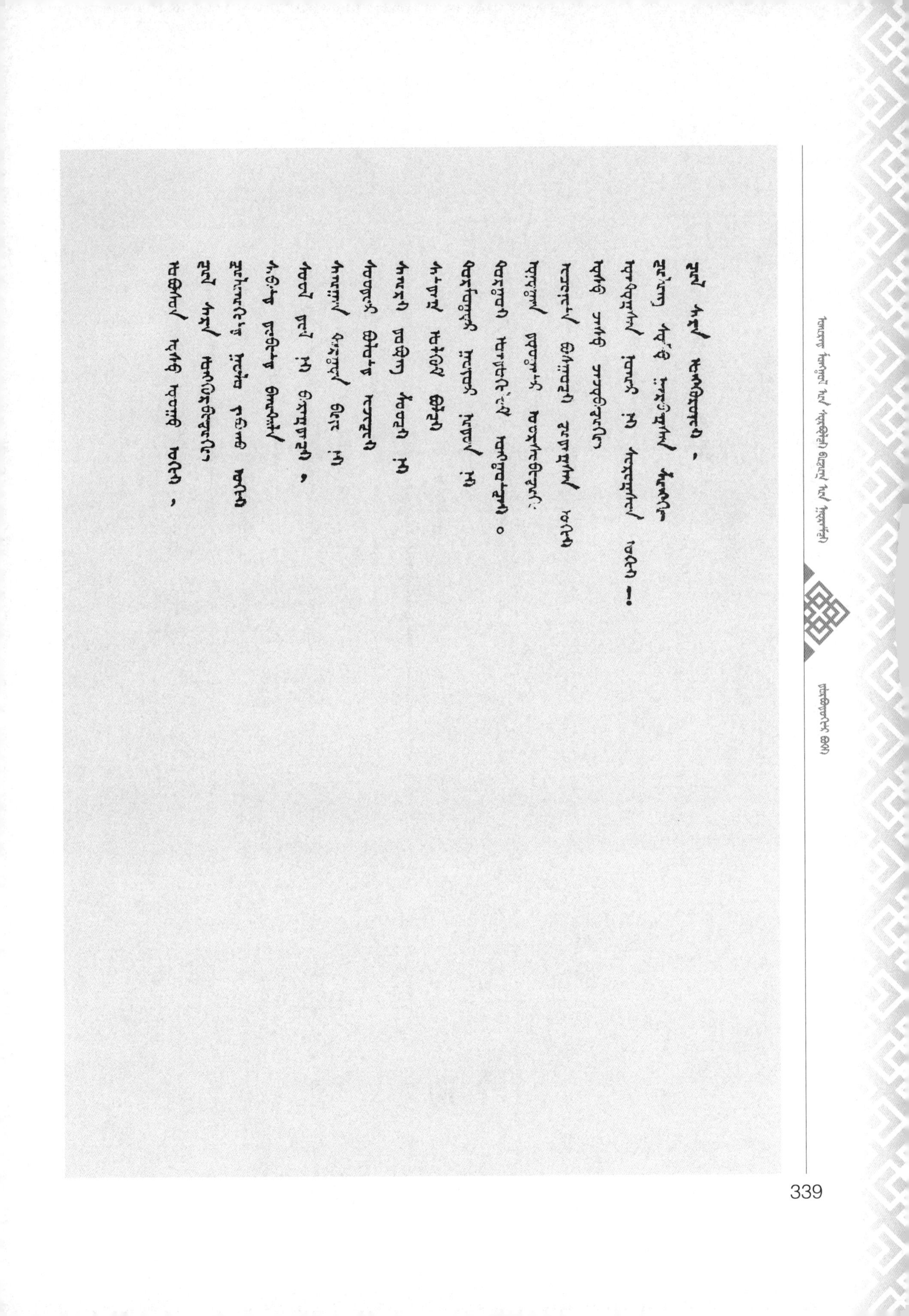

[illegible] ᠂
[illegible]
[illegible] ᠄
[illegible]
[illegible]
[illegible]
[illegible] ᠃
[illegible]
[illegible]
[illegible]
[illegible]
[illegible]
[illegible] ᠂
[illegible]
[illegible]
[illegible]
[illegible] ᠂

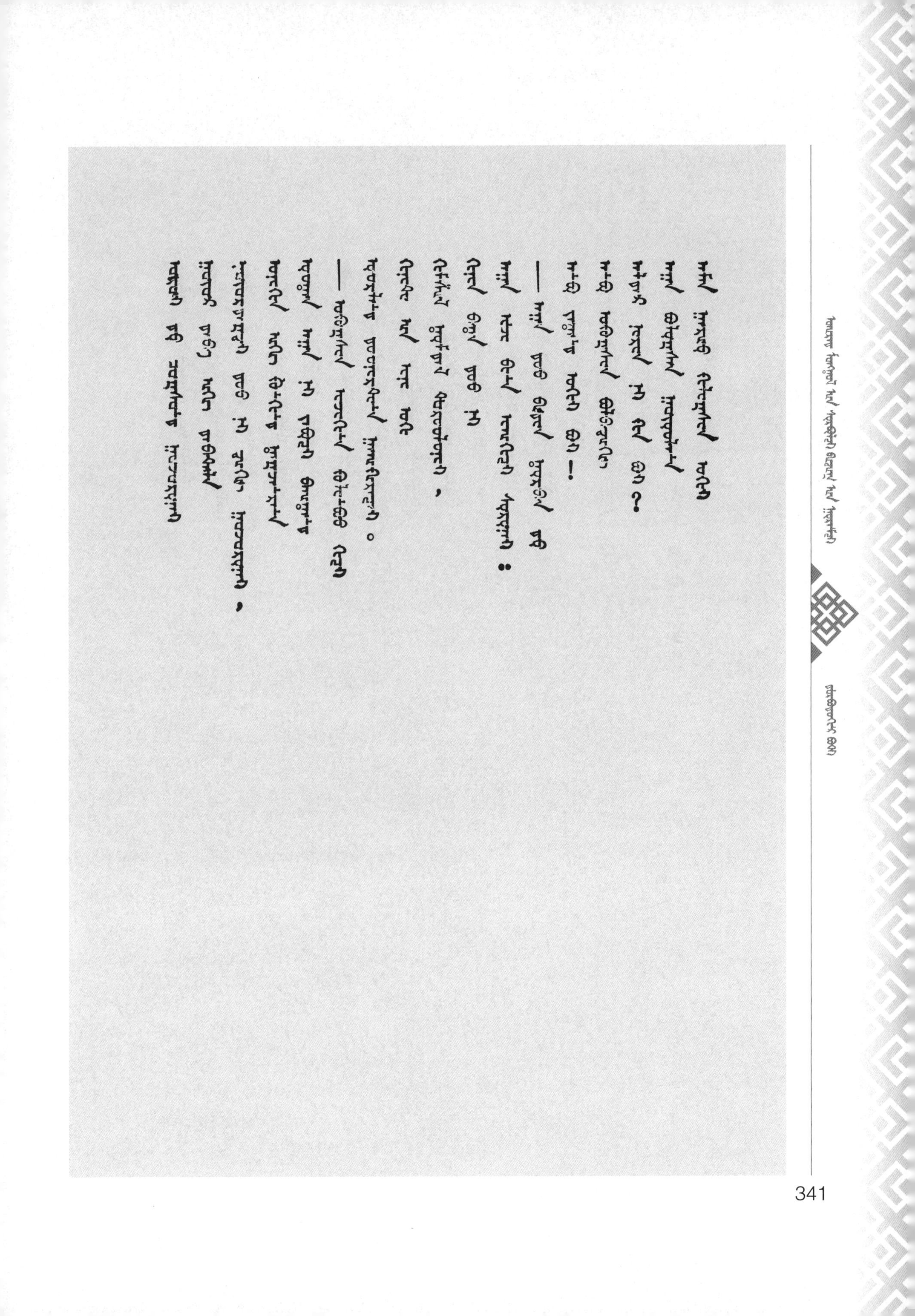

[illegible]
[illegible]
[illegible] ?
[illegible]
[illegible] !
— [illegible]
[illegible] :
[illegible]
[illegible] ,
[illegible]
[illegible] 。
— [illegible]
[illegible]
[illegible]
[illegible] ,
[illegible]
[illegible]

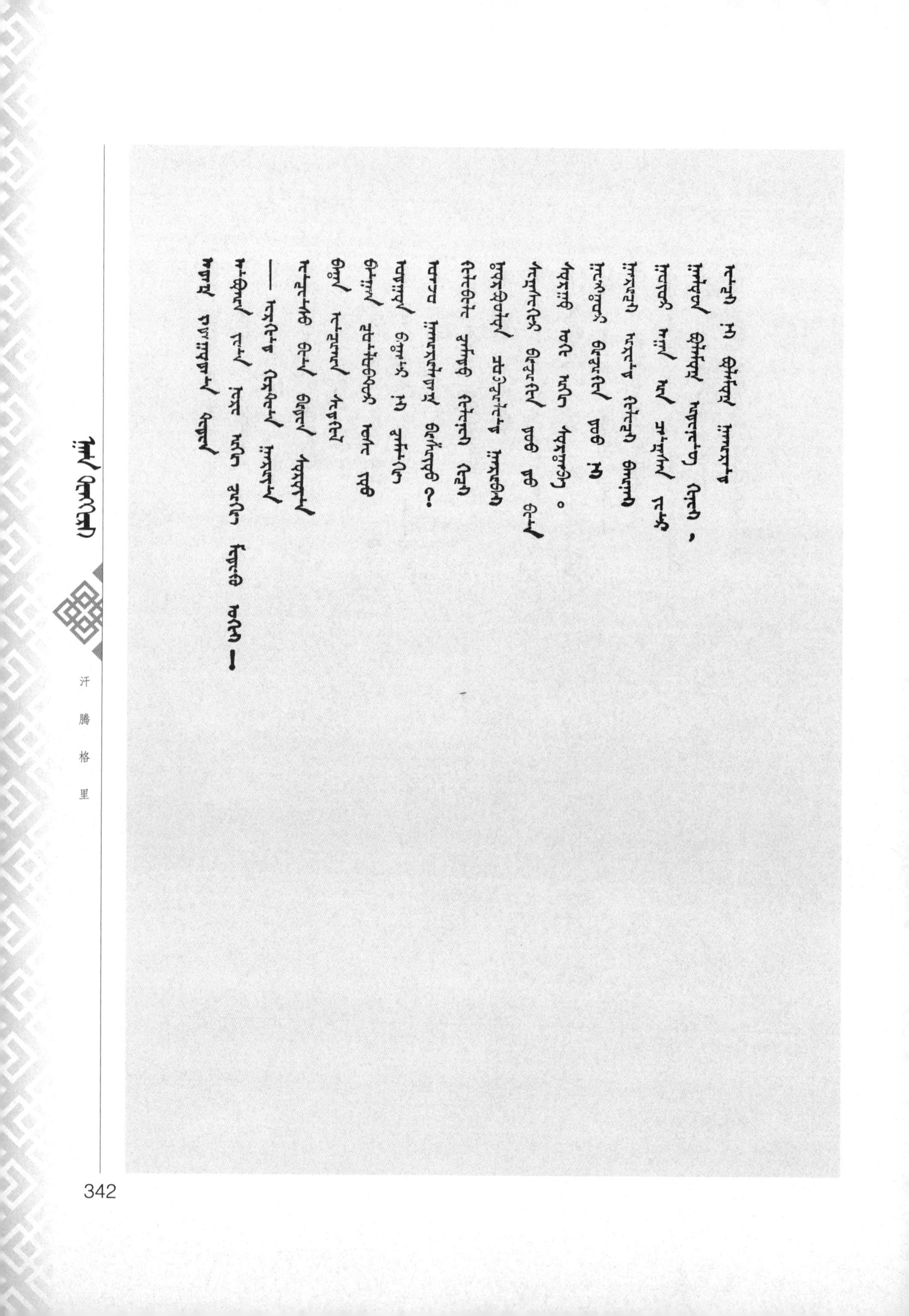

[illegible]
[illegible]
[illegible]
[illegible]
[illegible]
[illegible]
[illegible]
[illegible]
[illegible]
[illegible]
[illegible]
[illegible]
[illegible]
[illegible]
[illegible]
[illegible]
[illegible]

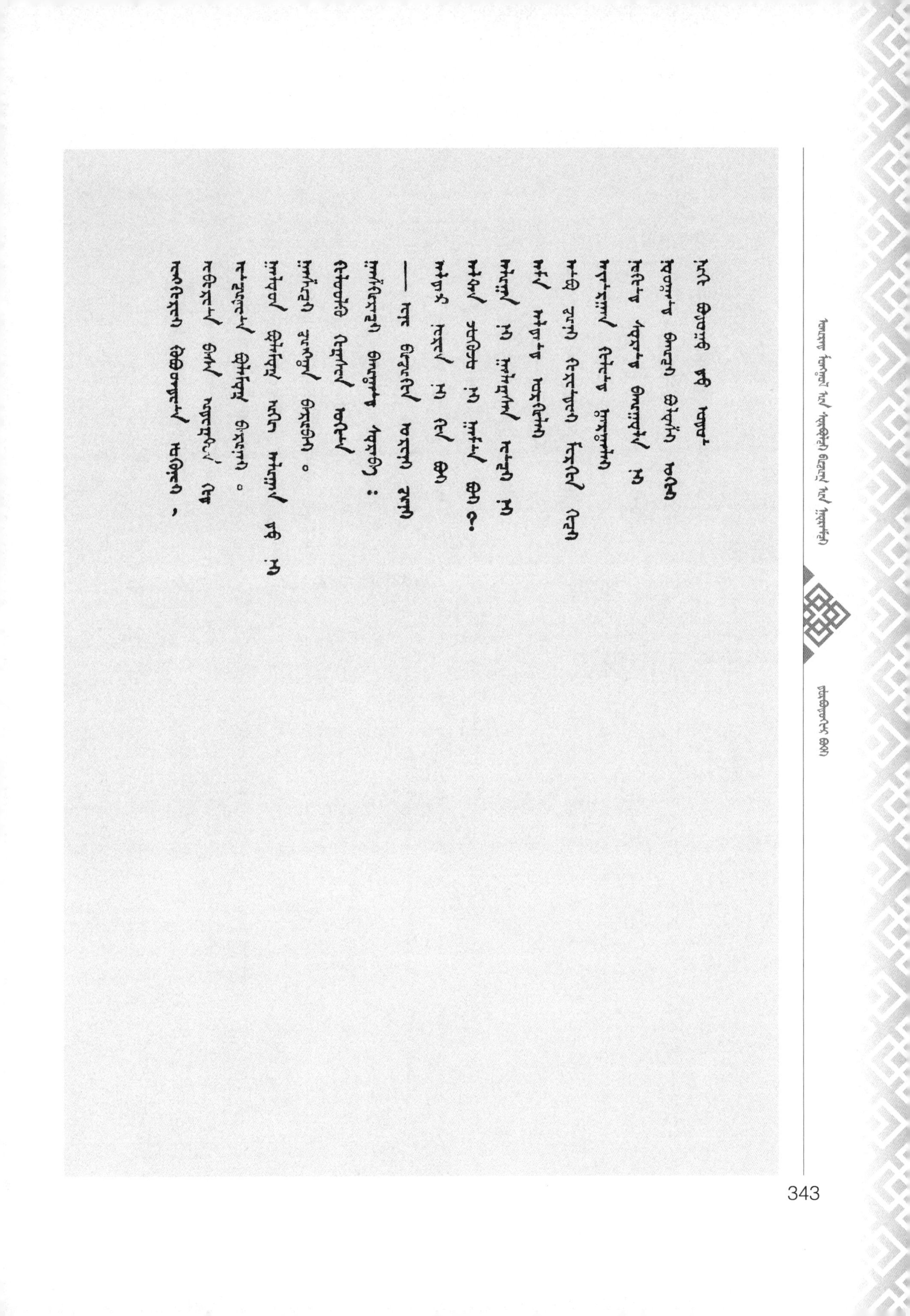

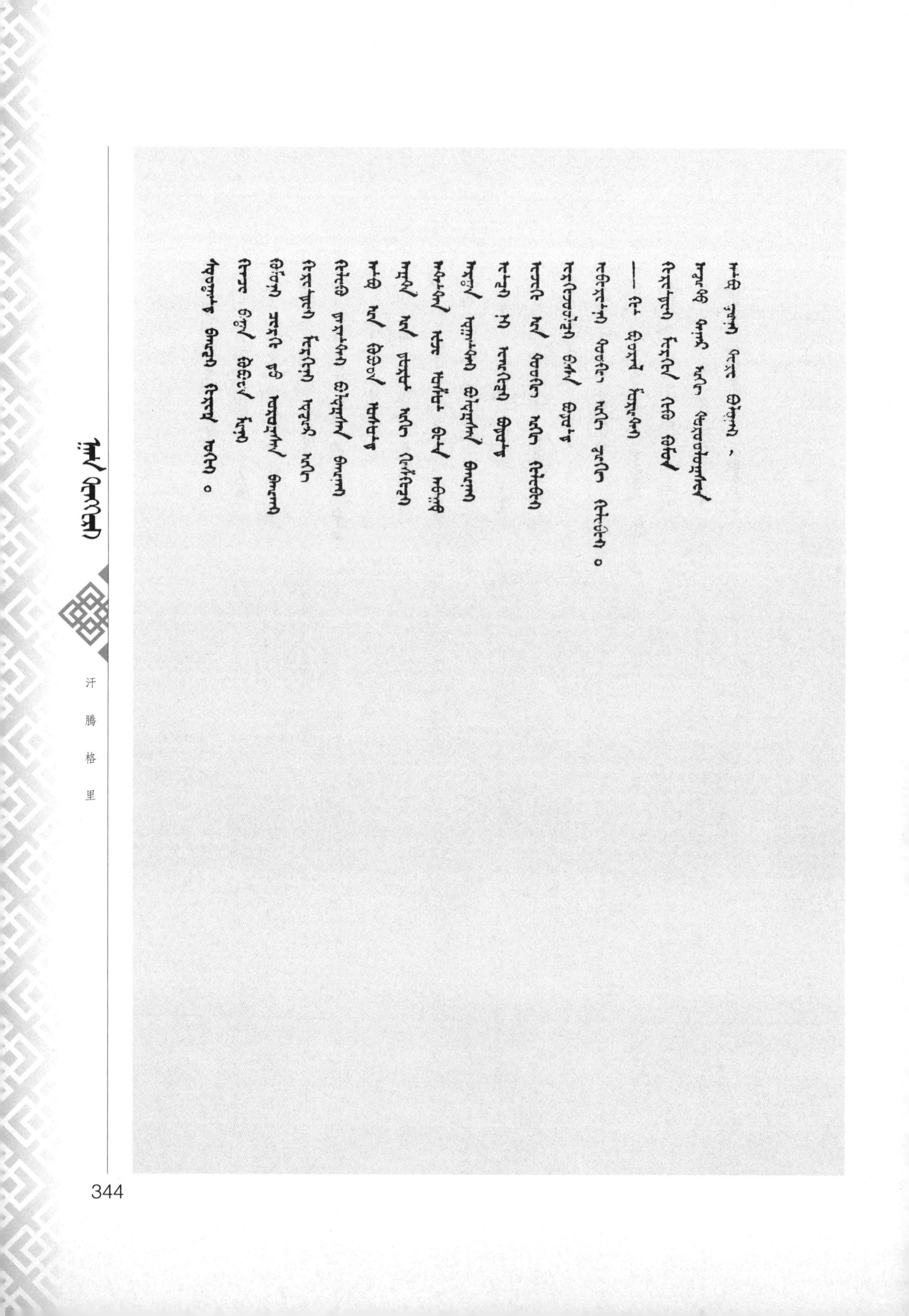

[illegible]
[illegible]
[illegible]
[illegible]
[illegible]
[illegible]
[illegible]
[illegible]
[illegible]
[illegible]
[illegible]
[illegible]
[illegible]
[illegible]
[illegible]
[illegible]
[illegible]

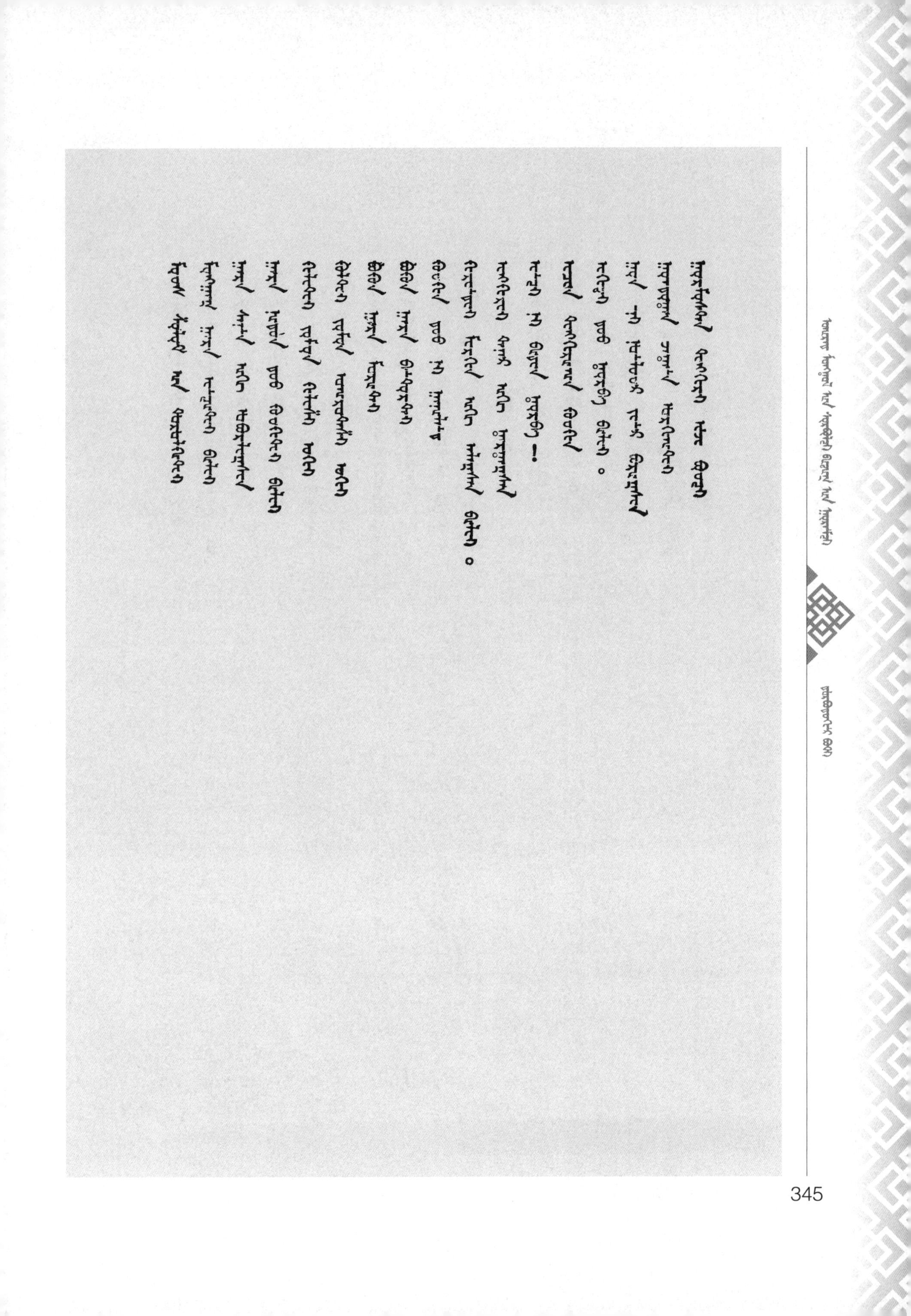

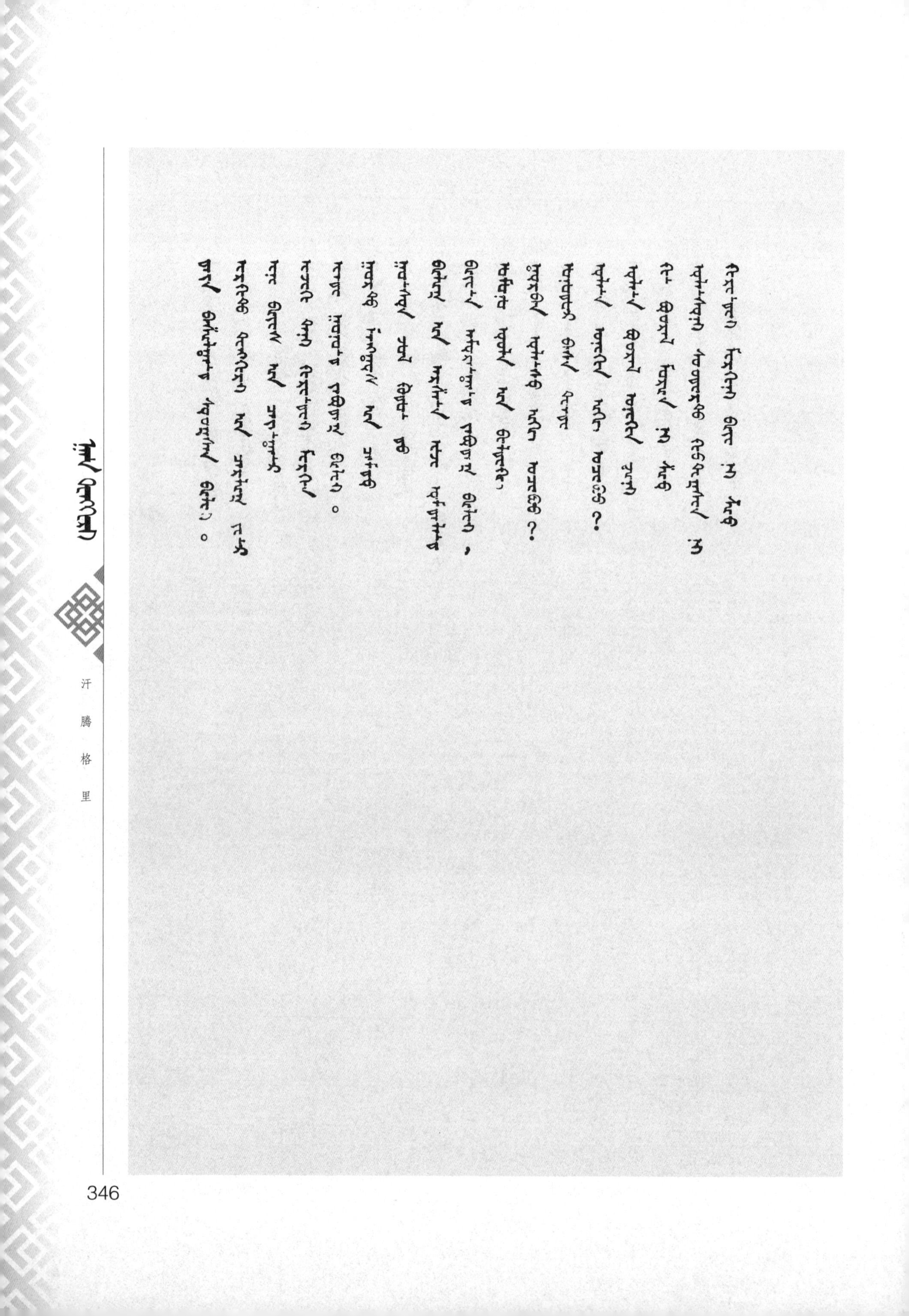

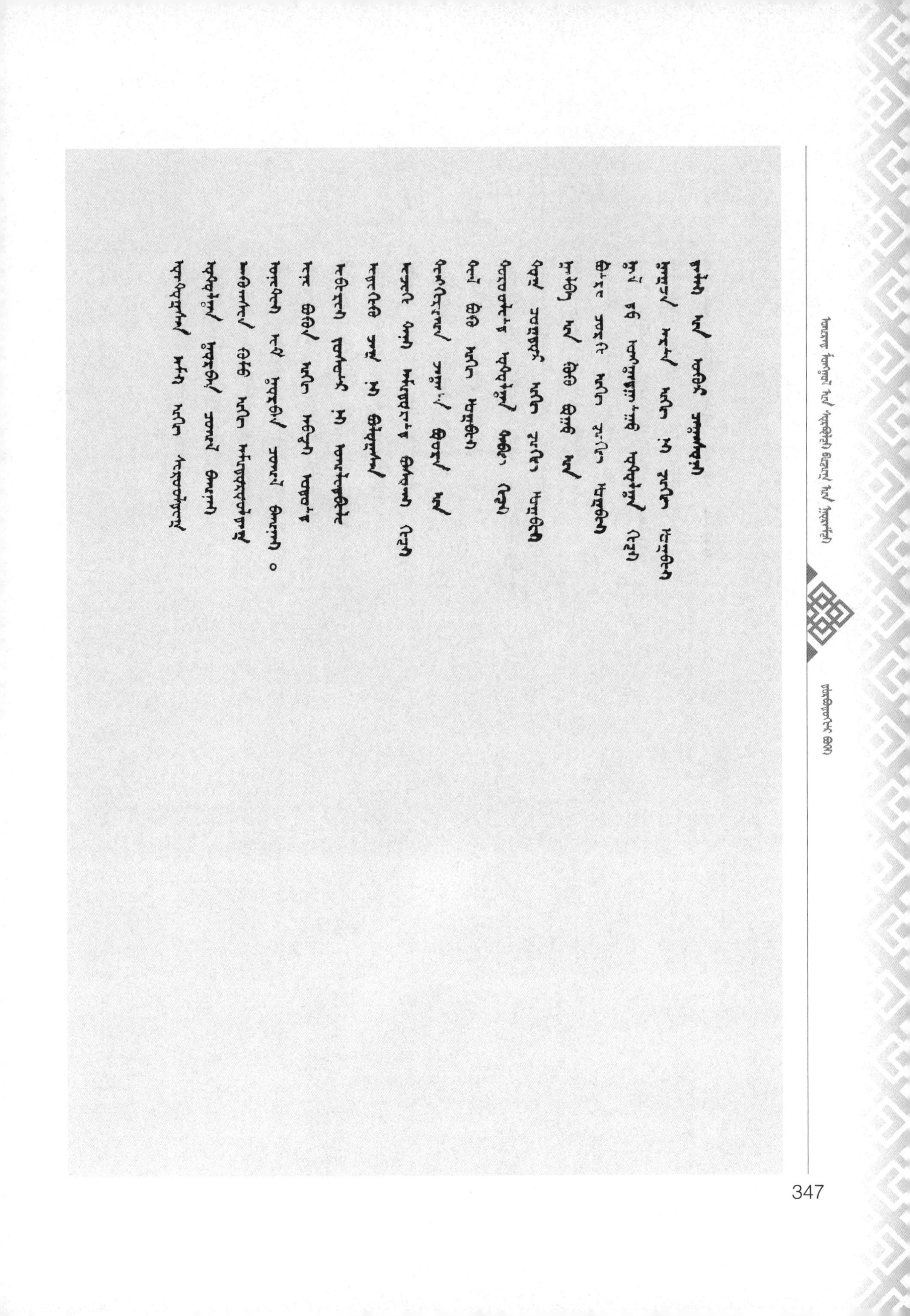

[illegible]

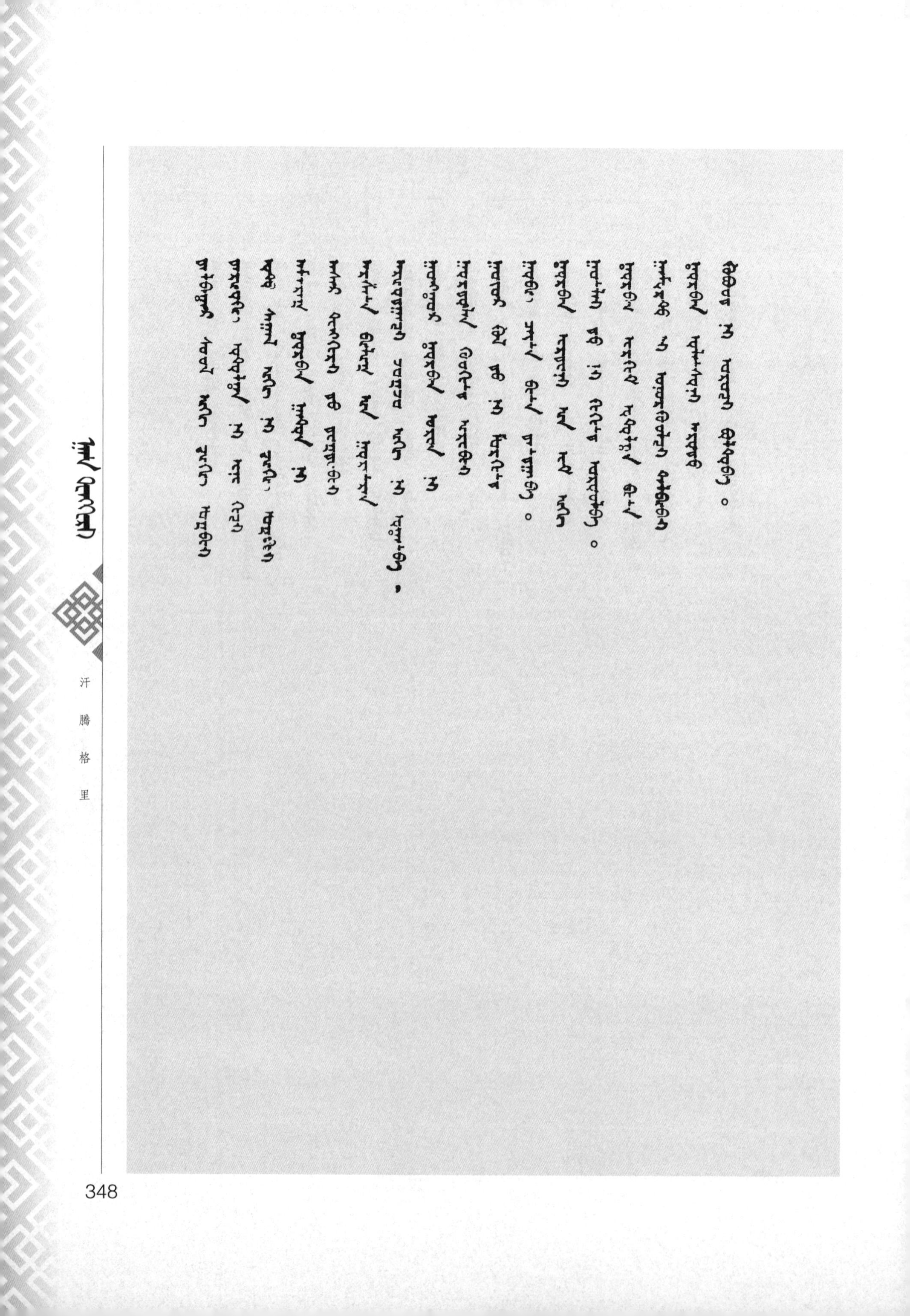

[illegible]
[illegible]
[illegible]
[illegible]
[illegible]
[illegible]
[illegible]
[illegible]
[illegible]
[illegible]
[illegible]
[illegible]
[illegible]
[illegible]
[illegible]
[illegible]
[illegible]
[illegible]

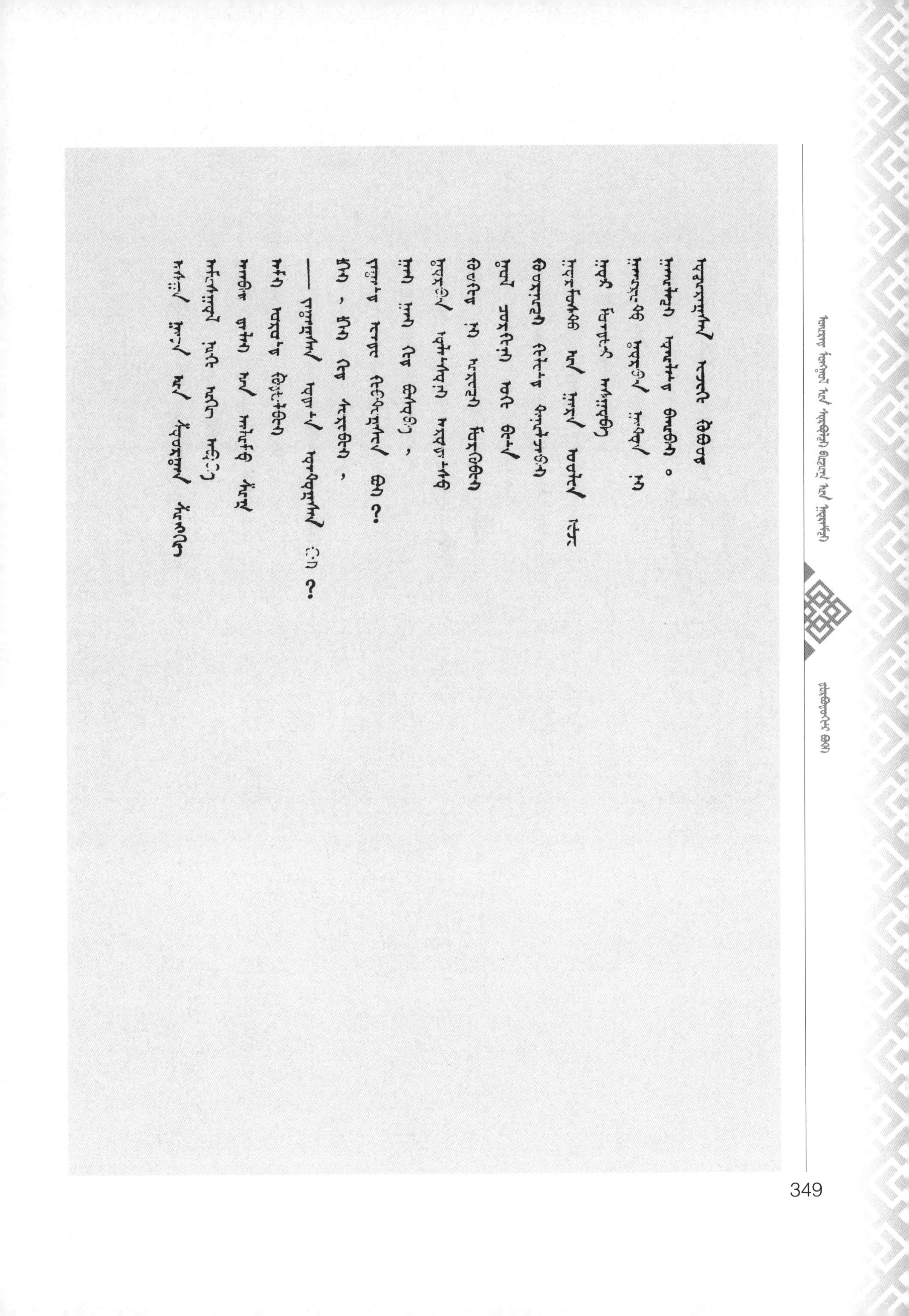

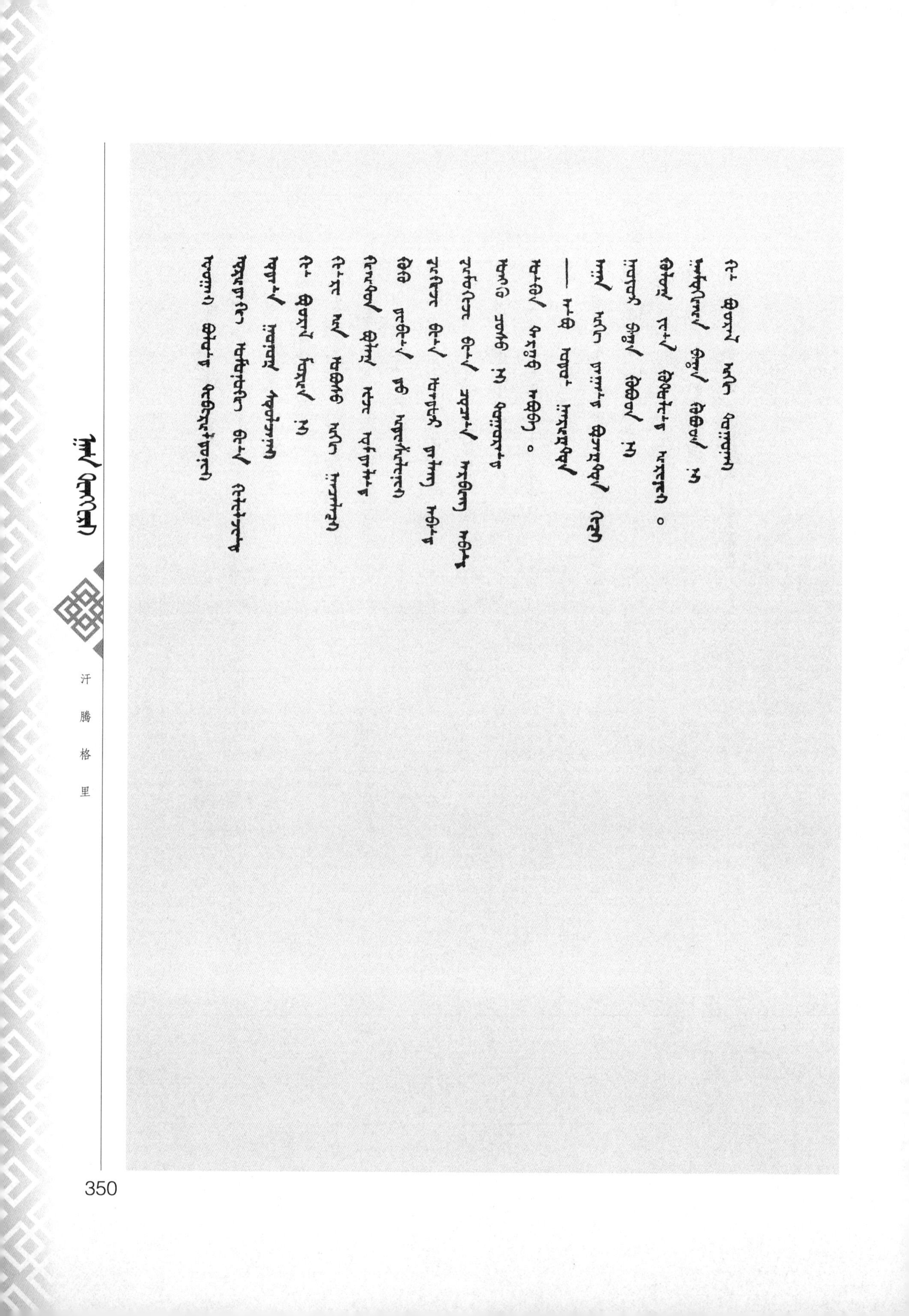

[illegible]
[illegible]
[illegible]
[illegible]
[illegible]
[illegible]
[illegible]
[illegible]
[illegible]
[illegible]
[illegible]
[illegible]
[illegible]
[illegible]
[illegible]
[illegible]
[illegible]

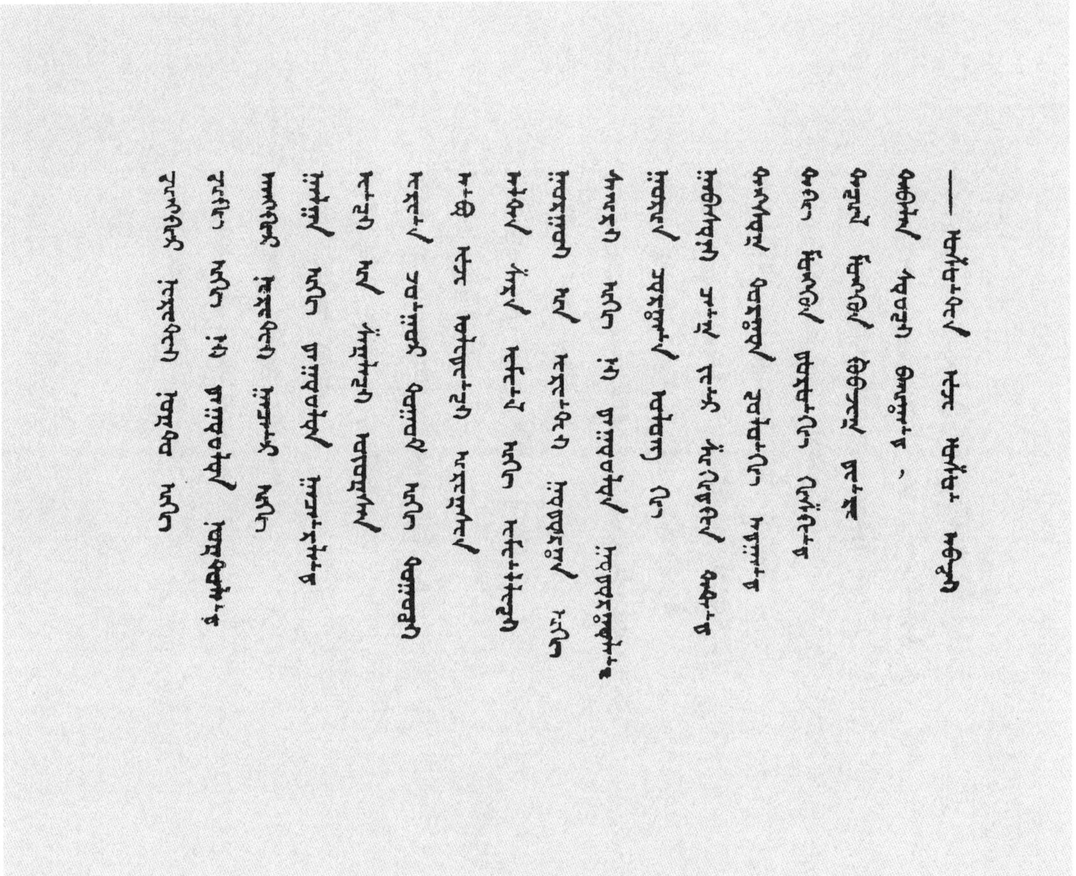

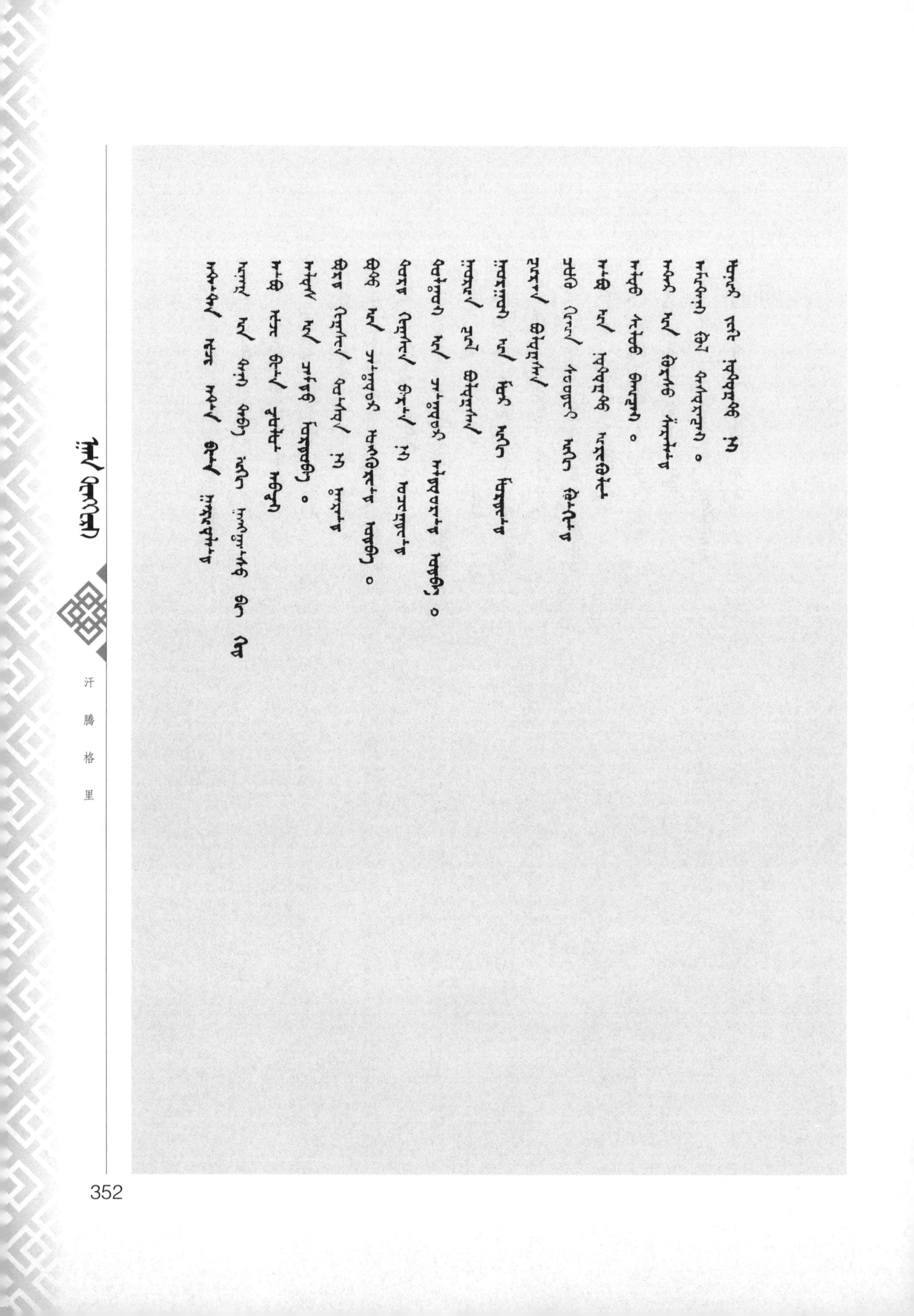

[illegible]

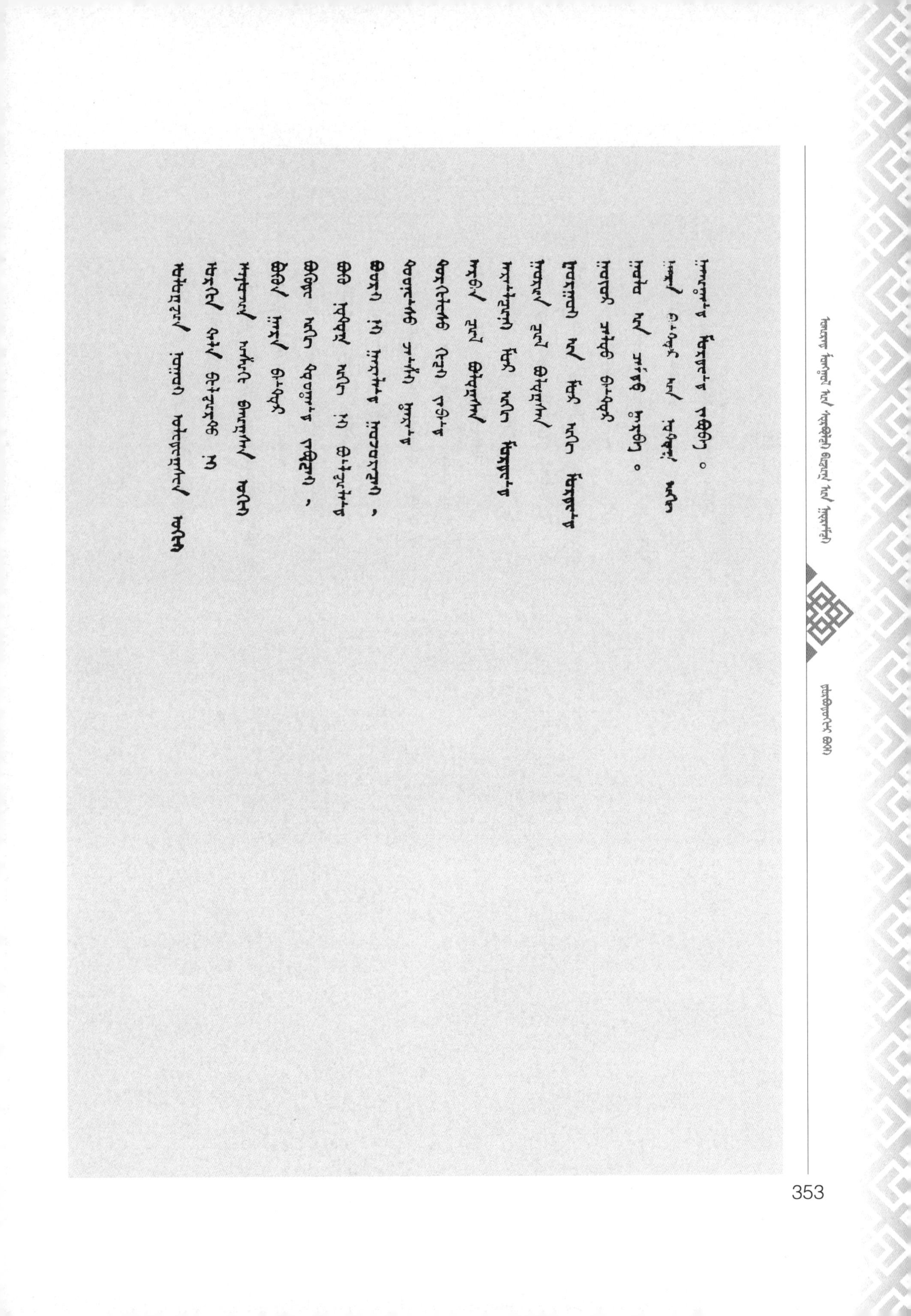

[illegible]

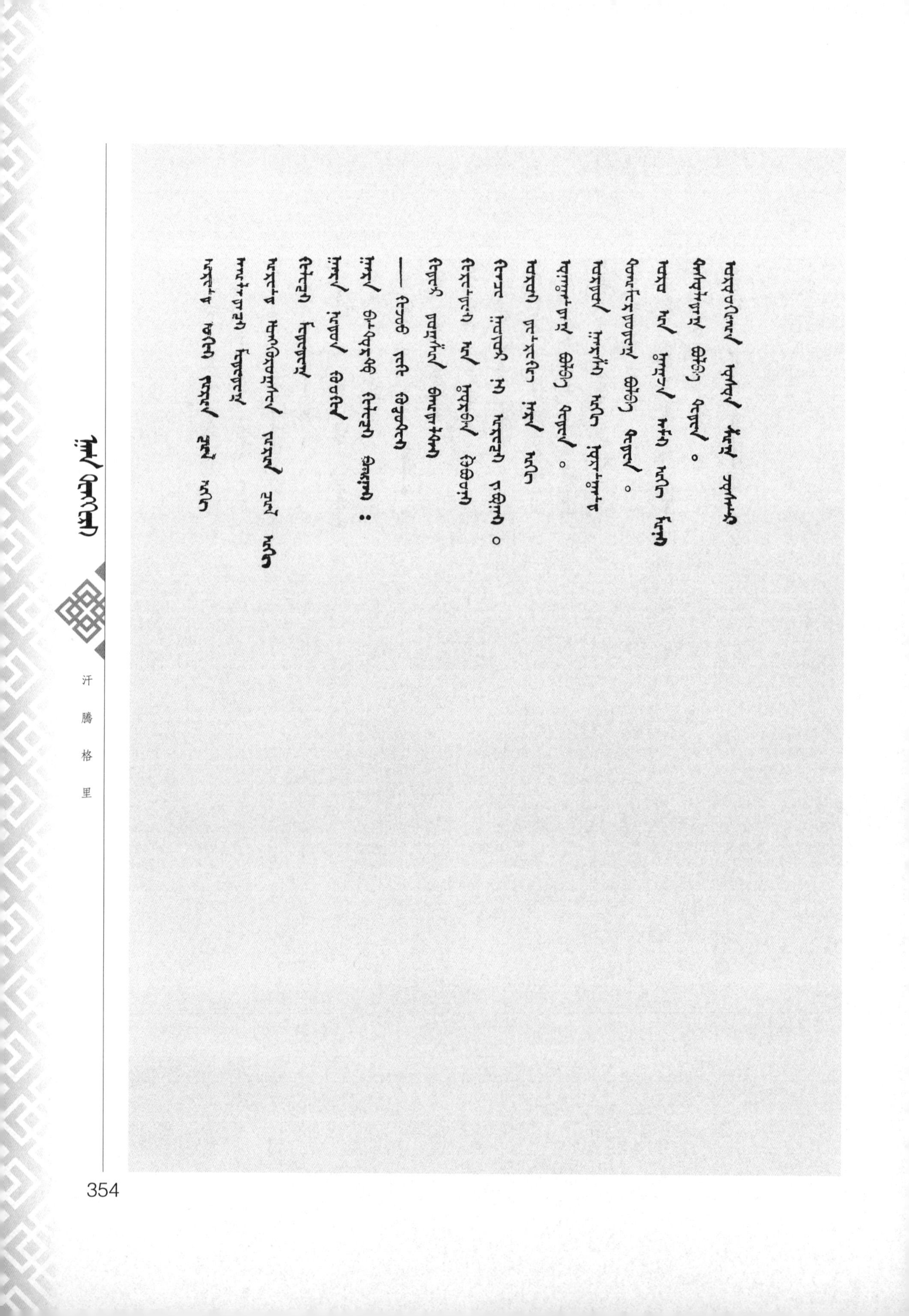

[illegible]

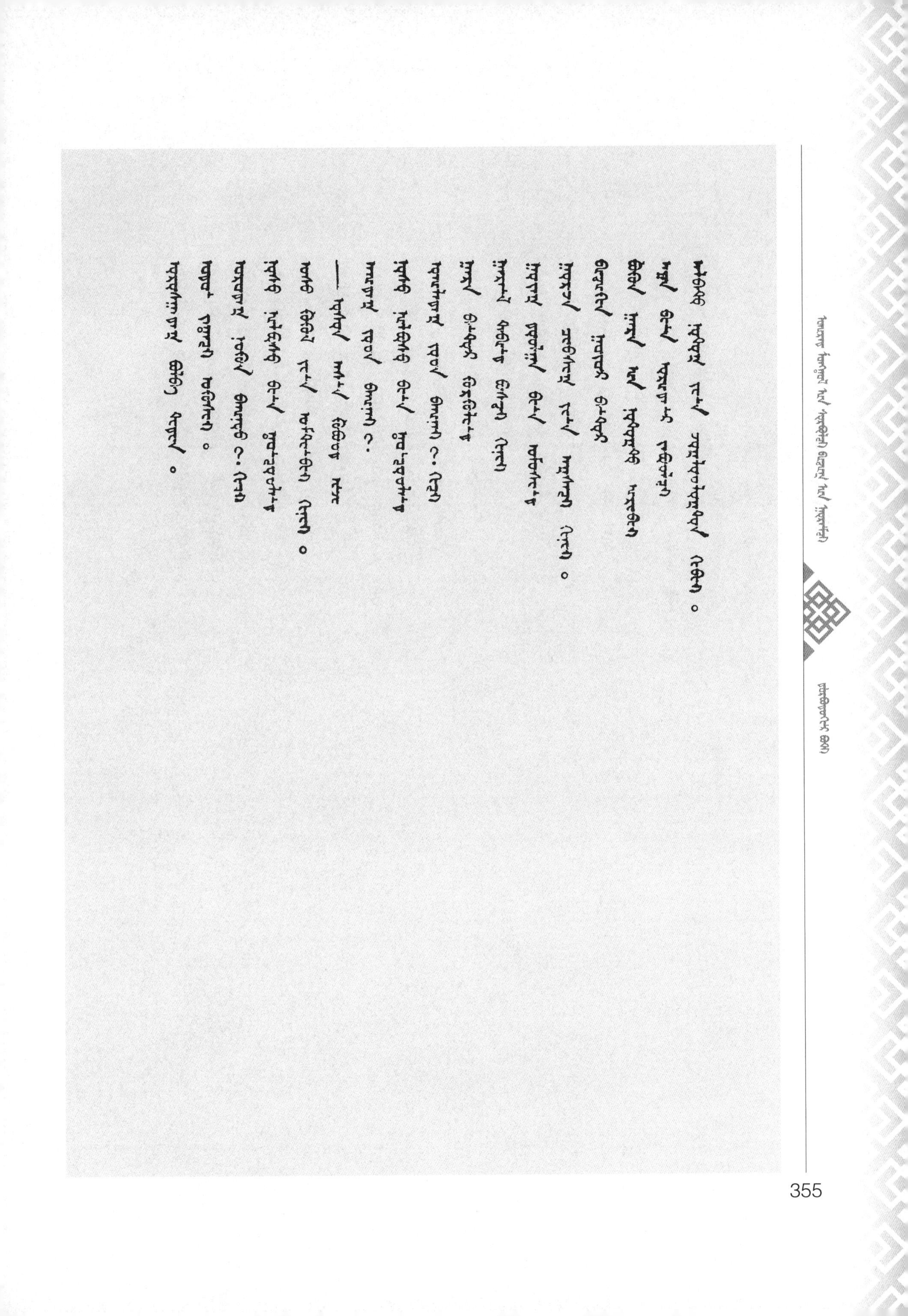

[illegible]
[illegible]
[illegible]
[illegible]
[illegible]
[illegible]
[illegible]
[illegible]
[illegible]
[illegible]
[illegible]
[illegible]
[illegible]
[illegible]
[illegible]
[illegible]
[illegible]

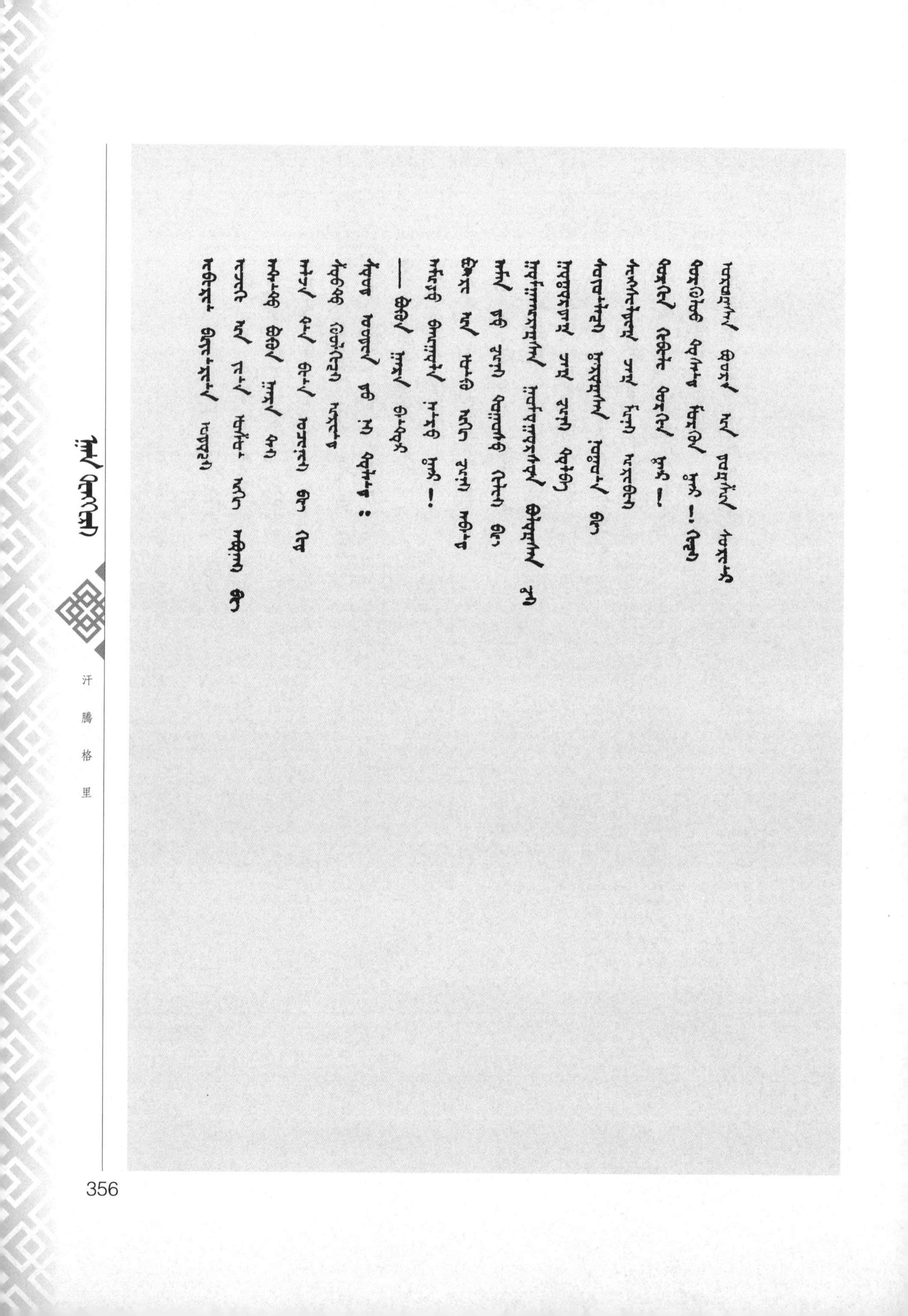

[illegible]
[illegible]
[illegible]
[illegible]
[illegible]
[illegible]
[illegible]
[illegible]
[illegible]
[illegible]
[illegible]
[illegible]
[illegible]
[illegible]
[illegible]
[illegible]
[illegible]

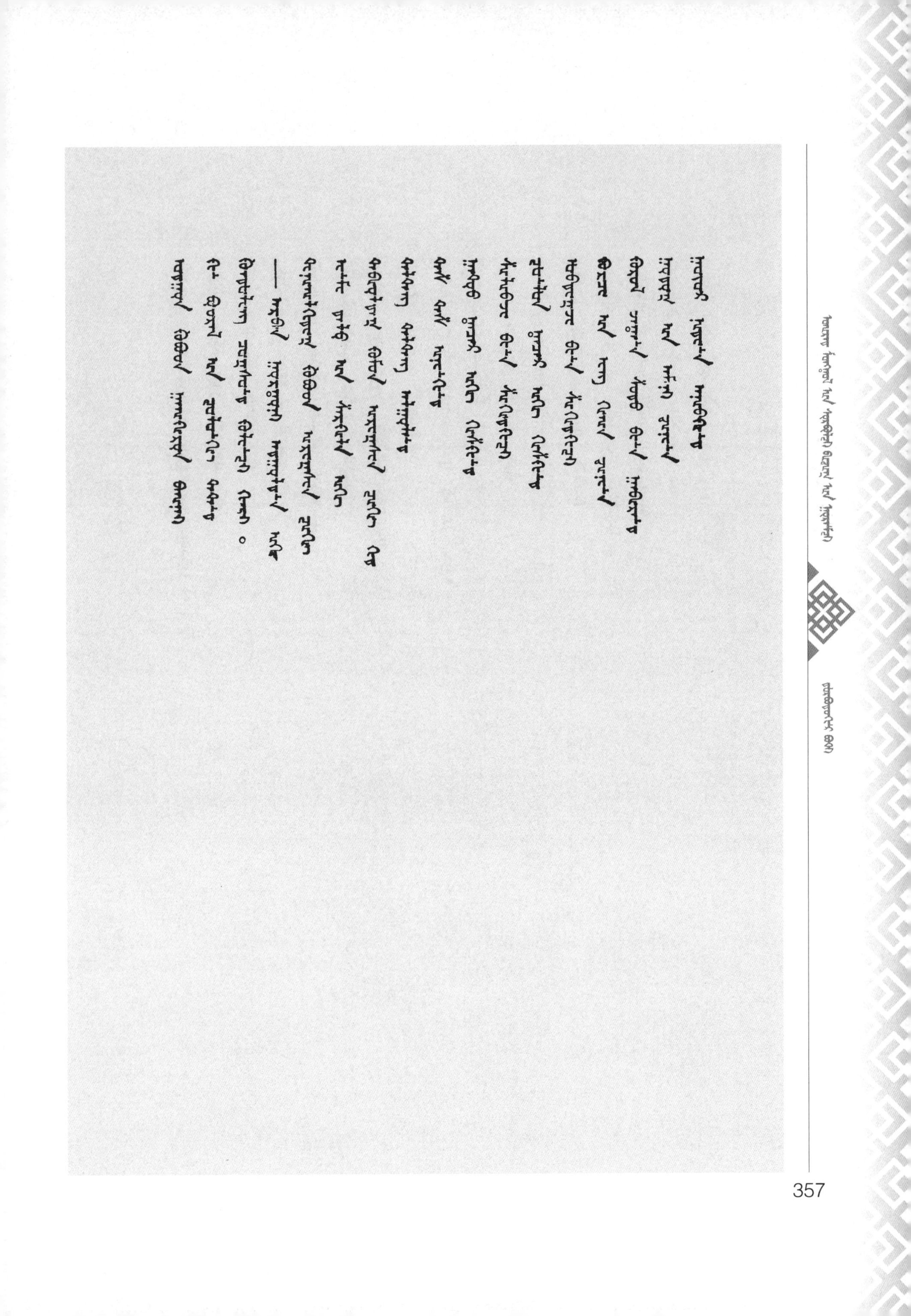

[illegible]
[illegible]
[illegible]
[illegible]
[illegible]
[illegible]
[illegible]
[illegible]
[illegible]
[illegible]
[illegible]
[illegible]
[illegible]
— [illegible]
[illegible] ◦
[illegible]
[illegible]

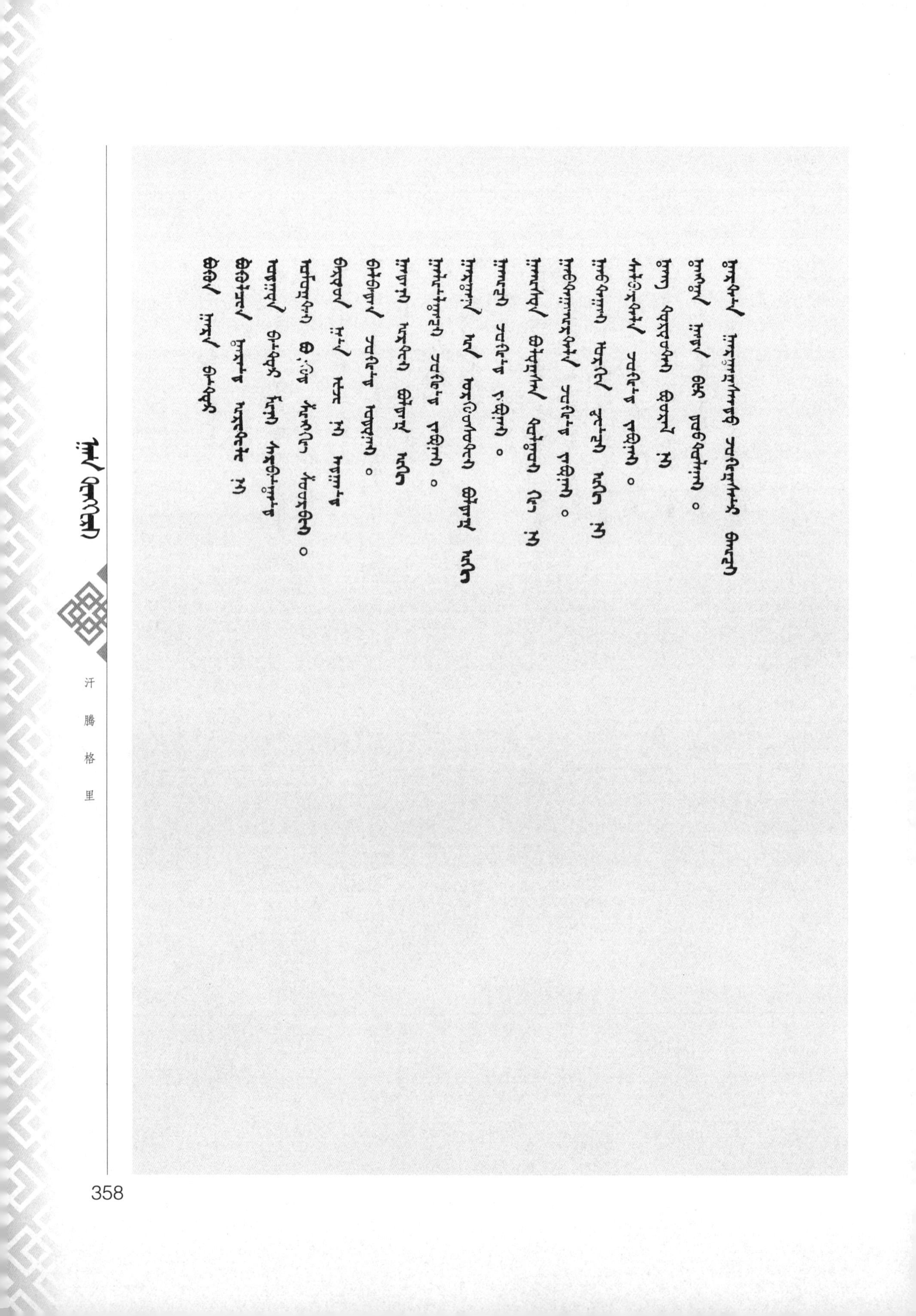

[illegible]

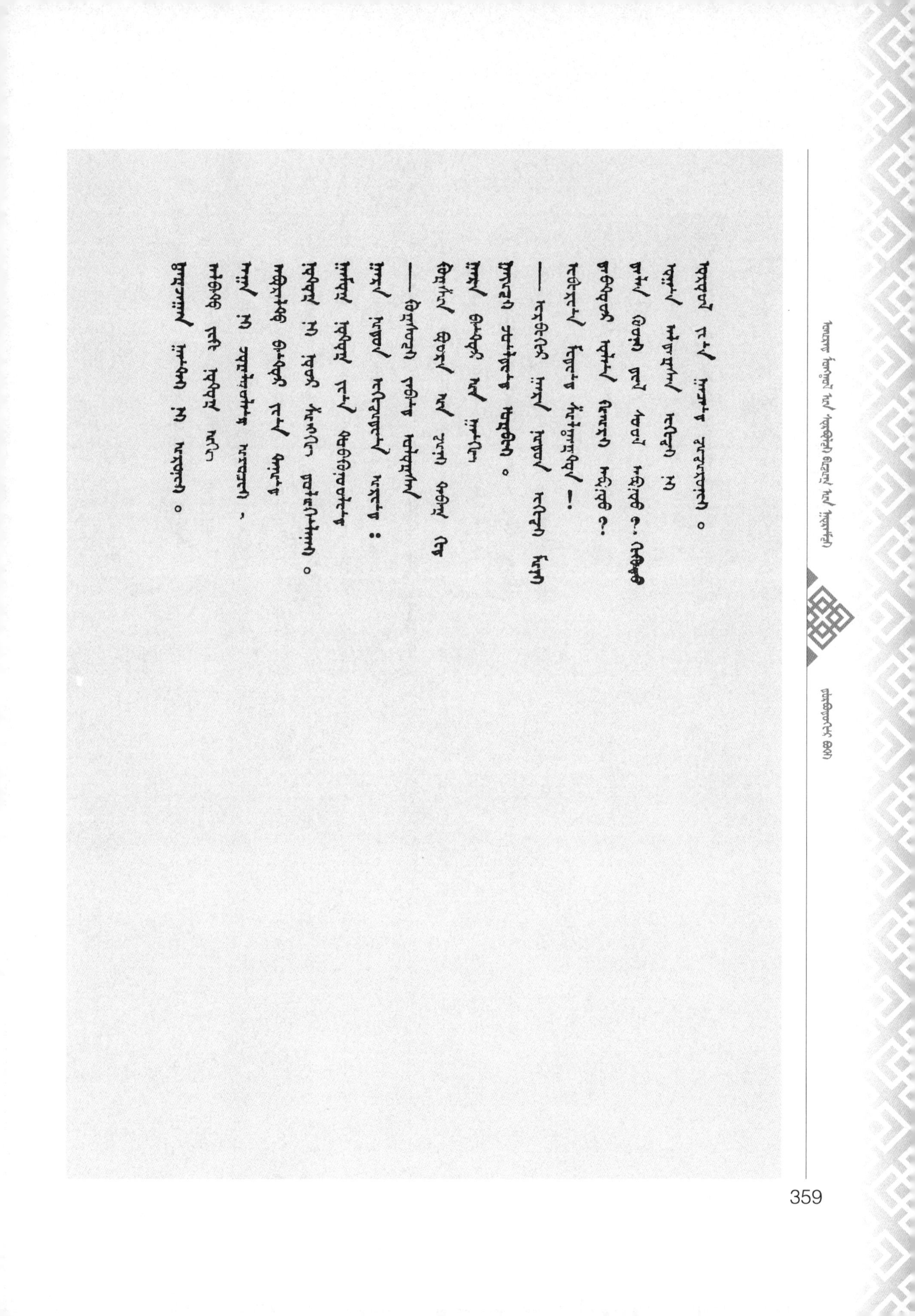

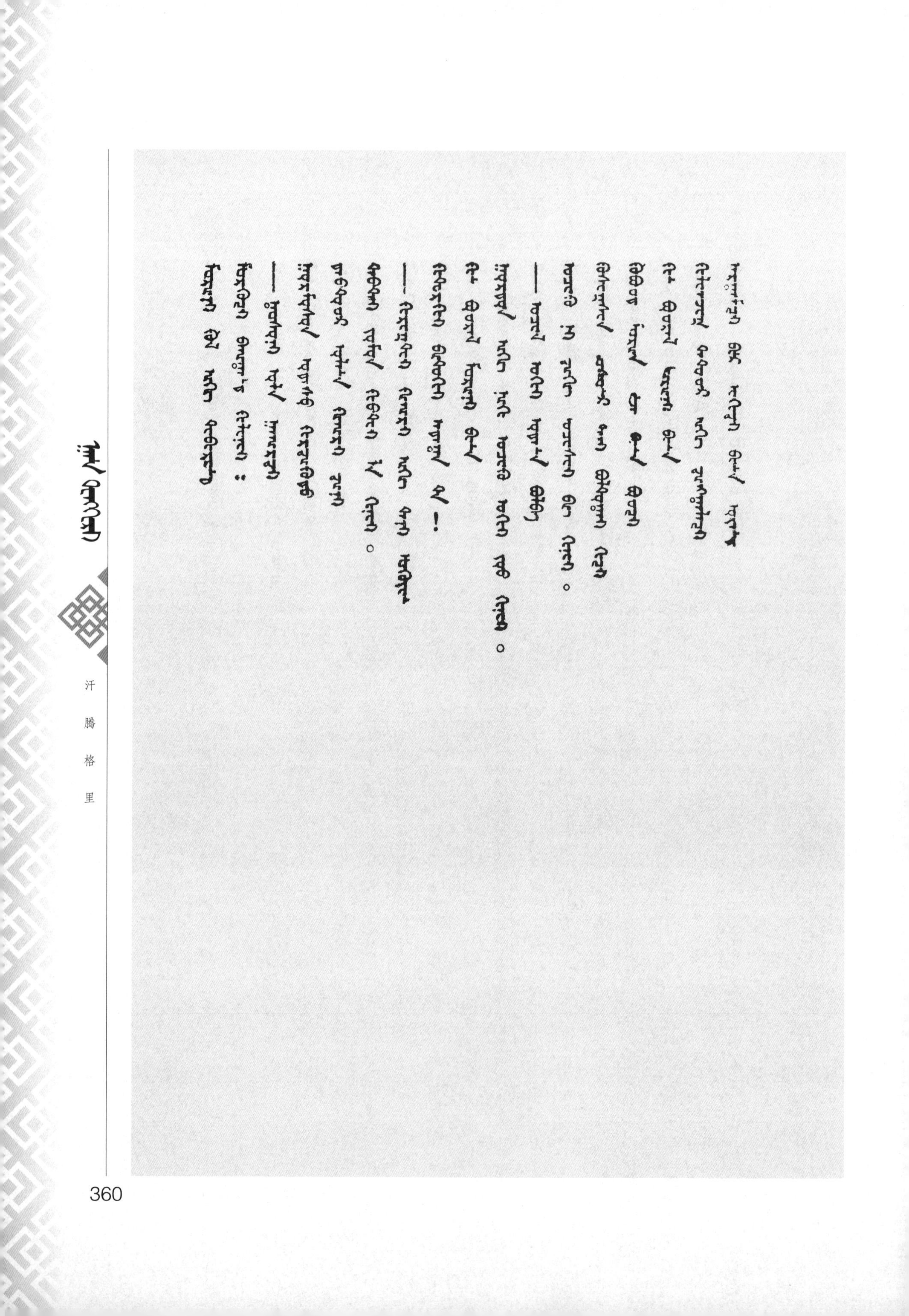

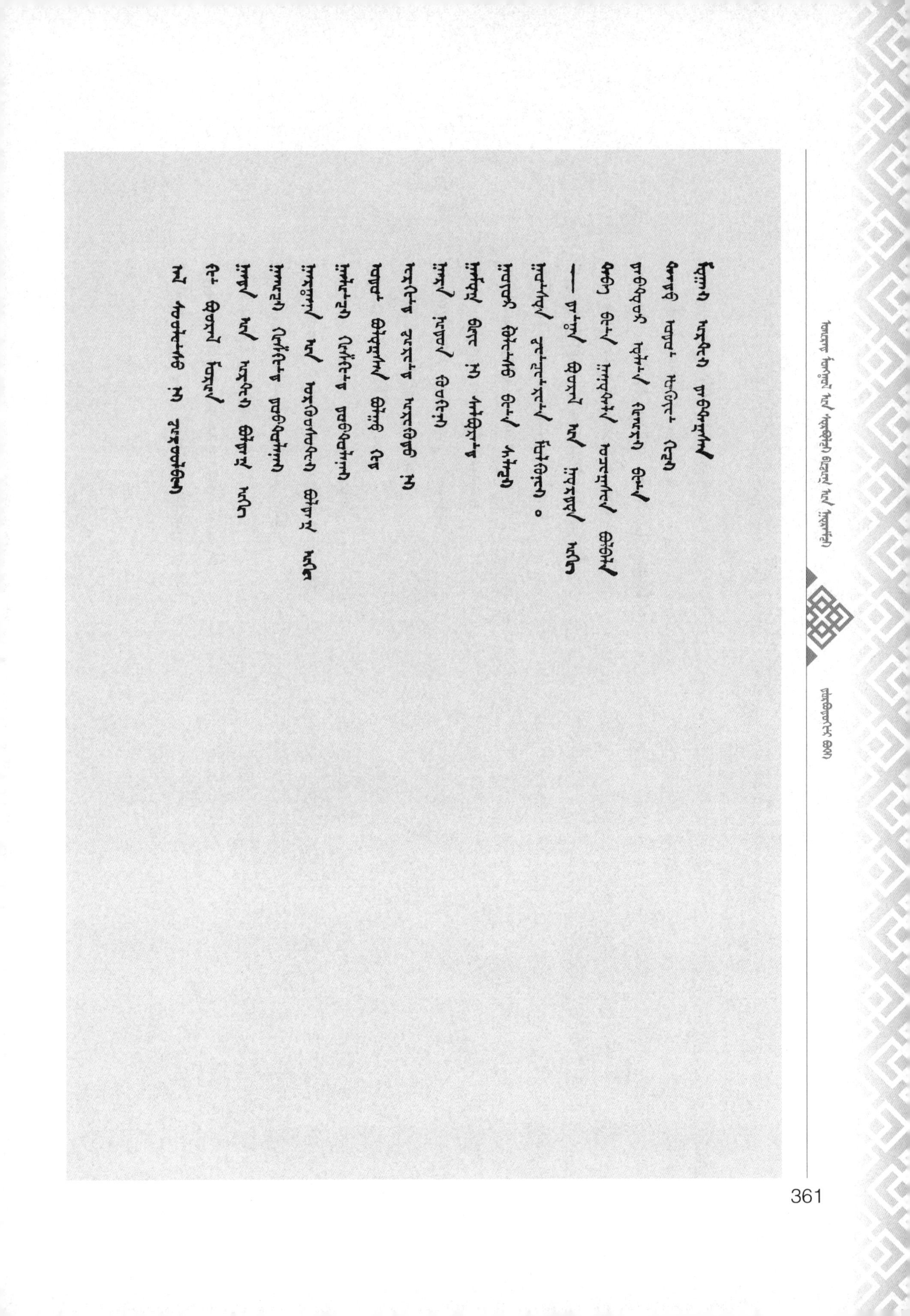

[illegible]
[illegible]
[illegible]
[illegible]
[illegible]
[illegible]
[illegible]
[illegible]
[illegible]
[illegible]
[illegible]
[illegible]
[illegible]
[illegible]
[illegible]
[illegible]
[illegible]

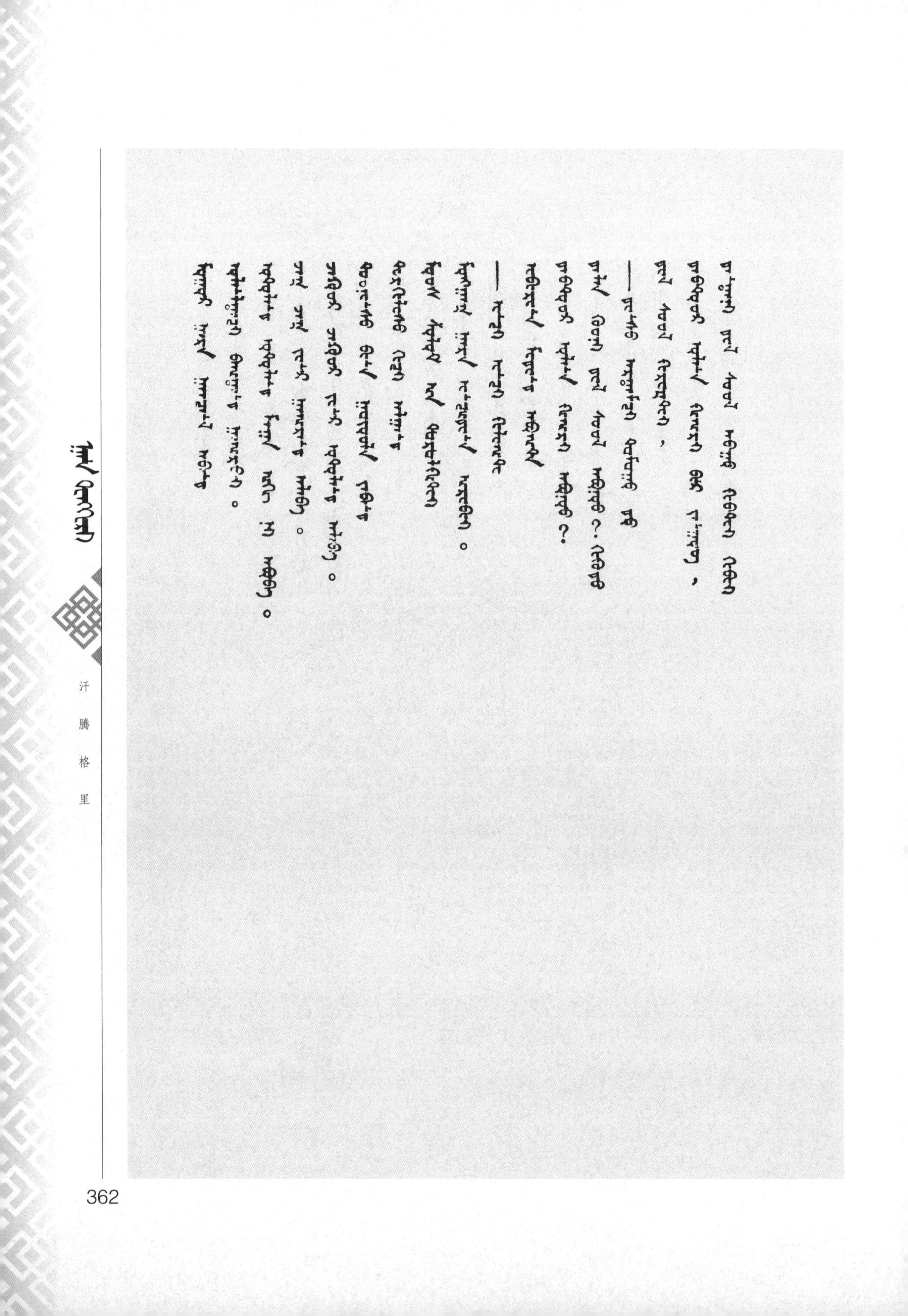

[illegible]
[illegible]
[illegible]
[illegible]
[illegible]
[illegible]
[illegible]
[illegible]
[illegible]
[illegible]
[illegible]
[illegible]
[illegible]
[illegible]
[illegible]
[illegible]
[illegible]

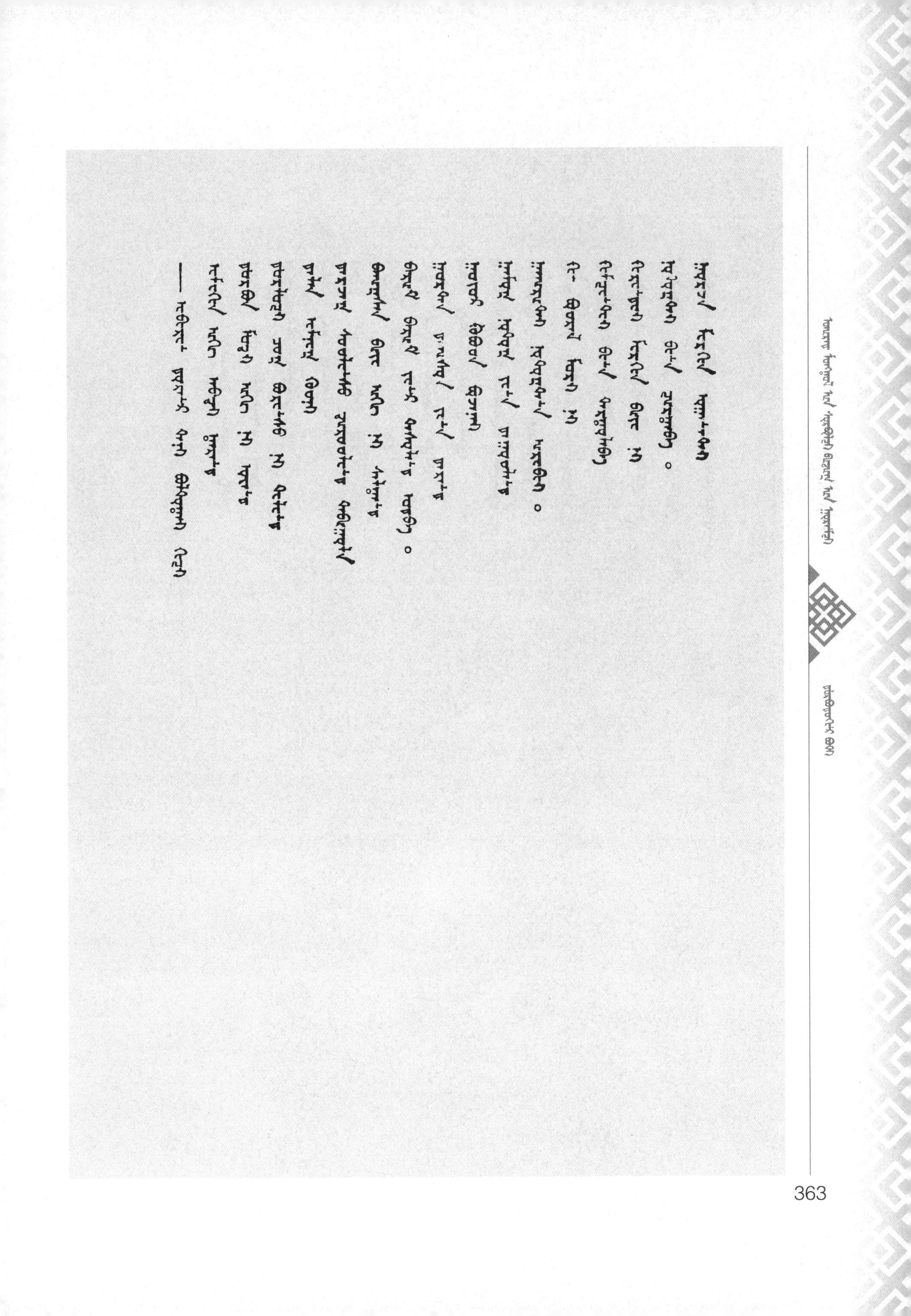

[illegible]
[illegible] ○
[illegible]
[illegible]
[illegible]
[illegible] ○
[illegible]
[illegible]
[illegible]
[illegible] ○
[illegible]
[illegible]
[illegible]
[illegible]
[illegible]
[illegible]
—— [illegible]

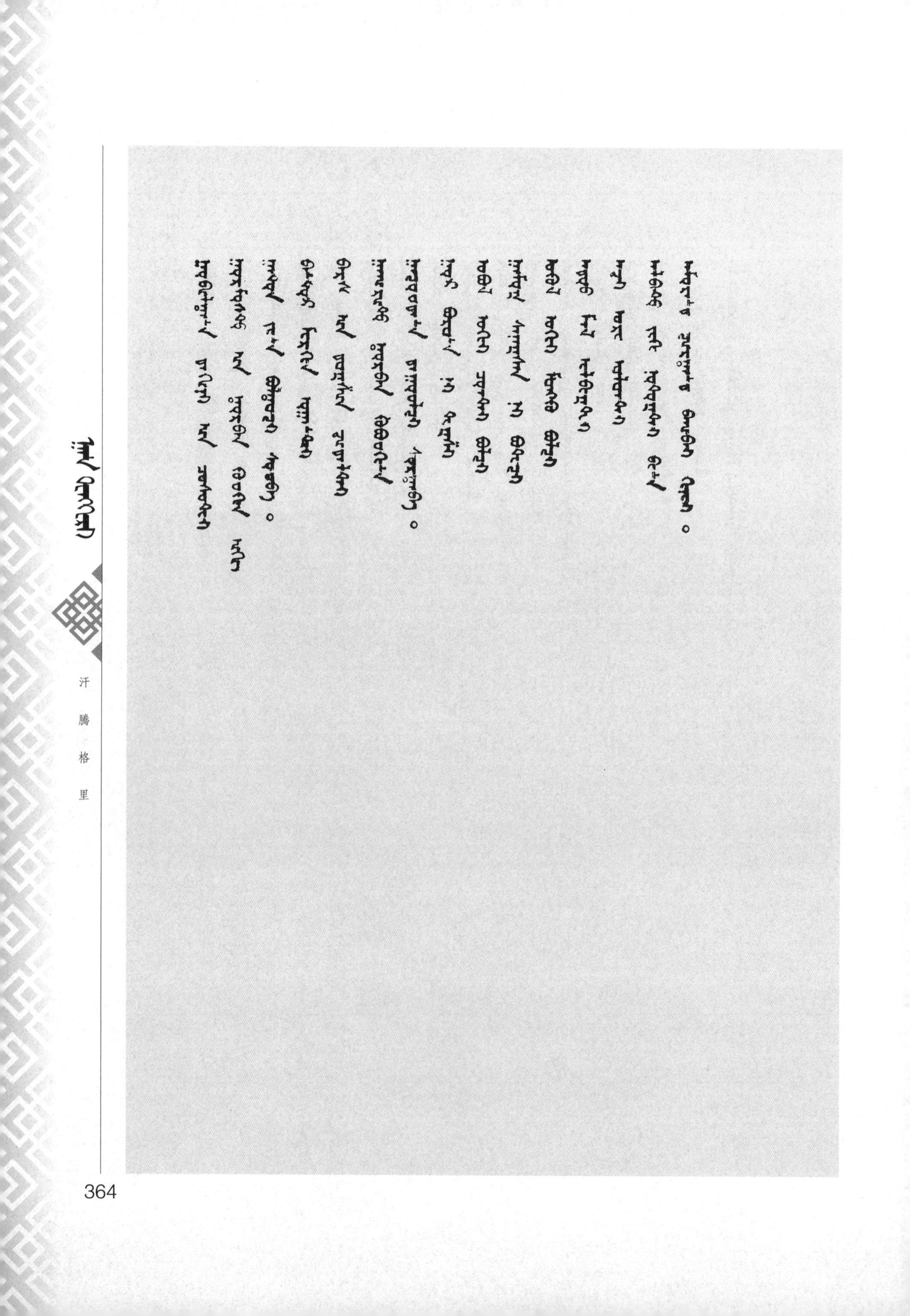

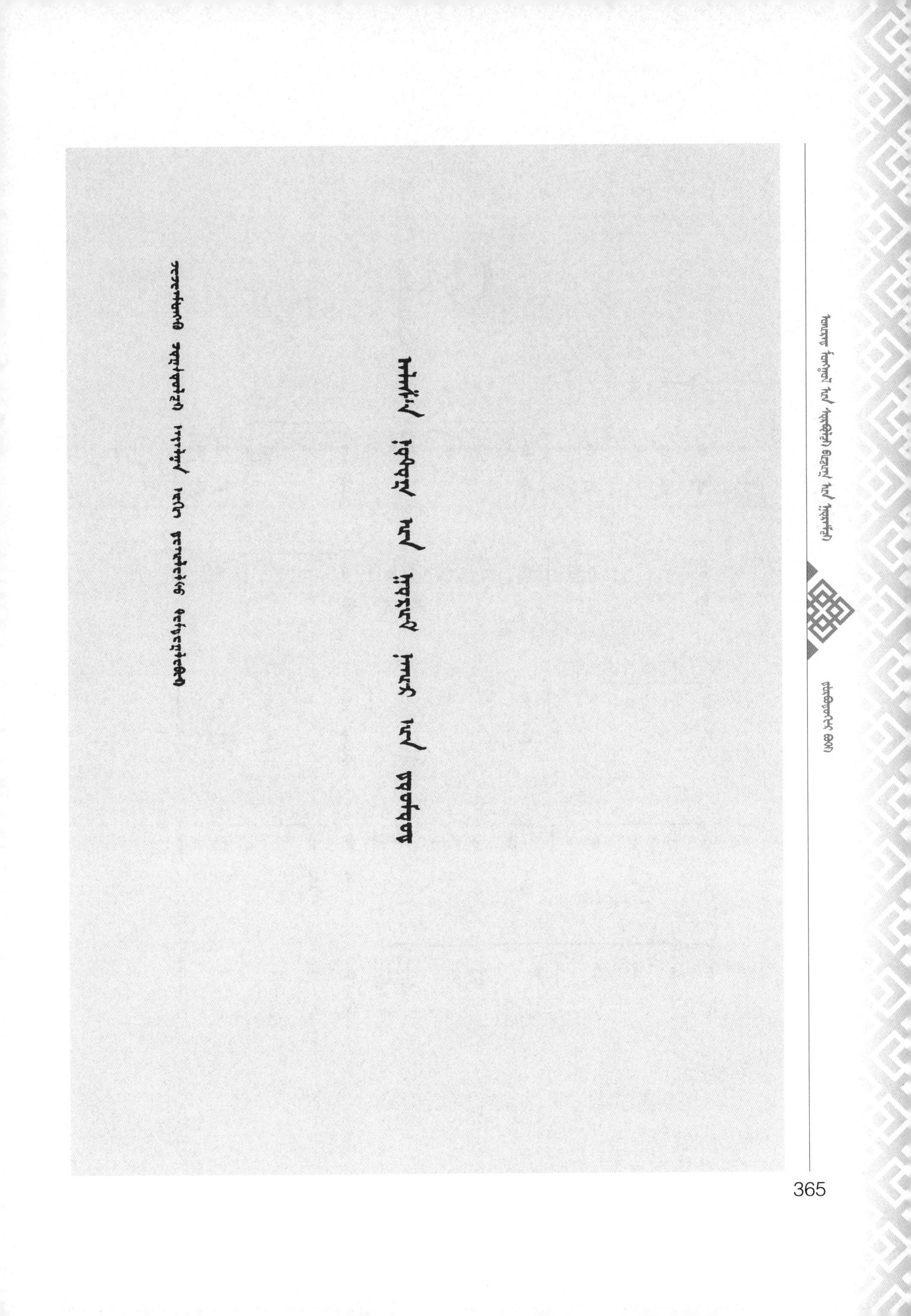

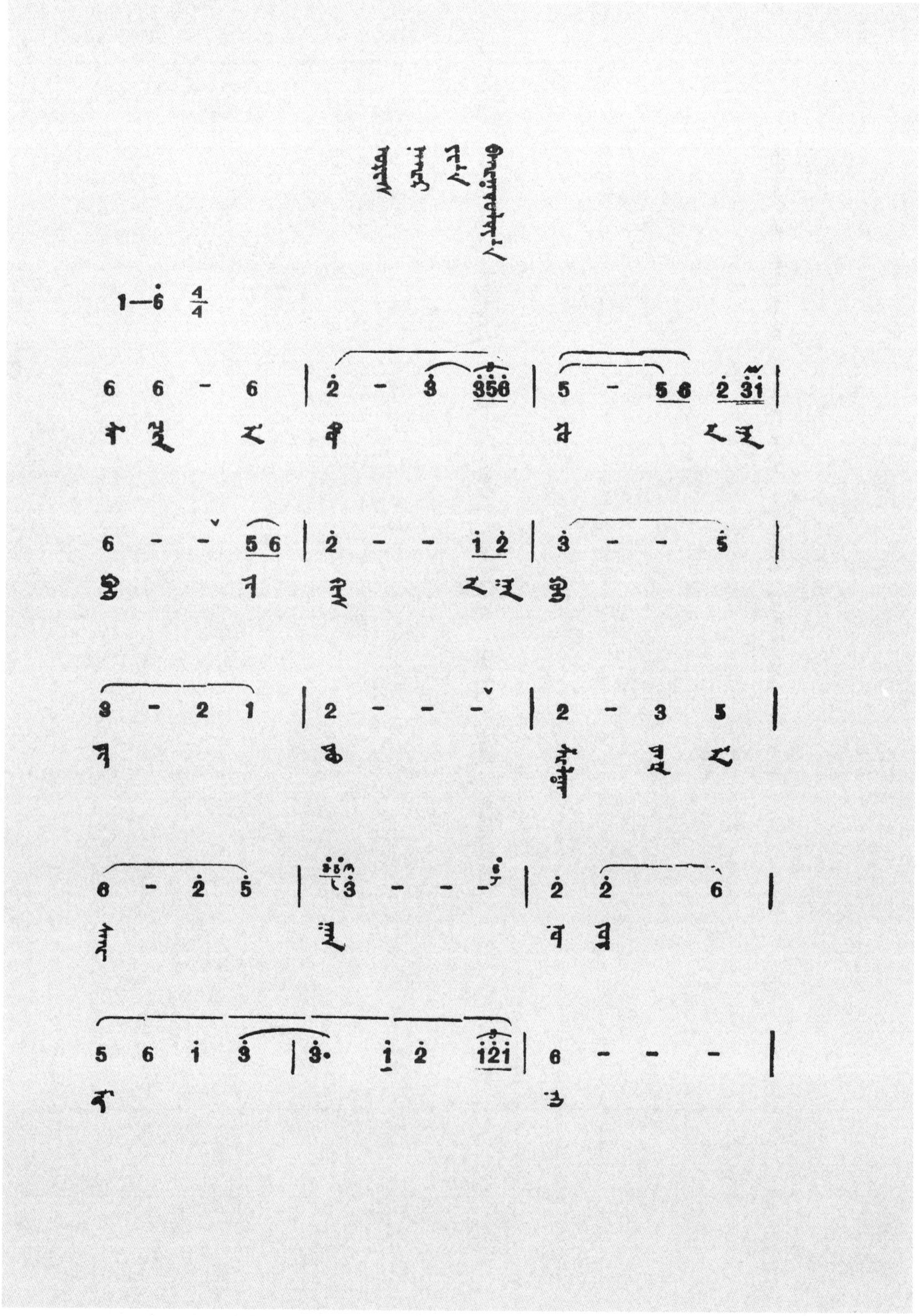

[illegible]
[illegible]
[illegible]

[illegible]
[illegible]
[illegible]
[illegible]

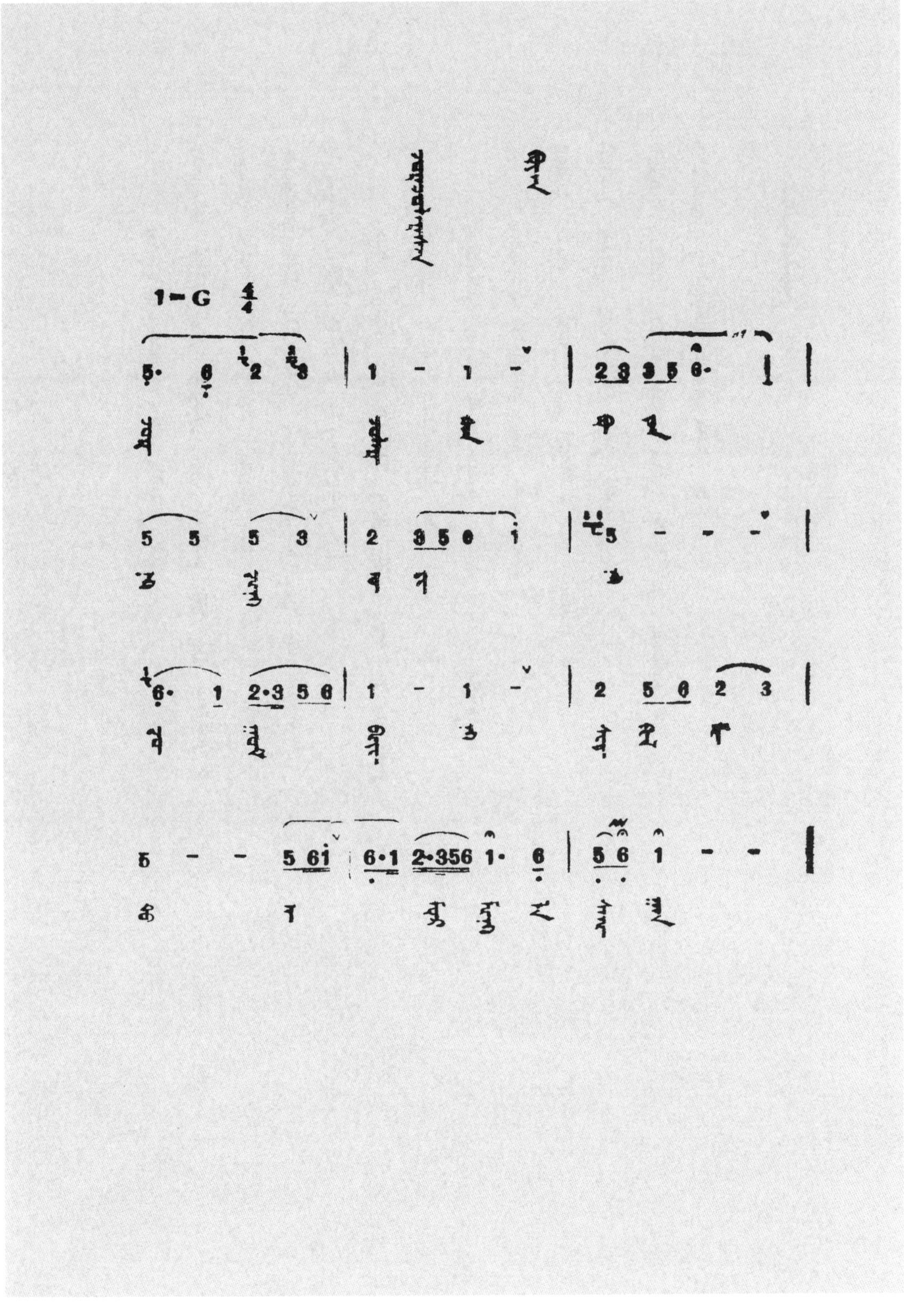
1=G 4/4

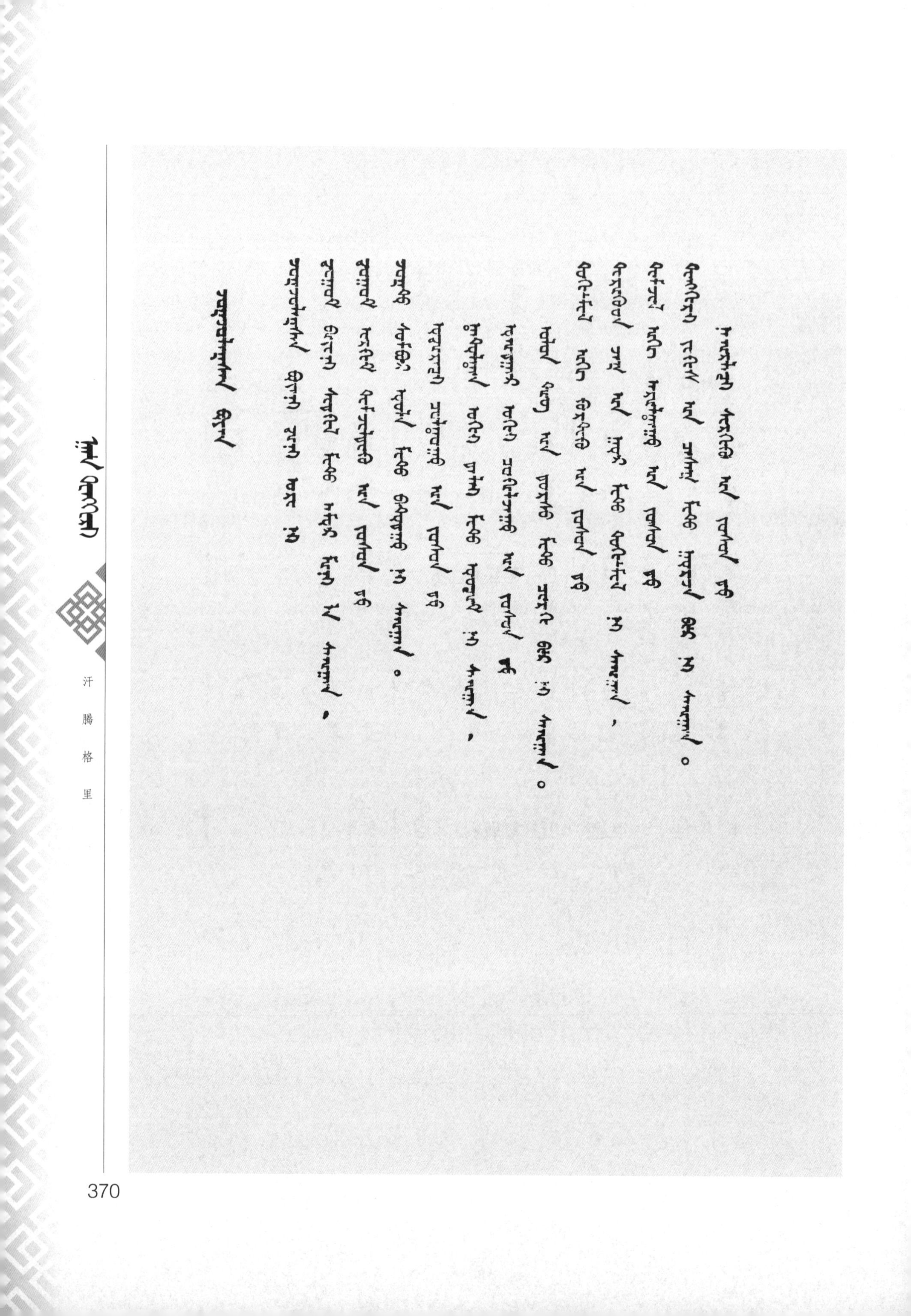

[illegible]

[illegible]
[illegible]
[illegible]
[illegible]
[illegible]
[illegible]
[illegible]
[illegible]
[illegible]
[illegible]
[illegible]
[illegible]
[illegible]
[illegible]

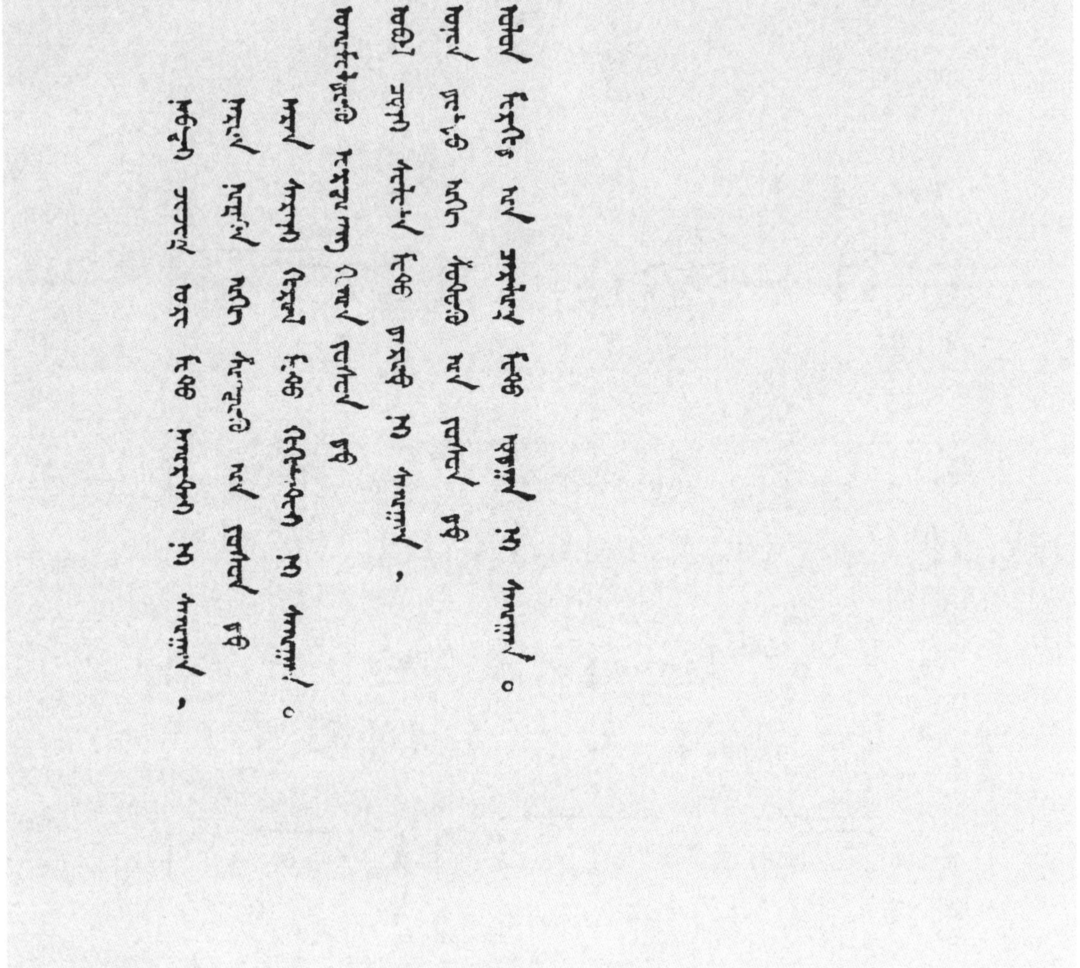

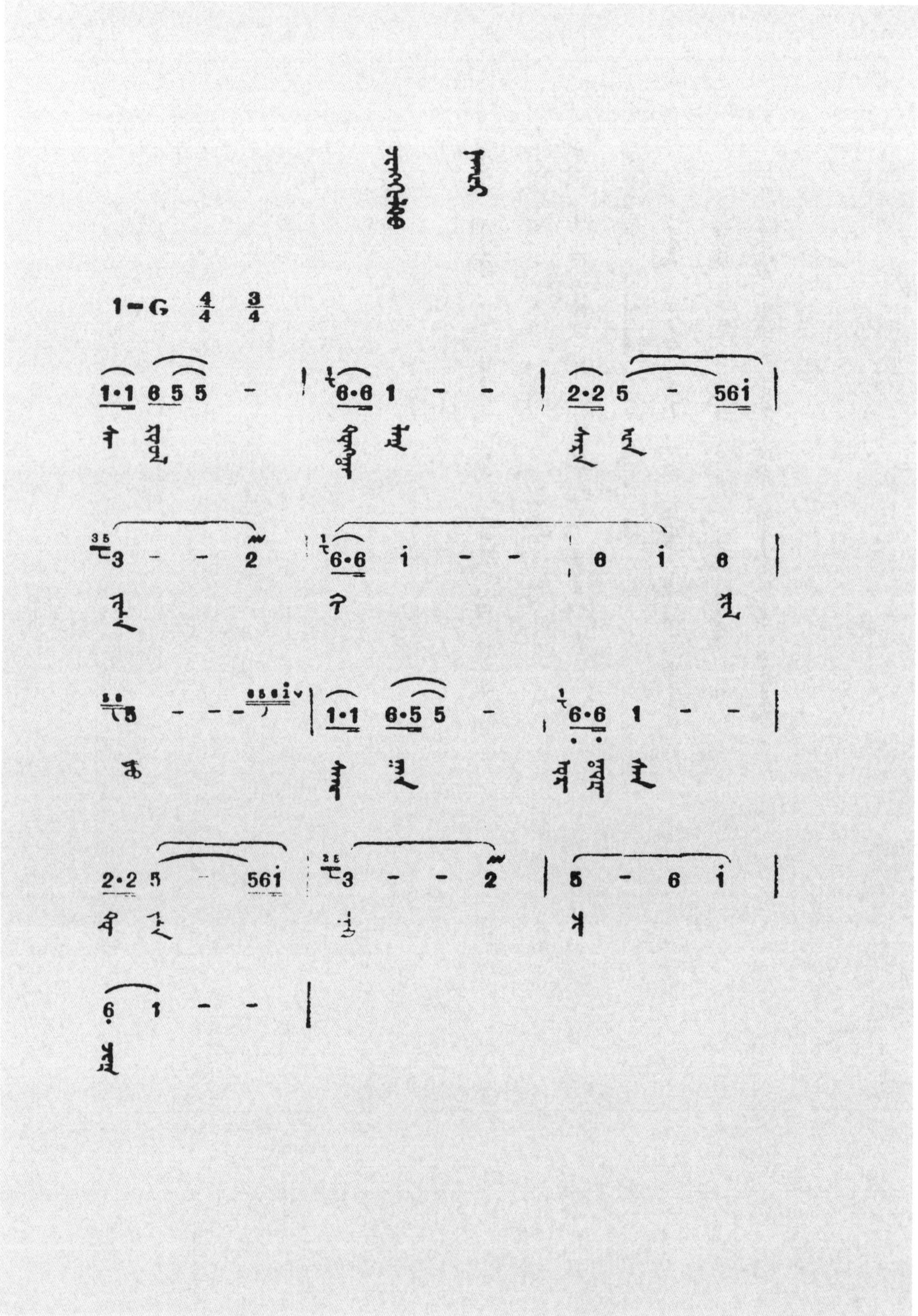
1=G 4/4 3/4

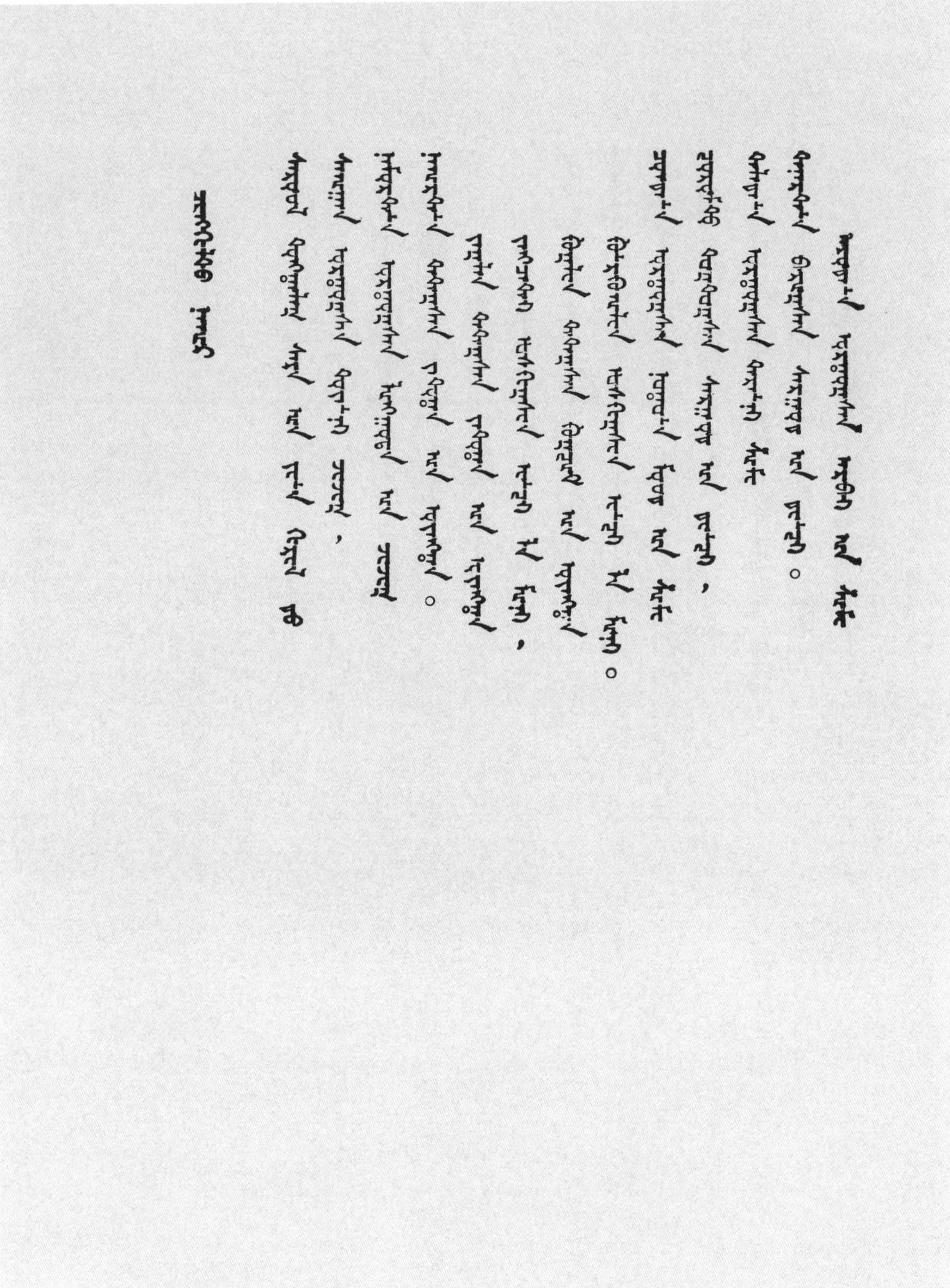

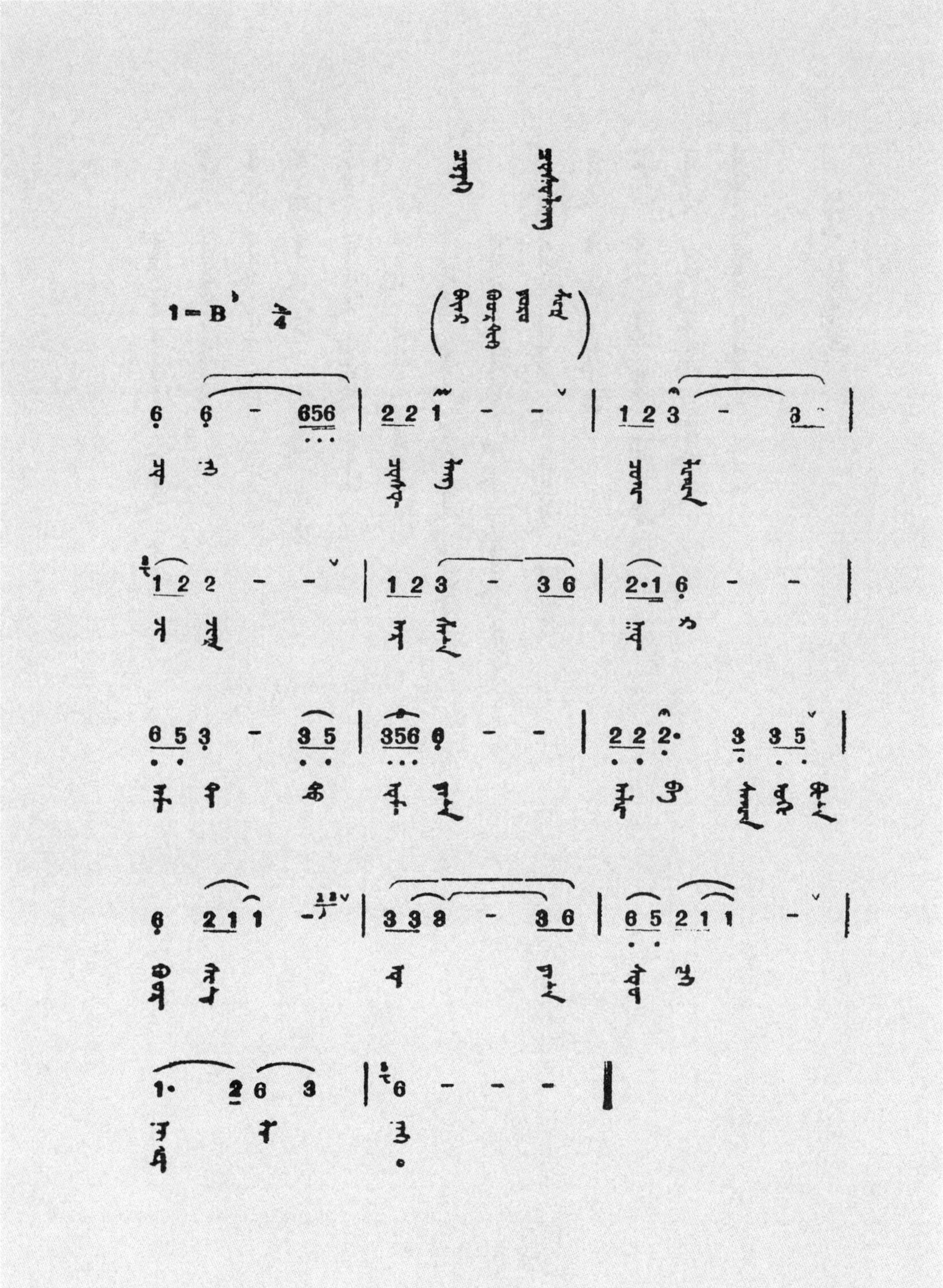

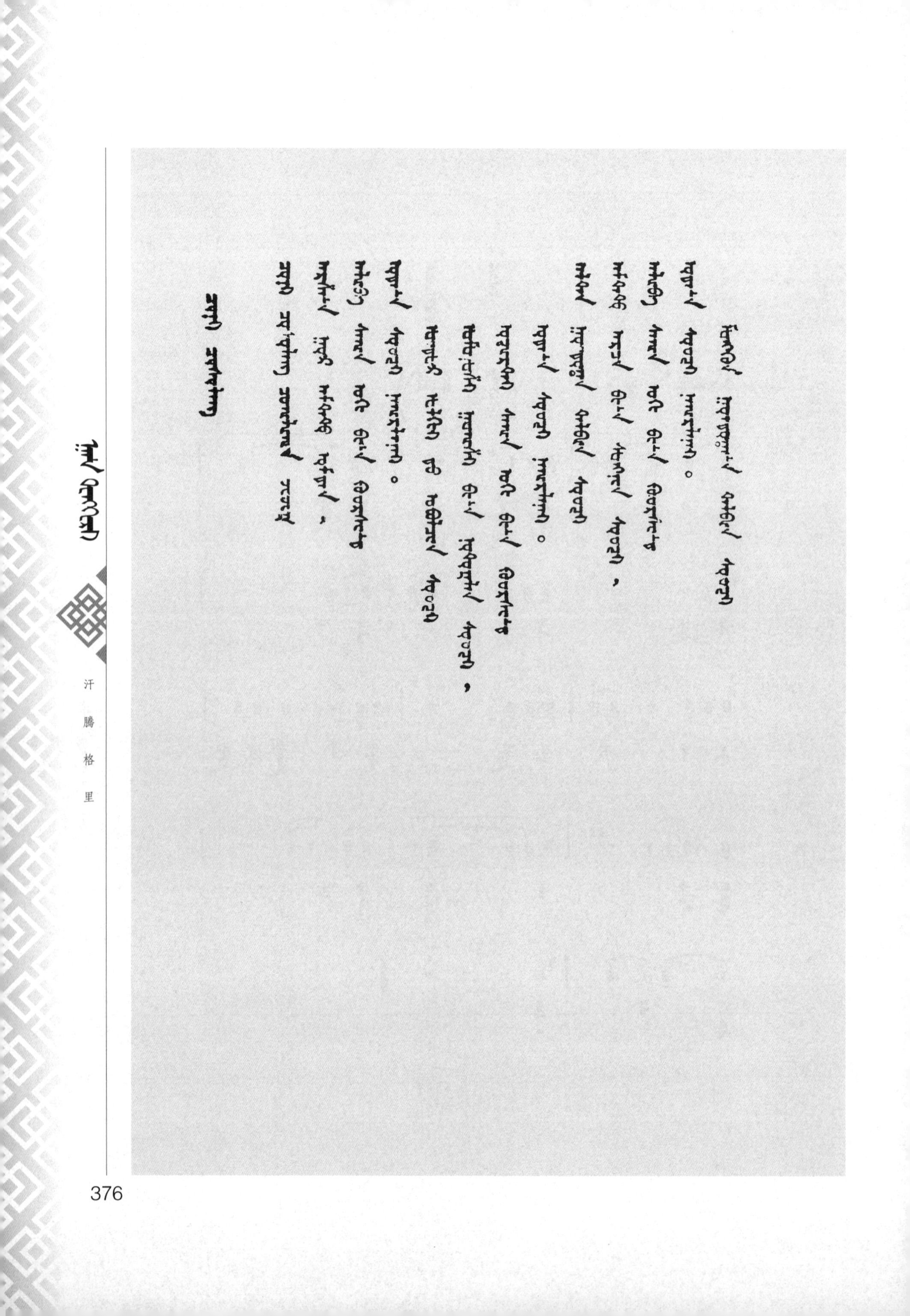

[illegible]

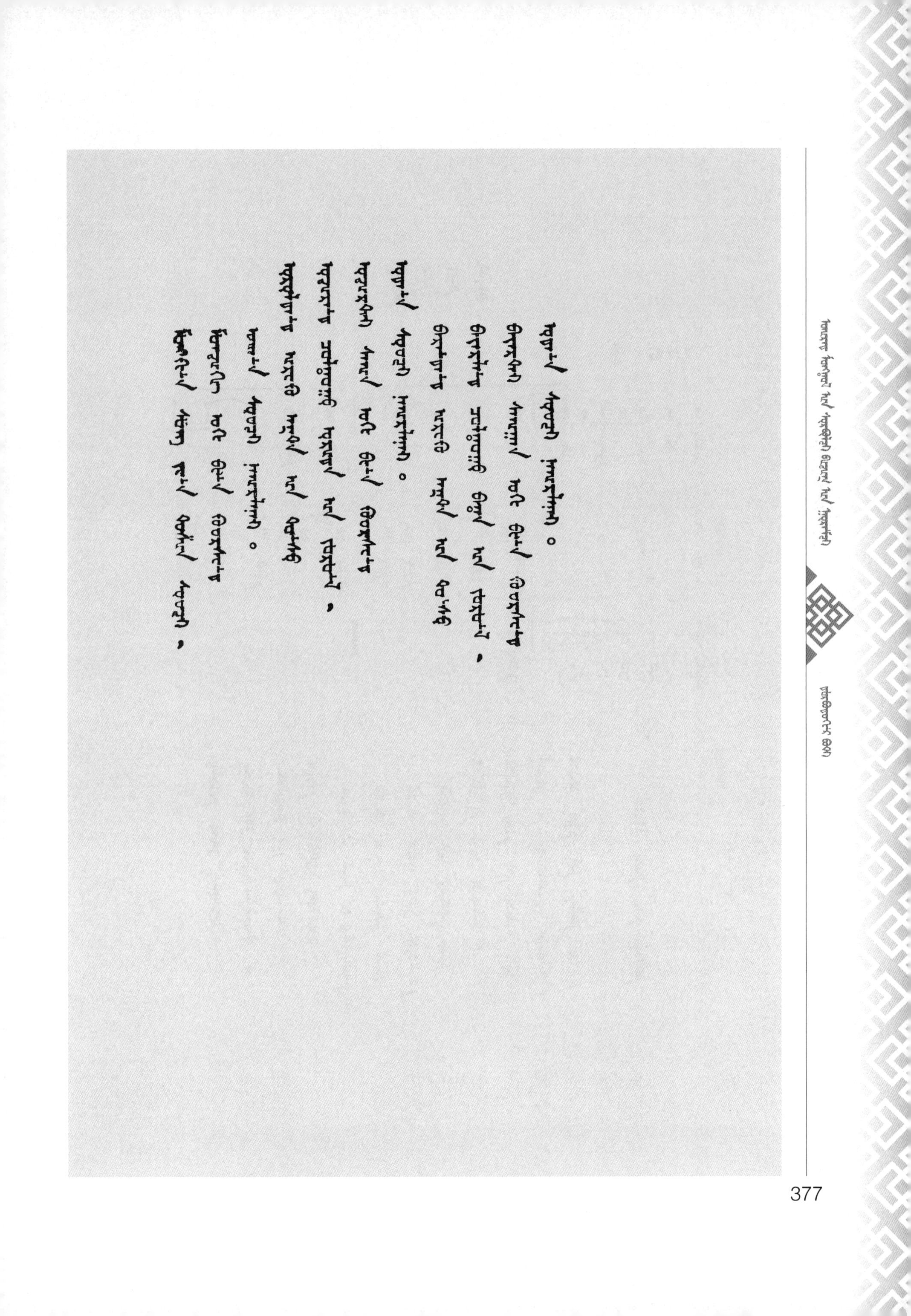

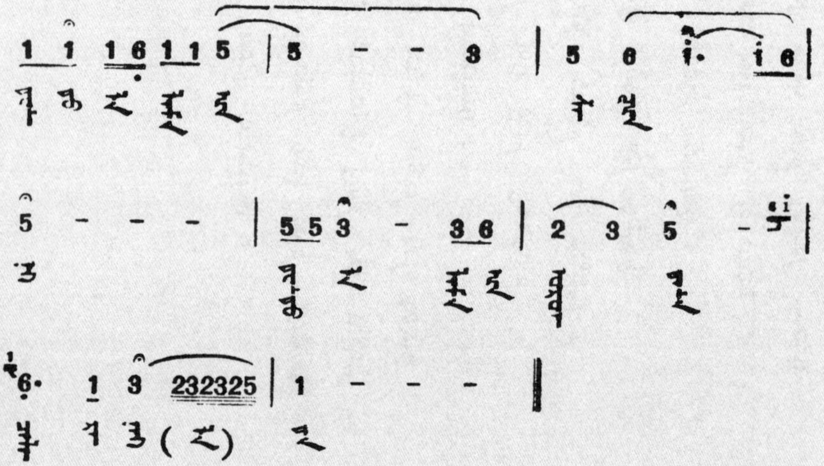
1=G 4/4

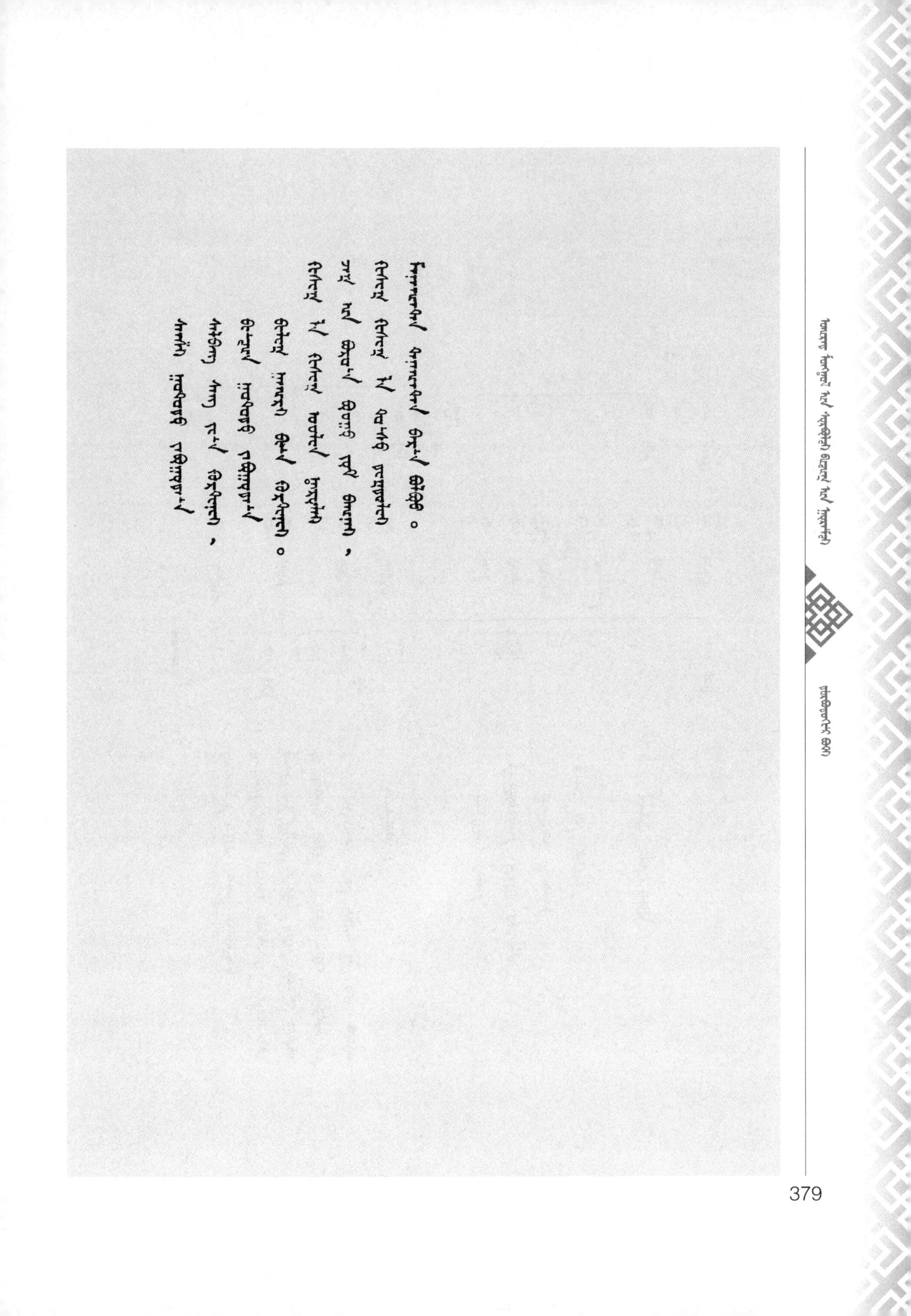

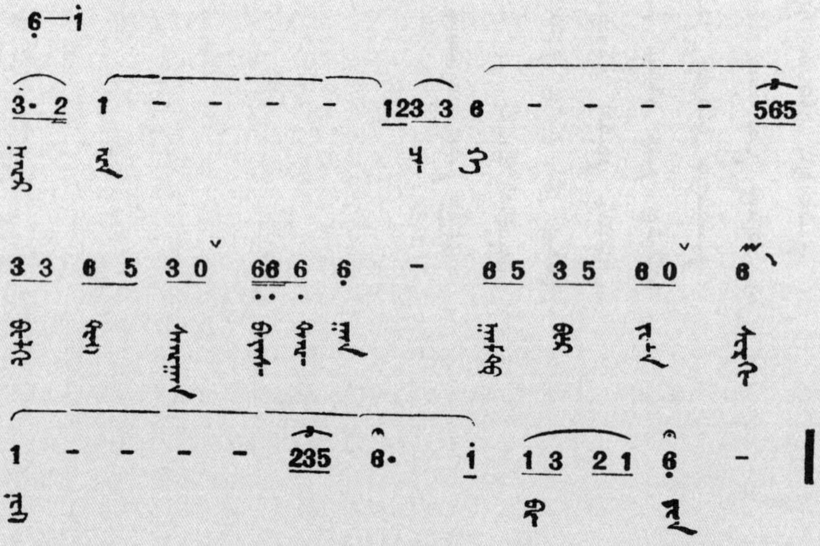

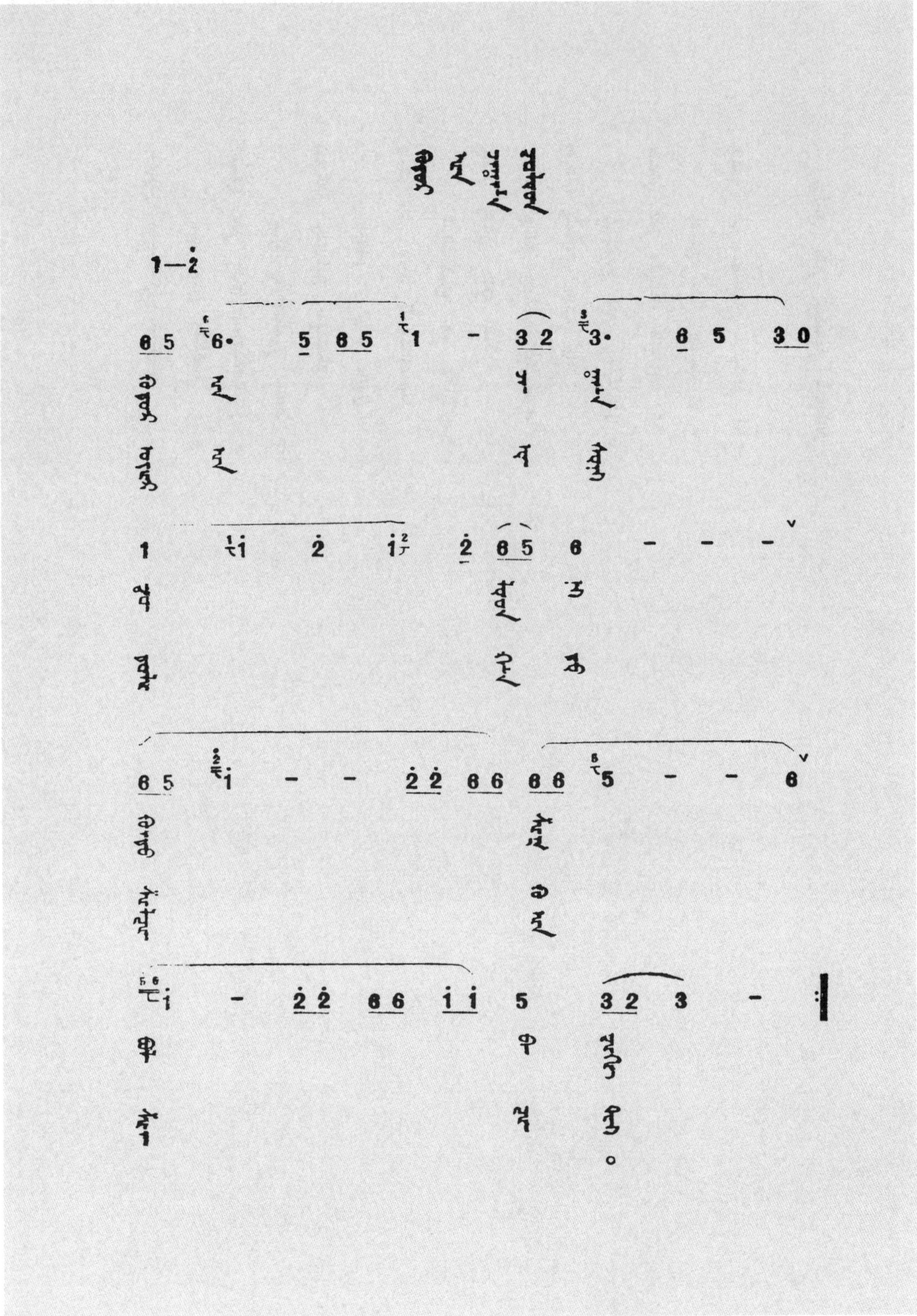

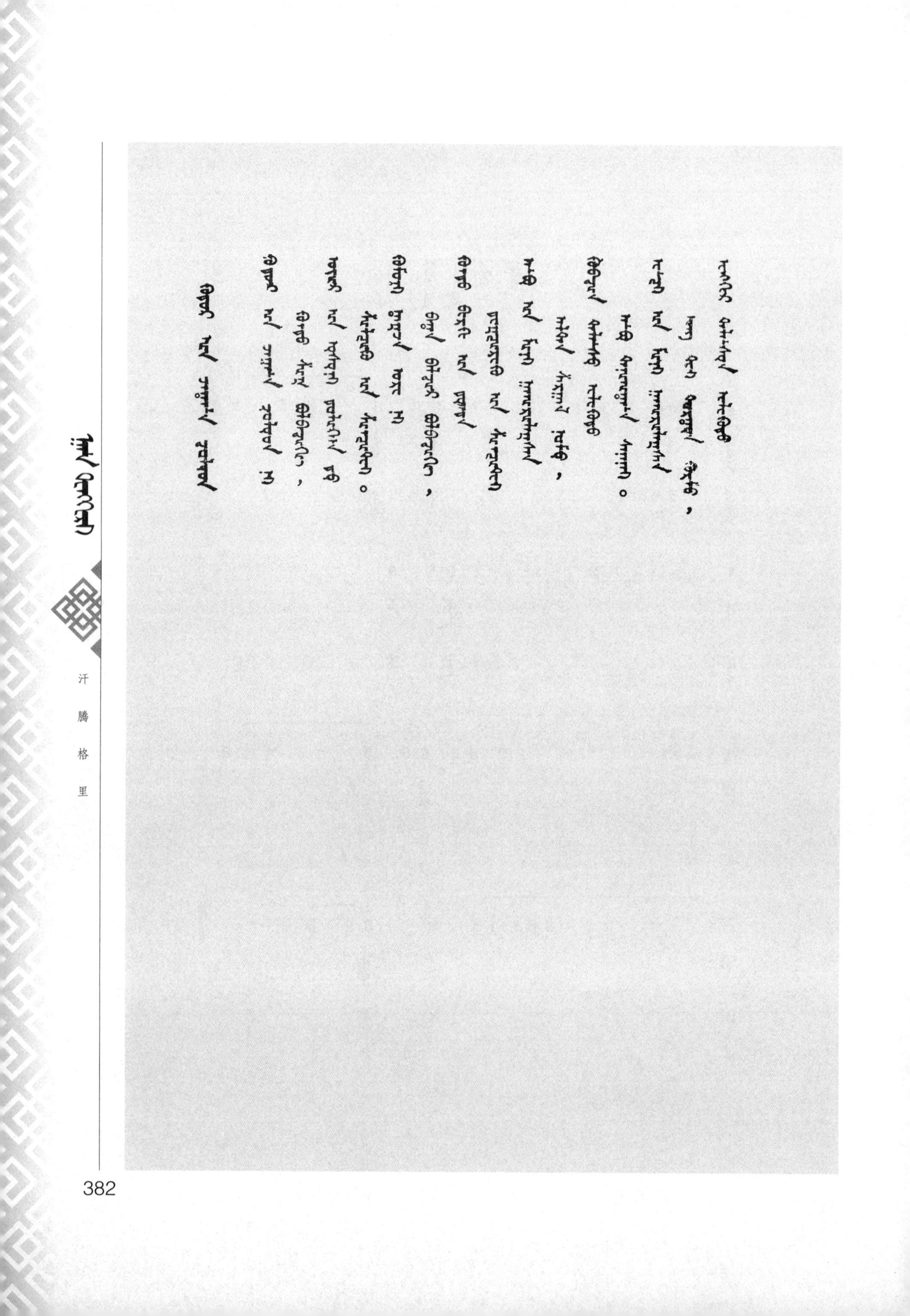

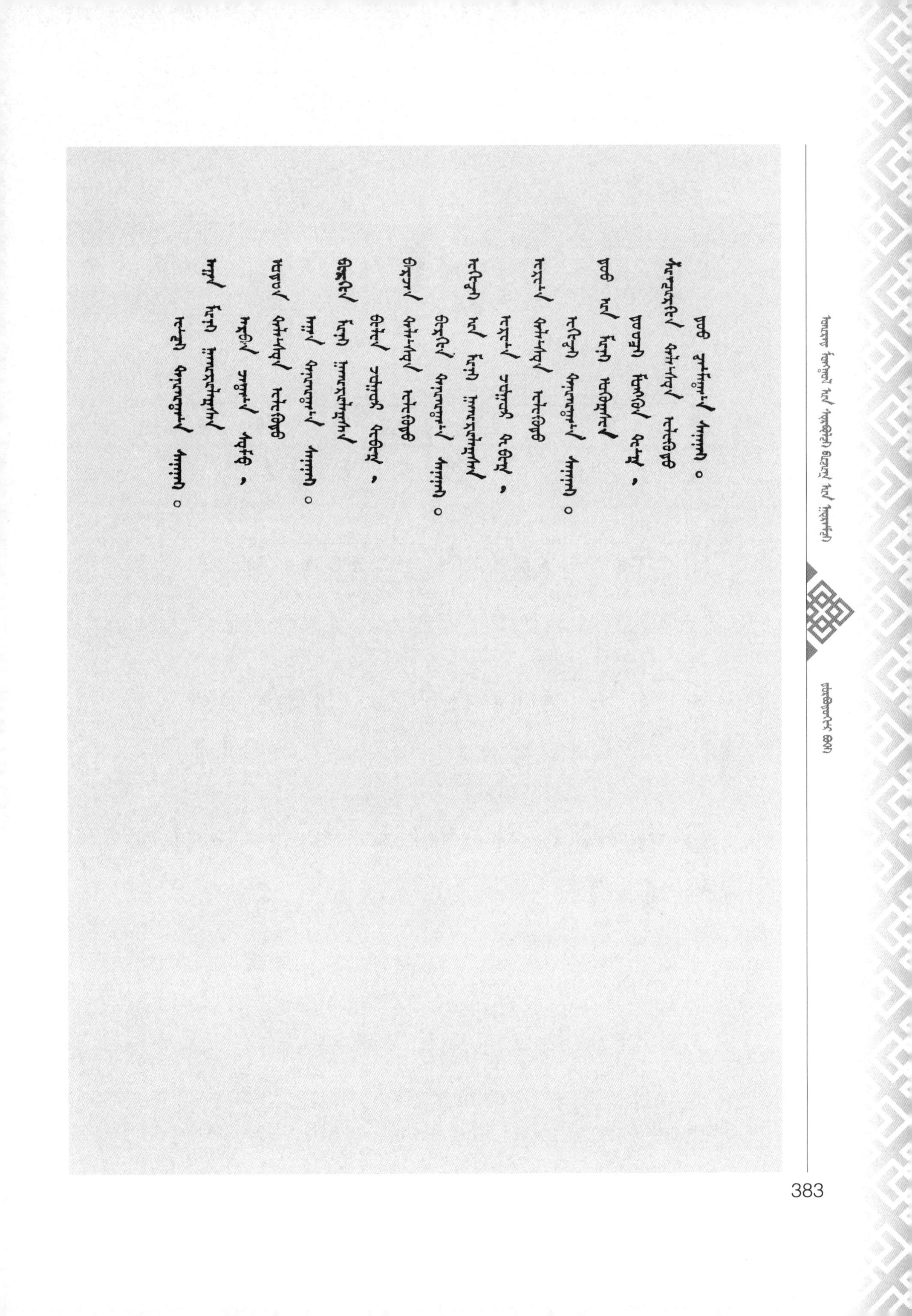

[illegible] ᠃
[illegible]
[illegible] ᠂
[illegible]
[illegible] ᠃
[illegible]
[illegible] ᠂
[illegible]
[illegible] ᠃
[illegible]
[illegible] ᠂
[illegible]
[illegible] ᠃
[illegible]
[illegible] ᠂
[illegible]
[illegible] ᠃

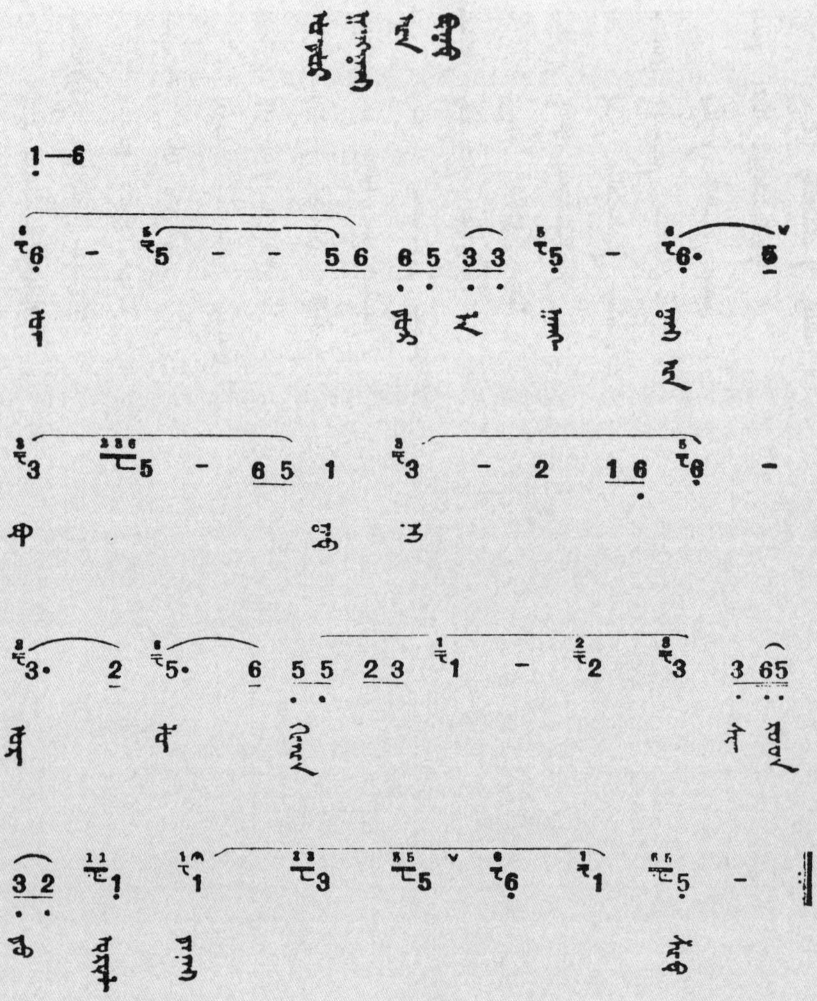

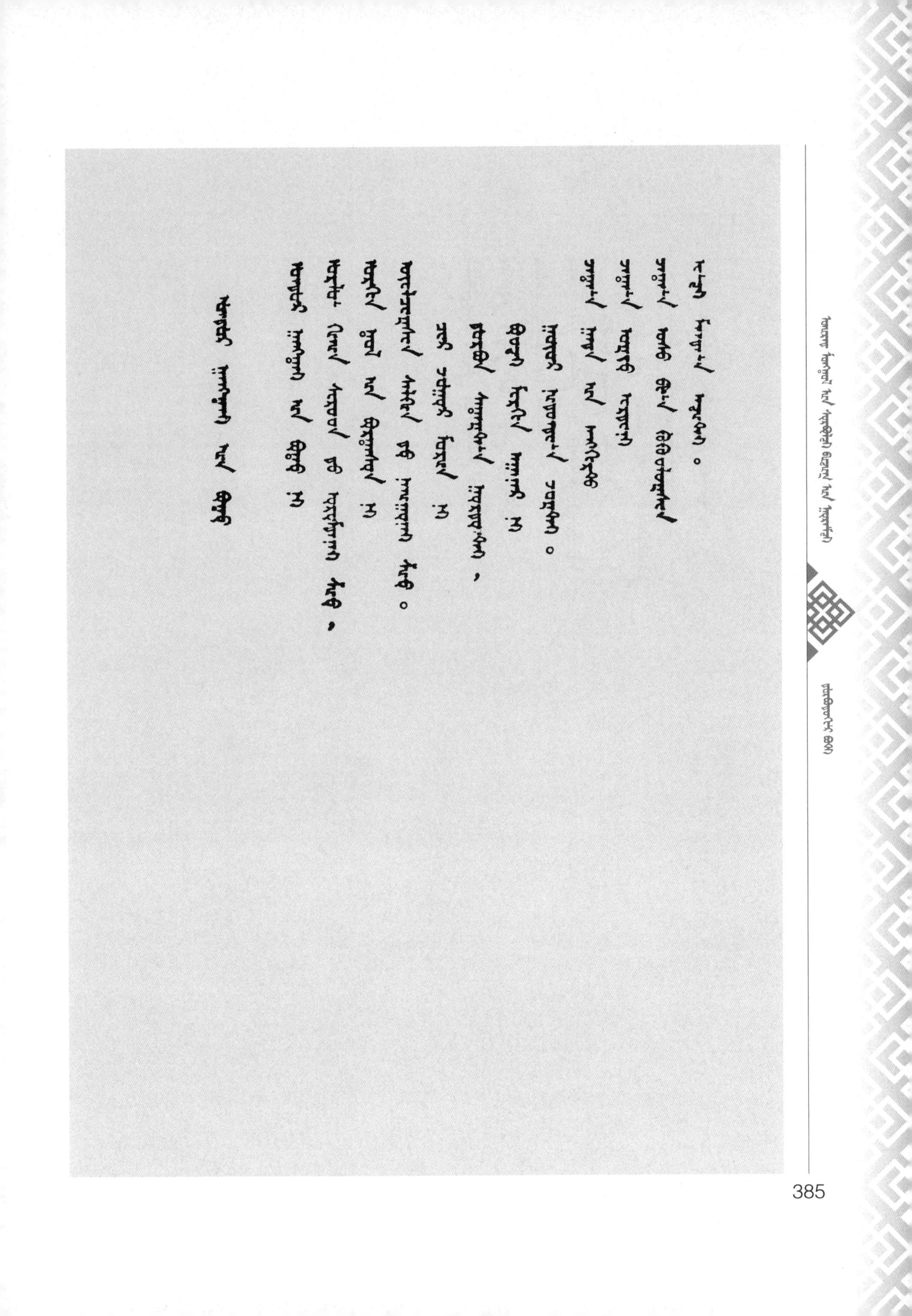

[illegible]
[illegible]
[illegible]
[illegible]
[illegible]
[illegible]
[illegible]
[illegible]
[illegible]
[illegible]
[illegible]
[illegible]

[illegible]

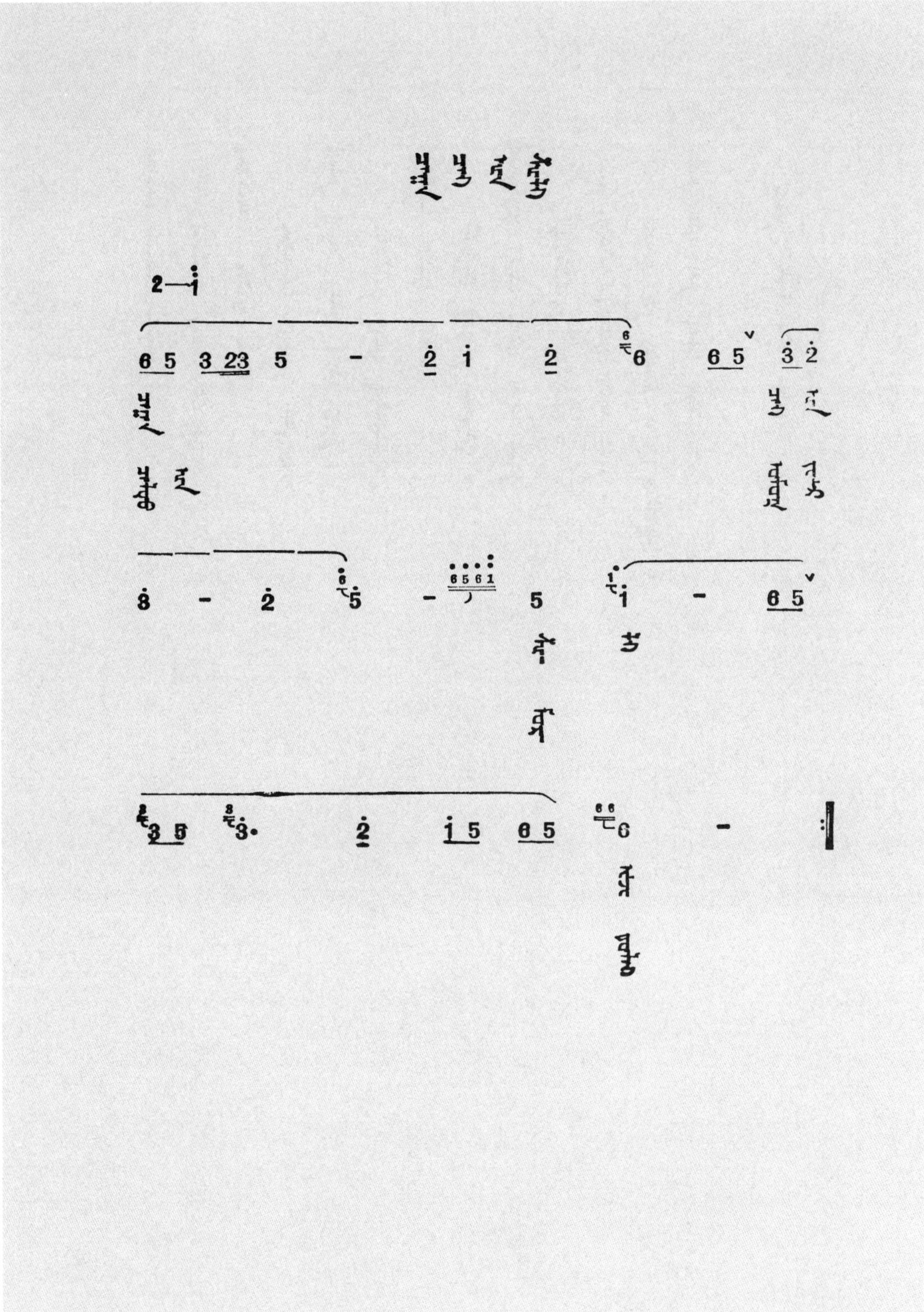

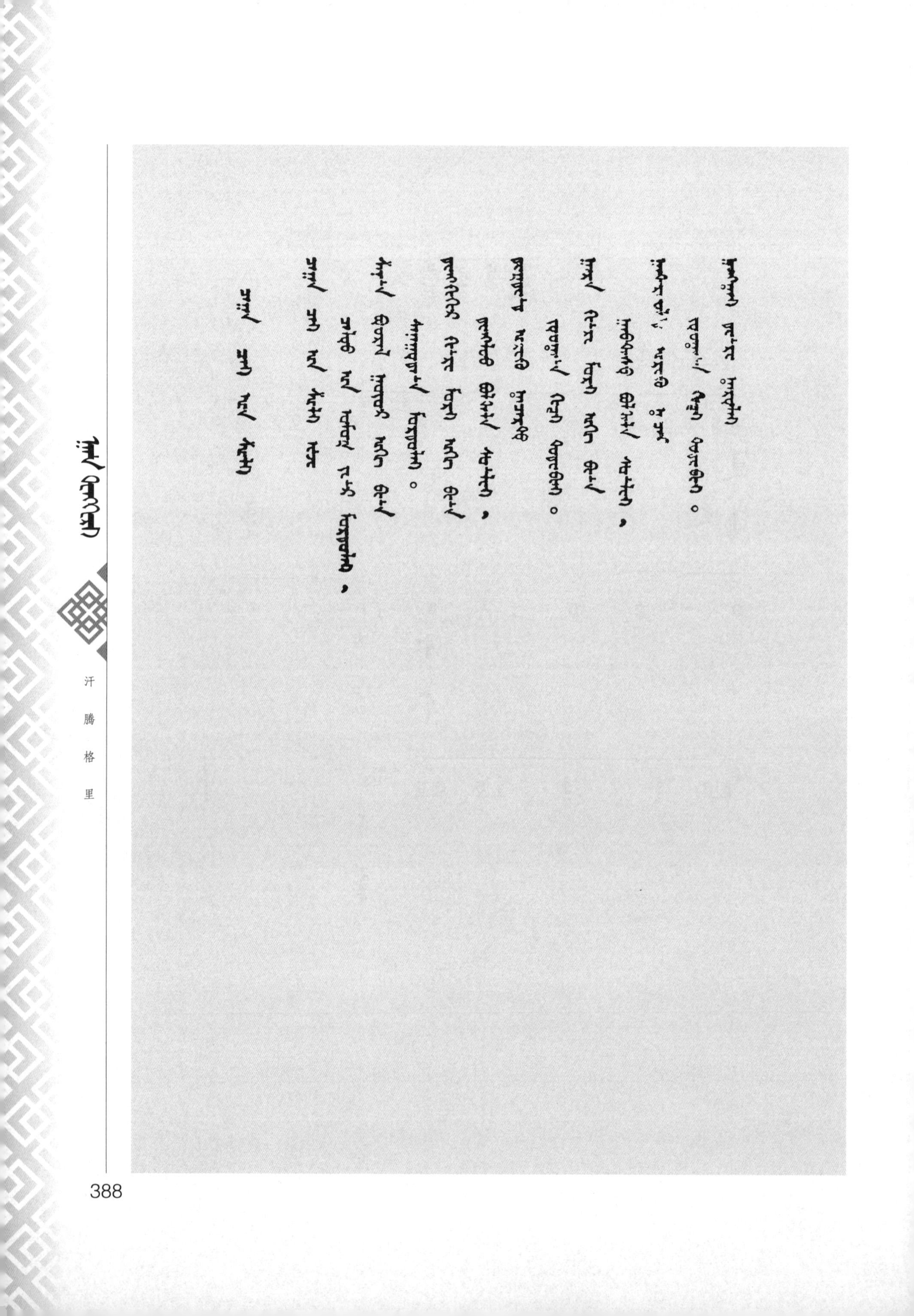

[illegible]
[illegible]
[illegible]
[illegible]
[illegible]
[illegible]
[illegible]
[illegible]
[illegible]
[illegible]
[illegible]
[illegible]
[illegible]

[illegible]

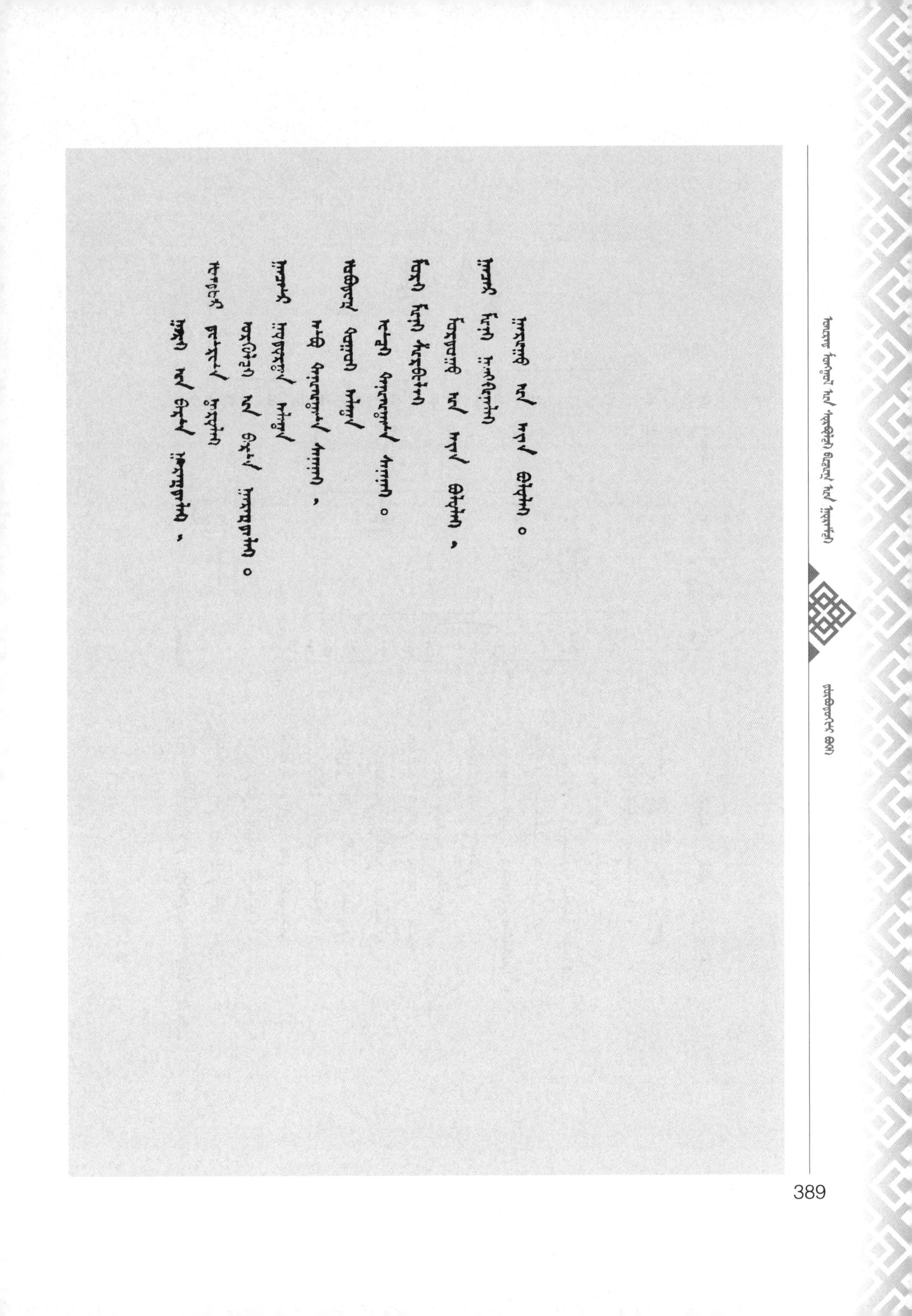

[illegible]

[illegible]

[illegible]

[illegible]

[illegible]

[illegible]

[illegible]

[illegible]

[illegible]

[illegible]

[illegible]

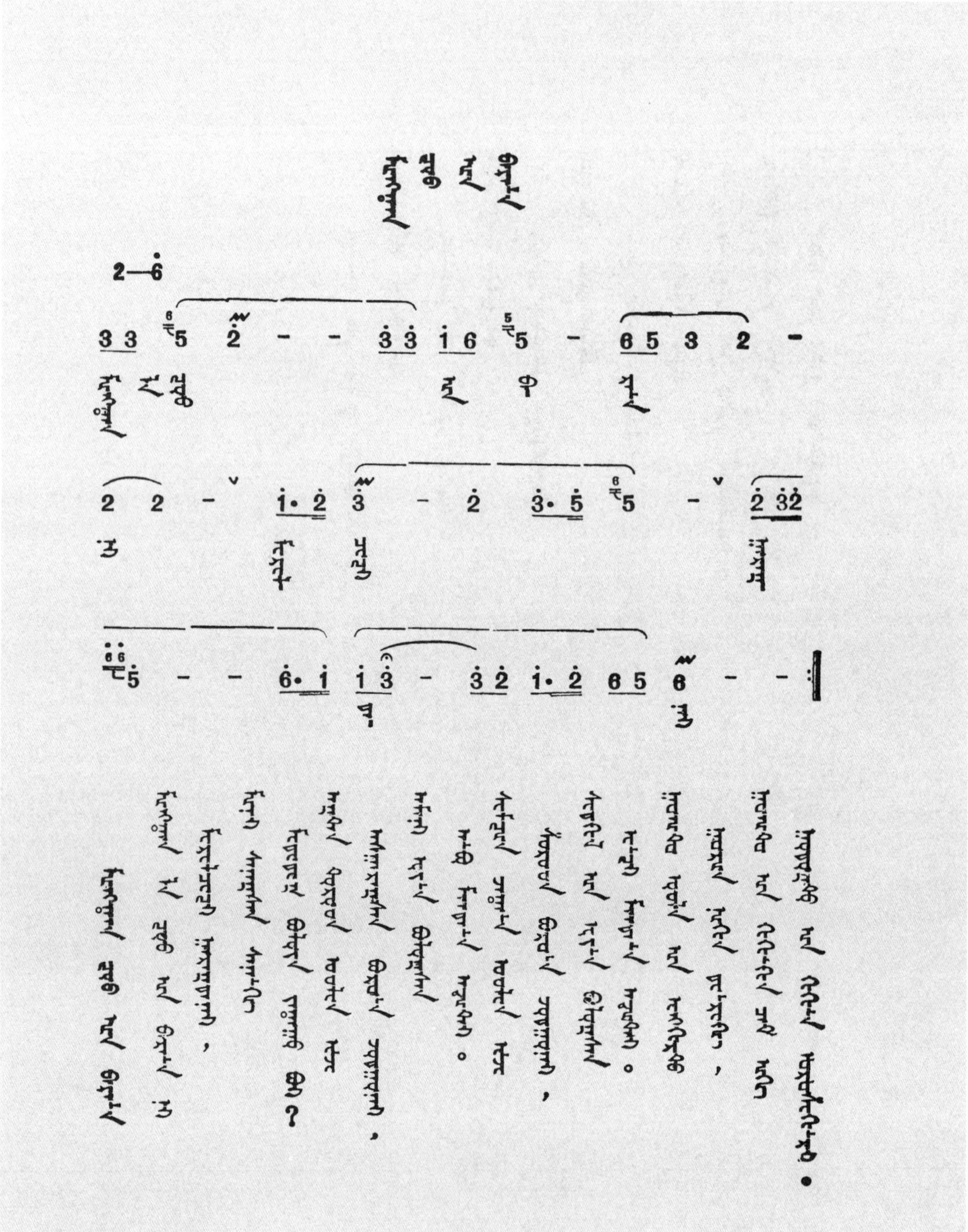

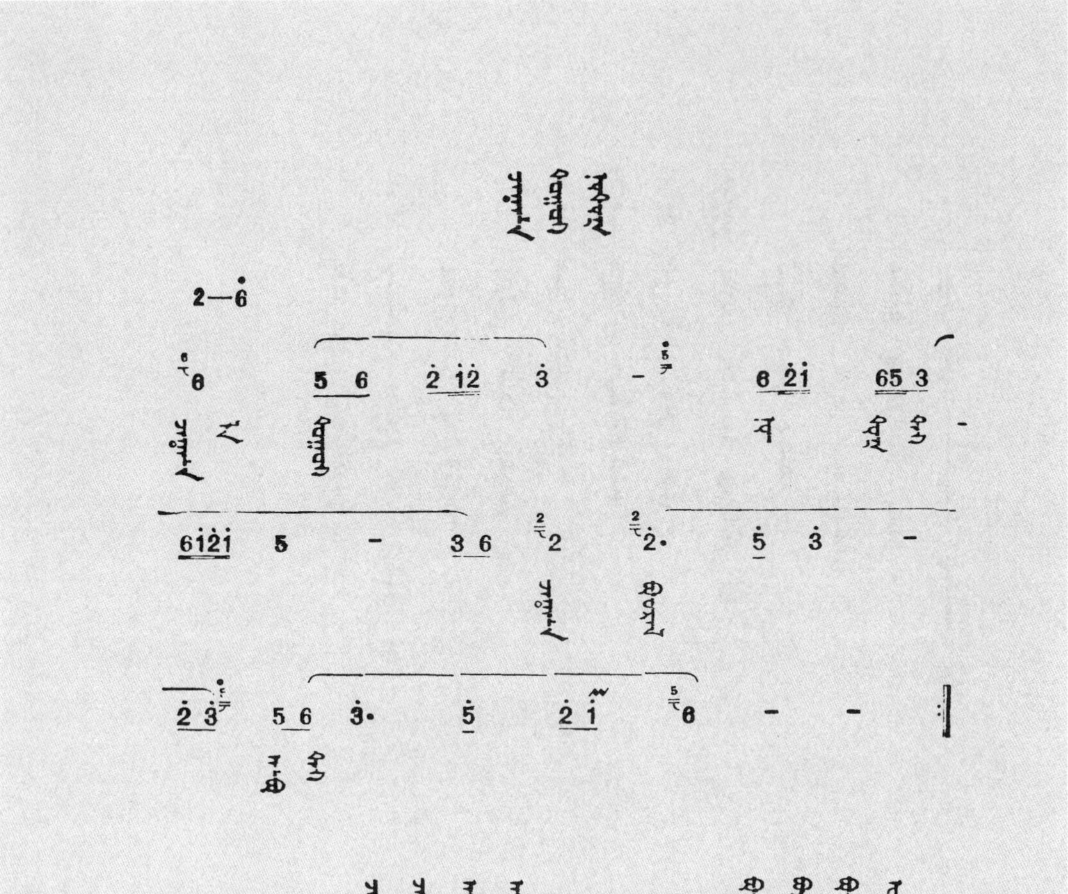

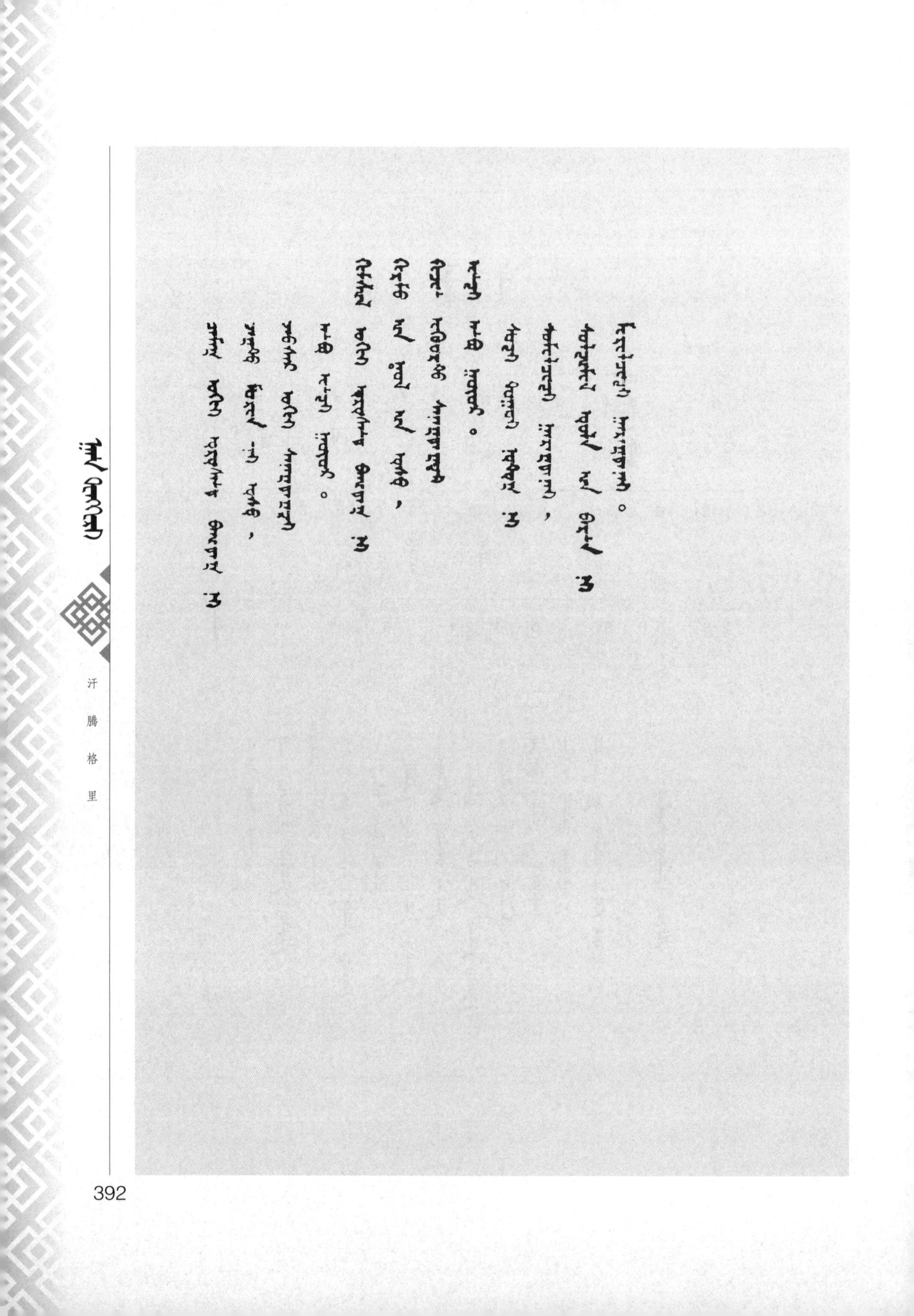

[illegible]
[illegible]
[illegible]
[illegible]
[illegible]
[illegible]
[illegible]
[illegible]
[illegible]
[illegible]
[illegible]
[illegible]

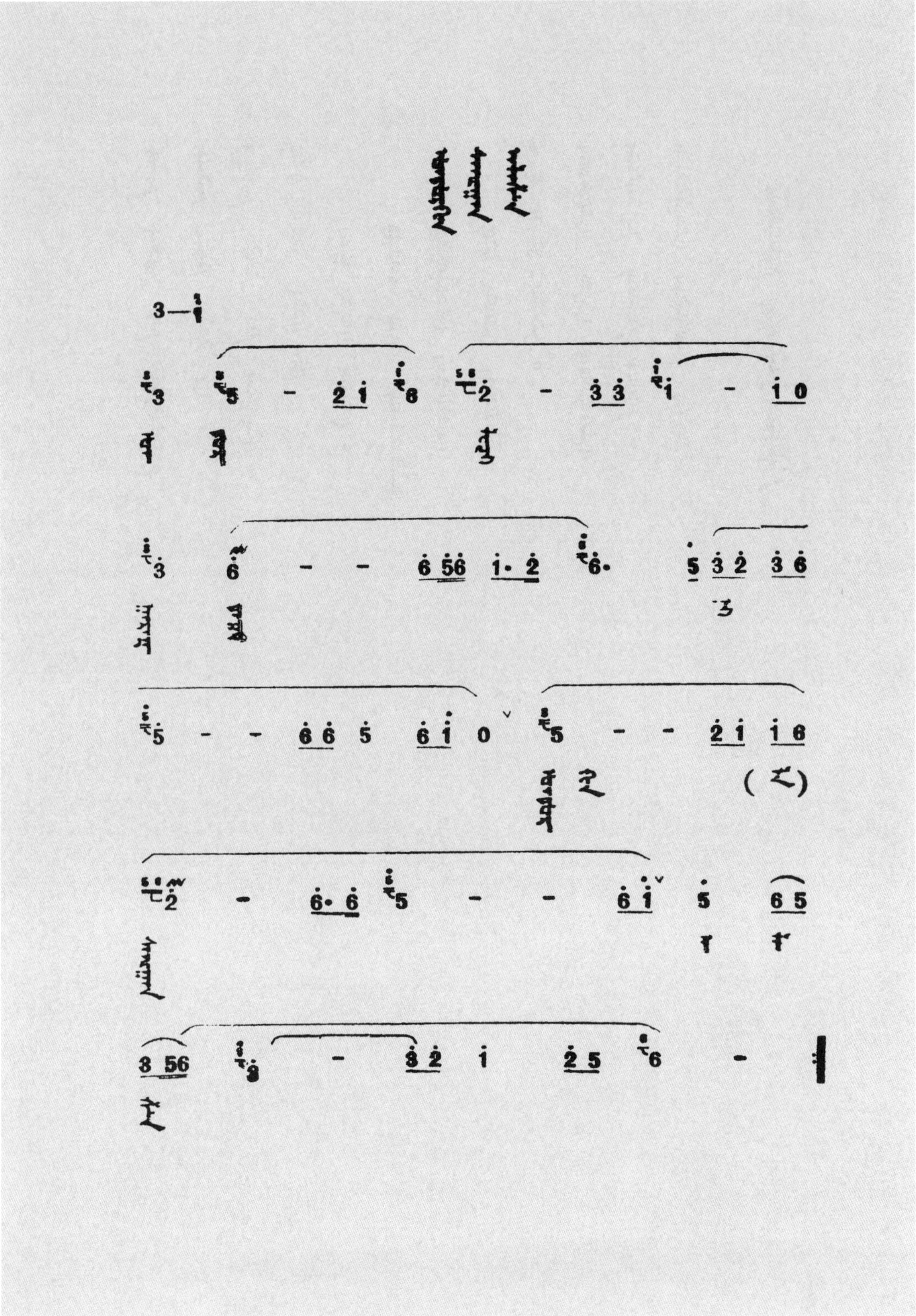

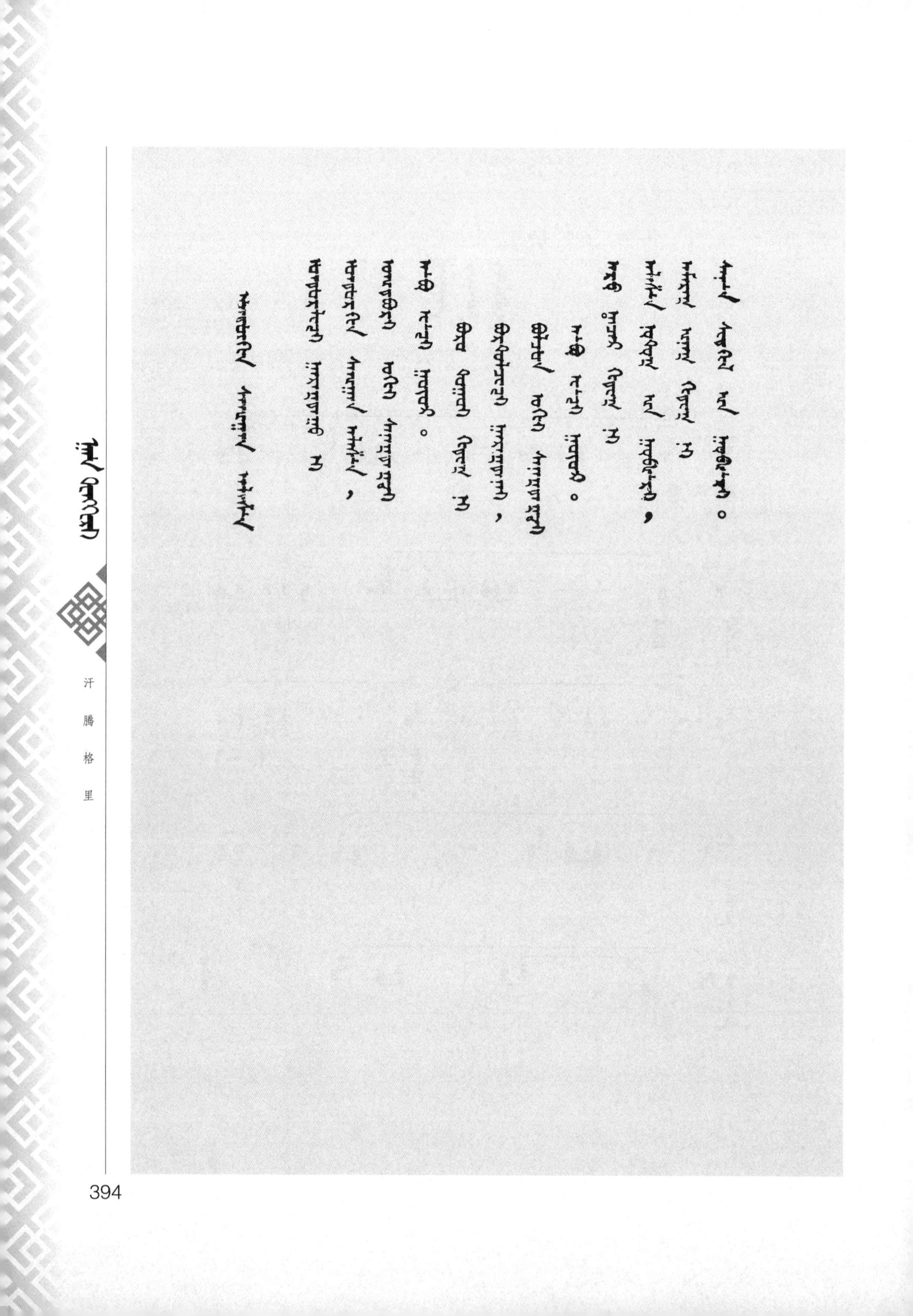

[illegible]

[illegible]
[illegible]
[illegible]
[illegible]
[illegible]
[illegible]
[illegible]
[illegible]
[illegible]
[illegible]
[illegible]
[illegible]

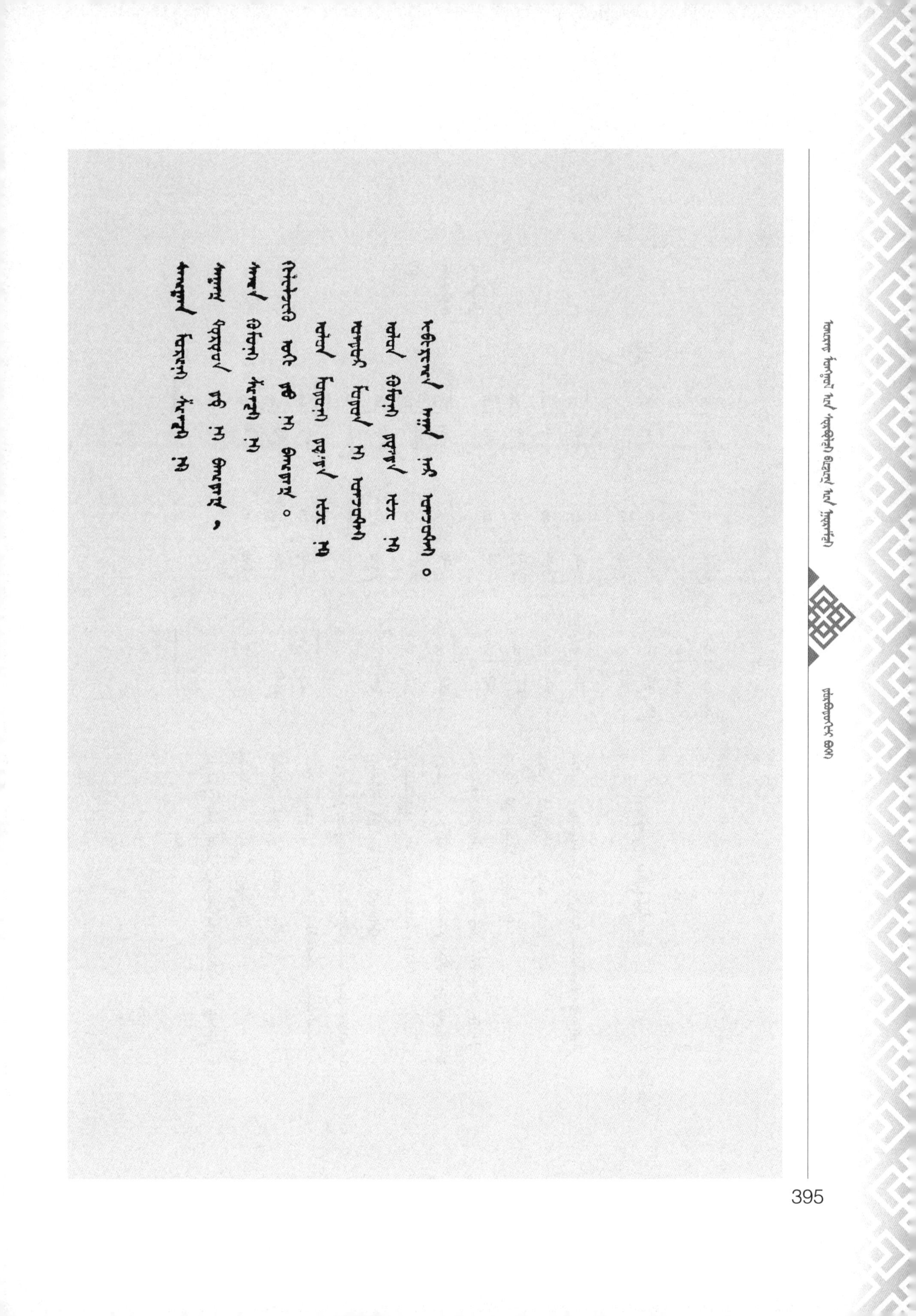

[illegible] [illegible] [illegible] ᠨᠢ
[illegible] [illegible] [illegible] ᠨᠢ [illegible] ᠂
[illegible] [illegible] [illegible] ᠨᠢ
[illegible] [illegible] [illegible] ᠨᠢ [illegible] ᠃
[illegible] [illegible] [illegible] [illegible] ᠨᠢ
[illegible] [illegible] ᠨᠢ [illegible]
[illegible] [illegible] [illegible] [illegible] ᠨᠢ
[illegible] [illegible] ᠨᠢ [illegible] ᠃

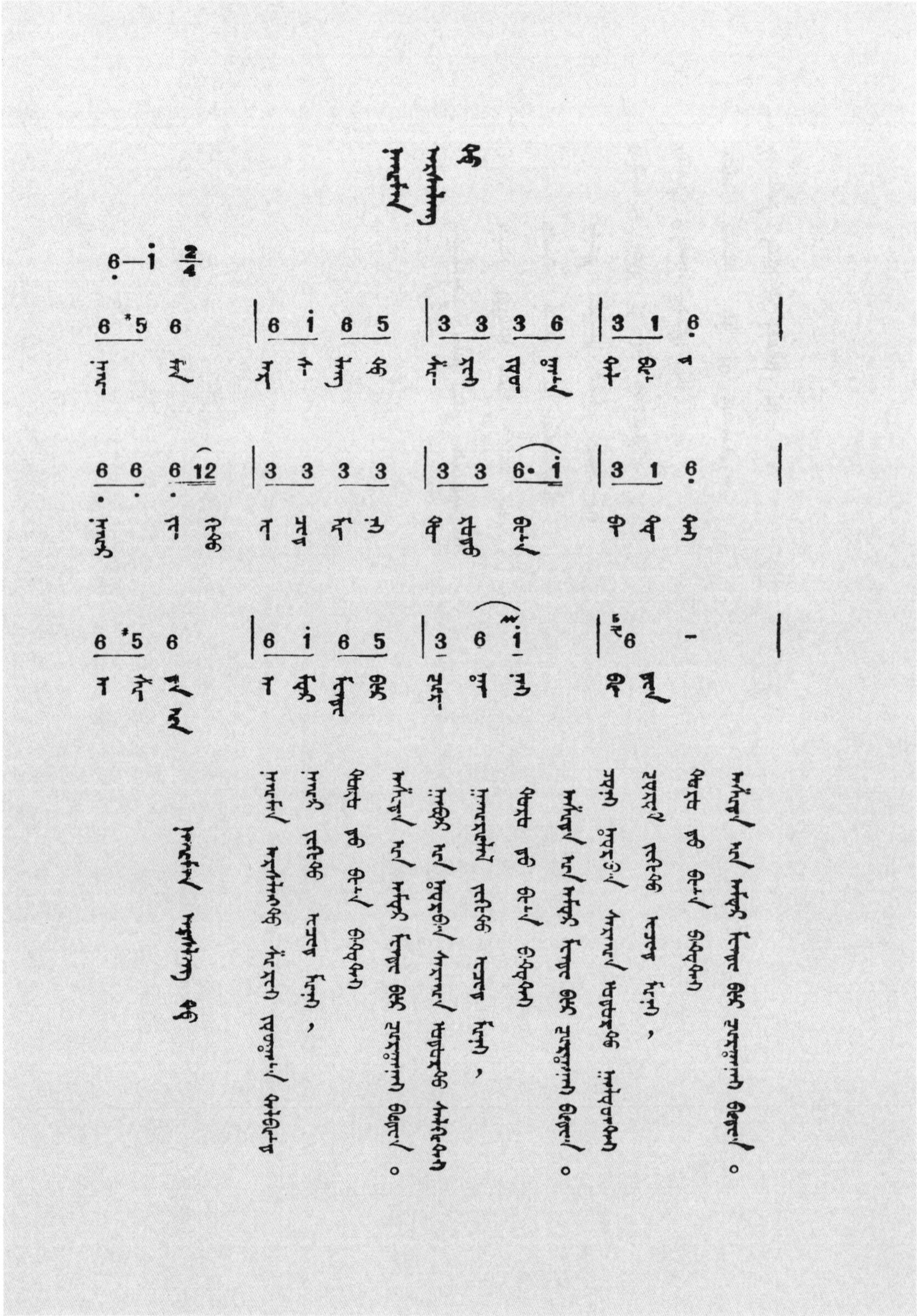

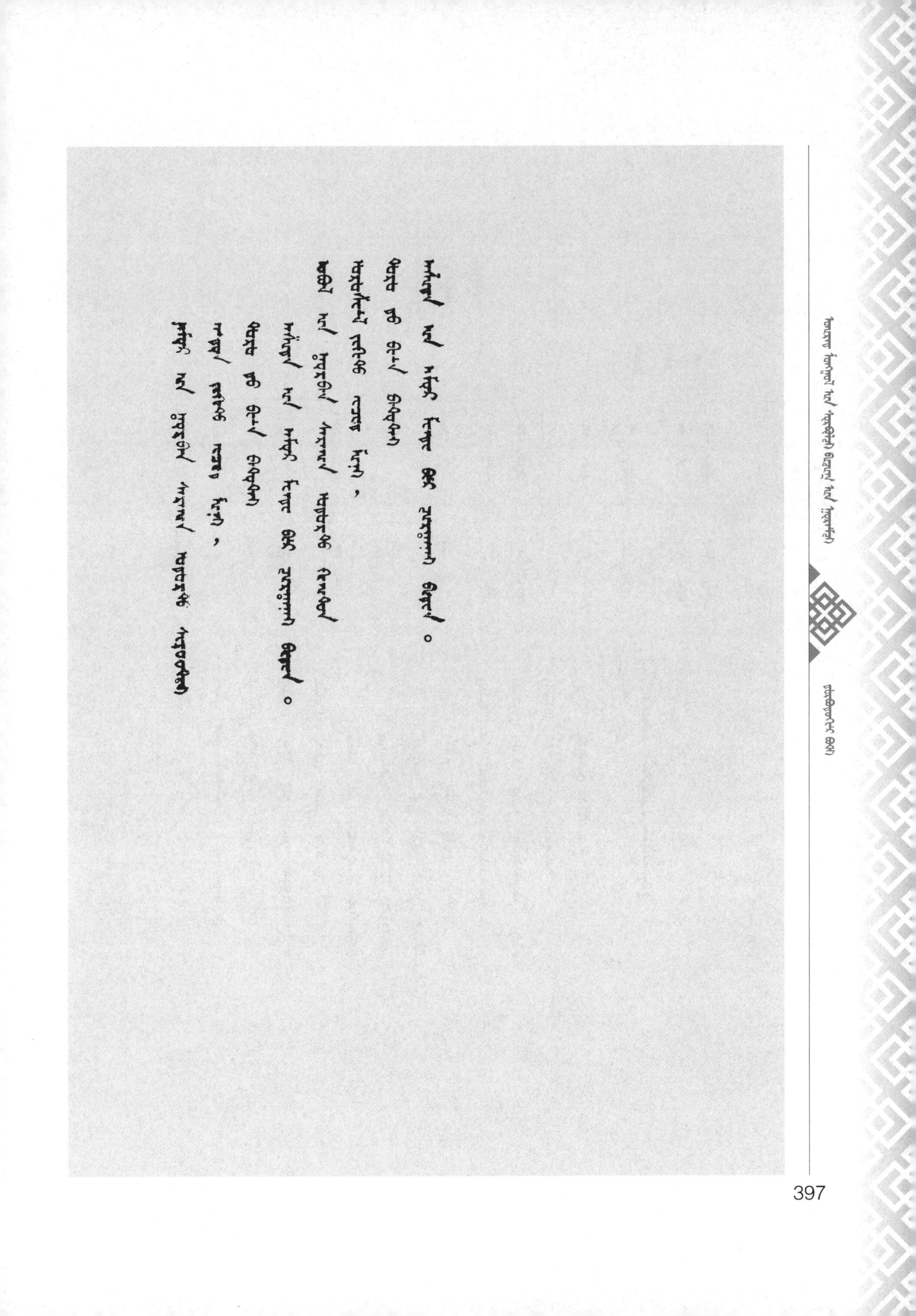

[illegible]
[illegible]
[illegible]
[illegible]

[illegible]
[illegible]
[illegible]
[illegible]

[illegible]

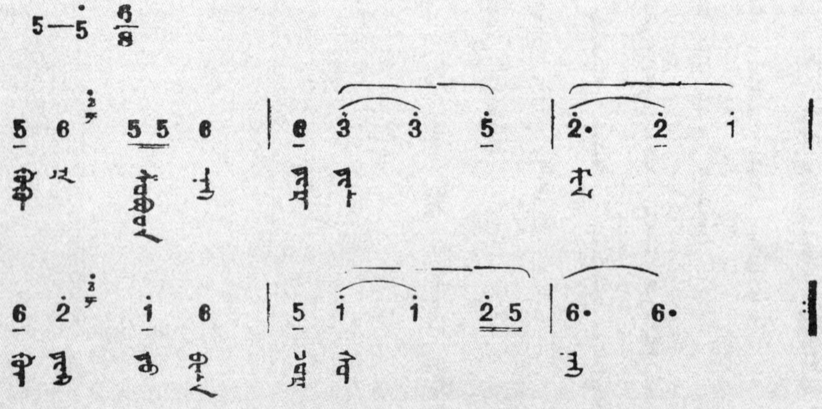
5—5 3/8

[illegible]

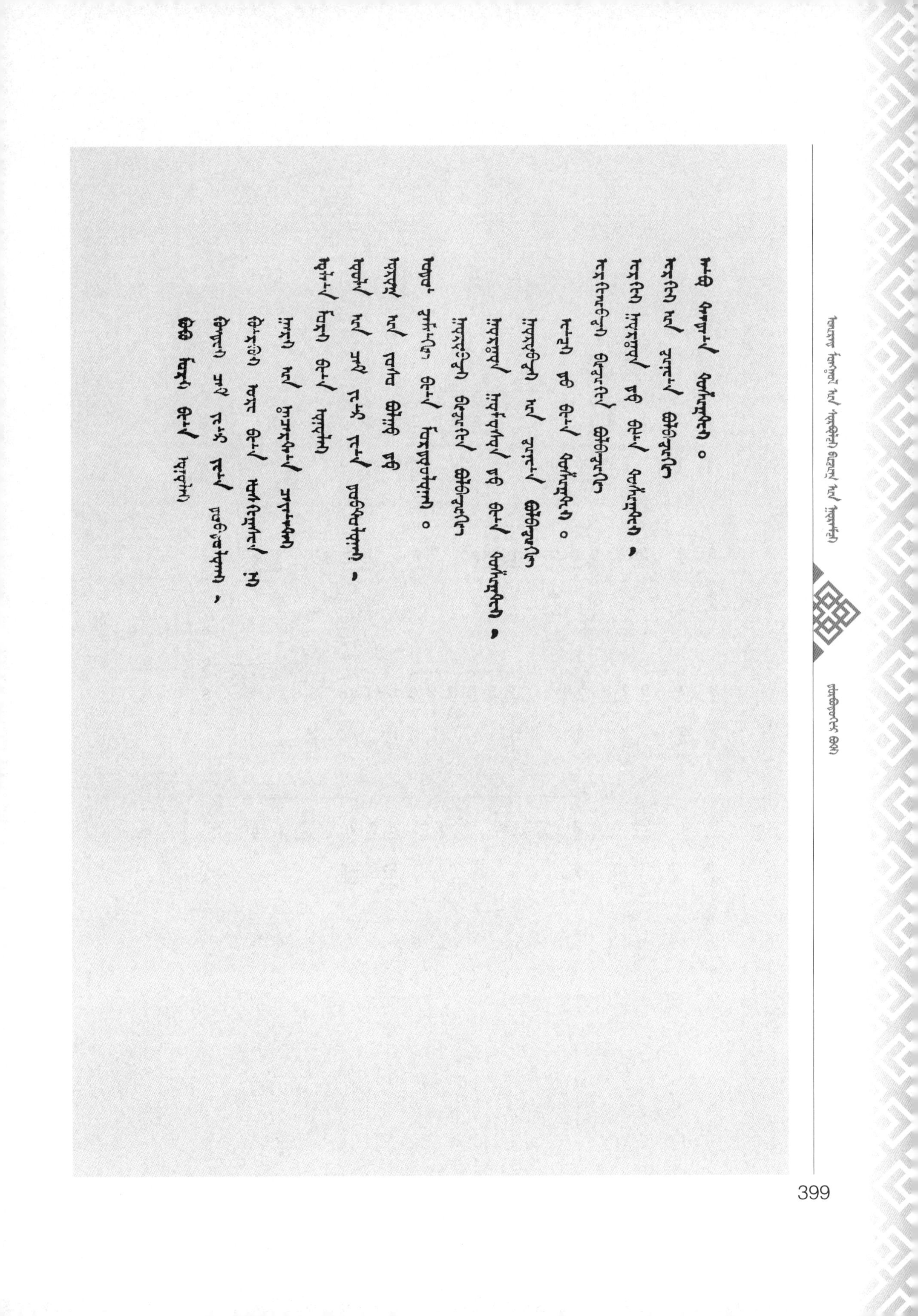

[illegible]

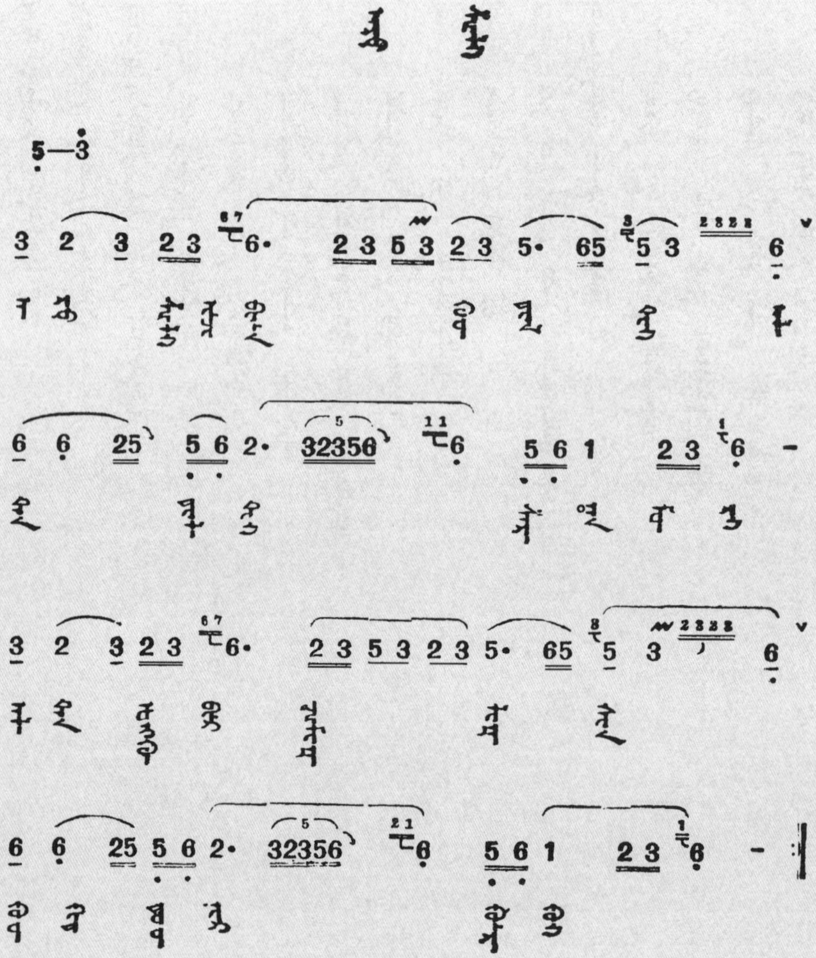

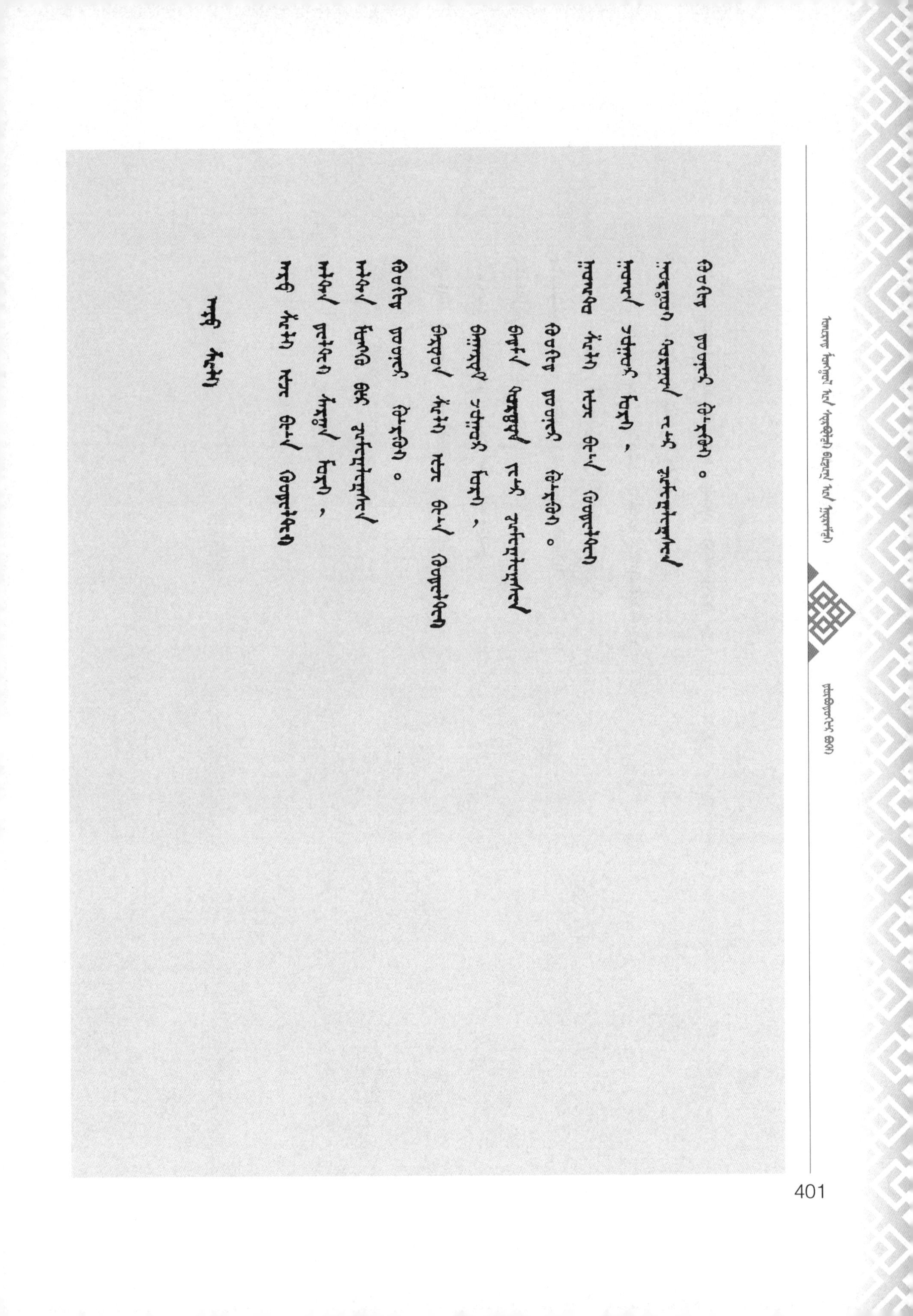

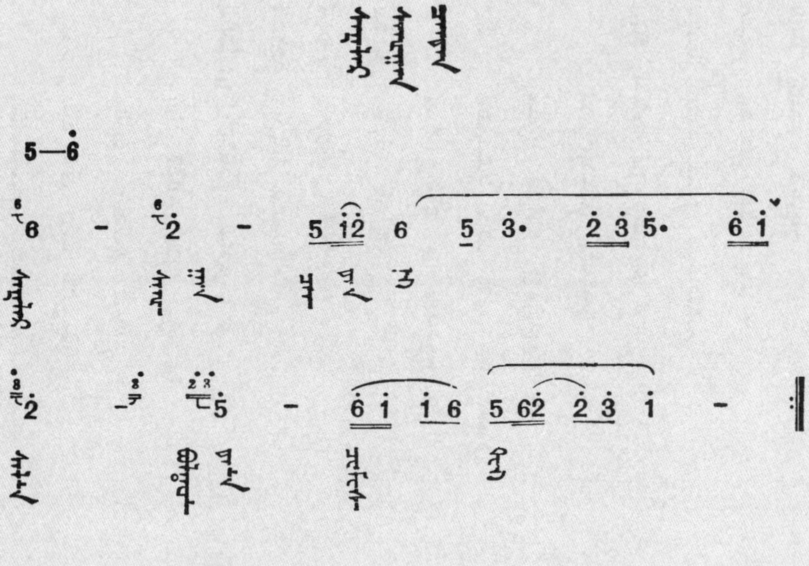

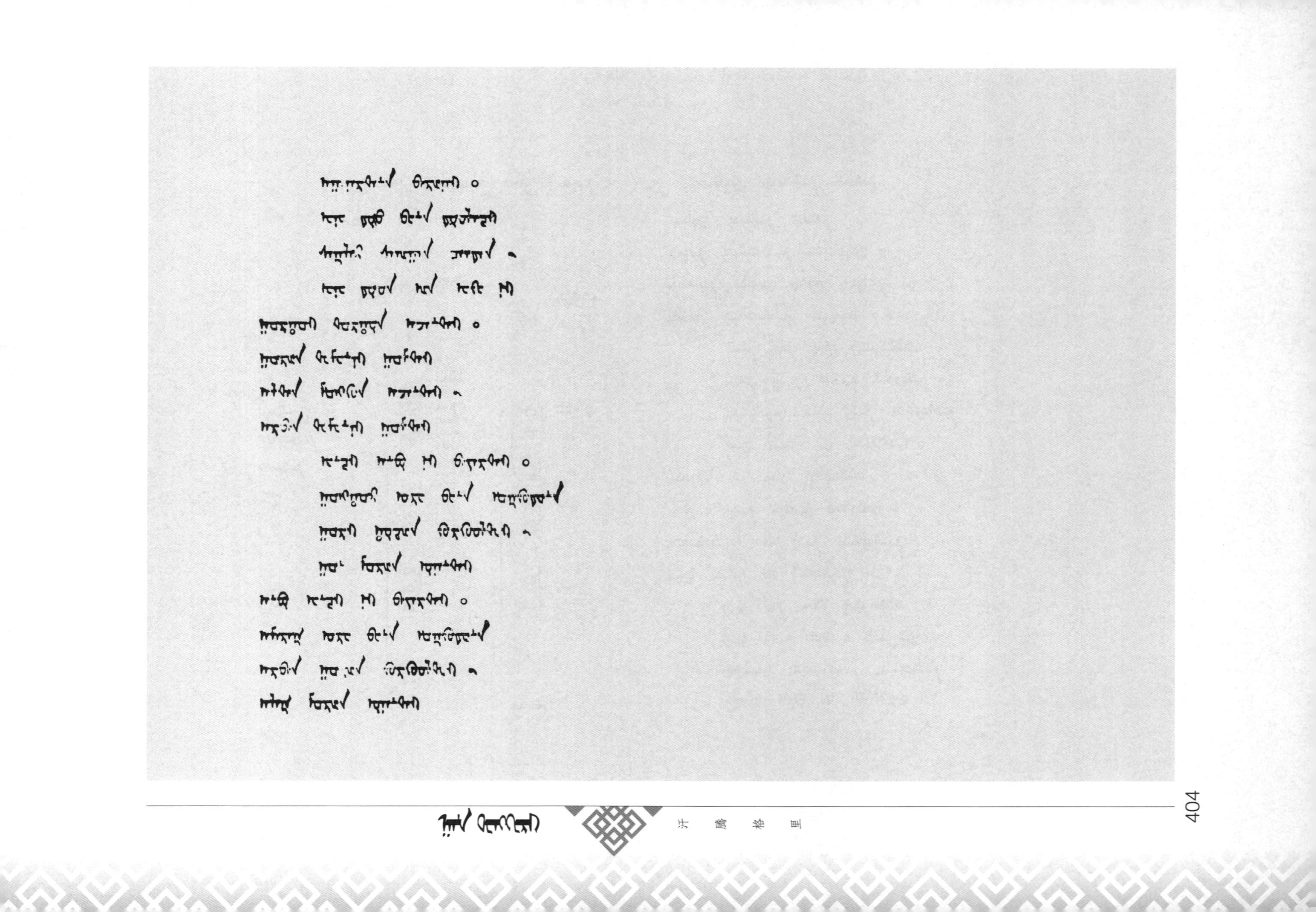

[illegible]
[illegible]
[illegible]
[illegible]
[illegible]
[illegible]
[illegible]
[illegible]
[illegible]
[illegible]
[illegible]
[illegible]
[illegible]
[illegible]
[illegible]
[illegible]

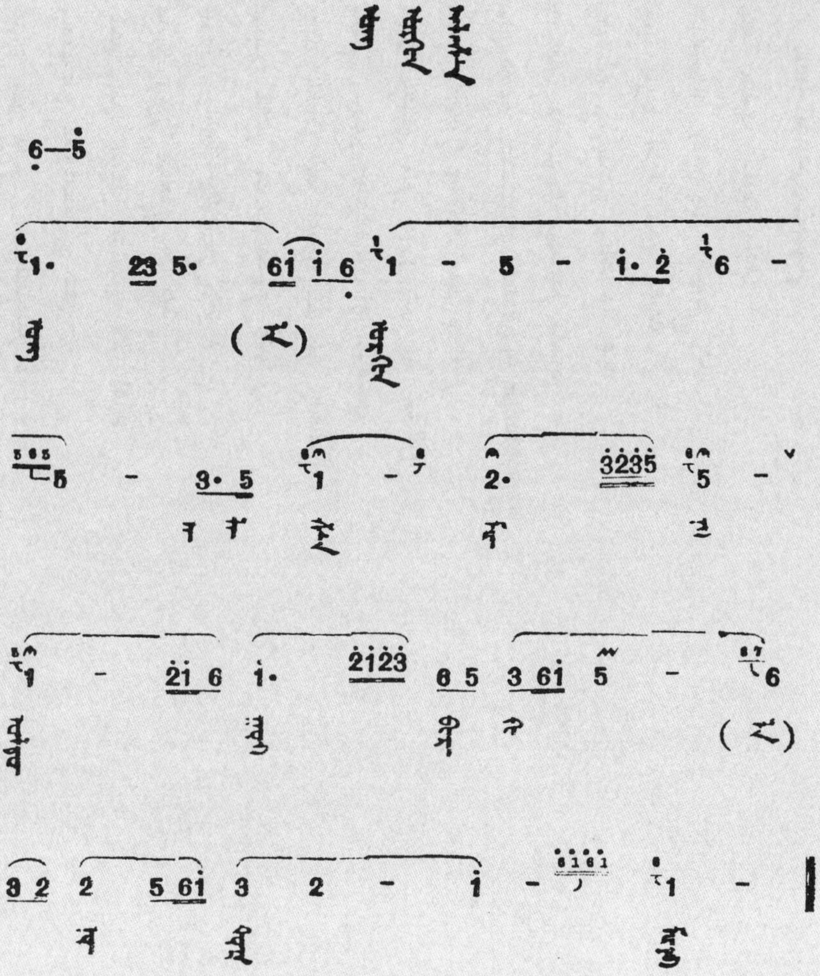

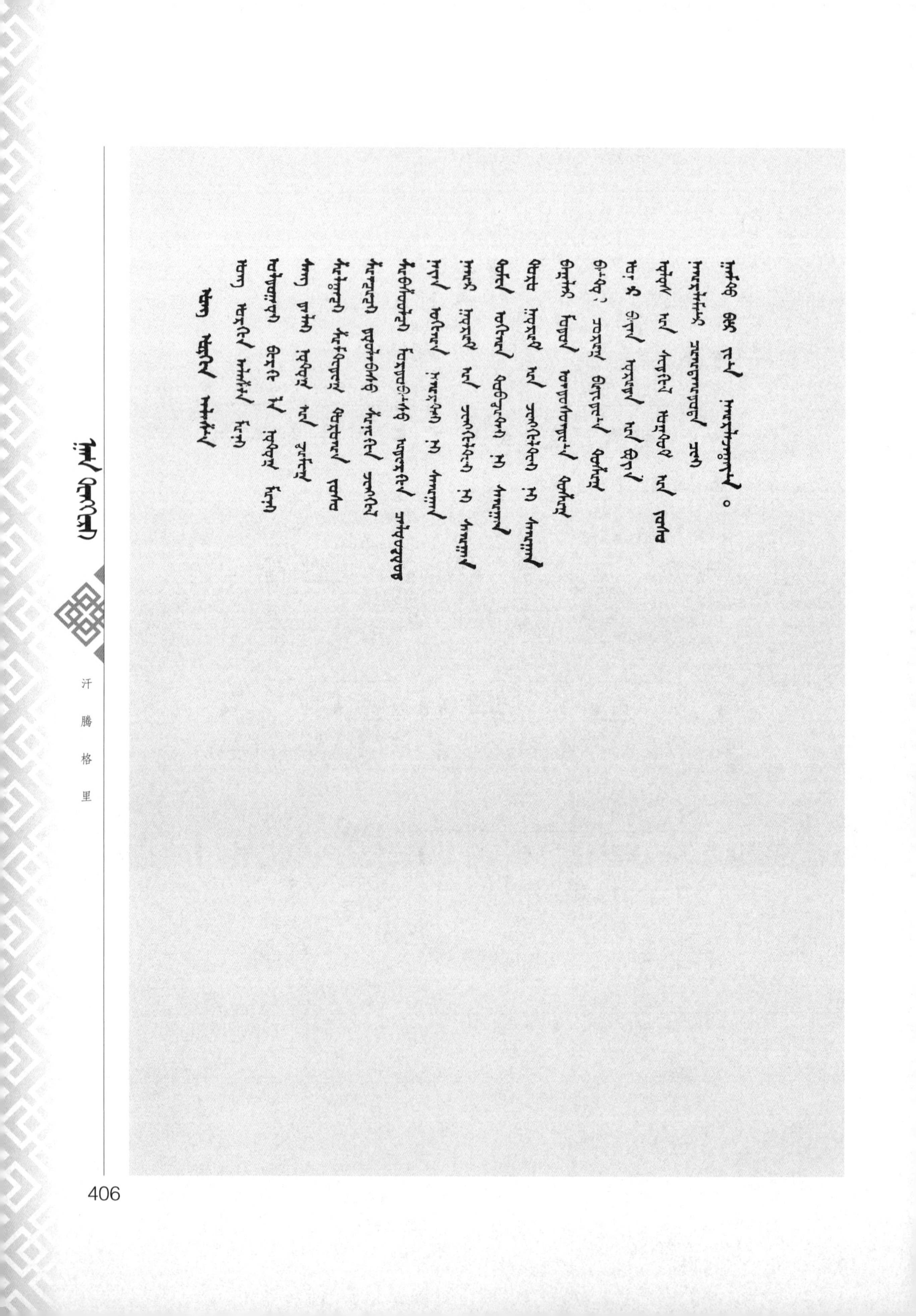

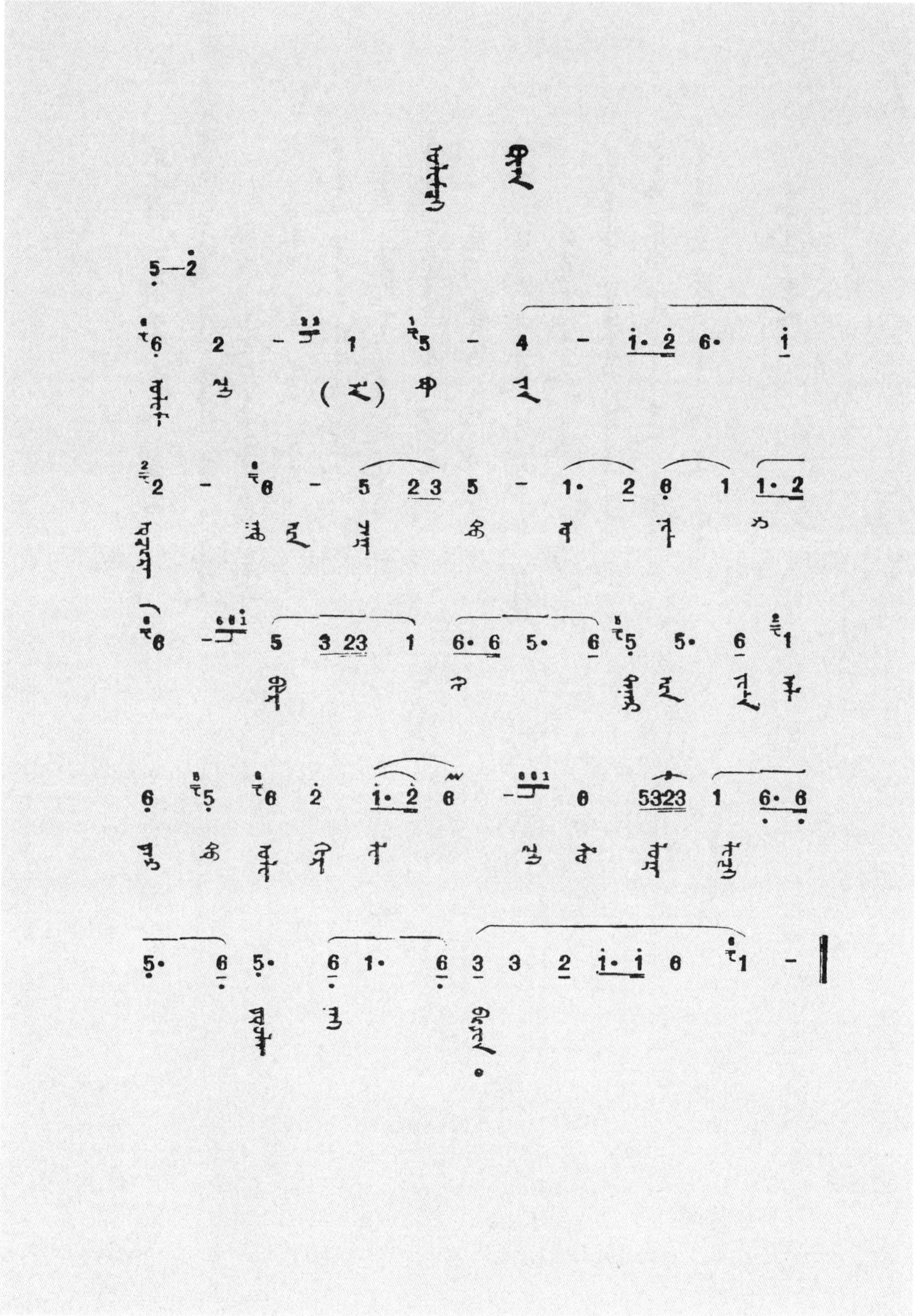

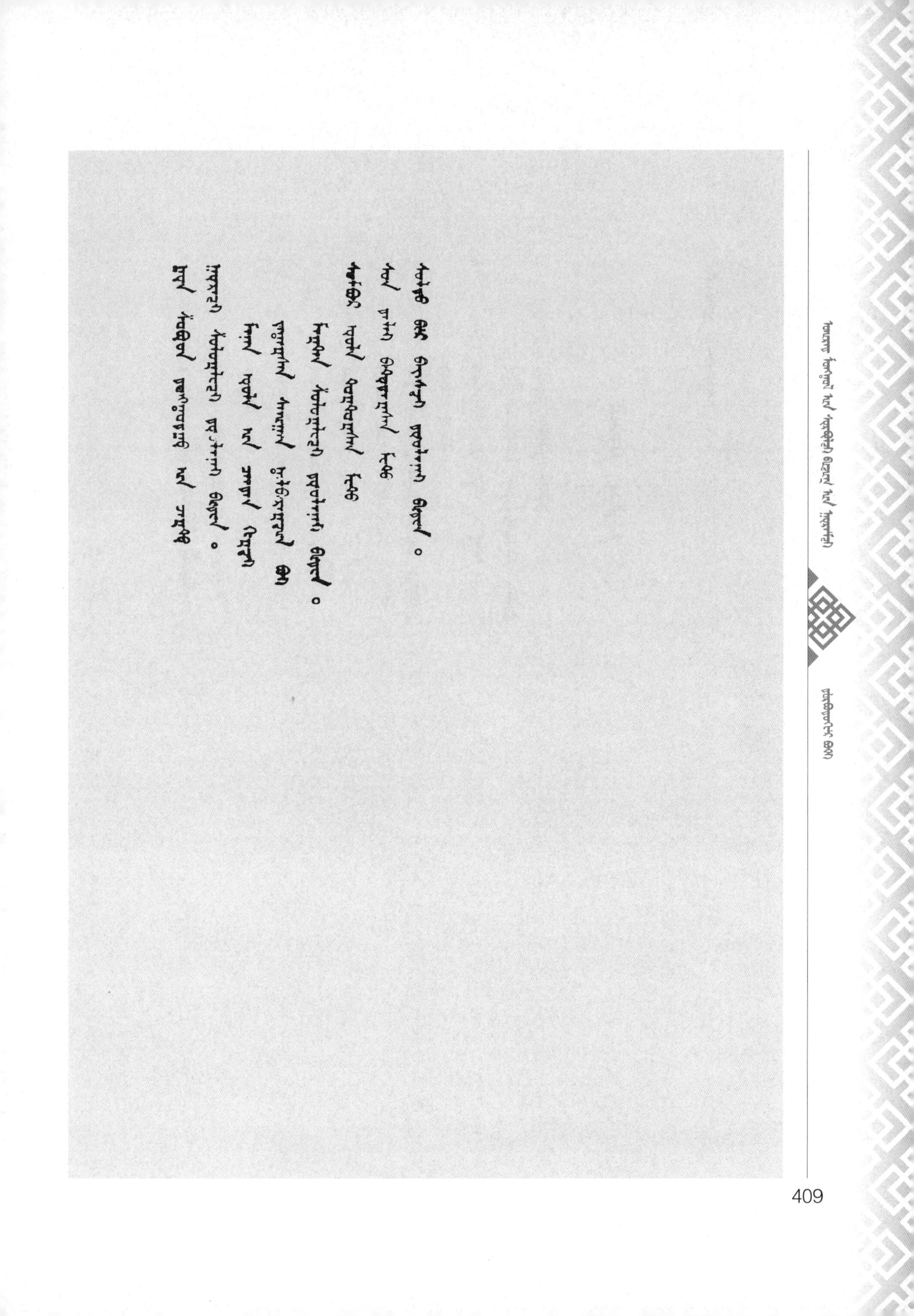

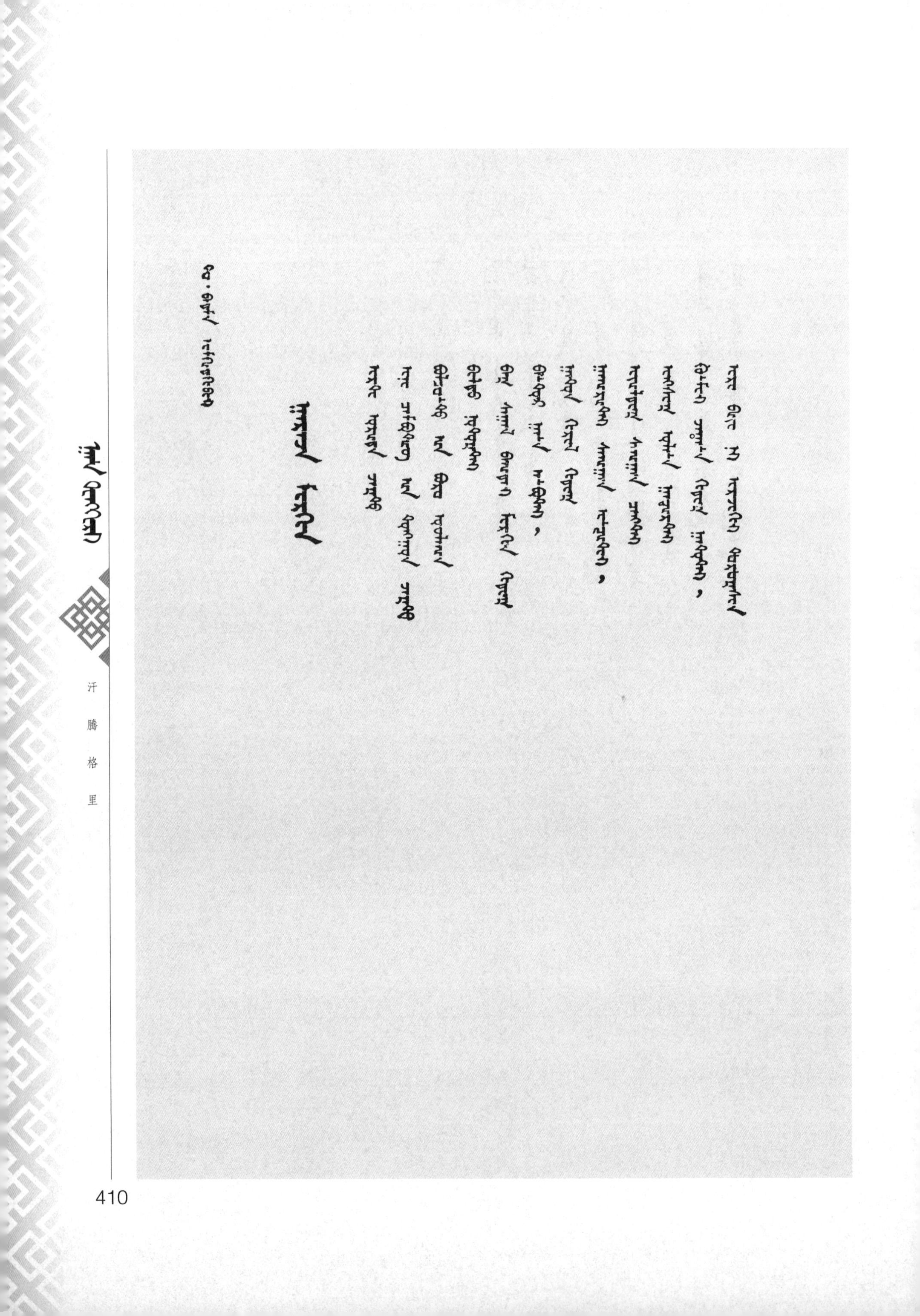

[illegible]

[illegible]

[illegible]
[illegible]
[illegible]
[illegible]
[illegible]
[illegible]
[illegible]
[illegible]
[illegible]
[illegible]
[illegible]
[illegible]
[illegible]

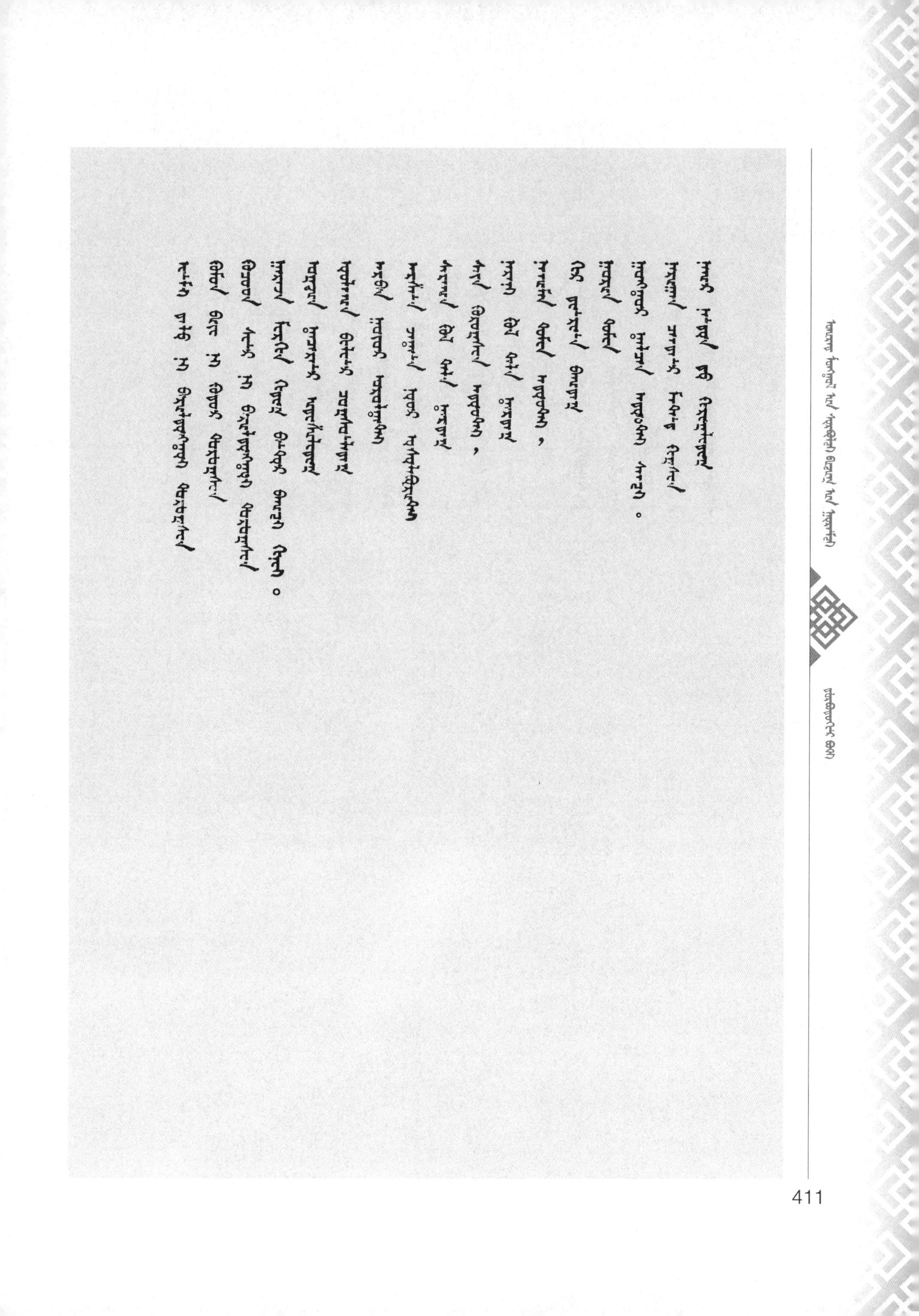

[illegible]
[illegible]
[illegible]
[illegible]
[illegible]
[illegible]
[illegible]
[illegible]
[illegible]
[illegible]
[illegible]
[illegible]
[illegible]
[illegible]
[illegible]
[illegible]
[illegible]

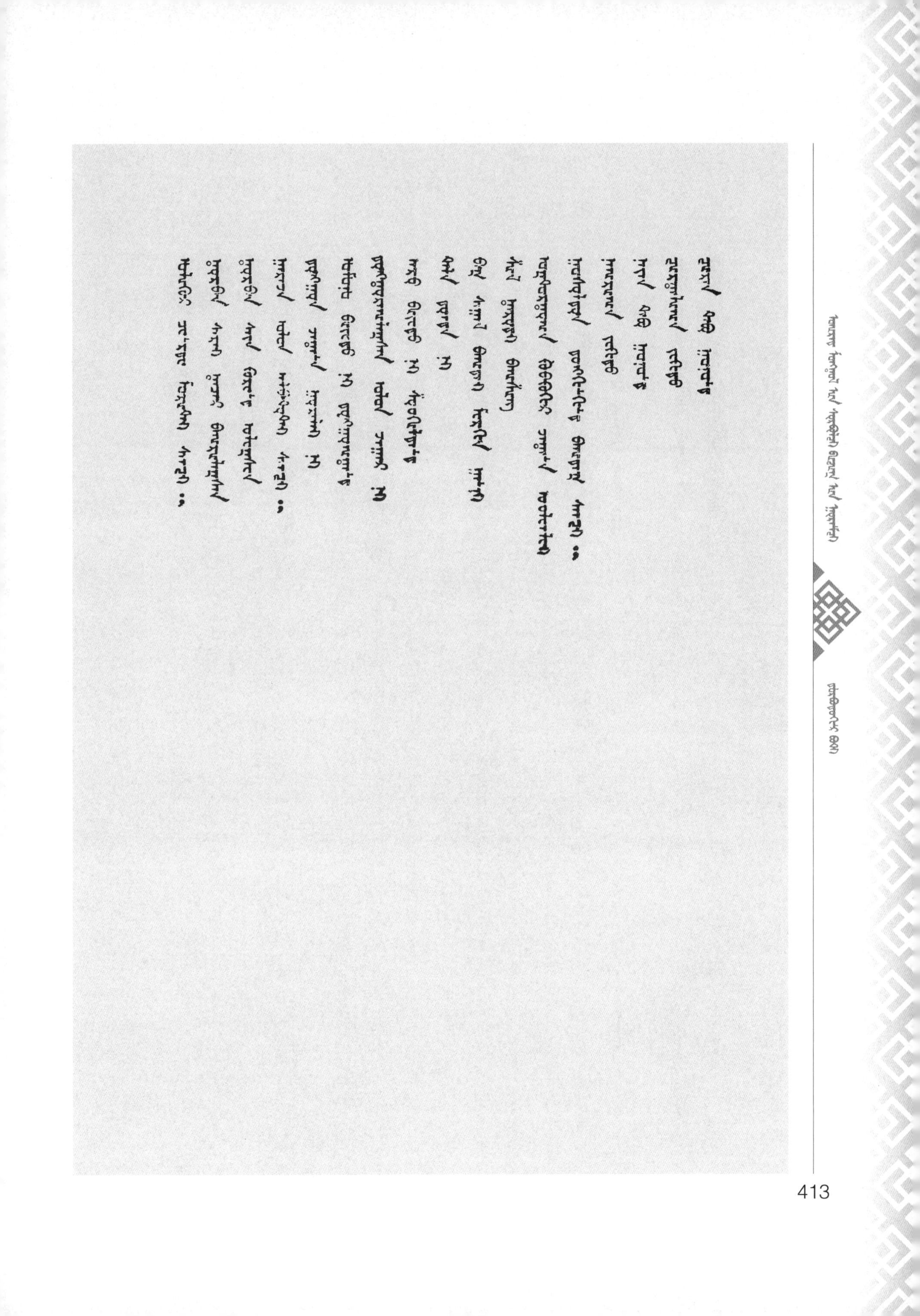

[illegible]
[illegible]
[illegible]
[illegible]
[illegible] ᠃
[illegible]
[illegible]
[illegible]
[illegible]
[illegible]
[illegible]
[illegible]
[illegible]
[illegible] ᠃
[illegible]
[illegible]
[illegible] ᠃

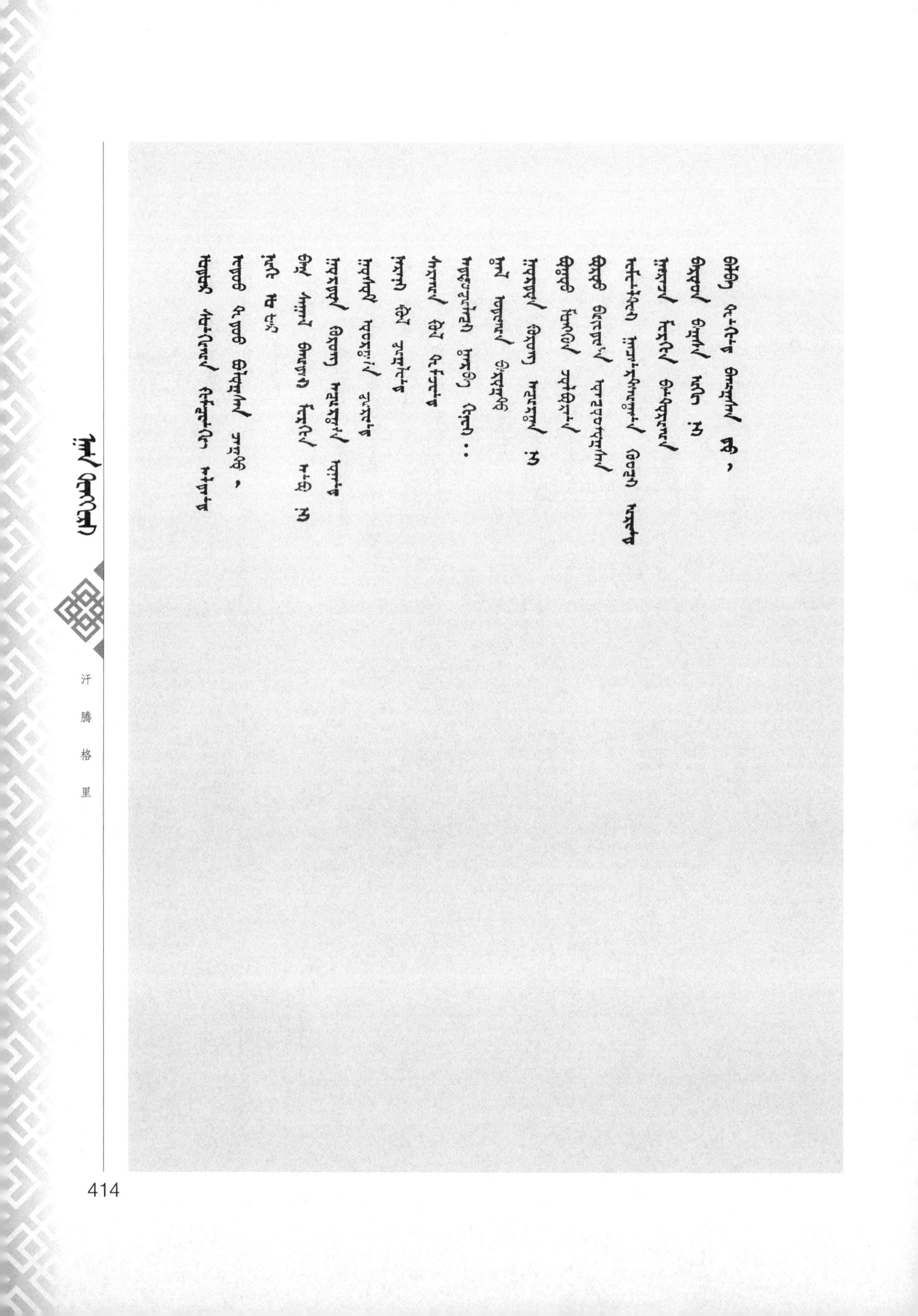

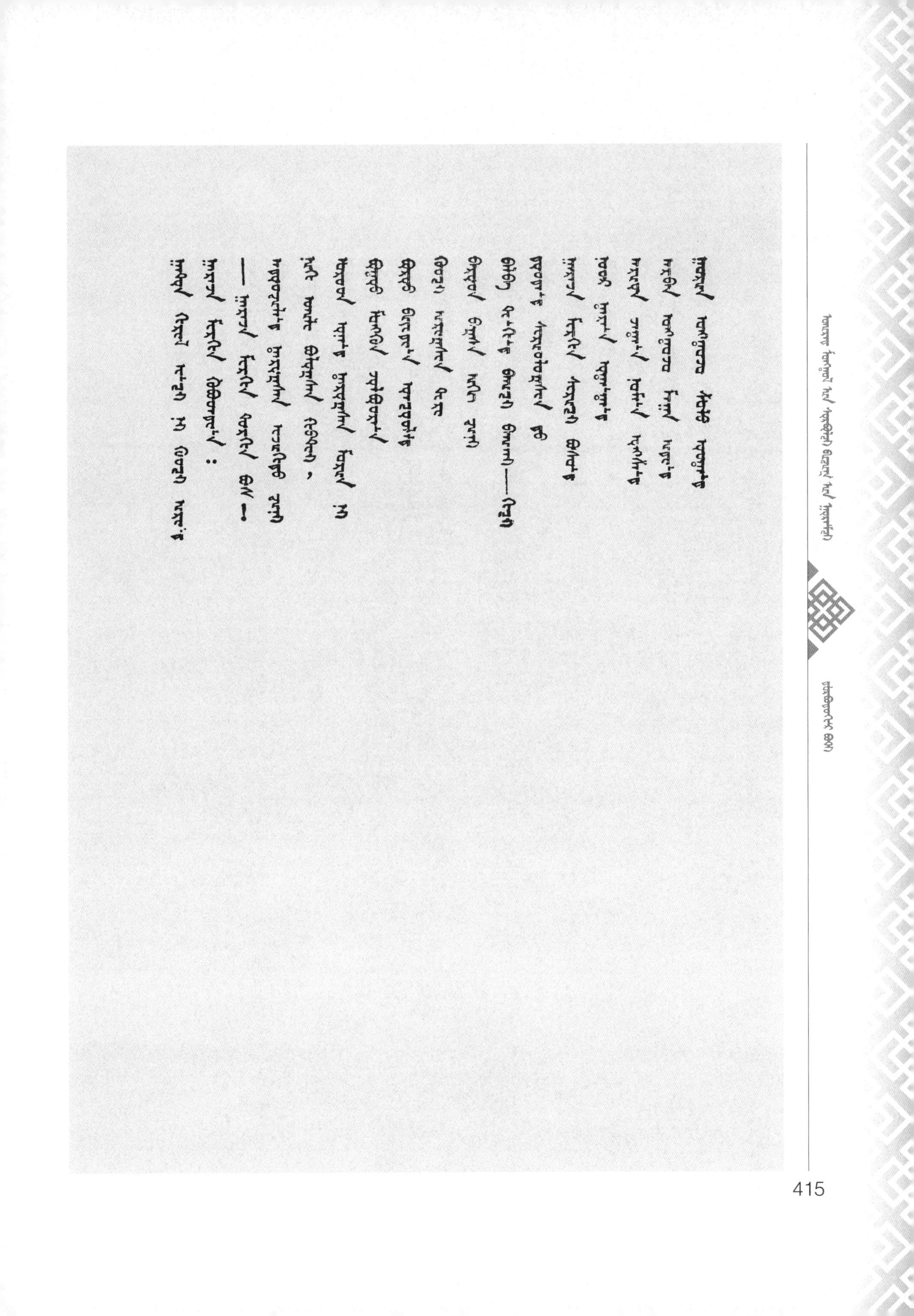

[illegible]
[illegible]
[illegible]
[illegible]
[illegible]
[illegible]
[illegible]
[illegible]
[illegible]
[illegible]
[illegible]
[illegible]
[illegible]
[illegible]
[illegible]
[illegible]
[illegible]

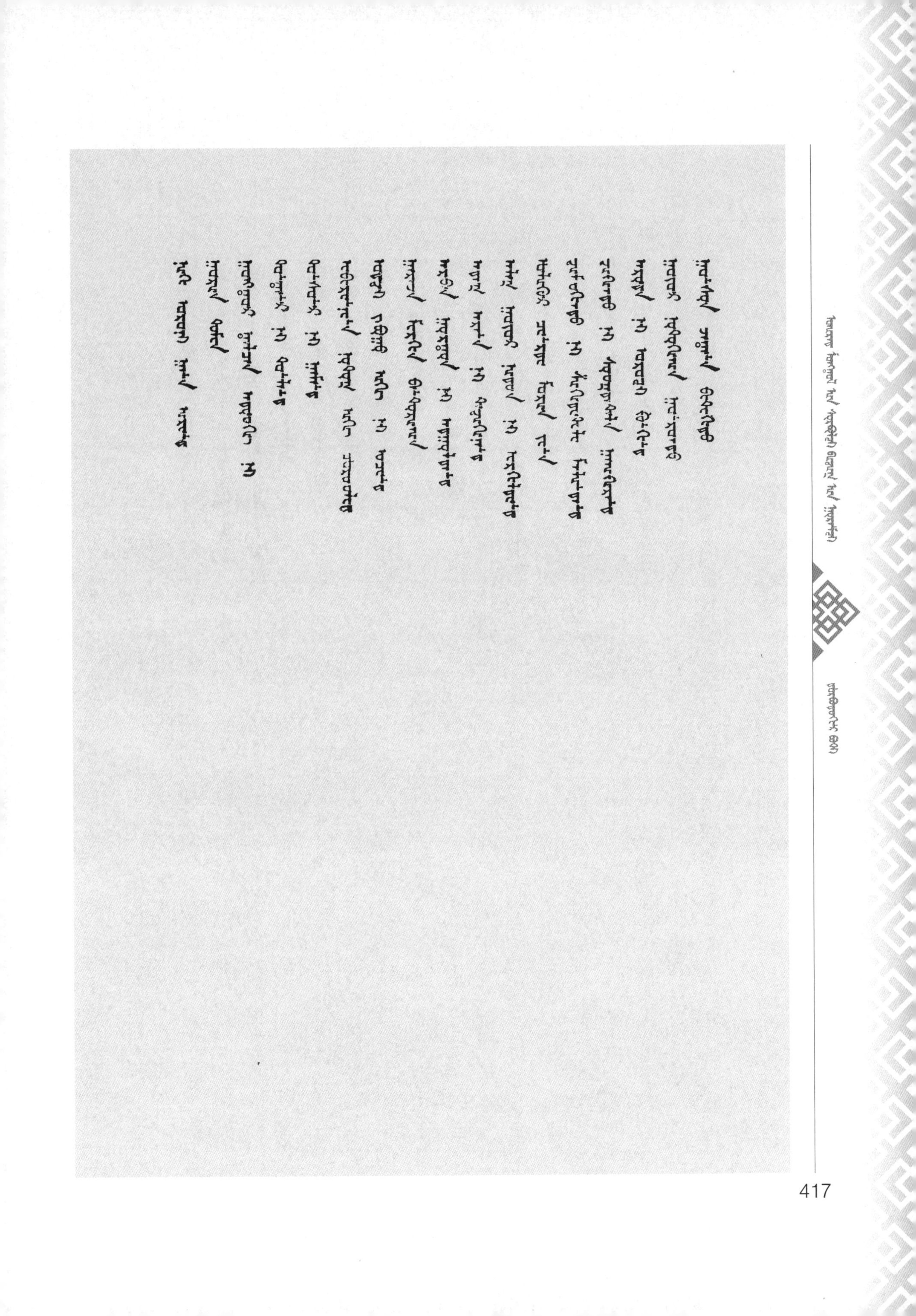

[illegible] :
[illegible] — [illegible] ,
[illegible] ?!
[illegible]
[illegible] ,
[illegible]
[illegible]
[illegible] ,
[illegible]
[illegible]
— [illegible] ?
[illegible] :
[illegible]
[illegible]
[illegible]
[illegible]
[illegible]

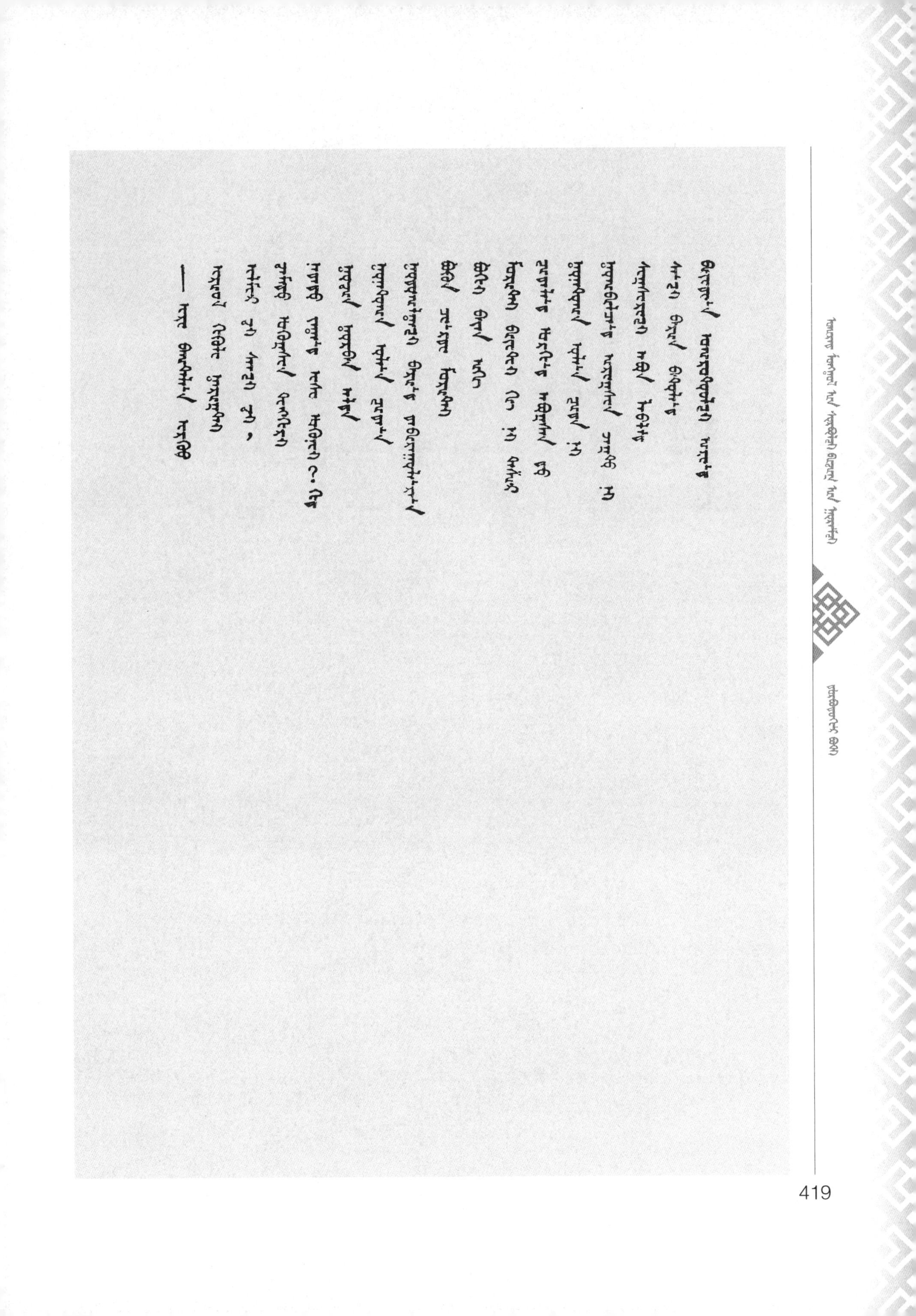

[illegible]
[illegible]
[illegible]
[illegible]
[illegible]
[illegible]
[illegible]
[illegible]
[illegible]
[illegible]
[illegible]
[illegible]
[illegible]
[illegible]
[illegible]
[illegible]
— [illegible]

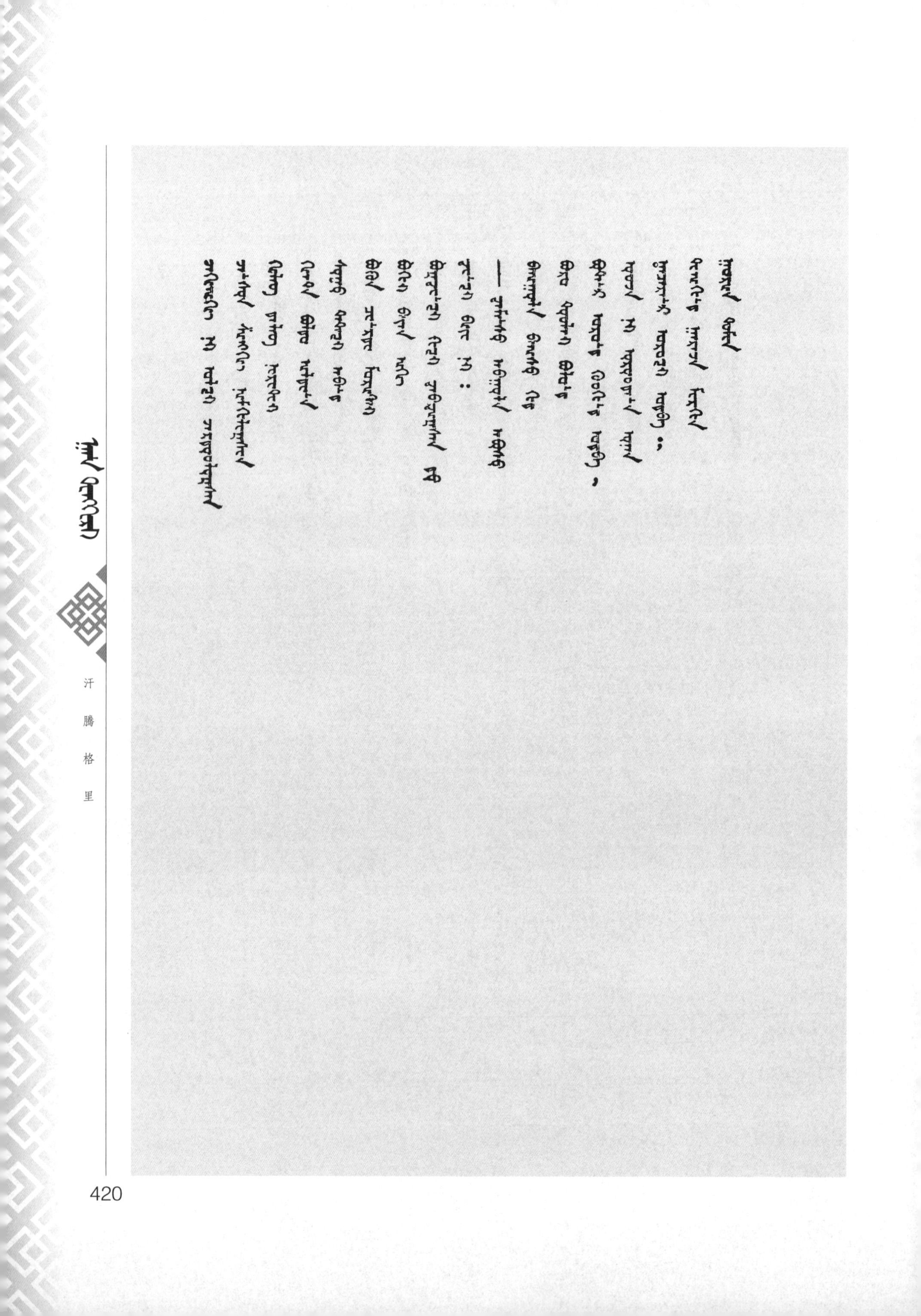

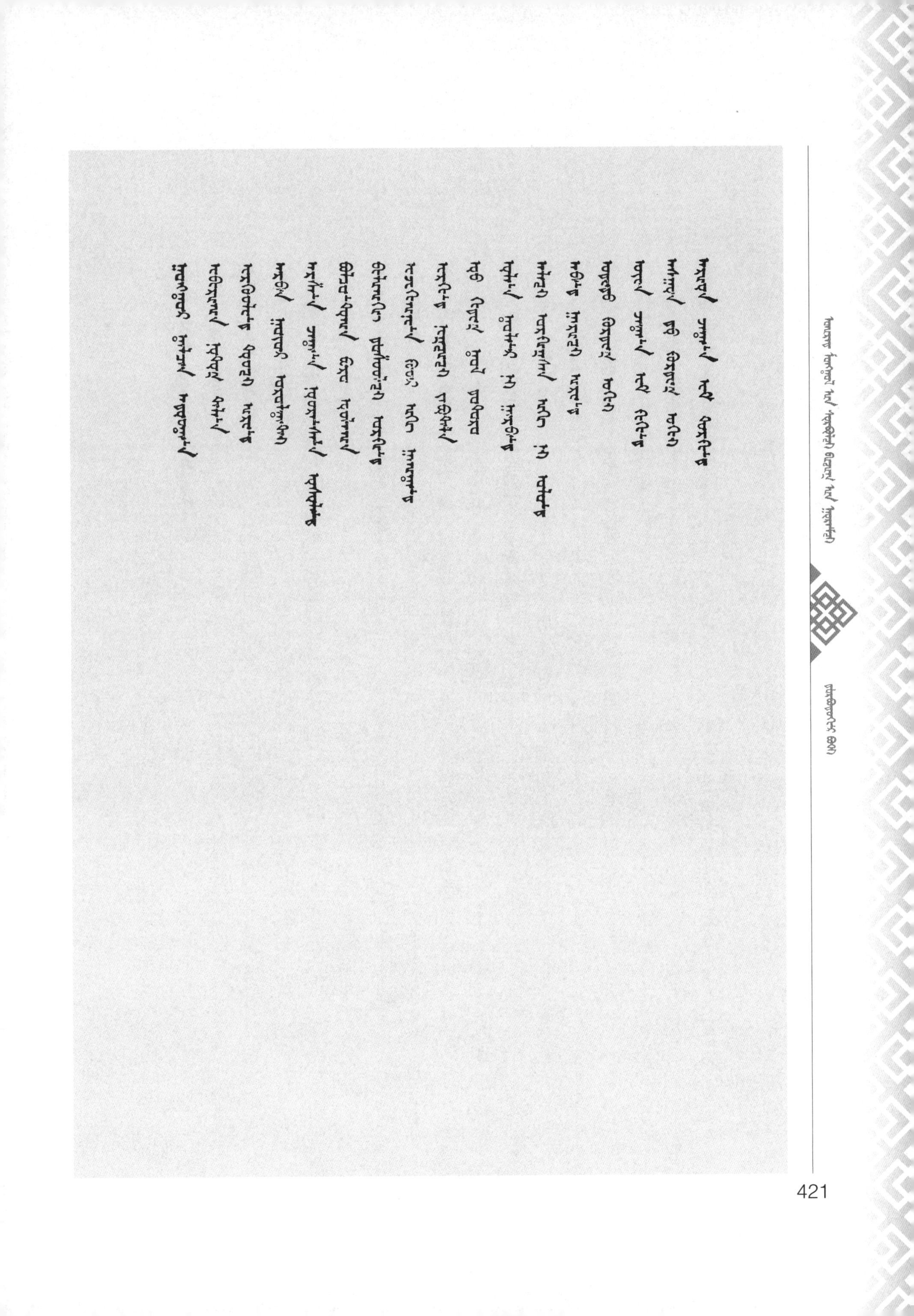

[illegible]
[illegible]
[illegible]
[illegible]
[illegible]
[illegible]
[illegible]
[illegible]
[illegible]
[illegible]
[illegible]
[illegible]
[illegible]
[illegible]
[illegible]
[illegible]
[illegible]

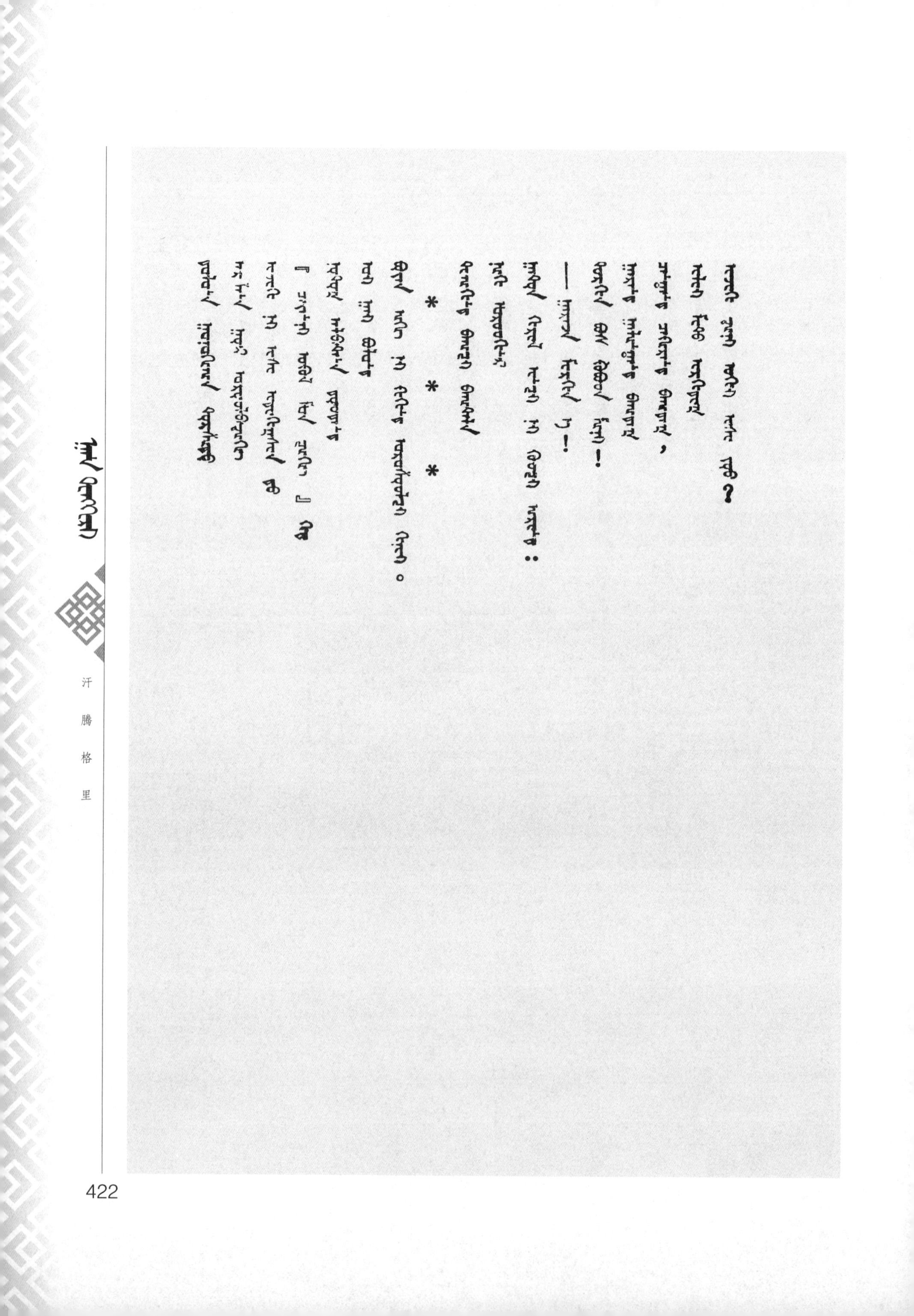

[illegible]

[illegible]

[illegible]

[illegible]

[illegible]

[illegible]

[illegible]

[illegible]

* * *

[illegible]

[illegible]

[illegible]

[illegible]

[illegible]

[illegible]

[illegible]

[illegible]

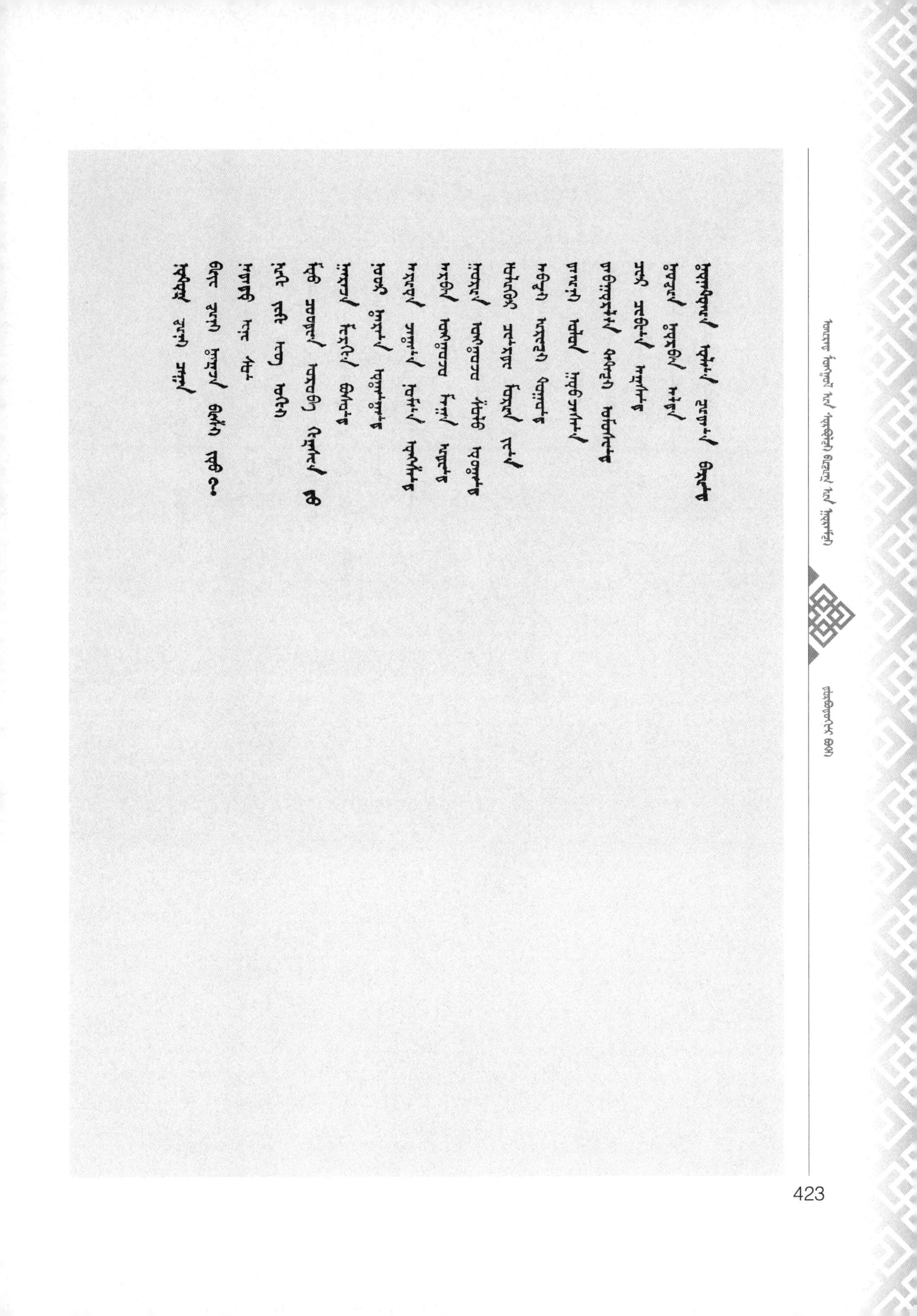

[illegible]

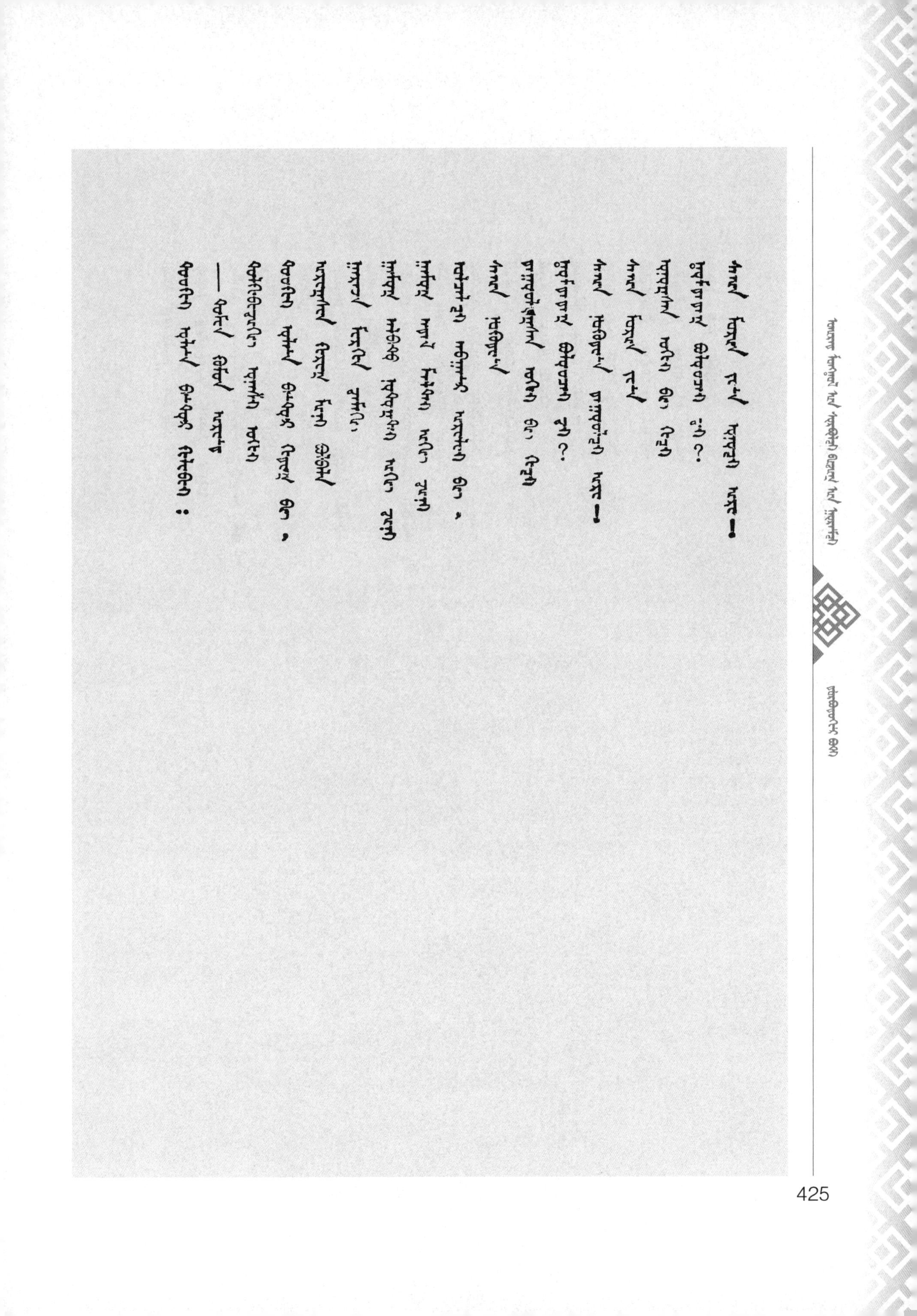

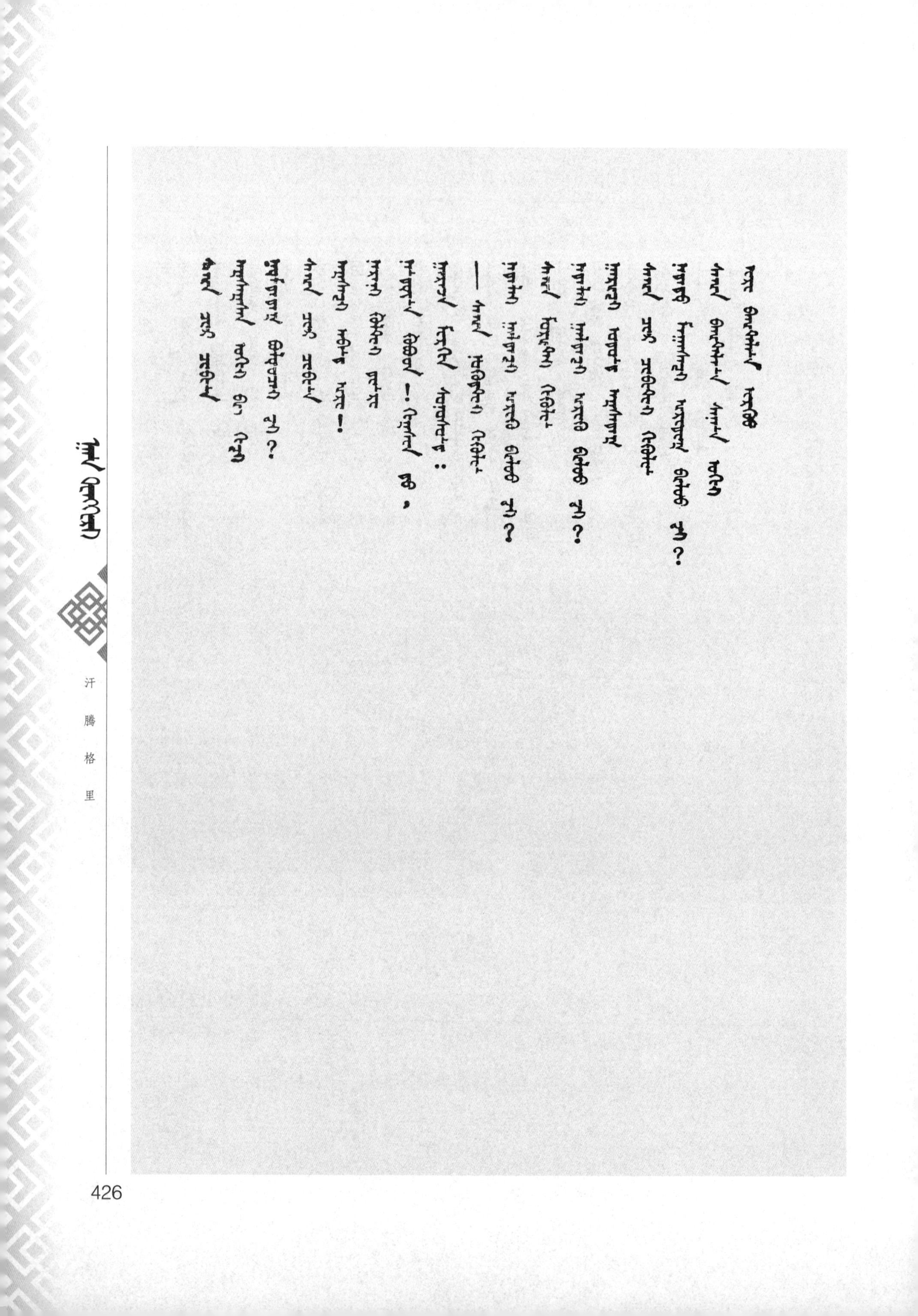

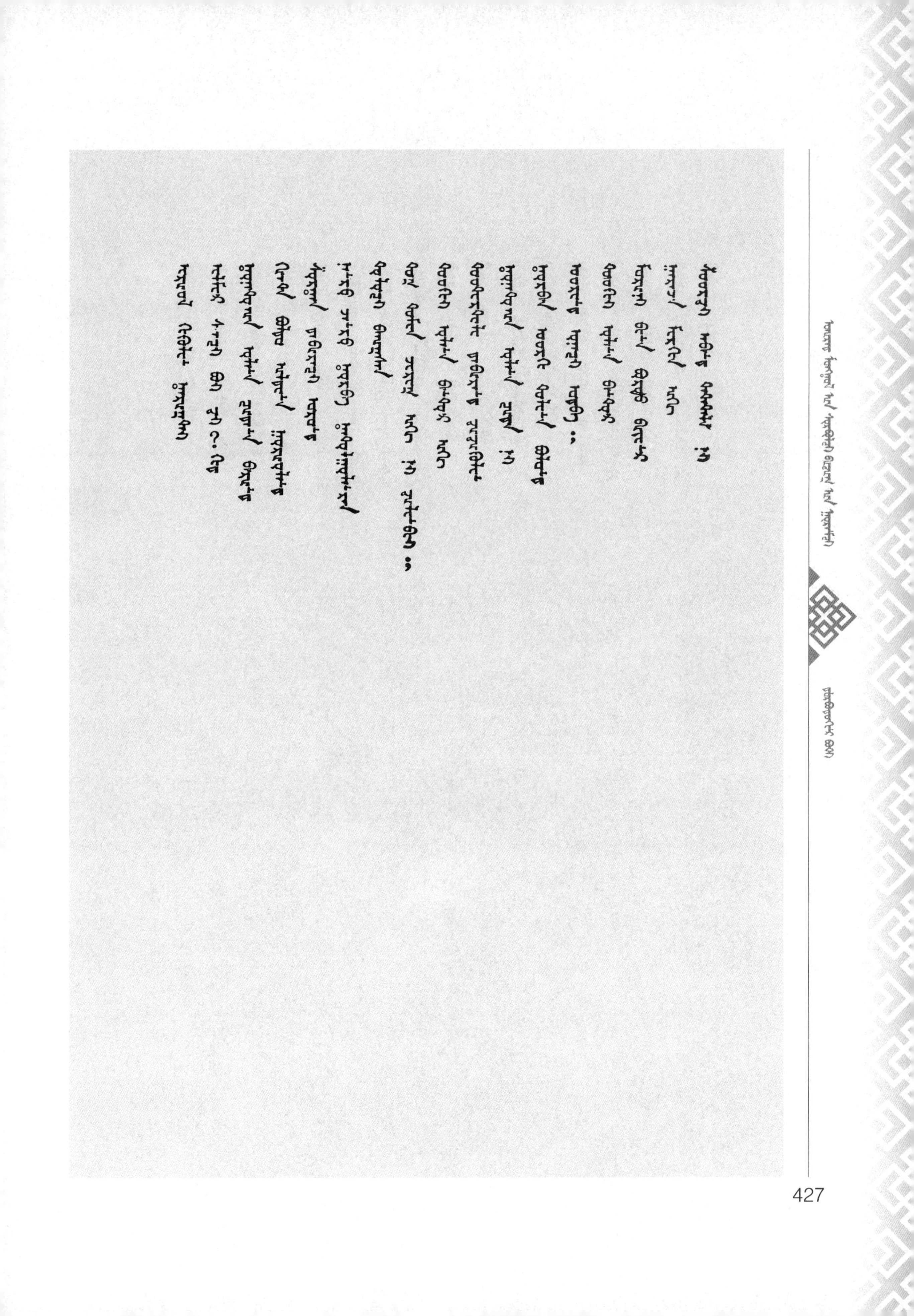

[illegible]

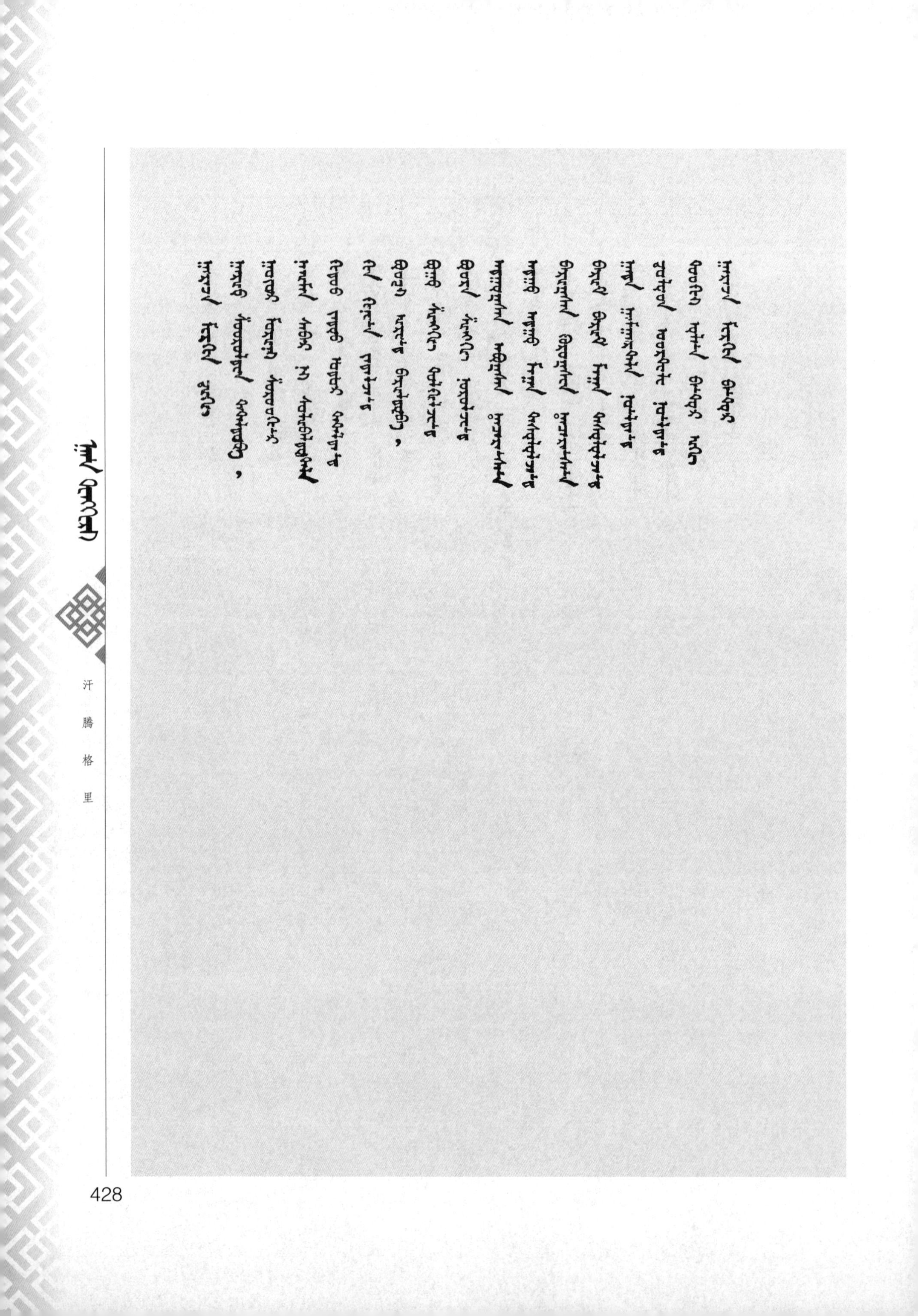

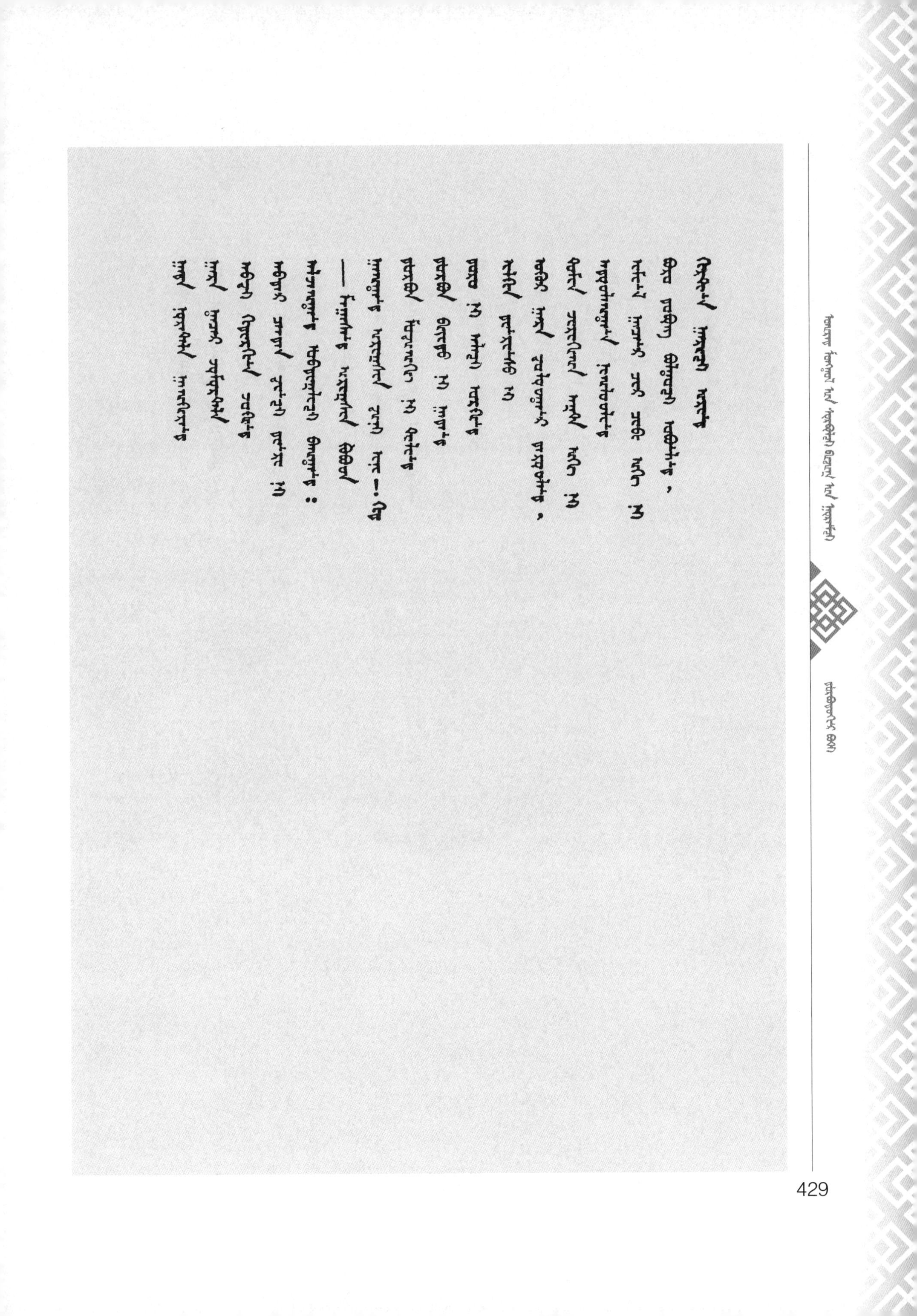

[illegible]
[illegible]
[illegible]
[illegible]
[illegible]
[illegible]
[illegible]
[illegible]
[illegible]
[illegible]
[illegible]
[illegible]
[illegible]
[illegible]
[illegible]
[illegible]
[illegible]

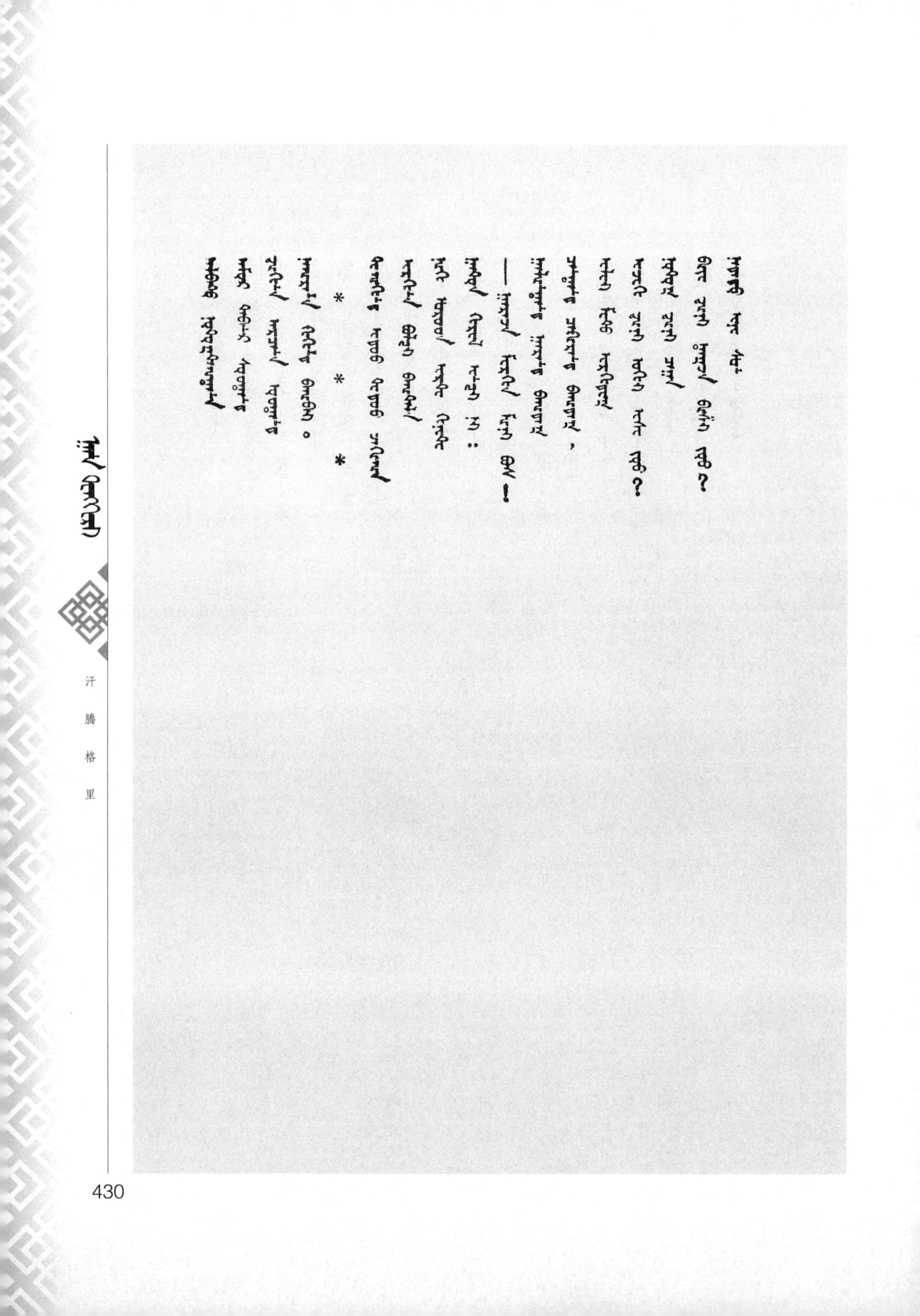

[illegible]
[illegible]
[illegible]
[illegible]
[illegible] ᠃

* * *

[illegible]
[illegible]
[illegible]
[illegible]
[illegible] :
— [illegible] !
[illegible]
[illegible] ,
[illegible]
[illegible] ?
[illegible]
[illegible] ?
[illegible]

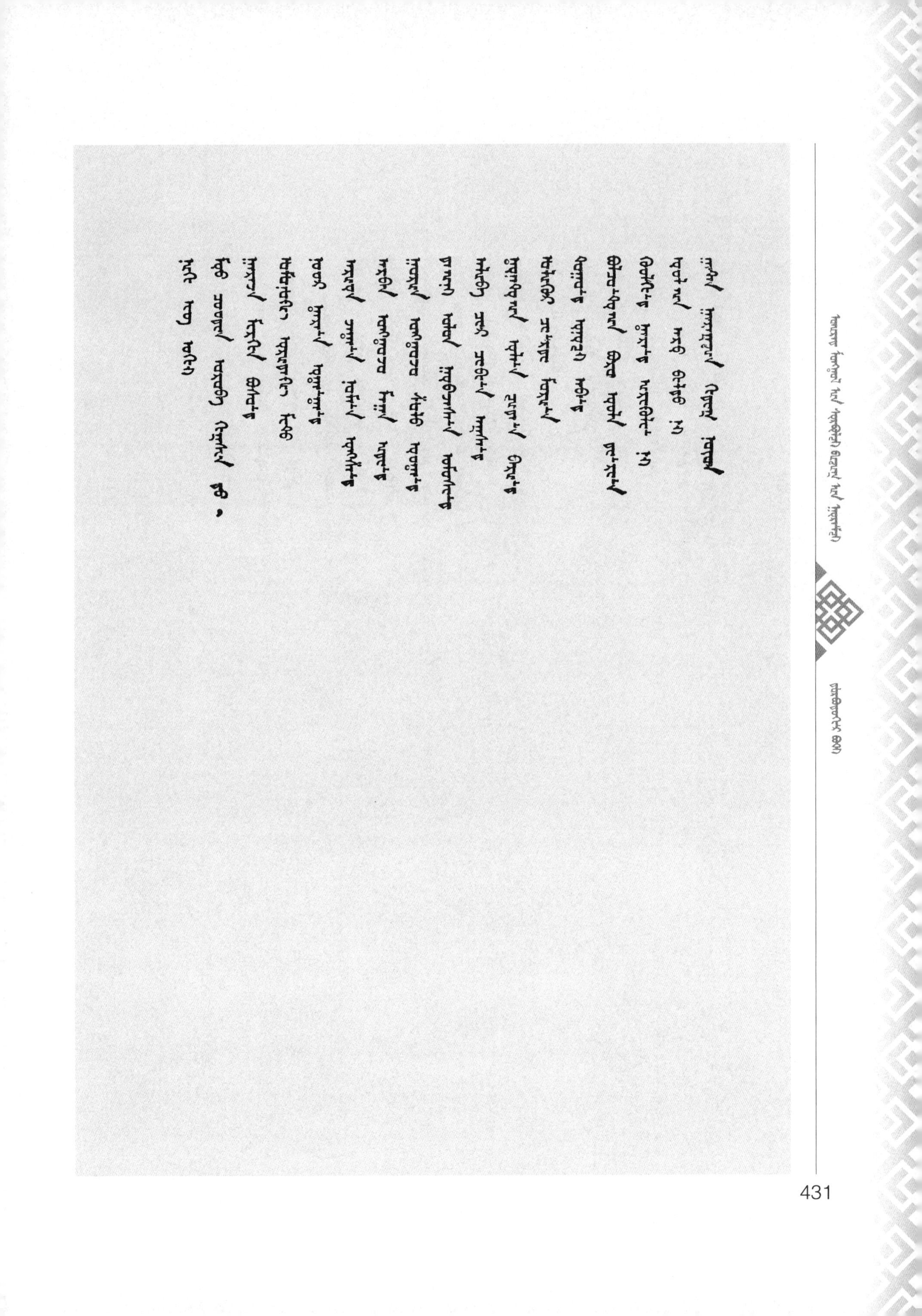

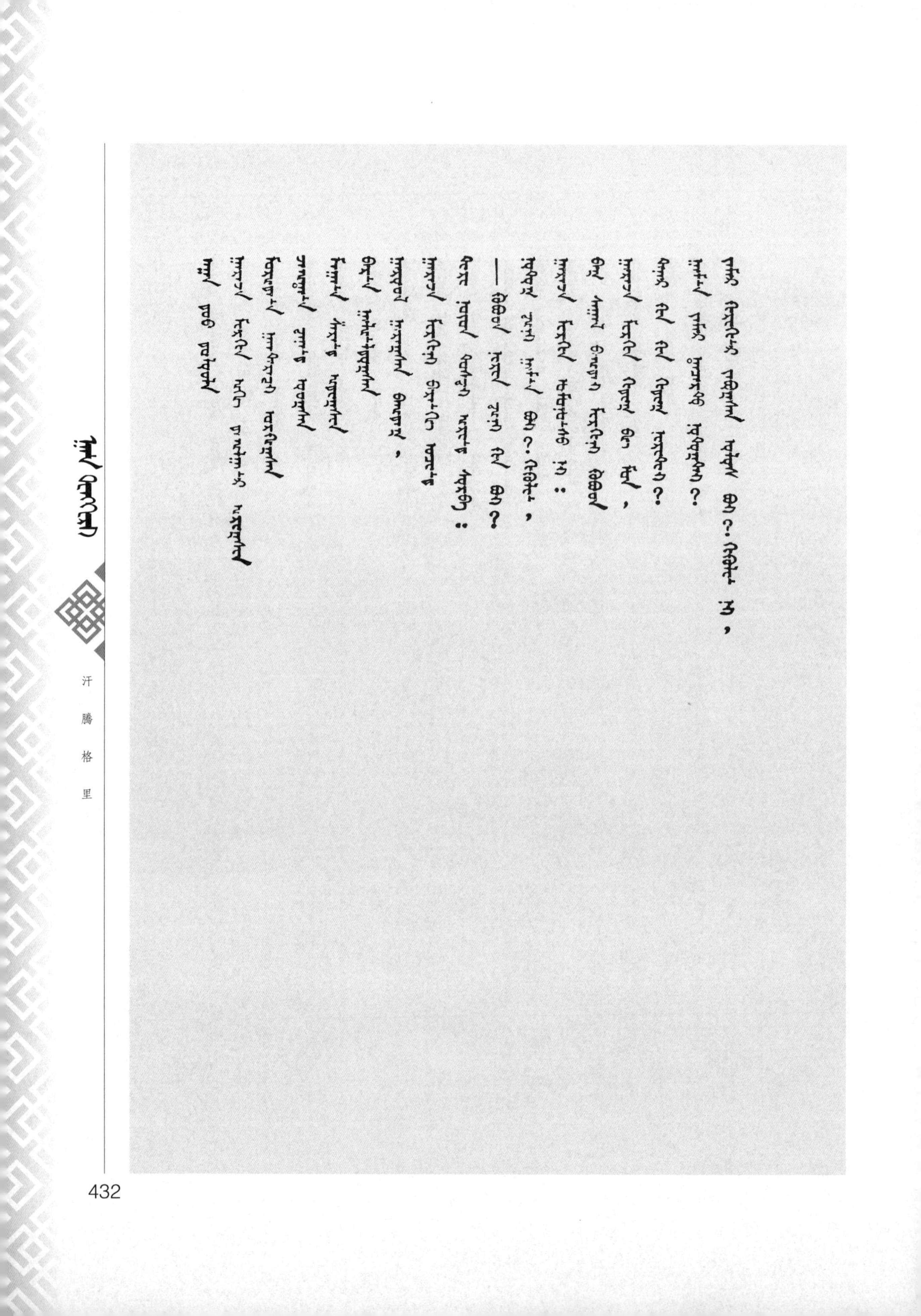

[illegible]
[illegible]
[illegible]
[illegible]
[illegible]
[illegible]
[illegible] ,
[illegible]
[illegible] ᠄
[illegible] ?
— [illegible] ? [illegible] ,
[illegible] ᠄
[illegible]
[illegible] ,
[illegible] ?
[illegible] ?
[illegible] ? [illegible] ,

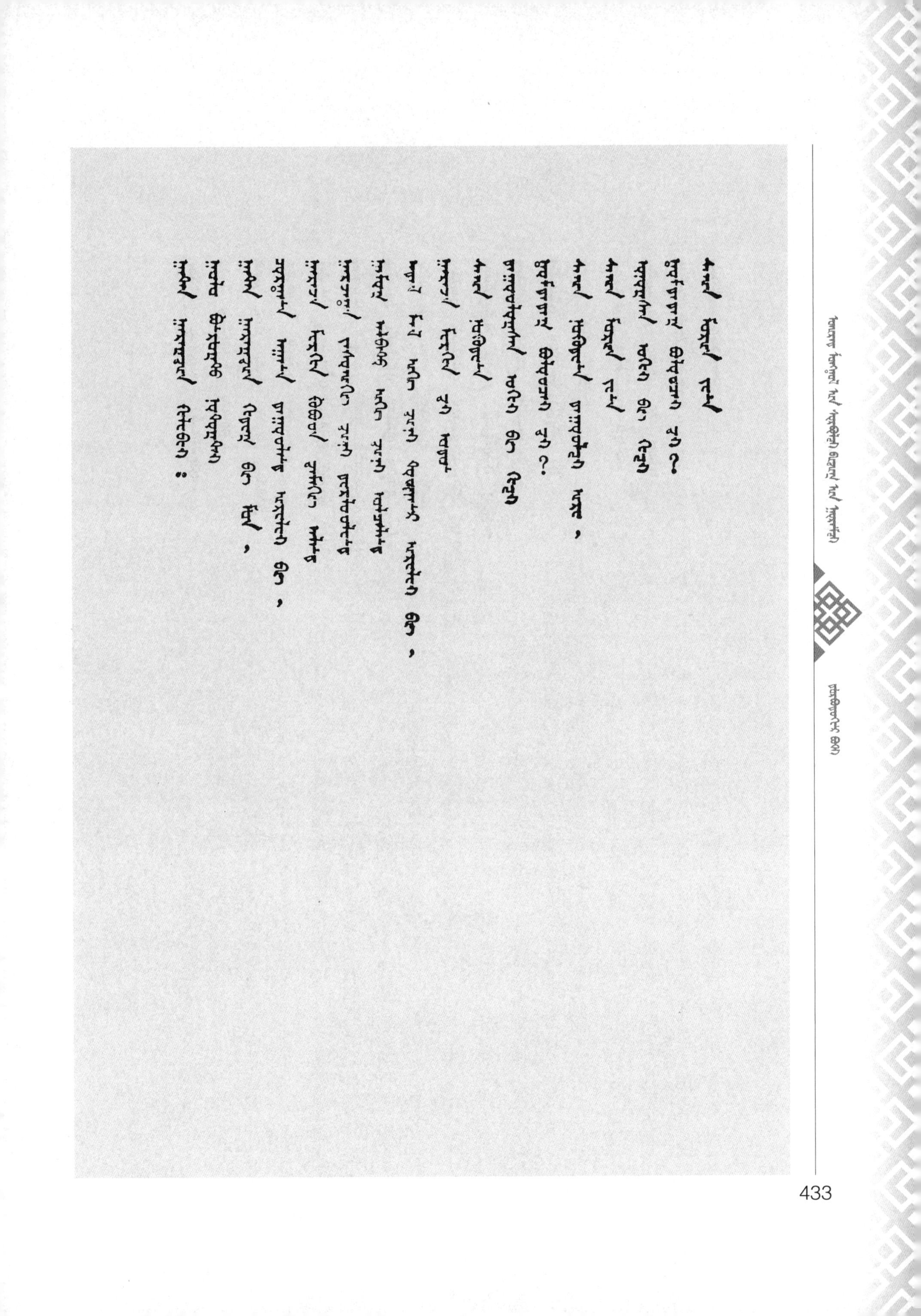

[illegible]
[illegible] ᠶᠠᠭᠤ ᠪᠤᠢ ?
[illegible]
[illegible]
[illegible] ,
[illegible] ᠶᠠᠭᠤ ᠪᠤᠢ ?
[illegible]
[illegible]
[illegible]
[illegible] ,
[illegible]
[illegible]
[illegible]
[illegible] ,
[illegible] ,
[illegible]
[illegible] ᠃

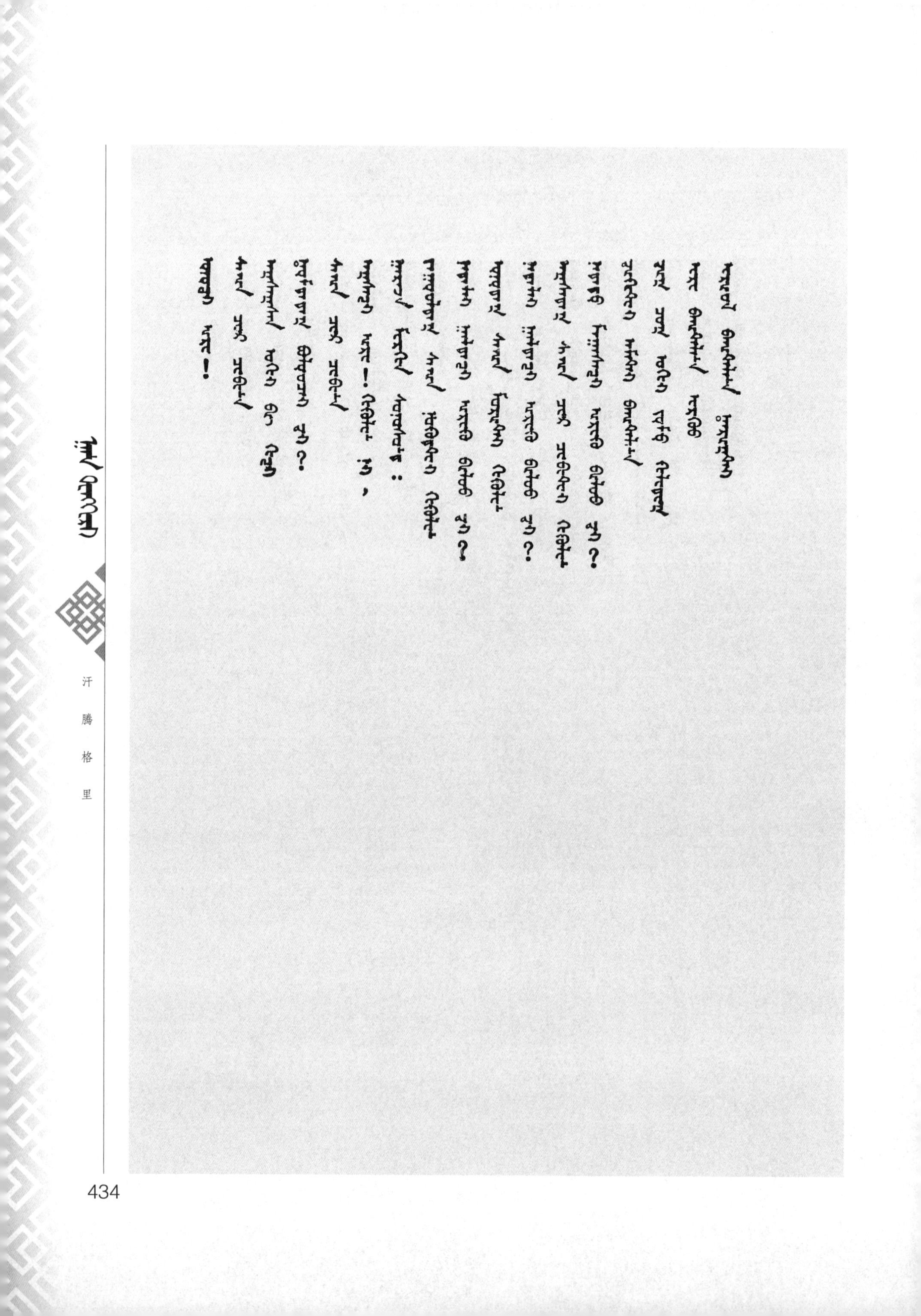

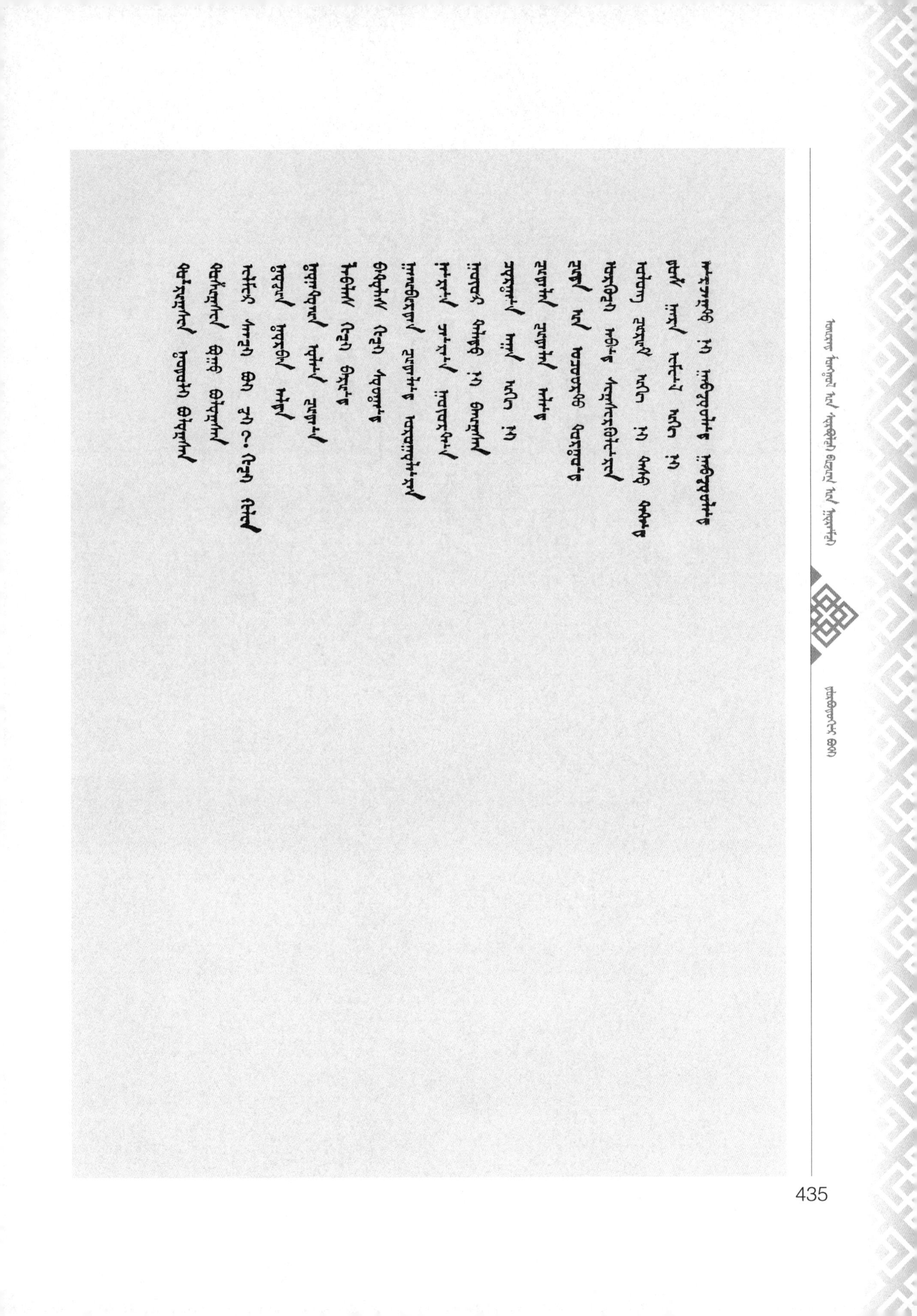

[illegible]
[illegible]
[illegible]
[illegible]
[illegible]
[illegible]
[illegible]
[illegible]
[illegible]
[illegible]
[illegible]
[illegible]
[illegible]
[illegible]
[illegible]
[illegible]
[illegible]
[illegible]

[illegible]

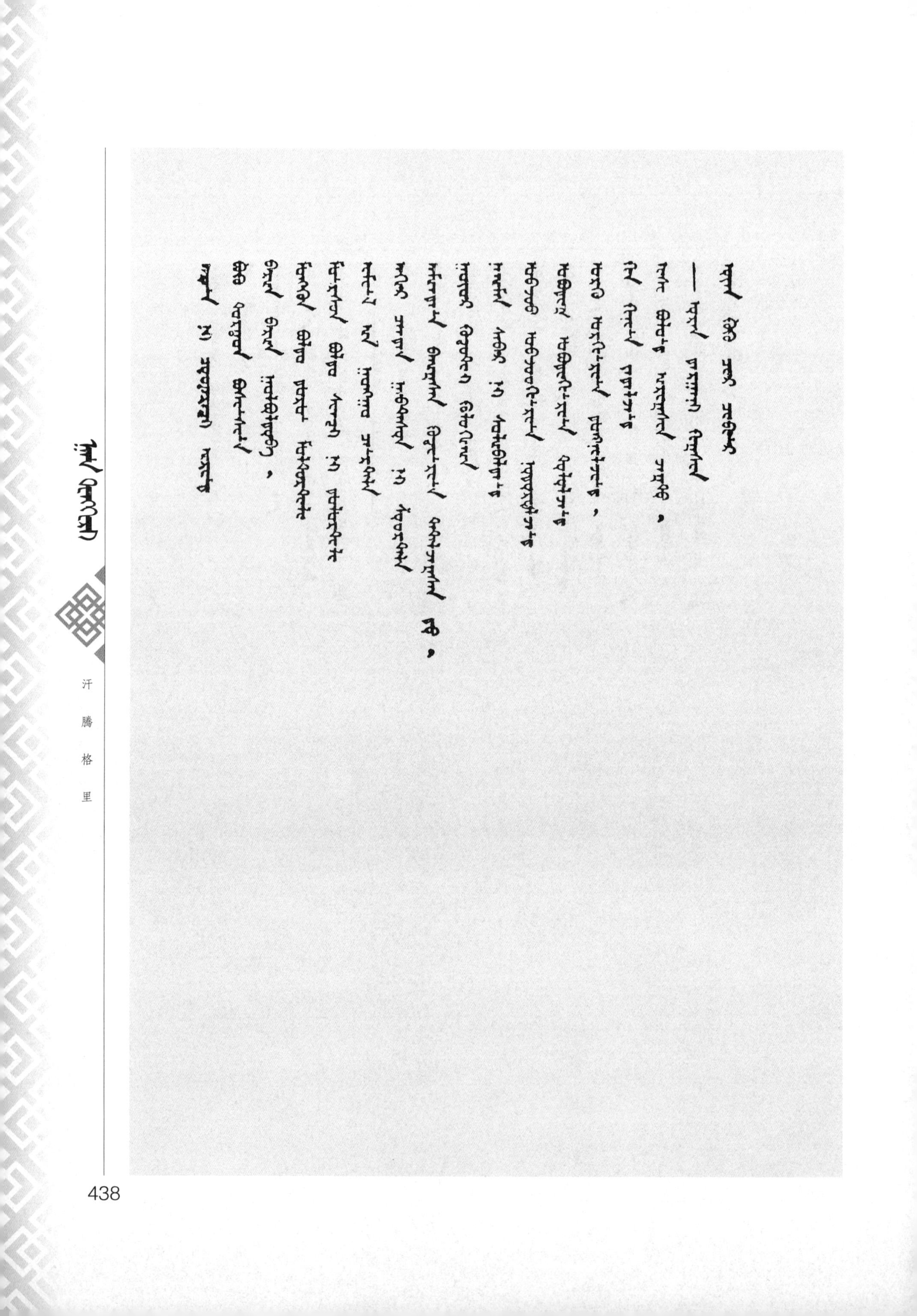

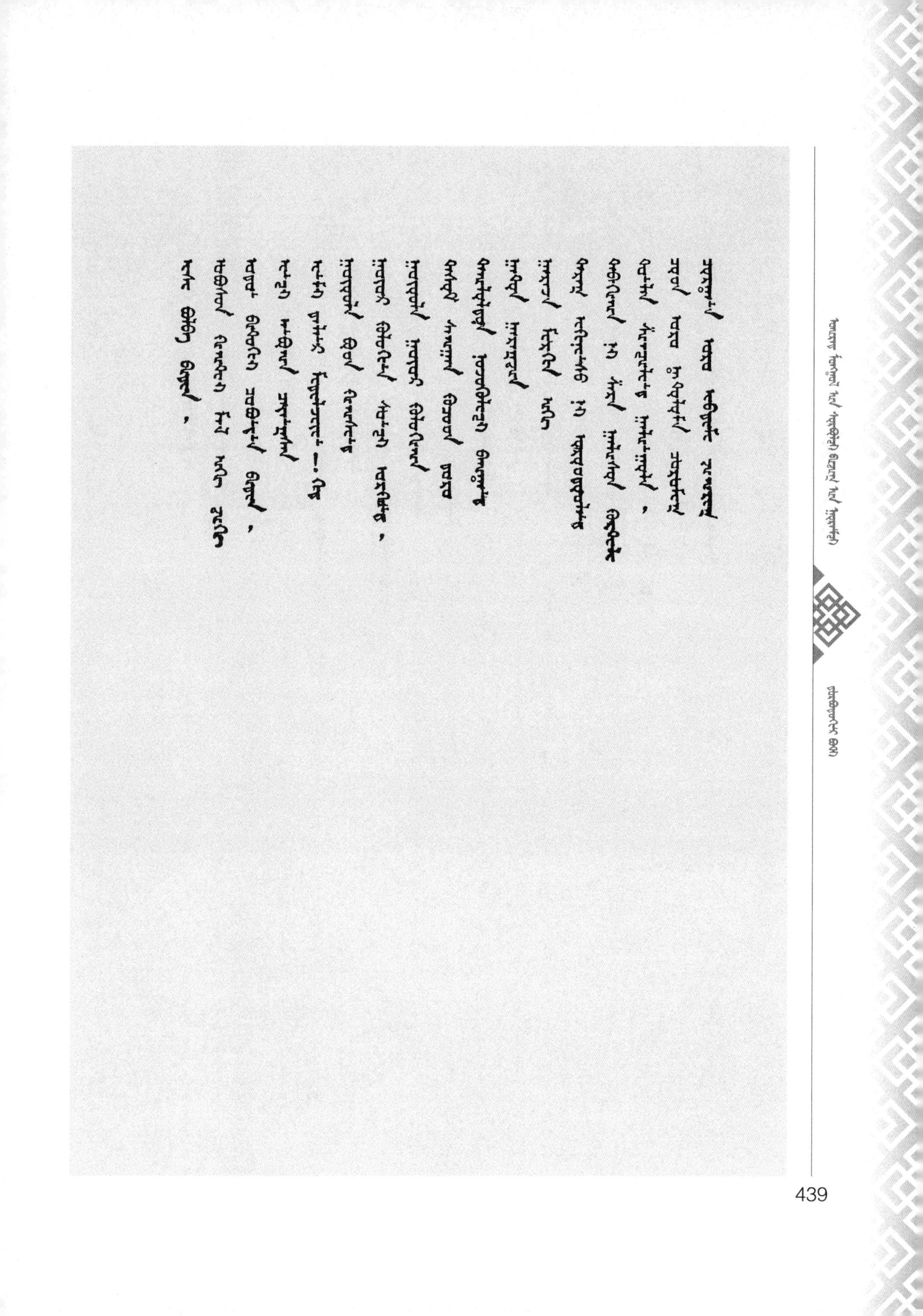

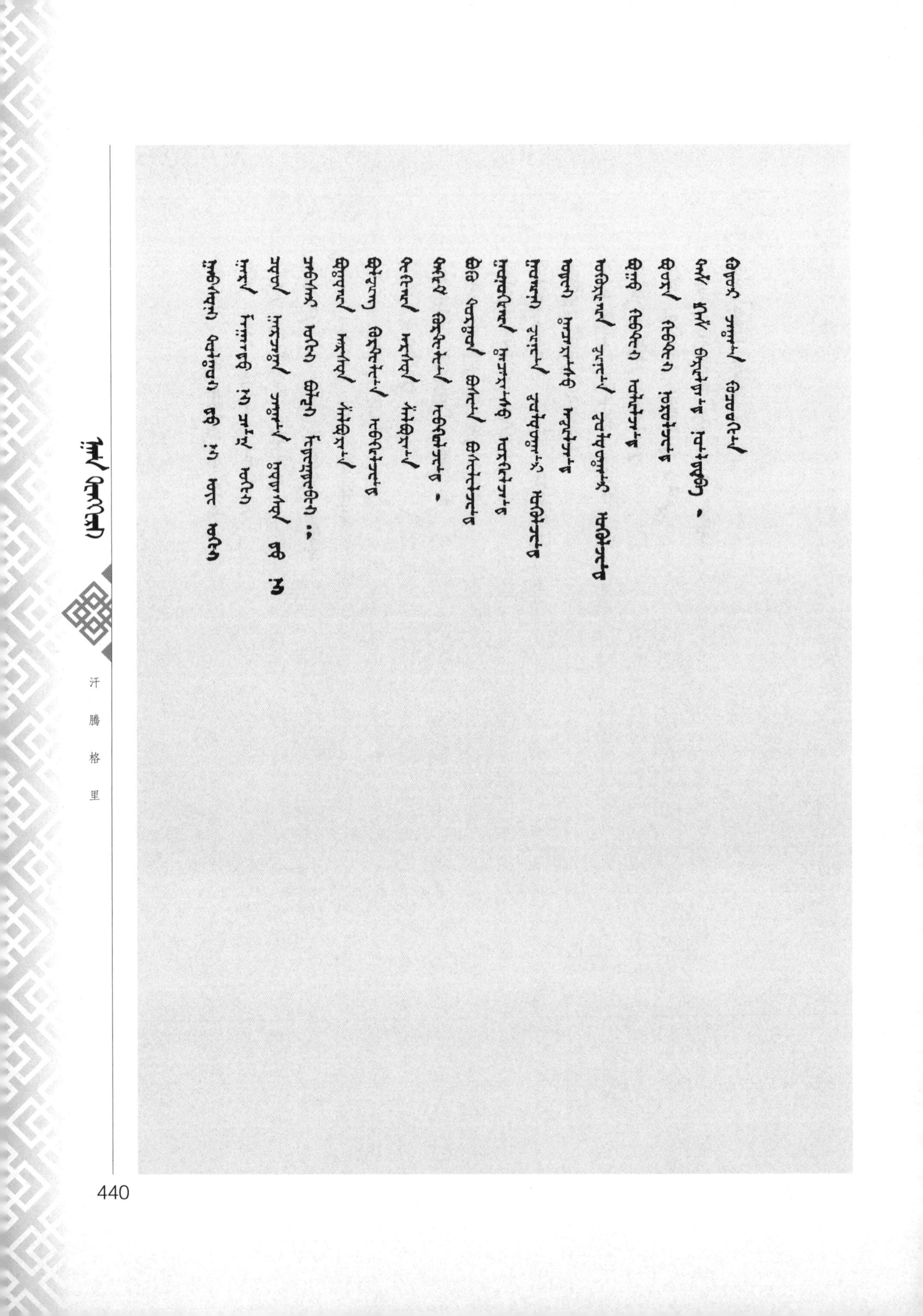

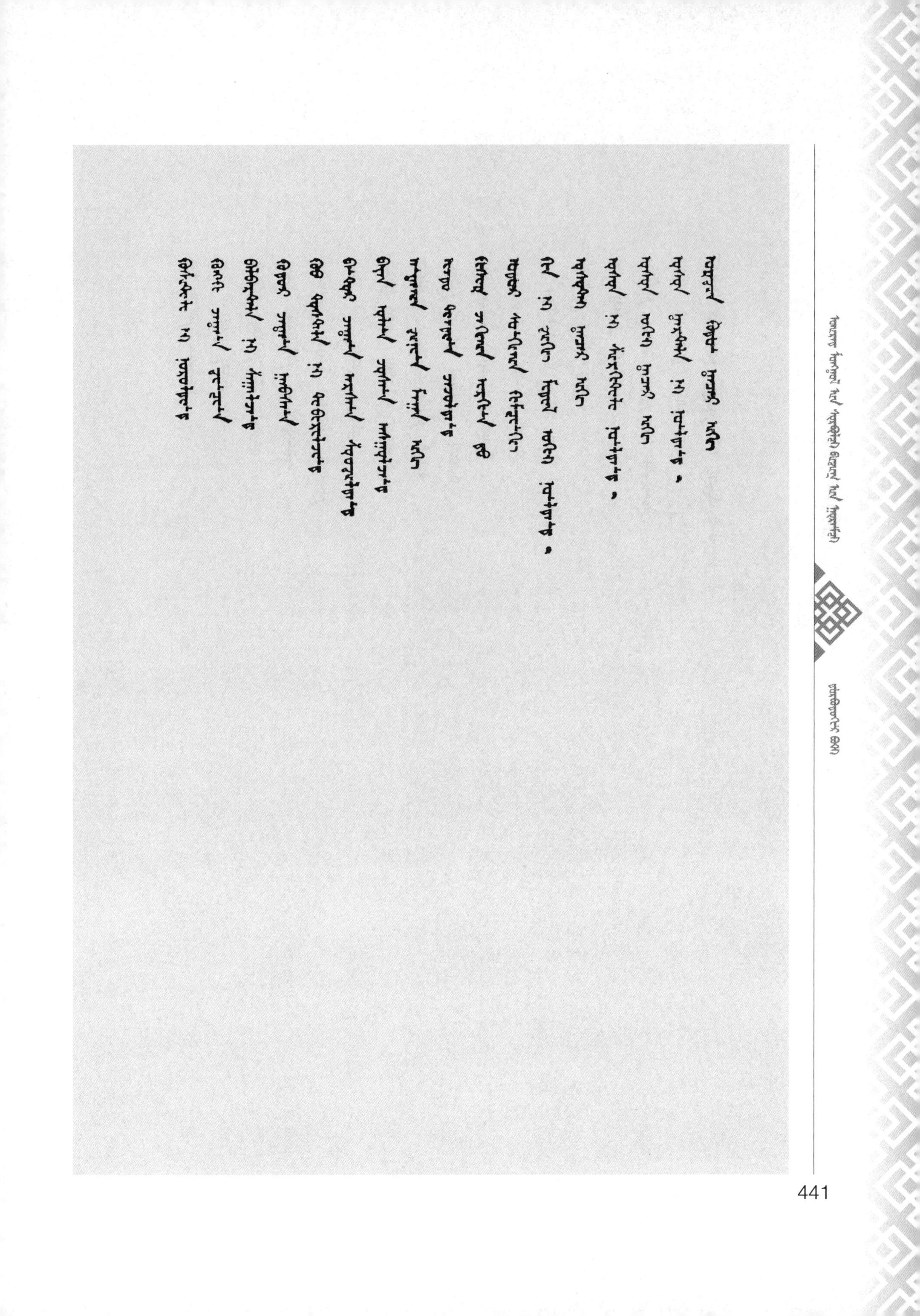

[illegible]
[illegible]
[illegible]
[illegible]
[illegible]
[illegible]
[illegible]
[illegible]
[illegible]
[illegible]
[illegible]
[illegible]
[illegible]
[illegible]
[illegible]
[illegible]
[illegible]

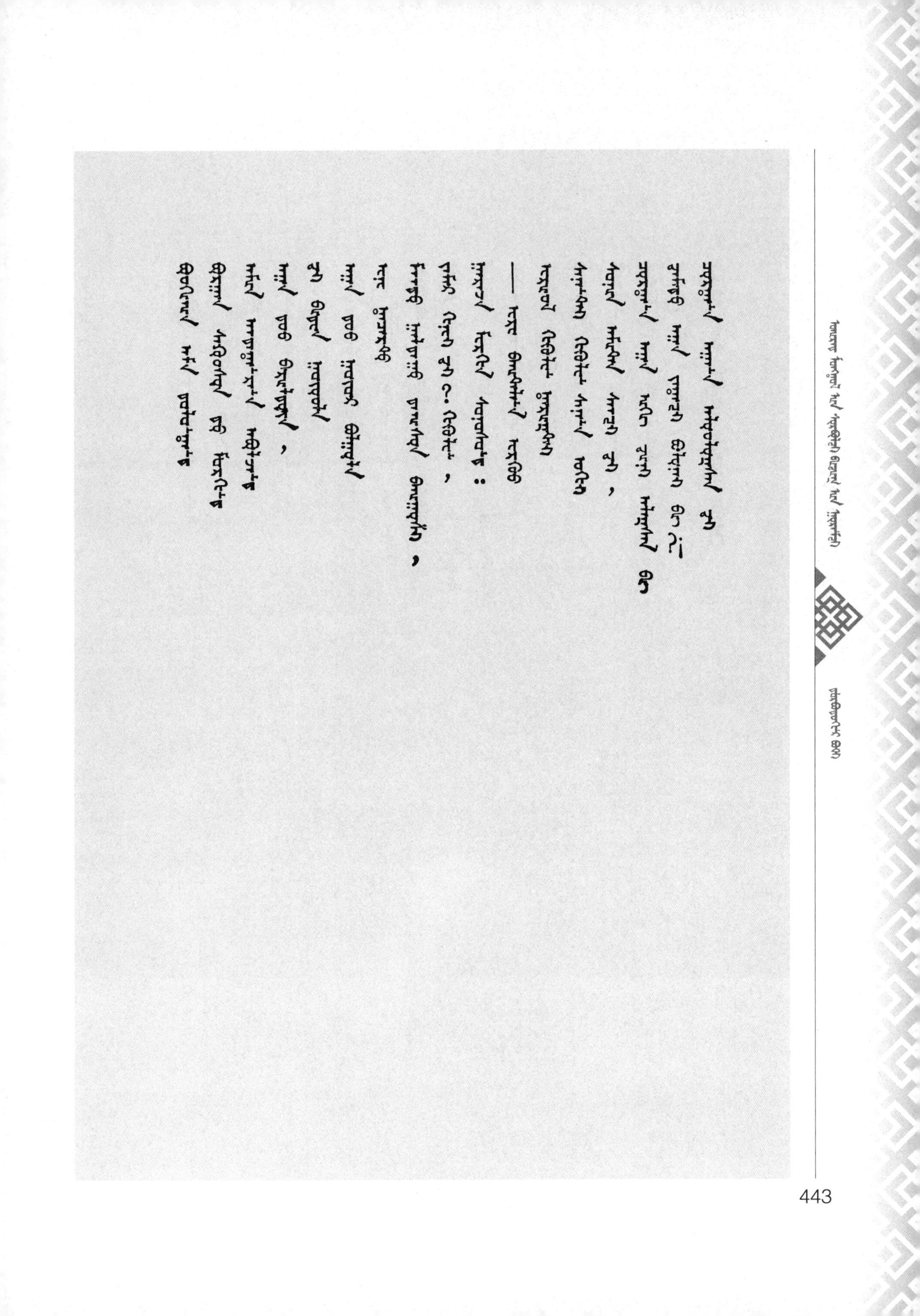

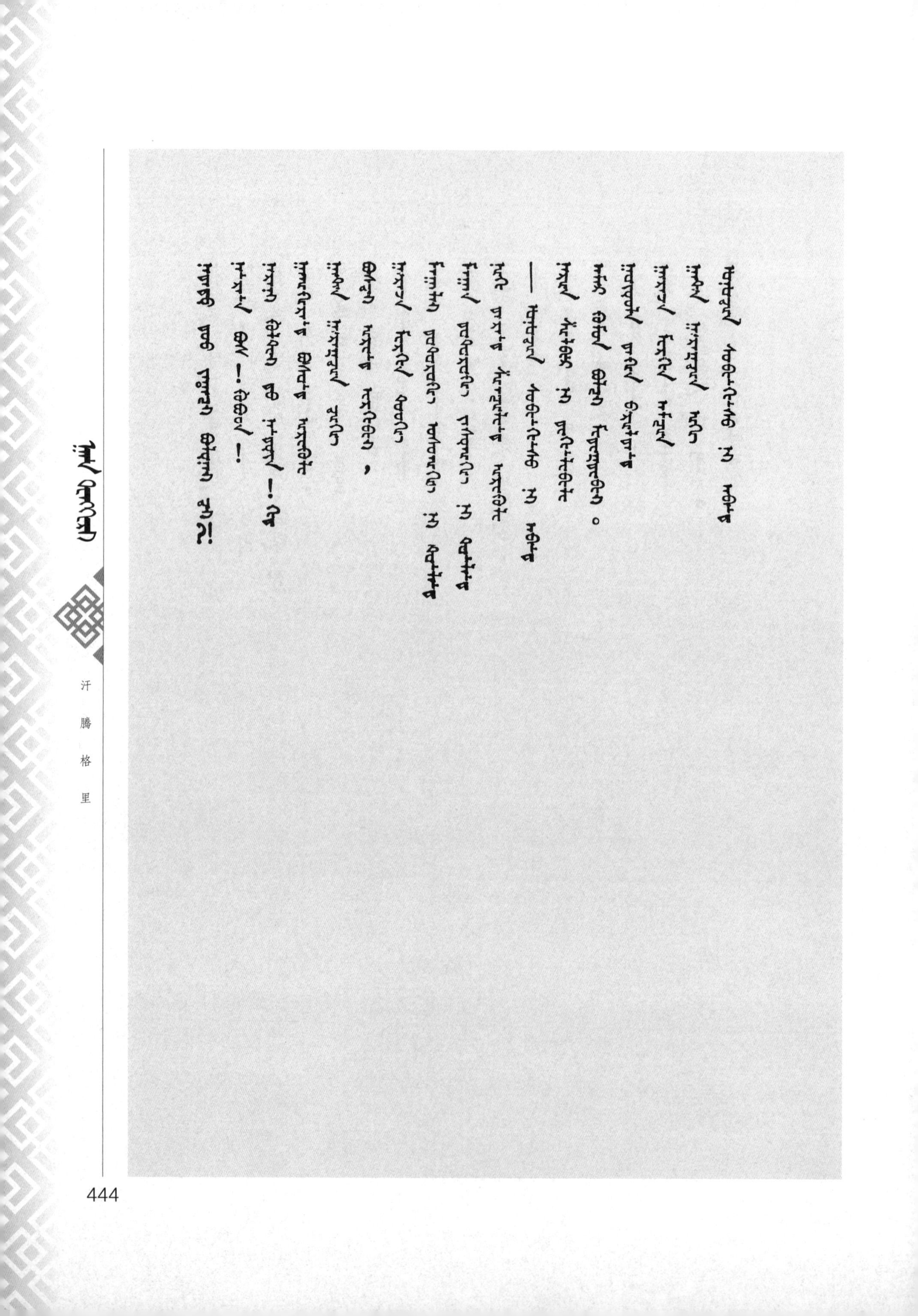

[illegible]
[illegible]
[illegible]
[illegible]
[illegible] 。
[illegible]
— [illegible]
[illegible]
[illegible]
[illegible]
[illegible]
[illegible] ，
[illegible]
[illegible]
[illegible] ！ [illegible]
[illegible] ！ [illegible] ！
[illegible] ?!

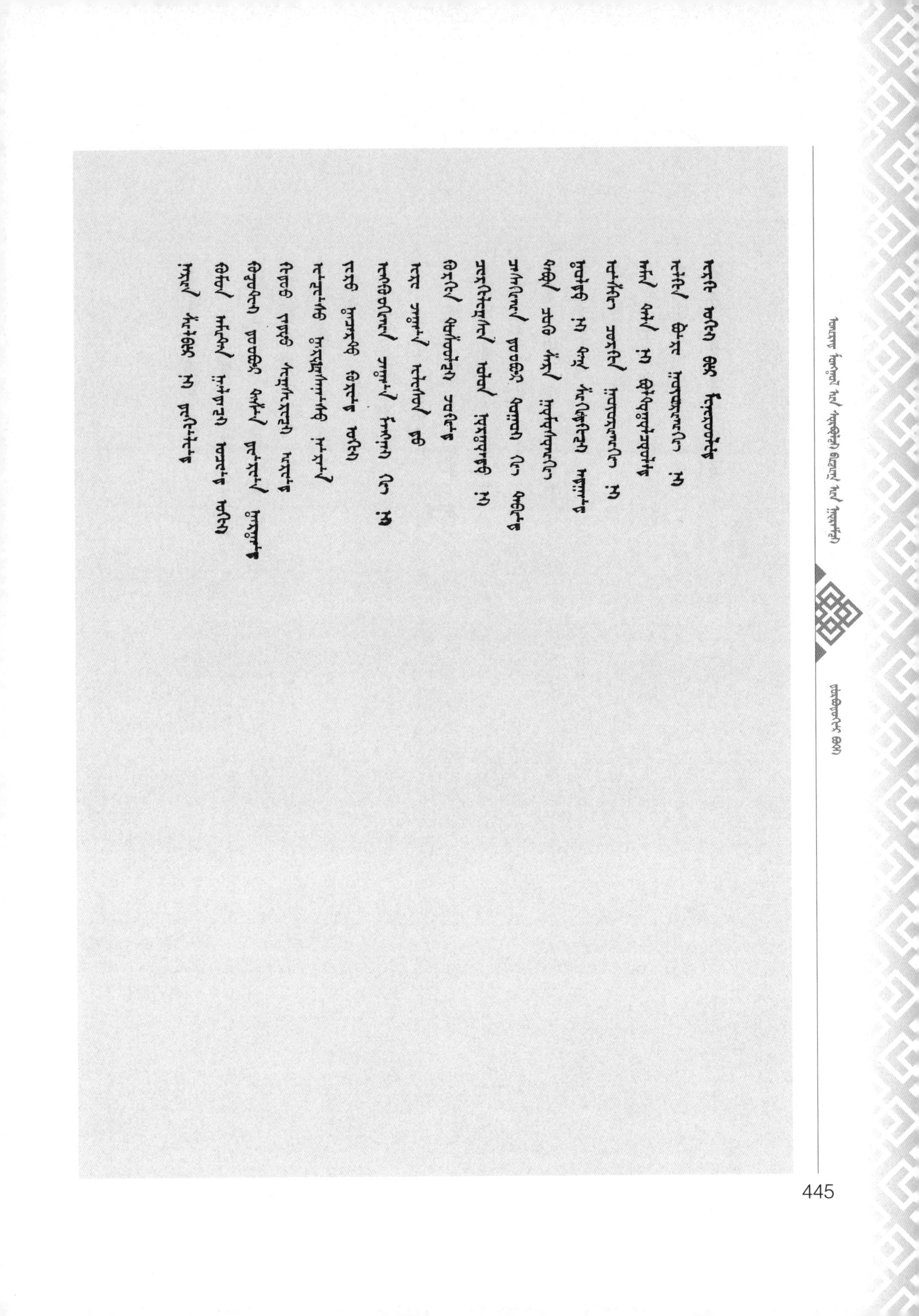

[illegible]

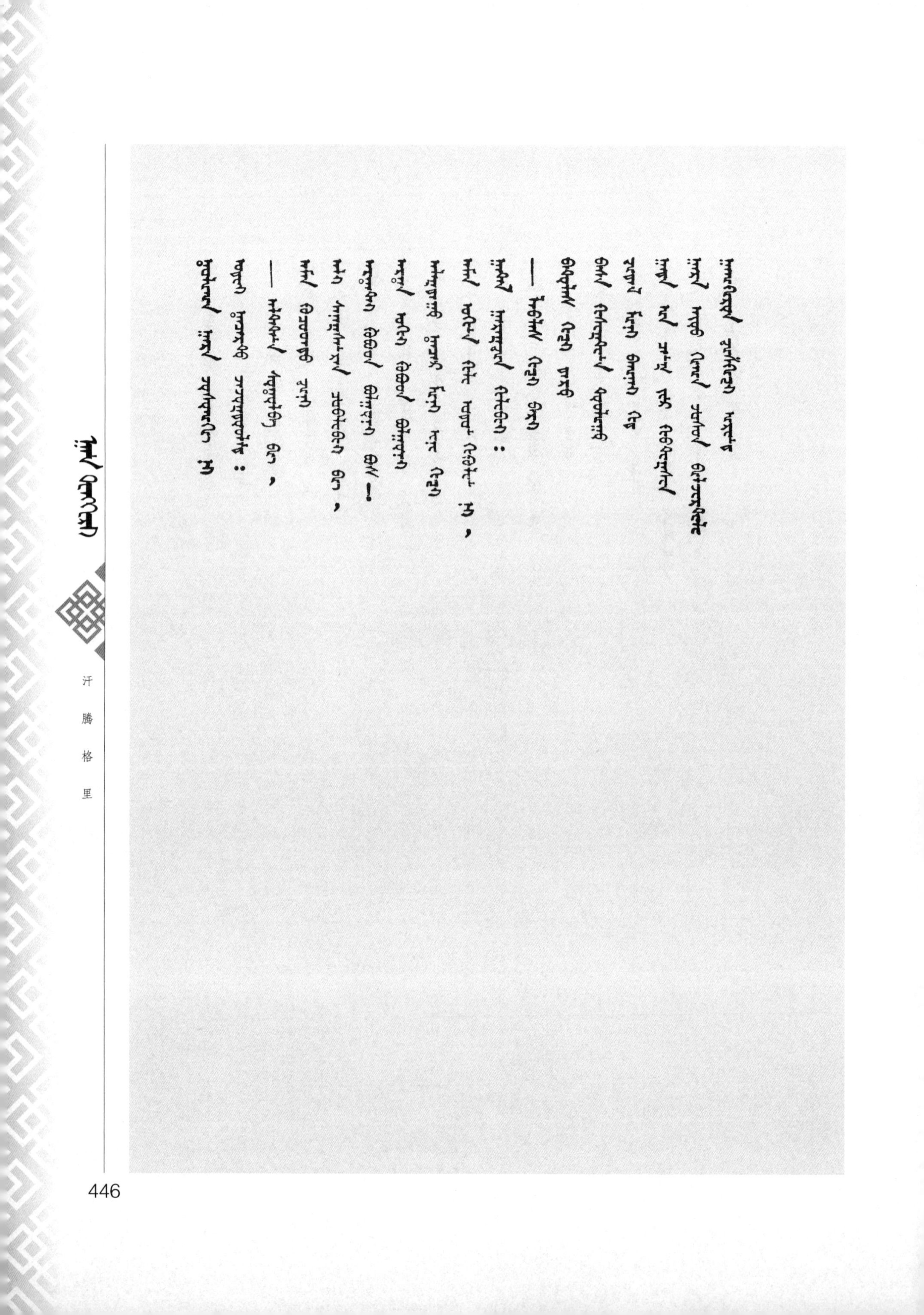

[illegible]

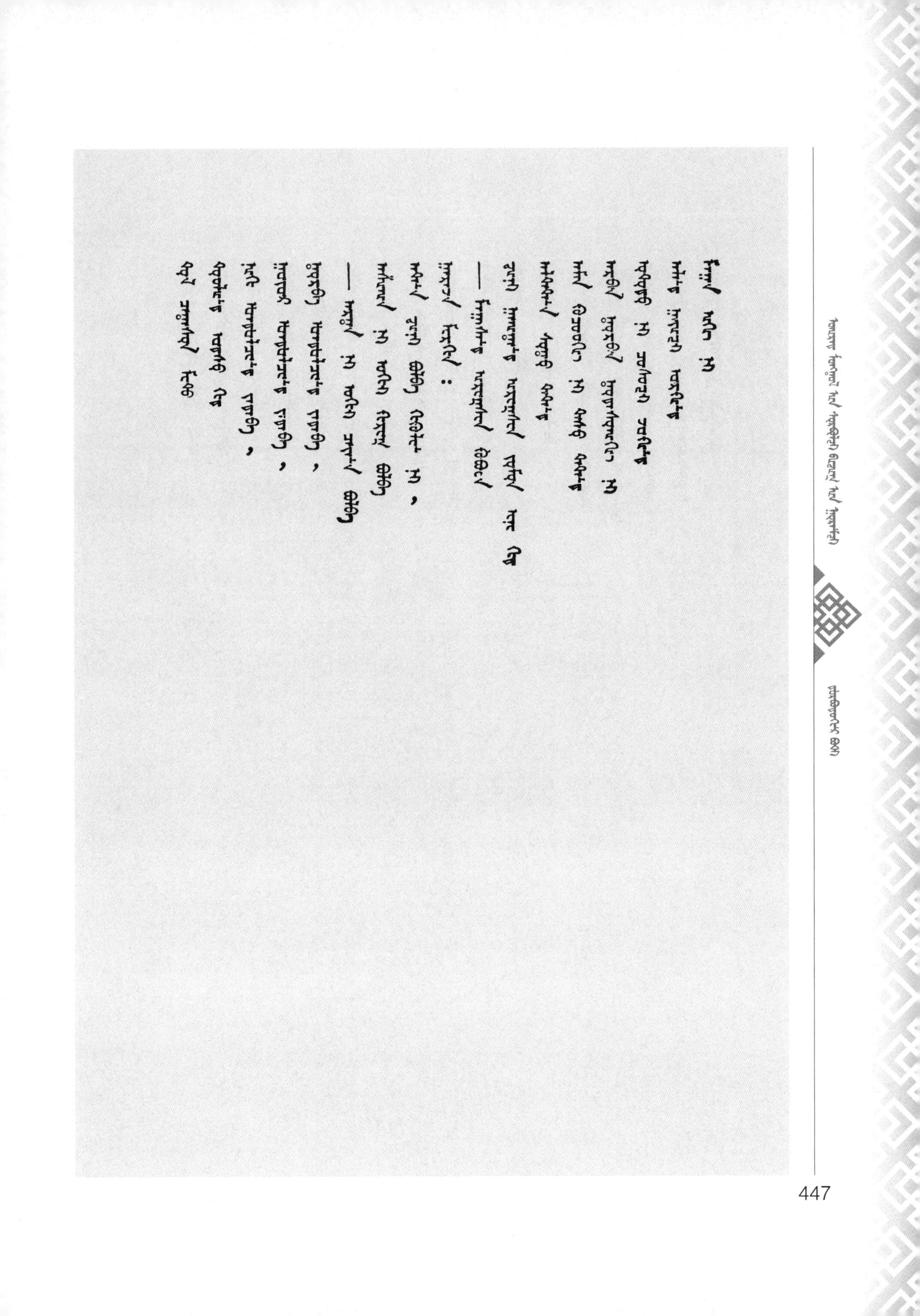

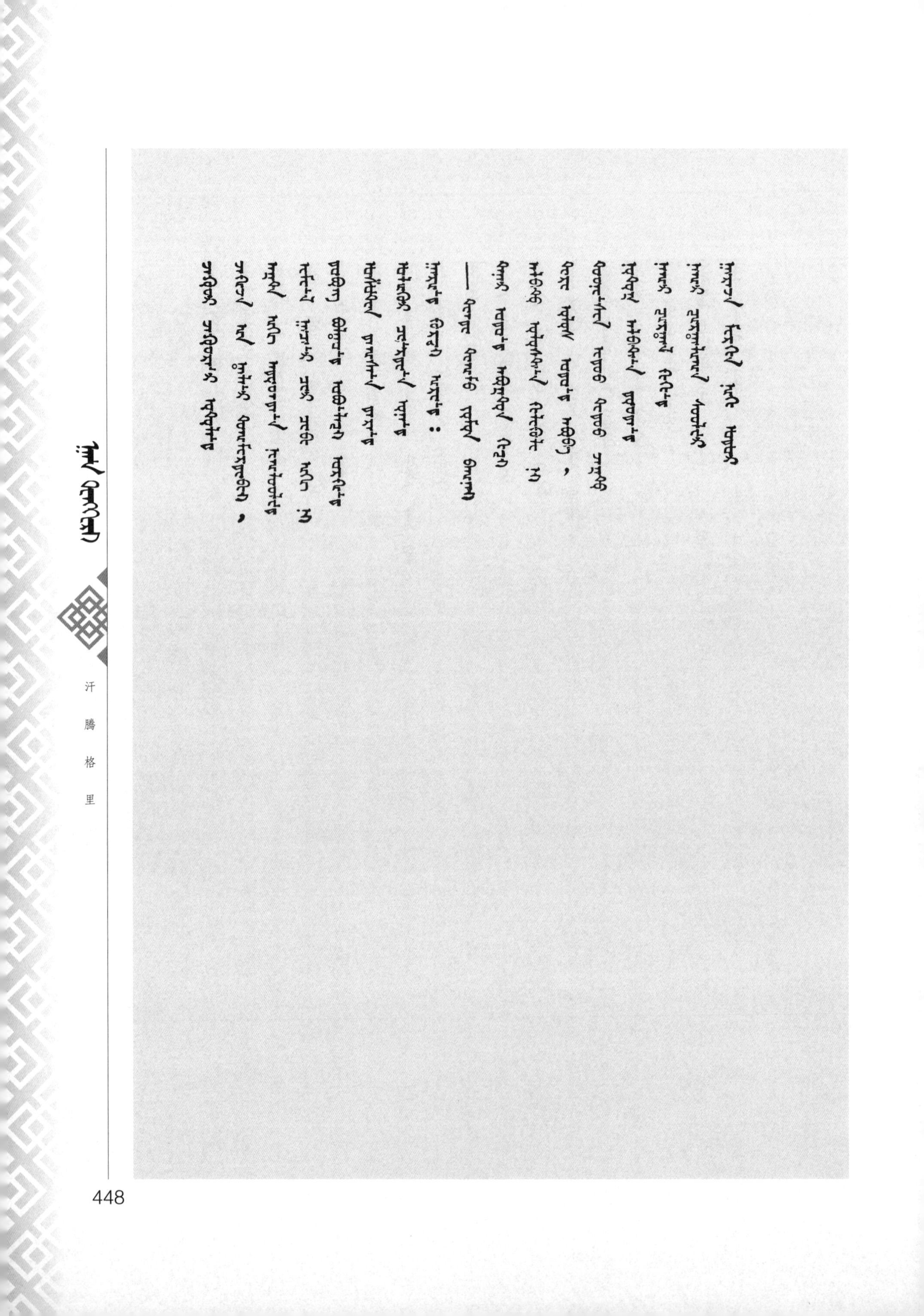

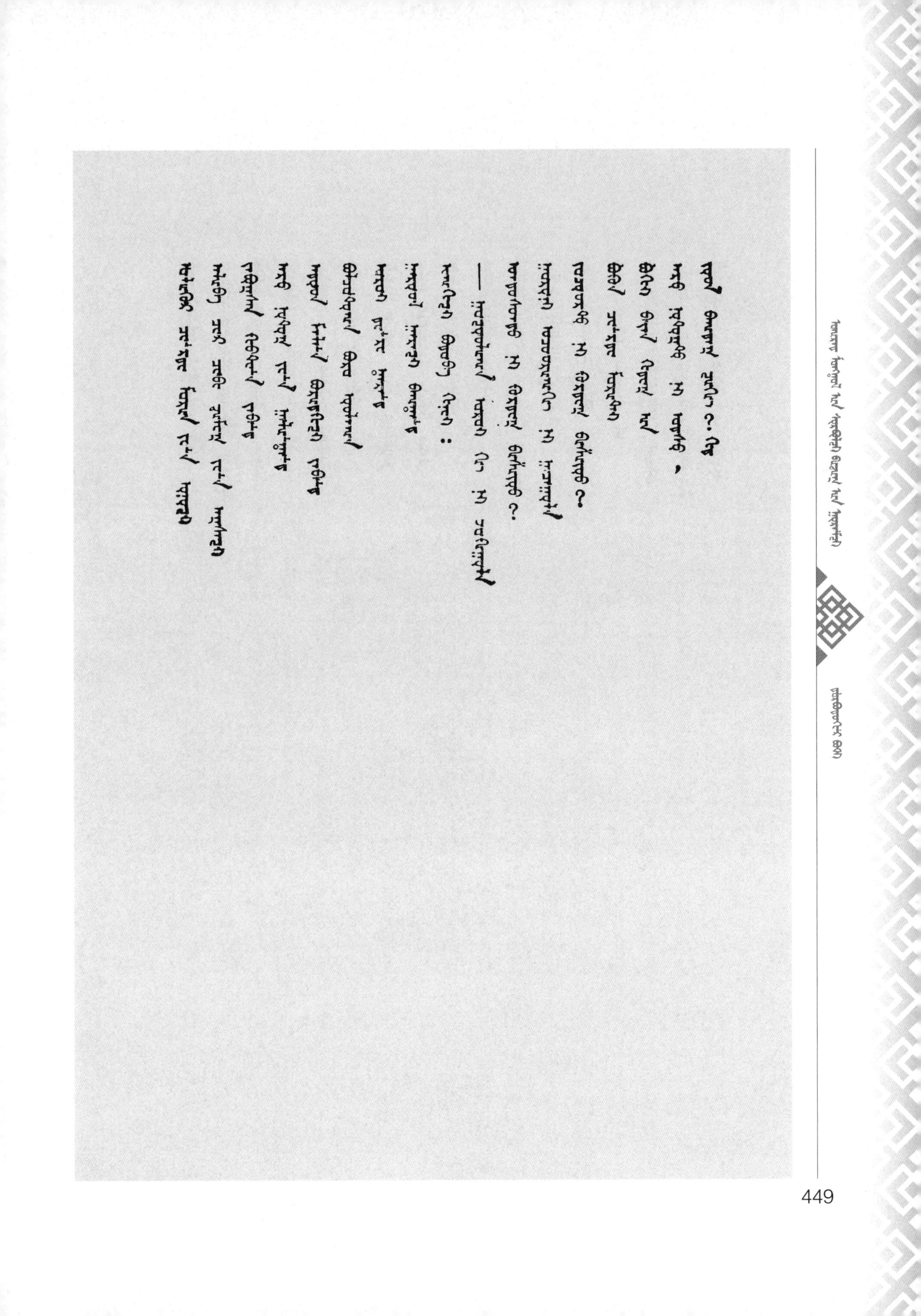

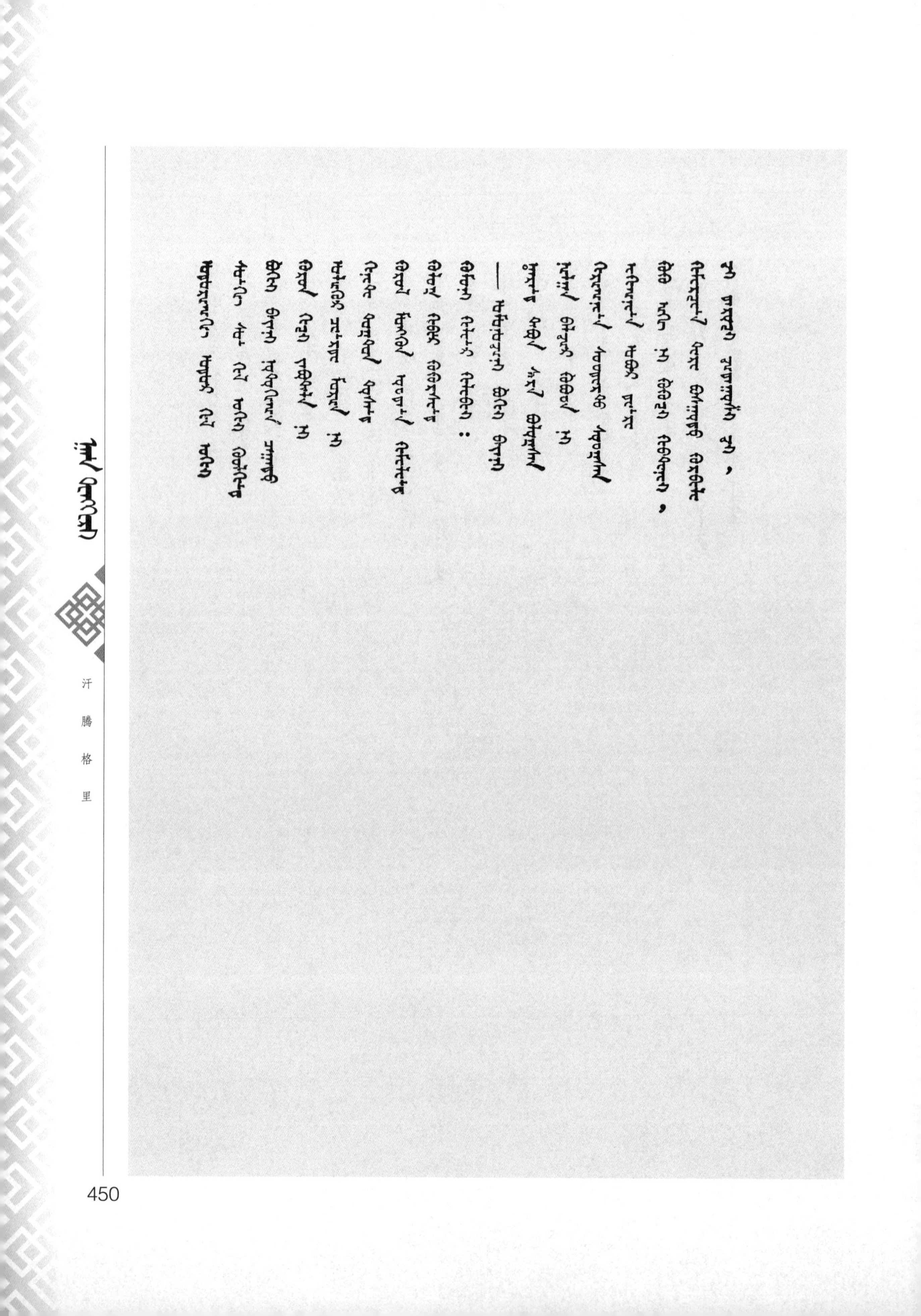

[illegible]
[illegible]
[illegible]
[illegible]
[illegible]
[illegible]
[illegible]
[illegible]
[illegible]
[illegible]
[illegible]
[illegible]
[illegible]
[illegible]
[illegible]
[illegible]
[illegible]

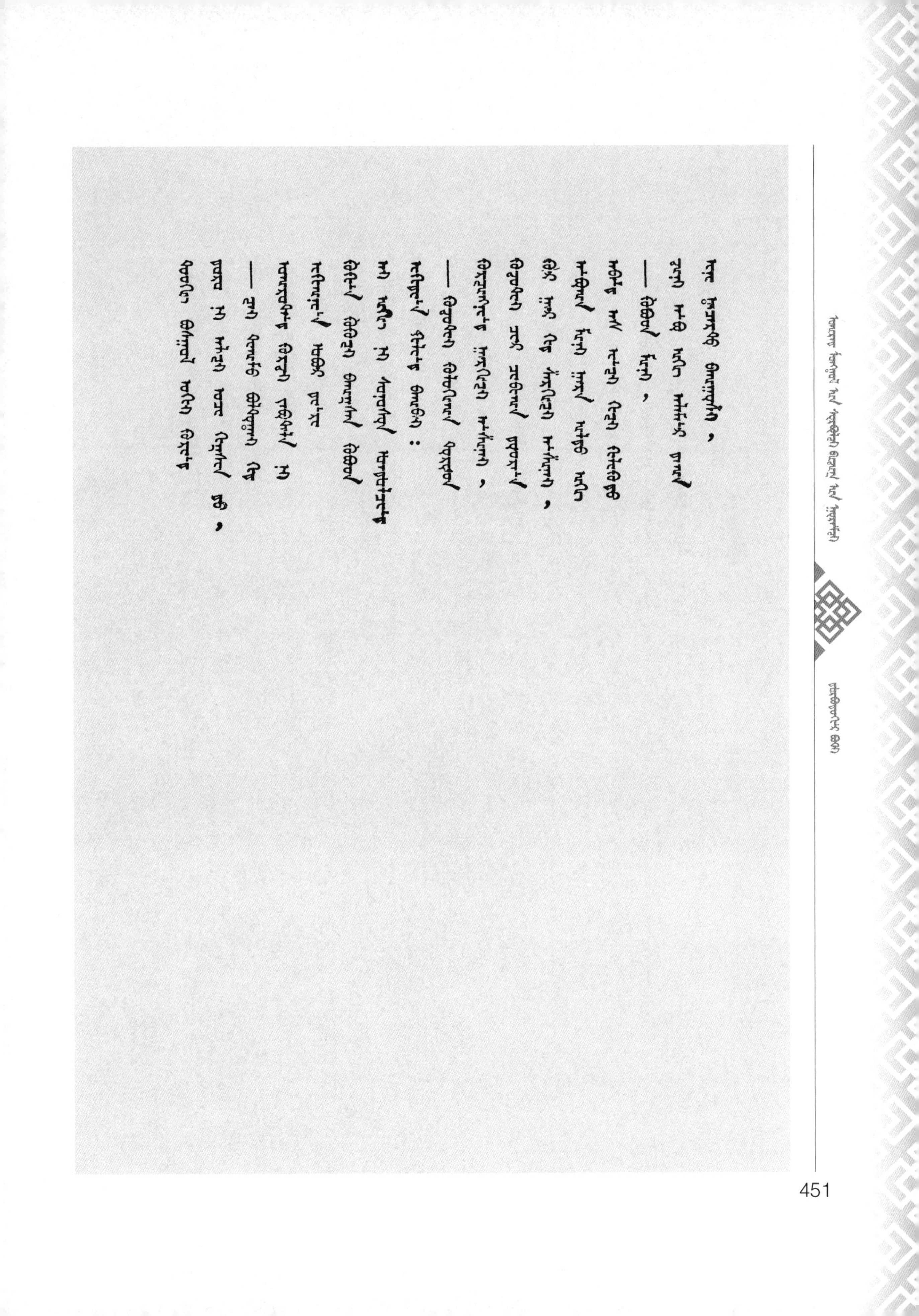

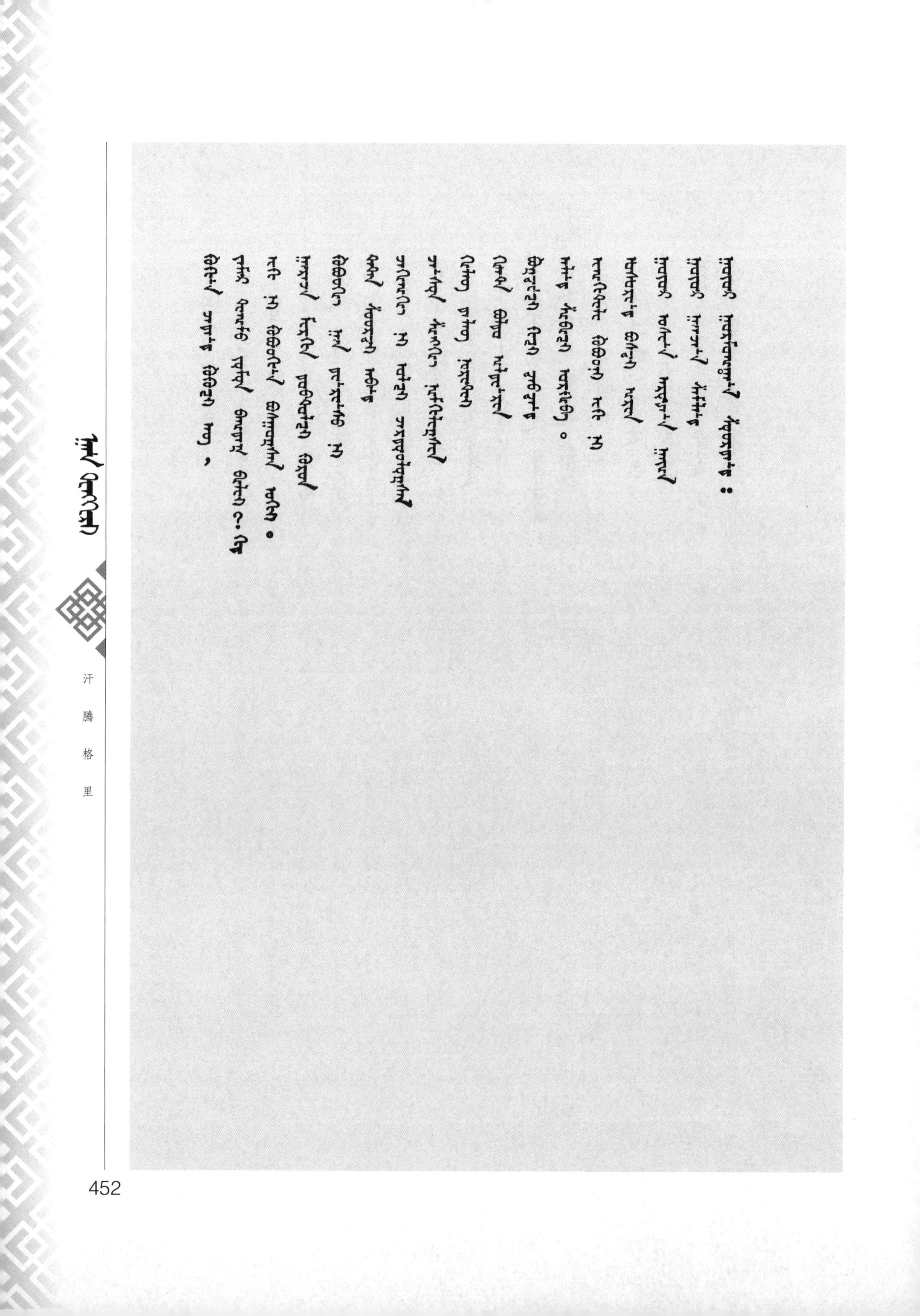

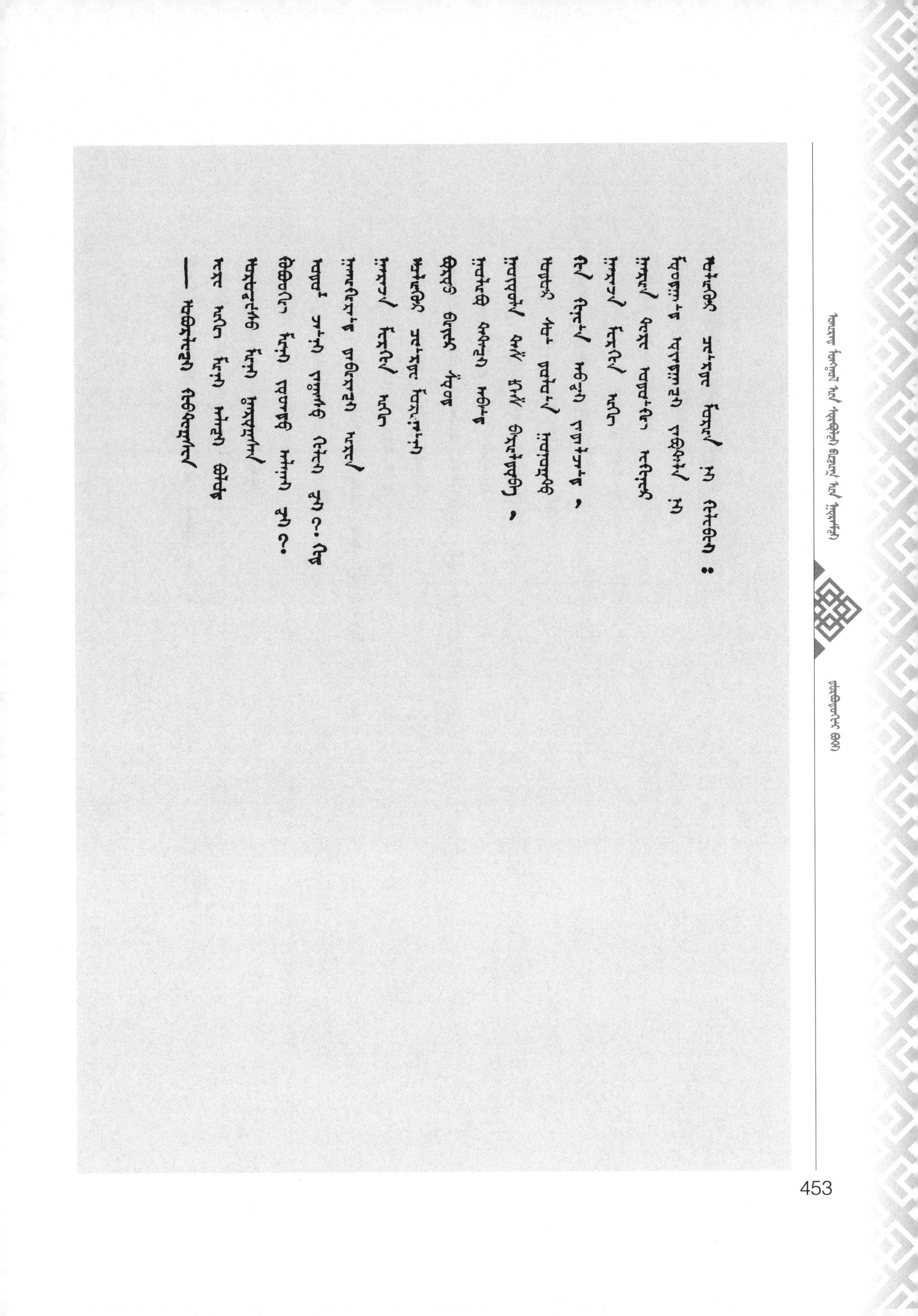

[illegible]
[illegible]
[illegible]
[illegible]
[illegible]
[illegible]
[illegible]
[illegible]
[illegible]
[illegible]
[illegible]
[illegible]
[illegible]
[illegible]
[illegible]
[illegible]
[illegible]

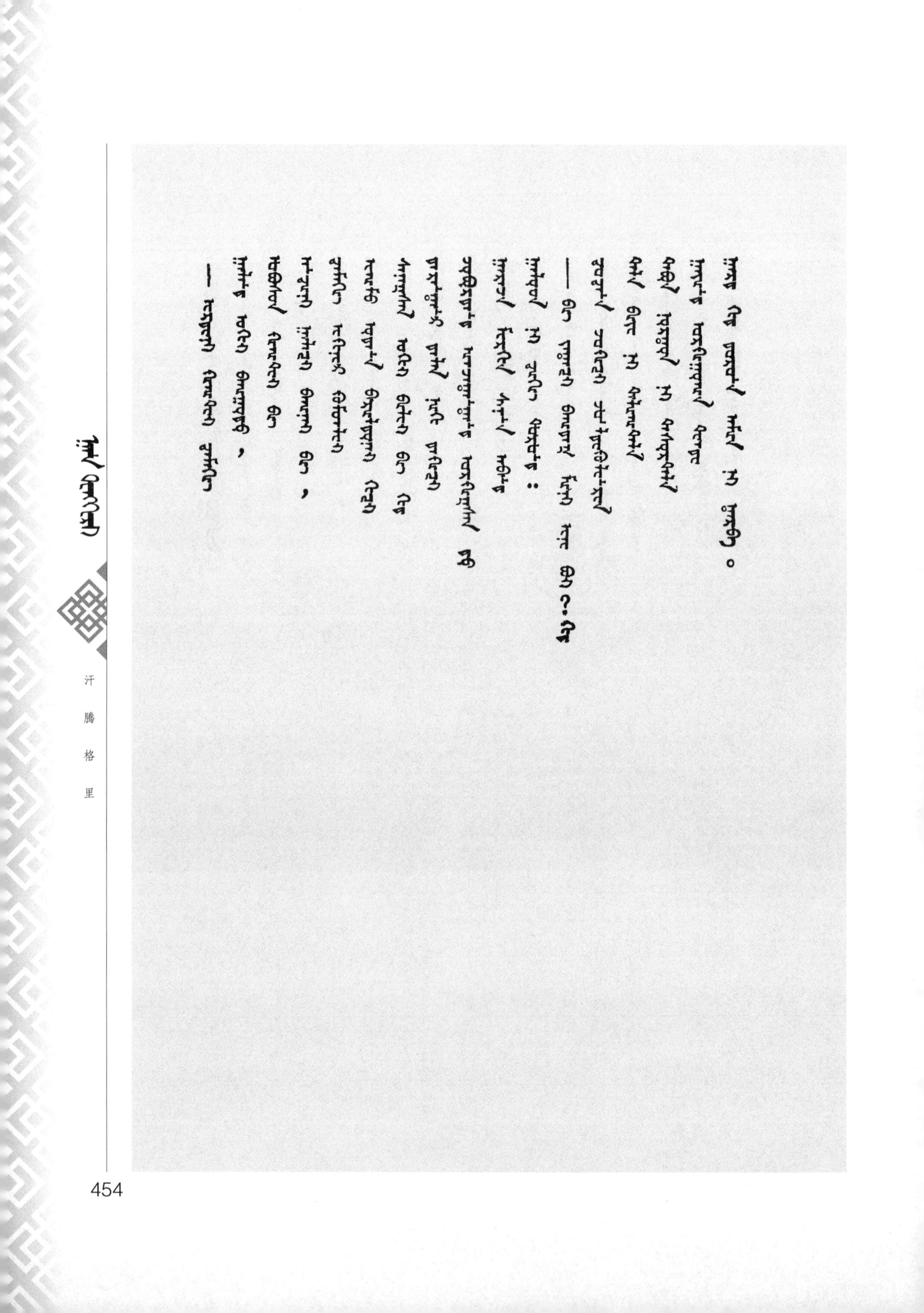

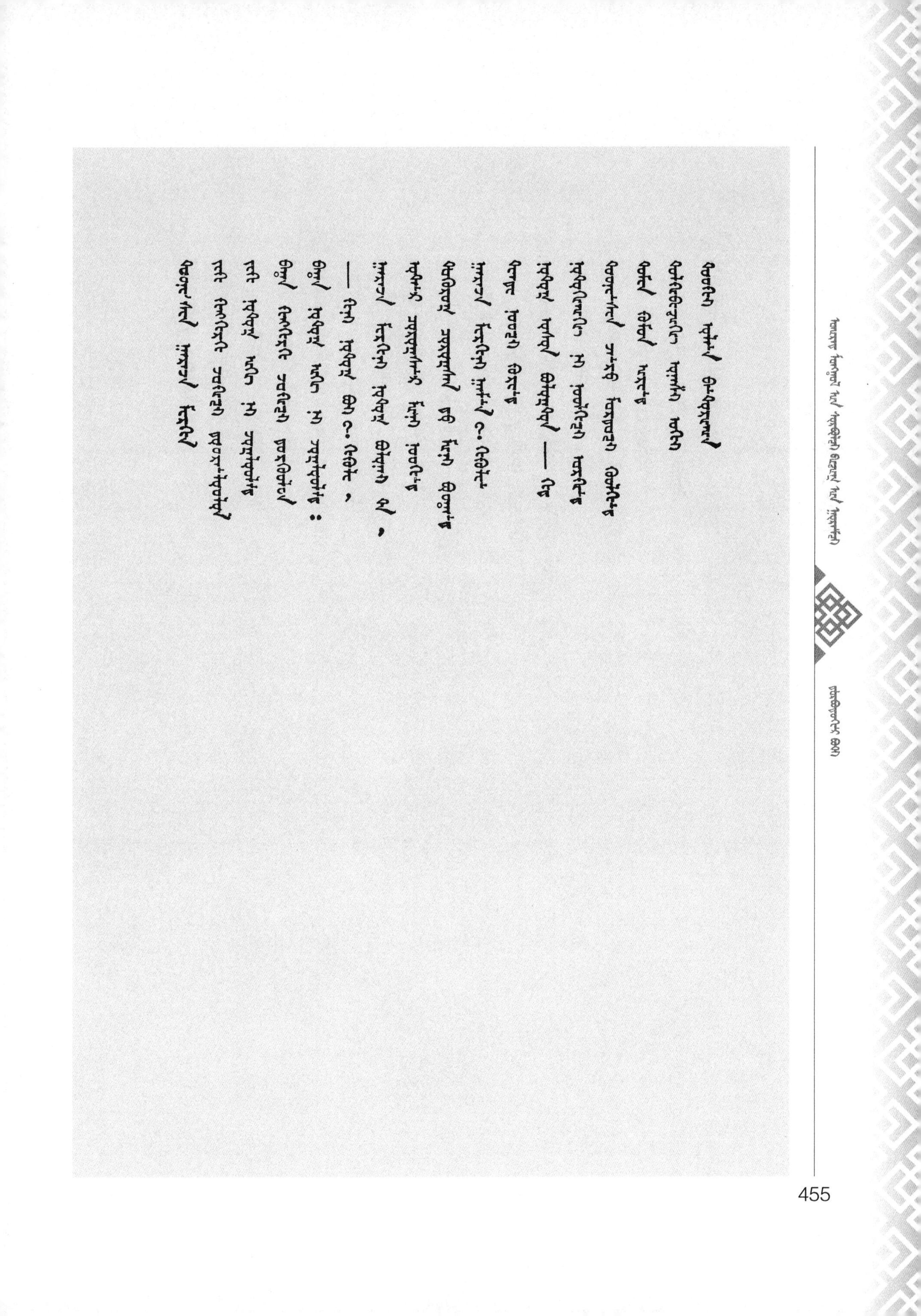

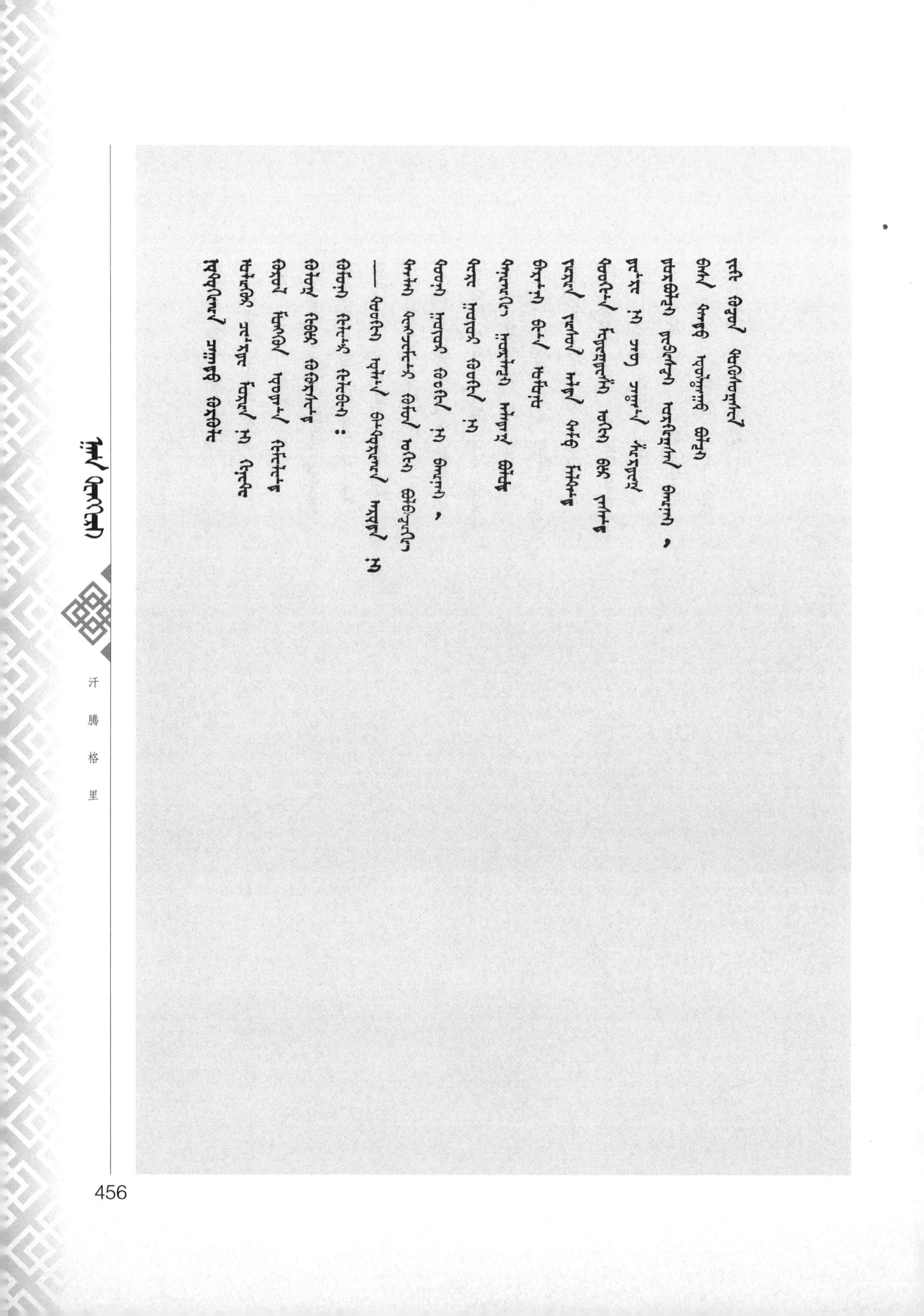

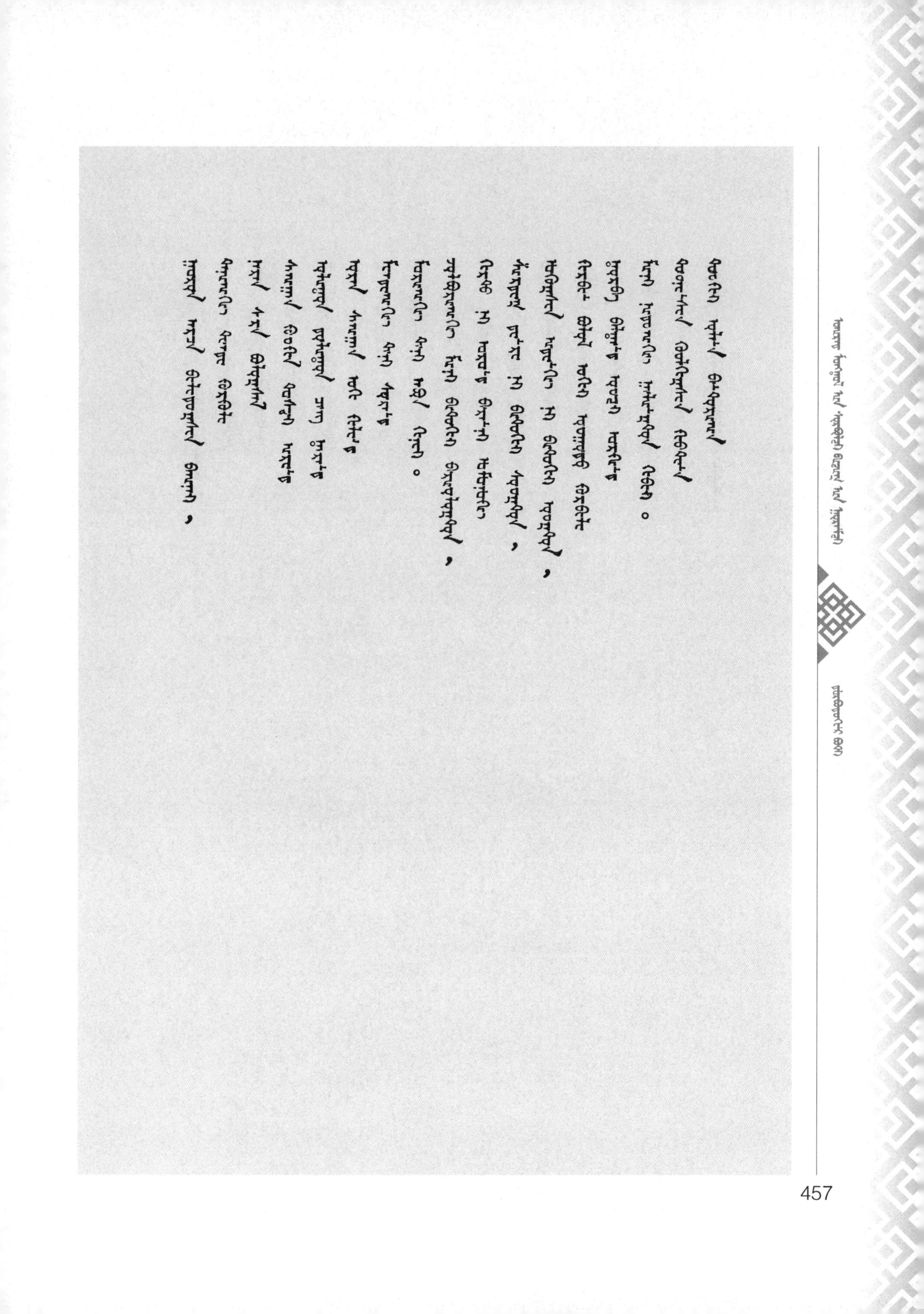

457

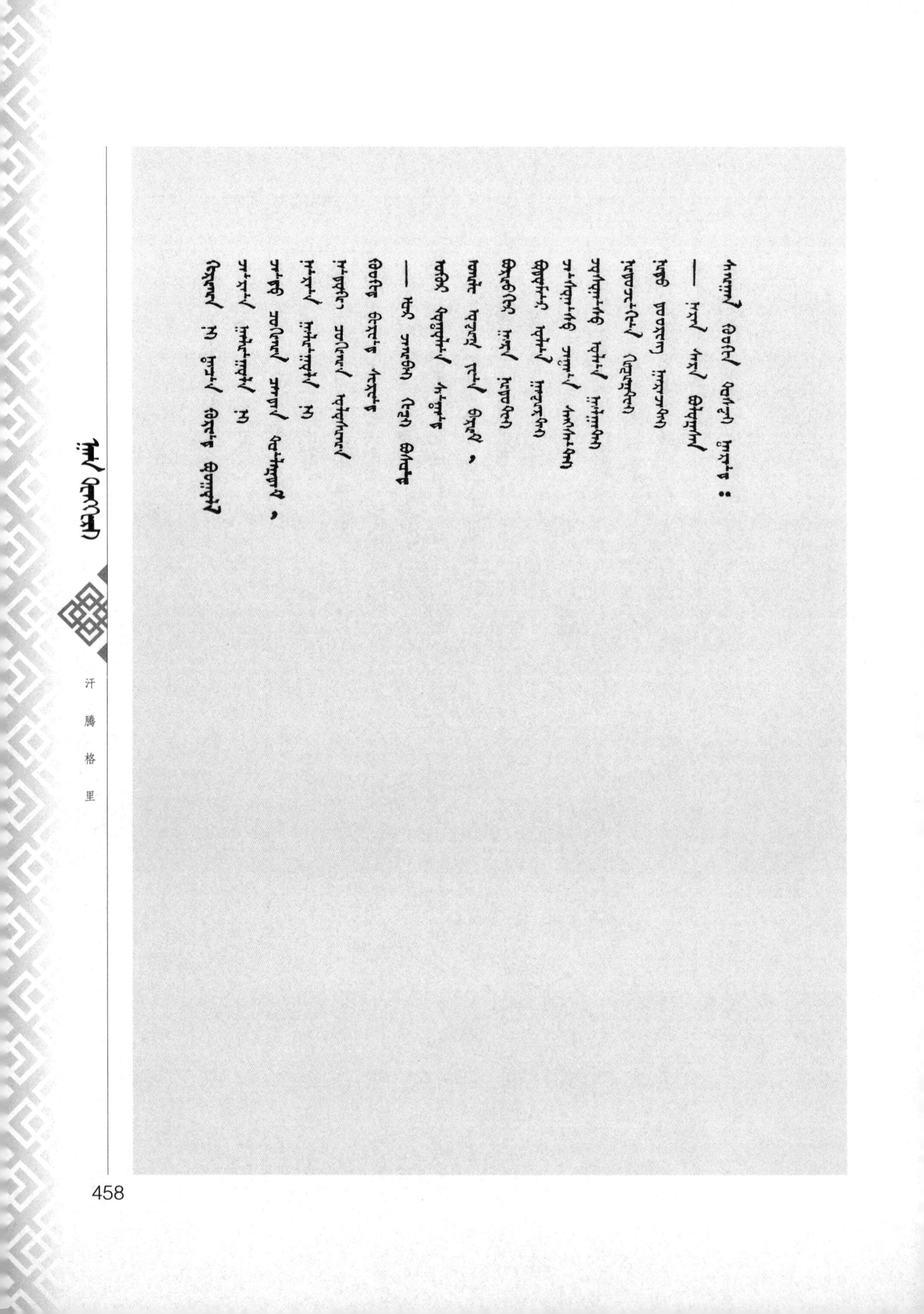

[illegible]
[illegible]
[illegible] ᠂
[illegible]
[illegible]
[illegible]
— [illegible]
[illegible]
[illegible] ᠂
[illegible]
[illegible]
[illegible]
[illegible]
[illegible]
[illegible]
— [illegible]
[illegible] ᠃

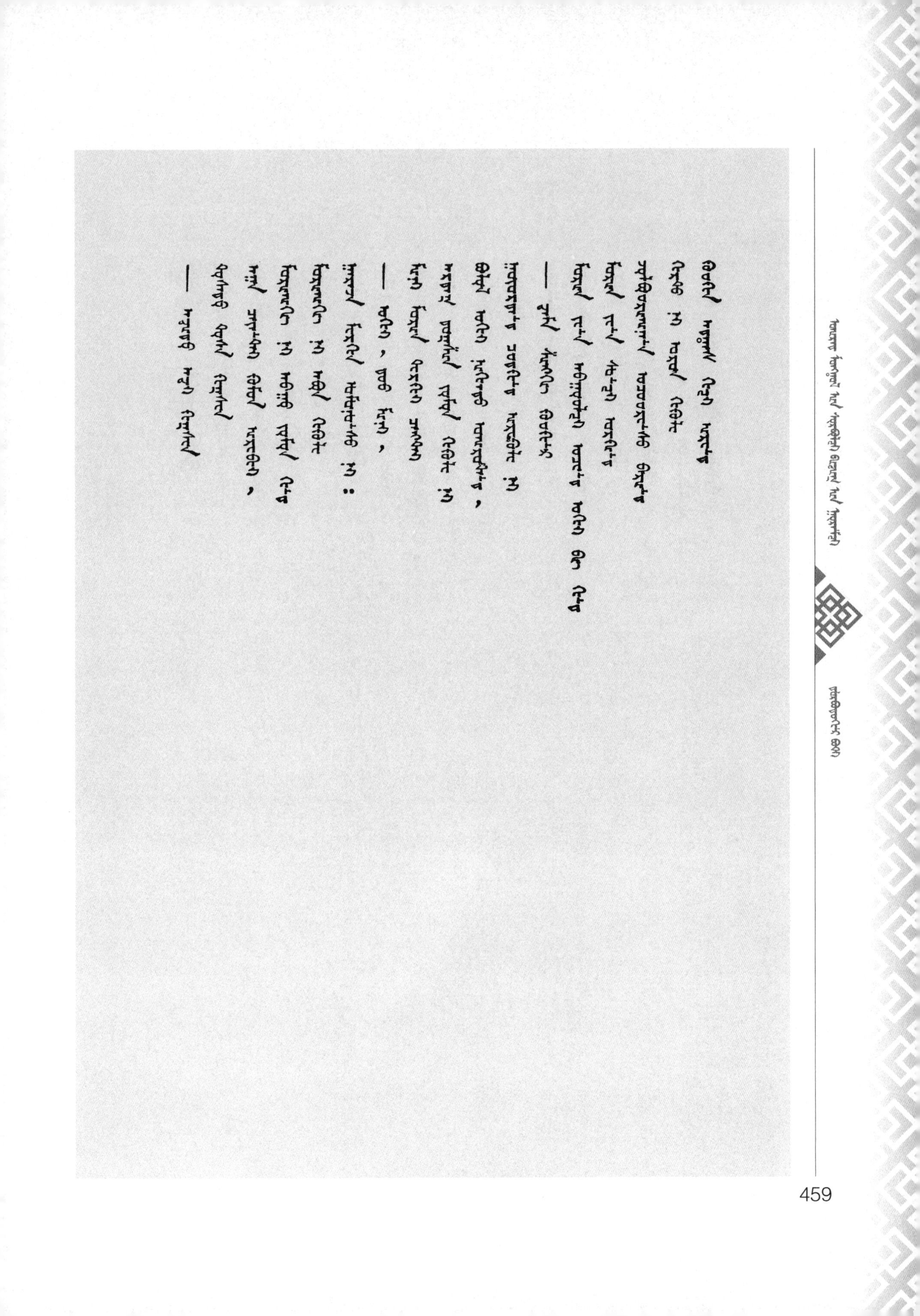

[illegible]
[illegible]
[illegible]
[illegible]
[illegible]
— [illegible]
[illegible]
[illegible] ᠂
[illegible]
[illegible]
— [illegible] ᠂ [illegible] ᠂
[illegible] ᠄
[illegible]
[illegible]
[illegible] ᠂
[illegible]
— [illegible]

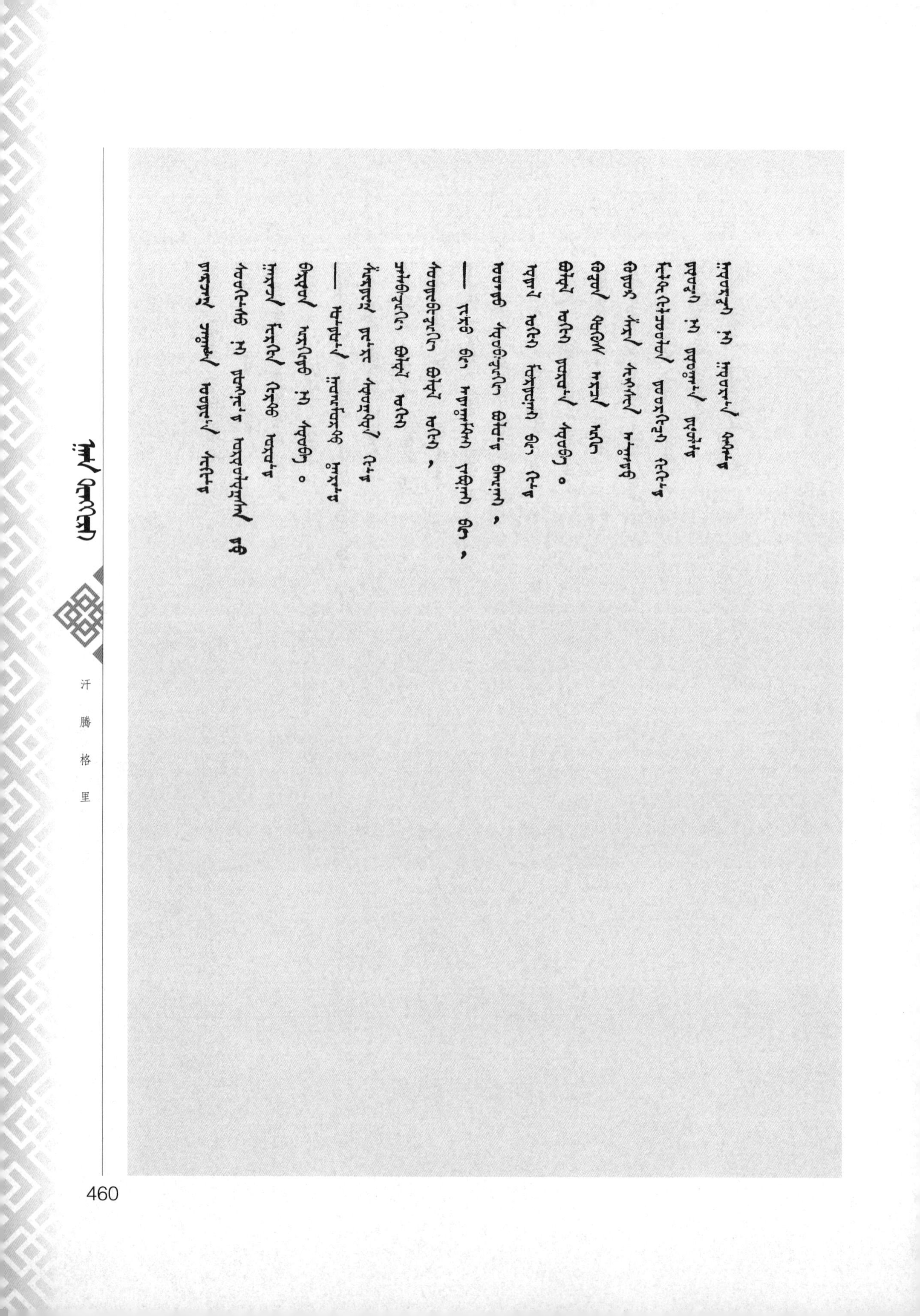

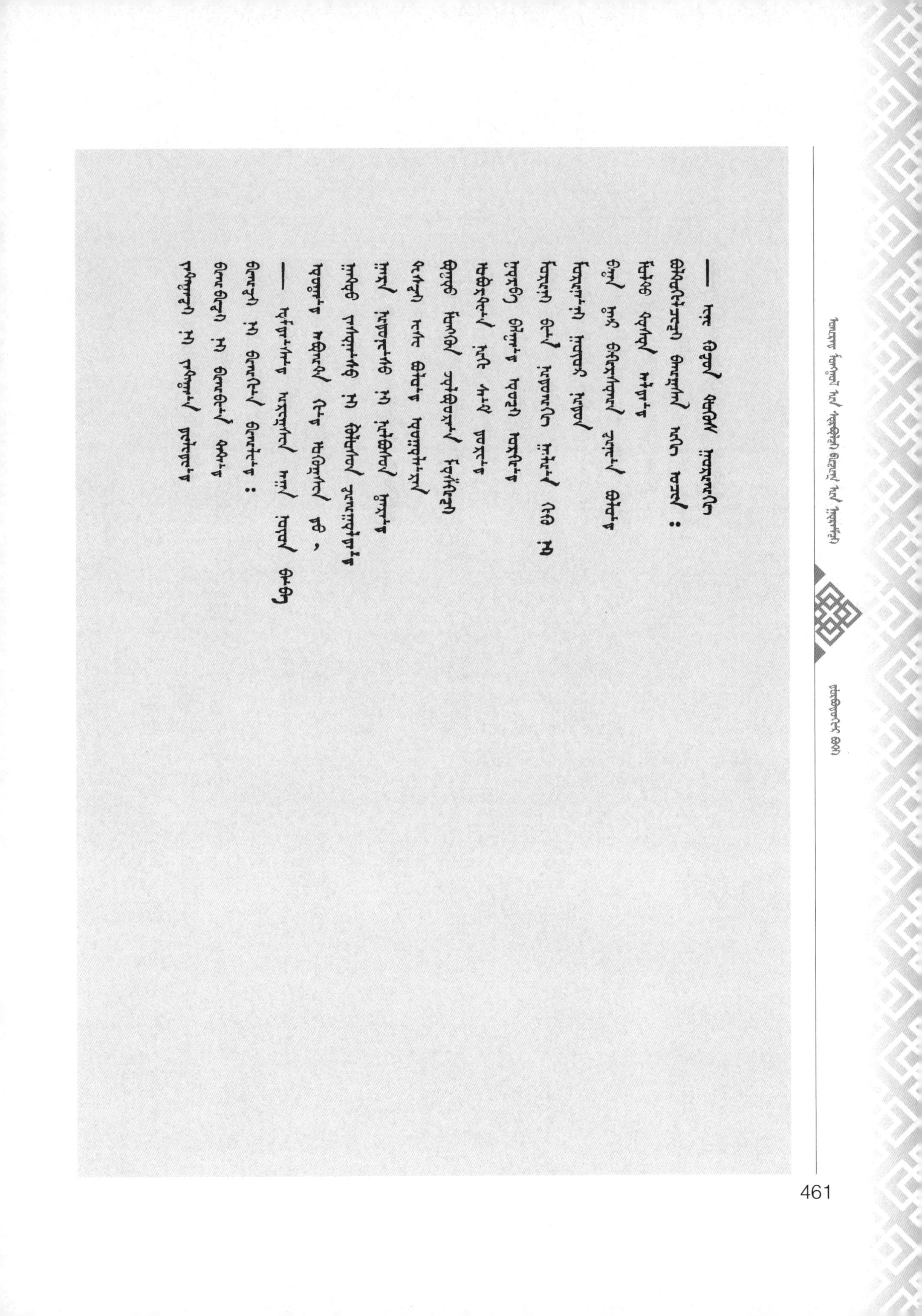

— [illegible]
[illegible] :
[illegible]
[illegible]
[illegible]
[illegible]
[illegible]
[illegible]
[illegible]
[illegible]
[illegible]
[illegible]
[illegible] ,
— [illegible]
[illegible] :
[illegible]
[illegible]

[illegible]

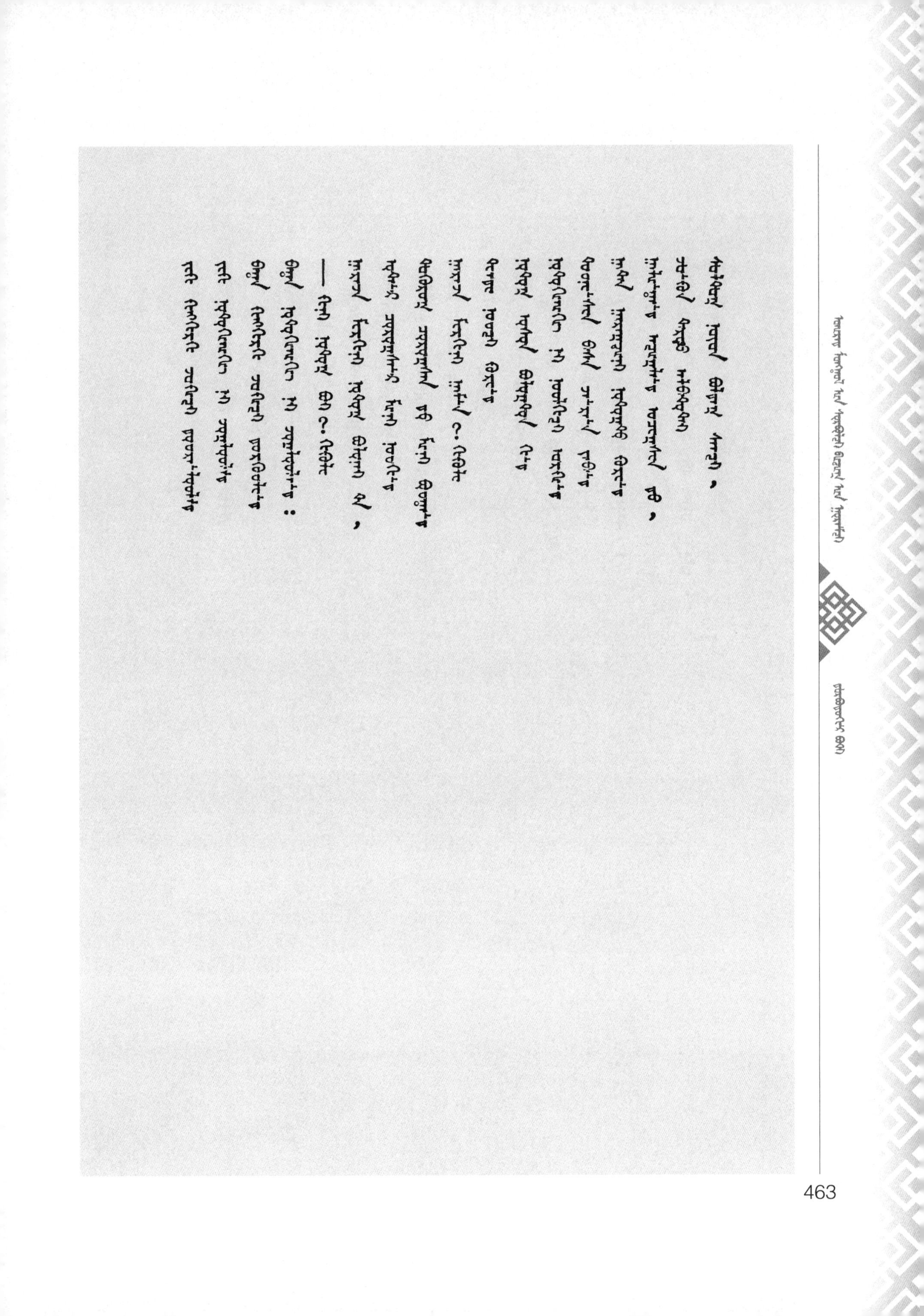

[illegible]
[illegible]
[illegible] :
[illegible]
— [illegible] ? [illegible]
[illegible] ,
[illegible]
[illegible]
[illegible] ? [illegible]
[illegible]
[illegible]
[illegible]
[illegible]
[illegible] ,
[illegible]
[illegible] ,

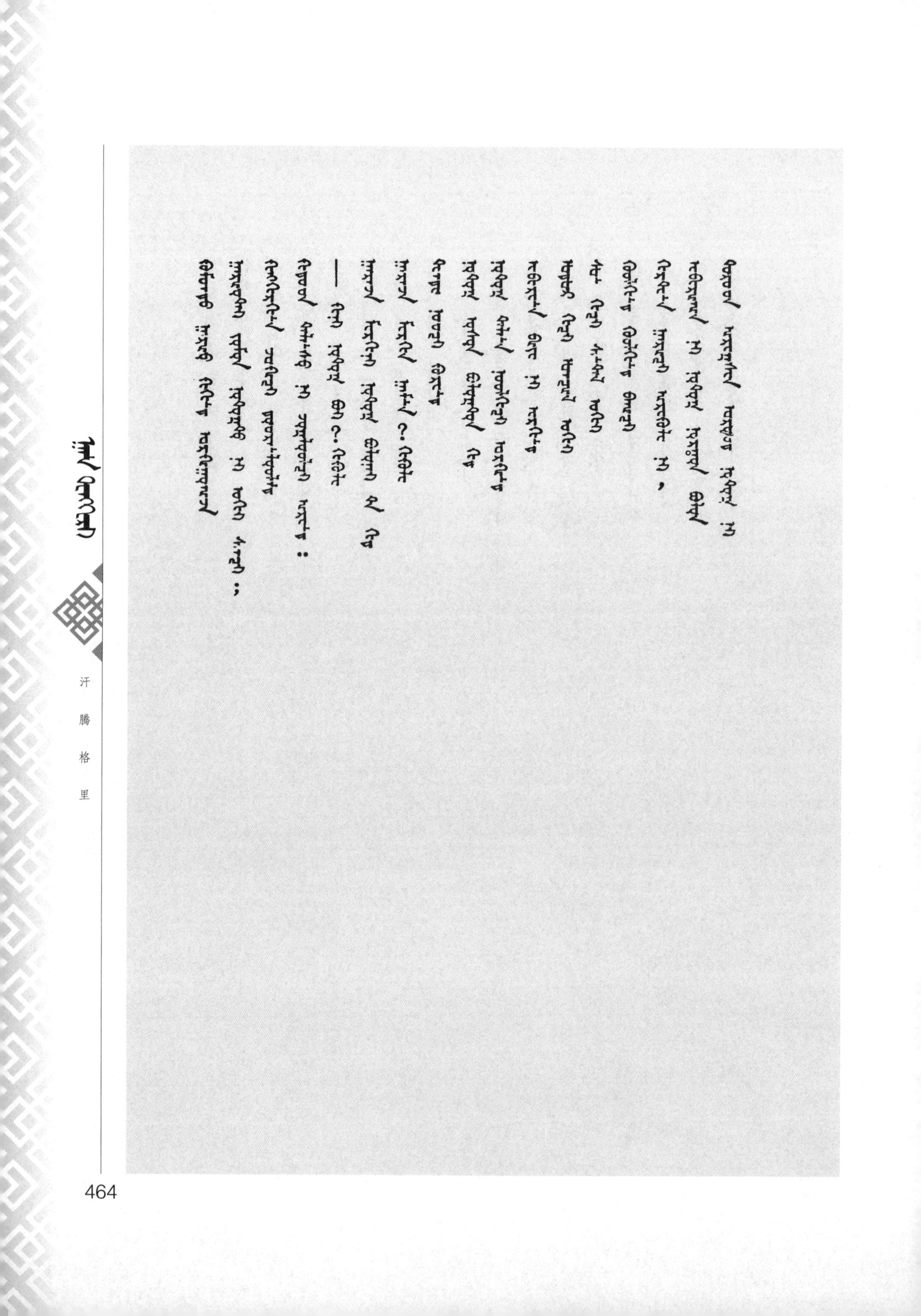

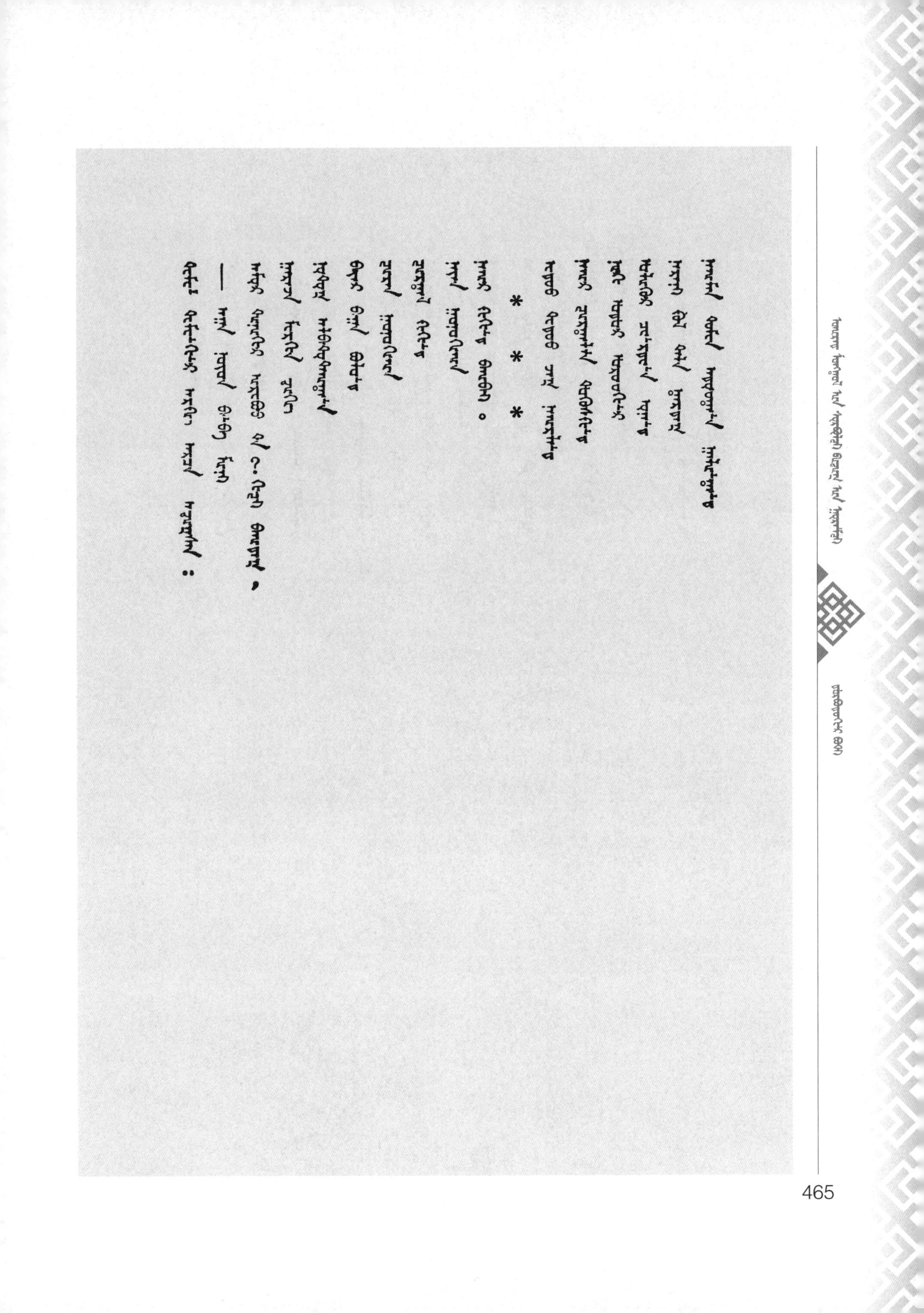

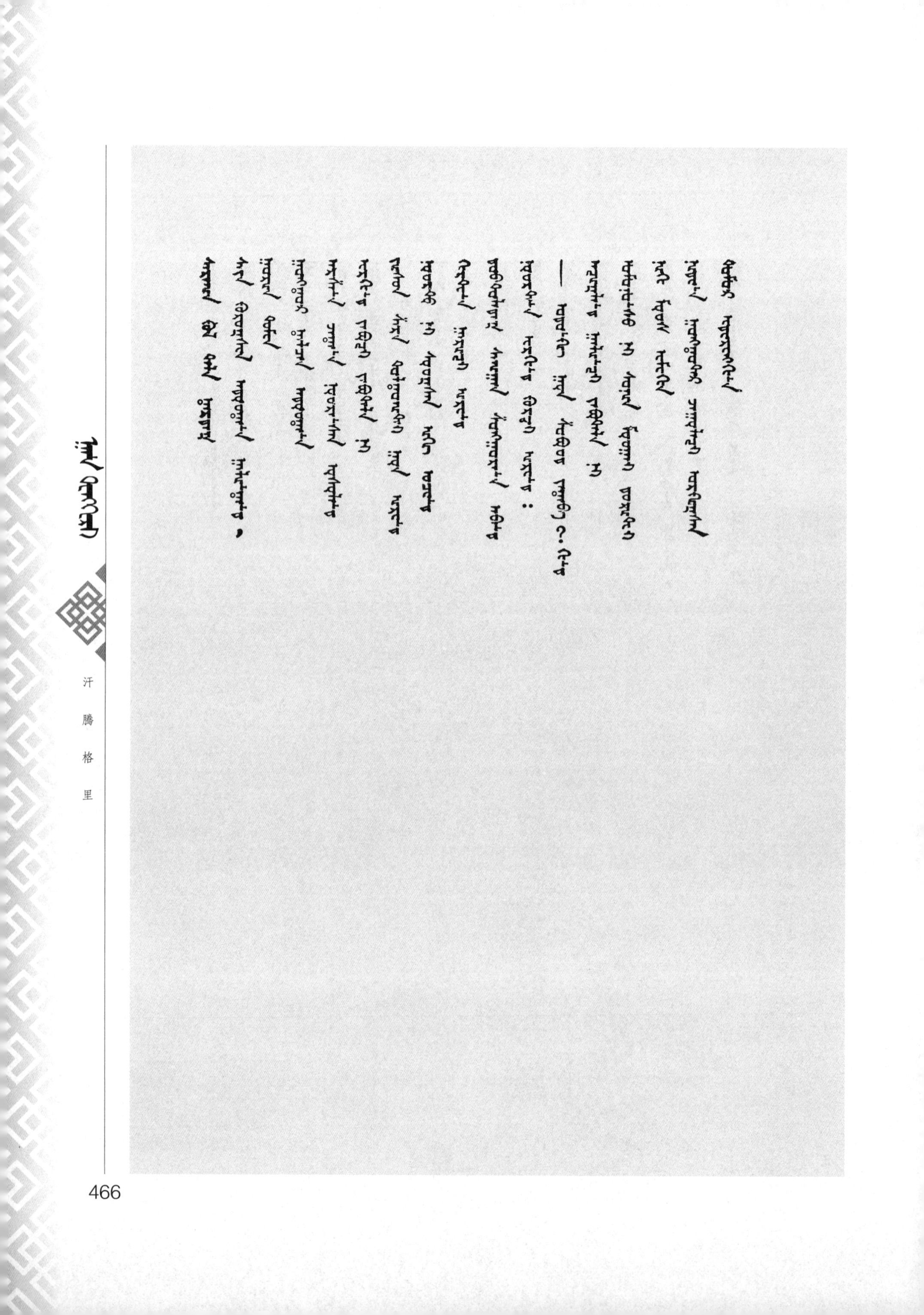

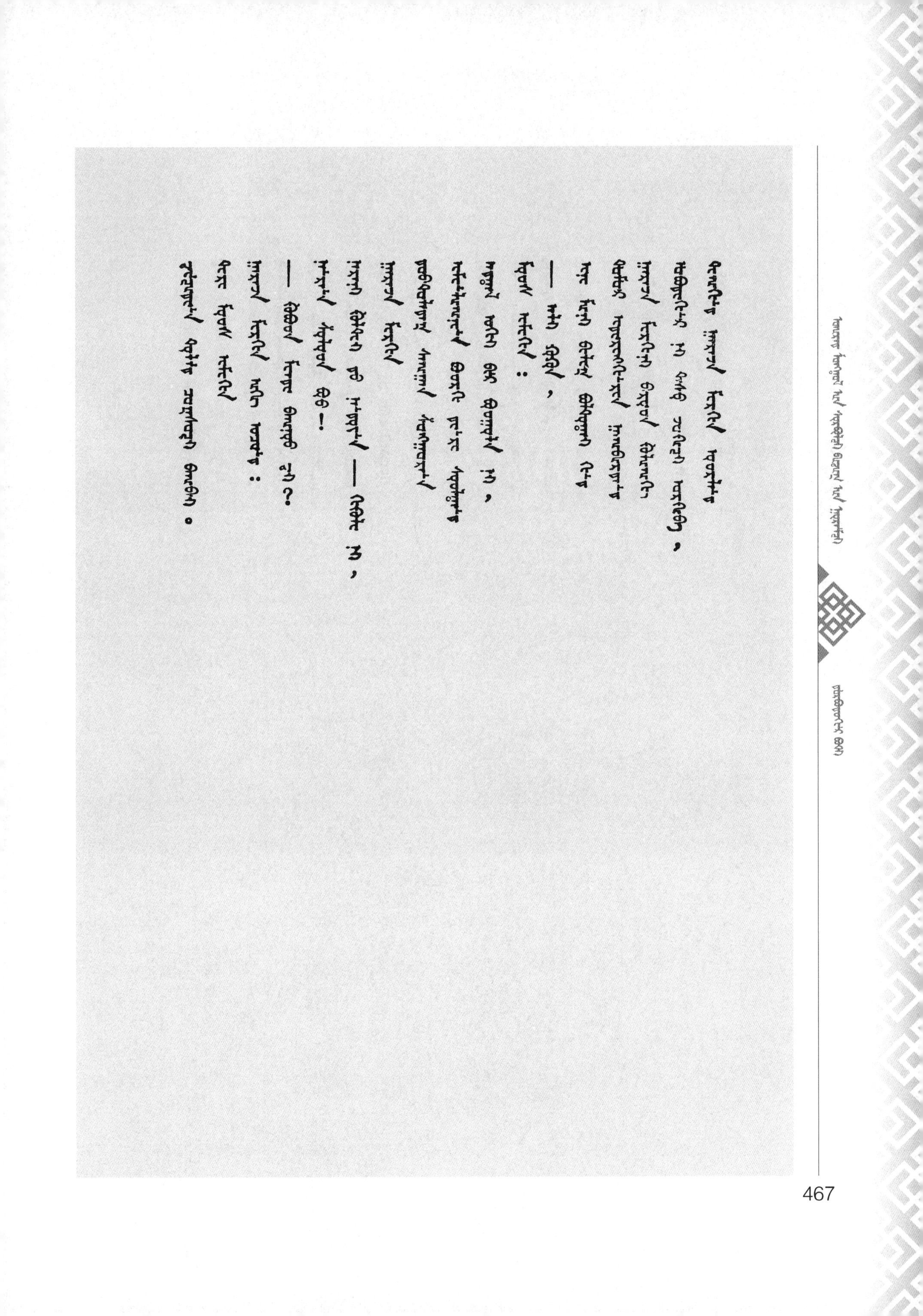

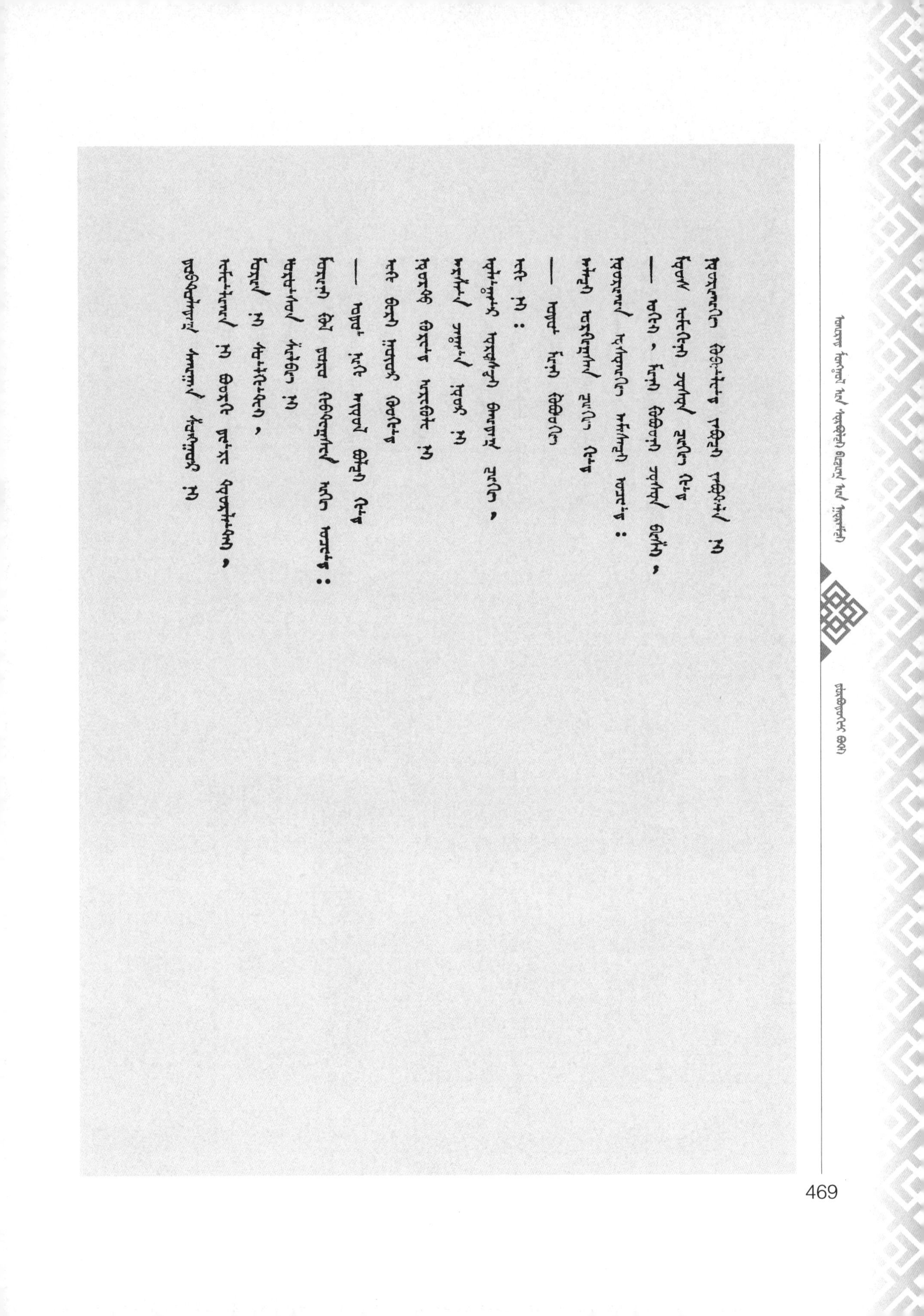

[illegible] ᠨᠢ
[illegible]
— [illegible] , [illegible] ,
[illegible] :
[illegible]
— [illegible]
[illegible] ᠨᠢ :
[illegible] ,
[illegible] ᠨᠢ
[illegible] ᠨᠢ
[illegible]
— [illegible]
[illegible] :
[illegible] ᠨᠢ
[illegible] ᠨᠢ [illegible] ,
[illegible] ᠨᠢ [illegible] ,
[illegible] ᠨᠢ

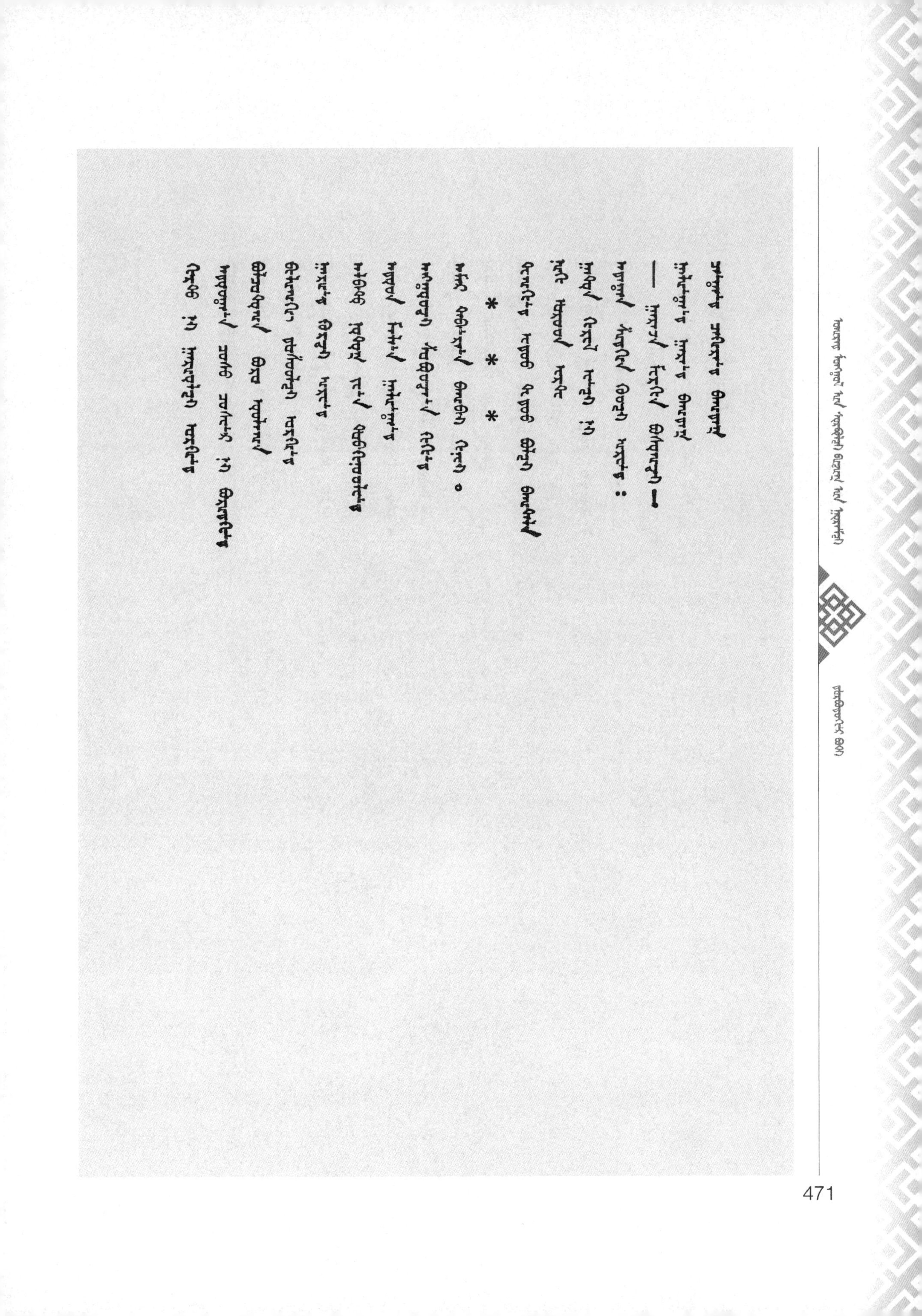

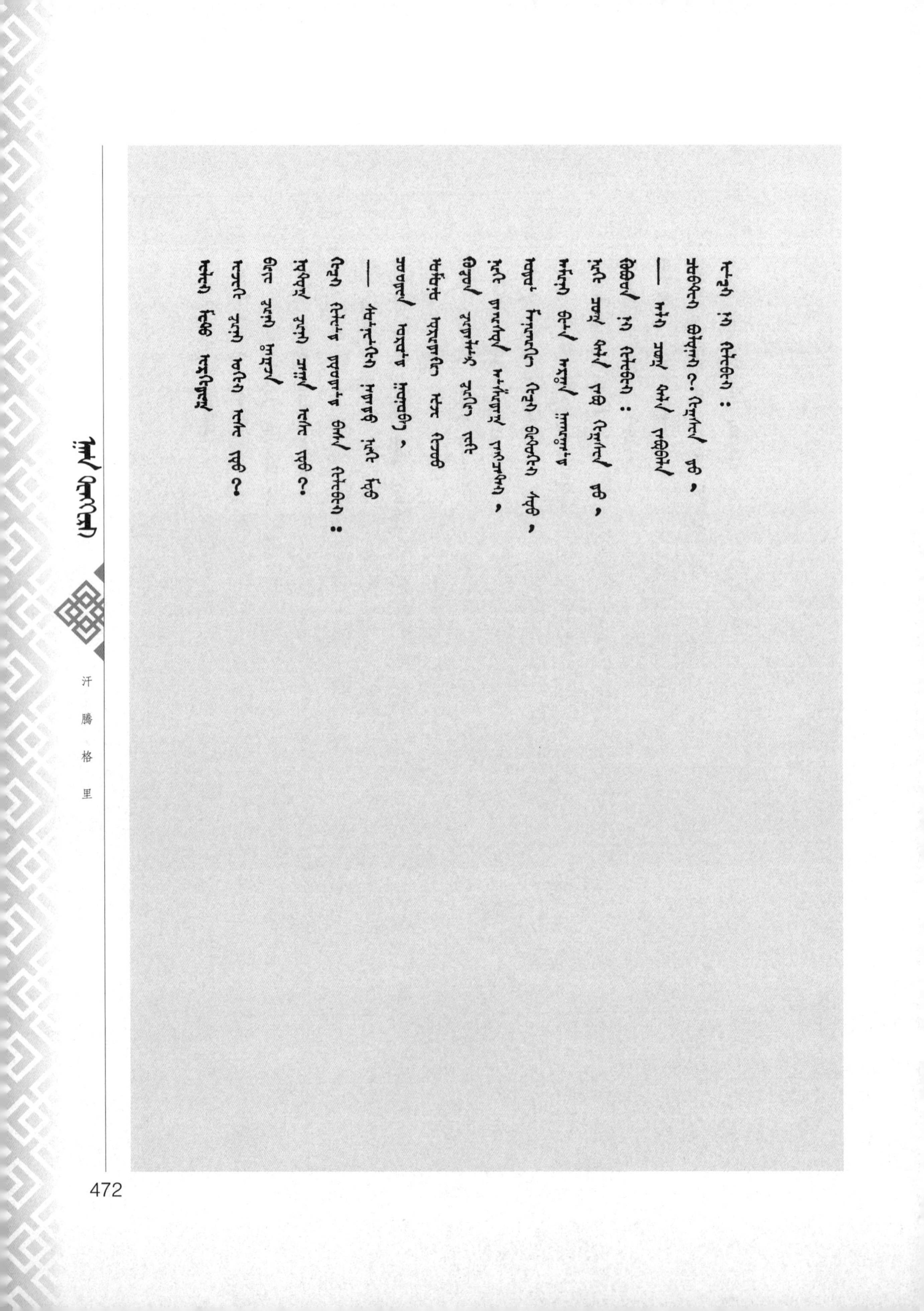

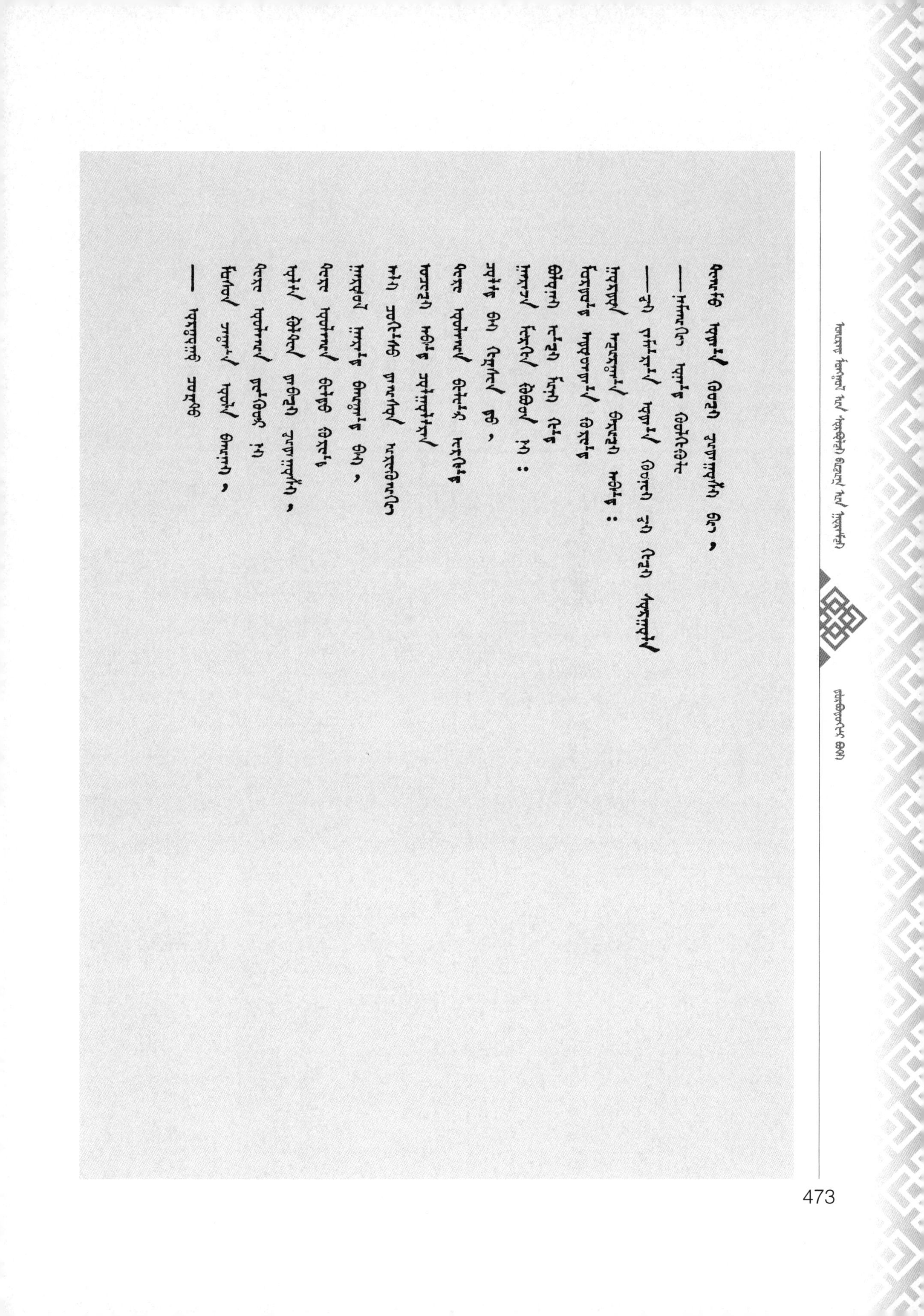

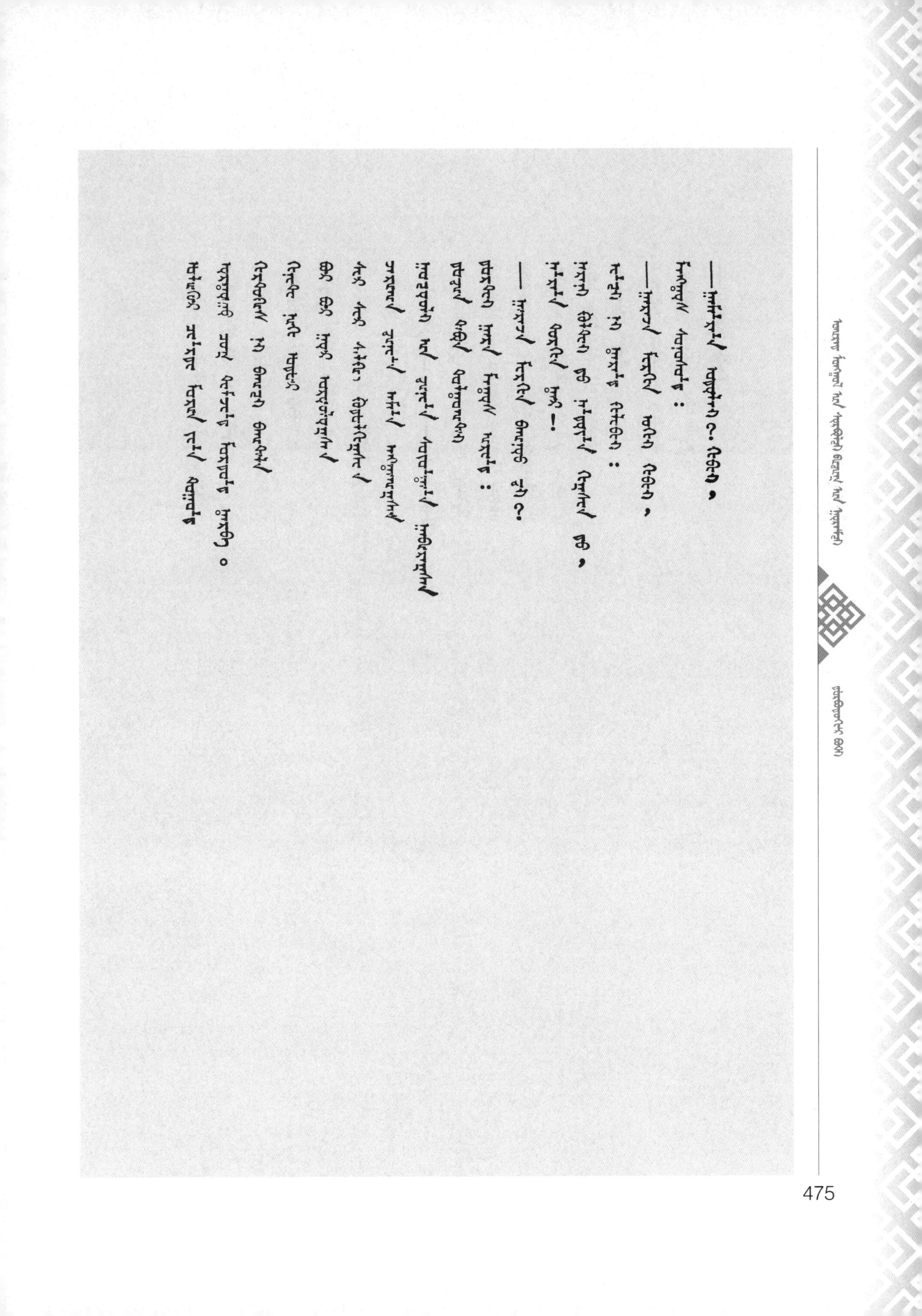

[illegible]
[illegible]
[illegible]
[illegible]
[illegible]
[illegible]
[illegible]
[illegible]
[illegible]
[illegible]
[illegible]
[illegible]
[illegible]
[illegible]
[illegible]
[illegible]
[illegible]

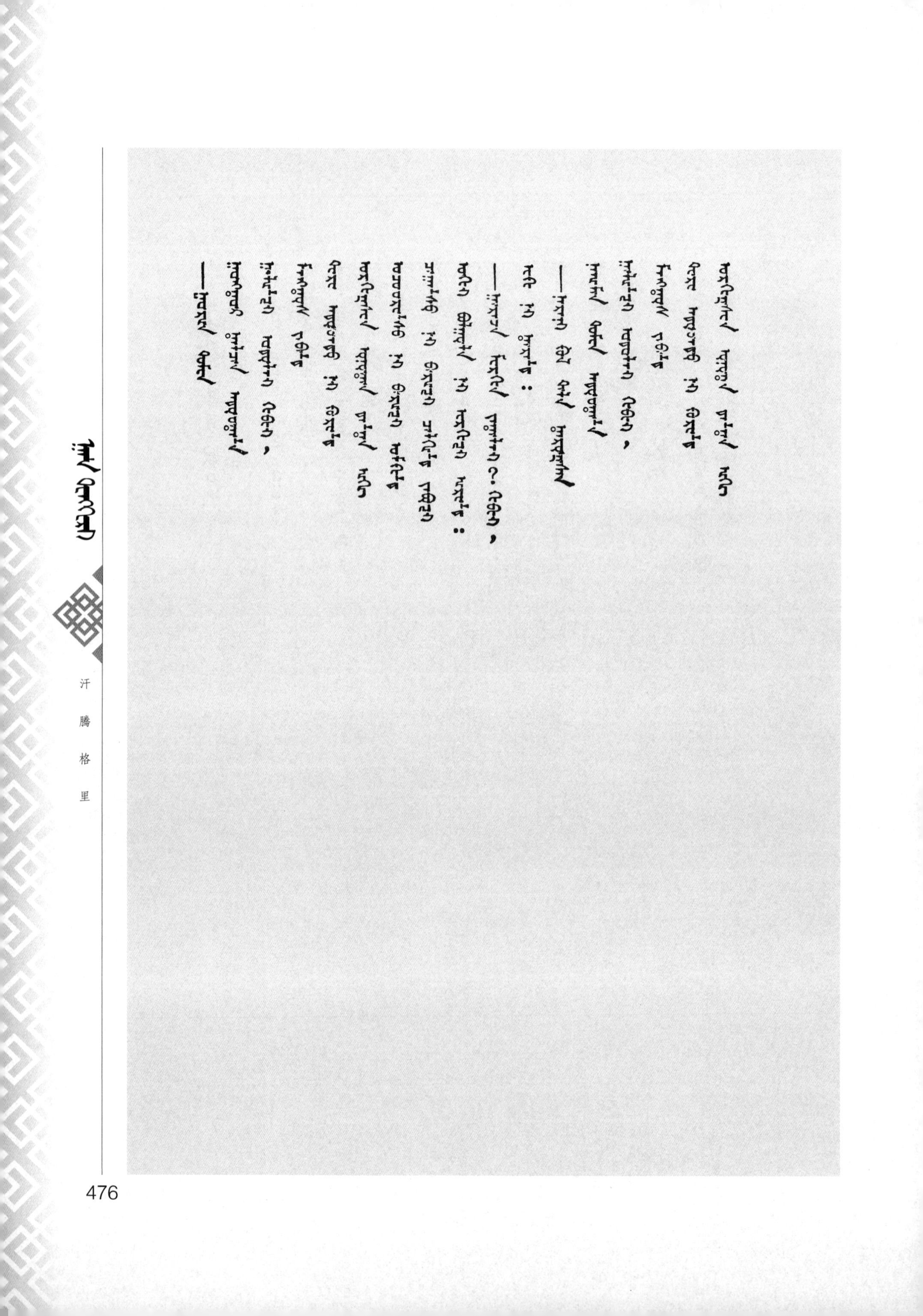

[illegible]
[illegible]
[illegible]
[illegible]
[illegible]
[illegible]
[illegible]
[illegible]
[illegible]
[illegible]
[illegible]
[illegible]
[illegible]
[illegible]
[illegible]
[illegible]
[illegible]

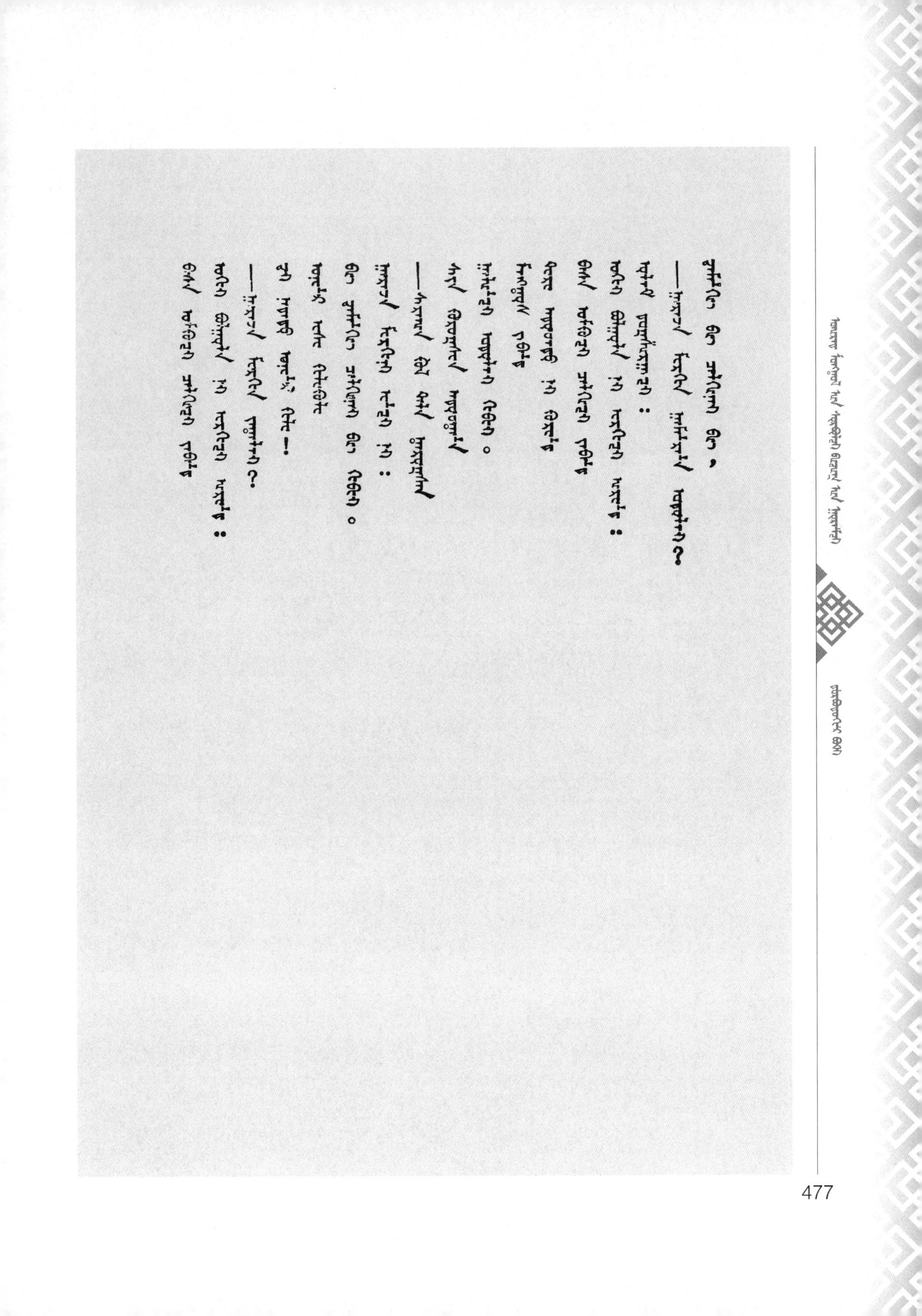

[illegible]
[illegible] :
— [illegible] ?
[illegible] !
[illegible]
[illegible] 。
[illegible] :
— [illegible]
[illegible]
[illegible] 。
[illegible]
[illegible]
[illegible]
[illegible] :
[illegible] :
— [illegible] ?
[illegible] ᠂

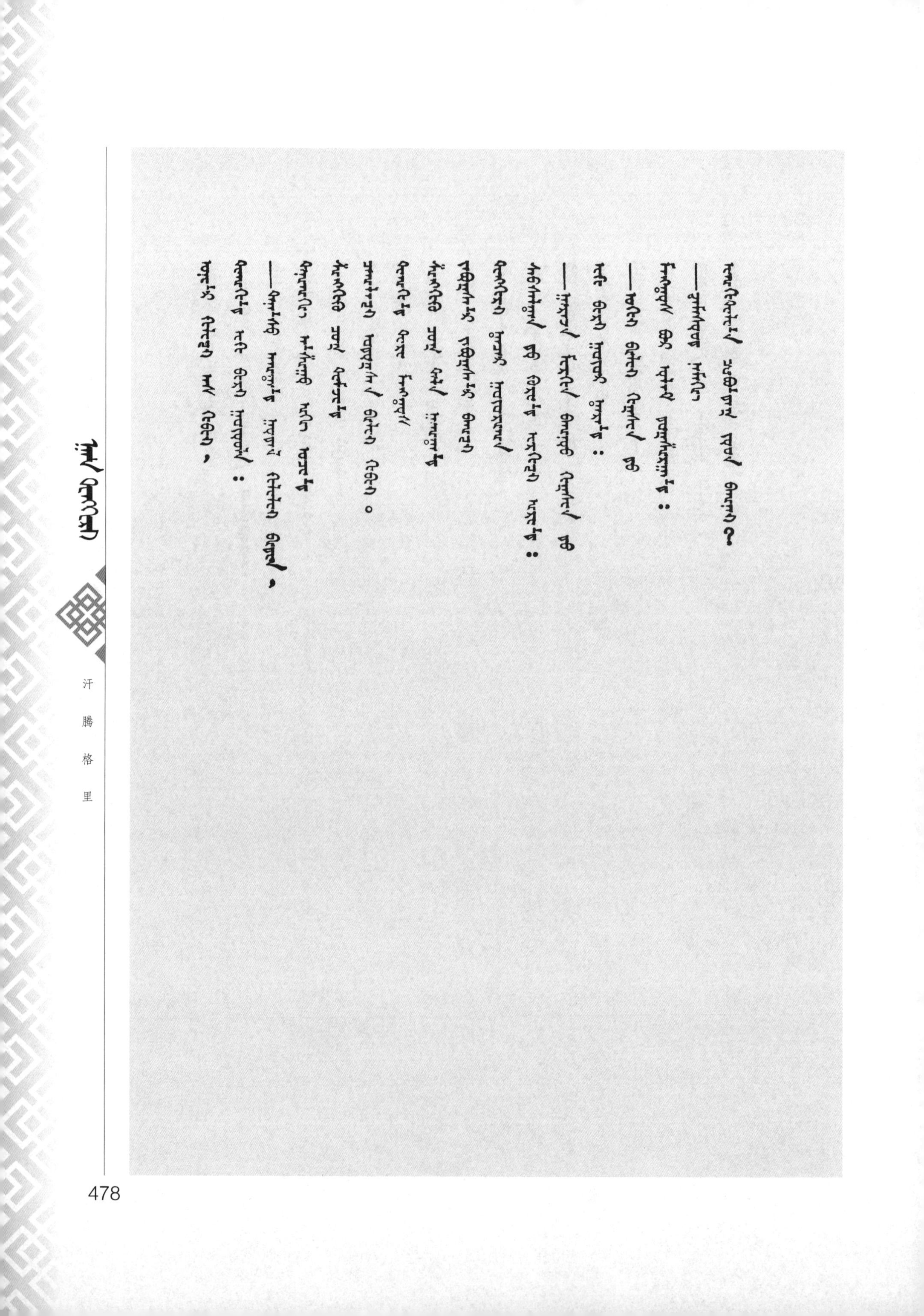

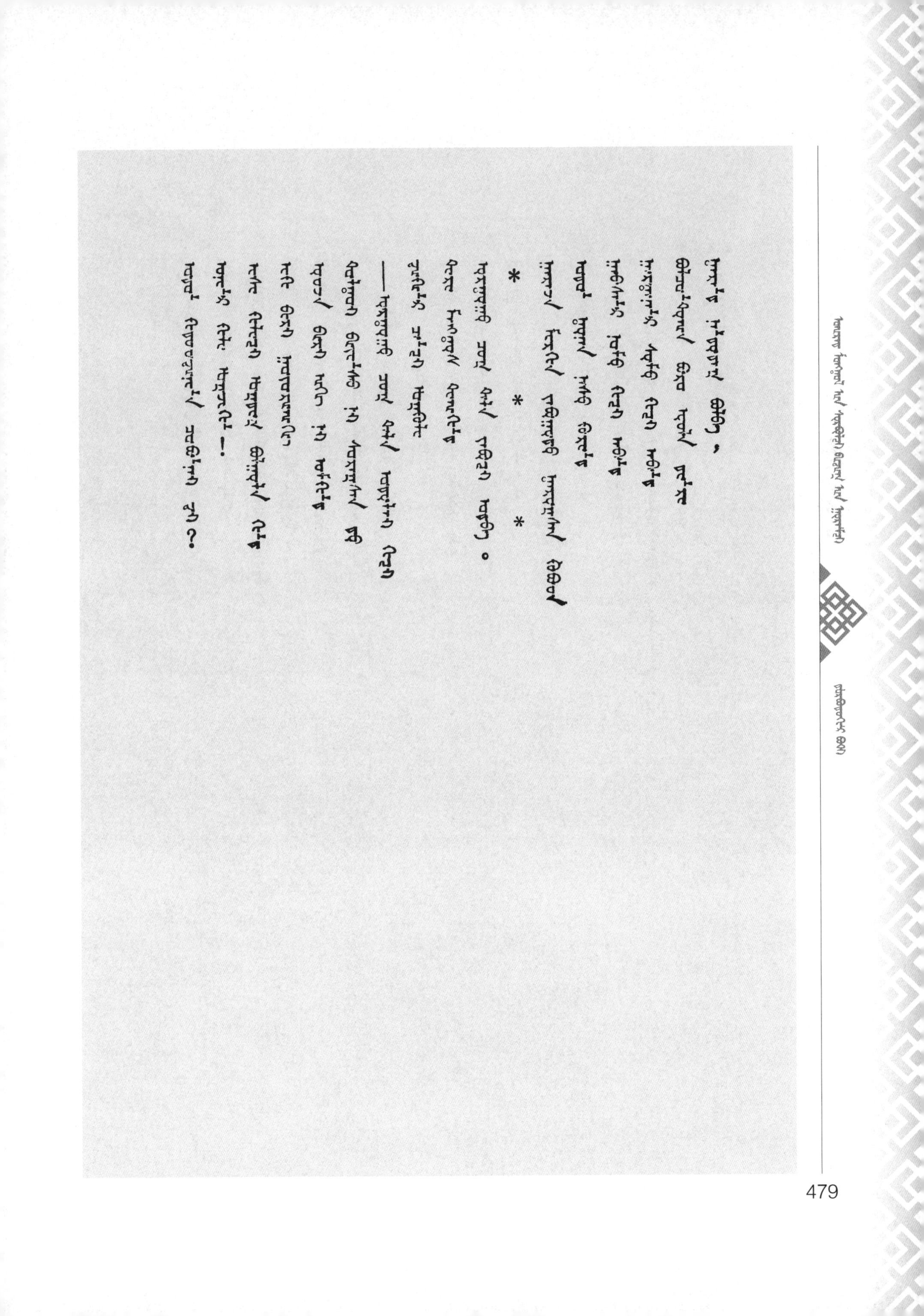

[illegible] ,
[illegible]
[illegible]
[illegible]
[illegible]
[illegible]

*　　　*　　　*

[illegible] 。
[illegible]
[illegible]
—— [illegible]
[illegible]
[illegible]
[illegible]
[illegible]
[illegible] —!
[illegible] ?

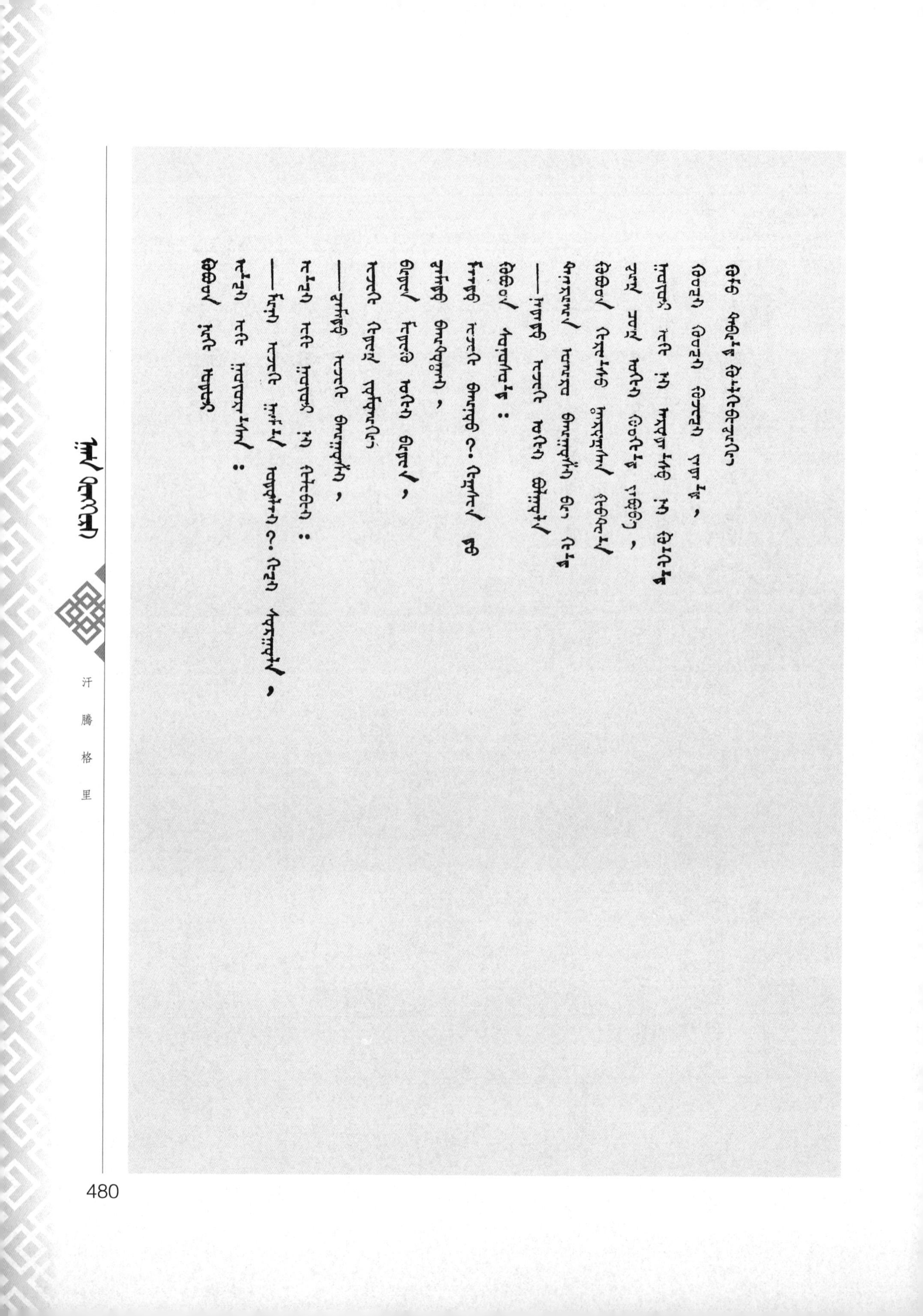

[illegible]
[illegible]
[illegible]
[illegible]
[illegible]
[illegible]
[illegible]
[illegible]
[illegible]
[illegible]
[illegible]
[illegible]
[illegible]
[illegible]
[illegible]
[illegible]
[illegible]
[illegible]

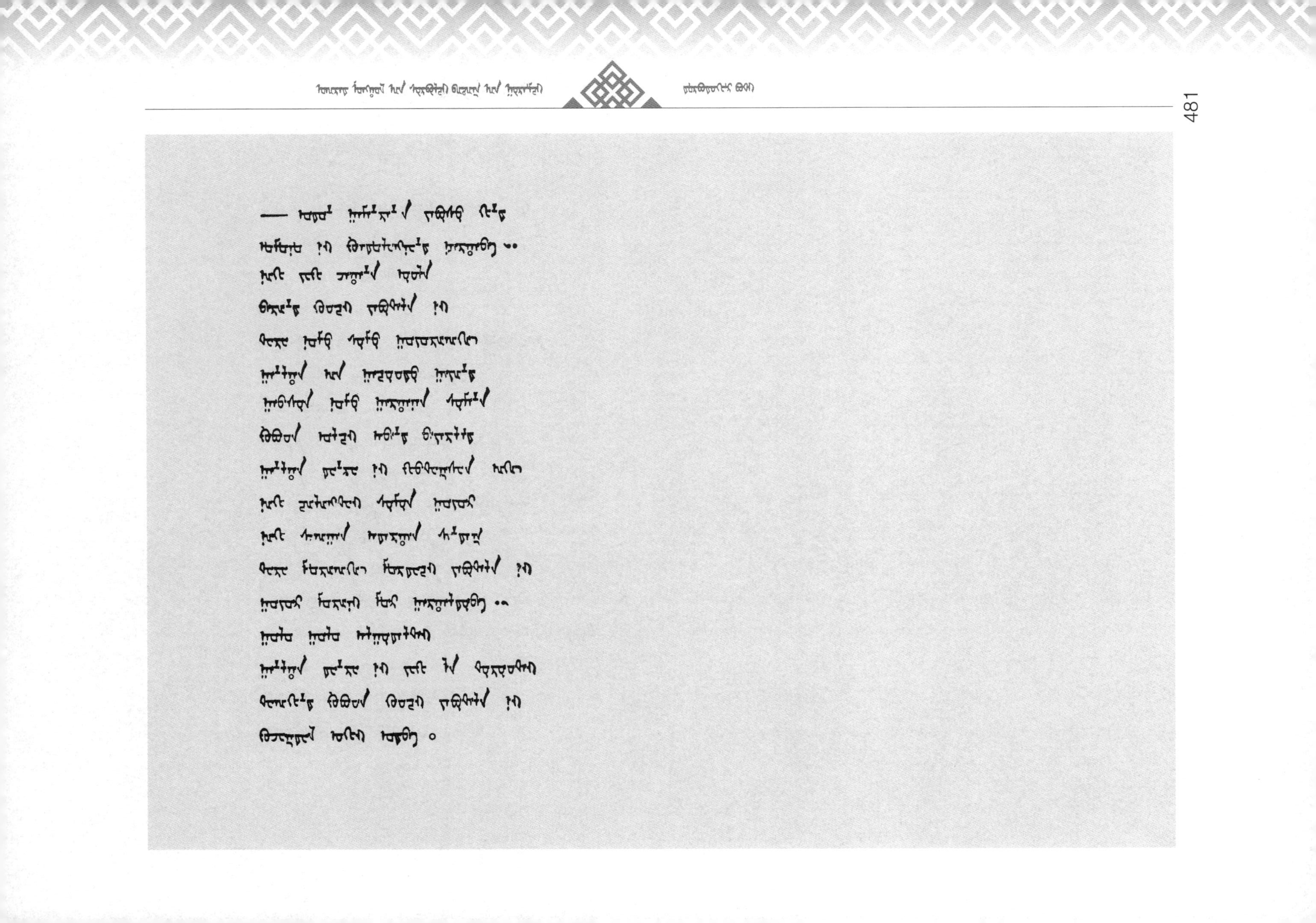

[illegible]
[illegible]
[illegible]
[illegible]
[illegible]
[illegible]
[illegible]
[illegible]
[illegible]
[illegible]
[illegible]
[illegible]
[illegible]
[illegible]
[illegible]
[illegible]
[illegible]

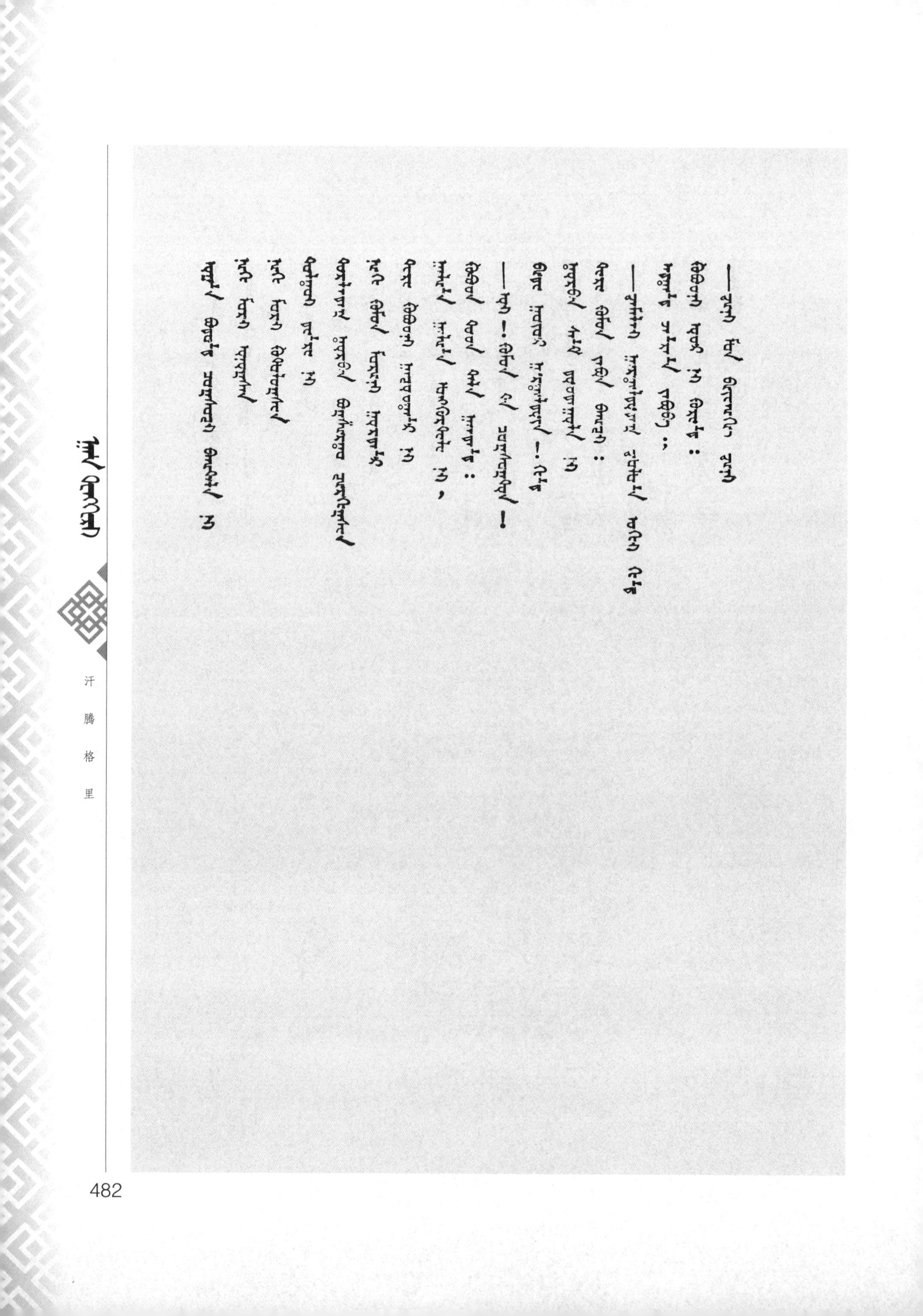

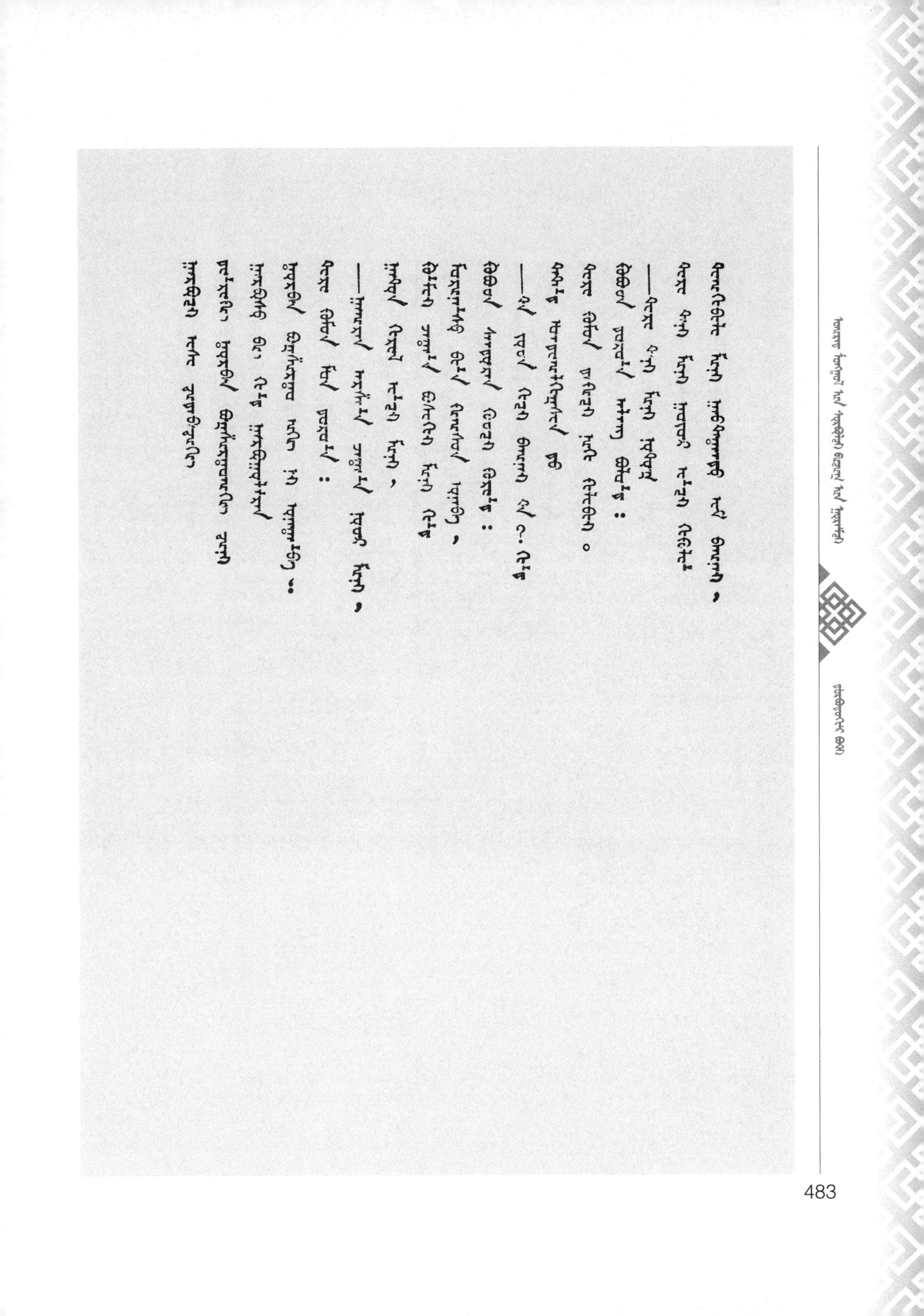

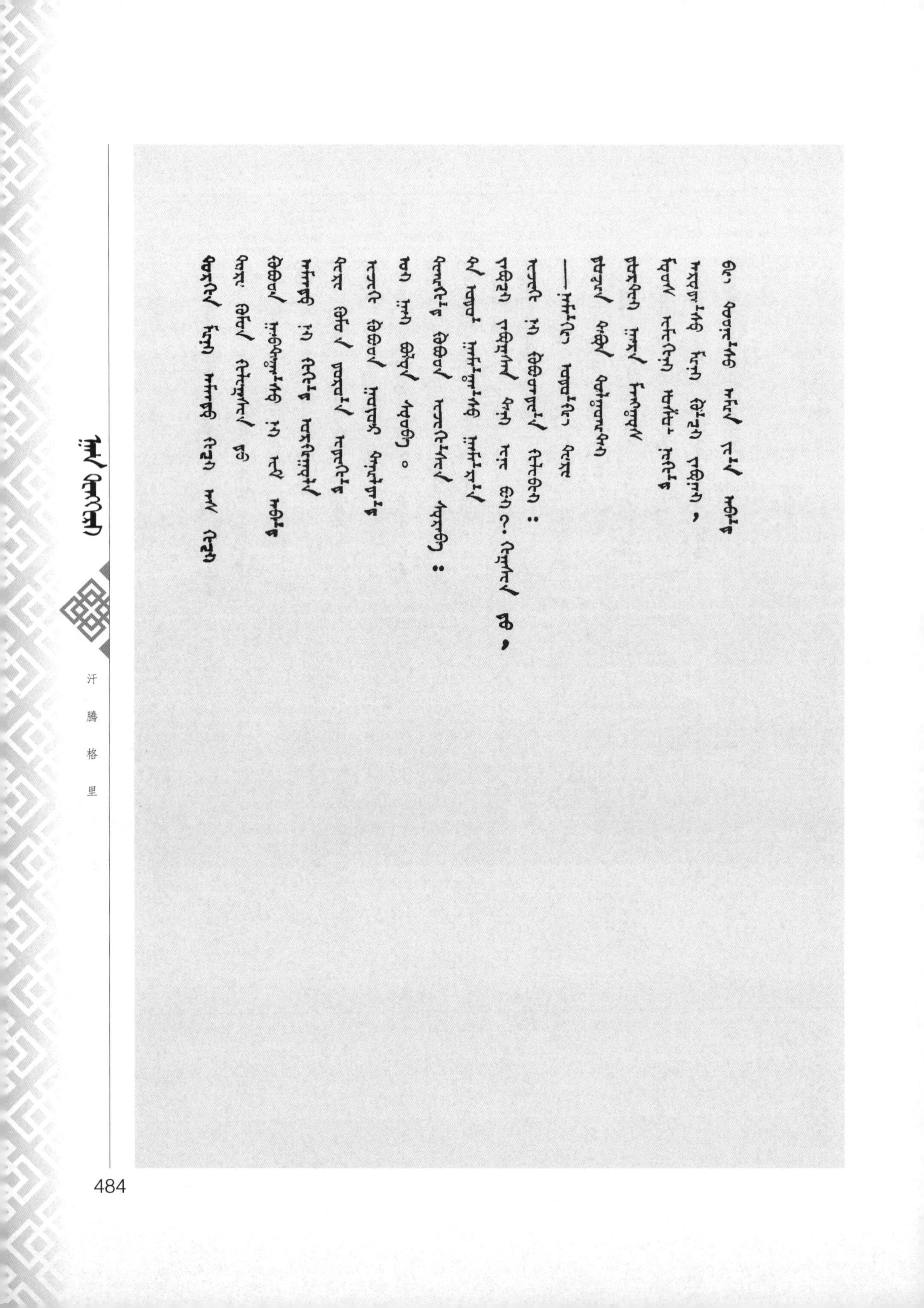

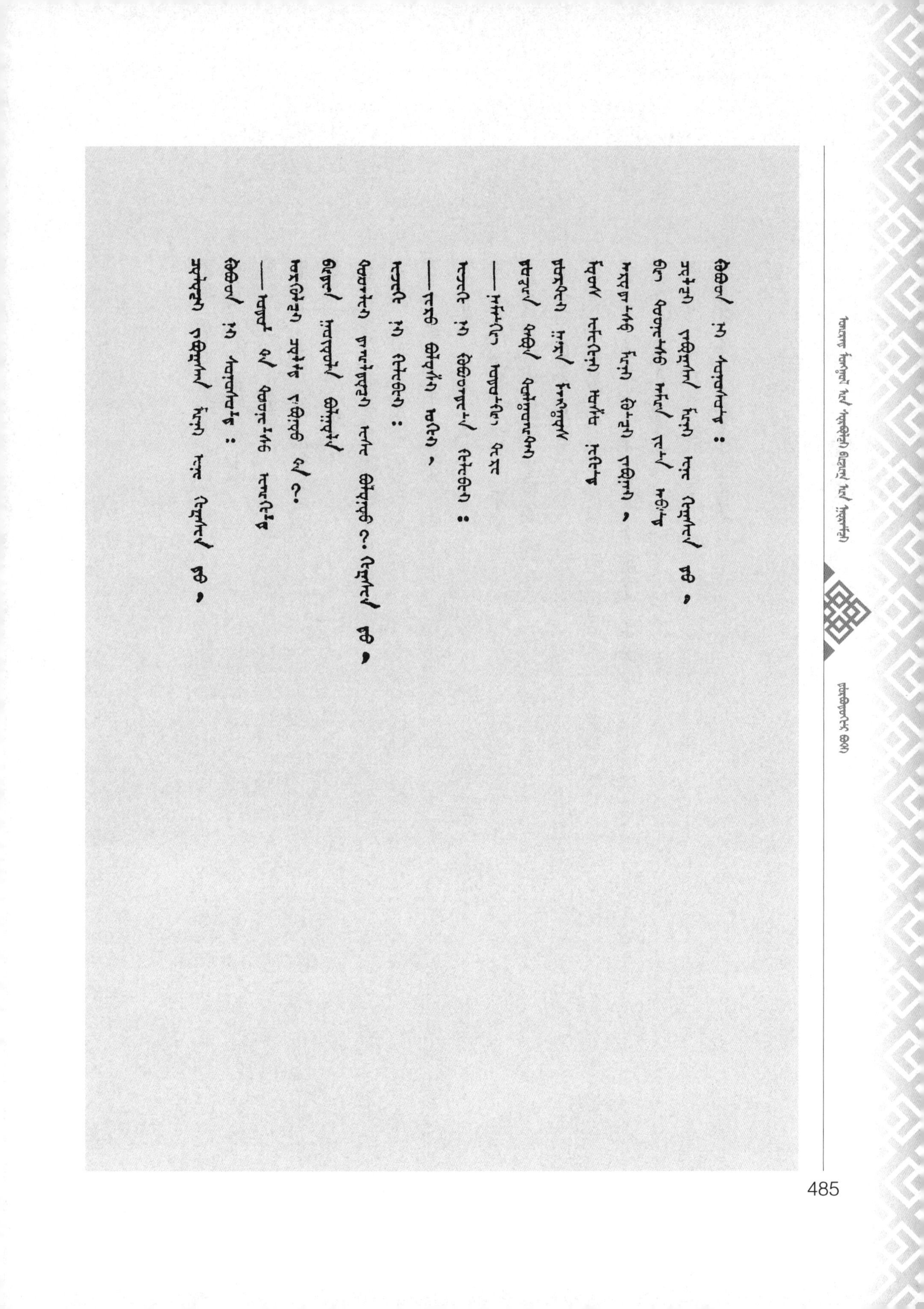

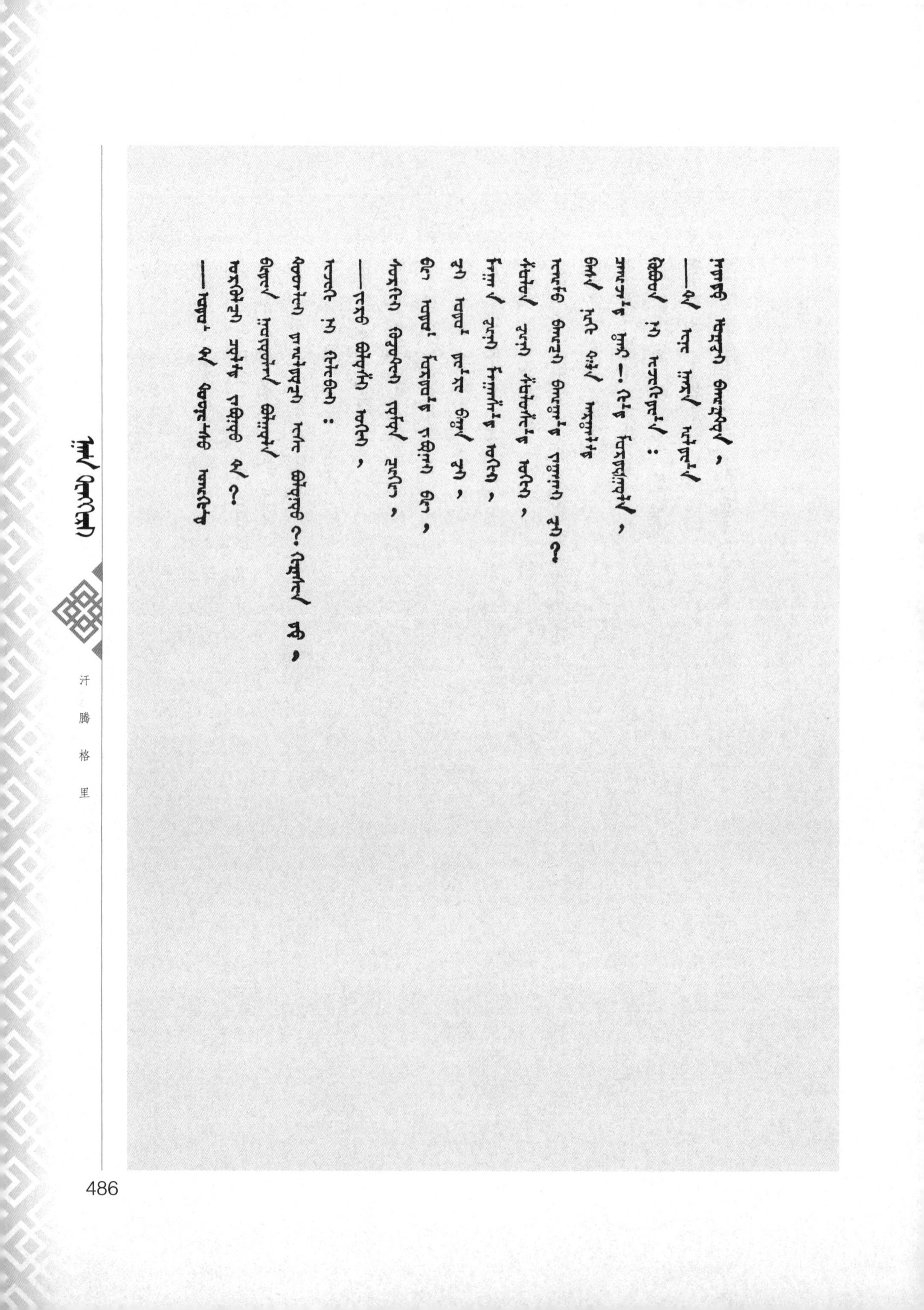

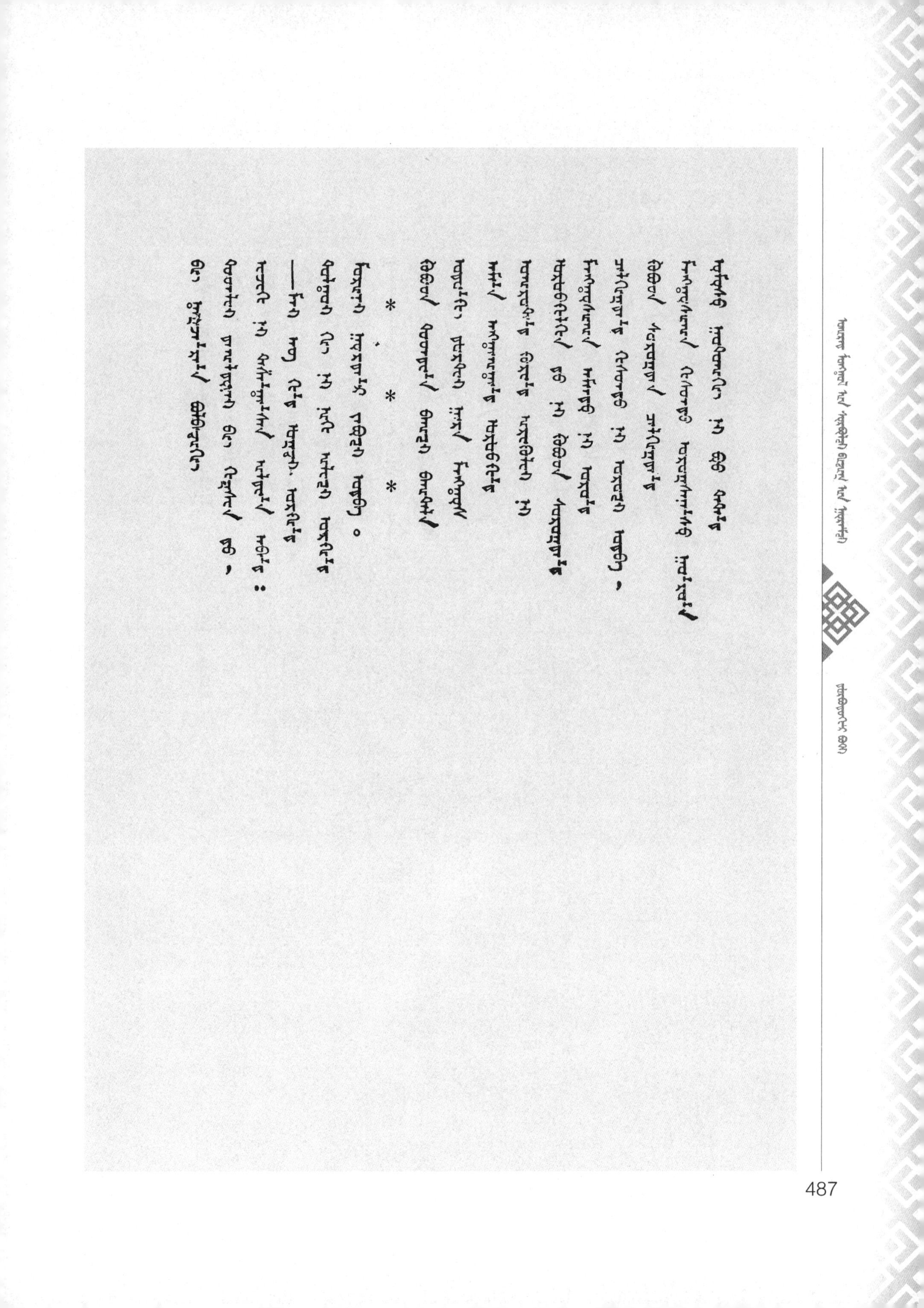

[illegible]
[illegible]
[illegible]
[illegible]
[illegible]
[illegible]
[illegible]
[illegible]
[illegible]
[illegible]

*　　*　　*

[illegible]
[illegible]
[illegible]
[illegible]
[illegible]
[illegible]

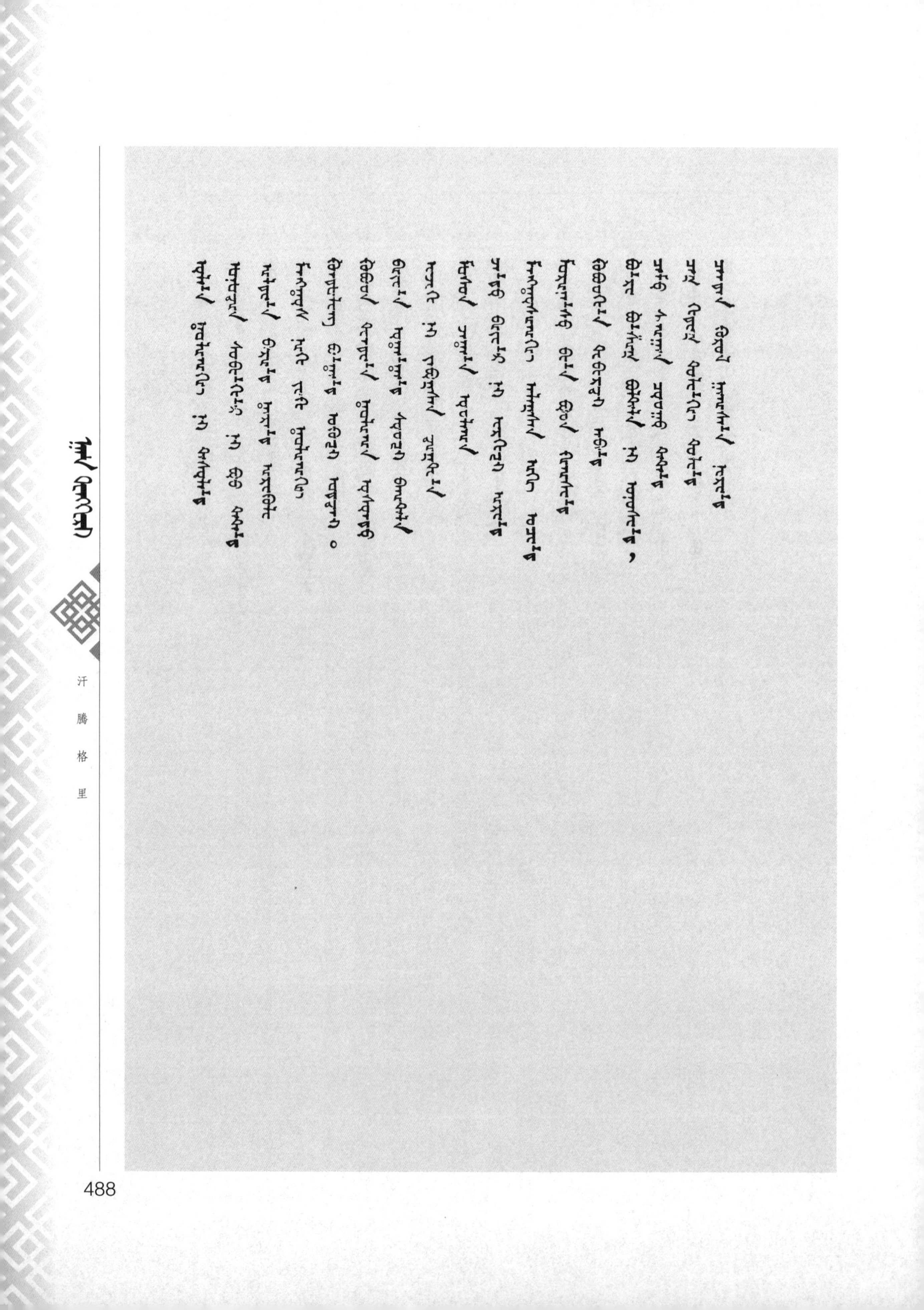

[illegible]

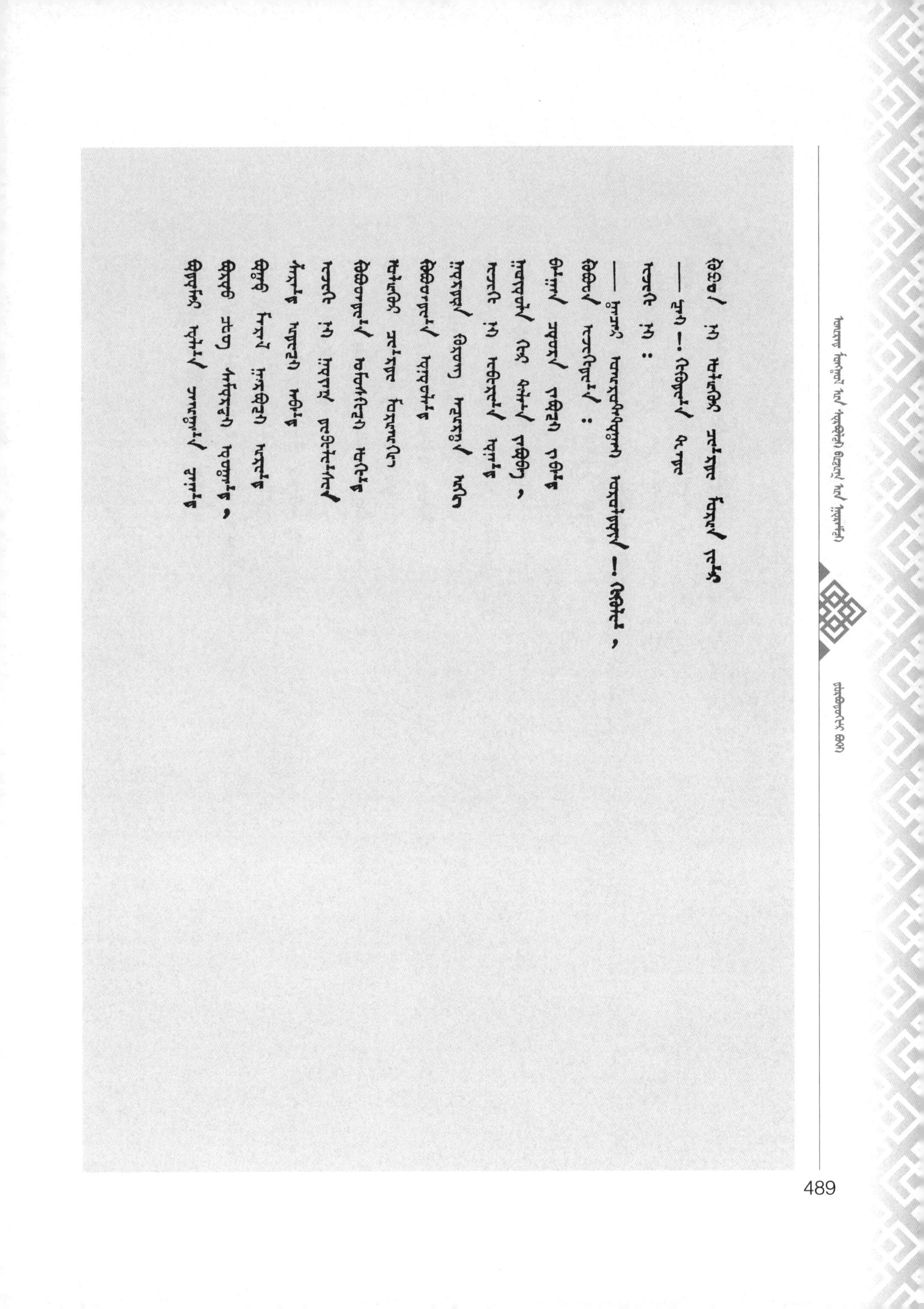

[illegible] ᡔᡅ [illegible] [illegible] [illegible] [illegible]
—— [illegible] —. [illegible] [illegible]
[illegible] ᡔᡅ :
—— [illegible] [illegible] [illegible] —. [illegible] ,
[illegible] [illegible] :
[illegible] [illegible] [illegible] [illegible]
[illegible] [illegible] [illegible] [illegible] ,
[illegible] ᡔᡅ [illegible] [illegible]
[illegible] [illegible] [illegible] [illegible]
[illegible] [illegible]
[illegible] [illegible] [illegible]
[illegible] [illegible] [illegible]
[illegible] ᡔᡅ [illegible] [illegible]
[illegible] [illegible] [illegible]
[illegible] [illegible] [illegible] [illegible]
[illegible] [illegible] [illegible] [illegible] ,
[illegible] [illegible] [illegible] [illegible]

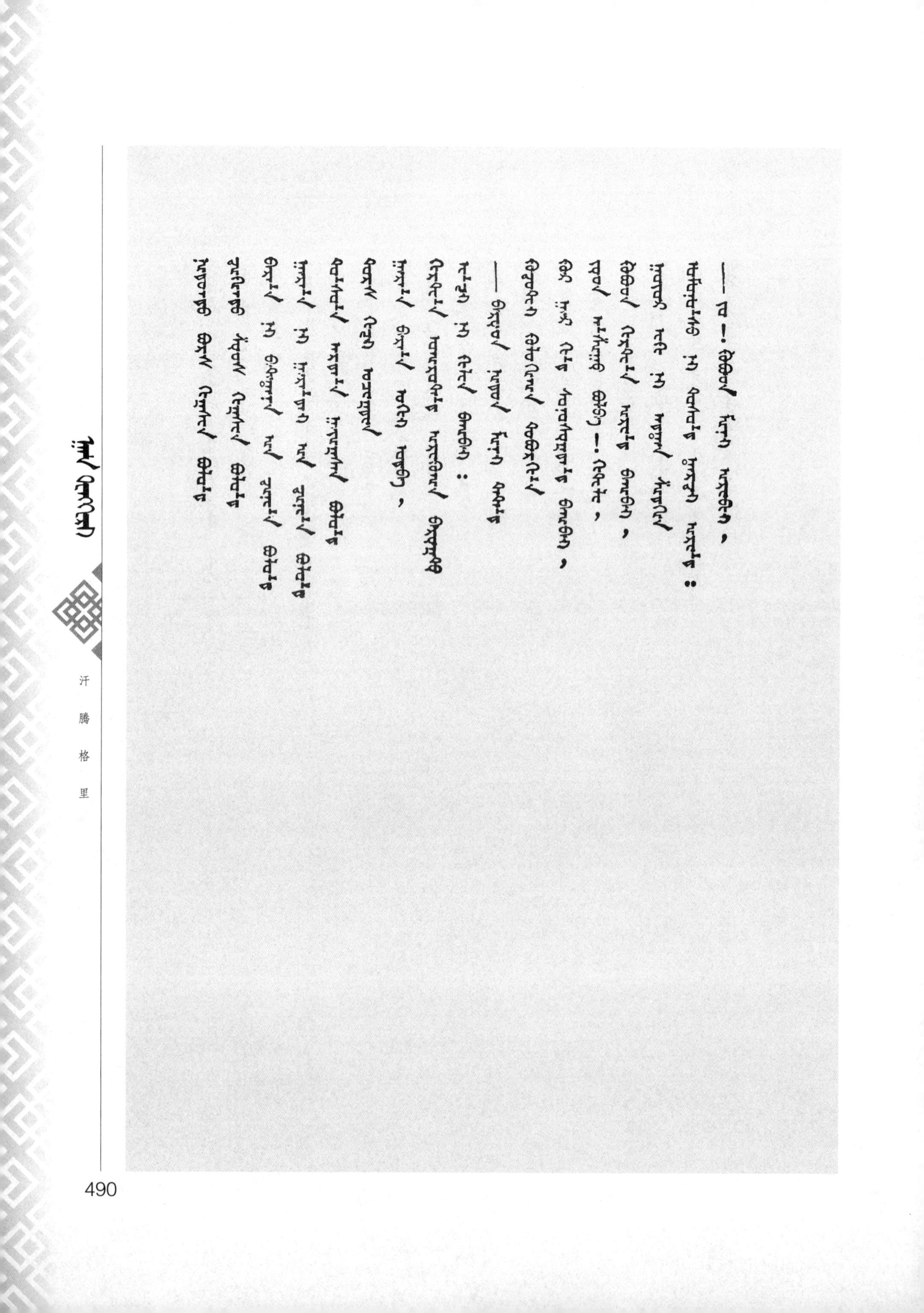

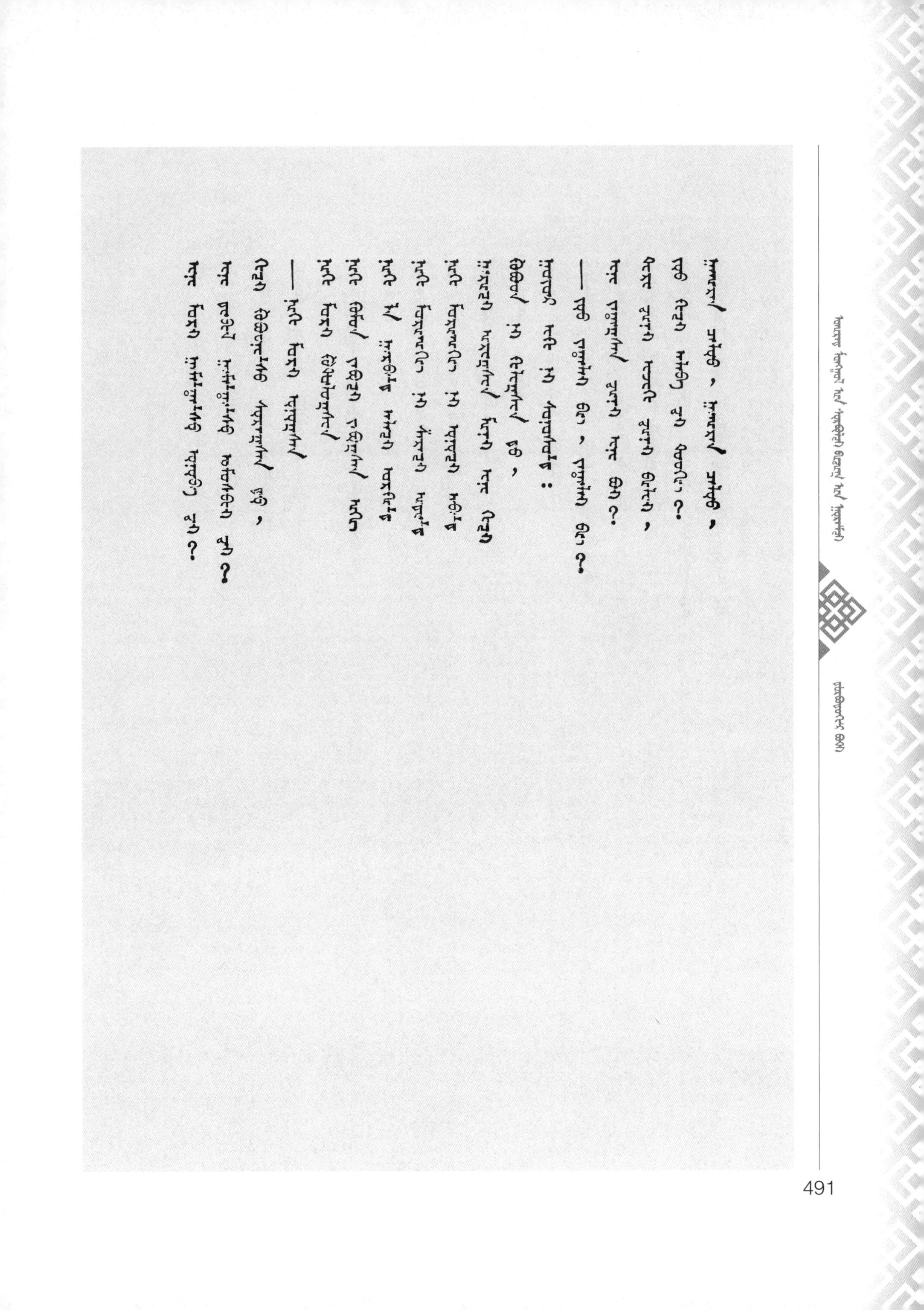

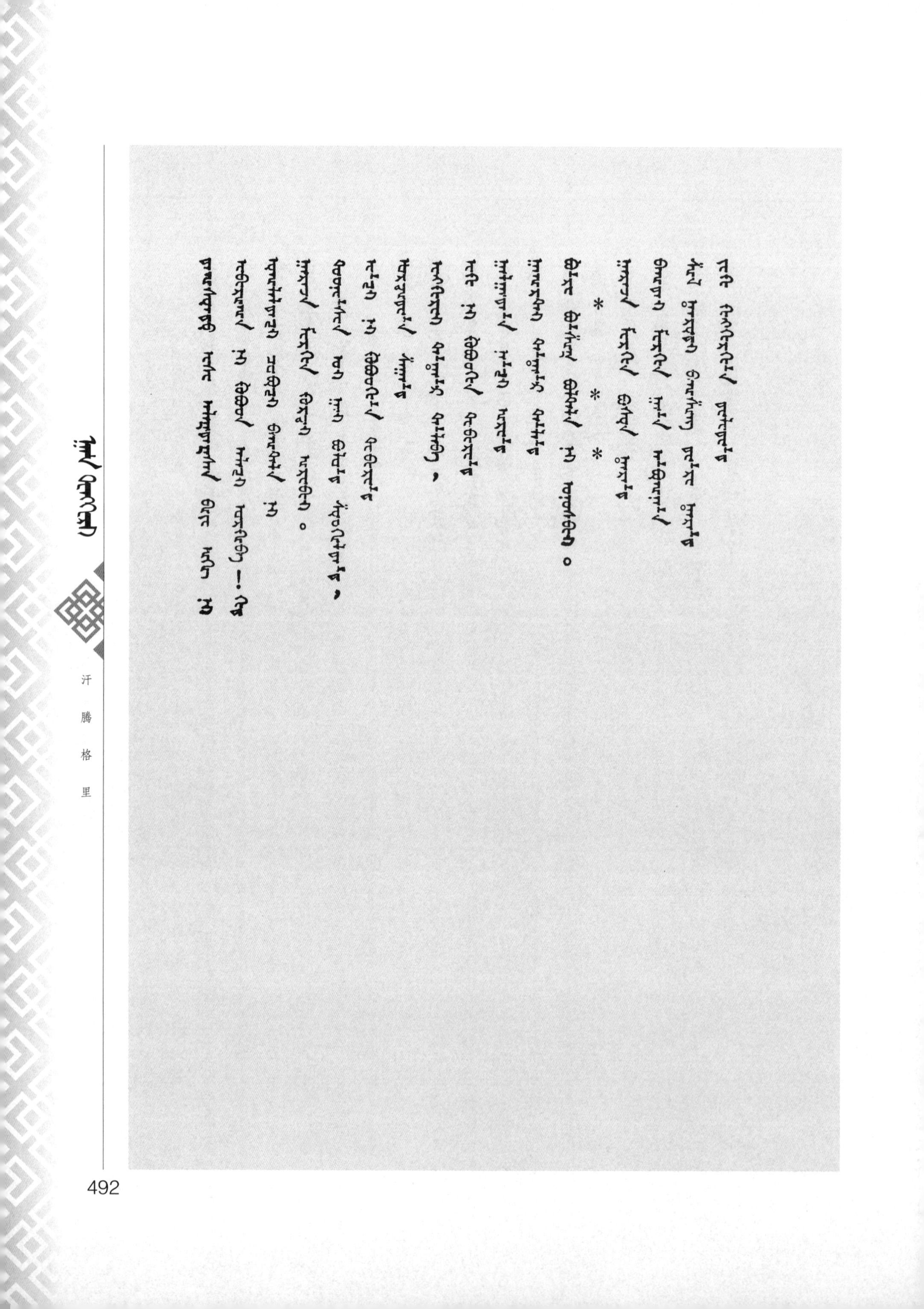

[illegible]
[illegible]
[illegible]
[illegible]
[illegible]
[illegible]
[illegible]
[illegible]
[illegible]
[illegible]
[illegible]
[illegible]

* * *

[illegible]
[illegible]
[illegible]
[illegible]

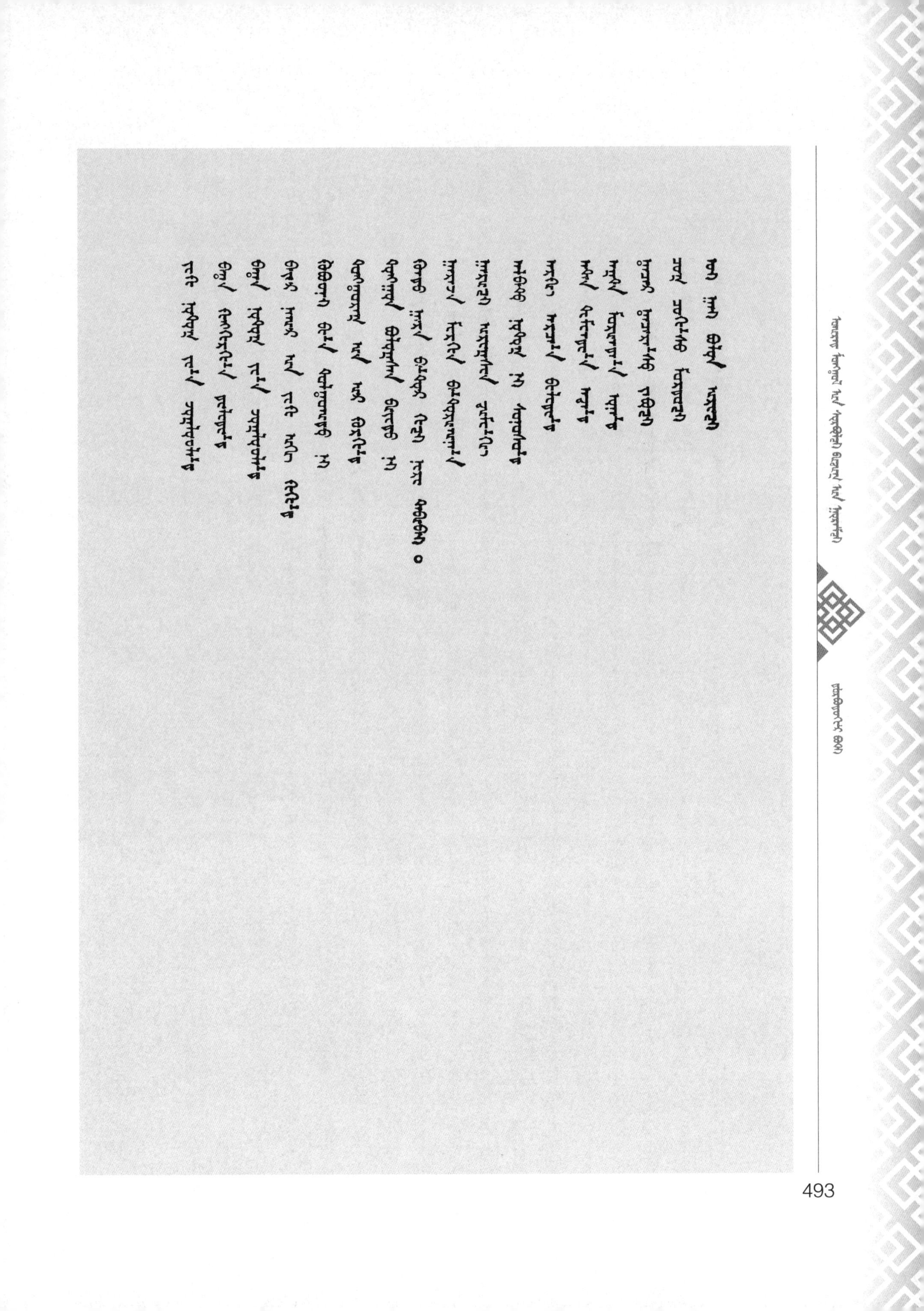

[illegible]
[illegible]
[illegible]
[illegible]
[illegible]
[illegible]
[illegible]
[illegible]
[illegible]
[illegible] ○
[illegible]
[illegible]
[illegible]
[illegible]
[illegible]
[illegible]
[illegible]

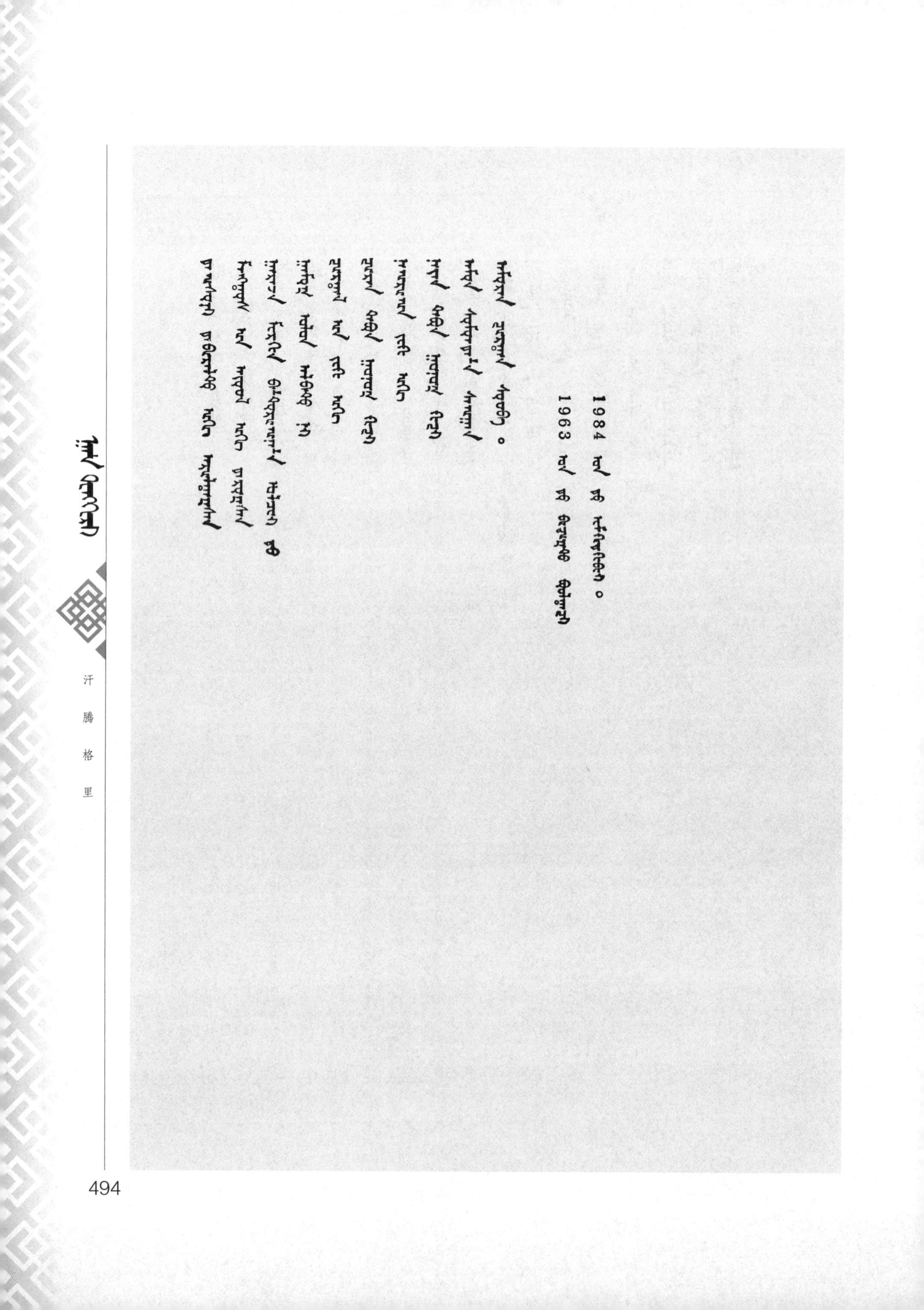

汗
腾
格
里

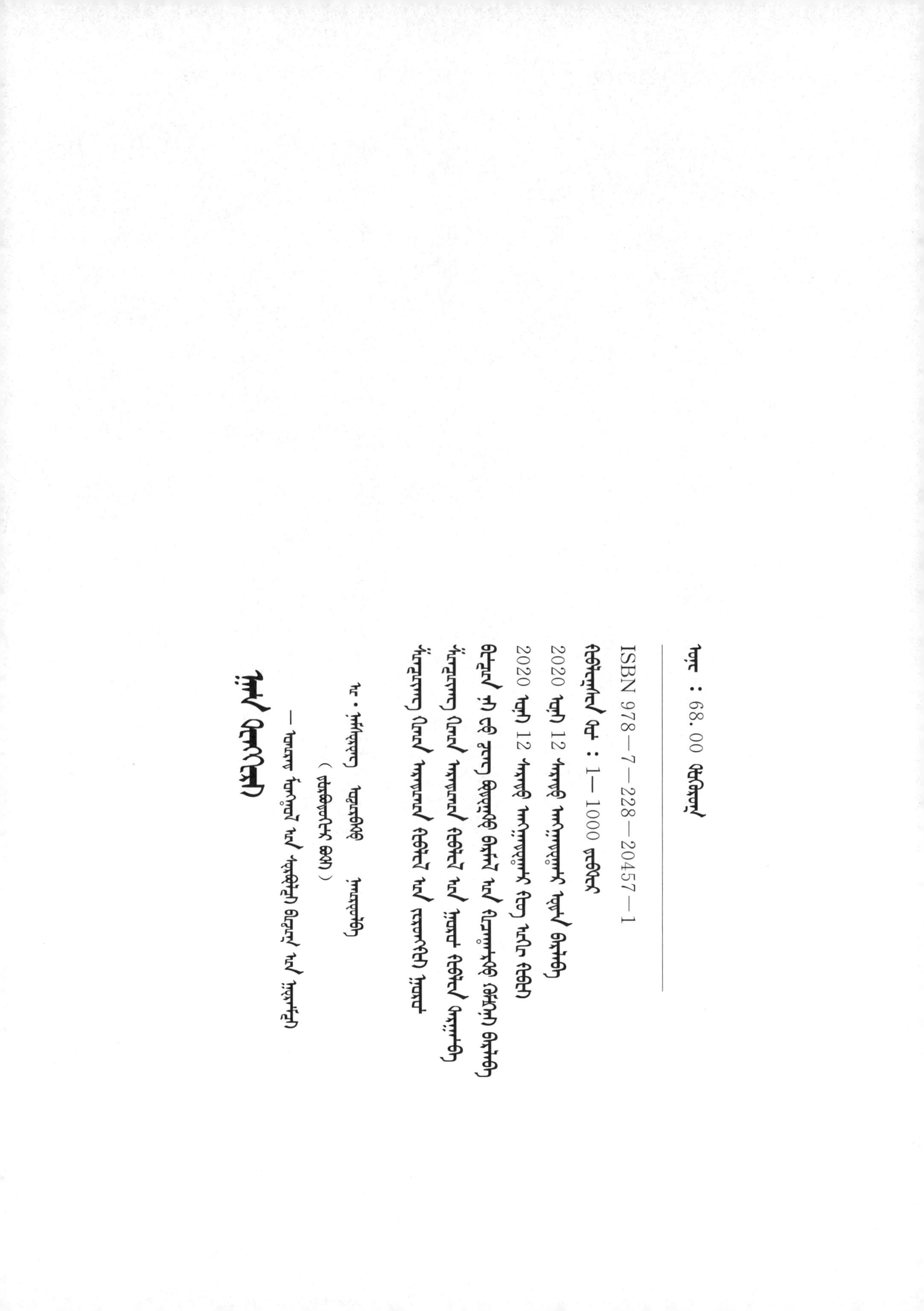

ISBN 978—7—228—20457—1